序

　　接到陈青教授的电话，特邀我为他这一论著写一篇序，很快也寄来了书稿，我匆匆看了一遍却不知从何入手，盛情之下，却也引发我的一些思考。

　　任何一种文化，乃至民族体育都面临一个现代性和传统性的问题。传统文化要向现代化迈进是历史的必然，也就必然要超越传统，而一味地强调现代性却也会丢失其根。

　　圣雄甘地说得好，他愿意让世界各种文化之河流都流过他的屋子，但不愿意被文化巨流冲倒。不同民族之间的文化交融和碰撞并不是坏事，大都促进了本土文化的改革发展。然而当我们过激地追求时，难免会有文化误读，没有抓住其精髓、精华来融合吸收，完全靠"拿来主义"的文化模仿却也给了我们不少教训。比如"五四运动"开辟了新文化的新局面，而打倒"孔家店"又使我们失去了固有传统中一些优良的东西；又比如50年代模仿前苏联促进了新中国工业的发展，而有些不适于中国国情的体制体系也使我们走了一些弯路。

　　我们生活在一个开放的时代，又是面临经济全球化、文化多元竞争的时代，如何把握好跨文化的交流与融合是一个重要课题。该书恰恰给我们理性地分析了民族体育的特性、规律、模式和轨迹，对如何发展民族体育把握好现代与传统有极好的参考价值。

　　当今，有人曾以一个"文化中国"来描绘，遍及世界具有中国血统的人正在根据"文化中国"这个概念来被重新表述。有人预测：未来和平统一的地理和文化主轴，将是以中华文化为代表的东亚文化。应当说，中国经济的崛起使我们在世界上拥有了更多的话语权，但长期的历史积淀中保持的传统美德才是民族自信的真正原因。人类在快速发展中不仅感到了环境生态的问题，其文化生态也感到了麻烦，"个人至上"、"物欲第一"、"恶性竞争"、"娱乐至死"，令人忧虑。《甲申宣言》中说得好：中华文化注重人格、注重伦理、注重利他、注重和谐的东方品格，对于思考和消解这些麻烦将提供有益的启示。

无论从民族的自身还是整个人类的未来，中国文化都需要更多地走出国门，大胆地与他国文化交融，在交融与合作中传播发展。据说《功夫传奇》就是中、加、英、美四国的策划商、艺术家们的强强联合，才使其成了具备进入国际一流演艺产品的一个推介模式。

在这里，我也热切地呼吁中国武术界与国内外艺术家合作交融，打造武术的文化精品。多一条文化的渠道会大大有益于中国武术的传播，不应仅仅局限在竞技体育中。

认识陈青可能是在二十年前了，我们是在武术的竞技场上初识，当时他还是一个极单纯热情的运动员，后来是裁判员，如今已是坐居领导岗位的教授、硕士生导师，却依然谦谦好学，思想活跃却颇有涵养，成为武术学界的有生力量。他的人生道路是成功的，其实我对他的帮助很少，他却屡屡地肯定我对他的影响，对我来说只能是一种鼓励。衷心希望陈青有更好的发展，也更希望和陈青一道的这个课题组戒骄戒躁，肩负起中国武术当代发展的历史使命。

最后，回到民族体育的交流融合问题，我很想引用张岱年先生的颇有见地的思想作为结尾：一个民族的文化，如果不与较高的不同的文化相接触，便容易走入衰落之途。然而虽衰却因没有较高文化来征服，亦不易即趋灭亡。一个民族与较高文化的民族相接触，固然可以因受刺激而大进，但若缺乏独立自由精神，也有被征服被消灭的危险。

现代性与传统性是一个重要命题。然而，无论路有多艰险，我们总要前进，交融和碰撞才会有发展，小平同志总结得很精辟：发展是硬道理。

谨此为序。

上海体育学院教授、博士生导师 中国武术九段
邱丕相

目　录

第一章 民族体育概述

　　宙斯的私生子米诺斯王曾经修建了一座著名的迷宫，迷宫中关着他的妻子，还有一只半牛半人的怪物。这座迷宫的道路十分复杂，没有人能够顺利进入和走出迷宫。米诺斯欲加害阿提刻王子忒修斯，但迷宫却为忒修斯所破，他进入迷宫，找到并杀死怪物后，又顺利地走出来。王子除凭借自身力量和智慧一举成功，更有"阿里阿德涅彩线"的引导。原来米诺斯王美丽的女儿阿里阿德涅爱上了英俊的忒修斯，给了他一团彩线，让他循着彩线走，这样在迷宫中就不会迷失方向。

　　在博大、扑朔迷离的民族体育文化迷宫中，寻求"阿里阿德涅彩线"引导十分关键。我们受到了国家社科规划办赋予的机遇，在人类文明智慧的启迪下，被民族文化独特神韵激发，在民族精神的驱使下，我们勇敢地走入迷宫，探寻民族体育文化。在先哲、智者、百姓的智慧和精神的引导下，我们将不会迷失方向。

　　在大千世界中，各色民族文化异彩纷呈，与民族疆界有关的特征属性纷繁复杂，认识民族、了解民族的切入点应该选择一种民族文化中普遍的、具有共性特征属性的文化现象。

　　一个民族成员之间进行有效互动和沟通的首要因素是语言，建立在共同语言基础上的宗教、习俗、艺术、意识、行为特征表现出高度的统一。阻碍民族文化间进行有效交流的除去地理的自然屏障外，第一屏障是语言，突破语言的屏障是了解和理解民族文化的重要线索。因此，研究民族体育文化的切入点应当首选语言。

> 语言是人类最重要的交际互动工具之一。它同思维密切地联系，是人类思维和表达思想的手段，也是人类社会最基本的信息载体。人们借助语言保留和传递人类文明的成果。语言是人类区别于其他动物的本质特征之一。共同的语言是民族的象征。语言以语音为物质外壳，以语词为建筑材料，以语法为结构规律而构成的符号体系。依谱系分类法分出的最大的语言系属，就是语系，由具有共同历史来源的语言组成。①

就中国的语言情况看，涵盖着汉藏语系的汉语、壮侗语族、苗瑶语族、藏缅语族。阿尔泰语系的蒙古语族、突厥语族、满—通古斯语族。南亚、南岛和印欧语系，以及三种系属未定的语言。全球的语言大约 5000 种左右，使用人口超过 100 万的语言有 140 余种，语系 10 多种。

民俗学家赫尔德（Johan Gottfried Von Herder）在《论语言的起源》中，否定了每种语言均为上帝的独特创造，语言是理性才能的一种产物或者语言源于原始人的拟声叫喊等观点。认为人不是世界的消极旁观者，恰恰相反，他积极地参与他所观察和体验的事物，语言是当人试图对他偶然经历的各种事物和事件表达他的情感时产生的。"……意识的这个最初字母（initial character）就是灵魂的语言。人的语言由此而创生。"②语言是人类智慧反思的产物，人类的主体性在此发挥了巨大作用。

---

① 《辞海》编辑委员会：《辞海》，上海，上海辞书出版社，1992。
② ［德］恩斯特·卡西尔：《人论》，56 页，上海，上海译文出版社，2004。

语言最初既非描述，亦非模拟；确切而言，它是各种事物和事件与它们在人的身上唤起的情感相互结合的一种活生生的混合体。因此，人的最初语言产生于感觉，只有后来才创造了抽象的词语，但是这些词语牢固地建立于感官印象和反映的基础之上。另外，因为人类遍布地球的所有地方，在进化的过程中分成不同的家庭、部落和民族，他们的语言便带有不同环境和不同个性的烙印。

在客观条件的制约下，人们不约而同的主体意识引导产生了巨大的政治效应，强烈地制约着国家的形成和发展。世界是多样性的世界，人类被划分为不同的民族。语言是那些将一个民族区别于另一个民族的差异性的外在的和可见的标志之一，也是阻碍各个民族彼此互动的屏障之一；它是一个民族被承认生存和拥有建立自己国家和权力所依据的最为重要的标准之一，在这种相对封闭的环境中，一个民族文化发展初期较少受到其他文化的影响，十分有利于自身文化自由、自序地孕育、健全和成长，由此形成一种具有自身特色的文化体系。

如果一个民族放弃其语言而全部采纳一种外族语言时，情况会发生极大地变化。法国人原本是条顿人，他们放弃了盎格鲁—撒克逊语而采用了新拉丁语言。与新拉丁语言相伴而来的是罗马人的所有缺陷也被法国人继承，对此，17世纪柏林大学哲学教授、黑格尔的前任教席主持费希特（Fichte，J.G）坦言：

> 法国人现在深受"社会关系的轻浮观念、自暴自弃的观念和无情感的放纵观念"之苦。如果他们保留原有的语言，他们根本不会允许那种堕落降临到他们头上，因为，他们仍拥有一种具有生命力的语言，凭借这种语言，他们将能够防止那些因为采用拉丁语而引进并使之流行的观念。

由此可见，语言是民族文化之魂，即使是在其发展过程中，语言的作用依然十分重要。

> 一个国家最初的、原有的和真正的民族疆界无疑是内在的疆界。早在任何人类文明开始以前，那些操有相同语言者便在天性上被大量无形的纽带相互联系在一起；他们彼此理解和具有使他们自身越来越清楚地被他人理解的力量；他们共同属于、在本质上就是一个不可分割的整体……①

语言现象也遵循生物遗传变异原理，"杂交优势"有利于生物的进化。虽然语言存在越纯洁越趋向于自然，这个民族认识它自身和提高其自由度就越容易。因此，作为一个不负其名的民族越来越义不容辞的事情是复兴、发展和扩张被视为其原有的那种语言，即使这种语言只能被发现于遥远的村庄，或者已被废弃若干世纪；即使其资源不足，其文学作品贫乏——因为只有这样一种原有的语言才能使一个民族实现自我和获得自由。历史学家艾伯特·索列尔（Albert Sorel）诙谐地说："我讲即我在。"语言是民族文化重要标志，接受外来的语言成分过多，必然影响本民族语言的结构，使之失去完整体系，失去特色，进而可能会失去自由。但是，语言是文化的一个重要载体，在文化的交流和发展历程中，语言不可避免地互相借鉴，彼此学习。有人曾戏称日本的文化是一种在保留自身优秀传统文化基础上，不断吸收、借鉴外来文化精华的"杂种文化"，日本得益于这种文化。语言发展方面同样如此，任何一种语言文化不接受新的信息，没有外来文

---

① ［英］埃里·凯杜里：《民族主义》，57～65页，北京，中央编译出版社，2002。

化的促动，它也会出现僵化或退化。世界上目前比较发达的文化，其语言总是接受了外来语言的有益成分，并融合其合理营养，使本民族语言更加丰富和具有活力。语言有一种趋势即表现在社会变革、发展时期字数增加，吸纳外来语言的数量增加，说明只有具备活力的民族文化才具有吸纳、同化的能力。据郭宝均《中国青铜器时代》统计：

> 甲骨文中表达衣、食、住的字只有 15 个，金文中积累到 71 个，汉代《说文解字》中增加到 297 个，几乎是甲骨文的 20 倍。

英语如不借用任何外来语，不认同与之交流的民族文化，它也不可能成为全球化的较为通用的语言。①

语言的发展达到文字阶段时，受到语言起源的地域影响，文字的形式出现种种变形，西方主要的文字是以拼音形式出现，东方的文字则以象形为体。

语言与文字总体上是合一的，这一点西方的合一程度较东方的密切。正如南怀瑾分析的：

> ……我们看世界的文字，不管英文、德文、法文，虽然现在的文字和语言是合一的，但是语言大约三十年一变，所以一百年以前的英文、法文书籍，除非专家，否则是莫辨雌雄。我们中国的老祖宗晓得语言和时代是

---

① 同理，汉语在汉代就吸收了大少外来词，例如"骆驼"、"琵琶"来自匈奴，"葡萄"、"苜蓿"来自西域，"和尚"、"袈裟"、"菩萨"来自梵语。20 世纪以来，吸收外来词较以往任何时代都多，如"吉他"、"幽默"、"法兰绒"、"歇斯底里"、"因特网"、"电子邮件"。体育中的"社区体育"、"NBA"、"联赛"、"极限运动"等等。文化的认同是彼此相互的，单向的认同难以长久和深入。

要变的，所以把文字脱开了语言，只是用很短的时间，经过两三年的训练就会写出来，这个文字就单独成为一个体系，表达了思想。因此这种文字所保留下来几千年以上的思想，在几千年以后的人看来，如面对现在，没有阻碍……①

此刻的语言，以文字为有形的文化载体形式，更加充分地成为区别不同民族的标志。有诗可证：

> 好雨知时节，当春乃发生。
> 随风潜入夜，润物细无声。
> 野径云俱黑，江船火独明。
> 晓看红湿处，花重锦官城。

这首诗，被启功剖析："'当春'紧接'时节'，'花重'是因为雨而'湿'。中间平列四句，是四个雨中景象，总起是紧承'发生'而来……顺着看，词词启下，下边的承着上边的。"属于一种"上管下"的结构框架。②这种语言文字的框架体系，在一定程度上折射出了中国社会的宗法体制类型，宗法制的社会中，君臣、父子每一处无不体现"上管下"。由此进一步可以说语言是民族的标志。

如果将该诗翻译成英文，我们看到的就成为另一种情况。因为英文起源的社会文化基础与中国的差异较大，其严谨的科学精神反映在语言文字必然表现为一种严式语言的范式，与汉语的宽

---

① 南怀瑾：《论语别裁》，3 页，上海，复旦大学出版社，1990。
② 启功：《汉语现象论丛》，31 页，北京，中华书局，1997。

式语言形成鲜明对照。①试看：

汉　语	英　语
我认识几个学生。	I know some students.
那学生认识我。	The student knows me.

汉语中"学生"的人数难以通过"学生"这个词来体现，需要加上限定的内容。汉语中的"我"总是"我"，不依情况而变，可谓"立场坚定"。"认识"也使始终如一。而英语中的使用表现复数时，需要加一个"s"，前面往往还有限定的"some"。"我"则用"I"、"me"、"my"加以区分。"认识"必须根据人称、单复数的情况加"s"。"我"的位置可随实际情况而变。

　　文字是建立在语言基础上的人类文化记忆载体形式，它的发音保持着与语言的一致性，保持着民族性，即使在文字的交流和相互借鉴过程中，依然是以音素为基础，体现着不同民族的特征，也是识别民族文化的重要标志。比如"茶"在粤语、闽语中的发音与英语的 tea 发音近似，可以推测，中国的茶叶从东南沿海传向西方时被英语吸纳，如今在英国还有饮早茶（early morning tea）的习俗，从这些习俗可以看到中国文化的影子。而早先经中国西部地区传出的茶叶并未对英语产生深远影响，茶史专家考证，现在西藏地区把"茶"读成"槚"（jia）音，正是沿袭唐朝对茶的读音。因为公元 641 年，唐太宗将文成公主嫁与吐蕃赞普松赞干布，公主进藏时不仅带去了中原的先进生产工具、技术、书籍，还带去了茶叶。现今中亚、西亚将"茶"读

---

① 徐行言：《中西文化比较》，160～161 页，北京，北京大学出版社，2004。

作 chai，非洲的斯瓦西里语称之为 chay，一个字母之差，是由于古波斯语和阿拉伯语的音素差异所致。①可以看出陆上中外交流，中国文化的影响主要集中于亚、非洲。索绪尔（Ferdinand de Saussure）认为语言是普遍的，而言语作为一个时间过程，则是个别的。地处不同区域的人群，由于对空间和时间的认识差异，因此产生了不同的语言表达形式，形成不同的思维方式，产生了不同的民族文化性格。在上述的论述中可以发现，人类的语言存在语系、存在言语差异，这一切的后果是多元地方性的根本。

最初的语言名称都是具体的，它们依附于对特殊事实或特殊活动的领悟。哈墨·波克司脱（Hammmer Purgstall）列举了阿拉伯语中关于骆驼的各种各样名称，用于描述骆驼的语词不下五六千个。然而，没有一个一般的生物学的骆驼概念，所有的这些名称都是表征骆驼的形态、大小、颜色、年龄以及走路姿态等具体细节。这些大量的、具体的词汇中与其生活、生产紧密相关，由此表现出一定的地域特色。从音素的角度上也表现出地域特色，如中国的语音就可以使用不同的语调来表示不同的词语意义。这些基本的素材是决定语言民族性的前提。人类的语言就是从这些初级较具体的状态，逐步发展到较为抽象的状态，形成一个内涵和外延明晰的理性概念符号体系的过程。

对文字的掌握在人类农业社会时期，实质上是一种特权，为上层社会成员的专属，成为一种言语权力。文化和权力是不可分割的潜在合作伙伴，在农业识字社会的上层，强调、加强和突出特权群体不同于其他群体的和为他们独有的那些特性显然是有利的。由于农业社会的相对稳定，可以把人口明确地划分成不同的

---

① 臧嵘，周瑞祥：《中外文明的交融之路》，22 页、44 页，北京，星球地图出版社，2003。

社会阶层或者等级，同时既维持这样的划分，又不致造成无法容忍的摩擦。另一方面，这种做法使不平等具体化和绝对化，从而加强了不平等，使不平等变得令人愉快，使之带有必然的、永久的和自然的色彩。①时至今日，精通文字、掌握知识的人士大多依然占据社会的上层，拥有更广泛的言语权，在一定程度上决定着社会的走向。不过，随着社会进程，语言向大众化方向发展，其程度不断深入，语言和文字已经从神圣的、贵族的、精英的神坛"下凡"。王蒙认为：

> 语言的大众化是必然趋势，使语言文字上的民主，是进步，我赞成。但是，大众化也使我们付出了代价，因为原来我们那种神气的、优雅的、精英化的语言，精神贵族的语言被排斥了。大众化的语言鲁迅讲过，我找不到原文了，说是它会粗野、退化，会粗俗化、粗鄙化。②

然而，我们应该看到，大众化打破了语言特权，打通了丰富的民间语言资源自由利用的通路，极大地丰富汉语语言，实现言文一致，避免言文脱节造成的文字普及不足之弊，有效地促进和实现"方言保护了一个文化生态"。语言的大众化是语言发展的趋势。

在人类的情感，特别是智慧作用力等综合力量影响下，语言发展成为一种实在、抽象高度结合的具有指向、表达、说明、解释、意寓等功能的识别系统。在这个系统中人们对非理性的意识

---

① ［英］厄内斯特·盖尔纳：《民族与民族主义》，15～16页，北京，中央编译出版社，2002。

② 王蒙，孟华：《关于汉字文化的对话》，载《书屋》，2005（6），4～10页。

表露与理性的思维高度融合，在人类的生活的方方面面都表现出一种符号意识，表现出一种符号行为，如人类进行建筑、绘画、舞蹈、体育等活动无不可以作为一种符号。当人类的智慧达到一定程度后，人的理性作用力增强，语言更多地充当了理性的使者，这种符号表现为各类学科的表述、论证和术语等形式上。

经过对人类发展历程的剖析，恩斯特·卡西尔（Cassirer, E）将人定义为符号的动物（animal symbolicum）。他认为：

> 人不再生活在一个单纯的物理宇宙之中，而是生活在一个符号宇宙之中。语言、神话、艺术和宗教则是这个符号宇宙的各部分，它们是织成符号之网的不同丝线，是人类经验的交织之网。人类的思想和经验之中取得的一切进步都使这符号之网更为精巧和牢固。①

人在整个生物领域中处于高级状态，与其他生物相比，对空间和时间具有知觉空间感，而其他生物仅仅存在有机体的空间和时间感觉。这是一个十分重要的差异，因为只有人类拥有识别符号的能力，可以通过符号进行思维，产生抽象的空间概念，进行符号的创造。也正是由于人类具有的这一属性，使他们能够在相隔万里的不同空间，在交错的时段超越时空制约，创造和发展了各异的地方性的民族语言符号，这些地方性的语言符号共同构建了人类独有的语言符号系统。②与语言符号构建过程相同的人类

---

① ［德］恩斯特·卡西尔：《人论》，35 页，上海，上海译文出版社，2004。

② 语言是人类智慧的表现形式，自人猿揖别后语言就开始了漫长的理性化历程。古希腊文中"逻各斯"（logos）这个词本身兼有"理性"（ratio）与"言语"（oratio）两重含义。西方许多哲学家都以此强调逻各斯（理性）与语言的关系，海德格尔在《存在与时间》中曾说，所谓"人是理性的动物"这句古老格言，其本意原为"人是会言语的动物"。

其他符号被卡西尔称之为一个由"人性"勾画出来的圆周，神话、宗教、艺术、体育等这些亚符号系统是其中的一个小扇面。

但是，语言符号具有强大的民族性特点，也就是说，不同民族交流时，民族性的语言便成为一种屏障，制约着人类的有效交流和互动。根据符号理论，我们可以发现，符号者，表意、传意、承意是也。体育是一种动态的肢体符号，这种动态符号具有通约性，可克服语言等方面的屏障，能够通过各种肢体活动等媒介达到有效的、便捷的、适时的互动。人的符号活动（symbolic activity）能力进展多少，物理实在似乎也就相应的退却多少。在某种意义上说，人是在不断地与自身打交道而不是在应付事物本身。[1]人类的一切活动均为抽象的符号后，人类的认识和互动产生了对言语的依赖性，这对人类的发展和进步是有一定制约性的。体育可以使人们直接面对实在，实在的肢体运动，使人回归到自然实在中，使人感受符号产生前的原生态。正是这种原生的状态中各体育文化具有同质同构的属性，在人类的互动中才能达到畅行无阻。体育在历史和文明的理性洗礼中，不断地被附加上各种符号意义，使它原本通畅的肢体符号交流受到各种屏障的阻隔，只有可被"通透膜"认可的"离子"通过。如体育文化中的政治因素，国家意识的因素在一定程度上制约着体育文化的广泛交流。当然，民族体育起源和发展历程是在特定的民族文化大环境中孕育、成长起来的，因此民族文化的烙印深刻而浑厚，地方性的格局和模式因素必然会产生一定的交流屏障，试如现今的东、西方体育的差异，以至于影响着彼此深入和广泛的交流就是

---

① ［德］恩斯特·卡西尔：《人论》，36 页，上海，上海译文出版社，2004。

这种现状的具体表现。然而这样的屏障绝非"巴比伦塔"①式的语言屏障，然而动态的符号毕竟是可视、可感的直观符号形式，因此交流的可能性大大增强，成为民族间交流的重要领域和形式。民族体育具备这样的属性，各个民族的体育能够表达民族文化，可以借此传播民族文化，固化到肢体动作上的文化可以较好地传承民族文化。同时，民族体育这种动态的肢体符号，具有形象、客观、抽象等特征，可以有效地实现交流互动。

体育文化之所以成为全人类共同认可的文化，最主要的原因是体育文化是一种以人的身体动作为主的动态符号，这种符号在传播媒介的作用下，使人们可以充分地享受一些其他民族的体育文化，也可以减少一些民族间因互不了解或互不理解而产生的纠纷与隔阂，可以使体育文化之间的对抗与冲突减少，充分达到沟通和理解，为人类世界体育文化的发展、交流与繁荣产生一些积极的作用。虽然体育文化中也存在一些并非人类特有的非符号性的成分，但当这些和其他动物共享的为了生存的基本的跑、跳、投、攀等，人类赋予他们一定的文化意义时，它们产生了价值，成为人类独特的肢体符号，被赋予了民族的特色。

第一节　民族体育的形成

对于民族体育的形成具有促进作用的主要可以概括为两个方面，首先是人类的思维方式，这种来自于实践，指导于实践的人

---

① 据《圣经·创世纪》，创世之初，普天下的人类同操一种语言。出于骄傲，人们想建一座通天之塔。耶和华对人类的骄傲感到恼怒，于是使人们的语言变得互不相同，从而在建塔的人们中间造成了巨大的混乱，只好放弃了通天塔的狂妄打算。这是西方人的借喻圣经故事阐述人类语言屏障起源，实际上在世界其他国家的传说和神话中也有类似的内容。当然，这仅仅是一种借喻。

类精神直接作用于人类的各类文化活动。其次是人类的社会实践方式，在人类的思维方式指导下，人类的社会实践是全方面的、具体的，无论何种方式，它都是人类完成社会、文化进步的重要步骤。

一、人类的思维方式

人类虽然居住和生活在不同的地域，感受着不同的空间，形成了各异的民族历史，但是人类的进化步履基本相同，人类社会进程也是基本同步的。在人类社会的漫长历程中，人类的思维经历了行为、形象、抽象思维方式的演变，精神世界随之发生种种改变，理性和非理性此消彼长、相互依存、相互补充、周而复始、不断超越、不断充实，使人类对世界、对自身的认识日趋全面和完善，最终认识到人的本质就是理性和非理性的统一。

如同语言的产生和发展过程一样，民族体育的产生和发展也是人类在对生产、生活的直观感受中，不断提炼其中的成分，从人类活动的一切方面无意、有意地汲取体育成分的过程，在这一过程中，可以归结为两个方面，第一是人类的非理性激发人类对体育成分的汲取，第二是在人们的理性因素作用下，提升、精选、归纳体育成分的过程。

（一）人类的非理性激发人类对体育成分的汲取

> 非理性是指人的精神所特有的、与理性相对的，在心理上表现为本能意识，在认识上表现为主体的非逻辑认知形式和认知功能的要素的总和。[①]

---

① 何颖：《非理性及其价值研究》，163页，北京，中国社会科学出版社，2003。

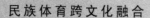

非理性具体地可以分成两类，一类是人的非理性的心理现象，包括人的意志、欲望、情感、情绪；另一类是人的非理性的认知形式和能力，包括人的直觉、灵感、顿悟等。

中国先哲对非理性的社会功用阐述了有价值和分量的观点，这些观点影响着东方社会的发展。由于非理性的思维方式主要在于以人、人的存在为出发点，以人的情感、人的意志、人的欲望等非理性因素为思维的动力，主张人的价值功能。因此，对人的关注成为首要的任务。在这一点上，中、西方哲学思维走出了两条截然不同的道路，中国的哲学坚持有机联系统一宇宙观，努力将人投入到自然中，以认识主体与客体合一为认识的基本前提。在中国传统文化中，非理性具有较大的生存空间，并形成了一个非理性层面。由于人的精神中带有非理性成分，与西方文化相比，中国传统文化的非理性层面则表现得较为突出和丰富，这同中国传统的哲学思想有关，同时也有深刻的经济和社会根源。

首先，中国传统文化的非理性思想根源表现在与原始的巫术、神话有关，"巫"是一种非理性或无意识的强烈情感的展现和暴露。在巫术活动中，巫师或所有参加者在活动和操作的仪式中充满着动态、激情和神秘性，通过这种不可言说、难以言说、不可限定、难以界定的身心并举的狂热祈求神明的出现，并通过"神明"的出现沟通神界与人世，达到个体的灵魂慰安、求雨请安、消灾祈福等目的。"巫"产生之后，逐渐渗透到社会多个领域中，由最先的巫舞求雨、祭祀活动、治病求药到卜筮方术、天象历数，最终演化成一套极为烦琐的礼仪规范形式，演变为理性化的形式存留下来。①李泽厚指出："巫的特质在中国大传统中，以理性化的形式保存、延续下来，成为了解中国思想和文化的钥

---

① 罗秋立：《传统文化非理性层面的探讨》，载《兰州学刊》，2003（2），21页。

匙所在。"①其实，巫术的发展历程早已走出了弗雷泽的巫术因果论，人们充分地理解了巫术中的情感驱动、情感表达，发现了巫术中对人的心理活动的重要作用。原始人并不是以各种纯粹抽象的符号而是以一种具体直接的方式表达他们的感情和情绪。②巫术是原始思维方式的表露，是非理性的陈述。在"巫"的活动中，不可避免地伴随着情感驱动的体育成分，也是东方体育能够赖以生存的基础。至今，人们依然能够看到各种形式的仪式或意识表现在体育活动过程之中，这些内容都是巫术的遗留形态。只要人类心理活动永恒地存在，与之相适应的各种心理表现形式就会保留，只不过是内容和形式的变异而已。李力研认为东方体育特殊的形式与巫术的流行有一定关系，东方人在自然环境中"人的存在"、"人的力量"显得十分渺小，在"巫术通天"的帮助下，东方体育能够实现天人合一的欲望和需求。不同于"希腊的体育中极少有鬼神巫怪和妖魔邪气"③。东方体育偏向于借助各种外在可以利用的力量塑造人的存在轨迹上。

传统文化的非理性与道家思想密切相关，甚至可以认为道家文化以非理性闻名。老子是生命存在虚无主义的典型代表，主张"无为"、"柔弱"、"虚朴"、"混沌"。庄子则是浪漫主义的典型代表，强调回归自然和精神的自我提升。东方体育的成熟和发展与道家的影响是分不开的，老子认为的柔弱胜刚强的理论强烈影响着中华民族的精神，这种精神状态看似柔弱似水，却有以柔克刚的内在特质。老子就曾经说过："天下莫柔弱于水，而攻坚强者莫之能胜，以其无以易之。弱之胜强，柔之胜刚"（《老子》

① 李泽厚：《己卯五说》，北京，中国电影出版社，1999。
② ［德］恩斯特·卡西尔：《人论》，110 页，上海，上海译文出版社，2004。
③ 李力研：《中国古代体育的文化基础"巫术通天"》，载《山西师范大学体育学院学报》，1995（2），6 页。

· 15 ·

七十八章）。滴水穿石，就是一种典型的柔弱胜刚强的诠释。中国人推崇这种品格，崇尚这种精神。以至于最终形成了今天这样一种民族性格和精神，辜鸿铭生动地描述为"温良"（gentle）的民族意志、性格，而这种外在温良柔软民族性格表象类似"毛笔"，却能够书写出中华民族自强的刚健文明之"大字"。受其影响，东方体育注重"外示安逸"的表象，即使有强烈的心理情绪影响，也要有良好的沉浮应付世间万物，并要以无为的心态处置任何事物，绝无张扬情绪表露，因此抑制着东方体育的竞争形式的外显。道家理论认为"无"虽来自于巫术中的"舞"，意寓则为中空，中空之物方可承载任何物品，才是世间最有价值的状态。人的需求需要良好的"无为"心态保证，"道家无为，又曰无不为"，这样才能真正做到"有为"，为"有为"，必然有竞争。不过这种竞争在大环境的制约下，逐步形成了一种内隐式的竞争，正如人们常说的中国人喜欢心里较劲。道家的思想在先秦时期构建成为中国文化的深层结构，此刻的儒家文化为表层文化；魏晋南北朝时期形成了儒、道、释分离互补的态势。[①]道家的思想影响深远，这样的格局引导着中华民族体育的走向，最终促使形成了太极拳、气功、保健养生这样一类东方体育典型的代表项目。

其次，作为中国思想文化的正统，儒家思想也蕴含着丰富非理性色彩。先秦儒家趋向人情化的伦理亲情、汉代儒家偏重神学化的天人观念、宋代儒家渐入哲理化的理欲论之境。总之，中国传统思维方式集中在直观与经验、体悟与直觉、比喻出韵致、象征见意境的层面。

宋朝开国的宰相赵普说过"半部《论语》治天

---

① 孔令宏：《从道家到道教》，423 页，北京，中华书局，2004。

下"，这是中国文化中的一句名言。因为赵普与赵匡胤年轻时等于是同学，出身比较艰苦，来自乡间，一生没有好好读过书，后来当了宰相。"半部《论语》"是谦虚的话，表示读书不多，只读了半部《论语》……其实《论语》并没有告诉我们如何治理国家，更没有告诉我们什么孔门的政治技巧，它讲的都是大原则。①

正是这些大原则，而非具体的细则，为人们留下极大的可以充分根据不同的历史时期，结合本土实际而灵活、机动地发挥人们主观能动作用的空间，是激发和调动人的非理性施展的一种大原则。

儒家思想以实用理性著称，反对一切的迷信，甚至反对宗教中的超自然部分。然而，孔子却承认"天命"、"天道"的存在，儒家更倾向于存天理，并把它作为道德的基础。《中庸》首章说："天命之为性，率性之谓道，修道之谓教。"然而，儒家经典的主体思想"仁"是以人的内在心理情感作为本体的。《论语·阳货》篇中，孔子就是通过心的安与不安，情的稳与不稳来评判"仁"。以"仁"为主轴，将之落实到世俗的日常生活行为、言语、姿态中。孔子以"仁"释"礼"，将社会、文化等外在规范化为个体的内在自觉，体现儒家思想的心理情感原则。中国的"礼教构成了国家的一般精神"（孟德斯鸠）。由于"礼乐教化"的客观社会环境，任何形式的活动，包括中华民族体育活动都必须"志于道、据于德、依于仁、游于艺"。不然便"不以规矩不能成方圆"。所谓的规矩就是在"仁"的基础上，以"礼"所要求的范围内活动的规范。如武术正是在这种"礼"的指导下构建自身价值意识和意志，并逐渐形成一系列行为准则。

---

① 南怀瑾：《论语别裁》，481 页，上海，复旦大学出版社，2002。

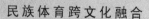

这些行为规范与准则在历史的梳理、文化的积淀下，不断完善、充实，使武术这一战争副产品在"礼仪之邦"的大熔炉里逐渐地"礼"化。同时，谦让、含蓄、随和民族道德观念的"礼"化，使武术运动形式也发生着以追求道德完善为重点，忽视或不依身体竞技技能发展，却以健身娱乐的套路形式为主，忽略对抗搏击的武勇之形。孔子是一个十分谦虚的人，但他依然认为自己"君子道者三，我无能焉：仁者不忧，知者不惑，勇者不惧"。实际上是孔子要求人们应努力向这个目标去修养，以求人们的非理性得到有效控制，即使是与人交往也要"不患人之不已知，患其不能也"（论语·宪问）。纵然需要外显式竞争，孔子认为只有射箭比赛是君子之间唯一的竞争，"君子无所争，必也射乎！揖让而升，下而饮。其争也君子"。这种思想意识对武术的发展起到重大影响，在一定程度上制约着武术原始的、人本能攻击性的发展，限制了其征战、格斗的功能深化。①

"人而不仁，如礼何？人而不仁，如乐何？"儒家的思维方式是具有相当模糊性与非逻辑性的，孔孟在讲"仁"时，并没有通过明确的语言、概念去限定、界说和规范，而是靠人的悟性、直觉去感知和体验。中国传统思维方式的非归纳非演绎、重情理、轻逻辑，在很大程度上受儒家思想的影响。最后，董仲舒把儒家的基本理论同道家、法家、阴阳家的基本思想结合起来，创造一套浓厚非理性主义色彩的"阴阳五行宇宙图式"理论，在当时社会意识占支配地位后，对中国传统文化产生了深远的影响，成为中国一种极为顽固的传统观念和思维习惯。②

在中国，非理性主要表现为激进主义和意志主义者两种形

---

① 陈青：《论中华武德》，载《体育文史》，1999（4），15 页。
② 罗秋立：《传统文化非理性层面的探讨》，载《兰州学刊》，2003（2），22 页。

式，产生这样的结果是有其深刻的经济基础和社会根源。分散的小农经济通常是与高度集权的社会制度相适应的，在这样的社会制度中，人与人之间的关系，上层与下层的关系不容易沟通，被积压起来的社会能量找不到宣泄的渠道，这种社会能量一旦释放出来，其表现形式往往是激进的，如各种起义。在长期封闭的农业社会中，受到良好教育的人口数量和比例始终不高，正如前面谈到的，语言属于农业社会的上层特权，百姓难以享有。因此，人们的思维方式、行为习惯更多地是以非理性为动力，凡事以意志为转移。人类虽有好多地方只有借助于理性的方法上的深思熟虑才能完成，但也有许多事情，不应用理性同样可以完成得很好。

在中国哲学中最基本、最重要的问题就是天与人或天道与人道、自然与人的关系问题。无论是深藏在混沌未开的朦胧原始意识中的天人不分、天人感应的思想，在春秋战国时期已被众多哲学家提升为整体的哲学本源认识，如"气"、"天"、"道"、"阴阳五行"等。还是北宋时期的哲学家张载成功地把握了中国哲学整体认识的模式，提出"天人合一"的著名命题。初看起来，似乎中国哲人注重的是"天"，实质上是中国哲人将人放大，在研究天的过程中自然地研究了人。因为董仲舒"天人相类"说阐述了天人同源一体的思想，人与自然具有天然的亲和、协调关系。对天人关系的研究，天可作为认识的对象和客体，人作为认识的主体，两者相互依存，相互包容，为一体的关系。在社会层面，天被人格化，是道德的实体，成为一切社会法则和价值的来源。"道之大原出于天，天不变，道亦不变。"因此，人作为中国哲学家研究的主体，自然涉及人的一切领域和方面。

因此而形成的中华民族精神，其核心思想集中表现为具有悠久的无神论传统，充分肯定人与自然的统一和个体与社会的统一，主张个体的感情、欲望的满足与社会的理性要求相一致。司马云杰在《文化社会学》中概括中国传统文化基本精神为："尊祖宗、重人伦、重道德、尚礼仪。"李宗桂在《中国文化概论》中将民族精神归纳为："自强不息、正道直行、贵和持中、民为邦本、平均平等、求实务实、豁达乐观、以道制欲。"①这一切都是针对人的需要和社会的需要提出的大体要求。具体到生活的细节方面，传统为人的生存提出了要求，如在《楚辞·远游》篇："内惟省以端操兮，求正气之所由，漠虚静以恬愉兮，澹无为而自得"的人生态度，决定着人的"餐六气而饮沆瀣兮，漱正阳而含朝霞，保神明之清澄兮，精气入而粗秽除"（《楚辞补注》）养生方法，以及人的"三纲八目"的修养准则等，都是对人的基本行为的规范，通过这些规范的身体力行，造就了中华民族大一统式的情感、意志素养，使中国达到了一种和谐的社会形态。同时，这种思想左右着人们对待民族体育的态度、作为以及价值取向，使民族体育呈现出以修身养性为主体的格局。

当然，非理性主义思潮主要是指西方的哲学思潮。放眼全球来大致梳理一番西方的非理性主义。

阿图尔·叔本华（Arthur Schopenhauer）第一个公然举起了非理性主义的旗帜，成为现代哲学史上第一个修正传统理性主义集大成者黑格尔哲学理论的人。叔本华告诉世人，人的精神活动中理性与非理性思维相比，非理性的东西占据优势，理性只不过是人在实现非理性的冲动，满足非理性的要求，精化非理性感触的一种工具。为何这样说，因为人对实在的认识表面上看更是靠理智进行的，而实际上，在理性背后推动着理性活动的是人的非理性的意志。叔本华形象地描绘意志就像一个强壮的瞎子，背着理智这个瘸子，瞎子虽有动力，却不明方向，瘸子虽然看得明白但动弹不得，只有两者结合在一起，才能得到对人及物的完整认

① 李宗桂：《中国文化概论》，347～363页，广州，中山大学出版社，1988。

识，才能实现人的实际行为。这里所说的意志是指人的不能遏止的本能冲动，即欲求。[①]民族体育的起源就能很好地说明这一点，民族体育最先就是在人们的欲求和需要作用下，逐渐得到理性的帮助，而使原本存在劳动、娱乐、教育、宗教、战争中的各种因素剥离、独立出来而起源的。民族体育的生产、生活属性也充分说明这一点。时至今日，体育仍然如此，受到意志的推动，人们从事各种体育活动，创造各种新异的活动。理性告诉世人：生命在于运动，应该从事体育锻炼，可人的意志没有足够的动力，他仍然不会有体育活动的实际行为。假设，一个地区的居民长期生活在动荡和贫穷的环境中，他们就不会有"富裕"的意志去激励人们从事"非实用"的体育，也不会有"明智"理智思索和指导人们的体育行为。然而，对生命质量的追求是人类本能，世居民族地区的居民由于受到生活方式和生产方式的影响，其民族意志强悍，珍惜生命，热爱生命，民族性格豁达开朗、能歌善舞，他们拥有强烈的运动动力。因此，民族体育文化是构成其生活方式的主要部分。中国民族体育文化极其丰富，每个民族都有自己独特的体育文化内容，可谓绚丽多彩。受全球化非理性主义思潮的影响，这些民族体育文化的生活、生产化特性进一步得到强化，在外因的促进下，本身具备的同质文化特质产生响应，逐步完成着同质同构的文化构建。表现出较少理性因素渗透，缺少功利性，人们仅仅是想从轻松、愉快的体育活动中满足自身的欲求，带有更加浓郁的娱乐气氛以及"非实用性"特征，内容上很少有严格的规则程序，也不需要标准的场地，计时和记分不再是衡量成绩的依据，没有严格规范的技术规格，有的只是人们纵情于山水、返璞归真的体育活动形式，这些活动是"为着自身

---

① 孟宪忠等：《思考世界的十个头脑》，133～149 页，沈阳，辽宁教育出版社，1988。

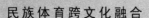

体能和意志的更加完善，以至于超越自我”。全球化趋势的生态体育也与此遥相呼应，彼此借鉴。

紧跟叔本华之后是弗里德里希·威廉·尼采（Friedrich Wihelm Nietzsche），尼采以叔本华的生存意志为出发点，并加以改造、引申、扩张。尼采十分器重希腊人的原始力量，没有这股力量，人们就不可能产生真正的创造力。在他看来，原始的激情放纵经过理性的调和，"升华"为艺术。①尼采在其《权力意志》一书中充分表明了他欲"重估一切价值"的意向，他认为自我是用"意志"来表述的，"相信我们的自我胜于相信精神"，因为自我是一种强大的力量，是无法抵御的诱惑，是一种真正的需要。他鼓励强者的权力意志，"人们把自己的生命、健康、荣誉孤注一掷，这乃是高傲和盛气凌人意志的结果。"这一超人哲学思想是在反对宗教思想束缚人意志背景下提出的，他真实的思想是希冀人的自身利益、价值得到真正的重视，人应自我把握生命和命运，而非听任上帝安排。②在体育比赛中有成就的运动员都有强烈的表现欲望，他们在竞技场上尽情地发挥自己的技术、表现自己的技能、实现自己的价值。淋漓尽致地表现这一点当属篮坛明星乔丹，篮球场仿佛是他的舞台，队友、观众是这位主角的陪衬。体育领域中这类凸现个人意志的案例十分丰富。同时，体育运动已经被理性升华为一种艺术，有谁能够否认"梦之队"的篮球技术、战术仅仅是体育活动，又有谁能够否认这不是一种艺术。对于个体是这样，对一个民族更是如此。体育可在一定程度上成为民族的象征，是民族精神、民族意志的集合体，是一种

---

① ［美］罗兰·斯特龙柏格：《西方现代思想史》，381 页，北京，中央编译出版社，2005。

② 陈鼓应：《悲剧哲学家尼采》，73～87 页，167～226 页，北京，生活·读书·新知三联书店，1987。

民族共同喜爱的艺术。例如武术可以代表中华民族，柔道是大和民族的象征等等。在中国，"抢花炮"凝聚着侗族人民的志趣；"木球"是回族人民的象征；"搏克"为蒙古族人民的英雄偶像。这些民族体育受到各个民族人们的高度认可，人们把体育活动的内容和形式作为一种民族和个体意志的表现载体，充分利用这种载体凝聚民族精神。在民族意志中，格外注重民族英雄人物的社会效益和历史作用。他们知道英雄的榜样作用是巨大的，这些人物可以引领民族克服不利的生活、生产环境制约，使民族的生存和发展走向光明。中华民族的英雄不同于西方神话式英雄，是社会真实的英雄，是摆脱了上帝控制的具备着完善人格的英雄，[①]他们有强烈的权力意识欲望，这些英雄无一不是文武双全，无一不是民族体育的佼佼者，因为他们确认体育本身就是强者的运动，如果没有强者意志，缺乏自我实现的欲求，他注定难以立足于领袖地位。在这种英雄人物精神和行为的感召下，民族体育始终是各个民族实现自我价值的重要途径。

保罗·萨特（Jean Paul Sartre）也极力宣扬人的存在是以意志为轴心，从意志中获得一切价值。也可以说它注重普遍的人性，关心现实中具体的人，突出人的心理体验和处理，关心个体的生存。萨特认为人是一切价值的创造者，"人不外是人所设计的蓝图。人实现自己有多少，他就有多少存在。因此，他就只是他行动的总体，它就是他的生活。"道理显而易见，没有人自身存在世上的一切价值就没有了来源，人是一切价值的创造者。[②]民族体育从畏神、敬神，逐渐走向了谢神、娱神，并在神面前显

---

① 刘志伟：《"英雄"文化与魏晋文学》，3~22页，兰州，兰州大学出版社，2004。

② 孟宪忠等：《思考世界的十个头脑》，174~198页，沈阳，辽宁教育出版社，1988。

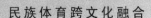

示自身力量的历程，说明人对自身的能力和价值的认识逐渐成熟，逐步认识到人类的能量。例如流行在苗族的"拉鼓"原本是苗族祭祀活动内容，逐渐演化成一种体育活动内容。① "那达慕"、"诺劳孜"、"古代奥林匹克"等重大节日活动，人们总是以民族体育活动来作为庆典的主要内容，说明民族体育活动的社会地位，更重要的是体育活动为人关注自身的活动，是人在设计和拓展自己生活蓝图的重要领域。

西格蒙德·弗洛伊德（Sigmund Freud）的人格结构理论比较夸张地把人的非理性因素推向了顶峰，然而他的观点令人信服，如弗洛伊德说："我们相信人类生存竞争压力下，曾经竭力放弃原始冲动的满足，将文化创造出来，而文化之所以不断地改造，也由于历代加入社会生活的各个人，继续地为公共利益而牺牲其本能的享受，而其所利用的本能冲动，尤以性的本能最重要。因此，性的能力被升华了，就是说，它舍弃性的目标，而转向他种较高的社会目标。"② 民族体育中有许多与人之性有关的项目和内容，如"姑娘追"、"飞马拾银"、"爬花杆"、"交谊舞"、"体育舞蹈"等本身就是人们追求爱情的升华形式。另外，民族体育中以男性为主的体育项目，也有以吸引异性为动力的，如哈萨克族男子高超的骑术、维吾尔族男子惊人的高空走索能力，蒙古族男子精通"三艺"即摔跤、骑马、射箭者都是女子心目中的偶像。西方人的击剑运动与原本为争夺配偶而进行的决斗演化有关。性的力量是巨大的，只要能够有正常的表达途径，以及健康的载体，性对人的进步和发展具有十分重要意义。民族体育为人们提供了一个有效互动的场所，使性得到升华，演化出

---

① 陈青等：《学校民族传统体育》，25 页，北京，人民体育出版社，2002。

② 孟宪忠等：《思考世界的十个头脑》，150～173 页，沈阳，辽宁教育出版社，1988。

特色鲜明，以人为本的体育项目。这些内容和形式受到非理性主义思想的影响，使项目不断完善。同时，民族体育的特色也是该哲学思想的生活源泉，随着全球文化沟通的范围扩大和速度加快，民族体育受非理性主义思想的影响会更加广泛。

亨利·柏格森（Henri Bergson）提出一种非理性主义直觉理论，在研究人这一极其复杂客体时作用极其有效。正如柏格森所说："科学只能研究死的、机械因果律制约的世界，而活的、实在的世界则只能由哲学来研究。"认识是容纳理性、非理性的集合体，在这一集合体中，非理性的成分往往以习惯的形式出现，掩盖着理性。那么，对之的研究就不能仅限于科学研究，现实是一个连续的整体，需要用直觉来把握。"生命力"存在于万物之中，流过直接经验。与理智相比，直觉（被界定为本能，它具有自我意识和反思性）让我们更加接近"生命的本质"，而理智处理的是生命的表面现象。[①]柏格森的理论为研究民族体育提供了一个新视角，研究民族体育运动能力时，应有科学的态度，但绝不能仅仅依靠科学手段。因为不少凭借经验、直觉进行训练的教练员却能恰如其分地掌握运动员的竞技状态，他们并未把令人眼花缭乱的生理、生化、生力指标、数据恰当、适时地运用于训练，然而他们依然培养出了优秀的民族体育运动员。国外也是如此，拳击手大多出身世家，教练就是其家父或族人；非洲长跑名将们也是出身于缺乏科研手段的国家和地区。其实直觉是一种更高层次的理性，它来得直接，不受逻辑、常识的羁绊，有时能轻易把握住事物的本质。大黄蜂体大翅小，依生物学原理它是绝对不可能飞行的，但"无知"的大黄蜂却是飞行高手，社会行为学对此解释为这是其生活所迫的必然。当然，前提是有经验的丰

---

① ［美］罗兰·斯特龙柏格：《西方现代思想史》，378 页，北京，中央编译出版社，2005。

富积累、理性的归纳与总结。柏格森就认为在实践中，人们总倾向于构成一个有关外物与自身的感觉清晰的形象，并致力于把这些形象凝固化，最终用语言加以表述，这似乎是科学时代的必然。但是在认识人这一将外界种种不同状态引起的人内在种种相互渗透、不知不觉地组成一个整体意识形态的、无连续的聚合体时，就得依靠内心直接体验或领悟去把握实在，靠直觉去掌握人的行为。东方体育推崇"悟"性，武术运动讲求境界，境界是难以用科学参数描述的。太极拳追求"外示安逸、内宜鼓荡"；形意拳强调"心与意合、意与气合、气与力合"，均是一种只可意会不可言传的直觉体验。

"交感"的民族体育文化，其生物学基础必然是人类的非理性因素，离开了非理性的激发、启动、维持，人类的民族体育就会成为无源之水。民族体育被人们从生活、生产活动中引发出来之后，放任自流式地滋生，必然导致自灭。因此，需要人类理性的帮助与参酌。

（二）在人们的理性因素作用下，提升、精选、归纳体育成分的过程

在 17 世纪，发生了具有最深刻意义的文化思想"革命"。这一革命是与主要发生在物理学和天文学领域伟大的"科学革命"密切相关，值得夸耀的是在西方传统上无与伦比的伽利略和牛顿的成就。[①]

这些成就是人类智慧的标志，是人类理性充分展现、广泛实用的里程碑。东方的古代科技比较发达，从主要学术流派的墨家

---

① ［美］罗兰·斯特龙柏格：《西方现代思想史》，1 页，北京，中央编译出版社，2005。

等学说应用于社会实践开始，东方人为人类社会陆续发明了四件划时代的理性成果，历朝历代虽有各种理性成果，但尚不具备西方较为集中地形成了科学的应用体系。我们可以看到，公元前1800年左右，巴比伦人发明了轮车，到公元18世纪瓦特发明了蒸汽机，英国人在轮车基础上结合新的动力，理性作用下轮车实现了"突变"，产生了机车。无论是轮车，还是带有蒸汽机的机车，均使社会发展的速度和效率极大提高。因此，不论是西方还是东方，理性对社会的推动作用是毋庸置疑的。

> 理性是指人的目的和意志所支配的一切精神属性和精神活动及按一定逻辑规则和逻辑程序运作的认知形式和认知能力。[①]

人的认识活动可以分为理性和非理性，然而人毕竟是理性的存在体。假如没有理性因素的作用和控制，那么我们人类社会将不会有序地发展。不过，人类社会并不是处处有序的，有很多方面在有序的背后隐藏着极大的无序，甚至时有表露，故有人认为目前的世界正在走向无序，这不能不说是由于人类过分听任非理性因素指使的结果。体育亦然，如目前最令世人忧虑的体坛兴奋剂问题，自1967年国际奥委会医学委员会通过了一项禁止服用某些药物的决议，并公布了一份违禁药物的明细清单，1972年慕尼黑奥运会上将药物检验正式纳入大会规程以来，治"魔"之"道"可谓日臻完善，但是仍然道高一尺魔高一丈。甚至服用兴奋剂被某些人认为是体育运动中的"科学行为"，然而它的危害之大使之走向了事物的反面，这种科学行为的背后是人类的

---

① 何颖：《非理性及其价值研究》，163页，北京，中国社会科学出版社，2003。

非理性的个人意志、权力意志、欲望的综合影响。

在人类社会行为规范的约束下，人本能的欲求被压抑的情况随着非理性主义思潮的蔓延逐渐得到一定程度的缓解，这本无可厚非，然任其欲求无休止地宣泄也令人担忧。如体育运动中的赌博之风，使体育运动失去了增进健康、娱乐身心、促智益慧、促进和平原本宗旨的面貌。在突出精英人物的自我实现的思潮中，体育职业化日趋严重，技术的掌握非常人所能，场地器械的使用非百姓所及。很多运动被策划者和运动员提高到无可复加的地步。这对民族体育的影响主要是进一步强化了其竞技性，使竞技化的民族体育项目高度发展，而广大百姓所掌握的泛化的民族体育项目却不能得到很好的重视和普及。这种趋势使民族体育运动失去了群众基础，步入象牙塔，带来了新的贵族化。

非理性主义思潮强化了中华民族体育文化的民族幻觉。[①]中华武术长期处于"悟"性环境中，总是认为悟性可以使武术达到世间巅峰，武术可以使人刀枪不入，可以使人健康长寿，武术可以强种强族，武术可以振奋民族精神等等附加在民族体育身上诸多膨胀的幻觉。因此，中华武术对理性持排斥心态，致使武术文化至今缺乏系统、完善的科学理论、技术体系，以及竞赛体制。

理性造就科技，科技发展是社会进步的一个关键因素。马克思和恩格斯认为科学是人类历史上的一种特殊的而且是极其重要的历史活动。[②]特别是进入 20 世纪以后，是科技飞速发展的时代，也是科技展现出空前魅力的时代。

---

① 张兴成：《民族幻觉与中国人的自画像》，载《书屋》，2004（6），4～11页。

② 黄顺基等：《自然辩证法教程》，11 页，北京，中国人民大学出版社，1988。

据统计，在 20 世纪初，科技对经济增长的推动作用为 15%～20%，目前在发达国家已上升到 60%～80%。人类可以夸耀这一百年来我们的技术进步是自人类诞生以来几百万年总和的多少倍，它使社会进步的速度达到前所未有的程度。①

理性全方位、综合地对体育运动产生作用和影响，就现代运动训练的科技系统而言，理性的光辉普照运动场。

奥运会的金牌大战，成为多学科科研人员"在幕后操纵的科技之战"。奥运会的新纪录，是科技创新在体育运动中的集中展现。仅仅依靠教练员的经验和运动员的汗水来提高运动成绩的时代已经结束，依靠科学知识和先进技术来提高运动成绩的"知识体育时代"已经来临。现在，以系统论、控制论和信息论为指导，以计算机为手段的现代科学训练方法，越来越广泛地运用于训练实践，教练员、运动员和科研人员应用计算机分析训练方式、编制训练计划、监测训练过程、分析技术缺陷，突破了传统的训练概念，最大限度地发挥运动员的潜能。正是科学化的训练使运动员不断突破"传统观念上的身体极限"。当代运动员的比赛成绩，成为心理学家、医学家、营养学家、生物力学家和材料检验学家共同产生的集合效应的结果。②

---

① 张兴成：《现代性、技术统治与生态政治》，载《书屋》，2003（10），4～12页。

② 杜利军：《奥林匹克运动与现代科学技术》，载《中国体育科技》，2001（3），4～7页。

接着我们看到体育运动器材设备科技化程度，这一切与运动成绩直接相关。

第 27 届奥运会部分运动项目器材装备的革新如下：自行车用碳素纤维材料制作的重量轻、强度大的自行车架，并通过风洞实验，使其造型达到抗阻力的最佳状态；撑杆跳高中检测从起跑到起跳的速度的雷达装置，用于辅助训练，提高竞技水平；短跑采用 5 种不同纤维制作的连体紧身运动服，可以影响体温，减少阻力，使用透明塑料制作的"水晶跑鞋"能够有效地提高速度；帆船运动通过一套计算机系统提供船体造型和力量分布的参数，使帆船具备最佳滑行能力（4.9m 快速帆船）；跳水项目通过机器人模拟分析运动员跳水时的转体动作；举重对运动员的力量通过三维检测的装置，用录像提供最佳参照动作，用含聚四氟乙烯材料制作的新型举重服；游泳运动员使用连体"鲨鱼皮"泳装，其上万片鳞装表面材料可减少水的阻力；铁饼检测确定运动员动作和铁饼出手最佳角度的电脑系统帮助运动员校正技术；射击空心枪柄和铝质枪托，减轻枪的重量，并使枪的重心更为合理，同时具有能显示运动员射击动作情况的激光装置；赛艇用以测定桨、桨架和踏板的受力情况的数字检测系统，确定赛艇位置的"全球定位系统异频雷达收发机"；射箭采用新材料制作的紧凑小巧的 X－10 钨箭头；拳击能显示运动员拳击动作物理参数的数字化拳击练习袋；其他确定长距离项目（马拉松、铁人三项、竞走、公路自行车）运动员比赛途中位置的 2.5kg 重的异频雷达收发机芯片（挂在鞋带上）等装备使运动成绩得到极大地提高。①

由于发展中国家对科技的力量重视不足或重视能力有限，过分地信赖或无奈地依赖非理性，因而出现了较多的伪科学、非科学的民族体育活动内容和形式，这是必须警惕和应研究的现象。②以科学的精神和态度对待民族体育，对待体育文化，使之步入有序、健康的发展之路。体育本身是一项关于人自身的综合学科，对其的研究和应用必须严谨、理性。恰恰是科学时代为体育带来了巨大的发展空间，使原始的技术得到飞跃，更加充分地发掘出人的本质力量。

非理性和理性都是人类实践中不可或缺的基本要素，是构成人的存在的总体性的两个重要方面。在非理性的启动下，通过理性的过滤，使人类肢体生活的内容被提炼成为一个独立的符号体系。

二、人类社会实践

在人类思维方式的指导下，社会实践涉及人类生活的方方面面，这些具体的社会实践依人们生活的空间和时间，存在一定的地域差异，差异的背后是广泛的共性成分、共性结构、共性规律，构成人类社会发展的大格局。民族体育在形成过程中绝对离不开以下几个共性因素的综合制约。

（一）生产

人类的生存是其享受和发展的前提，为了满足人类的基本生

---

① 杜利军：《奥林匹克运动与现代科学技术》，载《中国体育科技》，2001（3），4～7页。

② 陈青：《现代哲学思潮与民族体育文化的交融》，载《体育文化导刊》，2005（11），48页。

存，人们必须进行必要的生产，从人猿揖别以来，生产劳动的方式随着所处的地理环境的不同发生了地域特化，大体上可以分为东方的农业生产、西方的工业生产，以及其他地域的牧业生产、渔业生产和商业生产等形态。

在远古时代，作为生产手段之一的自然科学还处于襁褓之中，后来在很长的一段时间里，科学还孕育在生产之中，技术作为生产经验和技艺而与生产结合在一起。到了近代，虽然科学同技术逐渐分化，各自取得独立的地位，但是科学、技术、生产之间的联系依然十分密切。自然科学与生产是相互影响、相互作用的。科学依赖于生产，由生产所决定，反之，生产也依靠科学，在很大程度上受科学发展水平的制约。技术介于科学和生产之间，是从生产过渡到科学和从科学过渡到生产的桥梁和纽带。①

生产不仅与人类的科学、技术关系密切，与人类的身体活动更有直接联系。在人类社会早期，由于生产的技术和科学手段落后，生产效率取决于人们的体能和技巧，在这样的情况下，身体的体能成为人们关注生产的主体，身体的活动成为生产主要制约因素。为了提高生产效率，人们想方设法地加强体能训练，不断提高身体活动灵活程度，以期提高生产技巧。在生产效率的促进下，人们的体能不断得到发展，技巧也逐渐提高，由此形成了身体活动的一些基本方式和方法，为后续的体育活动提供丰富的身体活动原模特质。由于人们从事的生产具有地域差异，由此生成

---

① 黄顺基等：《自然辩证法教程》，476 页，北京，中国人民大学出版社，1988。

的体育活动也表现出一定的不同。比如投掷动作，在投掷的方法上就存在差异，有上手投掷的，有下手投掷的。使用的器具也有石头、棍叉、绳索之别。再如跑步，不同地域的人们采用的方式也存在差异。对于人类总体而言，身体移动的方式主要有以下几种：匍匐、爬行、蹒跚、步行、踱步、曳行、急走、奔跑、慢跑、疾跑、踮行、踏步、鹅步、跳跃、蹦跳、边走边跳、攀爬、悬荡、特技移动、游泳等。①这些人类身体移动的方式与他们所处的地域存在密切关系，就跑步而言，非洲人的跑步因地面炽热，赤脚不宜久着地面，步伐必须富有弹性，爱斯基摩人受衣着臃肿、行动不便、地面终年积雪的影响，跑步具有滑行的成分，这两者在体育比赛中必然存在运动优势的差异。长期地从事某一种生产会对人体产生器质性的改变，这种改变经过足够长的时间，发生生物学的变异，会对下一代产生遗传。在高原地域从事牧业生产的民族，与低海拔地域从事牧业生产的民族，他们的心肺功能产生机能特化，进行的体育活动内容和形式相应的发生特化，如高原登山和草原摔跤，对人体的运动机能要求就存在较大的差异。卢元镇从体质人类学角度分析认为："可以发现凡凶猛的肉食动物沿矢状轴（向前）运动的本能性运动能力极强，而沿额状轴向两侧（向左右）运动的本领极差，这与动物的四肢关节和形态有关。白人与黑人也具备这样的生物特点。"还有学者认为，大凡眼睛长在额前者均比分布于两侧的动物凶猛，且以食肉为主，具有极强的攻击性。这些资料说明，在生产过程中人类采取何种方式不仅受到人种的影响，同时在生产实践中这些特征被不断地改变、强化。时至今日，白种人、黑种人在速度、力量型的运动中占据得天独厚的优势，而黄种人多擅长技巧性的运

---

①　［英］德斯蒙德·莫里斯：《人类行为观察》，538～548页，深圳，海天出版社，1989。

动可以充分证实上述观点。

同时，不断改进生产工具，不断使用新的材料制造生产工具使人类对自然资源、能源的利用率不同，因而社会发展的速度也不尽相同。在文化系统中，其三个文化亚系统，即技术系统、社会系统和思想意识系统各自对人类社会发挥着不同的作用。[①]技术系统是由于物质、机械、物理、化学等手段连同运用它们的技能共同构成。人类借助该系统与自然界进行沟通，从而满足自身物质和精神的需求。因此可以认为技术系统是文化系统中最基本的亚系统，也是其他亚系统发展的基本动力源。技术系统的发达可以提供给人们相对先进的设备供人际的互动，如交通工具、通讯手段等，有了先进的工具，人们才会摆脱封闭的环境，萌生开放的思想。生产力（包括劳动者、劳动对象、生产工具、生产方式）是人类发展的动力，人是生产的生力军，出于人类自身发展需要对自然和社会进行征服和改造。客观物质是劳动对象，而通过狩猎、牧业、农耕等各种物质生产方式使人类能够更充分地满足生活需要。生产作为基本手段，是生产者自身力量作用于客观物质生产的一项活动。生产活动在人类社会的初期与生活密切联系，在很多情况下两者难分泾渭。民族体育文化正是从生产实践中不断提炼体育成分，从而派生出具有民族特色的独立的体育文化。同时民族体育格外注重感性生活体验，民族传统体育的方方面面、点点滴滴都渗透着各民族浓厚的生活气息。狩猎游牧、农渔耕作是民族生产生活中最重要的两个组成部分，自然成为民族体育项目最主要的成因之一。在技术系统的制约和影响下，各地的民族体育出现了具有地域特色的项目，如牧区的马上项目，雪域的冰雪运动，水乡的水上项目，高原的耐力运动，海洋的航海运动，农区的徒手项目等等，这一切均与生产工具的使

---

① ［美］L. A. 怀特：《文化的科学》，56页，济南，山东人民出版社，1988。

用密切关联，使之带有强烈的地域生产工具特色。

（二）战争

体育文化在多元生成过程中，最初与军事战争的关系最为密切。军事战争是体育的一个重要源头，体育又是军事战争依赖的重要手段之一，在冷兵器时期可以说是唯一的手段。试如古代奥林匹克运动会是不折不扣的战争产儿，它来自于战争，又服务于战争。古代奥运会最初的每一个比赛项目都是冷兵器时代必须掌握的战争技能，这些项目是希腊人的教育主体内容。古代奥运会与其说是祭祀神灵的仪式，是检阅教育质量的方法，不如说是检阅军事实力的阅兵式。中国的武术就是对古代军事战争直接的技术性总结，只要是作战的方式和方法都是武术归纳的内容，皆为百姓农闲必须习练的内容，至今东方的武术依然以技击性为项目运动的基本特征。"国之大事，在祀在戎"，教育内容同样注重体育，"序者，射也"，与体育有关的教育内容占"六艺"中的四项。同时，以孟子为代表的中国人更认为军事战争是维护道德规范的途径之一，"仁义之师"方能取得战争真正的胜利，民众"三时务农，一时习武"，习武不仅是用于战争，更多地是为了弘扬正义。因而，尚武之风弥漫于早期的中原大地。

冷兵器时代的作战方式中，有称雄于世的希腊步兵方阵，他们作战的特点是强调个人的勇敢和精湛的战斗技巧，两军相接时，步兵先是用标枪进行密集的远距离投射，然后进行短兵格斗。中国古战场上，步兵布阵对垒，以弓箭手射箭封杀对方阵脚，在主将的搏杀后，再进行步兵的大规模的搏杀。古代最令人生畏的是起源于中亚草原上的骑兵，该兵种的出现很快突破和超越了草原的空间，公元前307年，赵武灵王实行了"胡服骑射"，将这种先进的兵种引入中原。西亚和欧洲的骑兵随之出现在战场上，但是他们的重甲骑兵与草原上的轻骑相比，作战的灵活性逊色许多。

如沙约河会战中，匈牙利国王贝拉的 10 万大军被蒙古骑兵歼灭。在这两次令西方世界深感震惊和恐惧的会战中，蒙古人体现了古典骑兵最完美的作战艺术，他们并不攻击严阵以待的步兵方阵，而是佯作败退，引诱对方脱离营垒进行追击，然后突然回身围住，并同对方保持一定距离，密集发射弓箭。等对方溃退时则实施追击，但不急于强攻，而是保持一定距离，从四面八方不停地射箭和骚扰，直到对方筋疲力尽、束手待毙时才实施白刃战。[①]

由此看出，冷兵器时代的战争，很大程度上取决于士兵的体力、作战技术。铸就精湛作战技术、强健体能的最佳手段就是体育。中、西方均在学校和民间鼓励进行以体育为主的教育，以求提高国民在军事战争中的能力。社会进程使体育不断从军事战争中剥离，形成了自身的体系，然而始终难以分离两者的关系。西方人将战争中常用的技术广泛地转化为体育项目，对直接总结战争技术的内容变成了诸如拳击、击剑等竞技体育项目，将战争的场面转化为两军对垒的球类比赛，体育开始了和平之旅，履行起了丰富人们文化生活的重任，逐步成为全球化态势，特别是随着现代奥运会周期性的举办，使西方的竞技体育迅速在全球普及。武术从战争中分离出来后，出现以套路为主的习练方式，成为百姓的生活健身、娱乐手段，如越女之武、公孙大娘之剑、力士舞已远远不是战争技术的演示，就连战场上搏杀的剑也演化为身份、地位的符号，或是驱邪扶正的法器。

（三）宗教

人类文明是多元的。宗教作为一支独特的文化元，不仅是一

---

① 倪乐雄：《战争与文化传统》，266 页，上海，上海书店出版社，2000。

种意识形态，一种社会历史现象，还是一种包容性很大的文化现象，是反映社会现实生活的一种文化体系，通过一定的文化实体如哲学、道德、文学、艺术、习俗、典籍等对人类发生实际作用，影响人们的意识、思想、情趣，成为人类社会精神文化的一个组成部分。

宗教产生于原始社会，是人们认识世界过程中产生的一种文化形态。在原始社会中，人们缺乏必要的手段认识外界的大千世界，然而茫茫自然时刻对人们的生活产生强烈影响。是何种力量作用于人们？人们如何做出反应？人们在寻找与其沟通的中介，终于人们发现了宗教这种有效的中介手段。人们怀着敬畏、胆怯的心情通过宗教的祈祷，希望得到上苍的庇护，祈求风调雨顺。当人们的能力有所提高，生产力得到一定的发展，社会进步程度使人们有了一定的积累，人们没有忘记上苍，通过祭祀由衷地感谢上苍，以人间最常用的方式和方法——肢体语言表演以达谢神之意。发展到后来，技术系统的不断进步，人类对自然的控制能力不断提高，人有了一定资本，有了在上苍面前显能的资格后，在庆典活动中大量地使用展示人类能力的方式向各种神灵展示自己，特别是使用体育活动，因为体育使人强健，使人完善，使人具备改造自身和自然的基本能力，使人的本质力量得到提高，这时的祭祀活动更多的是娱神。从畏神、敬神、谢神到娱神不仅标志着人类的进步，标志着人类对自然认识的程度，也标志着人类信仰的树立。当人类社会进步达到一定程度时，社会产生分化，部分人群占据了相当的财富和资源，拥有了绝对的权力，绝大多数民众成为被奴役者，他们对社会进程的控制能力被限定在极小的范围内，很多的事情对他们来说是难以实现的，因此，也通过借助宗教的形式来慰藉自我，反抗社会的压力。

自然、社会与人的远近亲疏方面存在人类主体认为的某种不合理的距离，这种距离使人产生恐惧感，保持适度的距离使人慰藉，借助一定中介保持人与自然、社会的恰当距离是人们所期待的。宗教为人们提供一种能够缩短或加大彼此之间距离的中介服务，这种服务提供的是心灵上与外界沟通的途径，并依此调整人在心理上对距离的感受。冯文光在《群众与权力》一书代序中就论述了距离问题。

> 一切生命个体都要同另外的个体保持一定的距离，最直接的原因是为了求生。肉食动物想缩短与捕获对象之间的距离，以便最终抓住它，吃掉它……人类在捕猎野兽时仅靠个体的力量是不行的，因此人类在原始时期必须加强个体之间的紧密性，缩小个体与个体之间的距离，这样才能对付力量和速度都要比人大得多的很多野兽，这是为了满足吃的需要。同样，为了安全的需要，原始人必须缩短个体之间的距离，提高紧密性和集体性，只有这样才能在自然力量面前保证自身的安全。[①]

人们在宗教祭祀活动中使用体育肢体动作进行各种出色表演和竞技，是为建立人与人之间密切关系的基础上，欲求通过一种有效形式建立人与上苍、上帝、神灵适度距离的方式之一。因为，使用体育活动的方式完成各种对神灵的祭祀，主要是由于体育活动为主、客体基于一体的缘故，这种"语言"是最能完全表达心愿，体现人类意志、人类智慧、人类力量的方式。人类社会的其他文化形态将主体和客体基于一身的形态并不多，恰恰体育具备了这一特征。运用体育活动完成宗教祭祀在古希腊最为突出，奥林匹亚山上的活动逐渐演变成全球的体育盛会，中国武术、民间体育在宗教祭祀活动中同样很重要，《说文》载："巫，

---

① ［德］埃利亚斯·卡内提：《群众与权力》，北京，中央编译出版社，2003。

巫祝也。女能事无形以舞降神也。"说明巫就是以舞降神。在原始巫术活动中的舞蹈中，武舞占有重要地位。[①]肢体活动从起初的祭祀手段向后来的体育形态过渡和剥离，成为全球性的竞技和文化交融形式是受到宗教的强烈推动之果，作为意识形态之一的宗教，其作用发挥需要一个逐渐演化和进步的过程。[②]正是由于宗教这一文化形态，使人们有了强烈的意识上寄托和依靠，为人类的进步发挥着重要作用。在人类文化三个亚系统中，上层的精神意识亚系统发挥引导、调整、指挥等方面的决定性作用，宗教信仰是其中一个重要因素。

体育不仅借助宗教维持人与自然、社会的适当距离，宗教对体育庇护也十分明显。在以往的研究成果中，较少涉及宗教与体育实体关系的内容。在中国较为原始和完整的民族体育多在不同教派和寺院空间中得以生存，如少林武术、峨嵋武术、武当武术等等；在印度，瑜伽受到了宗教的庇护；在日本，武士道受到神道庇护；在西方，奥林匹克得到宙斯庇护。这个问题将在第二章进行论述。

（四）教育

每一代人都生活在一个特定的文化环境中，他们自然从上一代那里继承传统文化，又一定会根据自己的经验和需要对传统文化加以改造，注入新的文化内容，抛弃那些不合时宜的部分。因此说文化既是一份遗产，又是一个连续不断的传承、积累和扬弃的过程，民族体育文化亦是如此。民族体育产生于劳动人民长期的生产实践和社会生活各个中介手段中，伴随着民族文化的相互

---

① 国家体委武术研究院：《中国武术史》，5页，北京，人民体育出版社，1997。

② 徐万邦，祁庆富：《中国少数民族文化通论》，北京，中央民族大学出版社，1996。

交融和渗透而不断传承与创造出新内涵的文化。

民族体育文化传承性与创造性是其文化发展的一般规律。当文化被界定为"由共识符号载荷的社会信息及其生成和发展"①，体育文化的传承和创造恰恰是社会信息借文化变迁规律进行生成和发展民族体育文化，这种传承是对社会信息的积累，而创造是对社会信息的生成，有了"积累"和"生成"，民族体育文化就可以以多种形式进行发展与完善。正是在这种相传相续中，民族体育文化找到了得以发展延续的内在动力。

民族体育的传承在一定程度上是一种非理性的继承过程。身体的活动有感性运动快感激励人们的深入、持久的活动，这种活动可能不需要过多的理性引导。然而在选择性地进行传承民族体育文化的时刻，特别是进行民族体育的创造过程中，理性的因素显现出来。

人类对维持自身发展有益文化的理性传承手段主要是教育，在中国古代教育中，十分重视身体机能的提高，"六艺"中直接和间接的体育教育因素占据四项。在西方古希腊教育中更为重视身体教育，斯巴达教育几乎就是体育教育。这种传统被人们继承和发扬，如今的教育中体育成为塑造全面发展人力资源的重要手段和内容。

教育作为人类智慧和技能传播的载体，能够系统地、高效地将人类文化进行传承。同时，教育更是一种人类文化更新、创造的基地和手段，教育可有效地促进人类文化的进化。为什么这么说，我们先来回顾一下进化论的一些基本特点。

> 进化可以被认为是一种两重性的现象，一方面，任何一个给定的系统——一个物种、一种文化或一个个

---

① 蔡俊生等：《文化论》，31页，北京，人民出版社，2003。

体——通过提高自己的适应性特化，而改善了自己的生存、安全和发展的机会，这就是进化。与此相对应的，是一个阶段接着一个阶段的有方向性的进步。这种进步，是用诸如不断提高的复杂性这样绝对的词语，而不是用适应特定环境的程度来测量的……另一方面，是高级物种对于低级物种的支配，这个因素往往成为对任何进化潜势最起作用的抑制器。生物界和文化中特有的大部分的斗争和战争，可以被称为是支配因素和潜势因素之间的斗争……进化是一个经常性的结果，是从异质性向同质性的运动，这就是说，占支配地位的生命形式，是以牺牲较低等的形式为代价来发展自己的……朱利安·赫胥黎（Julian Huxley）已经指出，进化并不是从一个高级物种向下一个更高级的物种的直线发展过程。①

体育不是提供一个机体适应性的过程，恰恰是一种强制性地对有机体进行改造的过程。如果任凭有机体任意地适应，那么人类现在的肢体活动能力早已消失殆尽，特别是进入工业化时代后。因为有了教育，并且是包容体育在内的教育，人类强制性或自主性地对自身进行着改造，以求避免退化，以体育手段提高有机体机能水平来维持人类的支配能力。

由于教育是伴随人类的重要文化形态之一，体育在为独立成自身体系前在教育中能够得到较完整的保留，并在其中得到系统的发展。

（五）娱乐

和谐是文化最理想的一极，悲剧性则是最现实的一极，和谐

---

① ［美］E. R. 塞维斯：《文化进化论》，31～32页，北京，华夏出版社，1991。

使人充满了理想和希望，悲剧性却把人们最不愿意看到的事情展示给人们。现实社会在和谐和悲剧交织的两极不停地摆动，人们在两极中不断地克服着各种悲剧的发生，追寻着和谐。悲剧的出现与人们的知识和能力存在一定关联，当人们对自然和社会的认识尚未有足够认识和应对能力时，悲剧的发生是难以避免的。每当人们战胜了悲剧，超越了悲剧，达到了某种和谐时，欣悦之情油然而生，所谓"情动于中，而形于言，言之不足，故嗟叹之；嗟叹之不足，故歌咏之；歌咏之不足，不知手之舞之，足之蹈之"是也，"手舞足蹈"是人们表示欣悦心情的最佳方式。

运用肢体活动方式表达欣悦之情时，人们是根据韵律翩翩起舞，手舞足蹈的。[①]韵律是人类独特的，对和谐、对美的生理和心理感应。最初人们体会到的韵律是脚步的节奏，人类走路时脚步的轻重、快慢与体质和情绪有直接的关系，人类脚步的节奏虽然没有动物的韵律强，但是人类可以通过脚步的节奏创造韵律。新西兰毛利人的哈卡舞是一种韵律十分的舞蹈，在舞蹈中人们充分地运用了足部的触地节奏来表现心情。现今有许多民族舞蹈中，如踢踏舞、俄罗斯民族舞都是运用脚步节奏的典范。在体育活动中，脚步同样十分重要，如运球上篮的动作节奏、跳远的助跑节奏。之后，人们开始将足部的节奏与整个肢体的活动更加充分地协作，创造出丰富多彩的肢体艺术，在这些富有韵律的活动中，体育是一种以刚为主、刚柔并济的肢体艺术，是人们自古至

---

① ［德］埃利亚斯·卡内提：《群众与权力》，14 页，北京，中央编译出版社，2003。在该书中，作者指出：人类开始时结成很小的群体，他们冷静地观察动物的足迹时逐渐明白了他们自己的数量之少与兽群的庞大不成比例……而他们也希望自己这方面的数量多起来，人要增多自身的感觉始终很强烈……他们狩猎时兽群的庞大数量和他们想增大自己的数量，在他们的感觉中以一种特殊的方式混合在一起。他们在特定的共同亢奋状态中表示出来，作者把这种状态称为韵律群众……要达到这种状态的手段首先是他们足下的韵律。

今惯用的心态表达方式。诸如体育舞蹈、艺术体操、水上芭蕾、花样滑冰、武术套路等。在集体性的体育比赛中进攻和防守的节奏，同样要按照一定的韵律，一旦失去节奏，则会产生集体间的配合失控。可见，大千世界是极富韵律的世界，世间万物均与韵律息息相关，生物节律、生活节奏、文化两级波动运行、社会螺旋进程等等都是具有一定的、独特的韵律。体育活动是人类活动中一种外显的肢体韵律，韵律造就了体育，体育呈现着韵律。

　　游戏是人们娱乐的一种形式，席勒（Johann Christoph Friedrich Von Schiller）的"游戏说"大体认为：人类具有游戏的潜在欲望，不游戏的不是人，是人的都会游戏。[①]在游戏中，不仅能够满足人们的心理需求，更能够满足人们的生理需要。人类经常从事的游戏主要有运动游戏、眩晕游戏、角力游戏、爱抚游戏、手工游戏、化妆游戏、智力游戏、创造性游戏等等，这些游戏的一个共性特点是悦心、益群。游戏只有在群体活动中才能带来更广泛、持久的娱乐，产生长远的影响。在游戏中人们发明了体育，发展了体育，今后将会进一步伴随体育。喜悦的情绪、亢奋的激情、超越的实现、悲愤等人类的各种情绪的宣泄在体育活动中得到充分的表露，获得了完全的释放，使人的娱乐达到了一个空前的程度。因此，人类需要有一个合情合理的场合和机会，通过体育来实现人的本能欲求——娱乐。同时，体育催化、升华了游戏，使成人游戏合理化、合法化。

　　上述人类社会实践活动，可以认为是一种中介，是一种体育产生和发展的中介，体育正是通过这些中介，从人类的社会实践活动中孕育、发展，并逐渐从多元的中介中剥离，最终独立成为具有自身特点的体系。

---

　　① 周伟良：《中华民族传统体育概论高级教程》，26 页，北京，高等教育出版社，2003。

第二节　民族体育的界定

民族体育在人类思维方式的指导下，通过多元的社会实践，逐步在全球各个地区产生和发展起来的独具特色的体育文化符号。这种符号的内涵是什么？需要我们在研究前进行全面的分析界定。

一、民族、族群的概念

林耀华在《民族学通论》中援引斯大林（1929 年对 1913 年定义的修正）将民族界定为：

> 人们在历史上形成的有共同语言、共同地域、共同经济生活以及表现于共同的民族文化特点上的共同心理素质这四个基本特征的稳定的共同体。①

斯大林在对民族进行界定时，主要强调民族作为与固定领土相联系的政治实体，它具有四个基本特征，这种划分具有划时代意义，使人们明确了形成民族的基本条件，以及最基本的构成因素。

但是，这种界定也存在着不易解释其他国家的一些具体实际，如意大利、法国的罗马人的归属问题如何解释。实际上罗马人是一个群体，或者是一个族群，他们分属意大利和法国这两个有政治实体的民族。同时，还存在不易解释由多民族共同组成的

---

① 林耀华：《民族学通论》，103 页，北京，中央民族大学出版社，1997。

国家的民族名词层次划分，如中华民族中，有汉族、蒙古族、藏族、回族等存在词语、逻辑层面上的重叠。关于民族是一个稳定的人群共同体的观念已经受到了当今社会现实的尖锐挑战，随着时代的变化，民族，特别是跨国民族问题日益凸现，一个完全符合民族的各基本条件的民族日趋萎缩。历史上人类至少有四次大的迁徙，而每次迁徙都意味着民族族体的大分解、民族分布的大变动。在 20 世纪 50 年代初到 90 年代初，西欧接纳来自世界各地的移民多达 3000 多万。仅 20 世纪 80 年代，就有近 1000 万的移民大军移师美国……民族的所有这些变化，无论是时间上，还是空间上，无疑会不同程度地影响着民族的跨居状态。① 对此，马戎进行了研究并提出建议：

> 我们不能以一种简单和僵化的眼光来看待"民族"和"族群"。人类社会的历史处于不断的演变过程中，量变发展到了一定程度，就可能会导致质变。所以，在"族群"（作为具有自己历史和一定文化传统的群体）与"民族"（作为与固定领土相联系的政治实体）之间并没有一道不可逾越的鸿沟，在一定的内部和外部条件下，两者之间是可以相互演变的。②

我们认同斯大林关于民族的界定，同时认为应该使用族群的概念，以便于民族体育研究，同时，有利于研究各国的民族体育文化之间的交流现象。马戎接着分析认为：

---

① 马曼丽等：《中国西北跨国民族文化变异研究》，26 页，北京，民族出版社，2003。

② 马戎：《民族社会学》，47 页，北京，北京大学出版社，2004。

宁骚教授指出民族具有"原生形态"和"次生形态"、"再次生形态"等……在人类历史长河中，尤其是近现代各民族交流、冲突、迁移、混居、融合的复杂过程中，一些族群或族群中的一部分成员很可能丧失其民族特征的某些部分，但仍保持着民族意识和部分特征，对此我们也应当承认其作为独立族群的存在。[①]

我们认为民族有着血缘的基础，同时更有文化的根源，在血缘被地缘、业缘社会结构逐步替代和置换后，即便是跨居状态，人们对民族的认同更加倾向于文化的认同。即使人们不再使用共同的语言，不在统一地域生活，但是他们在共同文化上的共同心理素质是构建起族群归属的重要、稳定的认同渊源。换言之，民族是人们的信念、忠诚和团结的产物。族群对于个体来说，同样是他们的精神和意识认同本源。当两个人共享同一种文化，而文化又意味着一种思想、符号、联系体系以及行为和交流方式时，则他们同属一个民族。

在一定程度上，"民族"（nation）这个范畴可涵盖"族群"（ethnicity），一个"民族"可以是若干个"族群"的组合体。[②]

二、体育、民族体育的概念

体育的概念在中国的发展历程大约经历了三个主要的发展阶

---

① 马戎：《民族社会学》，49 页，北京，北京大学出版社，2004。
② 马戎：《民族社会学》，59 页，北京，北京大学出版社，2004。

段，每一个阶段人们对体育的认识都有所区别，这是体育发展实践过程中，人们对体育本质认识不断进步和完善的表现。对体育概念的深入研究也表明中国的体育理论与全球的体育术语的逐步衔接。韩丹认为：

> "体育"是一个多义词，起码有五种含义，当然是指主要而言。第一义是指"体育"作为概括性的总概念，第二义是指教育领域同德育、智育、美育等并构的"体育"。第三义是指作为精神功能的比赛性游戏的以斯泡茨（Sports）体系为核心的体育。第四义是指社会大众以增强体质为目的的身体运动和调节活动。第五义是指人们各种各色的自娱性身体活动。可能还有其他，我看主要是这五种。[①]

1986 年，曹湘君在《体育概论》提出：

> "体育"（广义的，亦称体育运动），是指以身体练习为基本手段，以增强人的体质，促进人的全面发展，丰富社会文化生活和促进精神文明为目的的一种有意识、有组织的社会活动。它是社会总文化的一部分，其发展受一定社会的政治和经济的制约，也为一定社会的政治和经济服务。

2004 年，熊斗寅在《"体育"概念的整体性与本土化思考》中表述：

---

① 韩丹：《论"体育"词的多义理解》，载《体育与科学》，2001（1），20 页。

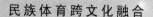
体育是一种复杂的社会文化现象。它以身体与智力活动为基本手段，根据人体生长发育、技能形成和机能提高等规律，达到促进全面发育、提高身体素质与全面教育水平，增强体质与提高运动能力，改善生活方式与提高生活质量的一种有意识、有目的、有组织的社会文化活动。①

熊斗寅通过对体育概念的界定，提出什么是体育的共性呢？他认为：

从社会学的角度讲，任何体育都是社会文化现象；从生理学角度讲，任何一种体育都离不开身体活动，这可以说是体育的本质特征。从体育的功能角度讲体育的本质功能就是教育、健身和娱乐，无论是学校体育、社会体育还是高水平竞技体育都包含这三个因素。②

同时，熊斗寅列举了我国政府颁布的体育法规中使用的体育概念已经与国际上通用术语良好衔接。如《中华人民共和国体育法》的英译本，是国家正式翻译向全世界公布的，具有权威性。他们把社会体育译为 socialsports；学校体育译为 schoolsports；竞技体育译为 competitivesports。这也是顺应时代潮流和与国际接轨。国际上，sports 一词的总体涵盖性越来越大，以此为根，可以发展成诸多的外延形态。

---

① 熊斗寅：《"体育"概念的整体性和本土化思考》，载《体育与科学》，2004（2），12 页。

② 熊斗寅：《"体育"概念的整体性和本土化思考》，载《体育与科学》，2004（2），10 页。

　　通过上述对国内学者关于体育概念研究的大体梳理，我们发现只要能够充分认识社会进程、文化特质的基本规律，把握体育的本质特征，以及基本功能就可以对体育进行较好的界定。

　　我们认为体育是一种作为主体的自我，对作为客体的自身的主动改造过程。

　　根据逻辑学的原理，我们认为"改造过程"是类属，"一种作为主体的自我，对作为客体的自身"是种差。"改造过程"的内容和形式很多，在这样的类属中包含有自然的改造过程、人为的改造过程、宏观的改造过程、微观的改造过程等等。仅仅认为体育是一种改造过程显然不准确，必须加上适当的限制条件，这就是种差。在体育概念的种差中，人这个主体的自我是一种意识，对作为客体自身的有机体进行有意识的肢体活动，其目的从游戏到体能和技能提高，从竞技到人体艺术的享受，从挖掘个体潜能到社会健康资本无不充满着各种类型的改造，不论哪一种改造都离不开健康。且这个改造过程十分漫长，不仅贯穿人的一生，更伴随人类始终。这种面对健康人类自身的主体和客体合二为一的实在，在人类社会活动中是独一无二的。虽然存在着主客合一或主客两分的现实差异，但是主客两分仅仅是形式上的分离，其本质上客体从未离开过人的有机体，没有转移到其他载体。

　　这种界定在一定程度上避免了具体层面上不必要的理论冲突，在更高的层面上，以一种较高的涵盖性，包容动态肢体符号实在的全过程。其中，不仅反映出体育是一种主体自觉性为先导的、以人的肢体活动的客观实在为基础的人类社会文化活动形式。而且，通过"改造"一词说明体育对人的各种本质、派生功能，无论是积极的，还是消极的。至于体育的生存形态，则是根据体育的应用领域和范围存在区别和差异，其外延随着社会进程和体育的发展而发生着变化。

对民族体育进行界定，我们认为应从时间和空间两个方面入手。至于时间方面是因为民族的产生和发展是一个历史的过程，绝对不能忽略民族、族群的历史性。许多民族和族群有着悠久的历史，也正是悠久的历史锻造出它的底蕴。比如四大文明古国的各个民族，其民族体育表现出各自的特点，并长久地影响着全球体育文化的格局。这里需要提出的是"传统"被涵盖在民族体育之中，因为，没有一个民族的体育文化是缺乏历史的，如果缺少历史的积淀，新近在某一个民族中被开发，它依然归属民族体育的范畴。传统更多地表明民族体育的时间段或时态，以及体育对人类文化的历史传递和对优秀文化的继承，即民族体育的时间概念和价值概念。

同时，民族文化包罗万象，绝非单一的文化特质。其中包含着逻辑内涵、外延范围、价值取向、文化功能、形态表现等。在空间状态下，民族体育文化表现出多维特征，比如在同一空间中，各个民族的体育文化共同生存和发展，处于多维状态中，构成全球体育文化的绚丽景象。在民族体育前加上中华、日耳曼、俄罗斯这样的限定条件，便注明了不同民族的体育文化。对于一个民族中的少数族群的体育，同样可以在族群名后加体育名，如保安族（即保安族群）武术。在一定程度上，体育的原生、次生以及再次生状态具有在同一空间并存现象，例如，目前具有全球化趋势的奥林匹克运动和地方性的民族体育、民族传统体育以及民间体育共存并生。而且，民族体育文化表现出同质特征，在全球空间内，各个民族的民族体育可以突破地域和文化屏障，通过动态肢体符号实现跨越空间的交流。

本研究将民族体育界定为：民族体育是指目前流传于各个国家或地区的，富于族群、民族文化特色的体育。

民族体育的起源有一个重要的方面就是民族体育的文化自决，这种文化自决是建立在自觉自愿基础上，以快乐为出发点，以游戏为主体，以民族意志为动力，以健康为终极目标的文化活动。因此，全球各个民族自身的体育都具备这样的起点，因为这是人类共同的基本需要。

民族体育的发展更是一种民族情感、意志和精神升华的文化过程。在这一过程中，社会的需要逐步占据主导地位，每一个体从属于一定的社会结构，他必然要服从社会规范。社会规范是文化规范的现实表现形式，通过社会对其成员的具体要求，文化发挥着制约作用。同时，其民族情感、意志和精神的不断升华又推动着社会的需求向更高层面发展，形成代表民族利益的文化特质。由此带动民族体育向着特定的方向发展，进而表现出民族特色，产生民族体育的分化。在这种情况下，民族体育的技术同样会随着时代的发展产生改变，但是民族体育动态肢体运动形式不会改变，因此不同民族的体育活动形式依然保留着民族特色，依然能够从中看到民族的历史和文化积淀。

民族体育流传必须有一个文化氛围和环境的维持，在一定的文化背景下，人们使用共识的"语境"进行沟通，试如使用相同的言语、类似的行为等符号进行彼此的交流和互动，这样的交流方能达到沟通的目的。体育文化的流行有时也借助其他的载体，使民族体育文化得到传播，使民族的优秀文化得到继承，例如通过强势文化、利用现代媒体等等，奥林匹克运动便是一个典型。奥林匹克运动原本是流行于古希腊的民族体育，通过长期的跨文化融合，已经成为人类共享的民族体育文化。由此可见，民族体育流行的地理地域随着人类活动领域的扩大，随着人类交流形式的多元化，逐步打破一种文化疆域模式，向着多元文化疆域并存的模式发展，使具有共同文化的族群和民族不仅认可本民族的体育文化，还能够认同异族民族体育文化。

第三节　民族体育的基本特征

　　民族体育在长期发展过程中，逐渐形成了一些独特的特征，对于这些特征的了解有助于我们对民族体育的研究。

一、民族体育地域性

　　中国版图经纬跨度大，东西南北自然地理差异巨大。长期受到地理因素影响，逐渐地使中华民族各族群的语言、文字、宗教、习俗、建筑、服装表现出各不相同的特点，体育活动也表现出地域属性，总体是南人善舟、北人乐骑，南方族群多以集体性体育项目为主体，北方族群则更多以个体化的体育项目为主。如赛龙舟、抢花炮主要流行于南方，摔跤、马上项目则是草原戈壁的运动。南方人口密度大，人们普遍体单力薄，需要集体协作，因此在文化的各个层面上均表现为一种集体协作倾向，民族体育项目也多为集体性。而北方地广人稀，从事生活劳动难以得到其他成员的协作，人们大都体强力壮，也无需他人帮助，逐渐形成了个体化的生活方式，民族体育项目也突显着个体属性。从总体上来说，东方的民族体育更多体现出在保健养生基础上的娱乐竞技的地域特征。

　　与以保健养生体育为主体系的东方民族体育不同，西方民族体育更加倾向于竞技。希腊人自古将体育发展到一种无以复加的地位，其中斯巴达人的体育更加体现出人类的强悍，雅典人的体育则表现着体与育并重。有观点认为奥林匹克竞技会源于"葬礼"，这是总体而言的一种观点，细致地分析，就泛希腊竞技运动会的起源而言，学者们认为：

在其他三个泛希腊竞技运动会中心举行的竞技会确实与"死者"有关，但这些死者并不是那些战功赫赫应该受到人们纪念的头领。涅墨亚竞技会纪念地的死者是一个名叫阿尔刻莫罗斯的婴儿；伊斯特摩斯竞技会是为了纪念海神（半神）格劳科斯而创立；而在皮托举行的竞技会所纪念的是一条蛇。①

可见这种分野是族群地域性的使然。由此汇集、融合起来的民族体育自产生后就一直成为西方人的生活支柱之一，虽然历经古罗马畸变和中世纪的挫折，到了文艺复兴时期民族体育也得到了复兴，并且随着工业化的到来，使西方的民族体育借助强劲物质力量和文化力量推向了全球，呈现一种势不可挡的全球化趋势。这种起源于西方的民族体育，开始时被称之为"体操"，其实它的内容远远超越了体操所能包含的范畴，实际上是以充分表现身体能力的活动内容的总称。大凡是在西方地域上的民族体育活动内容，都被提炼成为奥林匹克大家庭中的成员。西方的民族体育所表现出来的总体地域特征为强烈的竞技性，绝大多数竞技项目都能够使用客观的尺度衡量，这种民族体育是以表现人的能力、自我价值实现为原则。

民族体育地域性还表现为同一地区、同一体育项目由于开展地点不同而表现出方式和方法的差异，这些差异可谓是千姿百态，千姿的技术动作风格、百态的运动形式，这是构成地域属性的"基因"。由于这些地方特点的不断汇聚，逐渐融合成为一个具有地域特征的文化景象。吉尔兹（Clifford Geertz）称之为"马赛克镶嵌"，即各种不同特点的小地方的文化组合在一起，

① ［英］简·艾伦·赫丽生：《古希腊宗教的社会起源》，208页，桂林，广西师范大学出版社，2004。

镶嵌成为一个整体性的又不失个性的文化图像。吉尔兹在田野调查时充分体验到这种文化特性，比如摩洛哥"附设定名物法"是个人命名的法则，"这种以附设定名物法确定一个人的身份关系是根据背景而界定的，但这个背景本身却又是相对而言的"①，命名尚且如此，其他文化现象更是可想而知。

二、民族体育族群性

> 人类创造文化，文化塑造人类本身。在各种因素的影响、制约下，人类难以创造同一模式的文化。人类创造不同类型、不同模式的文化又将自己塑造成了各具不同文化特征的群体——民族。②

文化的不同特点充分体现在义化的物质、精神和社会关系各个层面上，塑造着各有区别的群体，也就是所谓的族群性。《地方性知识》的作者通过社会学、人类学等方法从一些细小的事件中，较好地归纳、充实了文化人类学理论。20 世纪 50 年代，吉尔兹在爪哇发现：

> 一个借来的现代化残片和劫遗的传统圣骨遗骸奇妙地糅为一体的混杂之地上，一种真实的、大众的哲学热情，探寻着实在的生存权的谜箴。困窘的农民谈论意志的自由问题，不识字的小商贩讨论上帝的财产问题，一

---

① ［美］克利福德·吉尔兹：《地方性知识》，94 页，北京，中央编译出版社，2000。

② 林耀华：《民族学通论》，399 页，北京，中央民族大学出版社，1997。

般的干粗活的汉子也有关于道德和激情，时序的天性以及意识的可靠性等之间的关系的理论见解，这些本应是学术界讨论的问题在这块土地上如此的大众化。而作者在巴厘，一个离爪哇不远，与爪哇在15世纪原属一个文化体系的人群却表现出差异很大的生活，他们的生活更趋向戏剧化。[1]

对这两个族群的田野研究，不仅丰富了人类学的素材，更充实了文化学相对性理论，也使我们看到了民族体育分野的文化基础。

中国武术、日本柔道、美国篮球、巴西足球等流行于不同国家、地区，归属于不同文化的民族体育，不仅具备体育文化的一般特征和属性，更具有独具一格的特色，带有强烈的民族文化气息，内含强劲的族群意识和精神。每一个地区或国家都有本族群的传统体育内容，这些带有强烈族群特征的体育流派，如中国武术的各大流派，最终凝练出相对统一的民族体育，以民族文化的形式显现。民族体育文化外在形式最能明显地表现一个民族文化的特征，譬如东方民族传统体育内容更多地注重修身养性，鲜明地表现出东方民族文化的"合一"特征；西方竞技运动则是将西方文化中的物理属性表现得淋漓尽致。同时，每一种传统的体育活动内容长久流传，世代为本族群成员所传承，是一种具有具体规范性质的文化内容，它主要表现在体育活动的规则和具体要求上，成为民族文化具体规范人们行为的一种有效手段，对人们的影响潜移默化且生动具体。人们可以通过这些具体的规范要求不断提高对文化的认同，在这方面民族传统体育文化又具备精神

---

① ［美］克利福德·吉尔兹：《地方性知识》，76页，北京，中央编译出版社，2000。

文化内含属性，是文化传统的重要部件之一。

三、民族体育生产性

通过结构分析可以看出，文化的三个文化亚系统中①，技术亚系统是起决定作用的亚系统。技术亚系统完成人类与自然界的沟通，满足人类对资源和财富的需要，沟通程度随着技术系统的先进、完善程度而异。然后，由各色集体、个体以及人际关系而组成社会系统，充分表现出人类特有的属性和本质，即人的社会性。在社会发展的各个时期，社会亚系统也呈现不同的状态。第三个亚系统是思想意识系统，它通过对人类自身经验的总结和解释，随着对自然、对人类本身的不断深入认识而产生越加全面和深刻的结论。这三个亚系统共同构成文化系统，其中，技术亚系统是起决定作用的系统，它促使社会结构产生结构性变化，使人们的思想意识也发生改变。这三个亚系统相互影响、相互制约。

生产性具有明显的族群、民族分野，这与他们所居住的地域，使用的技术亚系统，以及他们对自然能量的利用各具特色有直接的关系。譬如，东方国家以农业社会为主体，西方国家以工业社会为支柱，两者在技术工具的使用方式和方法，以及生产效率方面产生重大差异，因此其社会结构和思想意识也发生相应的变化，社会进程出现分化。农业社会的进程相对缓慢，民族体育保留的原生态的形式就要多一些，可以说中华民族的民族、民间体育是世界上最丰富的。相对而言西方工业社会进程较快，对民族体育的促进作用较为明显，因此次生、再次生态的民族体育形态就更加丰富。

西方社会中，机器工业的发达带动了汽车、摩托车等交通工

---

① ［美］L. A. 怀特：《文化的科学》，济南，山东人民出版社，1988。

具的高速发展，由此演化出一种与生产直接关联的，与生活关系不大的"非实用性"①的汽车、摩托车运动。由此说明民族传统体育文化的产生和发展无法脱离技术系统的支持，体育文化产生的重要源头为生产活动，生产属性又是民族传统体育发展的重要基础。民族传统体育多以生产为基本支点，中国传统武术，最初就是人们为了生存、发展，在生产过程中逐渐发现某些动作能够有效地致对手或野兽于死地，某种工具可以成为一种武器，用它能够在与自然、与野兽、与人的争斗中获得实效，因此不断总结、完善而发展成一种体育活动。广西隆林各族自治县的壮族青年喜爱的踩风车活动，就以其祖先曾经使用，现在依然普遍采用的生产工具风车为体育活动的载体。马上项目就是民族地区人们借助了生产的必备工具，离开马匹，生产就无法进行，由此演化出的体育活动内容只能是马上运动。

四、民族体育生活性

人们总是生活在一个特定环境中，这个生活环境对人来说产生着重大影响，人所创造的文化都脱离不了这个环境的强大作用。在人类生活环境中包含的内容由少至多，由简单到丰富，总是遵循不断提高生活质量，提高生活品味的规律。

在人类社会发展初期，生活与生产内容融为一体，体育是人们生产和生活中最重要的组成部分，狩猎、游牧、耕作等生产活

---

① 李力研：《解读体育文化》，156 页，北京，中国社会出版社，2004。最好还是引用一下作者本人的陈述："实用中的人生绝不自由，大家依旧还是个动物，因为他无法使用心中的各种可能（想像）来丰富世界与自己，只能像动物那样不停地为自己的实用和生存苦苦挣扎。告别了实用，生存不再是问题，这就为'剩余精力'的'发泄'乃至'移情'提供了可能。人在自由自在的审美游艺中，把握着自己，丰富着自己，享受着生活。"

动，以及庆祝收获、祈祷祭祀等生活内容总离不开体育。体育活动成为人们生活中的核心，成为文化的主体。正如丹纳在《艺术哲学》中讲到的：

> 希腊人的全新的头脑没有念过书，没有抽象的概念，所有的思想都是形象，所有的字儿都唤起色彩鲜明的形体，练身场和田径场上的回忆。①

就连希腊人的音乐也带有强烈的体育意味，有一种多利阿调式的音乐，其特点是严肃、雄壮、高贵、朴素，甚至有些肃杀之气。孩子们从小就开始体能锻炼，接受的艺术、舞蹈练习也充满着体育色彩。他们从五岁起学习的"毕利克"，是一种由武装战士表演的哑剧，剧中主要模仿各种攻防动作，如攻击、招架、后退、跳跃、拉弓、掷标枪等内容。在这种生活环境中，竞技体育得到萌发与发展。后来罗马人生活中的欢悦追求，英国人的户外运动倾向等等无不再一次表明生活就是一种人生的态度。族群和民族的不同，其生活态度是有一定区别的。东方人生活则是另一番情景。中国人曾在春秋战国时期也是一个尚武崇力的民族，如《左传》中言"国之大事，在祀在戎"，从事祭祀活动的巫师和从事军事活动的武士社会地位很高，从而形成了中国人当时生活的一种氛围，即武风的兴盛，"四时讲武，三年大习"是当时的社会时尚。人们的价值取向也相应发生改变，人们崇尚、敬仰武士和英雄，鄙视懦夫和胆小鬼。

> 那时，在战场上英勇战死的壮士，其遗孤和双亲每

---

① ［法］丹纳：《艺术哲学》，391 页，合肥，安徽文艺出版社，1991。

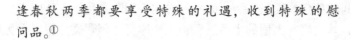

逢春秋两季都要享受特殊的礼遇，收到特殊的慰
问品。①

人们在战斗之余将剑术演练和剑的佩戴升华为一种身份和荣
誉的象征，民间佩剑、互相赠剑蔚然成风，剑逐渐成为权力的标
志和避邪的法器。然而，中国人最终还是比较信服老子的观点
"柔弱胜刚强"，因为老子道："天下莫柔弱于水，而攻坚强者莫
之能胜，以其无以易之。弱之胜强，柔之胜刚，天下莫不知，莫
能行。"中国人本身存在人种体能方面的柔弱，因此人们逐渐倾
向于修身养性的修炼活动，将行动于外的肢体练习，内化为心理
的、静态的练习方式。中国社会风尚走向"文化"，这里的文化
是相对于武化而言，具有弱化性质。②这种生活方式更多流行在
汉族聚居区，而其他族群则仍保持着强悍的武化思想，保留武化
生活。

生产技术的现代化，促进社会发展的日新月异，社会生活拥
有了更充裕的闲暇，闲暇生活内容也日益丰富。以前与生产劳动
融为一体的体育活动和体育成分告别了昔日的"亲朋"，独自成
为人们生活中的调味品。特别是社会高速发展，使人类生活发生
了质的飞跃，生产、生活方式的改变，人类正面对着前所未有的
"文明病"的困扰，对此人们忧心忡忡。与此同时人们想起了体
育活动对自己祖先的巨大帮助，逐渐醒悟人类不能遗弃属于自己
生活的重要构件——体育。于是，人类开始寻找另一个自我，这
个自我是与现代理性社会不十分合拍的非理性自我，但它却是人
类不能失去的自身的另一半自我。现在，闲暇已经不仅仅是一个

---

① 陈山：《中国武侠史》，60 页，上海，上海三联书店，1992。
② 李力研：《野蛮的文明——体育的哲学宣言》，195 页，北京，中国社会出版
社，1998。

时间的单位，而正在演化为一种文化。闲暇文化是生活的主要成分，其内容与人们的生活息息相关。体育在闲暇文化中占据着越来越重要的地位是由于体育不仅对人体的生理、心理产生积极的影响，且能够巩固人的群体性，具有益群作用，这是其他生活内容所难以具备的特征。因此，各个国家和民族纷纷推出具有广泛民众基础的民族体育项目，设立各种民族体育节，建立各种体育制度，以此不断提高人们的生活质量。

体育人口是衡量体育在人们生活方式中重要性的一个重要指标。从目前的衡量标准来看，通常报道西方人的体育人口，特别是发达国家的体育人口数量远远大于经济发展滞后的国家和地区，这在一个侧面说明了体育与生活的密切关系。然而，这种统计往往忽略了经济发展滞后国家和地区民族体育与生活的广泛关联特性和实际。当然，这种误差是受衡量标准制约的。在民族地区，各个族群或民族的体育活动具有时令性，一般来讲，遇到生活中的重大节日，民众大都全员参与。节日中体育活动是必不可少的重要内容之一。因此，对于这类人群的体育人口统计标准应考虑民族体育的生活性特征。

五、民族体育封闭性

太极拳是中华民族传统体育封闭的典型事例，由于客观的自然地理因素，在人类社会尚未普遍出现、使用先进的交通、通讯工具的时候，人们与外界交流十分有限。陈家沟太极拳与其他同类拳种的交流只能是局部、有限的，只有在区域范围内自我萌发，自我发展，从而形成了刚柔相济的太极拳术运动风格。在缺乏广泛交流情况下，人们更注重的是本地区、本民族的文化，民族文化自我保护的意识强烈。在一个族群文化刚刚萌发或发展早期，假如没有相对的封闭，族群文化可能难以形成其独特风格和独立体系。封闭环境可以不断地自我发展，充实文化的底蕴，增强文化的能量，积累文化的实力。其实，民族文化的发展必然要经过一个时期的封闭式成长过程，也只有在一个相对封闭的环境中，备受民族文化熏陶后才能孕育浓郁的民族文化气息。

在封闭的环境中，社会结构是以血缘为主体，血缘维系的人际关系重点是敬祖，存在着强烈的"辈分主义"色彩。人们行事严格讲究辈分，因为在他们心目中权利是严格按照辈分高低排列的，祖先的资历越深，人们对他越恭敬，他在人们的想像中就具有更大的势力，而且他离人越远就越加非人格化、官僚化。[①]这种机制使文化的发展受到影响，产生相应的局限。民族体育文化在民族地区受到这种意识的制约，使民族体育文化笼罩在浓厚的血缘气氛中，表现出强烈的地域、种族、族群、民族色彩，使体育文化的内容和范围限定在一定领域之中。例如在苗族流行的"拉鼓"原是苗族古代祭祀祖先的一项活动，在敬祖心态驱使下，这项活动发展至今已经成为一项重要的民族体育项目。苗族地区的民族体育活动，有不少内容属于这种形式。

人类社会的社会行为存在着一定的遗传性，即人们的社会意识和行为在相当程度上保持着与上一代人或前辈的相对一致。[②]社会行为遗传实质上是在一种社会环境的熏陶下，使人们在特定环境中将某种技能有机会加以表现和发挥。在民族地区，体育生活作为人们生活的主要成分，体育生活社会氛围浓厚，自然对人们的体育生活产生积极影响，形成所谓的社会遗传。中国少数民族及其族群性格是能歌善舞，这在一定程度上为体育生活的社会遗传营造了适宜环境，因此，尚武崇力的体育生活社会遗传就有

---

① 张岱年 等：《文化的冲突与融合》，270 页，北京，北京大学出版社，1997。

② ［英］莱士列·斯蒂文森：《人学的世界》，244 页，北京，中国人民大学出版社，1992。

可能变成了一种必然现象。在封闭的环境中，这种社会遗传的可能性被放大，表现得更为深刻、广泛。

即使在社会发展达到了较高的交融阶段，广泛使用的各种媒体和设备可以进行互通的时代，人们的心理封闭性依然发挥着一定作用。发达国家和地区的封闭心理在于防止过多的优秀文化成果的过快、过广地被滞后国家和地区掌握，使其丧失优势地位。包括体育技术的传播同样存在这样心理屏障的影响。经济和文化发展相对滞后的国家和地区则担心本土文化被优势的、强势的文化控制，影响民族精神和族群意志的生存空间，因而对交流心存疑虑，对本土固有文化情有独钟。

我们还必须看到，城乡之间也存在着相互之间心理上的封闭性，这种封闭性也造成了城乡所开展的民族体育的差异。在乡间拥有广大基础的项目，在城市中较难流行。城市的体育时尚在乡间同样存在一定障碍。比如，中国人春节的社火演出，在乡间拥有巨大的市场，在城市中仅仅有市郊的民众进城的表演。城市中盛行的有氧健身在乡间很少受到人们青睐。这种心理封闭是文化氛围影响的结果。

六、民族体育认同性

在民族发展过程中，随着时代与社会的变迁、族群之间的融合，民族产生时所具有的共同地域及血缘关系、文化等等都可能发生不同的变化。在这些变化中，人们对于这一民族存在和发展的态度就构成了民族认同。[①]

在民族认同中首先是血缘认同和族群认同，族群同根是民族认同之源。随着社会进程不断前进，民族发展中潜在的血缘关系

---

① 郑晓云：《文化认同与文化变迁》，北京，中国社会科学出版社，1992。

逐渐走向了模糊，而族群认同却日益加强，日益表露。这时人们最直接的是用一种符号来标识自己的归属，如自称、图腾、禁忌等。民族传统体育文化在这方面表现为一种身体符号，以区别于其他民族。如"搏克"是蒙古族的摔跤，"且里西"为维吾尔式摔跤，"格"是彝族同胞摔跤的形式，"北嘎"则是藏族摔跤的形式，从体育活动内容上看，同为摔跤，但起源的族群不同，所表现的形式各异，具有标识不同民族的符号作用。

深层次的认同是族群、民族文化认同，一种文化体系以族群、民族为载体，族群、民族又以文化为聚合体。恰恰由于这种关系，民族认同的更高级表现形式就是民族文化的认同。体育作为文化的重要组成部分，在民族文化认同方面不仅具有符号作用，更具备民族文化形象的意义。中国武术就是有别于其他民族对战争技术性总结后归纳出的体育项目，武术是将战争中的技术成分加以提炼，经过长期的中华民族文化熏陶，演化出一种既有技击意识，宜于健身观赏性质，门派众多的功法、套路和搏击并存，更有东方哲理内涵的体育项目，它充分地表现出中华民族文化的独有特质。西方国家的拳击项目，技术动作同样是战争的技术总结，历经演变最终归纳出直、摆、勾三种拳法，并始终以搏击形式出现。还有球类比赛也是一种对战争抽象化的表现，分兵对垒，排兵布阵，运用合理的技战术有效攻防，直至取得胜利。这些民族体育突出表现了西方民族的逻辑抽象文化特征。文化认同的形成是在对一个文化全面、深刻的认知后而产生的，因此它构成了一个认同体系，并且在人的思想意识中占据主导地位。在这种情况下，具有了一定的文化认同，人的行为就会发生特定的变化。如人们在闲暇生活进行体育活动时，很自然地要采用其认同的民族传统体育项目。

在此人们的价值观、价值体系显得十分重要，而且是处于文化认同核心地位的因素。价值观的形成是长期族群、民族文化影响的结果，价值观一旦形成，反过来对文化产生引导和制约。价值观通过个体、群体的意识、精神、态度、行为、习俗、制度、信仰等表现出来，逐渐地整合形成一种群体认识趋同，构建成价值体系，并强烈地影响着群体成员以及群体外的成员。其中文化的延续性能够很好地将某一族群、民族文化有效地传播、继承，但也会约束价值体系的更新，比如中国文化延绵久远，价值体系具有很强的延续性。文化如果出现断裂，或者是出现隐性的断裂，均会影响价值传承的完整性，然而却会激发价值的革新、创造，西方国家在文化延续性上就曾出现过后来被弥合的断裂，如罗马的扩张、拜占庭的建立和随后的奥托曼统治的植入，但激发起了他们极大的创新热情。[①]这样的价值体系会强烈地影响着人们意识和行为取向，创造出不同类型的民族体育，在这些体育活动中无形地折射出民族文化、民族性格。如果将某一种民族体育移植到另一个国家和地区则会受到不同的待遇，如高雅的、处于上位文化的台球运动步入中国后，便产生了"易位"。[②]出现在中国大地上的台球成为乡间、市角消磨时光、赌博的工具，难以见到其原生态中的那种高雅教育、绅士风度培养的影子，成为中国大地上的一种属于下位文化层面的社会现象。

对某一事物的认同过程中，不仅仅有上述几方面的影响，还

---

① ［美］乔纳森·弗里德曼：《文化认同与全球性过程》，179 页，北京，商务印书馆，2003。对于族群认同与文化断裂的问题，作者在书中写道：为了探究这些问题，就不得不对这个时空上的文化认同的本质特征求得更深的理解。根据国家阶级和帝国文化精英所作的分类，地中海地区在这个时期被重新识别，并在识别上呈现出不同的评价。"罗马人"基本上用来指拜占庭，指基督教世界和宗教秩序。"希腊人"作为一个范畴依然存在，但现在是指异教徒国家，指对基督教文明来说的边缘。这个转变是由一国家为基础的基督教秩序的胜利来实现的。这个时期的民间传说中，古希腊人被当作神秘人物，被描述成因它的无礼而被上帝消灭的从前的族群。在这里，在地方话语中，明显的断裂就建立起来了。

② 卢元镇：《易帜与易位》，载《中外文化交流》，2002（8），58 页。

包含着较为复杂的政治、法律、国家、历史和主体性等等因素。①

七、民族体育娱乐性

娱乐是体育起源要素中一个比较主要的成分，它很少有功利因素。例如牧羊人在放牧时为驱赶寂寞，使用牧羊鞭击打小石子，逐渐玩出了高尔夫这项运动就是一个极好的例证。虽然历经时代的变迁，无论是从物质形态或是从精神形态看，作为体育起源要素之一的娱乐成分在如今民族体育运动项目中占据着相当的分量，并构成民族体育发展的重要动力。民族传统体育中的娱乐成分包含着身体技能性、谋略性和机遇性三种。

就第一种娱乐体育项目本身而言，其技术要求比较高，要求参与者有一定时间去练习，不断地改进技术，以至于达到炉火纯青，技高一筹。在这类项目中具有强烈的他娱性和自娱性，他娱性即可使别人观赏时赏心悦目，自娱性乃为练习者自身可"孤芳自赏"，比如体育舞蹈、武术、花样滑冰等。第二种谋略性娱乐体育是一些更多依靠谋略取胜的项目，在这些项目中技术因素为基础，练习者必须通过心智的较量方能使技术水平得以发挥。心智较量过程中，取胜固然使人愉快，但失利者也能从中体验一种悲剧式的愉悦，产生一种壮美，这同样是娱乐的形式。比如各种球类运动、抢花炮、珍珠球等球类项目和象棋、藏棋、方棋等

① 张旭东：《全球化时代的文化认同》，401页，北京，北京大学出版社，2005。作者在书中讲到一种现象：目前全球化的当中也出现了一批新的同质性，这也是应该承认的。比如我们在北京，在北大都可以看到很多人，虽然是中国人，但你能感觉到他们在经济上、思维上，在心态上，在文化口味上属于一种国际文化精英——这种国际精英不属于任何国家。他们实质性的认同、实质性的内在规定取决于什么？取决于他们的经济收入和他们作为专业人士活动的范围。

棋类项目。第三种是机遇性的娱乐体育项目，这类娱乐体育项目对技术和心智的要求均不很高，但对机遇的期待是最为重要的。其项目因客观因素的影响比较大，有时不以人的意志而发生各种变化，人们在无穷的变化刺激中得到不尽的乐趣。比如马术、赛马、赛骆驼、赛龙舟等项目。

追求娱乐、表达愉悦具有全球性和族群性两个特点，这是人们对娱乐的共同属性和特殊属性的两个表现形式。对于娱乐的追求和表达的共性方面，我们会发现无论世界的任何角落，微笑总是人类愉悦心情最基本的表情。不过在笑的形式上，则表现出显著的族群特征，德斯蒙德·莫里斯（Desmond Morris）在《人类行为观察》一书中图文并茂地展示了人类关于愉悦之表情特征。人类的笑就其最充分的表现形式而言是一种由十二种主要成分组成的混合姿势。试如，这个新几内亚高地人的笑就包含有仰头、闭眼和耸肩等多种成分。每一个人都从自己所属的文化中接受到一套特殊的区域信号，这些信号对于其他文化中的成员来说简直是毫无意义的。

人类对于娱乐的追求和表达的形式很多，可以说体育是其中的一项主要的、社会化程度较高的娱乐文化。虽然，民族体育在娱乐内容和形式上存在区别，东方的民族体育倾向于间接感悟型，即通过肢体活动的过程中，人们能够逐渐从中领悟到蕴含在技术动作中的文化内涵。西方的民族体育主要表现为直接体验型，即人们通过肢体活动即刻感受运动的畅快。但是，这项娱乐文化具备着人类特有的除去感官享受之外的审美特质，审美因素是提升体育娱乐品味的关键要素。体育中的美学因素不仅存在于直接体现美学意义的活动中，也体现在蕴含美学意境的活动内，同时还表现在残酷、血腥的活动过程中。

娱乐是什么？是人的本能，与生俱来的物质文化需求中的情感需要。紧紧牵连着物质性的娱乐文化和艺术文化的娱乐化天然存在，所谓娱乐文化实质是偏重娱乐，将本能的娱乐需求放到精神文化升华之上的文化表现，其直感需要、本能物质化的走向人人可及，因而随意自然而缺乏深度。娱乐文化的人生可感性迷惑而直接，在不用教化就可以接受的前提下，拥有最大程度的传播可能，自然也是市场审判的受益者，百姓的接受和生活的宠儿非他莫属。①

娱乐是人类生活中不能割舍的文化特质，民族体育的娱乐性使民族体育得以经久不衰，升华为高雅层面的娱乐文化具备了永恒性，蕴含在体育活动中的娱乐成分，是一种已经升华的娱乐文化，它摆脱了低俗娱乐的时段性。

第四节　研究方法

在民族学研究方法中，通常运用的方法有实地调查法、跨文化比较研究法、历史文献研究法和民族学中的跨学科综合研究法等几种方法。②这些方法各具特色，可以有效地解决相关的研究问题。作者在书中详细介绍了各种方法的意义、类型和具体方法，根据该专著所介绍的方法，我们认为本研究比较适用的方法

---

① 周星：《娱乐文化的到来与文化娱乐的危机》，载《文艺争鸣》，2004（5），66 页。

② 宋蜀华等：《民族学理论与方法》，351 页，北京，中央民族大学出版社，2003。

应以跨文化比较研究法为主，兼取其他研究方法之长为研究提供帮助。宋蜀华认为：

> 所有的民族学研究都在有意或无意地使用比较方法。因此，某种意义上，可以说，民族学研究本身就是比较研究。哪怕是对单一社会文化的民族志的描述，其使用的概念、采用的视角和描述的对象，不可否认都是以民族学的背景知识为基础的。而民族学的知识正是对不同社会文化比较研究的成果。可以说，比较方法贯穿于整个民族学研究过程中。①

我们认为比较研究方法中依然可以进一步划分为田野实证比较研究和思辨比较研究两种。根据本研究的要求，我们必须在历史、现实素材资料比较的基础上，分析和归纳人类社会中民族体育共性特质，力求将感性素材升华为理性理论，发现民族体育的文化力之所在，提出今后民族体育发展的构想和价值取向。故本研究更应倾向思辨比较研究。

对于人文社科的研究，可以从斯宾诺萨孤独的人生，庄子的逍遥行为，到康德狭小的生活空间，孔子有限的游说领域，看到了伟大先哲以他们的智慧，超越实证研究，通过思想的升华，凝练出不朽的思想，对人类文化和社会的巨大推动作用。如果说哲学是形而上为本，这种领域的研究给人类带来了无穷的思想力量。那么人类早期各族群在相对封闭的环境中创造出来的具有自主性的民族体育来说，则是一种客观的实在。而这一切都是在信息交流不畅的环境中产生和发展的，它给人类社会提供着人力健

---

① 宋蜀华等：《民族学理论与方法》，212 页，北京，中央民族大学出版社，2003。

康资本，为人类社会提供着文化的传承，为人类社会提供着竞争的机制。拥有和掌握人类的智慧，借助快捷、方便的计算机信息平台猎取研究所必需的资料，充分运用逻辑思维方法，以系统、宏观的时空维度审视各个民族体育，必然会对民族体育文化进行有效地研究。这也是本研究主要以思辨研究为主的依据。

本研究的研究对象是中华民族的民族体育，重点对本土各民族文化互动、中西体育文化互动基础上如何与当代的全球体育文化协同发展进行研究。

本研究的主要内容是在充分掌握民族体育在发展过程中受到的来自各个方面文化的综合影响，分析这些作用力的"合力"方向，分析今后民族体育的发展轨迹，民族体育在体育文化全球化中的社会地位和文化力。

第二章　民族体育历时性研究

历史是一个族群、民族、国家的"年轮"，历史深深地印刻着这个族群、民族、国家的文化。历时性研究就是一种对一个族群、民族和国家历史的纵向维度的研究，特别是对具有悠久历史的中华民族文化研究，更需要研究其能够保持文化长时间延续，没有文化断裂的力量所在，研究其在相对封闭环境中的孕育和发展的活力所在。

对于民族体育而言，它是伴随着中华民族文化的产生和发展而共生的一种文化形态，它的发展历程与中华民族文化息息相关。由于民族体育是一项十分活跃的文化现象，其自身充满着活力，同时又易于接受异质文化的作用。因此，对民族体育的研究必须从本土文化和异质文化两个方面着手。

第一节　本土文化对民族体育的积淀作用力

一、中原文化的作用

（一）中原文化的主要思想体系

中华民族在其悠久的历史进程中，不断与周边的族群进行交流，最终形成了多元一体的中华民族。在中华民族文化中，中原地域出现了起源较早，发展较为成熟的文化形态之一，即中原文化，它构成了中华民族文化的重要支柱。

有学者将中华文化比喻为文化漩涡，确乎如此，中原文化更犹如一个巨大文化漩涡的中心，这个漩涡的形成是因为早期的频繁人类活动积淀所致，强大的向心力向中原地域吸纳了大量的、优秀的周边文化特质，在中原广泛地交流、汇集，产生文化融合综合效应，并在漩涡力作用下，处于中心地带的文化逐渐成为强势文化，文化作用力越加强大，更为强烈地影响和吸引周边的文化。与此同时，处在边缘地带的或曾经是中心地带的某种文化因各种原因被甩出主流文化之外，随着时代更迭，文化变异，可能有些文化自然地消失，有些文化被时代淘汰。

就中原文化而言，被文化漩涡汇集起来的文化彼此借鉴，相互学习，使早期文化思想中萌发出具有共性特色文化形态，这就是五行、八卦、阴阳等学说中均富含符号成分，是一种形象的、较为成熟的"符号式"的思想体系。

庞朴对中原文化中起重要作用的特色文化提出自己的假设：

> 五行、八卦、阴阳，本是三种不同的思想体系，它们分别起源于三种不同的占卜方法：钻龟、陈卦、枚占……从三种卜法生发出三种不同文化，本有希望成长为三种不同的类型，即五行偏于宗教，八卦偏于人伦，阴阳偏于自然，有如世界三大古老文明之不同那样；只是由于三种文化区域在地理上距离密迩，以至于他们臻于成熟之前，便过早地接触、交流，及至战国后期，乃发生了一次萧墙之内的大融合，形成了一种以阴阳五行为骨架，以中庸思想为内容，以伦理道德为特色的文

化，这就是人们常说的中国类型的文化。①

庞朴对三种思想体系的发展历程大体陈述为，三种思想体系在先秦时代（也可以称之为邹衍时代），实际上已经完成了融合的一切准备工作。我们认为，五行、八卦、阴阳三种思想体系的不断互动，相互支持，在一定程度上，八卦是对阴阳万变的终极诠释，是对五行相生相克理论的中庸意识形态下的阐述形式，而阴阳和五行是八卦无穷变化的基础和基本素材。最终的融合，是通过汉儒董仲舒之手完成的，其间经历漫长的相互交融的历程，最终形成了一种融合式的文化体系。这是中国原始文化在起步阶段的跨文化交融的表现，也是成功地将同质异构文化进行有机整合的范例，从而也注定了中国的文化具备了接受、容纳异质文化的原生品格，为后期的发展奠定了基础。

纵览这些思想，我们可以发现其中蕴含着丰富的辩证思维意识，中国虽无辩证之名词，但是不乏其思维。孔子讲"辩惑"，老子称"观复"，庄子言"反衍"，《易传》道"通变"，荀子主"解蔽"，这些思维方式无不渗透着浓厚的辩证观，这种辩证观或辩证思维强烈地影响着中国传统文化，即使是中庸观念中同样包含着辩证。张岱年在《中国文化与辩证思维》一文中认为：

> 中庸观念含有辩证法，而不完全是辩证法。中庸至少包含两层意义，一是肯定事物的变化到达一定程度即将转化为反面，二是要求保持一定的限度，避免向反面转化。前一层意义是辩证的，后一层意义就违背了辩证法了。②

---

① 向仍旦：《中国古代文化史论》，80 页，北京，北京大学出版社，1989。
② 向仍旦：《中国古代文化史论》，137 页，北京，北京大学出版社，1989。

　　辩证的思维方式为产生于此的社会文化现象奠定了文化基因，这种基因分别可以被分解为两种，一种是形而上文化基因，如阴阳、五行、八卦以及中庸思想。这些思想文化是现实的理论升华和对一般事物的超越，是对现实社会发展具备指导意义的文化，辩证意识铸造了中国人的认识思维倾向于对待文化事务的通融与友善，这是跨文化交流的意识和思想基础，这种意识可以帮助人们对新异事物采取比较客观的态度，正确地认识异质文化中的合理成分，并加以吸纳。同时可以有效地避免片面地认识异质文化，防止本土文化的异化。可以认为，这种意识和思想基础是中国长久地保持辉煌、灿烂的东方文明的重要基因。

　　另一种来自于自然和百姓，因为自然界是人们生存的物理空间，它本身就蕴含着丰富的辩证因素，诸如白昼与黑夜、冬去而春来。寻常百姓感受着来自自然的辩证影响，形成了朴素的辩证思维和行为方式，如知足常乐、富不淫贫不屈的平和心态和行为。同时，寻常百姓也深刻地受到了形而上文化的影响。因为中原文化是一种符号式文化，这些符号式的、结构性较强的文化思想均表现出朴素而雍容、具体且抽象的辩证符号形式，使人们特别是在社会成员普遍缺乏识字能力的社会中，能够获得较为普遍的沟通、认同的一种思想和文化符号。例如十分富有特色的《周易》中绘制的八卦图就是一个典型。

　　正是由于有了这样一种文化形式，使中华民族普遍缺乏识字能力的百姓能够普遍地、及早地接触和感受文化的影响，并通过文化与实际相结合，不断总结和归纳，不断升华。因此铸造成了中华民族文化的主体体系。一种能够被百姓掌握和理解的文化思想，将会产生永恒的力量，而且能够将这种力量不断地放大，使其保持巨大的能量，维持强大的向心力和惯性。

> 拿《周易》来说，八卦已是高度抽象性的符号，但六十四卦卦象的分析，仍然是从八种象征物所构成的种种关系亦即形象之组合上来加以推衍的。周易的卦象，其实正是一种会意字。我们可以说会意字所体现的思维方式，正是中国文化——心理独特性质重要的所在。①

中国的文字从具体发展到抽象，从象形到表意，在一定程度上不宜于百姓认知，有脱离大众之嫌。那么，中国的思想始终保持着一种抽象至具体之路，并未随着文字载体的转化形式而变化，反而将抽象的思想采取的一种会意字方式加以呈现。孔子等思想家、教育家深深地知晓思想普及的作用，更精通普及的方略。道家学说高深莫测，但被庄子的铭言隽语式的说教使其极易普及和认知，从而走出了一条趋向百姓的道路。这是中国文化的一个特殊现象，也是中国人能够普遍接受传统文化的重要特征。这种现象至少在先秦时期保持着此种普遍的趋势。

使用一个不甚准确的成语来比喻百姓接受和掌握文化思想后的社会效应，即"一犬吠形，百犬吠声"，其道理在于，第一条狗看到异常情形时警觉地发出第一声狂吠，其余的狗之所以叫是冲着第一条狗的吠声而叫，两者存在着差异，但是如果没有百犬吠声相助，孤犬难敌威胁。也只有形成了强大的声势才能强化某

---

① 王种陵：《中国前期文化——心理研究》，106 页，重庆，重庆出版社，1991。

种力量。中国人的祖先中的某些伟人，或一个群体首次使用特殊的思想指导现实生活，或运用特定方式和方法进行物质生活时，发明和创造了一种文明的原模，之后人们纷纷地效仿，构成一种"基因"外加"遗传"，从而形成中国传统的物质和精神生活模式。先秦时的衣、食、住、行受到阴阳、五行、八卦等思想的影响，以至于形成一种模式，长久以来成为中国传统物质文化的基本框架，至今依然影响和服务于中国人的生活，例如北京的城市构造就是遵循阴阳五行的思想，遵行"辨方正位"选址和规划布局原则，选择了"背山、面水、向阳"的地点，在"相土尝水"后，也就是在充分吸取传统文化思想和优秀成果之后建立了举世瞩目的京城。再如新疆伊犁河上游的特克斯河谷东段，有一座按照易经思想建造的八卦城——特克斯。这些城市建设仅仅是一种典型的中国传统文化的物化代表，在中国的大地上有无数城市的选址、规划、建设无不遵循和体现着东方传统文化，表现出中华民族和谐、博大的意识和精神，以及展现着民众的稳重求实的处世准则，并由此构成中华民族文化与西方文化相区别的主要物化表现形式。西方的建筑风格与东方的明显不同，建构在坚实基础上的、直指苍穹的建筑体现着西方古老文化中对上苍的追随和欲求与之沟通的强烈意向。

人类思想者的巨大贡献就在于他们能够引领社会、文化的发展，虽然他们的知识源泉是现实生产和生活，是百姓智慧的集中体现或放大，但是如果没有他们以集大成的方式不断地升华和提炼，则难以起到引领作用。因此，"一犬吠形"的重要作用是不可低估的。与中华民族体育有关的典型实例之一，我们可以轻易地联想到太极拳。陈式太极拳的创始，为后来的各式太极拳发展塑造了原模，使这项运动形式和风格鲜明区别于其他的武术套路形式。陈式太极拳又得益于各式太极拳蓬勃发展的整体效应，得以更广泛地传播和发展。

"志欲小天下，特来登泰山，仰观绝顶上，犹有白云还。"伟人均有这样的雄心和气度，也只有在这种境界中，伟人才能充分地表现出其集大成的智慧和能力。其实先秦诸子百家的伟人，个个都是胸怀大志、高瞻远瞩者。这些伟人在发明、创造、集大成地发展某种理论或思想时，他们同样是拥有博采众长的心态和实际行动，这实际上是一种文化互动的社会实践，更是后世中华文化之间有效地实施跨文化交融的生物基础。

先秦时代阴阳、五行、八卦之间的文化互动，形成了一个中华民族文化的雏形后，并迅速发展，建构起了中国文化的骨架。在中国漫长的封建社会进程中，中国传统文化是一种延绵不断的文化，黑格尔（Hegel，G. W. F）在比较了各个文明古国之后说："只有黄河、长江流过的那个中华帝国是世界上唯一持久的国家。"在这个历程中，儒、释、道之间进行了广泛接触，继承了先秦时期的文化传统，彼此跨越自身的文化疆域进行跨文化的互动，其实文化是不可能存在疆域的，所谓的文化疆域仅仅是人为地区分不同文化的措辞。这三者之间的文化互动和交融是中国历史上最辉煌，也是人类历史最有成效的跨文化融合。

儒、释、道等同质异构，甚至是异质异构的文化之间跨文化交融，可以从以下几个方面进行分析：

第一，众文化交融的基础。

自古以来，在相对封闭的中国版图上，各族群之祖先共同缔造了一个文明。这个文明由于其自身地理因素的制约，各族群、各民族之间的交流只能在有限的范围内进行，长期以来形成了共识的心理，共认的行为方式，通行的价值准则，并逐步塑造了一种共享的文化。在历史上，中国各民族之间的关系有好有坏，和战交替。但是与各族人民通过贸易、结盟、通婚，以及大聚居、小杂居等多种方式的接触，逐步成为不可分割的整体。到了西周初期，便称中国为"华夏"。西周后期，因犬戎入镐京而造成民族关系的大变动，"夷夏之别"的议论随之而起，边地民族及其文化受到歧视。然而历史发展的潮流却始终向"华夏一体"的方向前进。《淮南子·俶真训》说："此皆生一父母而阅一和也……是故自其异者视之，肝胆胡越，自其同者视之，万物一圈也。"它把中国所有的族群看成骨肉兄弟，同胞之间的交流障碍很少，缺少隔阂，彼此之间存在的更多的相互认可、认同的基质。这是中国文化发展过程中能够出现儒、释、道融合的客观基础。

第二，文化融合的综合力。

这种客观基础更为思想融合铺垫了基础，由于人们长期以来所形成的思维方式，通过一定的实践活动，逐步塑造形成一种独特的价值观体系，即一种具有强烈的同化能力的文化价值体系。对于任何异族的、异质的文化，华夏民族都有在充分认识后有选择地接纳，并不断涵化为自身文化的能力。根据文化动力学原理，在人类社会发展过程中，人的能力是一种十分重大的动力，是决定事物发展的内在作用力。中国人的文化动力，不仅表现在文化传承的重要时期和阶段，平时表现出一种"静力"状态，具有持久的、稳定的特征。这种静力对事物的发展起着强烈的维持文化底线的作用，使自身的文化不至于被异质文化彻底地摧毁。这种静力作用使中华文明持续地发展，避免了大起大落，消除了文化断裂的种种可能。同时，正是由于这种动力，在不同文化间融合的过程中，发挥着推力或引力作用，起着撮合的综合作用。

第三，传播文化的士人。

儒、释、道实现跨文化融合，除了上述客观因素的影响和制约外，更主要的是综合作用力的发挥，这种力量的发挥必须依靠士人，因为在古代通讯和交通十分不便，文化交流和传播，需要依托的是有文化的人士，他们不仅创造文化、继承文化，还融合文化，创新文化，他们肩负起了历史重任，肩负着普通百姓对他们的期待和厚望。我们可以发现，中国古代的士人们，有巨大的毅力克服着交通、通讯不便的制约，义无反顾地踏上了他们传播思想之路。其中有生活所迫之因，农耕人口靠天生活，如遇连年灾荒，只得迁徙；有往来不便之惑，一旦上路多为不归之旅，成为云游之士；更主要的是士人文化心理驱动力的作用，思想的传播在当时只能借用的方式就是面授身传，有远大抱负的士人为了实现自己的思想传播只好不辞劳苦。

第四，战争推进人口的迁徙。

中国封建社会历经各类社会冲突，有研究表明中华文明每经过800年左右便会出现一次大范围的社会动荡，这些社会动荡最终由战争解决问题。这些大的战争具有全国性质，其中不包含地域间的小规模的冲突。秦汉时期，主要是中国大地上东、西的文化互动，社会冲突也主要集中在东、西方的社会成员之间。降至魏晋南北隋唐期间，即所谓的中古时期，该时期中的南北朝又被称为"黑暗时期"或"变乱时期"，南怀瑾认为"每个变乱的时代，往往就是文化、学术思想最发达的时代。或是时代刺激思想而发展学术，或是思想学术而反激出时代的变乱"①。此阶段，南北的文化互动逐渐成为主题，北方因战争等因素，推进人口不断地向长江流域及其以南等地域迁徙，最终形成了文化的南迁和融合。在相对稳定的社会环境中，南方的文化得以从容、充分地继承和发扬由北方迁徙而来的文化，随后形成了北方武力胜于南方，而南方的文化则不断升华，大有北输的趋势。②在此之后，更有北方民族频频入主中原，战事在所难免，伴随战争，文化的

---

① 南怀瑾：《禅话》，34 页，上海，复旦大学出版社，2002。

② 王永平：《中古士人迁移与文化交流》，27 页，北京，社会科学文献出版社，2005。

互动悄然进行。

第五，文化的变迁。

南迁的人口中不乏士人志士，文化融合需要饱学士人的身体力行，因此士人的不同地域间的迁徙带动着文化的传播。据卢云在《汉晋文化地理》中统计，《汉书》中记载扬州籍士人 19 名，《后汉书》中记载人数达 52 人。①这些数据虽不甚准确，但是反映出一个迹象，原本不甚发达的南方社会，两汉时期士人的数量和质量均不敌北方，自此之后，土生土长的士人人缘结构和人员素质不断提高是不争的事实。正是那些来自北方的有文化、有思想士人的迁徙，使北方较为先进的文化得到传播，使文化之间出现碰撞，实现了彼此之间的认识，最终产生文化的融合。起初士人可能并未意识到他们无意间的迁徙带动了文化的交融，随之便产生了为了文化传播而进行的专业文化旅行，这种专业文化旅行使文化实现了跨地域、跨文化的传播，实现了文化的融合。

第六，官方对文化的态度。

官方对待文化的态度是影响文化发展的一项十分重要的因素，特别是在相对封闭、大一统、权力高度集中、文化知识掌握在少数阶层中的国度中，文化的传播和发展很大程度上由官方决定。秦焚诗书使千古文化基本上荡然无存，剩下一些博士官所职的诗书，到项羽火烧咸阳宫，三月不灭，也一扫而空。这种对文化的摧残，极大地影响着文化的传承。好在到了"文景之治"后，汉惠帝发布挟书之令，"大收篇籍，广开献书之路。"（《汉书·艺文志序》）汉武帝又"建藏书之策，置写书之官，下及诸子传说，皆充秘府"。（《汉书·艺文志序》）经过一段时间的收集、整理使政府拥有了大量珍贵的、记载文化成果的典籍。至此，中华民族的文化逐步深入民心，难以被焚书之举所禁，且官

---

① 卢云：《汉晋文化地理》，515 页，西安，陕西人民教育出版社，1991。

方对各种文化虽有偏爱，侧重不同，但大都明智地弘扬文化，促进国家发展。另一个例子可以佐证官方对待文化现象之态度可致使某现象出现兴衰，此乃：道教所谓始祖老子姓李，唐皇室也姓李，李氏家族认为道教这种本土宗教是李氏的本家宗教，高祖李渊、高宗李治、玄宗李隆基、宪宗李纯、武宗李炎都十分崇信道教，他们尊老子为太上玄元皇帝，将《道德经》作为取士必读之书，与儒家的六经并行而列于六经之上。道教以及道家文化在秦皇、汉武、李唐、明嘉靖皇帝统治时期得到了极大的弘扬和发展。

第七，对异质文化强大的同化能力。

大凡是具有深厚底蕴的文化均具备强大的同化异质文化的能力，在中华民族文化长期的积淀之后，已经形成了稳定的文化模式，外来文化的引进或入侵，基本上是被作为一种文化的补充和参照。东汉永平二年（公元59年）佛教传入中国。从开始的白马驮经、达摩东来、玄奘取经、中土移译到禅宗中兴整个历程，都存在着佛教在中华民族文化的影响之下，自觉或不自觉地被中华民族文化吸纳的过程。例如：两晋之交，一些僧侣为了扩大佛教的影响，多与中朝名士周旋往来，往往牵就风气，曲解佛法的本义。《世说新语》记载支谦渡江时，在舟中遇一沧道人，共商"无"义已旧，不别立一义，不足以动众，于是共商立"新无"义。其后，支公明满天下。[1]此乃佛教教义改变之一斑。佛教在中国的发展过程中，最大的，也是最明显的为中华文化所同化的是禅宗的产生和发展。南怀瑾列举了宝志禅师，世称志公和尚，在齐、梁之际，周游弘扬大乘佛法，有《大乘赞》十首、《十二时颂》与《十四科颂》，对当时乃至后世的佛学思想与佛法修证发挥了中国佛学之大乘精神。"可以说，唐代以后的禅宗，与其

---

① 刘惠孙：《中国文化史稿》，262页，北京，文化艺术出版社，1990。

说是达摩禅，毋宁说是混合达摩、志公、傅大士的禅宗思想，更为恰当。"①对于异质文化的同化自始至终伴随着中国文化的发展。

第八，水的文化特性。

"上善若水，水善利万物而不争，处众人之所恶，故几于道。"中华民族文化具有一个独特的性质，这就是中华民族文化犹如水一般，容百川之溪、汇江河之流，具有极大的容纳空间。中华民族文化犹如水一般，平静无奇、柔弱谦下、无欲不争、润物无声。中华民族文化犹如水一般，取自然之态，至纯至净，甘愿充当配料，情愿转换角色。中华民族文化犹如水一般，矢志不渝，遇阻迂回，却始终奔流向前。中华民族文化犹如水一般，阴霾、穿石、咆哮、泛滥，柔弱中充满着刚毅和力量。正是由于中华民族文化有这样的特性，才能连绵不断地发展，拥有博大的文化体系。在中华民族文化熏陶下的国人，自然自觉地将水的品行作为自己的座右铭，以"水唯能下方成海，山不矜高自及天"为追求之境界，力求做到凡事"唐虞揖让三杯酒"，避免"汤武征诛一局棋"，身体力行地弘扬和推动着东方特色文化的发展。这是中华民族诞生于黄河之域，文化中蕴含着水基因的影响所致。当然，人们会发问，发端于海洋文明的人们为何对水的感悟没有远离海洋的人们这样深刻？我们认为，淡水滋养人类，陆地上的水资源直接养育着人们，海洋中的水资源不能直接服务于人，因此人们对它们的感受不及江河文明，自然地理因素对文化的影响是决然不可轻视的重要因素，一方水土养育一方人，一方仁人造就一方文明。拥有这种品质的人们能够包容各种文化，并

---

① 南怀瑾：《禅话》，39页，上海，复旦大学出版社，2002。另：志公、傅大士均为国人。傅大士生于齐、梁之际，又称善慧大士，浙江人，悟道之后，精进修炼，及其壮盛之年，方显知于梁武帝，备受敬重。

如水一般将各种文化通过水的中介而达融会贯通。

第九，稳固的社会文化价值体系。

中华民族的文化价值被形象地表述为具备水一般的文化特性，这种特性实际上是一种社会文化价值体系的表现。从远古，特别是先秦开始，各种文化价值意识、价值实践纷繁复杂，正如事物发展的规律一样，人们在反复地价值实践、价值反思中，逐步理清了思路，建立了文化价值基因，形成了文化价值的体系，塑造了文化价值观念。这个体系不断完善，不断充实，不断逻辑化，逐渐成为一个稳固的社会文化价值体系，长期地影响着中华民族的文化和社会发展。

文化价值是从社会生产、生活等实践活动中产生和发展起来的，如同南非霍屯督人用芳香植物液汁涂抹身体，是为了免受昆虫的侵害，巴西印第安人用彩色黏土涂抹身体是为了皮肤的清洁和避免蚊子咬伤，古希腊竞技者使用橄榄油涂身可防止较量中的擦伤。这三者各自为其文化的价值取向增添价值素材，构成特色文化的基石。随着实用性与价值性相互转化，价值体系将实用活动中的价值成分提取出来，如将生产成本高昂的橄榄油作为奖励竞技中的优胜者，并逐渐地使它成为普遍的社会文化价值。当这些文化之间彼此有了机会接触，便会产生文化价值彼此间的交流、融合。社会文化价值的形成与一个社会能够接触的文化现象多少存在极大关系，广泛地与其他文化进行接触、交流，容易使文化发展得到新动力，容易使彼此之间的价值矛盾产生转化。上述三种不同特色的文化形式最终形成了一个脱离生产生活具体实践，趋向形而上的、带有象征意义的文化现象，我们可以从现代社会中的球迷之装扮上清楚地看到这一点。这种社会文化价值的对立互动更能促进文化新形态的出现，如原本西域人擅长的波萝球传入中原长安，其文化价值发生转化，形成适应中原人口味的马球。这些社会实践，在被聚合与提升为社会文化价值体系过程中，绝非始终是表现为高度一致的，会出现种种离散，然而各种价值的生成，特别是在与其他价值的接触过程中会产生适应、整合、转化，逐步地与社会文化价值体系形成一致。这就是价值同轴对称原理，即指价值选择的各种矛盾冲突以一定社会文化价值体系为轴心相互对立运动的法则。[①]有了这样一种相互对立的运动，可以有效地维持各种力量间的均衡，防止社会文化现象偏离主线，有利于社会文化的协调发展。中华民族文化就是一个跨文化的价值整合、趋同的文化过程，特别是中国有影响的三大思想体系彼此之间相互对立，又相互融合，由此构成了一个稳定的社会文化价值体系。

融合之后的中华民族文化，具有十分突出的特征，这些特征决然不是单一文化能够达到的，这是一种集大成的文化，是一种能够应对世间万象的文化，是一种具有永恒力量的文化。之所以这样认为是因为文化的优势互补，互补后的文化能够取长补短，可以适应各族群、民族文化习惯、文化价值。正如冯天瑜在《文化·文化史·明清文化史》所认为的：

> 早期儒家是殷周贵族文化的继承者，他们讲礼乐、崇名分，"序君臣父子之礼，列夫妇长幼之别"，其末流"博而寡要，劳而少功"，不见用于当时。但由于中国的封建社会依然是宗法制度，作为奴隶制宗法思想代表的儒学几经改造，成为封建时代的正统思想。墨家代表下层平民，尤其是手工业者，主张强本节用，长于工艺技巧，追求一种"家给人足"之道，但它向往"尊卑无别"，实际是行不通的。道家代表已经没落隐遁的旧贵族，看破人世的"繁华"，主张皈依自然，回复到

---

① 司马云杰：《文化价值论》，186 页，西安，陕西人民出版社，2003。

"小国寡民"时代，但道家将朴素辩证法发挥到相当高的水平。

……从西汉末年哀帝元寿元年（公元前2年）开始传入的印度佛教文化，由于较少排他性，易于被中国人所接受，对中国的宗教、哲学、文学、音韵学、音乐、舞蹈、建筑、雕塑、医学等带来新因素。中国封建社会后期学术正宗——宋明理学，便是儒学与佛教文化相结合的产物，是佛学与易、老、庄三玄相混的复合体。[①]

价值的塑造需要广泛的社会基础，需要普遍的社会认可，对于这一点各家学派都十分清楚，尤其是知识被少数人群独享的社会环境中，少数人群的思想与价值得到社会积极响应，必须走向知识和价值的普及，只有这样才能产生社会效应，在这方面成效卓著的主要是儒、释、道三家学说，而其他思想学说由于在该方面成效不佳逐渐沦为一种社会形态被封存在思想史长河之中。不过，应该看到这些思潮对三大主要学说思想起到了思想铺垫以及融会贯通的作用，使主流思想能够有广泛的思想资源得以借鉴和集成。

儒家学说中，十分重视哲学思想的普及，格外注意对民众的文化心理的塑造。比如，在儒家学说中其中一个重要概念，即"礼"之理念的树立过程能够充分说明问题。孔子在对"礼"的构建过程中，通过具体的事务、具体的事实深入浅出地讲解，特别是用了"仁"的概念，这种君子必备的个体人格，使礼教的思想深入人心。孔子采取将"三年之丧"的传统礼制，直接归

---

① 向仍旦：《中国古代文化史论》，56页、59页，北京，北京大学出版社，1989。

结为亲子之爱的生活情理，把礼的基础直接诉之于心理依靠，这样把整套"礼"的血缘实质规定为"孝悌"，又将"孝悌"建筑在日常亲子之爱上，这样的策略将原来僵硬的强制规定，提升为生活的自觉理念，发挥人们对"礼"自觉的遵从，并以内在的心理活动为动力指挥人们的实际行为。对此李泽厚认为：

> "礼"由于取得了这种心理学的内在依据而人性化，因为上述心理原则正是具体化的人性意识。由"神"的准绳命令变而为人的内在欲求和自觉意识，由服从于神变而为服从于人、服从于自己，这一转变在中国古代思想史上具有划时代的意义。①

这也正是中国古代思想家的智慧所在，正如前面谈到的先秦时期的思想具有符号化的文化一样，为了能够使普通百姓掌握和理解这些思想，并将此作为自己的行为规范和准则，必须晓之以理，动之以情。李泽厚认为这具有划时代的意义，确乎如此，因为在普遍使用了文字后的中国思想体系，已经开始脱离图示式的思想表述阶段，开始向文字记录和陈述的阶段快速过渡，这个阶段的思想表述更具有抽象特征，对文化知识的普及提出更高要求。对尚未普遍接受教育的百姓进行思想的灌输和教育，就必须采取将抽象的哲理具体化、人性化，这里孔子及弟子们比较有效地做到了这一点。使儒家学说成为一种准宗教影响和制约着人们的行为，也正是由于这一点使中国大地上始终没有出现过大一统的宗教，反而使宗教的泛化态表现突出，社会的各个层面均受到这种泛宗教的影响。在中华民族体育中表现出深刻的印记，可以自豪地说中华武术的武德修养是世界上独一无二的，对武德的追

---

① 李泽厚：《中国思想史论》，25页，合肥，安徽文艺出版社，1999。

求，对武德的践行，在全球范围内只有东方民族体育项目能够如此。

儒家学说广泛地传播于社会，与它的学说集成性有十分必然的联系。自儒学产生之日起，五花八门的思潮就风起云涌，各个流派、学说互相抵制、颉颃和论辩，同时它更多经历彼此的学习、吸收和融合。从荀子到《吕氏春秋》，再到《淮南鸿烈》和《春秋繁露》，足以表现出儒家学说吸纳百家学说，融会诸子精华，贯通学理思想的历程。

道家的核心思想也具有集成性，其"无为"既"有为"，富含辩证思想，这种辩证思想广泛吸取了其他学说的有益成分。"无为"犹如巨大的空桶，可以容纳世间万物、世间各色思潮，最终达到"有为"的社会效益。"无为"更犹如滋养万物的土壤，表现自然秩序的"无"是道德秩序的"有"之前提，那种淳朴、混沌的自然生活态度和价值意识是明智、理性、和谐的礼乐生活态度的土壤。在容纳前提下，更要顺其自然之道，不是无原则地包容和纵容，自然、社会规律构成了道家理论的基本准则，因此事物发展必须遵循规律。"夫地势水东流，人必事焉，然后水潦得谷行。禾稼春生，人必加功焉，欲五谷的遂长。听其自然，待其自生，则鲧禹之功不立，而后稷之智不用。"社会规律本身具有一个重要的特性，即极大的包容性，认为世间万物之所以能够生存必有其价值，各种价值的体现需要一定的基础，在一定基础上形成稳定的运行轨迹，这种轨迹主要的基础就是自然之规律，故而"道法自然"。而自然的博大，是人类无穷的资源宝库，人类必须不断地提高自身的具备包容、集成性的认识和实践能力，从而获得自然财富。

　　道家的文化理想表现在老子的"小国寡民"，伯器
　　不用，舟舆不乘，甲兵不陈，这样可以使民"甘其食，

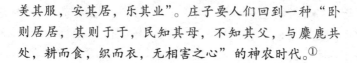

美其服，安其居，乐其业"。庄子要人们回到一种"卧
则居居，其则于于，民知其母，不知其父，与麋鹿共
处，耕而食，织而衣，无相害之心"的神农时代。①

这种回归自然的理想和价值取向，使道家思想拥有极大的朴
素性，在中国社会发展历程中，为农耕人群安居乐业奠定了思想
基础，同时也鼓励着人们不断从自然中获取心理平衡。《淮南
子》中就强调，符合"道"的社会应当是原始淳朴的，"无庆贺
之利，刑法之威，礼义廉耻不设，毁誉仁鄙不立，而万民莫相侵
欺暴虐，犹在于混冥之中"，符合"道"的人应当是无忧无虑
的，"不哀不乐不喜不怒，其坐无虑，其寝无梦"，在一定程度
上避免了民众对日益发展的物质利益追求所产生的消极影响，从
而构成了一种思想抗衡力量，有效制衡着某种思想的偏激。

我们认为"道法自然"绝不是一种简单的回归，而是一种
升华，将世间各种变迁规律归结为一种道，这种"道"可以使
人们通向自由，摆脱人为的种种束缚，有利于社会文化的发展。
因此葛兆光认为："'无'被置于优先的位置，不仅导致了思路
起点的大转变，也导致了一个生活价值态度的大转换。"②原生态
的文化虽然较少人类思维的雕琢，然具备着丰厚的、自然色彩的
朴素辩证思维，拥有极大的包容性。在道家后期的发展中，道家
学说的确吸取了不少其他社会文化流派的思想，使其思想更加充
实。诸如惠施等人对庄周等"道"思想的逻辑化，推出"通变"
理论，以及汉初的《淮南子》、宋时的《世说新语》等思想中，
无不表现出道家学说自身的变化。值得一提的是后期道家的思想
更加具有人性化倾向，王弼在与何晏谈论"情"时以为："圣人

---

① 司马云杰：《文化价值论》，201 页，西安，陕西人民出版社，2003。
② 葛兆光：《中国思想史》，第一卷，330 页，上海，复旦大学出版社，2001。

茂于人者，神明也；同于人者，五情也。神明茂，故能体冲和以通无；五情同，故不能无哀乐以应物。然则圣人之情，应物而无累于物者也。今以其无累，便谓不复应物。失之多矣。"①探讨的问题虽然是以帝王为主题，但是涉及的是人之情，这种改变使道家从虚无的状态中走向了现实，扩展了与现实沟通和交融的领域，使道家学说的普及程度不断加大。

在相对封闭的、博大的中国大地上，滋养着各种文化思想。思想可以作为一种资源，常常是可以共享的，资源是否能够共享，关键要看人们对资源的态度。中国的思想家们在各守一派学说的同时，往往是比较注重思想资源的共享。在汉魏之际，信奉道家思想的人不约而同地从儒典中找到了自己立言的典据与问题的合理性。《三国志》卷十注引何劭《荀粲传》记载："常以为子贡称夫子之言性与天道，不可得闻，然则六籍虽存，固圣人之糠秕"，通过借鉴，进而瓦解着儒者的思想。②这种有意从儒家经典中引申的道家思想，或者无意中以道家思想理解儒家经典的移花接木手段，在南北朝时很流行。从另一个角度可以看得出，道家思想的涵化能力较强。思想家总是可以从前代思想的文本中，通过以意逆志的解释，阐发出一些新的思想，于是对思想就有了新发扬，新学说就有了老传统。特别是古代中国的学说并不那么清楚地划分了楚河汉界，本来文化所谓的疆界也是一种人为地划

---

① 冯友兰：《中国哲学简史》，203页，北京，北京大学出版社，1996。
② 葛兆光：《中国思想史》，第一卷，320页，上海，复旦大学出版社，2001。从荀粲这段话中可以看到的是，首先，他们的思路与传统的思路不大一样之处是，他追寻的是思想幽深玄远的依据，是过去儒者所回避或所搁置的本原，所以他将"道"、"性"这一类玄虚的词汇当作自己的"关键词"。其次，他确认"性与天道"在思想中的优先意味，"道"是一切事物与现象之本，"性"是一切品味与道德之本，他所谓"天下孰有本不足而末有余者邪"，就是这个意思。再次，"性与天道"并不是可以用语言描述、用物相比况的，"理之微者，非物象之所举也"，它能为人所体会，却不为人所言说，所以是"象外之意"。

分，文化并无疆界，更何况是同质同构的文化，于是思想流派的越界也就成了常事。这就是中国古代思想之间互动的根本或者说是一种基础，在一定程度上，道家的思想开放程度是较高的，以至于他的思想对中国文化的影响力较大。

佛学思想在中国的传播必须从佛教传入开始说起，在这里我们引用冯友兰的一段论述：

> 佛教传入中国的确切年代是一个有争论的问题，历史学家们仍未解决，大概是发生在公元 1 世纪上半叶，传统的说法是在东汉明帝（公元 58 年—公元 75 年在位）时，但是现在有证据说明在明帝以前在中国已经听说有佛教了。而后佛教的传播是一个漫长而逐步的过程。从中国的文献资料看，在公元 1、2 世纪，佛教被认为是有神秘法术的宗教，与阴阳家的和后来的道家的神秘法术没有多大的不同。
>
> 在 2 世纪，有一个说法是，佛不过是老子弟子而已，这个说法在一定范围内传开了。这个说法是受到《史记·老子列传》的启发，其中说老子晚年出关，"莫知其所终"。道家中的热心人就这句话大加发挥，创造了一个故事，说老子去到西方，到达印度，教了佛和其他印度人，总共有二十九个弟子。这个说法的含义是，佛经的教义不过是《道德经》及《老子》的外国变种罢了。
>
> 在 3、4 世纪，比较有形而上学意义的佛经，翻译的更多了，对佛学的了解也进了一步。这时候认为，佛学很像道家哲学，尤其是庄子哲学，而不像道教。佛学

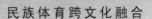

著作往往被人用道家哲学的观点进行解释。①

从这种说法中，我们可以窥见中外文化交流的深厚程度及其有机性。这里暂且不谈佛学的来源，仅仅对佛学在中国的发展历程中的主要变化，以及表现出来的突出特征进行梳理。

佛教进入中国后，最主要的变化是中道宗与道家哲学的相互作用，之后产生了中国人普遍认同的禅宗。因为，禅宗产生前的中道宗本身具有一般概念中有"二谛义"，即二重道理，普通意义的道理是"俗谛"，高级意义的道理为"真谛"。例如，"万物非有非无，而又非非有非非无；中道不片面，而又非不片面"（《二谛义》卷上）。这些概念对"有"和"无"进行了广泛的讨论，这与道家所讨论的内容十分近似，大有异曲同工之妙。另外，中道宗与道家使用的方法非常相似，这种方法是利用不同的层次进行讨论，一个层次上的说法，马上被高一层次的说法否定，即为庄子的"是亦彼也，彼亦是也。彼亦一是非，此亦一是非。果且有彼是乎哉？彼是莫得其偶，为之道枢。枢始得其环中，以应无穷。是亦一无穷，非亦一无穷也。故曰：莫若以明"。文化接触中，较容易产生接近的一般是同质同构的文化，这种文化易于产生共鸣。佛教的中国本土化过程，也是佛教普及化的过程。在禅宗的行为形式中，凸现了一个亲和与自觉。在对教义理念的研修中，突出了一个"顿悟"。这两个基本特征的出现在一定程度上使佛教更加广泛地被民众所接受，与此同时也是佛教走向了解消的边缘。葛兆光认为：

直到公元 5 世纪，佛教虽然已经把过去神秘而遥远的、悬置在终极妙门之上的佛性，渐渐挪进了每个人心

---

① 冯友兰：《中国哲学简史》，206 页，北京，北京大学出版社，1996。

中都具备的、亲近而自觉的人性，但是，并没有像后来的禅宗那样，干脆说人心就是佛心，把修行也从佛教事典中扫地出门。

……"后日禅宗之谈心性主顿悟者，盖不得不以生共为始祖矣。"使得佛教的思路从纷繁陈旧转向了简洁明快。①

佛教变化最突出的特征不仅是佛学思想的表述广泛地借助了道家哲学的术语，如"有"、"无"、"有为"、"无为"等来表达佛学概念，佛学思想更表现出融合道家思想构建了佛教的一个宗派，其思想体系产生中国文化特色，被人们称之为"中国的佛学"。

这些文化之间的交流是极具历时性的。文化的接触、冲突、交融需要时间，没有时间的保障，文化之间彼此认识不会深刻，难以达成彼此的认同和相互的交融。

冯天瑜将中国传统文化的发展过程分为以下几个历时阶段：

史前——华夏文明的孕育期。

殷商到西周——神权居统治地位的官学文化阶段。华夏文明的发育期。

春秋战国——以民本思潮为旗帜的百家争鸣的私学文化兴起。华夏文明的昌盛期。

西汉到明中叶——以儒学为正宗的封建帝国文化阶段（其内又分儒学独尊的两汉、道家复兴的魏晋、佛学极盛的隋唐、儒佛相混的宋明等四个段落）。

---

① 葛兆光：《中国思想史》，第一卷，419 页、423 页，上海，复旦大学出版社，2001。

明末到清中叶——早期启蒙文化（吸收了欧洲古典科技知识）与回光返照的封建帝国文化相交织的文化阶段。

鸦片战争到"五·四"运动——爱国主义与西方殖民主义、资产阶段新学与封建旧学的旧民主主义文化阶段。

"五·四"运动以后——以马克思主义为指导，以反帝、反封建为目标的新民主主义文化阶段。[①]

从中国传统文化发展的历程和脉络中，我们不仅看到文化之间的交融是一个漫长的过程，同时，我们还可以清楚地看出每一个时代，中国传统文化均处于两极、多极文化的互动之中，依然保持跨文化的交流态势，这样的文化很少"封闭性"，或者说是没有封闭性。任何文化没有封闭是不现实的，因为人类社会初期，交通和通讯等技术手段的不足，存在着天然的地理屏障，然而中国传统文化并未受到地理屏障的桎梏，实质上中国传统文化始终处于一个开放的系统之中，至少在某一个时期，这个系统内部的本土之间跨文化交流始终保持着"唤醒"状态。通过中国古代的学术潮流可以佐证这个问题，试看何新梳理的结果：

中国古代学术潮流变迁趋势

①　向仍旦：《中国古代文化史论》，53 页，北京，北京大学出版社，1989。

（资料来源：何新：《中西学术差异——一个比较文化史研究的尝试》，见向仍旦：《中国古代文化史论》，北京大学出版社，1989 年。）

欧洲学术潮流变迁趋势

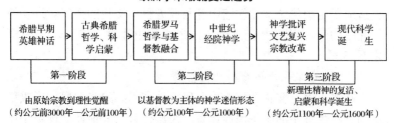

（资料来源：何新：《中西学术差异——一个比较文化史研究的尝试》，见向仍旦：《中国古代文化史论》，北京大学出版社，1989 年。）

从中国古代学术潮流变迁趋势中，可以看到在多元文化的交互作用下，文化互动贯穿中国历史，然每一个时期均有一个占据主导地位的文化，以及相应的学术思潮，同时中国古代的文化始终保持本土文化为大一统的主旋律，因此也形成了一种与西方文化迥然不同的文化类型，对此，何新认为：

> 对中、西学术的上述发展历程作一比较，我们可以从这里看到存在着某些相似之处。但同时也会注意到，中国由汉代延续到明清的儒教经学迷信时代，要比欧洲中世纪的基督教迷信时代长了至少七百年以上。①

---

① 向仍旦：《中国古代文化史论》，195 页，北京，北京大学出版社，1989。

这里说明一个问题，长期的、没有断裂的文明，在经历了长期的历时性积淀之后，以至于形成融合后的相对稳定的文化形态，由此产生强大的、具有很大惯性的文化力。这样在一定程度上，逐步形成了一种对异质文化持回避态度的文化心理，使本土文化沦落到了缺乏广泛的跨文化沟通、自我封闭的境遇之中。这也造成了中国传统文化在清中叶与西方科学文化的强烈对抗。例如此时的国人视西方近代科技成果为雕虫小技，多持不屑一顾之态。

（二）中华民族体育的文化格局

在本土多元文化的培育中，民族体育得到稳步发展，形成稳定的、特色鲜明的中华民族体育。民族体育与其他社会现象相比有一个特殊之处，即民族体育的动态符号特点，正是由于这个特点，使民族体育成为历史上最能体现社会思潮变化的现象之一。

民族体育在中华民族文化，尤其是中原文化强烈的向心涡旋力作用下，使它的文化走向发生了特化，即将各种民族体育的素材、文化特质逐步向着一定的方向转化，这种特化的主要动力源是中原文化中的主流思想。因此在民族体育内容和形式上均表现出高度的特化特征。这种特化表征随着民族体育文化的逐步成型并逐渐固化，相对稳定的特质也会受时代思潮的影响而发生相应的变革，一般是在保持基本特质前提下的调整、完善和创新。经历了历时性的积淀，由此构成了中华民族体育的主要框架体系，形成了一个具有大一统特点的重礼教、轻竞技的中华民族体育格局。

这种大一统格局集中体现在民族体育的形式和内容上有以下三个方面的特征：

第一，具体地再现哲学品味。

从儒家学说发端的西周，乃至整个封建社会漫长的历史中，"礼"占有重要的社会地位，可以说"礼"构成了中国社会的精神内核。"礼"存在的基础在于它规定了不同等级的人们在社会中所拥有的不同地位和所享有的不同待遇，是人们在社会生活、政治生活中一切行动所应遵循的准则。由于人类社会本身存在着自然的差异，这种差异起初是人的适应能力不同，在发展过程中，逐步体现出创造能力的不同，对这样一种社会现实，必须遵循其发展规律，先哲们正是针对社会现实提出了符合自然规律的社会、文化规范，它的诞生对于野蛮时代是一极大的进步，在人类道德、文明的发展中也起过重要作用，它奠定了中华民族的血缘社会结构基础，影响着社会的方方面面。在民族体育中，"礼"成为一种追求的目标，成为一种传承文化规范的载体，民族体育为"礼"的具体化、普世化做出了巨大的贡献，其中"射礼"最为典型。

在西周，社会生活中占有重要地位的体育习俗——"射"，也是进行礼教的手段之一，以致有了尊称——"射礼"。

射礼当时分为两大类：大射礼、乡射礼。大射礼是天子、诸侯、卿大夫的射；乡射礼是卿大夫、士、国人的射。根据不同的用途与目的，大射礼又分为大射、燕射、宾射三种。

大射：凡天子举行郊庙祭祀，在射宫举行大射礼。

燕射：凡天子与群臣宴息时，在路寝庭举行燕射之礼。

宾射：凡诸侯来国都朝见天子，在王朝行宾射之礼。

乡射礼有两种：一是乡大夫在三年一次的大比之年献贤能书之于王行乡射之礼；一是春秋两季，州长会民以礼，射于州序。参加者为卿大夫、士、州长、国人。

　　不同的射礼，所奏乐不一样，设置的侯（即箭靶）也不一样，这自然是为区分等级，"明君臣之义"、"长幼之序"。不但如此，还要求每个射箭的人，一切动作——进退还都要合乎周礼的要求。我们不否认，由统治者组织、倡导的射礼，无疑推动了射箭活动的发展，使其从军事体育训练的圈子里走出来普及到社会的各个阶层。但也毋庸讳言，充满政治等级观念的"射礼"活动的出现，也削弱了射箭活动本身所具有的健身意义和竞争性。

　　正是从这时开始，中国体育走上了完全不同于西方的发展道路，在长达两千余年的历史进程中，以礼为主线，形成了自己独特的体育风尚。[①]

　　射礼运动的普及，使民众充分体验了"礼"的社会价值，是"礼"等儒家学说的深入人心的一种具体的社会实践。这种活动，特别是乡射礼参与的国人众多，在闲暇生活内容匮乏的社会中，它成为一种极具吸引力的社会活动内容，因此它的社会影响十分强大。民族体育的射礼将空洞的说教具体化，使民众可以从中直接体验，受其感召。这类活动在当时的社会中还有几项主要内容，其中最值得一提的是在当时学校、教育中普遍实施的"六艺"。

　　西周学校教育中的"射"，包括五个教学环节，即"白矢、参连、剡注、襄尺、井仪"。这就是射箭的全过程，包括持弓、开弓、瞄准、发矢等环节。据《射经》讲，每个环节都有严格要求，主要有"固、满、

① 黄伟，卢鹰：《中国古代体育习俗》，15 页，西安，陕西人民出版社，2004。

审、分"——"持弓欲固，开弓欲满，视的如审，发矢欲分。"

把"御"作为学校的教学内容，是为适应当时的战争形式、军队组成情况而产生的。它同射一样，不是从西周开始的，应该说，自从有了战车，有了使用战车进行战斗的车战，就有了传授和学习"御"的技能的活动。战车至晚在殷商时代已经普遍使用，武王伐纣时，曾组成了有三百辆战车的部队，此时直至春秋时代，战争形式及军队结构均是以车为主的。这就难怪当时把"御"作为学校的主要内容了。据考古发掘证明，西周时的战车，体长、轮大、厢短、毂长、单辕，御者最重要的是保持平衡，使战车能随意前进、后退、左右转弯。御的教学内容主要是"五御"，即"鸣和鸾"、"逐水曲"、"过君表"、"午交衢"、"逐禽左"。据刘伯骥《六艺通论》的解释，其意为：行车要合于拭、衡二铃的节奏；御车逐水势之屈曲而不坠水；当国君检阅时，御车向辕门直入，中而不偏；战（御）车于十字街道中，车左右旋转要合于节奏；田猎时，要把战车驾驭到禽兽的左侧，当人君以射之，即自左射。

夏商周时期，十分盛行乐舞，无论宗教祭祀抑或重大庆典、出兵打仗，都要举行乐舞活动。由于它所具有的重要性与普遍性，故也被列入学校教育内容。西周学校的乐舞，规定二十岁以下者学"小舞"，二十岁以上者学"大舞"。"小舞"有六种，包括舞、羽舞、皇舞、旄舞、干舞、人舞。其中前三种属文舞，后三种则是武舞，《礼记·内则》所云"十三舞勺，成童舞象"就指的是这种情况。"大舞"也有六种，即云门大卷（黄帝时乐舞）、大咸（尧时乐舞）、大磬（舜之乐舞）、大夏

（夏之乐舞）、大濩（汤之乐舞）、大武（武王之乐舞）。把其列为二十岁以后所学内容，肯定比"小舞"内容多而难度大。

把射、御、舞，特别是后两者列入体育内容，不仅因为当时主要的带有体育性质的活动就这些，而且一般说来，任何事物的开端，特别是刚刚跨入文明社会不久，每个事物往往具有多重性，御、舞本身也确实具有体育的相当成分，如清代颜习斋所说："孔门习行礼乐射御之学，健人筋骨，和人血气，调人性情，长人信义"（《颜习斋言行录》卷下），确实如此。

总之，学校的设置是社会的需要，也是人类文明程度的标志，它的体育内容的设置，不论其目的如何，毕竟是社会生活的折射。①

学校、教育是文化传播的重要载体和基地，无论何时它的功能和作用都是不容置疑的。通过学校和教育，民族体育得到了极大的发展，使民族体育拥有较高的社会地位。在这种社会环境中，民族体育备受先哲们重视，得到了更为广泛的思想熏陶，使民族体育具备了思想内涵，拥有了文化品质，体现了儒家思想和意志。虽然在当时能够接受教育的人数有限，但是他们的社会影响力却非常巨大，他们是社会进步的思想能源。先哲们在学校中通过民族体育这样的动态肢体符号，使高深理论系统化、具体化、形象化，加速了儒家学说的普世化。

随着岁月推移，受过"六艺"教育的儒生们并不喜爱民族体育，逐渐出现文武分途，这是儒生们的失误之处。不过，也不是所有的民族体育活动内容他们都不喜欢，其中投壶就是在儒生

---

① 黄伟，卢鹰：《中国古代体育习俗》，13 页，西安，陕西人民出版社，2004。

们的推崇下，在社会上得以广泛开展。

两汉三国时期的儒生们虽然逐渐注重于攻读经书和内心的修养，鄙薄武事，但对投壶一类比较轻松愉快的娱乐活动仍颇为好尚，每于聚合宴饮之际必设壶投矢，竞技斗巧，引以为乐。一些达官显贵在设宴款待儒生时也往往附设投壶游戏于后，以助雅兴。《淮南子》中即有一群文人学士宴会后投矢高壶的记载。《后汉书·蔡遵传》谓将军蔡遵虽为武人，但"取士皆用儒术。对酒设乐，必雅歌投壶"。三国时期的著名文士邯郸淳也是一个投壶好手，曾作《投壶赋》一千余言进献魏文帝曹丕，被赐以绢帛千匹。

这一时期的投壶活动承袭战国时代之遗风，不为古礼所拘，时时革新其形式与内容，进一步向游戏化方向发展。据《西京杂记》记载，旧式投壶法不但带有进退揖让等许多烦琐的礼节，而且以木为矢，壶中装上小豆，以防投中之矢反弹出壶口。汉武帝时期的郭舍人是天下闻名的投壶高手，他发明一种更为新奇引人的"骁"式投壶法。"骁"式投壶法一不讲礼仪规范，二改木矢为竹矢以增加弹性，三是使矢投入壶中又立即反弹出来，接壶者接矢在手，再投向壶中，如此一投一返，连续不断。每当郭舍人做投壶表演时，但见竹矢在空中往来穿梭如飞，无一落地，围观诸人皆大声喝彩，叹为观止。郭舍人因此技而深得武帝恩宠，经常不离武帝左右，所获得的金帛赏赐难计其数。自此以后，有新旧两种投壶法并行于世，其竞技性和娱乐性也大为增强。

投壶活动在当时社会的风行，还表现在壶具的专门

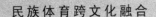

化和制作的日益精美上。过去所用的壶具是宴饮席上的酒壶，带有即兴而作之意，两汉三国时期已有了专为投壶游戏而制作的壶具。邯郸淳在《投壶赋》中描写这种专门壶具形制为："厥高二尺，盘腹修颈，饰以金银，文以雕镂"，显得非常精致华美，很可能是宫廷宴饮投壶时所专用的器具。河南济远县泗涧沟曾出土西汉晚期绿釉投壶一件，其形状为广口大腹，颈部细长，无金银之饰，大概是一般贵族之家的投壶用具。

汉代的投壶游戏在传世或新出土的一些汉画像石中也屡有所见。南阳汉画像石馆即存有一幅反映投壶活动的石刻画。画面中间立有一广口鼓腹长颈壶，壶中已投入两矢，壶侧置一三足酒樽，樽上放有一勺，用来舀酒。壶之左右有两人席地面壶踞坐，每人怀抱三矢，手执一矢，向壶中投掷。画面右边有一人端然踞坐，双手拱抱，神情专注，似为裁判或观战者，画面左侧有一宽袍大袖、醉意朦胧的大汉，正被一侍者搀扶退场，似为不胜酒力而欲回后堂休息者，或为投壶角逐中败北之将。这幅画像场面细致生动，人物栩栩如生，真实地再现了汉代贵族之家宴饮投壶的情形。[①]

无论是射礼，还是六艺、投壶，这些经受儒家思潮熏陶的民族体育活动无不印刻着着儒学印迹。这种文化基因奠定了中华民族体育的基本格局，使东方的民族体育走向了一条重礼教轻竞技的体育发展模式之路。

如果说，受儒家学说影响的民族体育主要表现为主"动"的体育文化形态，那么，受到道家文化洗礼的民族体育则表现出

---

① 黄伟，卢鹰：《中国古代体育习俗》，69页，西安，陕西人民出版社，2004。

趋"静"的特征。

导引，又称做"道引"，古籍文献中解释其方为"导气令和，引体令柔"，即将呼吸运动与躯体运动相结合，以养气和血，舒筋壮骨，焕发精神，延年益寿。这是我国古代最富有民族特色的传统体育锻炼医疗方法。其中的"导气之术"是今天气功运动之鼻祖，"引体之法"乃现代保健体操运动之先声。

导引术大约起源于先秦时代。《庄子·刻意篇》云："吹呴呼吸，吐故纳新，熊径鸟伸，为寿而已矣。此道引之士，养形之人，彭祖寿考者之所好也。"文中所说的"吹呴呼吸"、"吐故纳新"讲的是"导"，即深吸长呼运气，加强血液循环，促进新陈代谢；"熊径鸟伸"讲的是"引"，即像熊一样摇身摆体，似鸟一般伸头舒颈，以活动关节筋络，提高身体素质。这是导引术见之于文献的最早记载，其术似乎为以老、庄为创始人的道家学派所推崇。

两汉之世，虽有董仲舒"罢黜百家，独尊儒术"之举，但虚无恬淡的黄老之学、好尚长生不老的神仙之术、追求修身养性的道家学说、声称能使人与天地同寿的神仙方士之言与儒学一时并存于社会，且影响深远。许多公卿贵族都倡导养生益寿之道，使导引术空前流行起来。汉初的开国元勋张良，在刘邦君臣饮酒论功、分爵封侯之际，他却提出退隐山林，愿从赤松子游，并"导引不食谷，闭门不出岁余"（《汉书·张良传》）。淮南王刘安纠集门客，做《淮南鸿烈》一书，鼓吹无为无欲，倡言导引养生。武帝之世的滑稽之雄东方朔也颇尚此术，"导气养性"。东汉导引之风更甚于西汉，

《后汉书·方士列传》中所载的诸多方士自称都是精通导引术的专家。由于史籍中有关两汉时代的导引术往往与神仙方术纠缠得难解难分，隐藏在迷信神话的浓云迷雾之中，故倍显神秘玄虚，使后人难以窥其门径。

值得庆幸的是，长沙马王堆三号汉墓中《导引图》的重见天日，使我们得以见识汉代导引术的"庐山真面目"。这卷文图并茂的《导引图》，用红、蓝、棕、黑诸般颜色，描绘了"导引"的四十四个运动姿态，并附有文字说明，成为我国现存最早最完整的导引健身图谱。从其运动术式来看，既有呼吸运动的导引，又有肢体运动和器械运动的导引，还有模仿各种动物姿态的导引。从其表现功能来看，既有祛除疾病的功能，又有强身壮骨的妙用。这幅堪称"国之瑰宝"的古图画，彻底剥去了涂在汉代导引术之上的种种迷信色彩，表现出了一定的科学性和实用性。从图中参加导引运动的四十四个人物形象和衣着服饰来看，有男有女，有老有少，有的身着长袍，有的穿着短裙短裤，还有不少赤身裸背者，显然来自社会各个阶层，既有上流社会的贵族，又有下层社会的庶民，充分体现汉代导引术的流行与普及。

东汉末年举世闻名的医道高手华佗，在行医治病救人之余，将前代的导引理论和实践加以总结，整编出一套模拟虎、鹿、熊、猿、鸟等动物姿态的新型导引运动术式，称为"五禽戏"，以防病祛疾，益寿延年。据史书记载，华佗由于长期坚持锻炼"五禽戏"，"年且百岁而有壮容"。他的弟子吴晋也"年九十余，耳目聪明，齿牙完坚"。"五禽戏"问世之后一直流传中国千余年而不衰，并远传日本、东南亚及欧美诸国，被誉为人类医疗保健体育运动史上的一大奇迹。①

　　两汉时期无疑是中国古代体育习俗继春秋战国之后又一个非常重要的发展演变阶段。这一重要的发展时期，使民族体育产生了巨大的变化，出现了引导中华民族体育之阴柔运动内容和形式格局的出现。这是一个有趣的社会现象，在尚武的上古社会氛围中，占据统治地位的儒家学说赞同武勇，孔子及弟子们也武勇有加。在那个时期，在墨子思想的影响下甚至出现了一个特殊阶层——侠士，该人群所思所为主要体现出一种尚武任侠的精神。这种社会氛围本应塑造的是尚武的民族体育环境，可是人们在这段时间里，逐步对"礼"、"仁"、"德"的贵族说教产生了一些怀疑，提出一些问题，自己有了思考。在《诗》中人们提出："抑此皇父，岂曰不时，胡为我作？不即我谋。彻我墙屋，田卒汙莱。曰予不戕，礼则然矣！"（《小雅·十月之交》）反映在西周末期，部分新兴阶层，开始对没落贵族制定的礼教提出质问，说明民众对自身利益的关注，昭示着"礼教"等思想的动摇。②当军事战争频率降低，局部冲突减少，生活出现安逸状态，人们对自身各种权益的追求与日俱增，对生活水平更加重视。特别是在多元社会思潮的影响下，人们的非理性中的物质和情感享受需求越来越高，因而出现上述截然不同的民族体育表现形式。同时，这种状态的出现突出地反映出中国古代文化中的辩证思维方式强烈地影响着社会的进程，也只有这样的格局才是社会正常运行的轨迹。非理性的自然张扬与维持，理性意识的驱使与修正，使人类在发展过程中不断出现多元的、两极对立的民族体育形式。

---

①　黄伟，卢鹰：《中国古代体育习俗》，79 页，西安，陕西人民出版社，2004。

②　杨荣国：《中国古代思想史》，56 页，北京，人民出版社，1976。

由于人的本能攻击性的存在，特别是战事纷争的冷兵器岁月，尚武不仅是个体的需要，更是国家的需求。物极必反，过分崇尚武勇，势必产生不稳定的社会因素，统治者通过礼乐教化，在一定程度上可以促使理性思维发挥作用，减少社会动荡。但是还需要其他的辅助手段共同对人进行约制，这些手段最好是一种潜移默化的、较少说教的方式，适合人们时代需要的方式和方法，引导人们的志趣。通过相对的两极可以有效地保持各自均衡的张力，牵制相对一极的运动，避免事物运行的轨迹发生向单极偏离的倾向。恰好人们找到了一条较有成效的途径，这就是养生生活方式的浮现与发展。养生之道的创始，以致不断发展，在中国发挥了塑造温良民族性格的巨大作用，养生术最终成为国人青睐的、长久不衰的一项养生、修身、养性的民族体育重要领域。

由于道教在唐朝占有特殊地位，所以在社会上极为流行，特别是道教所信奉的食金丹以祈长生不老术，对人们极具诱惑，深受上至皇帝、下至庶民的青睐，求仙炼丹之类的崇道行为在社会上极为普遍，成为社会文化生活的重要内容之一。其中尤以道教所奉行的导引行气按摩和炼食"仙丹"等术对体育的影响为大。

导引、行气、按摩等术属于气功范畴，除去迷信色彩，也是一门养生学。隋唐时期都被广泛运用，特别在医疗保健上的广泛运用，成为这一时期养生思想发展的新特点。据《隋书·百官志》记载，隋朝的大医署中就设有按摩博士。唐代的太医署中也有按摩博士、按摩师，以及按摩工、按摩生等，"掌教导引之法以除疾，损伤跌者，正之"（《新唐书·百官志》）。其技术等级之分，显然比隋更细，其实这也是道教在唐代地位的反映。[1]

中华民族体育最终的格局，是以缺乏表层竞争为主线的体育形式，即使是以激烈较量、抗衡的项目也存在种种制约，使竞争这一体育的灵魂表现出充满东方智慧的潜竞争。正如中国的琴、棋、书、画的表现一样，没有更多的表层争锋，但是这些艺术形式同样存在相互之间的较量，这种较量或竞争是充满种种玄虚、绝妙的，不易量化的素养、技巧、意境等衡量指标，这些标准可谓仁者见仁、智者见智，难以形成统一的标准，但是竞争中的大原则人人清晰，何者的艺术水平高，何者的意境超脱，基本上可以达到公认程度，这种竞争内容和形式塑造了人们的不争而胜的心态。作为中华民族体育代表的武术，是对军事战争的直接技术总结形式，其中蕴涵着激烈的竞争因素。可是这一军事战争的产物在发展过程中，逐步演变为以套路形式呈现，而套路难以完成其技击的功效，仅仅能够达到"便勤手足"之目的。同时这一民族体育形式在强烈的社会思潮的影响下成为代表武术的主要形式，深刻地反映着传统文化的精神。民族体育是一项动态的肢体符号，它本身蕴含的文化信息要较静态的书、画丰富得多，因此熟悉和掌握某一民族体育的内容就越加不易。武术等民族体育项目在人们的习练过程中，一般而言很难达到上乘水平，如果欲求达到这种境界，需要人们花费终生的精力和努力。武术的习练者们通过努力，充其量只可能在某一拳种获得相应的地位，但是它不能获得某种级别的习武称号，更不能成为武术家、武术大师。如今，人们对武术的冷漠无不说明这一问题的严重性，人需要激

---

① 黄伟，卢鹰：《中国古代体育习俗》，161 页，西安，陕西人民出版社，2004。

励，需要社会公认的称号来鼓励习武者，不然人们将失去兴趣和动力。所以偌大的中国，庞大的习武人群，众多的武术流派，著名的、被世人共同认可的武术大师屈指可数。而西方的民族体育，获得相应成绩，搏到社会认可所费花的时间较短，人们可以在有生之年，通过一定的努力获得相应的荣誉、地位以及利益，以至于人们趋之若鹜。武术等民族体育之所以发展成这种局面，与广为盛行的养生术有较大关系。养生术的效绩需要漫长的修炼过程才能有所显现，且衡量标准难以客观计量，充分地、完美地反映出中国传统思想中各种理念、理论的朦胧与抽象特征。中华民族体育从民族体育内容称谓的哲学命名、择徒拜师仪式，到习练追求的天人合一方式和境界，以及对效绩相对性的评价无不体现出东方民族体育的哲学品味。

形成这种哲学品味的成因主要是由于民族体育传统理论的生成过程中，存在着两个主要的源泉：

其中一个是民族体育内生型理论。这种理论是在民族体育实践过程中，人们不断对具体实践活动的总结和归纳。这种理论是直接从具体实践中提炼出来的。例如，武术套路的枪法理论中"而有元妙灵变隐微难见以神其用者，乃在于圆。圆则上下左右无不防护，身前三尺，如有团牌，有何虑人之伤我哉？"（《手臂录》卷一）吴殳这种"元神"理论正是在不断实践过程中，高度概括和总结出的枪法要义。他以哲学思维的敏锐观察力，发现了人们司空熟知的枪扎一线之外的理论，是传统思想阴阳相变的实践运用，使枪法在直线攻击的同时，借助变化多端的划圆枪法发挥有效防守，伺机进攻的目的，最终达到变化莫测的使用价值。"盖世人之枪，戳则用直力，革则用横力，横直之力，分而不合，故枪法破碎黏滞，不能圆通。敬岩，真如不然，戳中有革，革中有戳，力之直也能兼横，力之横也能兼直，其用枪尖，如有钩者，然能于彼掌中挖而去之"（《手臂录》卷一）。可见阴阳变化理论的活学活用，只有将直、横力有机结合，构成一个收放自如的圆，使攻防一体，才能有效地发挥枪法的作用。因为在长兵器的实战中往往是回防动作僵直，造成防守失误，当枪法圆滑之后方能"艺技至此，惊犹鬼神矣"（《手臂录》卷一）。这类富有哲理的民族体育理论是融传统文化精髓于具体事物并指导实践的过程中形成的，因而具备东方哲学品味。同时，这类素材又被提升、凝练为传统文化的有机组成部分。

其二是外源型理论。这类理论是通过对成熟学科领域进行理论借鉴和援用，逐步形成的指导民族体育的理论。[①]中国传统文化中阴阳理论不仅成型较早，且比较成熟，是世间万物均可借鉴的理论之一。民族体育对此借鉴或援用同样十分普遍，例如戚继光分析武术运动中人们常言的"神"字时，道："熟则心能忘手，手能忘枪，圆神而不滞，又莫贵于静也。静则心不妄动，而处之裕如，变化莫测，神化无穷，后世鲜有得其奥者……遇敌制胜，变化无穷，微妙莫测，窈焉冥焉，人不得而窥者，谓之神"（《纪效新书》十八卷本）。神对于民族体育而言似乎过于玄虚，其实该"神"字非神仙、神灵之神，而是异乎寻常，其妙莫测之意，取自于《易传·系辞上》中的"阴阳不测谓之神"。[②]武术技击技术的掌握必须达到十分熟练的程度，只有技精于熟，方能出神入化，否则临阵手足无措。武术套路同样需要习练者熟练技术动作，在此基础上才能够使各种动作组合的演练达到神形兼备，表现出套路的风格和特点。借鉴和援用传统文化理论的例子还很多，以宋代《太极图说》为蓝本运用于太极拳理论的"太极拳论"；以古代五行生克学说为模式推延的形意拳相生相克理

---

① 周伟良：《中华民族传统体育概论高级教程》，72 页，北京，高等教育出版社，2003。

② 温力：《中国武术概论》，112 页，北京，人民体育出版社，2005。

论；以八卦原理为基础的八卦拳理论；以道家道法自然理论而形成的养生理论就是四个十分突出的典型事例。这类外源性的理论由于中国传统文化博大的体系，认知方法、思维方式的普世性，以及强大的影响覆盖面和辐射力，对民族体育的理论体系建立发挥了极其重要的作用，也必然使民族体育理论充满着东方的哲学品味。

对东方哲学品味的理解，我们认为其中包含着最重要的一点是东方哲学中对人的关怀。可以发现西方民族体育很少使用西方哲学的名称、内容对体育文化进行注释，他们更多的是引用物理、生物等自然科学原理来阐释体育现象。体育是一种主客体为一体的社会现象，使用自然科学理论可以较好地研究人体运动的客观存在，但仅仅使用这些理论显然不能全面深刻地对主体的人及人性做出透彻的说明。而中国的传统哲学思想本身是研究社会和人之关系的科学，对人及人性的表述明显优于西方科学，且恰恰是对主体研究的内容较多，这不仅是对西方科学理论的一种弥补，更是东方民族体育文化充满人性关怀的根本所在，也使东方民族体育人性化的发展早于西方，优于西方民族体育。

首先，中国人十分重视和认同孔子认为的人这一主体应"知命"的论断，认为个体的生命隶属于家庭、国家，其命受制于天。中国人总是以"知命"时时地告诫自己"道之将行也与？命也。道之将废也与？命也"（《论语·宪问》）。因为儒家只把命当作整个宇宙的一切存在的条件和力量，我们的活动，要取得外在的成功，总是需要这些条件的配合。但是这种配合，整个地看来，却在主体能控制的范围之外。道家同样认为，人类要获得幸福，必须自由地发挥我们的自然能力，即"德"。而天指自然，人乃人为。"天在内，人在外"（《庄子·秋水》）。顺乎天是一切幸福和善的根源，顺乎人是一切痛苦和恶的根源。①人的生命是父母赋予，是命中注定的，其健康与否已经由先天决定，后天的修养、修炼只能力求达到"天人合一"和"顺其自然"。如果过分追求生命、生存、生活的极致，不仅会徒劳，且易"不知命，无以为君子也"（《论语·尧曰》）。由此，关怀人性的东方人将主体强烈骚动的欲望通过柔化主体意识和弱化客体运动形式巧妙地加以调整，形成了东方特色的民族体育，这种形式有效地避免了西方民族体育过度追求人体运动极限对人体的伤害以及由于个性过度张扬而产生的残酷竞争。

其次，中国传统哲学思想对人之性善与性恶进行了广泛而深入地探讨，这些理论对民族体育的影响同样十分强烈。人性的善与恶问题是对人这一主体状态的研究，主体状态及人的本质是什么向来是中国哲学中争论的最激烈的问题之一。孔子虽然没有对人的本性的善与恶进行直接地论证，但是从他的论述中，人们可以发现孔子提出的种种关于"仁"，以及"义"、"利"的关系论述，他认为人人丝毫不应该考虑自己的利益，而应无条件地做他应该做的事，成为他应该成为的人。推理得出孔子认为人之初的性属恶，为此需要社会、文化的规范不断给予教化。荀子直截了当地指出："人之性，恶；其善者，伪也"（《荀子·性恶》）。荀子是一个现实主义者，他从社会现实中发现了人性的恶端，为了制约人之恶端的蔓延，社会需要道德的维护。故而荀子分析："礼起于何也？曰：人生而有欲，欲而不得，则不能无求，求而无度量分界，则不能不争。争则乱，乱则穷，先王恶其乱也，故制礼仪以分之，以养人之欲，给人之求，使欲必不穷乎物，物必不屈于欲，两者相持而长，使礼之所起也"（《荀子·礼论》）。

---

① 冯友兰：《中国哲学简史》，9页、40页、92页，北京，北京大学出版社，1996。

因而以礼仪为主的道德规范应势而生。儒家学派中虽然有孟子的人性善之说，但是孟子不能很好地解释人的攻击本能，以及军事战争的频频发生和不可遏制性等社会现实问题的症结所在。有了对人性善恶的研究，人们逐渐认同人的本性趋恶，为了整治人的恶端，社会的方方面面需要协从配合，因此东方民族体育突出表现了一种对脱胎于血腥的征战的武术实施伦理道德的教化。对于习武之人，如果没有或缺乏必要的道德，那么那些备受战争、战斗、争斗氛围洗礼的人群，再加上人性的恶端作用，十分容易出现越轨行为。对他们的控制必须是引发道德的意识共鸣，晓之以理，动之以情，而不宜采取粗暴的法制、专制手段。在中国传统文化长期影响和社会力量的作用下，习武人群套用、移植了与中国传统文化同质同构的道德规范，以特殊的要求、具体化的形式规范武林人士，表现为中华武德，这种形式得到了习武人群的普遍认可、认同和遵行，逐渐构成了特殊领域的"择徒而授"、"师承严格"、"尊师重道"、"武德戒律"、"身心双修"、"以武会友"、"点到皆止"等具体化的道德规范和表现。这些行为规范与准则在历史的梳理，文化的积淀下，不断完善、充实，使武术这一战争副产品在"礼仪之邦"的大熔炉里逐渐地得到"礼"化，不断地体现对人性的关怀。

再次，中国十分注重"天人合一"，天人合一的理念铸造了中华民族文化特质的独特性。中国的"天人合一"理论中将人放在了一个社会大系统之中，天、人、地，人处于中心地位，但是人的作用必须要遵循自然的规律和法则，人的行为受制于天和地。在这样一大系统中，人的地位如何，道家与儒家的关注点不同。《远游》中对人的生命意识强烈地影响着道家的思想，其中"内惟省以端操兮，求正气之所由，漠虚静以恬愉兮，澹无为而自得"的人生态度，与"餐六气而饮沆瀣兮，漱正阳而含朝霞，保神明之清澄兮，精气入而粗秽除"的养生方法构成了保全自然的观念与养气练形技术相结合，个体顺应、遵循自然的思想倾向。由于受这种思想的影响，人，则是天地阴阳育化，"精神本于天，骨骸本于地，精神入其门，骨骸反其根"，所以必须做到"法天顺地"，保持与天地的和谐与共生。有效地使人顺应天地的民族体育方法自然是养生之术，依托该术使人保持自然之态。儒家学说则是倾向于人在社会秩序中的关系和地位，以及相互的合作，同样并未将个体的存在状态作为高于社会。① 无论是自然，还是社会，在中国大地上人的地位如同中国的山水画中的人物，是"丈山"、"豆人"的关系，即人是大自然中非常渺小的组成部分，这种观念有利于人对自身客观、正确地认识，避免盲目地自大。

对此，中华民族体育文化同样表现出突出的天人合一思想。这一点明显区别于西方民族体育，西方民族体育更多地强调个体的意志，个体的利益，以及个体对自然的征服，将人看成高高在上的、凌驾于自然之上的主宰。比如东、西方各民族都有登山的活动，但是登山的动机不同，东方人的登山活动多为将人融入自然之中，陶冶其情操，悠闲其性情。而西方人的登山是要征服自然，体现自我。世界最高峰在中国境内，以往国人并没有登珠穆朗玛峰的任何举动，世居此地的藏族同胞多以"绕山"活动与自然和谐相处，在这类活动中人的价值是在与自然的和谐共处中的人性加以体现的。中华民族体育项目多取材于自然，取材于社会生活，至今这种倾向依然保持，特别是边远地区的民族体育更呈现出这样的状态。

在人类文明活动中，将主体和客体融为一体的社会现象不多，且关注健康的主客一体之人的社会活动更少，虽然哲学、人类学、医学、心理学等学科也是研究人的学科，但是，体育却是

---

① 葛兆光：《中国思想史》，第一卷，180 页，上海，复旦大学出版社，2001。

其中关注动态的健康人、健康群体的重要的、无可替代的学科。从上述论证，不难发现东方民族体育在关注人性的程度和范围明显高于西方民族体育，是研究人性的极其重要的阵地。

第二，民族体育的高度融合、分化。

在中原文化主流思想的强烈作用下，被涡旋力吸引的民族体育同样表现出高度的融合及广泛的分化态势。我们先看一看例子：

> 唐代的十五柱球戏，是一项适于中老年人特点的室内球类运动，时称"木射"。在唐代陆秉的《木射图》一书中，记载有这项活动的方法：在场地的一端，设置十五个筒形平底木柱。在每个木柱上分别用朱笔写"仁、义、礼、智、信、温、良、恭、俭、让"十字和用墨笔写："傲、慢、佞、贪、滥"五字。在场地的另一端，参赛者用木球抛去击倒木柱。以击倒写有红字的木柱为胜，击中写有墨字的木柱则为败。因这项运动以球当箭，以木柱为靶，故称"木射"。由木柱上的字看，这显然是一项寓德育于体育的活动，真是别出心裁……①

这个项目是融合了射箭和击壤项目特点后的新兴项目，其中将中华民族文化中的传统礼教成分有机地融入其中，使体育已经不仅是一项肢体活动，而是教育和娱乐的载体和中介。

中华民族文化具有极大的同化能力，它能够使周边的种种文化在中原文化的吸引下，逐步产生同向、同速、同流等"同化"

---

① 黄伟，卢鹰：《中国古代体育习俗》，173 页，西安，陕西人民出版社，2004。

倾向。文化的同化过程能够充分说明一个问题就是文化本身的强势程度，如果一个文化处于强势状态，它就能够克服一切疑虑，大胆地吸取多元的异质文化，并以自身强大的优势影响、改变异质文化的属性，使之产生同化。

　　就中原地区的"角抵"运动而言，自古以来各个族群都有技术风格迥然的角抵，随着被中原文化的不断同化，角抵的运动形式和内容趋向一致。如在春秋时期，"角力"由前代的手搏术演化而来，是一种摔跤、擒拿、拳搏兼用的两人较量，实用性较强。时至两汉时期，汇入"百戏"之中的角抵已经更加趋向于与音乐歌舞、杂技幻术并行的表演形式，其中的擒拿和手搏的技法日趋减少。这样的变化可以推测是由于角抵逐步从军事战争中剥离，走向了表演。中原文化对尚武活动的有效转化，通过文化、文弱等掩饰方式使进入中原的文化形态发生特化。进入文化发展高峰前期的隋代，"壮士裸袒相搏而角胜负"的角抵之戏非常盛行，可谓是盛世催文化，太平促发展。《隋书·炀帝纪》中有"角抵大戏于端门街，天下奇伎异艺毕集"等的记述，同时，据《隋书·柳彧传》记载"近代以来，都邑百姓每至正月十五日，作角抵之戏，递相夸竞，至于糜费财力"，证明隋代民间角抵活动已成一种十分普及的民间习俗。唐代民间角抵活动承隋遗风，日益渗透融合到传统节日习俗之中，盛行于全国各地。如吴兴地区"七月中元节，俗好角力，相扑"（《吴兴杂录》）；五陵、鄱阳、荆楚之间于"五月（五日）盛集，水嬉则竞渡，街房则相面而来（扑）为乐"（《角力记》）。蜀中的民间角抵活动从正月十五上元节伊始一直持续到五月方罢，不但时间久长，而且声势浩大，场面壮观："约至上元，会于学社山前平原作场……或赢者，社出物赏之，采马拥之而去。观者如堵，巷无居人。从正月上元至五月方罢"（《角力记》）。这个时期的角抵运动已经演变成为摔跤的格局，手法中已然有了搏击、擒拿的方

法，同时更多出现了搂抱、抱腰、抢把的技法，甚至类似于相扑的技法。到了两宋时期，民间的角抵运动开始向有组织的方向发展，宋室南渡以后，在行都杭州，还出现了"相扑社"、"角抵社"等专门组织，这些组织的成员大都是职业"角抵"手，"瓦肆"也不下十余处。这种情况十分有利于角抵专业化，使摔跤技术不断成熟，也使专业人员高手辈出。由于到了宋朝之后，角抵没有了体重级别的区分，如果想在比赛中取胜，除了依托力量，更需要角抵手的灵巧的摔跤技巧，因此就"有周急快、董急快、王急快、赛关索、赤毛朱超、周忙憧、郑伯大、铁梢工、韩通住、杨长脚等……俱瓦市诸郡争胜，以为雄伟耳"（《梦粱录·角抵》）。时值此刻，角抵融合成了中国大地上的具备广泛社会基础的民族体育活动内容，其风格特点被固化。

融合是民族体育的一种发展模式，同时还存在着民族体育的广泛分化现象，分化是民族体育技术发展的必然。就中华武术的发展来看，经过长期的融合之后，国人将军事战争的技术手段总结成为武术，继而产生极大的分化，使武术套路形式分化为南拳、北腿、东枪、西棍的大格局，受到宗教形式的影响分化出了少林、武当、峨嵋、崆峒等武术流派，受生产技术制约产生南剑、北箭，受地域遏制使武术拳种达数百种之众，武术器械分化出所谓的"十八般兵器"之多，武术研究典籍也出现流芳千古的各家学说，至此，武术发展达到自成体系的阶段。在融合的前提下所产生的分化是一个文化系统建立的必然过程，如太极拳的发端，以及其发展成熟过程中，从陈式太极拳的创立到后期的各式太极的蓬勃竞争，充分说明分化对文化系统形成和完善的促进作用。尤其是人体运动，由于人的身体素质差异，十分容易出现对肢体运动技术掌握上的偏差，绝对不可能像机器生产一样，产品是同一规格的。就西棍而言，甘肃省临夏（河州）地区就有"进山条子"、"出山棍"之分，其棍术技法存在差异，共同特点是把法灵活，稍把兼用。不同之处在于条子更加灵活，走转之中棍法相随；出山棍则是抢打扫劈，势势相连。甘肃天水一带的"壳子棍"却朴实无华，动作单一精炼。马明达分析："甘肃的棍，无论是兰州、河州（今临夏）、秦州（今天水）的，虽然各有传授，不尽相同，但是总体上属于北方活把棍法系统。而唯独秦安高家屲的'壳子棍'是一个例外。它的持棍方式，两人对打对练的套数，都表明它属于南棍范畴。"①一个地区的武术尚且如此地分化，更何况地大物博之中国。放眼中国，在明朝就有记载的武术知名拳种有：

> 宋太祖三十二势长拳，又有六步拳、猴拳、囮拳，今之温家七十二行拳、三十六合锁、二十四弃探马、八闪番、十二短、吕红八下、绵张短打、李半天之腿、鹰爪王之拿、千跌张之跌、张伯敬之打，巴子拳，杨氏梨花枪，沙家枪，内家枪，马家枪，李家短枪，六合枪等，巴子棍法，青田棍法，沙家竿子，俞公棍等。②

　　数量仅仅是一个分化的具体指数，更主要是武术这一文化现象在分化过程中，受到地域文化的影响后，又进一步产生地域性的分化，各自成为地域文化的子系统之纲，发挥着传承文化的作用，通过武术之纲将民族体育其他项目内容吸纳和包容进来，充实着民族体育体系。比如以武术为龙头的民族体育在保安族体育活动中，人们将武术、"打五枪"以及其他民族、民间体育活动有机地联系在一起，构成其日常生活、节日庆典的民族体育活动

---

① 蔡智忠：《壳子棍研究》，5页，兰州，甘肃教育出版社，2002。
② 国家体委体育文史工作委员会：《中国古代体育史》，376页，北京，北京体育学院出版社，1990。

体系。

同时，更由于以武术为主的民族体育的分化作为一个节点，成为沟通军事战争与民众健身、娱乐的桥梁；成为沟通宫廷与民间的社会生活方式的桥梁；成为沟通社会、文化、经济的互动的桥梁；成为沟通中西文化的桥梁。试看以下几个实例：

> 《东京梦华录》卷七"驾登宝津楼诸军呈百戏"上，记皇帝到宝津楼上看军中的百戏表演，就是"有化妆轻健军事百余，前列旗帜，各持雉尾、蛮牌、木刀，初成行列……乐部复动蛮牌令，数内两人出阵对舞，如击刺之状，一人作奋击之势，一人作僵仆"。……这些表演都是以互相击刺、击触、格斗为基础的，但又不是真的比武，即现在武术中的对打。宋代的武术表演，已开始把击刺对打和翻筋斗技巧相结合，也是《东京梦华录》中记载的军中百戏表演，"两两出阵格斗，就地掷身，背着地有声，谓之'板落'"。所谓"板落"就是前滚背着地，京剧武打中叫"掉毛"，表示被对方刺中摔倒……宋代已有武术一人的组织"英略社（使棒）"。《都城纪胜》中说："别有使拳，自成一家，与相扑曲折相反。"[①]

自剑从战场上被刀取代之后，它并没有销声匿迹，而是从此步入了更为广阔的社会空间，宫廷、民间佩剑、舞剑之风甚盛，"汉自天子百官无不佩剑"（《晋书·舆服志》），剑成为人们生活中的饰物、娱器、法器。

---

① 国家体委体育文史工作委员会：《中国古代体育史》，328 页，北京，北京体育学院出版社，1990。

隋、唐、五代有佩剑习俗。"一品，玉器剑，佩山玄玉；二品，金装剑，佩水苍玉；三品及开国子男，五等散品，名号侯，虽四、五品，并银装剑，佩水苍玉。侍中以下，通直及以上，陪位则像剑。带真剑者入宗庙及升殿，若在仗内，皆解剑。一品及散郡公，开国公侯伯，皆双佩。二品、三品及开国子男、五等散品、号侯，皆只佩。"

……剑术神秘化的过程与剑由军阵转入民间、由军阵武术转为民间武术的过程相一致。东晋道士葛洪的《抱朴子》开始谈到剑可以斩妖辟邪，防身却害。唐·李绰所著《尚书故实》便称："凡学道术者，皆须有好剑镜随身。"从此，剑正式成为道教法器。①

中西文化的四条古代交通路线中，陆上丝绸之路上的敦煌是一个中西文化交汇的大都会，在古代中西文化交流中发挥了极其重要的作用，至今它的作用依然影响着西北地区民族体育的特征中蕴含着西方体育的成分。流行该地域的武术内容也区别于中原的武术套路表现形式，诸如在防守动作中注重提膝勾脚，进攻时多以急进托撩手法，套路中身法凌厉，上下翻飞，动作轻灵，且有较多的较量竞争场景。有关作战的绘画中，可以看到中原一带少有的兵器。这一切在莫高窟壁画中均有再现。

莫高窟各朝代的壁画和遗书中，均有关于武术的描述。如西魏285窟窟顶东坡，北周428中心方柱后壁，盛唐175窟，都有极为相似的对练图。其他，如235、

---

① 国家体委武术研究院：《中国武术史》，171页，北京，人民体育出版社，1997。

248、251、249、254、257、260、268、290、297、301、438、442 等各窟中，也都有描绘行拳习武的壁画。61 窟西壁《佛传》屏风画中，绘有 6 人在丛林、空地、河畔练剑，有的持剑跳跃，有的提膝劈剑，有的弓步直刺。下侧还有习武练拳的形象画面。S. 6537 卷《剑器词》是在敦煌仅仅能见到的一篇有关武术的真实记录。全文如下：皇帝持刀强，一一上秦王。闻贼勇勇勇，拟欲向前汤。心手五三个，万人谁敢当？人家缘业重，终日事三郎。丈夫气力全，一个似当千。猛气冲心击，视死亦如眠。率率不离手，恒日在阵前。①

这些记载从一个个定格的侧面反映出武术的种种变化，这些变化不仅是武术本身发展的结果，更是社会对武术提出的需求所致，也恰恰是这些变化，使人们可以看到不论是从项庄舞剑、公孙大娘舞剑器，到瓦舍、勾栏中的使拳、使棍、舞砍刀、舞蛮牌、舞剑等，都是人们借助分化后对武术进行的各色互动。为了武术的生存，为了习武人的生存，必须分化的武术在社会生活中寻找着立足空间，充当着各种桥梁，发挥着各种中介作用，促进社会、文化、经济的发展。

第三，民族体育实用价值的强化。

勤劳的中国人，非常注重实用，其民族体育从来就没有脱离过实用，一切活动都是围绕"入世"而为。武术是对战争的技术性总结，技击特色突出，非常实用，经久不衰。蹴鞠仅仅是比试何人将球踢得起来，踢得高一些而已，没有实用价值而被历史所淘汰。蹴鞠曾是在中国红极一时的运动，甚至人们在探索蹴鞠

---

① 兰州理工大学丝绸之路文史研究所：《丝绸之路体育文化论集》，100 页，北京，中华书局，2005。

就是当今足球的前身，它可使全球著名的体育运动项目寻根、认祖于中华民族，然而在讲求实用的国人面前，非实用型的社会现象难以立足。

脱胎于军事战争的民族体育项目很多。在冷兵器时代，争斗的胜利取决于士兵的体力、作战技术以及作战的武器。其中最主要的是作战的体力和技术。与此相关武术不必赘言，还有射箭、马上项目、摔跤、竞渡、游泳、冰嬉等等内容也在军事战争中作用显著，当这些内容从军事战争中剥离出来后，经过人们反复地提炼，并以此训练百姓使百姓的军事作战能力不断提高，又反作用于军事战争。在此特举一例：

> 弓箭在锡伯族人的生活占有异乎寻常的重要地位。在古代，无论是从事渔猎，还是编入清"八旗"从戎，都要靠好的箭法。当时入伍要做到"一马三箭"，即打马飞跑，在百米内要连续射击三箭，才能驰骋疆场。时至今日，锡伯族依然承传着射箭的习俗。锡伯族的孩子们在会跑时就练骑马，能拉开弓时就开始学剺箭。按锡伯族习惯，如果生了男孩，父辈要给他添一把小弓和一支小箭，并用红丝线悬挂在门口，祝福孩子长大后弓马娴熟，成为能骑善射的好汉。有的孩子过 10 岁生日那天，父亲一定要送一把用榆木、牛筋做的硬弓，作为最好的纪念。锡伯族的青年男女在社交中以弓箭结缘。小伙子如向姑娘求爱，要以高超的射箭借以博得姑娘的芳心。如果姑娘看中了哪个小伙子，就主动同他一起拉弓射箭。以此沟通情感，结为良缘。①

---

① 周伟良：《中华民族传统体育概论高级教程》，282 页，北京，高等教育出版社，2003。

　　射箭是与军事战争密切相关的民族体育，现今这个项目虽然时过境迁，其军事战争价值已经没有了昔日的辉煌，但是它的娱乐、教育价值日益显现，构成了民俗生活中的重要组成部分。

　　下面再举一例，这个例子会使我们发现人们忽视的某些因素，而恰恰是这个被人们忽视的因素却能够告诉人们民族体育只有多源起源、多元发展才能长久生存，即当一种社会环境改变后，其社会实用价值自然消失，这个民族体育项目的另一种社会实用性便显现出来，以致使这个项目不断地发展。

　　宋太祖赵匡胤十分重视对水军的训练，自建隆元年（公元960年）即位后，"观习水战者二十有八"次。统一南方后，仍将水嬉作为练兵的手段。宋太宗天平兴国元年（公元976年）就曾下诏引金河水筑"金明池"，大练水军。不过随着时间的推移，练兵也就成了象征性的习惯了，而被健身娱乐的水嬉所取代。宋太宗于筑"金明池"的第二年于水殿观习水战时，就"谓宰相曰：水战，南方之事也，今其地已定，不复施用，时习之，示不忘战耳"（《宋史·礼志》）。自此以后，金明池不仅作为训练水军之用，也被作为水嬉的场所。如宋太宗"雍熙四年（公元987年）四月，幸金明池观水嬉"，"淳化三年（公元992年）三月，幸金明池，命为竞渡之戏，掷银瓯于波间，令人泅波取之。"显然是一场游泳比赛，而"岸上都人纵观者万计"，可见当时水嬉盛况之一斑。宋真宗咸平三年（公元1000年）五月，也曾"幸金明池观水戏。扬旗鸣鼓，分左右翼，植木系彩，以为标识，方舟疾进，先至者赐之"（《宋史·礼志》）。则是一场划船比赛。

　　……任何一种娱乐文化，既是社会的产物，需要时也会服务于社会环境。在南宋时期抗击西夏、金的战场上，平时的水嬉就被充分利用，为军事服务。如抗金名将刘锜率部抗金时，金军用毛毡裹船载粮，刘锜派遣"善没者凿沉其舟"（《宋史·刘锜传》）。咸淳八年，樊城守将张汉英也曾募善水者传递情报，或置蜡书于发髻中，或藏情报于"积草下，浮水而出"（《宋史·纪事本末》卷一０六）。这反映出水嬉是宋代军中和民间开展较为普遍的活动。①

实质上目前流行的龙舟竞渡是一项训练士兵水上作战能力的内容之一，也只有在军事战争需求的强烈作用下，龙舟的竞速才有生存的价值。当然，吴越之地奉"龙"为始祖兼保护神，龙成为人们的图腾，为了表示自己是龙的后代，人们在生活的方方面面都强化着自己与龙的关系，人们将作战用的独木舟雕饰成龙舟，在鼓乐之中竞相赛速，用以祈求龙神的赐福。苗族的独木龙舟则除了祈福的意义外，通过各村寨的"接龙"仪式成为苗族各村寨民众交往，巩固其社会结构的作用。从中可以清晰地看出，这项民族体育文化的多种社会实用性。

在文化系统中，生产技术系统是一个十分重要的亚系统，它的发展程度决定着文化的前进速度和发达程度，而人类的生产是为了人类的最本质的需求，即生活而服务的。因此，生产、生活是人类社会的基础，是文化的根基。在生产、生活中产生和发展起来的许多民族体育项目，都以它们十足的实用性而备受人们的关注。

---

① 黄伟，卢鹰：《中国古代体育习俗》，195 页，西安，陕西人民出版社，2004。

　　打扁担，壮族称"谷榔"，是以农家挑东西的扁担敲打木板、木凳，或将扁担与扁担直接相互击打，这项活动早在唐朝就盛行于民间。唐代的刘恂所著的《岭南录异》中记述："广西有春堂，以浑木刳为槽，一槽两边约十杵，男女间立，以舂稻粮，敲磕槽弦，皆有偏伯，槽声若鼓，闻于数里。"木杵太重，后来改用扁担。

　　据史料介绍，最初使用扁担一头，敲打盖在舂米槽上的木盖。敲打节奏有快有慢，一阵一阵地有"板"有"眼"……每逢春节，从正月初一至十六，村村寨寨都要打扁担，这预示当年庄稼丰收，人畜兴旺。

　　"布鲁"为蒙古语的译音，即投掷的意思。居住在草原上的蒙古族牧民，常用布鲁打低空飞行的鸟或击地上的走兽，它既是一种投打飞禽走兽的狩猎工具，又可作随身防卫的武器。布鲁是一种像镰刀似的弯状木制品，用铅皮、铜皮、铁皮或其他金属包扎在外层……蒙古族的布鲁比赛有两种方式：其一，是比投掷的距离长短，类似标枪、手榴弹的掷远比赛一样，以投得最远的人为优胜。其二，是投准比赛，类似击木比赛。[①]

　　该类例子数不胜数。智慧的中华民族将生产、生活中的种种事件加以归纳和提炼，形成了极其丰富多彩的民族体育活动内容，这些活动不仅丰富了人们的生活，更能有效地促进生产活动的效率，其实用价值不容置疑。所有体育文化从各种中介手段中剥离并独立之后，势必成为一种与原生渊源不同的文化形态，它

---

　　① 周伟良：《中华民族传统体育概论高级教程》，215页、225页，北京，高等教育出版社，2003。

们会高于原生态，表现出一定程度的非实用性。诸如汽车方程赛、高尔夫、钓鱼、花样游泳、竞技武术等等。非实用性的体育固然与生产和生活的联系不大，特别是与生产的关系密切程度要低一些，但是他们依然有其生存价值。李力研认为："人类对物质世界的认识，也起源于实用，但是到了后来，却研究起了'暗物质'或'负物质'这样的东西。这在好些人眼里，属于玄学，没有一点用处。然而，这却代表着人类的探索精神。人类的进步靠创造，创造离不开想像，想像的特征永远都脱离'实用'。"①因此我们认为实用与非实用之间依然存在必然联系，非实用主要是与生产、生活失去了直接的作用力而已。不过，中华民族总结出来的这些民族体育与西方的体育项目有所不同，他们从生产、生活中提炼出来之后，并没有远离生产和生活，这些民族体育项目总是与生产和生活若即若离，形影相随。比如北方的骑术、冰嬉，南方的舟技、弓弩表现就十分突出。

养生术这项民族体育内容可以说是一个典型，其实用价值在于它能够为了人们的身体健康从意识到行为进行各种修炼，有益于人们体质的增强。颜之推的养生思想中十分重视从立身出发，继承了儒家重生、贵生的传统，养生应以"全身保性"为前提，"由此生然后养之，勿德养其无生也。""夫生不可不情，不可苟情。"这些价值对于养生之人来说是达到养生的根本，也是儒家入世思想在养生中的体现，它有利于人的符合当时社会规范的价值意识的树立。在养生行为方面，颜之推鼓励人们进行行之有效的、务实的实用养生方法，"爱养神明，调护气息，谨节起卧，均适暄寒，禁忌食欲，将饵药物，遂其所凛，不为夭折者。"②这

---

① 李力研：《解读体育文化》，159 页，北京，中国社会出版社，2004。

② 国家体委体育文史工作委员会：《中国古代体育史》，223 页，北京，北京体育学院出版社，1990。

种民族体育形式对人们的生活提出了比较具体的要求，在一定程度上发挥着指导人们体育生活方式的作用。所谓体育生活方式，是一种将体育活动纳入人们日常生活之中的意识和行为规律性的生活模式，因此它对中国人来说非常具有实用价值，至今备受人们的青睐。中国的人种体质特点有些特殊，欲将其练就成体魄强壮、高大威猛的可能性较小，其体质的强弱主要体现在适应自然的能力，这与中国的自然地理、饮食结构、生活习惯等方面有着密切的关系，对此中国人的健身养生活动就是一种"润物式"的活动方式，与西方体育"骤雨式"截然不用，只有通过这种方式和方法才能有效地提高民族体质。有了良好的身体状态，对生产活动而言，势必产生积极的影响，故而养生等民族体育对于生产活动也具有实用价值。

娱乐不仅是民族体育起源的一个重要源头，更是民族体育发展的重要动力和追求目标。娱乐是对人性的尊重，娱乐是对人性的弘扬。古今中外人类对娱乐的追求都是一致的，但是采取的娱乐手段却不尽相同，东方人更加追求娱乐的终身性，西方人喜欢娱乐的现实性，东方人采取的是迂回的、意味深长的活动内容，西方人擅长于直接的、感官刺激的活动方式。东方人总要在娱乐活动附加许多其他成分，西方人则比较单纯。无论是哪一种娱乐方式和方法，娱乐对人类而言是非常实用的。中西方对民族体育作为娱乐手段的选择是一致的，然而各自的民族体育类型的差异，使他们的体育娱乐形式发生了巨大的变化。

在体育娱乐中有两种形式，一种是体育活动者的自身娱乐，另一种是观众参与下的娱乐。第一种形式大都有自娱自乐趋势，人们可以独自自由地享受民族体育带来的愉悦，比如月下的习武者，寒江的孤垂者，他们享受着恬静的乐趣。第二种形式能够有效地达到自娱和他娱的社会效应，人们能够在奔放的氛围中体验兴奋和激情，比如抢花炮、姑娘追、刁羊、舞龙等等内容。

值得一提的是曾在中国大地上极为盛行的蹴鞠，这项民族体育活动具备很强的观赏娱乐性，使娱者自得其乐，令观者悦目赏心。其娱乐活动方式主要是不设球门的蹴鞠，即一般场户，在两宋十分流行。人数可多可少，从一人场至十人场不等，以技巧性踢法取乐。比如一人场叫"滚弄"，就是以头、肩、背、臀、胸、腹、膝、足触击球，使球"瞻之在前，忽焉在后"，"绕身不堕"，比谁踢得花样多，"绕身不堕"的时间长。九人场称"踢花心"，即一人居中，八人围在其周，轮流踢给居中的"花心"，往返有序，花样翻新，其乐在传递过程之中，充分体现出中国传统的宗法制伦理特色，"花心"象征意义不言自明。

蹴鞠也是宋代清明节的传统娱乐项目，宋徽宗《宫词》"韶光婉媚属清明，敞宴斯辰到穆清。近密被宣争蹴鞠，两朋庭际争输赢"。就描写了清明日宫中举行蹴鞠活动的场景。

这一时期，民间蹴鞠活动也很兴盛，以致成为一些节日的传统娱乐项目和一些职业艺人的谋生手段。如《东京梦华录》记载："正月十五日元宵……游人已集御街两廊下。奇术异能、歌舞百戏，鳞鳞相切，乐声嘈杂十余里，击九蹴鞠、踏索上竿……"（卷六《元宵》）由于这项活动可以不受场地限制，技术性、观赏性较强，故成为了街头卖艺的内容，同时也说明这项活动开展的普遍程度。就是在平时，繁华都市也常有这项活动开展，如淳熙间都城杭州，"承平日久，乐与民同，凡游观买卖，皆无所禁……投壶花弹蹴鞠……不可胜数"（周密《武林旧事·西湖游幸》）。更有甚者，为适应城市商业经济发展的需要，有的人将蹴鞠等活动引入商业机制，以吸引游客，如《武林旧事·放春》记载："蒋

苑使有小圃不满二亩，而花木合匝，亭榭奇巧，春时悉
以所有书画顽器冠花器弄之物，罗列满前……且立标杆
射垛及秋千梭门门鸡蹴鞠诸戏事，以娱游客。"①

林语堂认为中国人对休闲娱乐的追求是世界上最为突出的，
他认为："在中国人心目中，凡是用他的智慧来享受悠闲的人，
也便是受教化最深的人。"中国人之所以爱悠闲娱乐，存在许多
原因，林语堂分析，中国人的性格是经过了文学的熏陶和哲学的
认可的。这种爱悠闲的性情是由于酷爱人生而产生，并受了历代
浪漫文学潜流的激荡，最后又有一种人生哲学——大体上可称它
为道家哲学——承认它为合理近情的态度。②酷爱人生是一种实
用主义的表现，为之服务的一切生活活动内容归根到底是以实用
为原则。因此，中华民族体育中充满娱乐成分的项目比重极高，
且中华民族体育多与节日庆典融为一体，尤其是能歌善舞的少数
民族的民族体育。深入分析可以发现，大凡是对人性高度关怀的
体育文化才能长盛不衰，才能被社会、文化所容纳，中华民族体
育具备这样的品质和功能。

　　舞狮在我国民间广泛流传，它不仅是一种对人身心
健康十分有益的体育活动，也是一种民间艺术。每逢喜
庆佳节，中华大地上雄狮群舞，寓意着中华民族的觉醒
和强大。舞狮有南狮和北狮之分。所谓南狮即流行在广
东、福建一带的舞狮活动，这种舞狮表演起来难度不
大，主要有扑球、啃球、甩尾等几段较为简单的动作组

---

①　黄伟，卢鹰：《中国古代体育习俗》，192 页，西安，陕西人民出版社，
2004。

②　林语堂：《生活的艺术》，144 页，北京，中国戏剧出版社，1991。

成。南狮又分文狮、武狮，表演形式也有区别。北狮技术动作难度较大，许多动作模仿狮子威风凛凛、强劲有力、灵活多变、穿蹦跳跃的动作，表演起来栩栩如生，场面活跃，气氛热烈。[①]

这里需要指出的是民族体育在发展过程中，必然会遇到西方体育属性和特征等方面的差异，其中一点就是源于古希腊自由民的闲暇、游戏活动的，一种"非实用"的、强势的奥林匹克体育文化，严重地阻碍着追求实用性的东方民族体育与之融合，形成一种屏障。这两种异质的文化形态在交融过程中，有许多可以相互借鉴的成分。从人类自身或社会的需要层面来看，实用性无论是即刻的还是长远的，都是关怀人性的，这一点至关重要。目前，非实用性的运动内容和形式中有较多的对人性的忽视，过分地挖掘有机体之潜能，将会产生严重的消极后果，阿里用他那颤抖的手点燃的奥运圣火，早已无言地告诫着人类警惕竞技体育对人类的危害。

上述是将某种社会现象作为民族体育项目的主源进行的分析论述，每一个民族体育都是在多元的社会文化现象的综合影响下而产生和发展起来的，决然不是单一源头。多元的文化融合为中华民族体育提供了极好的孕育空间，特别是在相对封闭的环境中，各族群、地域之间的文化交流，使民族体育有了更为广阔的资源可以利用，有了更加丰富的素材可以汲取。通过中华民族文化的长期熏陶，民族体育蕴含了极其丰富的民族文化特质，民族体育的浓郁的哲学品味、高度的融合与分化能力、强化的实用价值成为中华民族体育格局中的三个主要特征，它们犹如支鼎之三

---

① 陈青，孟峰年：《学校民族传统体育》，146页，北京，人民体育出版社，2002。

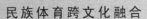

足，支撑着中华民族体育文化。

该"三足"有着一个共性文化特质，这种特质使中华民族体育表现出鲜明的特色，即意境。中国意境理论的奠基者是钟嵘，钟嵘提出："文已尽而意有余"的"滋味"，把意境的特色点了出来。顺着这种思路，我们可以发现中国的各种文化现象中都多少蕴含着这样的情形，在民族体育中表现较为明显，如武术项目，特别是套路运动，各种拳种的风格显著的差异不仅看到了习练者的身体素质的各异，技术动作组合的选配和神韵节奏的演练，更使人领略着产生该拳种的地域文化，品味着套路演练留给人们的精气神，以及其蕴含的中国传统哲学思想，可以说"武"已尽而意有余。尤其是武术套路中的形意拳、八卦掌、太极拳等，在人们观看、习练这些拳种时，它将人们带入了一个中华民族的文化境界之中，留给人们较宽阔的思索、遐想空间。比如拳法看似简单的形意拳，"五拳者，劈、钻、崩、炮、横之术名也。起源生于五行，即金、木、水、火、土也"（《写真形意母拳》）。运用五行学说，阐明形意拳的相生相克的辩证关系，印证拳法变化的规律，揭示武术与文化的渊源，使之变得高深，变得有了哲学品味，有了文化含量。学而时习之使人们能够改变自己的思维方式，以及行为习惯，此乃意境对武术文而化之的社会作用。因此，武术习练者的水平如何，首先看技术动作的规范程度，进而更要看习练者是否能够以此历练自己的文化素养和意境状态，因此武林中大凡高手均是技术高超，意境皆为错彩镂金之态或出水芙蓉之境，只有达到了这种境界，才能使习练者融会贯通地做到意境类型与文化类型的吻合，成为社会公认的文武兼备的人物。也恰恰是中华武术注重在这方面的修炼，所以使武术这项民族体育内容流传下来，而盛行于中国古代的蹴鞠就没有追求所谓的意境而被时代和社会淘汰。

中国文化的宇宙从根本上说是由气、阴阳、五行、八卦组成的。气、阴阳、五行、八卦、万物本是既可以收起来一以贯之，又可以散开去衍为各类，也可以由任何一层切入而再扩大或缩小，还可以一层而象征全体。从历史的发展看，意境类型是以文化结构为参考系又不断趋向这个文化结构。①

中国的文化结构影响力十分强大，具体的文化现象备受其作用，首先，作用于个体或群体，如对于能够集大成的民族体育创始者们，他们必然受到中华文化的长期的熏陶和影响，使它们在创作之初的潜意识之中就蕴含着对意境的追求。例如太极拳的创始群体中的陈王廷，自幼习文练武，承袭祖传武技，考为文、武庠生。后隐居家乡，陶情于鱼水，盘亘于山川，忙时耕田，闲时"造拳"，教授弟子儿孙，自娱晚年。王宗岳"自少时，经史而外，黄帝、老子之书及兵家言，无书不读，而兼通击刺之术，枪法其尤精者也"，晚年曾在河南洛阳、开封设馆教书。王宗岳悉心研习拳、械数十年，深懂陈（王廷）氏拳术之奥。其撰《太极拳论》以太极两仪立说，阐述太极拳推手的要领和方法，对太极拳发展影响很大。②另有于志钧研究表明认为，"太极拳成拳始于陈长兴、陈清平，完成于武禹襄、杨露禅"（《中国传统武术史》）。后两位在中国传统文化素养方面是武林界的佼佼者。从诸位太极拳集大成者的身上可以看出中国传统文化对他们的熏陶，以至于他们所创之拳意境深远。第二，作用于民族体育的类型上。民族体育类型大体上可以分为"动"、"静"两类，其子

---

① 张法：《中西美学与文化精神》，199 页，北京，北京大学出版社，1994。

② 《中国武术大辞典》编辑委员会：《中国武术大辞典》，456 页，459 页，北京，人民体育出版社，1990。

类型还有较多。当文化结构作用于不同的民族体育类型上，会产生不同的对等反应，表现出不同的意境状态。文化结构作用于"动"的民族体育项目中，它可能表现出来的更多成分为阳刚类型。比如体现威猛雄健、阳刚之气的蒙古"男儿三艺"在接受了中原文化结构的影响后，其阳刚之气有了理论的支撑，其追求阳刚之美的意境自然发生进一步强化。第三，受时代的制约和影响。民族体育在发展过程中，不同的时代风气的差异影响着其民族体育意境类型的不同。先秦尚武的时代风貌，为民族体育奠定了趋动、趋阳的文化氛围，塑造了强悍、雄浑的民族体育风格，魏晋之后时代风格陡然不同，民族体育也随之柔弱，养生术的追求意境也发生了玄虚的倾向。第四，文化结构自然受到自然环境的影响。中华大地以农耕为主，人对自然的变化规律十分敏感，"春秋代序，阴阳惨舒，物色之动，心亦摇焉……献岁发春，悦豫之情畅，滔滔孟夏，郁陶之心凝，天高气清，阴沉之志远，霰雪无垠，矜肃之虑深"（刘勰《文心雕龙·物色》）。因此对文化结构，以及意境类型都有强烈的制约。

如果说前三者直线行进，具有无限的动力，那么在强大的、无人能够抗拒的自然引力作用下，他们不得不被变成循环的圆形运动，周而复始，不断提升圆形的高度，这就是中国的意境所在。因此中华民族体育的场地亦多为圆形，或圆之变形，很少长方形。循环往复的运动中，在中国儒、释、道文化的作用下，在地域文化风格的塑造中，时而某种文化结构的引力大一些，时而另一引力有所增大，引发了中华民族体育总体上也分为流行于北方的，以追求典雅、雄浑、阳刚为最高意境的先秦为代表的民族体育和流行于南方的，以推崇冲淡、远奥、阴柔为最高意境的魏晋为首的民族体育。

（三）本土文化历时性阻力

本土文化历时性的积淀为民族体育的发展提供了极其强大的

推动力量，在这种力量的背后，自然存在着遏制民族体育文化发展的因素。这种力量可以视为民族体育发展的阻力，在漫长的历史长河中随着时代的不同影响和作用力大小不一，或强或弱地对中华民族体育产生制约。阻力与动力相对立，保持着前进的速度和程度的适度。在这一节中，我们重点分析绵延久远的、相对封闭的本土文化对民族体育的消极影响。

李力研对此的分析颇为发人深省：

> 中国文化有人本主义内容，否则就不会提出"仁"的概念来。所谓"仁"就是"关心人"的意思。然而，这种人本主义态度还主要是"伦理主义"并非真正的"人的主体性"。孔夫子等虽然高唱过"身体发肤，受之父母，不可损害"等爱惜身体的话，但并没有因此而高度重视体育锻炼。孔子与所有儒家学说一样，提倡的都是"修身"和"养性"。

> "修身"里含有一定的锻炼内容，但绝对不是体育锻炼，而是如何更让肉体听从灵魂的摆布。因此，口口声声有一些人本色彩，但骨子里并没有对肉体的高度重视。这一点与希腊完全不同。中国人是越来越重视精神和道德，到后来就成了典型的"文章"高手，个个都是书本的奴隶。据顾颉刚考证，中国古代的"士"原本都是"武士"，后来才分化出"文士"来。文武分途，必然趋势，但文武平衡，各有千秋才对。在中国则越来越成了文士的天下，武士成了某种象征和摆设，事实上从来都不重要（除了特殊时期如战争）。重文轻武从汉代以来就是大格局。[①]

---

① 李力研：《解读体育文化》，201 页，北京，中国社会出版社，2004。

在这种文化的作用下，民族体育会产生什么变化，我们来看一看实例：

先秦时期武术技法相对来说是比较质朴的，无论是军事训练，还是个体的武术技法演练。"伐，谓击刺也，一击一刺谓一伐。"在平时的训练中，讲求集体性，周武王告诫士兵们："夫子勖哉，不愆于四伐、五伐、六伐、七伐、乃止，齐焉"。阵战中集体的力量是非常重要，保持阵法的整齐十分关键，简单、有效的击刺动作是赢得战斗的保证，军事训练中的武术技法主要是体现其技击性。民间的武术演练在此阶段也同样是技击性与表演性相结合，技击性是当时体现出来的主要特征，不过其表演成分已经很丰富。

> 《史记·齐太公世家》记齐襄公谋杀其妹夫鲁桓公，"齐襄公与鲁君饮，醉之，使力士抱上鲁君车，因拉杀鲁桓公。桓公下车，则死矣。"[1]

可谓是一招制敌，仅仅是一拉，便杀害了鲁桓公，必然使用的是技击术。类似这种技击例子还比较多，充分说明当时武术中的技击术以实用为主。当时的齐国被人们称之"齐人隆技击"（《荀子·仪兵》），"齐愍以技击强"（《汉书·刑法志》）。勇力之士在齐国拥有特殊的社会地位，他们被给予高官厚禄，终日斗拳较武，甚为横行，在这种氛围中技击术被推崇备至。与此同时，民间的武术技击表演也十分活跃，技法也相当丰富，而且是名人辈出。

---

① 国家体委体育文史工作委员会：《中国古代体育史》，87 页，北京，北京体育学院出版社，1990。

《吴越春秋·勾践阴谋外传》中有一段民间剑术家的宝贵史料。越王勾践想练兵强国，问兵于相国范蠡，范蠡介绍了一位民间的女剑术家："今闻越有处女，出于南林。国人称善，愿王请之，立可见。"越王乃使使聘之，问以剑之术。越女见越王，谈出一番高深精辟的剑术理论，越王十分佩服，即加封她"越女"称号，并请她教授军士习练剑术。当时全军之中没有人能战胜越女的宝剑，可见这位民间姑娘剑术的高超……越王问曰："夫剑之道则如之何？"……女曰："其道甚微而易，其意甚幽而深。道有门户，亦有阴阳。开门闭户，阴衰阳兴。凡手战之道，内实精神，外示安仪，见之似好妇，夺之似惧虎，布形候气，与神具往，杳之若日，偏如腾兔。追形逐影，光若仿佛；呼吸往来，不及法禁。纵横逆顺，直复不闻。斯道者，一人当百，百人当万。王欲试之，其验即见。"

没有深入的武术实践，越女不会谈出如此形象、精辟的理论，从中可以看出当时的剑术套路水平在技击性基础上，具备了一定的表演技巧，这些技巧不仅是为了表演之用，更是训练作战能力的战术思想。这种技击还有很强的竞技性，可以当场比试，不信，"其验即见"。①

春秋战国前后战事频繁，崇武尚力为当时的社会风尚，《小雅·巧言》一诗中讥讽无能小人是"无拳无勇，职为乱阶"，社会阶层也相应的发生特化，该阶段出现了"士"阶层，其中

---

① 国家体委体育文史工作委员会：《中国古代体育史》，84 页，北京，北京体育学院出版社，1990。

"武士"是一个重要的社会构成。

> 西周、春秋时期，士的组成已很复杂，其主要部分
> 是武士。到了战国，依然如此。武士是相对于文士而讲
> 的，其中又分为几种类别。第一类是国家的武装力量，
> 泛称为"士"、"士卒"、"武士"、"兵士"、"军士"、
> "农战之士"、"三军之士"、"列阵之士"等。第二类
> 是侠士。典籍中称之为"侠"、"节侠士"、"游侠"
> ……第三类是"力士"，指力气大而勇悍之士。①

军队之中的武士自然不用多说，这是国家在任何时候都比较
重视的一个重要的社会组成部分，值得一提的是"侠"这个阶
层，它的出现和存在决然是受时代的需要，主流思想鼓励的结
果。如果仔细分析，我们可以将此阶层的存在的社会根源分为：
第一，入世建功。因为在大变动的社会背景下，特别是军事战争
频繁的年代，为报效国家建功立业，从武投戎是最好的机会。第
二，诚信恩义。在这个社会群体中存在着一种内群意识，它发挥
着强大的制约力，一方面游侠们以侠义自许，不怯死以苟且，不
毁节以求生，秉一种梗正高洁的品格，向世人昭示自己的身份认
同和所属团体的崇高评价。在该意识的引导下，侠士们的见义勇
为、匡扶正义的行为备受世人崇敬，故使从者如云。第三，追求
公正。侠对社会公平的追求，持平之举的热切和喜好，肇因他们
对公正公平的信仰。不平浮陈于世，困扰世人甚烈，社会期待着
更多阶层平不平。第四，英雄崇拜。人类社会都经历了自然崇
拜、祖先崇拜到英雄崇拜的过渡，当以社会进入一定文明程度
后，英雄成为人们触手可及的崇拜对象，这样有利于人们价值取

---

① 刘泽华：《先秦士人与社会》，2页，天津，天津人民出版社，2004。

向形象化，这也是一个社会成员对自身生命意志的觉醒。第五，墨家意识。墨家的尚力尚强、贵义、互利互惠等观念对百姓来说是一种朴素的、平等的思想，它不仅壮大着侠士的精神，也感召了民众对建立公平社会的渴望，强化了人们对侠义的向往。①

斗转星移，汉唐以降，社会发生了巨大的变化，太平盛世的时段不断延长，文明程度日趋增强，士的阶层悄然变化，辉煌一时的武士开始走向消歇、发生了转化，他们向着更为广泛的社会结构中渗透，担负起相应的社会职责。与他们相生相伴的、非常密切的武术也随之产生变异，演变为以套路为主的、弱化了的民族体育形式，供人们娱乐、健身之需。分析其中的原因，可以归纳为以下几个方面。

第一，受人本至上的中国传统思想影响十分重大。如道家思想在社会思潮中的地位不断提高，影响力不断增强，特别是在"人最善者，莫若常欲乐生。汲汲若渴，洒后可也"（《太平经》）思想的广泛流传下，《老子想尔注》甚至将《老子五千文》中的"道大、天大、地大、王亦大。城中有四大，而王处一"改为"道大、天大、地大、生亦大。城中有四大，而生处一"，并在"注"中说："生，道之别体也。"②由此，人和社会的需求发生改变，民族体育的内涵随之发生变异，价值取向出现转移，表现为阴弱长胜、示弱斗智，具体活动内容和形式也出现顺自然、重养生、尊道法、习太极、崇悠戏、轻竞技态势。

第二，随着柔弱胜刚强文士的崛起，武士的社会功能和社会需求逐渐缩减，以武勇谋生的武士阶层生存空间日趋萎缩，文士

---

① 汪涌豪，陈广宏：《侠的人格与世界》，332 页，上海，复旦大学出版社，2005。

② 国家体委体育文史工作委员会：《中国古代体育史》，205 页，北京，北京体育学院出版社，1990。

成为社会的主体阶层。文士更多在催化思想文化的发展、促进社会改革进步、构建古代科技体系等方面对社会的作用优势突出，故而备受统治阶级的重视。社会进程中，大体经历了从体能竞争向智能竞争两个主要阶段，其间包含着种种相互融合、变异的竞争形势。当智能竞争逐渐成为社会主要竞争手段时，为文士的活跃和发展提供了强劲的动力和广泛的空间。从认识论的一般原理看，社会实践、体能无疑是智能的基础，智能的发展必须建立在教育以及有体能保障的从事智能活动的人群和阶层基础上，符合该条件的只有文士，他们可以胜任该角色，不过人们对体能的忽视现象日趋严重。另外，社会智能的发展与从事智能活动的人群数量存在正比关系，中国古代社会之所以能够发展成为世界的文明大国，与重视文士的智能有直接关系。至此武士还能有多少生存和发展空间可想而知。

第三，战争的形势发生了变化，出现日益摈弃武技的军事战争方式。自从人类社会建立以来，战争始终伴随着人类，从刀光剑影到硝烟弥漫，战争的形势不断发生着变化，引发战争形势根本变革的是火器在战争中的使用。研究表明，火药发明于唐朝，军事史学家普遍认为，公元 10 世纪初火药逐步应用于军事，并开始了其漫长的发展历程。成书于公元 1044 年的《武经总要》中记载了三种冠以火药名称、用于实战武器的火药配方。公元 1161 年，宋、金的采石之战中，出现了利用火药喷射力的霹雳炮。[①]火器的威力得到军事家们的认可后，又得到了不断壮大起来的制造业帮助，火器逐步配置到军队装备之中。与此同时，人们可以看到，宋时的武术套路演变是一个比较明显的时期，各种习武社团中，多以套路表演为主，从一个侧面可以说明武术这一技击术在战争中逐渐隐退，更多在民间寻求发展空间。实际上，

---

① 倪乐雄：《战争与文化传统》，267 页，上海，上海书店出版社，2000。

在冷兵器占据绝对地位的时代，武术的套路形式已经开始了悄然的演进，试想如果没有一定的套路组合，越女如何敢向越王承诺王欲试之，其验即见，项庄如何能够吸引鸿门宴上的宾客。

让我们再回到关于武术技术的变化情况上，先秦时代的武术简单、实用的对抗技击技术与魏晋之后富含表演、娱乐、健身性的套路技术形成鲜明对照。

北宋时期，京城的瓦肆技艺中，已有"小儿相扑、杂剧、棹刀、蛮牌"等武艺表演（《东京梦华录》卷五）。南宋商业的繁盛，更使这类活动增多。据《梦粱录》、《都城纪胜》、《武林旧事》诸史籍的记载，瓦肆表演的武艺表演活动已扩至于"角抵、使拳、舞斫刀、舞蛮牌、舞剑、射弓、使棒、乔相扑、射弩"等近十种。由于这类艺人在城市中的日趋增多，市民阶层对武艺的喜好日盛一日，在南宋都城临安，还出现了许多武艺结社组织。如摔跤艺人的"角抵（相扑）社"、弓弩艺人的"锦标（射弩）社"，使棒艺人的"英略社"（《武林旧事·社会》）等。据《西湖老人繁胜录》的记载，每社成员不下百人，而且必须是武艺高强的人才能入社，像角抵社里的"王侥大、撞倒山、刘子路、铁板踏、宋金刚、倒提山、赛板踏、金重旺、曹铁凛"等，"人人好汉"。再如时为"武士"所有的"射弓踏弩社，皆能攀弓射弩，武艺精熟。射放娴习，方可入此社耳"（《梦粱录·社会》）。他们出众的技艺，不仅增添了市民精神生活的色彩，而且使不少人对之产生了浓厚的兴趣。故也有"一等富室郎君，风流子弟，与闲

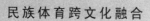

人所习"（《梦粱录·社会》）。①

武术步入民间的社会氛围已经具备，适应民众的需要，是武术发展的必然。在这种情况下，武术的技术体系、技术特征也随之发生变化。

北宋时，皇室集天下之兵于京师，组成数量庞大的禁军。东京左右两厢禁军从各地军队和民间征召了一些精于武艺、擅长杂技百戏的艺人。他们名列军籍，每月领取粮饷，专习技艺以供表演。孟元老在《东京梦华录》"驾登宝津楼诸军呈百戏"，生动地记述了当时表演的盛况，其中就有武术表演。"内两人出阵，对舞如击刺之状，一人作奋击之势，一人作僵仆。出场凡五六对，或以枪对牌，剑对牌之类。"不仅有两人对练，而且有多人的对练。"烟中有七人，着轻纱短后之衣，锦绣围肚看带"，"执真刀，互相格杀击刺，作被面剖心之势，谓之七圣刀"。这种执真刀互相格斗，惊险逼真。②

军中尚且如此，民间武术表演更不怠言。

在瓦舍演出的各种技艺，名目繁多。在那里或"作场相扑"或"使拳"、"使棍"的人，比比皆是。

---

① 黄伟，卢鹰：《中国古代体育习俗》，220 页，西安，陕西人民出版社，2004。
② 国家体委武术研究院：《中国武术史》，197 页，北京，人民体育出版社，1997。

据《梦粱录》载："瓦市相扑者，乃路歧人，聚集一等伙伴，以图标手之资，先以'女飐'数对打套子，令人观睹，然后以膂力者争交。"让"女飐"在相扑之前打套子，显然是招徕观众，这种按一定程式进行"套子"的表演在宋代已经形成。[①]

随后的武术套路更多地掺杂了"花拳绣腿"的成分，这些内容不仅能够满足人们的观赏的需要，还依然能够为战争作准备，发挥着"便勤手足"的功效，毕竟冷兵器时代没有完结。不过，自宋以来的武术套路迅猛发展，不再以军事战争为动力，反以民众愉悦之需为基准，至明朝武术套路已经种类繁多，风格迥然，娱乐观赏表现力大大加强。

明人宋存标在《舞剑赋》中记述了舞剑："其始兴也，若俯若仰"；"摇人目睛，如水涣日，如水观星"。形容俯仰、开合的身法和变化莫测的剑法，使他眼花缭乱。可见当时的剑术及其演练技巧达到了相当高的水平。[②]

民族体育起源与社会各层面息息相关，之后的发展更与社会生活各个层面的交织日趋广泛而深厚，细究起来，我们会发现影

---

① 国家体委武术研究院：《中国武术史》，209 页，北京，人民体育出版社，1997。

② 国家体委武术研究院：《中国武术史》，259 页，北京，人民体育出版社，1997。

响至深的是儒、释、道思想，尤其是在道家思潮的影响下，①中国哲学的非逻辑性更加的鲜明，致使社会文化现象深深地打上了其烙印。当起初蕴含在宿体中的素材从其宿体中剥离过程中和形成自身体系后，它们不断地构建着自身的特质，其特质不仅包含一定的宿体基因，同时受到社会环境的影响，表现着时代的风貌。唐宋以来，各种民族体育多以娱乐为立足之本，逐步脱离了原本的生产、军事等具体实用特征。人们可以看到社会上大行其道的项目如套路、秋千、马球、相扑、风筝、毽子、百戏、棋类、投壶、射柳、摔跤、冰嬉、捶丸、龙舟等没有一项不是以娱乐为主体的，人们不易从中发现其直接的生产和军事要素表现，更多的是次生态的内容和形式。但是，社会环境演进成为一种更加注重智能、注重人性、注重修身的态势，具有野性的民族体育文化受到了前所未有的"文化"洗礼，没有一项能够逃脱传统文化这张大网。武化虽显急风暴雨，强劲有力，影响力毕竟是短暂的、不持久。大凡统治阶级利用武力取得政权之后，多数转向文而治之，推崇智能，使文化产生持久的社会功效，武化只有在社会动荡时才被人们想起，武化的内容在和平时代被文化强烈地侵蚀，以至于武不刚，文不秀，渐成为一种东方式的民族体育形式。

另外，没有断裂的文化，尤其是没有断裂的思想文化有三种

---

① 徐行言：《中西文化比较》，122页，北京，北京大学出版社，2004。我们说中国哲学思维带有非逻辑的特征，不是说中国人的思维没有逻辑，而是说中国哲学偏好、追求非逻辑、非形式化带来的灵活、简捷、深刻。它压缩或抛弃了逻辑程序，开门见山地切入本质。因此，中国的哲学有其实用性特征，对民族体育文化的影响就是注重对人之生命的关注，与此相关的内容成为它直接的关注和实施对象。上述列举的项目与道家所提倡的守雌居柔虽无直接的逻辑关系，但是它们可以通过没有强烈竞争的民族体育适度地娱乐、感悟生活，以防止到达极点的转化却存在着必然的联系。

基本特征，其一是这种文化保持强大的文化惯性，它已然渗透到了社会结构的各个层面，这种惯性在后期的发展虽然没有强大的势能，但是社会的综合效应使其依然发挥着重要的作用。其二是日渐衰微的封建社会文化活力，每一个文化周期中初、中期的文化活力十足，至后期总会出现活力不足的现象，如果这个系统经常有强大的异质文化的融入或多元文化的交融，新异的活力将会对该文化的活力周期延长产生积极影响。其三是缺乏武化充实的文化毕竟不完善，体系不完整，文化使人文明，武化使人自然，文明与自然的有机融合方能构建健全的社会体系。对社会体系的维持文化仅仅实施软控制，缺乏刚暴的硬控制配合，易使社会萎靡。总体而言中国是一个具备以上三个特征的文化大国，也正是由于这样的一个文化大国使民族体育失去了良好的生存和发展空间，对民族体育的发展产生了抑制和阻碍，最终中华民族体育没有发展成现代形式的体育。[1]

历史并不能完全地决定社会的、文化的发展，它仅仅是一个记忆、记载，虽然历史能够产生一定的惯性作用力，但是，历史终究是过去时，社会和文化必须迎接新的机遇和接受新的挑战，发生新的变革。

二、周边文化的影响

孔子早已看到"天子失官，学在四夷"，不能仅以中原文化为中心，必须看到天子与四夷间的辩证关系。司马迁的《史记》就具有一定程度上的世界文化观念。如《史记》中记有"匈奴列传"、"南越尉佗列传"、"东岳列传"、"朝鲜列传"、"西南夷

---

① 陈青：《本土文化对中华民族体育的历时性阻力》，载《体育学刊》，2008（4），92页。

列传"等，已经认识到多族群、民族并存，多元文化共生的事实。

从文化学的角度来看，文化没有疆域，但是文化却必然受到地域的制约，形成一种无形的疆域，表现为地域文化特色，也正是由于有了这样的文化特色，异质文化间才有了交流的必要和可能，才有了相互的借鉴和融合。中原文化虽然存在较大的优势，可谓是中国古代的强势文化，然而这种强势文化是通过广泛地借鉴周边文化基础上逐步形成和发展起来的。

（一）强悍的西北民族文化影响

辽阔的西北地区是中华文明的重要资源库，是汇集黄河文明不可或缺的活水。自古以来中原文化与辽阔的西北地区的各个族群、民族进行着十分广泛地社会交往，形成一种水乳交融的关系，在这种关系基础上，使各个族群、民族的发展可谓是相得益彰。

在西北民族文化中，我们首先着眼于西域。西域是按照当时历史上的惯称，指玉门关、阳关以西的广大地域。自西汉时期起西域就成为我国版图不可分割的一部分，汉朝政府在此设置了直属中央的西域都护，管理当地的军政民族事务，并设置戊己校尉主持军事屯田事宜，从那时起，西域各国事实上已经成为中央政府的地方机构。

在西域的发展中，其中有一个从东晋十六国时期开始，直至唐朝贞观年间，历时三百多年的吐谷浑政权。究其统治范围来看，包括了今甘肃、四川西北、青海的绝大部分以及新疆的东南部，曾经一度拥有东西四千里、南北千余里的广大地区。它发挥了极其重要的历史和社会作用，王俊杰认为吐谷浑的作用可归纳为：吐谷浑统一羌区促进羌区与内地紧密结合；吐谷浑推动羌区经济文化发展；吐谷浑开辟通向西域的新道路；吐谷浑为中西交通搭桥为江南塞北联系开路。[①]

在吐谷浑与羌人的交往过程中，存在冲突，更有着密切的合作，在吐谷浑政权中，吐谷浑第四代主辟奚时（公元351年—公元371年）作为政府首辅的长史一职，已由羌酋担任。之后政权中的羌人越加多起来，地位也不断攀升，充分说明吐谷浑与羌人合作的密切强度，也正是由于有了这样的合作，使大一统的状态下，尚处分裂的边缘地域有了一个比较稳定的小一统的政权，为国力强盛的唐朝真正意义上的大一统奠定了基础。而这样一个政权下统治着掌握较为先进畜牧技术的，以及农业生产、手工业、矿业生产的部落和族群，吐谷浑的统一使分散的生产进一步联合，有力地促进了西域的发展。

> 《魏书·吐谷浑传》对吐谷浑的经济曾有一个简略的概述，"国无常赋，须则税富室商人以充用焉……好射猎，以肉酪为粮。亦知种田，有大麦、粟、豆，然其北界气候多寒，唯得芜菁、大麦……青海周回千余里，海内有山，每冬冰合，以良牝马置此山，直来春收之，马皆有孕，所生得驹，号为龙钟，必多骏异……世传青海骢者是也。出土牦牛、马，多鹦鹉，饶铜、铁、朱砂。"[②]

从中可以管窥吐谷浑统治下的经济状况，与当时的中原虽存在差异，较为落后，但当时由于其对外商业较为活跃，至唐代还

---

① 西北师范大学历史系：《西北史研究》，22页，兰州，兰州大学出版社，1997。

② 西北师范大学历史系：《西北史研究》，32页，兰州，兰州大学出版社，1997。

建立了互市，弥补了其经济上的不足，也弥补了中原的紧缺资源。

在上文中，我们可以发现"好射猎"的表述，在官方的记载中能够归纳进去的文字决然是当时的主流意识和行为表现。这充分说明当时该地域的社会风气，为后世的骑射等运动积淀了基础，至少吐谷浑的统治为马球在唐朝迅速普及发挥了部分"通道"作用。

马球运动是一项值得研究的议题，不论是目前研究的马球起源的三种主要学说，还是其他研究的成果表明，多数学者认为马球起源于波斯（今伊朗）地域，其大体的传播路线是经土耳其斯坦，至西藏、新疆扩布至中原。其在中国境内的传播不会是一条路线的，因为西藏的交通状况显然不如新疆的便捷，商业交流更多地选择交通通畅的路线，文化交流也同样如此，玄奘当初就是绕行西藏后进入印度的。另外，这两条中西沟通的路线往往在同一时段内，会出现一条通畅，另一条受到种种原因的影响而被封闭。马球运动从两条路线传入中国后，也产生了进一步的融合，阴法鲁的研究证实了这一点，吐蕃喜马球运动，甚至"群蕃在街里打球"（《封氏闻见记》），这是偶尔的事情，更多情况下是在球场上比赛。

> 打球的人分为两朋（即队，或写作棚），骑马入场，回旋驰骋，场面极其紧张。击中一球，即得一"筹"，把筹插在球门上。隆重的马球比赛，往往用龟兹（新疆库车）乐伴奏。[1]

如果没有新疆一路的马球运动繁荣，为何使用龟兹音乐伴

---

① 李金梅：《中国马球史研究》，35 页，兰州，甘肃人民出版社，2002。

奏。无论马球在中国的发展如何，起码这种运动形式为中华民族体育注入了西方式的竞赛模式，对东方的民族体育产生一定影响。同时，吐谷浑也发挥了重要的沟通中西文化交流的桥梁作用，与民族体育文化有关的还有西域诸国传入中原的各种身怀绝技的艺人，如擅长吞刀、吐火、截马等技艺的艺人，①这些艺人进入中原为后世民族体育的娱乐内容和形式增添了活力。

在吐谷浑统治时期，佛教也得到了有效的传播，《梁书·河南王传》明确地说吐谷浑"国中有佛法"。由于佛教含有哲理和世界观，更重要的是它作为一种宗教信仰，有偶像，有严格的意识和戒律，对人们的思想有不可思议的感染力，它的这种思想文化对羌人而言有着巨大的迷惑力和吸引力。因此，吐谷浑大力提倡佛教，当时最为盛行佛教的于阗也为吐谷浑所辖。在这种情况下，佛教在西域地区站稳了脚跟，并开始了接受中原化改造的准备和适应，为进军中原奠定了基础，为进入中原后的禅宗兴盛做好了前期思想上的准备，而禅宗后与中华民族体育产生密切联系，特别是与少林武术关系尤为突出。

丝绸之路不仅是一条商业之路，更是一条文化交融之路，尤其在海上丝绸之路尚未开通之前，它发挥着极其重要的作用。丝绸之路的经营，得到了西域各族人民的支持，他们是最有贡献的社会群体，也是最大的受益群体。丝绸之路犹如一条璀璨的珍珠项链，将西域与中原串联起来，其中有一颗耀眼的珍珠就是西藏，藏族文化通过丝绸之路与中原文化进行广泛地交融，形成了丝绸之路的文化辐射带。

藏族人民长期以来由于受诸多因素的制约形成了独特的生活方式，其中有一种"传箭"与民族体育有一定联系。

---

① 国风：《丝路春秋》，95 页，太原，山西人民出版社，2003。

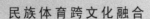

　　　　吐蕃是一部落的形式聚族而居，部落有大小强弱之
别，"虽各有鞍甲，无魁首统摄，并皆散漫居山川"部
落内部有较高的凝聚力，而部落之间，"其俗多有世
仇，不相往来"。一旦遇到战斗，"则同恶相济，传箭
相率，其从如流"（《宋史·宋琪传》）。"传箭"成为
吐蕃在彼此隔绝情况下，进行联系的一种简便易行且独
特的方式。①

　　传箭虽然没有流传至今，但是它对藏族的民族体育却产生了
一定影响，现今流行于藏区的"打冤家"体育游戏，就与藏族
的"血亲复仇"有一定联系，是其残余变形的表现形式。"碧
秀"与传箭的关联可能更直接，虽然这项民族体育活动的起源
相传是人们为了格萨尔王战胜妖魔发明的一种奇妙的响箭演变而
来，但是该活动更加实际的起源应该是传箭的后世变异。藏族的
各种民俗活动中，许多独特的内容和形式为中原的民族体育带来
新意，同时中原的民族体育也促进了藏区的民族体育发展，两者
相互交融。比如流行于藏区的"踏歌"和"荡秋千"就是典型
的交流互动的民族体育文化成果，对于这两项内容来说，"踏
歌"在藏族进入中原前在当地十分盛行，"绕蓬松茂树而舞"不
仅是一种集体舞蹈，与此同时还有摔跤、射箭、赛马等活动相
伴，实际上是一种民族体育韵味十足的体育活动。而这项活动在
中原也有流行，宋人马远还专门绘了《踏歌图》，宋人朱辅在
《溪蛮丛笑》中记载："习俗死亡，聚歌舞，辄联手踏地为节。"
《长编》卷二四一记载宋代熙河开边时，吐蕃女子载歌载舞的盛
况："蕃酋女子至，联袂围绕汉官踏歌"，歌词中唱到："自今后

<hr />

　　①　西北师范大学历史系：《西北史研究》，279 页，兰州，兰州大学出版社，
1997。

无仇杀，有买卖快乐得伙计，不被摩正来夺人口牛马。"反映出藏族的踏歌源远流长，影响深远，现今流行于河、湟、洮、岷地区的"花儿"也颇受其深刻影响。如今踏歌已经成为一种普遍受人欢迎的、简单易学的民族体育活动内容，可见藏族民族体育文化的强大渗透力。"荡秋千"实为东北地区各民族发起的体育活动内容，通过丝绸之路传播至西藏，在蓝天、白云映衬下的雪域高原也荡起了悠悠的秋千之戏。在文化交流过程中，藏区给中原的民族体育文化增添得更多的成分是质朴的、强悍的摔跤、射箭、马上运动之类的内容。

大凡在西域等地所塑造的民族体育均部分蕴含着西方民族体育的竞争成分，同时也表现在其民族体育的竞争形式上。故而形成了西北地域的民族体育与中原，以及东南地区的民族体育所不同的且突出的竞争因素特征。诸如马上项目，从竞赛的场地到竞赛的方式已经与现代体育十分相近。

还有一个值得一提的北方民族，那就是蒙古族，这个民族曾经频频地向中原迁徙，不断与中原发生着各种交融。其中最主要的交融主要表现在两个方面，一个是战争，另一个是游牧民族的人口迁徙。

人们一般认为战争是具有巨大破坏力的社会活动，会对社会生产和生活造成极其惨重的损失，致使社会发展产生停滞或倒退。这只是事物的一个方面，从另一个角度看，战争打破了地域的封闭，它所开辟的交通路线，在战争的间歇期或战事结束后的和平时期，成为社会发展的坦途，促进了社会的相关产业的发展，刺激了生产力的快速提高。在民族体育方面，战争使蒙古军队使用的先进的技术和战术，以及良好装备顺利、快速地传入中原，"胡服骑射"就是中原向北方少数民族学习的例子，极大地改善了中原的作战格局。蒙古三次西征，之所以能够取得胜利，与他们骁勇善战有关，更与他们的质朴无华的作战技术相关，还有其得法的战术是其战无不胜的法宝。蒙古骑兵以灵活的机动性，且战且退，诱敌深入，迅速反击，追而不歼，消耗敌力，白刃全军的作战艺术将轻骑的战术传入欧洲，直至第一次世界大战时俄国的骑兵依然沿用。①蒙古人的成功还离不开他们完备的军需供给体系，其一名骑手，率领六匹战马同行，战马上备有武器和粮草，可随战随行，灵活机动。由此看出，冷兵器时代的战争，很大程度上取决于士兵的体力、技术，锻造精湛技术、强健体能的最佳手段就是体育，因此各个民族都十分重视民族体育。与此同时，蒙古军队注重火器的使用，震天雷是世界上最早的手榴弹，迅雷铳已经是一种五支鸟铳连发的火器，还有攻城、守城用的铜炮也是世界上最先进的。②这一切对中原的军事战争，以及军旅武术的影响是重大的。战争可以暂时地突破文化屏障，却难以长久地实现文化交融。与战争相随的体育在战后继续着战争没有完成的使命，它能够永久地突破文化屏障，因为体育走向独立后，它的功能已超越了军事战争的狭隘范畴，成为社会成员健身、娱乐、竞技、社会规范、文化交往、民族团结、竞争意识培养、审美实践、宣泄情感等手段，广泛地渗透于人们生活的各个层面。

与战争同行的是游牧民族的大量迁徙，在战争中所开辟的道路上人们可以比较畅通地实现人口的迁徙，中国古代历史上，人口的迁徙多是向南移动，且迁徙的频率不断增繁。与人们对战争的态度相仿，人们也总是认为游牧民族的迁徙总会与原始、野蛮、落后、凶残相联系，曾有论点认为蒙古人对欧洲的征战，仅仅给欧洲留下了马粪，其实不然，游牧民族由于其生活、生产方

---

① 倪乐雄：《战争与文化传统》，266页，上海，上海书店出版社，2000。

② ［法］德阿·托隆：《蒙古人远征记》，70页、151页、38页，上海，上海社会科学出版社，2003。

式决定了他们是一个活力十足、勇于开拓的民族，这样的民族所到之处必然给当地产生冲击，特别是对农耕地区安逸的生活、生产产生强烈振荡。其次，游牧民族的人口迁徙，使中原社会结构发生变化，在一定程度上打破了原本固化的血缘结构，使社会结构向着地缘、业缘方向发展，这是有利于社会进步的社会基础。同时，人口的迁徙，有利于人种的优化，避免近亲繁殖所产生了种种弊端。最主要的是与人口迁徙相伴的文化交融，使人们可以有机会面对新异文化。就民族体育而言，蒙古人给中原的民族体育，尤其是给西北的民族体育给来了强悍、武勇、竞争之精神，在此过程中，武化的意识和思想延缓着中原日益文弱的民风。

> 骑行上述之八日程毕，抵一大城，即前述之京兆府（今西安）是已。城甚壮丽，为京兆府国之都会。昔为一国，甚富强，有大王数人，富而英武。唯在今日，则由大汗子忙哥剌（忽必烈之子）镇守其地。大汗以此地封之，命为国王。此城工商繁盛，产丝多，居民以制种种金锦丝绢，城中且制一切武装。凡人生必需之物，城中皆有，价值甚贱……此忙哥剌善治其国，颇受人民爱戴，军队驻扎宫之四周，游猎为乐。[①]

当人们看到繁荣景象的同时，自然会发现短短的描述中，给这名外国游客深深影响的有"有大王数人，富而英武"、"城中且制一切武装"、"游猎为乐"等景象。从一个侧面说明当时在忙哥剌统治之下，武备意识强烈，民众被吸引、诱导，喜爱游猎等原生态的体育活动。其根本原因在于蒙古人要其民众不忘历

---

① ［意大利］马可·波罗：《马可波罗行纪》，268 页，上海，上海书店出版社，2001。

史，不忘出身，时刻保持其旺盛的活力，因此其帝王均带头从事原生态的活动，下面是忽必烈的举措。

> 此汗于每年六月、七月、八月驻夏于开平。开平别号上都，于城内之极端，建宫殿，饰以最美之大理石，下有猎场，周围约有十六英里之广。每年九月还大都，其后蒙古诸帝皆效之……置猎户二部，每部万人。一部衣红，一部衣蓝。两猎士长并日耳曼人，各领一部，打猎野兽使用之。帝携猎鸟出猎时，坐一楼中，四象承之。[①]

在经历了多次异族文化交锋后，中原的文化从中汲取了大量的优秀特质，完善了中华民族文化体系。有趣的是在汲取异质文化养分时多是不动声色，以柔克刚，在异族侵入之后，便开始了其不温不火，有条不紊的同化进程，并在"二律背反"规律的作用下，使那些强悍的、野性的因素逐渐地被洗涤，使之变成适合中原人口味的文化。

西北地区的民族文化总体上说，是一种具有共性特征的文化，这种文化较多地包含着对人性的关怀。为什么这样说？是因为西北地区从中古以来，其社会发展的速度相比南方并不快，这是由于其生产方式以游牧为主，辅之以农耕，间或两者融合的生产方式，生产力以人为中心，并极其充分、广泛地与自然相融合，借助自然的力量，满足人的需要。他们的生活是将人放在大自然中并不是欲求驾驭自然，而是要适应自然，因此锻造健康体魄、锤炼顽强意志、习练生存技能就成了各个族群、民族社会生活中的最重要的任务，社会事务的一切方面都是围绕塑造人的能

---

① ［瑞典］多桑：《多桑蒙古史》，322 页，上海，上海书店出版社，2003。

力来进行的，故而人的野性得到张扬和维护，人的本能得以弘扬和提高。从西北地区的民族体育项目内容和形式上看，项目多是个体活动能力的体现和提高、个体之间的竞争、驾驭生产工具的能力等方面内容。相比生产技术比较发达的社会，如农业社会、工业社会，由于这些社会拥有大量的、可以有效弥补人的生产能力的物质条件，人们变得对生产技术，以及生产工具极端地重视，从而忽略了人的存在，这一点在工业社会表现尤为明显。这种社会中的人是工具的奴隶，没有了或缺少了人之野性的表现机会，人们变得温文尔雅，举止得体，特别是在礼教的约束下，人们不得不附庸儒雅，使自己能够成为文明人。殊不知这样的结果，使人的自然本性被无情地扼杀，进而破坏了他们对社会的自觉贡献意识和能力。由此在民族体育方面这些地区则倾向于群体之间的交锋，以及借助各种生产工具的较量形式，个体之间的竞争内容和形式相比北方的要少，激烈程度也较低。比如，同为追求爱情为目的的民族体育活动，北方的姑娘追、跑马拾银就十分的坦然、直白、豪放。而南方的抛荷包、磨秋、车秋则含蓄、曲折，耐人寻味。再如，流行于西北的棍术、鞭杆、条子一般融合生产、生活各种因素，以发挥人的能力为主，以满足人的需要为重。鞭杆是一种三尺左右的短棍，技法融合了棍法、刀法、剑法之长，据传鞭杆是羌人的羌笛演变而来，它既是一种自娱自乐的乐器，又是一种防身御敌的武器，较少人为化的工具特征。而南方的武术器械多是经过人们精心打造的兵器，且将与兵器有关的活动演绎成脱离武术技击实用的游戏，如刀杆节。[①]在地广人稀

----

① 刀杆节：傈僳族传统的民族体育活动，每年农历二月初八举行。先由七八名"香通"为众人表演"跳火舞"，后攀登两根约20米高的，上绑有36把锋利长刀的木杆，刀口向上，银光闪闪，形成刀梯。每人踩刀刃逐级攀至杆顶，在杆上做惊险的表演，燃放鞭炮，成为节日主要活动内容。

的草原、戈壁、沙漠中，人倍显渺小，缺乏集体生产的独行者们必须，也只有通过体育活动达到对人这一主体的自我和客体的自身进行关怀，即人性的关怀。

（二）睿智的东南民族文化影响

过去，人们普遍认为中原之南的东南为南蛮之地，殊不知在这里诞生了比黄河文明还早的良渚文化。据考古发现，吴越之地上发现了距今5000年前的良渚文化遗址，还发掘出迄今7000年前的河姆渡文化遗址，这些考古发现证明了长江流域的文明存在，且证明这里的文明不比黄河流域文明落后，恰恰相反，长江文明比起黄河文明来，还要早一些。在这里建筑、水井、骨耜、独木舟、玉器、稻谷、蚕丝、瓷器较黄河流域的年代早，而且做工精良、品质优异。怀特（L. A. White）认为文化体系可分为三个具体的亚系统，即生产工具、社会结构和思想意识，在这三个亚系统中，生产工具是最为重要，发挥着基础决定作用，生产工具的强弱决定着社会结构的亲疏，影响着人们的思想意识的开放程度。生产工具的先进程度决定着社会生产的效率，制约着人们的社会关系，左右着社会的整体思想意识的发展。从长江流域出土的文物可以看出，重要生产工具之一的石犁要比黄河流域早使用近1000年，其制造精良程度也相对较高，可以想像当时的生产效率。出土于该土地的玉器之典型的玉琮，就很能说明问题，因为该玉石为块状玉器，雕刻成内圆外方，中有圆孔，贯穿上下。意欲着天圆地方，借此圆孔表达贯通天地，期于"天地人和谐"之愿。玉琮每面上下都用浅浮雕和阴微刻刻着"神人兽面纹"，在远古时期尚无硬度金属刀具的情况下雕琢出如此精细的玉器实属不易，从一个侧面充分说明当时的生产工具已经具有了较高的水准。①有一种研究倾向认为世界上古代文化无论多么

---

① 王遂今：《吴越文化史话》，46页，杭州，浙江大学出版社，2005。

复杂，各地之间的区别有多么大，他们所创造的文化却是十分的相像，此乃"文化趋同论"，我们倒是认为这是人类学的发生一源论点。该观点认为所有的人类起源于非洲大陆，大约在十几万年前到几万年前，人类开始离开非洲，向世界各地迁移，形成了今天不同地区的人类。并认为现代的中国人的祖先是从非洲东部经印度洋抵达东南亚，然后北上，进入华南，此后逐渐向北迁移。①因此我们有理由相信，中国东南地区的文化，之所以成熟得早于黄河流域的文化可能是与人类登陆地、迁徙路线有关的。当然，这是人类发生的过程，人类的文化主要是在人类的智能得到开发，能够制造生产工具之后开始，在这个时刻，人类已经基本上遍及世界各地了。

由此可以想像，吴戈越剑自然就成为春秋之际中华兵器之最。先秦之际吴越之民也同北方民族一样尚武好勇，"吴（粤）越之君皆好勇，故其民至今好用剑，轻死易发"（《汉书·地理志》）。当然，也绝非只勇无义之徒，"夫吴人与越人，相恶也；当其同舟而济，遇风，其相救也若左右手"（《孙子·九地篇》）。武勇为社会时尚，武士有了社会至尊地位，在这种情况下，武士如何能没有像样的兵器？于是在先进生产工具的帮助下，吴越人制造出精良的戈、剑，谱写出"吴王金戈越王剑"的辉煌篇章。当时吴国的戈异常锋利，据研究表明春秋后期，我国已经在炼铁技术上有所突破，吴越人开始使用炼钢技术打造戈和剑等兵器。屈原也叹："操吴戈兮被犀甲，车错毂兮短兵接！"越国之剑，经干将、欧冶子之手锻造出绝世宝剑，《越绝书》记载："越王勾践有宝剑物，闻于天下……欧冶子乃因天之精神，悉其技巧，造为大刑三，小刑二，一曰湛卢，二曰纯钩，三曰胜邪，四曰鱼肠，五曰巨阙。"武器的精良制作一方面推动了军事战争兵器的

---

① 方汉文：《比较文化学》，210 页，桂林，广西师范大学出版社，2003。

改良，另一方反映出睿智的东南民族善于钻研、严谨求实的精神，以及他们勇于实践，不断技术创造的意识。这种可贵的精神和意识孕育成为东南民族的基因，至今依然发挥着作用。东南较为发达的商业促进了手工业的快速发展，根据上述文化亚系统中的生产工具的重要作用，我们可以这样认为，手工业的发达是东南社会快速进步的极其重要的因素。这些基因对民族体育的发展起着推波助澜的功效，东南地区流行的各种民族体育活动大多分化频繁，体系完备，技术细腻。例如，流行于湖南的舞龙就有布龙、夜神龙、滚龙、蛇龙、夜龙、板凳龙之分，表演套路也是各有千秋，龙的制作更是五花八门，制作工艺也比较考究。

卧薪尝胆的精神是长江流域人民自强不息的支柱之一，这种精神后经历朝历代的传承，进一步地发展，构成了东南民族的精神，在这种精神的激励下，它屡屡帮助东南民族验证这样一个"法则"：看似弱小的一方，只要有充分的精神准备，能够卧薪尝胆，自强不息，最终定能战胜强大一方。以弱胜强的战例如赤壁之战、淝水之战等等均发生在长江流域，不能说仅仅是巧合。

也正是由于这种精神的激励作用，加之东南地区人杰地灵，涌现出大批仁人志士，为中华民族文化的发展提供了极大的动力，塑造出重文崇智、经世致用、求真务实的社会氛围。其中，范蠡、计然倡导的"农末俱利"促进着东南的商业持续发展。中国古代将世间万物分为"本与末"，中原强调"本"为本业，即农业，"末"则为末业，主指工商业。并要求人们分清"本"、"末"，不要"本末倒置"，主张"厚本抑末"或"崇本抑末"，也就是说应该高度地重视农业，将工商业抑制下去。在中原的地域环境下，"上农"思想有其基础，然不宜推而广之。务实的吴越人则认为"本末"应一视同仁，不可厚此薄彼，单一地重视满足人们生存的物质生产还远远不够，必须加强其他辅助环节的建设，特别是有益于物质资料流通的环节应该得到重视。因此，东南民族对工商业极其器重。《史记·货殖列传》记述："夫粜二十，病农；九十，病末。末病则财不出，农病则草不辟矣。上不过八十，下不减三十，则农末俱利，平粜齐物，关市不乏，治国之道也。"是非常有经济头脑的治国方略。有了较为发达的经济后盾，社会易于稳定。只有在稳定的社会环境中，人类的文化、科技才能大量地、全面地被创造出来。上述吴越之地所以能够制造出精良的兵器，是因为有良好的经济基础，只有在经济保障基础上人们才能够有可能进行大量的实验，自古至今都是如此。

经济条件良好的东南地区，为许多著名思想家的出现奠定了较为优越的物质环境，由此产生的受地域影响的思想为中华民族的思想全面发展提供了极其重要的帮助。东汉时期，吴越的上虞，挺身而出了一位注重物质讲求实用的思想家，他著有的《论衡》中提倡人们要"疾虚妄"，"事莫明于有效，论莫定于有证。"人们必须正确地认为天人感应，避免盲从，"夫天道，自然也，无为。如谴告人，是有为，非自然也。"①这种思想有效地对中原流行的董仲舒等人盲目抬高远古帝王地位、厚古薄今思想进行了遏制，使人们能够从对天、对远古不切实际的崇拜回到现实中，回到对人、对百姓的关怀上；较为准确地论证了社会历史发展的必然、时代进步的现实。他认为："夫实德化则周不能过汉，论符瑞则汉胜于周，度土境则周狭于汉，汉何以不如周？独谓周多圣人，治致太平。儒者称圣泰（太）隆，使圣卓而无迹；称治亦太盛，使太平绝而不续也。"②他就是王充。对此，我们认为王充实为一名社会学家，他能够正确地为人们提供遵循社会发展规律的思路，强调人性的价值，重视现实中人对社会发展的作

---

①　冯友兰：《中国哲学简史》，180 页，北京，北京大学出版社，1996。

②　王遂今：《吴越文化史话》，246 页，杭州，浙江大学出版社，2005。

用，为东南社会文化的快速发展营造了积极、宽松的人文空间。一个时代太需要这样的仁人志士从国家的利益出发，阐述有益于社会前进的"另类"经世之论，防止极端的意志弥障贻误国家的昌盛。文化需要相对张力不时地牵引，确保其轨迹合乎规律地前进。在北方民族的强悍的民族体育影响下，中原体育活动以北方民族项目为众，有了东南民族的补充，特别是在这种环境中孕育了更多体现人的生活情趣的活动内容，十分有益于中原民族体育的长久的生存能力。比如舞狮活动，南北之间存在着广泛地交流，以至于舞狮活动发展至后期南、北派的特点界限逐渐模糊，大有"文（狮）武（狮）兼备"的趋势。由于经济的发展，在东南地区，民族体育繁荣发展，但见：

> 至南宋时设的"内等于"还是由"诸军膂力者充应名额"的。这反映出两宋军中的武艺训练是丰富多彩的。特别是三月清明，"诸军排阵作迎敌之势……试弩射弓"（《梦梁录》）；诸军春教时，"禁中教场，呈试武艺，飞枪斫柳，走马舞刀，百艺俱呈"（《州府节制诸军春教》），"大军合教终日，犒赏毕，放教于路，各施呈武艺"（《西湖老人繁胜录·春教》）。[1]

这些活动的广泛开展，一则可以使武备不懈，二则人们期待以武娱乐，因此军事训练也带上了浓厚的武戏气息。民众喜爱的武术并非一花独秀，还有众多民族体育争奇斗艳。

宋代著名女词人李清照也颇精于象棋，她在《打

---

[1] 黄伟，卢鹰：《中国古代体育习俗》，216 页，西安，陕西人民出版社，2004。

马图经》序中曾说："予性喜博，凡所谓博者，皆耽之
昼夜，每忘寝食。"这不仅是她嗜好象棋的自述，也的
确道出了喜爱下棋的人的心态。《福建通志》亦载：
"程伯昌建阳人，善医，尤妙催生法，性好象棋，终日
不释。有急叩之者，随以一棋子令持去，胎即下。"故
事虽荒诞不经，但嗜棋的人一旦入局，即难以自拔，这
是可信的。这都反映出两宋时期象棋是十分盛行的。在
这个基础上，经过象棋爱好者的不断研习、创新，逐渐
丰富了象棋的着法，至南宋时已有棋局的记载了。如
《事林广记》中就记载有三十个残局的名称。这无疑是
对象棋实践经验的总结。象棋理论书籍的出现，对后世
象棋的发展起了重要的推动作用。①

据《梦粱录·观潮》记载："临安风俗……每岁八
月内，潮怒胜于常时，都人自十一日起，便有观者，至
十六、十八日倾城而出……帅座出郊，教习节制水军
……""教阅水阵，统制部押于潮未来时，下水打阵展
旗，百端呈拽……舟楫分布左右，旗帜满船，上等舞枪
飞箭，分列交战，试炮放烟，捷追敌舟，火箭群下，烧
毁成功，鸣锣放教，赐犒等差……"《武林旧事·观
潮》也记载了钱塘弄潮之戏："吴儿善泅者数百，皆披
发文身，手持十幅大彩旗，争先鼓勇，溯迎面上，出没
于鲸波万切中，腾身百变，而旗尾略不沾湿，以此夸
能。而豪民贵宦，争赏银彩。"可见钱塘弄潮是开展普

---

①　黄伟，卢鹰：《中国古代体育习俗》，210 页，西安，陕西人民出版社，
2004。

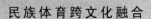

遍的民间体育习尚，故人们对之表现出浓厚的兴趣。①

　　著名的大文学家、词人苏轼，十分喜爱养生术，有不少关于养生的理论与主张，并在实践中总结出一套简易的导引法……苏轼一生有不少养生著述，如《问养生》、《续养生论》、《上张安道养生诀论》、《养生颂》、《养生偈》等。②

　　从中可管窥东南地区的民族体育内容和形式十分广泛，足以成为中原民族体育的资源宝库。之所以能够有这样的格局，与东南文化名人的推波助澜密不可分。范仲淹的"以天下为己任"激励着仁人志士的宏大报国情怀，体质、体魄的强弱是报国的基础，体育活动渐成人们的生活内容。祖冲之、沈括等人提倡的科学态度为人们理性地思考人和社会提供了极好的思维方式，也使民族体育能够以科学的态度选择内容和形式，并为后世广泛地接受外来体育文化奠定了基础。南宋浙东学派的陈亮等人不畏权贵坚持"道在物中"的观点，认为应"实事实功"的"实功之学"为民族体育的实用性发展进一步提供了强有力的支持。

　　南方的民族体育以其丰富多彩而著称于世，例如抛绣球，是壮、苗、白等民族喜爱的体育活动，在壮族地区这项活动开展的次数每年至少八次以上，大多是逢节遇令时举行，其中三月初三举行"歌圩"居多，参与的人数众多。跳竹竿已经不仅仅是京族所独享的体育活动了，由于它的协调、灵敏、欢快吸引着人们

① 黄伟，卢鹰：《中国古代体育习俗》，198 页，西安，陕西人民出版社，2004。
② 黄伟，卢鹰：《中国古代体育习俗》，222 页，西安，陕西人民出版社，2004。

趋之若鹜，流行的地域不断扩大。打铜鼓是瑶族自宋代开始的民族体育活动内容，流传至今人们给它赋予了时代的气息和特点，更加受到民众的喜爱。背篓球是在高山族开展的由男女青年表达爱情而演化出的体育活动，这项活动能够克服场地的制约，类似篮球活动的变形运动形式，与篮球等运动可谓异曲同工，与此类似的还有打手毽等项目。上述这些民族体育活动内容大多具备十足的人情味，人们可通过体育活动增进彼此互动，加强了团结和协作，为人们的生活平添了喜庆气氛。这些活动与北方强悍的民族体育活动所不同的是更多地表现为温文尔雅。

另外，南方地区流行的较多民族体育活动还与人们的信仰有着密切的联系，也构成了一个鲜明的特色。易剑东认为：

> ……游蛇灯、赛龙舟、舞龙灯显然是这些动物图腾的产物。根据王充的《论衡》，我们可以发现春秋战国时期在鲁国有一种求雨仪式。春季缺水时，人们模仿龙的形象在水中舞动，求龙降雨。这种舞龙队渡河求雨的活动在许多民族中开展过，后来的舞龙等活动也受这个活动的影响。至于著名的龙舟竞渡，人们大多知道它与屈原或伍子胥有关，其实龙图腾早就有了，闻一多更是在其《端午考》和《端午的历史教育》中认为龙舟竞渡早在屈原之前就已经在古越族中流行了。当时的人们为了体现自己的"龙子"身份，经常举行龙图腾祭祀仪式，乘着刻画成龙形的独木舟在水中模仿龙的姿势进行竞渡，这就是早期龙舟竞渡的起源。崇拜也衍生过其他一些民族传统体育项目，如西南少数民族地区彝族、白族、傈僳族、哈尼族、拉祜族的火把节就源于远古时期的火崇拜。永宁纳西族人对山的崇拜则促生了其

“转山”民俗的产生，而这也是一种集体娱乐体育活动。①

南方地区聚居的族群、民族众多，他们生活比较安逸，生产水平相对较低，各个民族的图腾崇拜、宗教信仰不尽一致，在这样一种社会环境中，人与图腾、上苍、神灵之间需要必要的沟通，以表达人们对它们的畏惧、敬重、感恩、酬谢、炫耀等等心声，然而存在语言屏障，难以完成这种任务，人们逐步认识到最好的沟通手段和媒介是人的肢体动作这种符号。的确，正如卡西尔（Cassirer，E）所言，人是一种符号的动物，通过这种大家都能够明白的符号来沟通彼此，因此，在图腾崇拜、宗教信仰当中民族体育等肢体动作就成为十分重要的手段，之后由此衍生出各种与当初的祭祀活动相关的体育活动。无论是人猿揖别之时，还是人类掌握了一定的生产工具之后，民族体育总是充当祭祀的手段，承担着沟通的中介，只是在最初的时候民族体育的人体肢体活动行为被赋予了更多的工具色彩，之后人的能力逐渐增强，体现人性的成分越来越浓，祭祀活动中的民族体育更多的是人在图腾、上苍、神灵面前的张扬，这种张扬说明祭祀活动与人的肢体活动的分化，张扬成为使民族体育活动从祭祀活动中分离出来的基础和条件。与北方民族相比，南方的民族体育活动的信仰因素要多一些，北方的民族大多是一个族群全民信奉一种图腾、宗教，而且他们的宗教影响力十分巨大，可辐射影响着其他族群的信仰，同时由于他们的生产力水平较高一些，其信仰与民族体育的分离时间要早于南方的各个族群，故而民族体育在尚未受图腾、宗教影响过深的时刻就已经走向了独立。

---

① 周伟良：《中华民族传统体育概论高级教程》，33 页，北京，高等教育出版社，2003。

在这里还要提一提佛教在东南的流行。佛教与其他本土的宗教或信仰有所不同，它是一种异质文化带来的宗教，自其传入中国后，广泛地分布于中国大地。东南地区由于较少受皇权的作用力影响，佛教能够生根开花的基础是与该地域民众本身具有的"尚鬼好祀"（《通典》），"俗信鬼神，好淫祀"（《隋书》）的文化习俗有一定关系，另外是道教在其传入的阶段给予了佛教极大的掩护，使本来就被人们号称的两个孪生宗教相得益彰，佛教传入后对道教的成熟发挥着重要的促进作用。同时还由于佛教为了传播，自身就有方便说教的因子，如方便说教是大乘佛教济世度人的一个重要途径，这种方便是其可以因地制宜，针对当时当地民众的心理宣传其教义，久之产生融合，佛教也着上了地方色彩。东南一带的佛教就已经相当本土化，东晋顾恺之"首创维摩诘像，有清羸示病之容，隐几忘言之状"，这正是当时名士的写照，参见南京出土的石刻画像"竹林七贤与荣启期"，但现画中维摩诘形象恰如竹林七贤化身，[①]随之佛教在东南建立了"三国时佛教之重镇，北为洛阳，南为建业"的格局。佛教文化的广泛影响促使着民族体育产生文弱之风的盛行，其根据众多，之一为：

> 自春秋至两汉，"吴阻长江，旧俗轻悍"，以至"江南精兵，北土所难，欲以十卒，当东一人"。可是到了东晋南朝，江南民风变得懦弱起来，变成了"吴人不习战"了。造成这种变化的原因中，曹文柱先生认为重要的一条是"佛教在南方的广泛流布和深入人心，进一步促成江南地区传统群体心理结构的解体，从而使忍让取代尚武，抗战让位于服从。因为佛教的教义

---

① 严耀中：《中国东南佛教史》，16页，上海，上海人民出版社，2005。

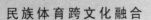

和戒规，都对暴力和尚武持否定态度"。①

　　东南地区还有一个不容忽视的因素影响着民族体育，那就是该地域地少人众。人口密度的影响使人们不得不精打细算，许多事情均依托集体的力量，因此，在民族体育项目上表现出技术细腻、规则细致、参与人数众多、集体活动形式突出等特点。例如，在东南地区最为流行的龙舟竞渡中的苗人划龙舟就是一个代表。苗族人划龙舟是由鼓头、锣手和水手组成一个团队，鼓头是龙舟上的指挥，由全寨推荐出来的最有威望的人担任，一个十来岁的小孩担任锣手，在此助威，水手共计三十八人，由寨子里剽悍青年承担此重任，这是一个庞大的民族体育团队。诸如此类的集体性的项目还有许多。在东南地区人的体力和精力被看作是一种资源，对于族群、民族或国家来说这种个体资源能量远远不足，需要尊重个体的资源保护，更要通过一定的组织和形式将个体微弱的资源集中起来，使这些资源发挥共振能量作用，这也是东南地带民族体育活动多为集体项目的原因之一。

　　东南的民族形成了与中原不同的思想体系，成为一种相对中原而言的异质文化，只有异质的文化才有吸引力，往往同质的文化存在相互排斥的因素妨碍着文化之间交流，在异质文化相互的吸引作用力推动下，南北文化不断交融，增强了中华民族文化整体的能量积累，最终中原文化逐渐吸纳了这种有利于社会全面发展的思想。在此思想的影响下，其民族体育逐步趋向重实用，同时也不排除非实用的项目内容和形式。

---

①　严耀中：《中国东南佛教史》，293 页，上海，上海人民出版社，2005。

第二节　异质文化对民族体育的辐射作用力

全球文化在不同的地点产生，直至发展成各自的文明，出现古代的四大文明古国。文化成就了人类，使人类能够通过文化使人类的生活走向文明。在这个过程中，虽然存在地理、语言等难以跨越的屏障，但是人类始终没有停止相互的互动，其后是强大的文明动力的驱使，其前为对文明向往的感召。为人类开辟彼此互动道路的诸多因素中，有一个值得注意的社会现象，那就是各个民族的探险者。

这里主要记述早期探险中的主要人物和事件。埃及的商人为了发现通往财富之路而开始了向非洲的探险活动，大约公元前2270年，在法老佩皮（Pepy）二世统治期间，赫克胡夫深入埃及南面的努比亚。希腊有非常适合航海地理位置，公元前8世纪，其城邦探寻新的殖民地，派出了闲散人员向地中海及黑海探险。赫卡泰奥斯（Hecataeus）历经多年探险写出《环球之旅》。这部所谓的环球之旅的书，也仅局限于地中海周边。在公元326年亚历山大（Alexander）与波斯、印度人的交战中，带了一队科学观察家与之同行，其目的是为了战胜对方，占用土地和资源。迦太基的汉诺（Hanno）为在大西洋海岸建立新的迦太基殖民地而进行了一次大规模的探险行动。公元前128年，汉武帝与月支结盟，形成对匈奴的东西夹击，选派了张骞出使西域。公元399年，法显沿着丝绸之路进入印度河谷，并从海路返回。之后的公元629年玄奘再一次来到印度。苏莱曼（Suleyman）一位伟大的阿拉伯商人、探险家，他的《与印度和中国的关系》成书于公元751年，记述了他从波斯湾到印度、苏门答腊岛和中国广东的旅行。西班牙人本杰明（Benjamin）从1160年到1173年游历了欧洲、中东的许多地方，他的目的就是记录他所到之处犹太人群体的各种信息。铁木真（Temujin）是一位不能被忽略的探险者，他及他的后人们足迹遍布中东和欧洲。马可（Marco）一家从欧洲来到中国，为忽必烈服务 17 年，由此"说"出了《世界奇谈》。[①]随后，全球进入了探险的黄金时代，其代表人物众多，这里不赘述。

从这些历史珍藏的画面中，我们发现虽然各个探险者的动机、目的均不相同，但有一点，他们开创了人类的交流之路，他们的足迹遍及天涯，他们的思想对后世产生了重大影响。直接的影响是在他们的带动下，全球开始了新一轮的探险活动。在后续的，尤其是探险的黄金时期，探险者的目的更加凸现着对异地资源的占有欲。早期的这些探险者虽然不是集团式的，大多为个体或集体行为，他们起初对社会产生的作用可能微乎其微，但是他们的探险活动首先克服了地理屏障，打破了一统天下的地域狭隘偏见，使人类开始了漫长而艰辛的文化交流史，为人类拓展了视野，使文明成果得以为全人类共享。

在中国历史上，继张骞、班超、法显、玄奘等人完成了中西陆上文化交流之后，又一位著名的海上探险者，他就是郑和。郑和七下西洋主要取得了具有深远意义的和平外交；征服了海洋，为人类的航海事业作出了贡献；推动了经济的发展，为明朝的对外经贸作出了突出的贡献，据史料记载，郑和下西洋期间传入中国的物品至少有 11 大类 191 种。还有郑和与西洋各国的交流中，使中国的民俗文化广泛地传播，并融入异域。

在泰国中国民俗文化的遗风仍在沿袭，如舞龙舞

---

① ［美］纳撒尼尔·哈里斯：《图说世界探险史》，济南，山东画报出版社，2006。

狮，剪纸猜谜，吟诗作画，品茶听戏，郑和所到之地六百年后还在演绎中国江南一带的民风民俗。正如泰国的学者所说，郑和下西洋时期，把中国民俗文化融入异域，"导以礼仪，变其夷习"，对与西洋各国跨入文明时代门槛，起到了催生作用。①

郑和之谐音——整合，郑和的确发挥了文化整合的作用，使原本彼此陌生的文化有机地融合在一起，使人类共同的文化成果能够得到共享。在郑和下西洋的过程中，民族体育广泛地向外传播，同时异域的民族体育文化也随着郑和船队的回国而带回国内，郑和第四次远航时，就随船带回18个国家的使节。有统计表明，从郑和船队1405年起航到明成祖时第六次远航结束的1424年为止，明朝共接待了95批各国使节，这些使节必然多多少少给中国带来其本土文化，势必为中华民族体育文化注入新鲜的血液。虽然在目前的研究中，较少该类成果，主要原因是体育活动、军事与社会文化生活融为一体，没有明显的界限。当然，郑和七下西洋主要完成明帝国对西洋的赋予和文明感召，较少向西洋进行索取。实际上，民族体育渗透在人们的生活中，由于体育文化较少政治色彩，不会引发民族意识上的冲突，因此人们在交流过程中很少有人刻意地注意体育是一种文化交流的手段或工具，在平凡和平淡的生活之中体育悄然地进行着最直接、最透彻的文化交流。

这些探险活动中，虽然没有直接与民族体育的交流有关，不过人们逐渐发现各个民族的民族文化中体育活动是一种极其重要的社会文化组成部分，特别是在以体能为主体的社会环境下，民族体育文化更多地伴随着文化、商业、战争得以交流。

---

① 韩胜宝：《郑和之路》，87页，上海，上海科学技术文献出版社，2005。

在人类的交流过程中，方式和方法极其多样，可谓是全方位的，这正是人类本性的使然，即人为社会化程度很高的生物，存在着强烈互动意识和能力，他们会创造、利用各种中介实现互动。人所创造的文化同样具备这种属性。

一般来说，文化初识时，是彼此的吸引和互动，之后才产生相互的攻伐，总体而言，不易出现传入的文化替代本土文化，随着交流的逐步深入，进而出现更深入的交融。

中华文化是一种在相对独立的、封闭的环境中孕育、成长的文明，因此锻造了中华文化固有的特质和方向，成为全球范围内没有文化断裂的文明典型。然而不容置疑的是，文化的发展，特别是文明的进步绝对离不开文化的交流和融合，在此期间，中国历经了与周边文化反复交流和融合，这些持续、不断深入的交流和融合为中华民族文化的繁荣和发展提供了较大的动力。

一、印度文化的作用

印度与中国不仅是地理上的近邻，但拉近两国文化距离的应该是印度的佛教，使两国成为世界上最近邻的"文化邻居"。佛教大约于公元前5、6世纪产生后，在北印度获得了很大的发展，孔雀王朝的阿育王大力推行佛教，实施"大法"统治，使佛教达到了鼎盛，几乎遍及整个次大陆。贵霜王朝之后，印度教兴盛起来，佛教出现衰落，为了寻找生存的空间，佛教开始了种种改革，其中向异域转移是一个途径。佛教大约在贵霜王朝时代，通过丝绸之路传入中国新疆，于两汉之际传入中原，隋唐时期，在统治阶级的提倡和扶持下，佛教达到了在异域的鼎盛阶段，并于此时段，分化出具有中国特色的重要宗派，其中著名的有禅宗、净土宗等，翻译了大量的经典，出现了一批杰出的佛教学者，佛教几乎成为中国的"国教"。在经东晋至元代漫长的1500年的时间里，中国人译经活动据胡适估算约有3000部，15000多卷。试想在同期，如国人能够翻译多么多的自然科学的著作，今天的中国会是一个什么样子。印度的佛教之所以能够在异域有如此大的发展，与印度文化本身的特点有关，也与中华民族文化特征相关。

首先，印度的国民生产、生活方式与中国有极大的相似性，均为定居农耕，以"土地的共同"为中介连接人们，土地是人们生存之本，由此产生的地缘群体的凝聚心理促进着人们对彼此认同，因此构成了两种文化互动的基础。当然，印度人对土地的共同认同还存在着种姓因素的影响，在多数印度村落中，各种姓集团一般都居住在自己的种姓区内，这种小区在印度的北方被称作"陶拉"。

其次，中国和印度在形而上意识上的相近性，这两个国家分别以"梵"和"道"来解释天、地、人的终极问题，通过对终极问题的感悟来掌握物质世界，并以此超越时空，而且，这两者都有不可言喻和不可感知的特性。印度的"梵"是印度教中超自然力量的最高层次，它的基本内容是在我们能够体验的现实世界背后有一个体验不到的、作为世界本原的神秘存在，它是无限的、超越所有的概念，既不能用理智理解也无法用语言描述。中国的"道"也是无法描述的，"道可道，非常道，名可名，非常名。"没有形状，没有上下，没有内外。"绳绳不可名，复归于无物，是谓无庄之状，无物之象，是谓恍惚。"然而，中国的道家学说最终把那个虚无缥缈的终极实在束之高阁，却更多地把精力放在了探索现实中人如何长生不老、享受人生的问题上。

第三，是中印两国文化的根本精神的截然不同所产生的极大吸引力。正如梁漱溟认为的中国文化"是以意欲自为、调和、持中为其根本精神"，而印度文化则"是以意欲反身向后要求为其根本精神"，中国传统文化总的趋向是"人伦中心"，追求的终极状态是人与人的彻底和谐，故而中国人对待宗教的态度十分明确，即不太关心宗教。印度则不然，他们对宗教不论意识上，还是行为上都是极端地重视宗教的作用。如果说印度对待宗教问题上是一极的话，那么中国则是另一极，对立的两极必然产生相互的吸引。中国人也想通过对宗教的了解，甚至掌握，来帮助国家对社会成员实施更加有效的控制，因为仅仅依靠道德的力量，在有些时候的确显得力不从心，佛教的传入在一定程度上发挥了这样的作用。①其中佛教的一种逻辑为"因果妙理"，产生了轮回的观念，相信人死后可以升天，生命是轮回的。死亡是可怕的，但在佛教信仰大力渲染所谓的超生、冥福，让人们把希望寄托于死后与来生的快乐。玄奘在《大唐西域记》中描述印度人的生死观："至于年耆寿耄，死期将至，婴累沉疴，生涯恐极，厌离俗尘，愿弃人间，轻鄙生死，希远世路。于是亲故知友，奏乐饯会，泛舟鼓棹，济殑伽河，中流自溺，谓得升天。"②在中国更追求善有善报，人们必须在现实生活中多行善事，积善成德，以求来生的更大幸福。这种佛教的变异虽然削弱了宗教能够给予人们的酬应，降低了"舍生观念"对人的感召，但是对现实社会却发挥着重要作用，引导着人们重现实、轻来世的意识，有效地弥补了社会的道德、规范等社会控制的不足。

随着佛教文化的传入，伴随之还有其他文化现象。可以这样认为，佛教是印度文化传播的先锋，它打破了封闭的中国国门，随之印度文化鱼贯而入。

---

① 尚会鹏：《印度文化传统研究》，68 页，北京，北京大学出版社，2005。
② 方汉文：《比较文化学》，181 页，桂林，广西师范大学出版社，2003。

从文化发展史的角度来看，自东汉以还，直至南宋，是印度文化传入中国并同中华文化相融合的时期，中间经过了格义、冲突和协调诸阶段，而后有了宋明理学。自元代，尤其是明清之际，西方文化逐步东来，直至清末和"五四"，中华文化又吸收了许多西洋文化，完成了又一次中外文化的融合。[①]

瑜伽就是其中的一种，由于瑜伽的理念与道家的学说、中华民族的养生学说大有异曲同工之妙，对于中国人来说似乎这就是自家的文化产物。瑜伽的主要原理是要求人们通过一定的肢体练习，把个人的思维活动完全引向自身内部，用于控制意念和身体器官，达到内省的目的。这种肢体活动的方式深刻地受到了印度人的思维方式的影响，其思维方式具有超越现实，与客观世界疏远，强调普遍性，把个别的、主观的和主体的都归于普遍性之中的倾向。

瑜伽现量（或定心现量）。瑜伽指意识极其宁静而与真理契合的状态。瑜伽修行者通过长期明心见性的修习并结合与道理相应的事物，在意识上反复显现，达至极为纯熟的功夫，就会生起对于实相或真理的直观的实证，这时真理明白地显现在意识中，无异于直接而纯粹的感性知觉，因而也是一种现量。但这种现量显然并不是常人的天赋能力，一般人必须经过长期的瑜伽修习才

---

① 向仍旦：《中国古代文化史论》，77 页，北京，北京大学出版社，1989。

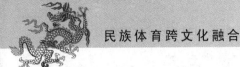
能达到。①

也就是说，瑜伽所追求的不仅是身体上对自身的超越，更是对印度人思维方式的一种践行方式，在具体的实践过程中人们可以逐步地实现超自然，达到常人难以做到的事情，例如我们看到的超常的柔软肢体，低迷的生理代谢，近乎梦境的状态。由此充分发挥了感性认识的真实性，实现了完成认识真理、亲近神明的冥想状态。在这种状态下，人们将有限的精力有效地保留和积累起来。与西方的体育活动不同，东方人认为生命在于静养，这是有一定道理的，为了能够有效地提高人的工作效率，就必须做到劳逸结合，在安逸的时刻应将人的精力和体力尽可能地恢复和保存，较低的新陈代谢防止了无意义的精力耗散，长此以往自然会收到益寿延年的效果，这与中国的养生之道存在着必然的联系。同时，东方人认为人的精力和体力是一种资本，不可轻易地浪费，更不能轻易地伤害。因此，瑜伽理念和活动就比较容易地为国人所接受，它对中华民族体育的影响主要是起到一个旁证的作用，使国人看到异域文化也同样这样认识事物，使养生理论得到强化，所以说中华民族体育中的养生术更加的理直气壮。郝勤对此认为：

---

① 欧东明：《印度后期瑜伽行派的现量观》，载《南亚研究季刊》，2005（4），67页。现量观属于印度古代（尤其是古印度佛教）知识论和逻辑学的领域。关于"现量"一词，许多人简单地将它的含义对应于西方的"感性认识"一词。但实际上，量在包含了"感性认识"的同时，还要比感性认识的含义宽广得多。从字面讲，现量意指当下直接、原本而无隔膜（无间）的直观行为。人们基本上公认，印度思想的一大特征，是其返观内照、探幽揽玄的直觉。可以说，印度佛教的现量学说既体现了也促成了印度思想的这一特质。印度后期瑜伽行派的现量理论属于印度佛教中较为成熟的认识和逻辑学说。

隋唐时期，出现了以"天竺"、"婆罗门"为名的一些导引术，表明了导引术与古印度瑜伽术在某种程度上的结合。但细究这些功法，除了个别以外，大多是中国传统的导引术势，只是冠以外国或佛教名称而已。

天竺国按摩法是我国古代典籍中首次出现的以古印度为名的导引法。该法出自唐代孙思邈《备急千金要方·按摩法》，共十八势，注明"此是婆罗门法"。唐代是中印两大文明古国交流频繁的时代。这一时期，佛教密宗传入中国，当时已在印度流传的以重视身体练习为特色的哈塔瑜伽的一些方法亦随之传入。这类古印度修炼术与汉地佛教教旨不合，并未在汉地佛教中产生影响，但其中一些与导引术类同的动作与功法被吸收入导引术则是可能的。①

佛教不仅影响着整个中国人的精神意识，还影响着中国人的生活，其中佛教在中国的一个重要分支——禅宗对中华民族体育的影响也比较突出，少林武术就是在禅宗思想的影响形成了自身的特色。

武术作为战争的技术性总结，本身脱胎于血腥和仇恶，蕴含着杀戮和暴力，任其自由地滋生，必然产生难以估量的后果，历代统治者不是使用收缴天下之兵，就是民间禁武，其目的便是通过强硬的手段控制这一残酷手段的流传和扩布，以求约束之、规范之，避免社会动荡。可是效果往往不尽如人意，每每出现民间的秘密结社，民众的习武之风不减，民众揭竿而起，武术发展势不可挡。统治者这时候想到了大禹治水，因而采取了疏导之法，

---

① 周伟良：《中华民族传统体育概论高级教程》，157 页，北京，高等教育出版社，2003。

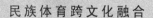

借助禅宗这一力量共同对武术加以控制。自然科学的大师们如普朗克（Max Karl Ernst Ludwig Planck）认为："宗教是行动的准绳"，是"衡量事物价值的尺度"；爱因斯坦（Albert Einstein）也认为：只要把宗教中的上帝和神灵去掉之后，宗教"所留下来的就是培养道德行为的最重要的源泉"，将"普遍的道德观念同宗教结合起来"是人类最初的精神力量的来源。[①]可见宗教与道德共同直指人心，作用于人的精神，对文化亚系统中的思想意识进行影响，以此左右人们的行为。

韩雪在《中州武术文化研究》中论述到：

> 作为禅宗祖庭的少林寺，其在历史和现实中，所占地位不同寻常，少林武术就产生于禅宗祖庭的少林寺中，并成为修禅的一种表现形式。显然，从它的孕育诞生到发展成熟，以及其内容、形式、修炼方式等诸多方面，无一不与禅宗有着密切关系。佛武结合，禅拳合一成为少林武术也是中原武术文化最独特的品格。[②]

关于少林武术产生于禅宗祖庭的少林寺之说，尚有待于进一步探索，然而少林武术是中原武术的重要部分，它在少林寺，特别是在禅宗思想的影响下发生特化则不容否认。实质上，少林武术在少林寺得到了集成和发展，它顺应了社会的需要，在宗教的庇护之下得以生存，少林寺成为中原武术的集散地。少林武术的确在禅宗的影响下产生了较多的变革，使其与其他武术形式有所区别，成为武术被和平利用和开发的典范。试看少林武术被禅宗洗礼之后的种种变化：

---

① 赖永海：《宗教学概论》，320页，南京，南京大学出版社，2004。

② 韩雪：《中州武术文化研究》，载《体育科学》，2006（8），86页。

首先，与所有的武术内容一样，少林武术也追求内外兼修，而少林武术较其他武术形式更具备一个强有力的约束来自参禅悟性，同时，肢体活动的形式又成为参禅的一种具有中华特色的创新之法。少林武术的"心"论与禅宗中"不动心"是融为一体的。《少林绝技》中言：欲学技击，先学不动心。欲学技击，必须破生死观。保持沉着冷静的心态，即"不动心"，是取胜的根本，也是一个武技高超之人所具备的首要条件和最基本的素质。这里所说的"不动心"正是禅宗的根本。六祖慧能说："外离相曰禅，内不乱曰定"。禅宗无法改变武术的原本属性，只能通过这种方法因势利导，目的是以求达到平静其野性，归附其佛心。少林武术通过"养气"、"炼气"已达到禅学中的"见性"，这是一种方法，一种手段，目的依然是使人静心，并不断地完善自身道德水准的过程，有"养气不离性，练气不离命。欲要养气修命，需使心意不动"之说。

其次，少林武术的武德中渗透着深厚的佛家思想。佛家要求以慈悲为怀，忍耐和宽容是佛门必须遵守的戒规，认为"忍之为德，持戒苦行所不能及"，要求"法门法者，怒不报怒、骂不报骂、打不报打"，"亦当忍于利、衰、毁、誉、称、讥、苦、乐等法"。少林武术作为佛家日常生活的一个法门，在这样一个大环境下，自然非常注重武德的修养，"习武先挨打，笑脸迎人欺，良师倡高德，苦恒出高手"成为少林弟子的座右铭。同时，戒约里强调以道德的好坏作为择徒传授武艺或不传授的重要标准。被强化和放大了的具备佛家思想特色的武德、戒律、戒约与中华传统文化相吻合，这些思想发挥着较好地改变尚武好勇习武僧侣的意识和行为的作用。同时，少林武术在各种形式上借鉴、采用了与佛教、禅宗相关的形和名，如禅杖、齐眉棍等兵器；少林罗汉拳、少林夜叉铁砂掌、一至十路金刚拳等套路；"童子拜佛"、"金佛护心"、"观音掌"等动作。①这些形式极大地烘托着禅宗，促进了其作用力的发挥，也增强了少林武术的特色。

但是最终，少林武术也没有完全摆脱其原本的战争属性，依然被统治者用来进行战争，如明、清代的抗倭，少林僧兵屡建奇功。不过人们可以看到，少林武术在禅宗的影响下，为武术的多元发展提供了很好的历练机会，使武术能够拓展为养生、修身的一种有效手段，特别是能够通过习武达到中华民族文化追求的修身、养性之目的和境界，也为武术的生存空间拓展奠定了基础，使武术在社会生活中、在和平年代依然光芒放射。

二、欧亚文化的作用

古希腊文化对欧洲产生了极其重大的影响，也对整个世界的文化产生了震动，当然对中国的影响也是不容忽视的。在古希腊众多文化特质中，存在着较多的、影响作用力强大的因素，我们就其中的几个因素进行分析。

第一，古希腊的逻各斯引发的思维倾向。在古希腊，赫拉克利特（Heraclitus）提出了逻各斯的概念，他认为人类应当自觉地研究正确思想的科学，具有思想的能力，思想的正确与否，是由逻各斯来判断的，从那时开始，逻各斯成为古希腊思想的核心观念之一。逻各斯源于数学和几何学研究成果，它是一种从具体、一般演绎到抽象，由此成为一种思想工具，在这种工具的铺垫下，西方的民族体育向非实用方向发展也有了其根本的依据。逻各斯后期发展为逻辑，柏拉图（Plato）、亚里士多德（Aristotle）的逻辑都是在此基础上成熟起来的。这种逻辑体系有一种观念，即没有差异的观念，因为从亚里士多德到康德，其理论中基

① 韩雪：《中州武术文化研究》，载《体育科学》，2006（8），86~95 页。

本上是没有辩证观念的逻辑体系。[①]而事实上事物本身具有统一性且有差异性，因此，逻辑作为思想方法应该可以反映事物的特性，反映思维与存在的对立统一，然而西方逻辑中的这种缺憾始终影响西方文化的发展。在这种没有差异的逻辑观念下，如何引发了西方民族体育在竞赛过程中对固有差异的认可，的确是一个问题。也许是由于他们本来就认为人与人之间是没有差异的，竞赛仅仅是给予所有人一个机会，所有人可以同台竞技，以求说明自己与别人没有差异。但是现实是残酷的，差异被明显地昭示出来。实在是无奈，不经意中证明了事物的差异，因此，随后的西方民族体育发现人类存在差异后，便不再以这种差异来衡量和决定人的命运，体育开始向非实用方向发展。

另外，秉承古希腊的逻辑思想的西方逻辑体系，表现出了人类对于自身理性的认识能力，没有理性思维就没有人类进步，这是一个不容置疑的事实。我们在第一章中谈到，人类的理性思想作用强大，它是推动社会进步的重要力量，但是它需要非理性的启动、维持和反馈，尤其是在体育运动中，非理性的作用就更加明显。如果体育运动中，时时处处均以理性左右，那么很多肢体活动就不可能发展成熟为体育，只有在非理性的启动之下，经过理性的精炼和提升，肢体活动逐步发展成为自成体系的文化。在这个过程中，西方的逻辑体系发挥了巨大作用。如果说西方体育当各个族群、民族、城邦、国家分散、混沌状态下的民族体育是一种非理性激发的肢体活动的话，那么历经理性思维方式和方法指导的民族体育，则逐渐形成了理性化程度较高，或科学化程度较高的西方体育体系。人们现在可以看到西方体育学科体系完整，技术体系全面，从现代科学的眼光看西方体育较东方的民族体育更加具有理性的成分。具备了较高理性成分的文化，则会更

---

① 方汉文：《比较文化学》，177 页，桂林，广西师范大学出版社，2003。

加容易地被理性所引导，为理性所左右。这种情况一则利于文化的有序发展，二则容易排斥非理性的作用，对人类的本能能力的发挥却起着制约作用。这一点我们可以从目前的西方体育中发现，人们动用一切可以动用的力量不断地挖掘人类的潜能，致使体育运动发生异化，成为科技的试验品，因而对人性是一种忽视和诋毁。

第二，古希腊人的体育教育体系。一种文化最重要的特征在于它的教育，在教育中，相当重要的又是它的启蒙或初级教育。在古希腊文化中，教育成为人们关注的焦点，因为在古希腊的各个城邦中，教育虽然表现为不同的形式，但他们具有一个共同的特征，就是体育在教育中的重要地位。正如柏拉图提出的教育方针："用音乐陶冶情操，用体操锻炼身体。"斯巴达人的教育几乎是完全的体育教育，雅典人虽然注重人的全面发展，依然将体育放在极其重要的位置上。古希腊至少有150个城邦，各个城邦的人都把该进入学校的学生纳入到基础教育的行列中，接受毅力、体力、技能、知识的培养和锻炼，他们学习的内容多为体育运动，甚至连歌曲都按照柏拉图所推崇的选择了具有"肃杀"韵味的多利阿音乐，这种氛围营造了古希腊人尚武的意识和竞争的精神。

在古希腊社会，体育学校有一个非凡的命运。从一个起初是进行体育活动的地方——古希腊人每天到此锻炼和训练——变成一个智力活动的中心，一个可以和当今高等学府相比拟的核心。像柏拉图、亚里士多德、第欧根尼（Diogène）、安蒂斯泰纳（Antisthène）这样的思想家主要以大型的体育学校为基础，建立了他们的学校，它们分别被叫做学园（Académie）、吕克昂（Lycée）、克拉乃昂（Cranéion）、吉诺萨格斯（Cynosarges）……有这种演变，部分地因为在古希腊，体育是一种真正的教育系统：与它在诸如埃及这样的古代其他地方受到重视的方式相比，体育在古希腊具有其独特性。换句话说，它不只是一种为竞赛而进行的训练，而且还是一种日常的练习。同时又是形体发展的一种手段。①

从中我们看出，古希腊人的教育中，体育被放在前列，随之出现借助体育而产生的思想、知识等心灵教育的内容或形式。在古代中国则是"六艺"中的"礼、乐"为基础，随之才是"射、御"和"书、数"。这不仅是一个思维方式上的不同，而是一种决定文化走向的根本前提。重视身体运动的发展，与重视礼教的构建，充分说明两种文化的基础不同，在古希腊存在着诸多的城邦，对于资源的需求，城邦之间的冲突必然存在。因此，出现了下面的情况：

> "在克里特，当那些好战的城市——特别是克诺索斯——被征服后，这些城市的风俗习惯便由吕克托斯、戈提那和一些小城镇的居民而不是克诺索斯人所继承。"这句话给我们提供了不少历史信息。可见，那些有名的城市也为自己的辉煌付出了代价。②

另外，在人们的日常生活中，尤其是在成年仪式，或在其他

---

① ［法］克琳娜·库蕾：《古希腊的交流》，59 页，桂林，广西师范大学出版社，2005。

② ［英］简·艾伦·赫丽生：《古希腊宗教的社会起源》，3 页，桂林，广西师范大学出版社，2004。

仪式上一个人的肢体能力的健全与否决定着他的社会地位和生存价值，因为有肢体活动能力的人被认为是人类中无差异人的基本素质。当然存在自由民和奴隶之别，当自由民一旦失去了肢体活动能力，它的差异就表现出来，有了差异就可以以此决定其命运。"一个人在失去舞蹈能力后便成为社会上无足轻重的人。"即使是舞蹈这样一种不能为城邦生存和发展贡献力量的活动内容，也能决定一个人的命运，可想而知当时的社会氛围是一种何等尚武的文化。因此，丹纳在其《艺术哲学》中就这样描述：

> 在荷马的诗歌中，我们已经见到英雄们的角斗，掷铁饼，赛跑，赛车；运动不高明的人被视为"商人"，贱民，"坐在货船上只想赚钱和囤积"。
>
> ……斯巴达人一律不准经营商业，工业，出售土地，增加收入；他们应该全心全意地当兵。
>
> 一个民族在政治上军事上领先之后，造成他优势的制度就多多少少被邻居模仿。希腊人逐步采取斯巴达人的，更广泛的是多利阿人的风俗、体制、艺术方面的特色，采用多利阿调式的音乐，卓越的合唱诗，好几种舞蹈形式，建筑的风格，更简单而威武的服装，更严格的军队组织，运动员改为完全裸体，体育锻炼定成为一种制度。①

第三，古希腊人的体育竞争。在古希腊，人们一展身手的活动场所为人们高度关注，各个族群、民族的竞技会成为人们体育竞赛的主要形式。

---

① ［法］丹纳：《艺术哲学》，380~406 页，合肥，安徽文艺出版社，1991。

泛希腊节日把全体希腊人集合在大型圣殿周围，其中最著名的就是竞技会，共有 4 个：在奥林匹亚圣殿周围举行的奥林匹亚竞技会；在特尔斐巴那斯山脚下举行的特尔斐竞技会；在纳米恩山谷举行的纳米恩竞技会；最后是在科林斯地峡举行的地峡竞技会。前两个竞技会每 4 年举行一次，后两个每 2 年举行一次。[1]

他们的竞争不是追求金钱，而是荣誉，这与无差异的逻辑思维存在一定的关系。

尽管希腊人不是第一个开展游戏和运动的民族，他们却最先把运动的地位提升到严肃的竞争，从各个城邦中选出代表进行比赛。实际上，"运动员"这个词就是来自于希腊语中的"athlos"——竞赛。对希腊人来说，运动技巧是与军事上的机敏和竞争精神联系在一起的。希腊人的竞争精神如此剧烈，以致根本没必要设立奖品他们就会拼尽全力去争取胜利。最重要的奥林匹克运动会授予优胜者的除了获胜的荣誉外，便只是一个橄榄花冠了。[2]

体育被推崇到这样一个高度后，自然成为社会生活中的重要环节，凡事都要使用体育的手段来完成任务。古希腊人心目之中，众神聚集在奥林匹斯山上，这些神维持着世间的秩序，他们

---

① ［法］克琳娜·库蕾：《古希腊的交流》，155 页，桂林，广西师范大学出版社，2005。

② ［美］戴尔·布朗：《希腊：庙宇、陵墓和珍宝》，91 页，北京，华夏出版社，2002。

具有人格的属性，平日里在山巅宴饮作乐，不时来到山下，参与人间事务，有时也会因为人事之争产生分歧，引起争斗。于是，古希腊人认为人们只有同这些神建立恰当的、和谐的关系才能有利于生存，因此祭祀神明逐渐成为古希腊人的重要生活内容。然而古希腊人对神明的祭祀却是没有多少"恐惧"的调皮式的"献媚"，他们使用盛大而庄重的仪式隆重地进行祭祀，以表达人对神明的重视，用世间最有智慧的人体，以最能体现力量的各种肢体活动表达对神明的崇敬和感激。①这些内容和形式人们依然可以在现代奥林匹克运动会上见到其变形的形式。这种对神明的心态，以及祭祀的形式强烈地影响古希腊人的体育运动的开展，使之成为人们生活中的重要组成构件，以至于影响到今世。在这个方面，宗教对社会文化的影响也昭然明了了。

古希腊的文化对亚洲的影响主要是亚历山大的扩张战争所带动起来的，这位亚里士多德的弟子，虽然没有在哲学界发挥巨大的作用，但是他将其哲学的智慧与政治界进行了充分地结合，以哲学的理性的力量，以及非理性的体育竞争力量建立泛希腊帝国，罗素（Bertrand Russell）就此说："要不是他，整个希腊文明的传统很可能会早已经消灭了。"这种渗透到亚洲的体育意识或思想，对后期的西方体育得以迅速点燃燎原之火至关重要，因为它是一颗西方竞技体育的种子，在春风化雨之时萌发、生长、成熟。

古希腊对体格的重视，将审美与伦理融合于体育也是他们能够将其民族体育发展壮大的一个极其重要的因素。古希腊人认为好的身体与好的灵魂是必然相关联的，均衡与谐和既是他们所要求的唯一目的，"美的灵魂寓于美的身体之中"。柏拉图对此的态度十分明确，身体与灵魂是整个东西的两方面，不可一面出现

---

① 李力研：《野蛮的文明》，78 页，北京，中国社会出版社，1998。

瑕疵，如果出现这样的情况，整个东西便不可避免地失去了美。柏拉图说："善就是灵魂之强健的、美的及好的习惯；而恶就是灵魂之病态的缺陷的及不好的习惯。"人自然要寻觅善而避免恶，正如寻觅健康而避免疾病一样。这些通俗的道理在古希腊得到树立，并使之成为人们生活的一种态度，一种生活价值。此刻的体育运动与人类的真、善、美完全地结合起来，使古希腊的体育拥有了丰富的审美和伦理含量，有效地避免了单一的、低含量文化存在易于被时代淘汰的弊端。因此，古希腊的民族体育活动、竞技会充满着审美和伦理的色彩，歌舞表演、文学艺术、思想论坛无一不与体育融合为一体，形成该民族的共同的社会生活的主体内容，对神圣的壮美追求，对表现其中的真善美的伦理向往成为支配希腊民族体育的支柱。狄金森在他的专著中这样赞美：

> ……在这种颤抖的美的天空中，最可爱的自然围以最美丽的艺术，照耀出它自身为一种完全的形式——裸体青年们之谐和动作的优美。因为在希腊的竞戏中，有裸体的实习，所以这种竞赛的本身就变成艺术作品了。不仅当时的雕刻家从这种竞赛中得到为后人所不能了解的灵魂，并且人体形式的美与竞赛者自身及旁观的人的印象，比竞赛的勇武还要强得多，而体育变成了审美的训练，正如完全体格的训练一样，或者比完全体格的训练还要加甚。①

如果说在古希腊时期的体育还具备一定理性色彩的话，那么

---

① ［英］狄金森：《希腊的生活观》，112 页，上海，华东师范大学出版社，2006。

发展到罗马时期，体育已经部分放弃了理性，或无视理性，更多地追求一种非理性的肢体活动，用来满足人们欲望。首先看一看引导罗马人的伦理与欢娱观的哲学思想，其中最为引人注目的是伊壁鸠鲁（Epicure），它将欢乐分为三大类，第一类是自然欢乐，这种欢乐接近于自然，是人们生活中必不可少的部分，也可以说是欢乐的根本，它满足人们的需要，为人们带来幸福。自然的娱乐是人的各种基本、正当的需要得到满足后的一种积极的心理体验。第二类是非自然的欢乐，该类欢乐唆使、促动人们开动脑筋，变着花样寻找欢乐。这类娱乐主要是满足人求异的需求，也是社会发展过程中必然产生的一种需要，民族体育中的新兴项目的开发与此存在着直接的关联，在古罗马人与人的角斗不能满足人的感官刺激后，人们发明了与熊、狮子角斗的内容便是一个明证。第三种欢乐是既非自然欢乐，亦非必然欢乐，而是人们的贪心。这类娱乐是人类极端的贪欲导致的结果，它易使人误入歧途，是人们应该警觉的，然而人们往往倾心于此，因此有许多原本积极、健康的娱乐内容被笼罩上了消极、庸俗的色彩。当时古罗马百姓文化素养并不高，伊壁鸠鲁的道德观念被误视为上帝的教诲，竟和庸俗的欢娱混为一谈，他们坚持认为"欢乐即财富"。同时，还有部分人有意假借伊壁鸠鲁的论点作为他们过度、庸俗欢乐追求的辩护词："欢乐是幸福的开始，也是幸福的终结。有了欢乐，我们才真正认识到了我们与生俱来的天性。我们对欢乐既恨又爱。我们拥有欢乐，我们要用感情这把尺子衡量财富。"[①]这与古希腊人所倡导的"节制、中庸、秩序、谐和"思想，以及自我实现不是一种混乱的情感，是在均衡心灵严格管理

---

① ［法］让－诺埃尔·罗伯特：《古罗马人的欢娱》，5 页，桂林，广西师范大学出版社，2005。

下之自然机能的渐进进化思想大相径庭。[①]被误解的欢乐观大行其道，使罗马人的欢娱生活态度、生活方式急剧膨胀，难以被抑制，罗马当局曾多次通过各种措施遏制欢娱，但是均以失败而告终。罗马帝国的强大，经济的昌盛，以及宏大众多的建筑、公共浴池、大剧院、圆形剧场、竞技场强烈地催生着城市悠闲阶层，催化着欢娱。

在古罗马人的欢娱生活中，最值得一提的是竞技场的场面。

祭祀的队伍进入竞技场绕场一周，看台上欢呼声掌声响成一片。祭祀仪式结束后，竞技表演开始。传令官穿大红长内衣，骑马绕场奔波，宣布比赛项目。首先开始的是战车赛，优胜者获棕榈奖。场上争夺异常激烈，观众的呐喊声此起彼伏。有的观众为自己喜欢的战车鼓劲加油，有的观众则大骂车夫车技拙劣。每个人都想为自己押的赌注捏把冷汗。比赛结束了，有人欢乐有人愁，输者一无所有，晕倒在地，赢者眨眼暴富，也因为高兴而晕了过去！西里乌斯·伊塔利库斯说，场上观众的反应犹如"波涛汹涌的大海的咆哮"。比赛还没有完全结束，有人就按捺不住了，呼喊即将开始的下一场比赛。有时比赛很多，一天里就有 25 场。在竞技场上连续呆十四五个小时的观众大有人在。他们兴趣广泛，不光喜欢各种各样的竞赛，还青睐惊险刺激的马技表演。马技表演者也会调观众的胃口，他们矗立马背，拉着两匹奔跑骏马的缰绳，不断在两匹马背上来回蹿跃。竞技场也是摔跤表演场。奥古斯都不让妇女观看摔跤表演，

---

① ［英］狄金森：《希腊的生活观》，121 页，上海，华东师范大学出版社，2006。

原因是表演者在比赛时身上要擦油脂，滋润肌肤，还要擦腊，堵塞毛孔，减少出汗，然后身上沾满火山灰或者尼罗河沙，遮蔽裸体，但仍然有肌肤裸露。为了比赛，皇帝有时也亲自率领步兵和骑兵上阵，人唤马嘶，战斗异常惨烈。此外还有大象表演，大象要把60名勇士托上古塔。这样精彩的表演，谁都不想错过。表演要持续数天，有人为了占位子，索性就不回家，在竞技场过夜！①

可以这样说，追求欢娱渗透到了古罗马人的每一根神经中，他们的生活时时处处追逐着欢娱，从皇帝到百姓，欢娱成为社会的时尚和风俗。罗马人的欢娱体育形式，使体育的游戏特质得到了极大的张扬，也为体育娱乐成分的完善做出了积极的贡献，在一定程度上推动了体育的发展，孕育了西方民族体育强大的娱乐基因。人类对娱乐的追求是永恒的，它可以成为一个适宜的动机，不断地激励人们发展体育文化。不过这种过激的欢娱导致了古希腊纯洁体育发生变异，体育对人的健康、竞技的作用被忽视，反而非理性地提升感官刺激，引发一系列畸形体育，比如在圆形剧场中进行的角斗。

古罗马的这种民族体育内容和形式随着罗马帝国的建立和扩张得到了极大的推动和发展，从地域角度看，类似的体育活动已经跨越了罗马帝国的疆域。当时，罗马帝国向东方的挺进主要有三条道路，一条是由波斯人控制和开辟的，第二条是罗马帝国南部的宝石之路，另一条则是经过高加索地区的北方之路。虽然这些道路没有一条是畅通无阻的，但是从来没有阻止过人们彼此渴

---

① ［法］让－诺埃尔·罗伯特：《古罗马人的欢娱》，78页，桂林，广西师范大学出版社，2005。

望占有对方资源的欲望，特别是在强大帝国的时代。古罗马人在扩张的过程中，每到一处都会留下相应的痕迹，其中能够留下活生生的人是最有价值的文化载体。骊靬人今居住在甘肃省永昌，据称在公元前 36 年，两位在中亚战胜了匈奴人的中国将军囚禁了 145 名外国雇佣兵就是目前骊靬人的老祖宗。另一说为 H．杜布斯的推测，这些人可能是公元前 53 年克拉苏在卡雷战败时被帕提亚人俘虏的罗马军团士兵。他们被押解到某地后可能又被转手卖出去，以至到了 6000 多公里以外帮助匈奴人与中国人作战。[①]这些人的生活方式必然会对他们居住地的人们产生一定影响。除此之外，还有许多其他文化形态被遗留下来，这些文化或存在于当地的文化之中，或者顽强地独立地存活着。古罗马的文化，特别是民族体育文化是一种充满着强烈感官刺激的竞争，在娱乐形式面纱之后深刻地反映出古罗马人强悍的征服意识，当时的地中海被罗马人称之为他们的"洗脚盆"，可见其胃口之大。在这个过程中，体育所赋予罗马人娱乐的同时，更多的是将竞争的意识和性格深深地印刻在他们的民族文化中。在向东方扩张行程中，这些意识也无意间流落当地。随着交流的程度拓展，留下的痕迹也会逐渐积累，对异质文化的移情程度也随之提升。"移情"是跨文化交流的基础。[②]所谓移情就是将自己置身于异质文化中感受其文化。通过交流，人们逐渐会发现，文化的共享对人类是多么的重要，通俗地讲就是优势互补，对于生活态度严谨的东方人来说，这种极具欢娱的体育形式，无疑是一种强刺激，这种刺激对日后的中国西北地区大多数的族群、民族来说具有一定

---

① ［法］让－诺埃尔·罗伯特：《从罗马到中国》，148 页，桂林，广西师范大学出版社，2005。

② ［美］拉里·A．萨默瓦，理查德·E．波特：《跨文化传播》，61 页，北京，中国人民大学出版社，2004。

的影响，而这些民族能歌善舞、强悍豪放，应该可以反证这是在古代的东西文化交流中古罗马文化必然影响的印痕。

古希腊、古罗马文化在经历了极大的辉煌之后，一时间出现了衰败，恰好正值阿拉伯文明的崛起，使这些文化得以传承。其中有一个文化现象值得重视，那就是阿拉伯人近两个世纪的翻译运动，在这次翻译运动中，柏拉图、亚里士多德的哲学著作，希波克拉底、盖仑的医学著作，欧几里德、阿基米德、托勒密等人的数学和天文学著作，以及印度的数学和天文学论著均被翻译成阿拉伯文。他们在吸收、消化、发明、创造的基础上，又将其贡献给人类。古希腊、古罗马的文化遗产在中世纪的西方已经是渐灭殆尽，赖以阿拉伯文将其保留，并在中世纪后期又翻译成拉丁文等西方语言重新回到欧洲。①由于阿拉伯帝国地处欧、亚、非三洲的要冲，是东西交通的枢纽，又因为阿拉伯人酷爱游学和擅长经商，因此，阿拉伯人对沟通东西文化发挥了特殊的重要作用。

阿拉伯人与中国的交流可谓源远流长，强盛的阿拔斯王朝与中国关系密切，公元750年—公元800年曾经有15位阿拉伯使节被派往中国。唐至德二年（公元757年）正月，大食应唐之邀，派兵随着拔汗那和安西军队，开入中国边境，帮助唐朝平定安史之乱，在军事上助了唐朝一臂之力。两大帝国之间的频繁交流，促进了人口的迁徙，进入中国的阿拉伯人众多，随着他们的到来清新的异质文化也悄然飘荡在中国大地。如史学界普遍认同的唐高宗永徽二年（公元651年）阿拉伯第三任正统哈里发奥斯曼正式遣使长安，为伊斯兰教传入中国的开始，伊斯兰教便对中国的文化产生重大影响，目前中国信奉伊斯兰教的民族有十余

---

① 彭树智：《阿拉伯国家简史》，149 页，北京，高等教育出版社，2002。

个。① 在诸多文化的交流中，古罗马强悍的、极端的欢娱体育经过阿拉伯人理性、含蓄的过滤后，使西方的民族体育柔和地影响着东方。比如从阿拉伯传入中国的"双陆"游戏，是一种类似象棋的文静的体育文化，当时在唐代十分受人喜爱，至今新疆地区人们喜欢下棋可能也与此有关。这种活动柔化着古罗马体育，发挥柔化作用最重要的因素应该是穆斯林的生活方式，伊斯兰教徒们进行的礼拜活动中，蕴含着的具有保健养生作用的肢体活动的内容，以及在他们的生活方式中良好的卫生习俗都是一种十分珍贵的资源，对中国养生术无疑是一个启发和借鉴。在中国的气功中的动功的发展过程中，不能排除这方面的影响，正是动功的发展使保健气功的功法走向了全面，有效地避免了因为静功引起的肢体活动能力下降的弊端。

在中国信奉伊斯兰教的民众对中国武术的传播发挥了极大的作用，这估计是与他们的游学、迁徙有一定关系。与他们相比，中原地域的汉族倾向于安于井里，而回族人则为了生存，在浓厚经商意识的驱动下周游各地，通过对中华文化的学习，吸取了中华民族体育的精华，并不断创新，将武术中的内容进行改造，形成一系列具有回族民族文化特色的武术形式。由于中原与阿拉伯人的友好关系，为对抗匈奴从阿拉伯引进的优良马匹对中国军事战争的作用非同小可。据档册记载，在唐朝阿拉伯到长安进献马匹的次数多达七次。② 在中国内地的周边地区进行的小规模的交易早已成为普遍现象，这些交流促进着中国西部地区马上项目的快速发展。另外，与阿拉伯人的交流中还进一步促进了刀在骑兵中的作用，以至于使剑逐步退出军事领域。阿拉伯人制造的腰刀

---

① 彭树智：《阿拉伯国家简史》，153 页，北京，高等教育出版社，2002。
② 沈福伟：《中国与西亚、非洲文化交流志》，270 页，上海，上海人民出版社，1998。

十分精美，由于刀形如月故其刀法比较适合于骑兵使用。

唐代荆南兵马使赵公有大食刀，诗人杜甫为之作《荆南兵马使太常卿赵公大食刀歌》："太常楼船声嗷嘈，问兵刮寇趋下牢。牧出令奔飞百艘，猛蛟突兽纷腾逃。白帝寒城驻锦袍，玄冬示我胡国刀……"大食宝刀在中国享受很高的声誉，历宋、元不衰，到明代因日本刀大量进口，才让位于日本刀。公元 1327 年，伊儿汗不赛因向北京馈赠的礼物中有西马、佩刀和珠宝，这种佩刀，也就是著名的叙利亚钢刀。正德十三年（公元 1518 年）麦加王写亦把剌克向明廷赠送的礼物中，有一种名为鱼牙刀的宝刀。[①]

这种刀的制作是在吸取了中国炼铁、制钢技术基础上进行的进一步革新的结果。当时查比尔在《物性汇览》中列举了阿拉伯人借鉴的中国技艺，其中就有炼铁为钢的各种方法，炒铁、灌钢等先进技术已为阿拉伯所传扬。在他们掌握的西方技术的帮助下，很快将该技术进行融合，制造出更为先进的刀具。他们的这种擅长流传至中国后，至今依然保留在某些民族中，如保安族的腰刀制作技艺就比较突出，持这种刀具演练的武术套路自然具有其自身特点。

回族民众开发的木球运动，其木球运行路线曲折，变化多端，使人难以琢磨和把握，而不像其他球类活动球的运行完全可以由人支配，这是阿拉伯文化历经周折发展壮大，以及离开本土来到异国他乡的穆斯林生活相对坎坷历经的形象而鲜明写照。任

---

① 沈福伟：《中国与西亚、非洲文化交流志》，293 页，上海，上海人民出版社，1998。

何文化现象都遵循具体文化，突出、形象地反映母体文化基因表象特征之规律。同时，任何文化传播异地之后必然与当地文化进行融合，在当地社会环境的影响下，形成一种新型的文化形式，表现出新的文化特质。在这方面，民族体育的融合总是要比其他文化形式活跃，主要表现在融合的速度上的快捷和扩布程度上的广泛。

三、日本文化的影响

在周边文化中，日本文化主要源于中国，所以日本文化与中国文化存在着极其密切的同质同构的文化特性，相互之间的作用似乎不甚强大。世间万物都具备异质相吸、同质相斥的倾向，文化也不例外。中日文化的高度相似性，在交流中引发的种种变化必然不易引起人们的注意。然而，日本文化对中国的影响却是深远的。

大约在唐朝时期，日本人十分积极、主动地向周边的国家学习，其主要对象是中国，从文字到首都的建筑格局都是中国的模式，之后他们又向其他国家学习，后期在"脱亚入欧"思潮的左右下，他们开始了学习欧洲先进科学技术的历程，这一切奠定了日本的"杂交"文化，最终使其逐步独立，形成有自身特色的文化。在这些特质文化中，表现最为突出的是武士道。

武士道的形成主要受到了佛教、神道的强烈影响，特别是神道，它给武士道塑造了两项十分重要的、压倒一切的特质，这就是爱国热情和忠心。还有一个道德规范的影响来自于中国孔子的儒家学说，儒家学说的传入使日本自身的伦理秩序得到了固定和规范。武士们在这些因素的制约下，逐步形成了尚武守道的意识。作为武士，首要的是重"义"。何谓"义"？著名武士小林子平曾把"义"定义为："义不同于勇，义即决心，道理既晓，付诸行动，顽强不屈，当死时，必敢于死，当征讨时，必敢于征讨。"另一位武士真木和泉则将"义"的概念陈述为："义乃人之骨骼，支撑全身，否则，将无法站立、行动，甚至无法成为人。因此，无义，纵有才能、学识，不足以立身。有义在，纵有粗俗、无礼之弊病，足以称武士矣。"虽然这些界定比较粗糙、肤浅，但是它们具有直接的、具体的指导性。有了义的支持，才会有见义勇为的真正之"勇"，勇应寓于人心中，使人表现得相当平静，达到一种内心的沉着稳定；静，乃静处的大勇；敢作敢为乃动处的大勇。武士阶层的武勇易出现黩武倾向，而"仁"是一条有效拯救之路。"仁"如水，救道德灾难之火，实有杯水车薪之难，但武士应心怀恻隐之心，以仁义之心，助武勇之势，才是真正的武士。[①] "义"、"勇"、"仁"犹如一张网有效地控制着武士们的意识和行为，使他们表现出顽强的意志、坚毅的品格和博爱的胸怀。武士道在日本得到了全民众的尊崇，成为日本人的道德标准，武士在民众心目中的地位如同民谣所唱："花是樱花好，人中有武士。"

武士道盛行的时代大约在中国的宋朝前后，日本朝廷建立的招募军队计划的失败促使了武士们建立自己的军队，这些军队很快就成为最为影响的军事力量。武士们靠农民们提供的充足的食物和其他的必需品，整日全心致志地进行狩猎、骑马、射箭和其他一些增强搏斗能力的活动，以应付频繁的军事战争和各种决斗。

　　……这些格斗是一种极端化的战争英雄主义的象征。决斗的时间和地点都事先详细地协商过。每一方都要竭力地宣扬自己一方所谓的正义性和对方的非正义

① ［日］新波户稻造：《武士道》，31页，北京，企业管理出版社，2004。

性。动手之前，日本武士都要先向对手骄傲地宣扬他们家族的门第及其显著的军功。对手则经常听不进细节，因为他们正忙着做同样的事情。①

此时的中国重文轻武已经成社会不可逆转的趋势，而恰恰在这个时候是日本武士统治的镰仓时代，这个统治依托军事力量和新型的武士集团提供的保护，为武士的能力发挥提供了极大的社会空间。该时期日本正处于体能和智能相结合的历史阶段，且体能的作用更为重要，武士的力量因此显得格外突出，不容忽视。

　　……掌握实权者是得到并保持将军军职的人——先是藤原氏，后为源氏和其他军人氏族。将军还要统辖附属于他的各个等级的封建贵族，后者要通过誓言、定期效忠宣誓礼、交纳一定数量钱财和许诺提供军事支持等方式保证对将军效忠。作为回报，将军则确认贵族对其土地的世袭权利。②

在武士道精神的支持下，日本国民尚武风气浓厚。日本人对武士道精神的崇拜被形象地描绘为武士们犹如美丽的樱花一般，它不但绚丽多姿，而且没有暗隐在花朵下的锐刺和毒汁，它可以在生的时刻尽情绽放，为世界增添自己微弱的色彩，凋零时也毅然决然地随风而去，不像欧洲人青睐的蔷薇，花虽美，刺多毒，花谢后依然不忍离开枝梢。武士道所激励人们的是为现实的献身精神，这对日本这样资源贫乏的国度来说实在是一种取之不竭的

① ［美］皮特·N.斯特恩斯等：《全球文明史》，422页，北京，中华书局，2006。
② ［美］罗兹·墨菲：《亚洲史》，242页，海口，海南出版社，2004。

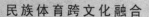

资源。试看强大的元朝两次大规模进攻日本本土，虽因强烈暴风雨的影响均未取得成功，镰仓为了防止第三次进攻几乎耗尽了所有资源，也极大地推动了武化的思想，实为强大的武化思想和行为扼制之果。武士道成为民族精神，使日本的文化趋向武化。这种武化的思想与元朝的武化行为里应外合地影响着中国，在一定程度上减缓了中国文弱之风的快速蔓延。

在武士道的影响下，日本出现了"剑道"、"柔道"、"气道"等民族体育形式，这些内容具备一个共同的特征，即日本人对民族体育具体形式精于归纳、提升和精炼，他们将具体的肢体活动内容所蕴含的一般精神和意识提高到一种"道"的境界，以此成为全民族的精神支柱。在中国，人们发现自己的民族体育很少能够做到这一点，就中华武术而言，它本身借助了博大、深厚的中华民族文化传统为其基础和机理，但是武术本身却始终未能提炼出像武士道那样的精神，这种反思始终萦绕着中国的民族体育，但始终缺乏实际行动。日本人在自己文化成熟的漫长历程中，自始至终珍重自己的文化传统，不为曾经大量汲取异质文化而放弃自己的文化形态及精神，上述的日本民族体育就是一个成功的范例，也正是由于这种富于民族文化特色的民族体育文化才备受世人的关注和喜爱。当日本的民族体育传入中国时，中国为这种看似相识，但又特色鲜明的民族体育形式眼睛为之一亮，精神为之一振。然而，历朝历代来到中国本土的日本人，在他们所展示日本民族体育时，国人大多不屑一顾，认为来自矮人国——倭国的倭术乃不值一提的末技，因此，中古时期日本对中国民族体育的影响不甚强烈。

纵观中华民族体育文化发展历程，正是长期、广泛地融合了外源性跨文化体育资源，才使其拥有了生生不息的活力，继续发扬中华民族体育善于融合的本质基因优势。同时，注重对异质体育文化的意识和精神认同及融合，对异构的技术、战术等感性资源升华为本土理性文化等方面"翻译"和升华。中华民族体育应该珍惜来自外源性跨文化融合的体育文化资源，要以宽阔的胸怀，不断地借鉴、汲取、包容和融合其中的养分，为本土民族体育文化发展积累多元资源，保持中华民族体育活力长盛不衰。更重要的是重树中华民族体育文化的自信，文化的自信可以依托于经济的繁荣，中国的经济持续增长，为中华民族文化的弘扬提供了必要的支撑。我们也发现中国的文化也发生了重心的转移，经济被纳入到文化重心的范围之中，这是文化自信的基础。

如果说历史给予民族体育生命，那么民族体育生命的延续则需要文化环境来保障的。下一章我们将对民族体育文化环境角度进行分析。

第三章　民族体育共时性研究

　　历经长期的积淀，中华民族文化得到了雄厚的积累，文化的能量不断增强，文化的作用力也日益强大，同时，中华民族文化的系统网络得以建立。在这个网络之中，各个地域、地方文化特质作为特色文化组块犹如一块块的小马赛克为中华民族文化的宏大图画增添着绚丽的色彩。吉尔兹（Clifford Geertz）的社会组织马赛克镶嵌系统理论较好地、形象地揭示了在某一社会组织中，不同文化相互融合的问题，他认为没有充分交流前的各个地方文化构成了一定形状、色彩的小块，并不规则地嵌合在一起，每一个小块都保持着原有的个体个性和完整性，它们共同组成了一幅宏大的马赛克组图。我们认为在为宏大图画着色过程中，存在这样一种规律：色彩鲜明的某一小块马赛克，单独呈现时色彩格外的艳丽，一旦被置放在大的图画中，它的色彩便显得不那么突出了，这与它周边色块的色彩共同产生视觉误差所致。实际上，人类的文化类型与他们长期居住的地域间的融合存在着密切联系，因此相邻的文化表现出类似的文化色彩。如果我们将这些特色鲜明的马赛克想像为是一种可以溶于水的物质，当它们放入一池碧水之中，它们会逐渐褪色、着色后融入了一体化的水中，共同构成了一种新的色泽。现实中文化的交融不会始终能够保持原有的特色不发生变化，要么着色其他色块，要么被着色。阿拉伯有句谚语："如果你把泥扔在墙上，即使它不会粘住，也会留下痕迹。"人类的各种交流在有意或无意间都将本土文化传播给了对方。这是因为人类拥有结构相同的大脑,大脑皮层的神经联系、功能是同样的。人们会对来自其他方面的信息进行必要的加工,最终将选择性保留一些本土文化认可的内容,剔出本土文化不相容的内容。从留下"痕迹"的现象出发,无论是什么样的交流总会给对方产生一定的影响。"水溶性的马赛克"在与它们所融入的文化深入地碰撞、交流、融合之后必然相互地影响,相互地着色,同时还由于长时间地脱离了原质文化而产生不同程度地褪色,与交融文化彼此间都会产生和原有的、固存的文化不一致的内容和形式,出现变异,这样文化才会不断地发展,社会才会不断地前进。

人类的交流自人类诞生之日起就没有间歇过,这是由于人类不断增长的各种需要驱动所致,也是人类对异质文化的向往使然。全球各个文化由于地理、语言等屏障的制约,必然出现各色的文化类型。这里有一个重要问题,即人们对异质文化是有敏感性的,敏感性决定着交流。这种特性构成了人类的本能之一,强烈地推动着人们的求新意识和逐异行为。对人们来说,新异的刺激要比常见的刺激容易引起人们的注意,这并非是因为原有的刺激物与新异的刺激物有着多么大的区别,主要是由于人们对刺激物的感觉阈值不同,人们对新意刺激物的感觉阈值很低,只要新异刺激物一出现人们很快能够感受。而原有的刺激物,人们大有熟视无睹之感,属于感觉的高阈值,不易引起人们的关注。比如古希腊人对强健人体的审美追求,构成了他们的审美倾向,其艺术作品多为忠实客观的写实表现。而中国人则是强调人与自然的和谐,组成他们审美倾向的是意境美,艺术作品必然走向散点透视的写意。这种截然不同的审美倾向引导着民族体育产生形式变化,在西方文明中,主要追求的是个体能力实实在在的开发和挖掘,每一项体育运动项目都可以突出地表现人的能力,大多具备客观、绝对化的标准。而东方的民族体育则是通过中和婉约的形式展示作为社会成员、自然成员的个体能力，项目中存在着诸多的制胜、致败因素，很少绝对化的标准。风格、特点如此明显的民族体育在人们初识阶段，必然强烈冲击着人们的眼球等感官，势必引发大规模的互相引进和学习，这就是近现代中西民族体育文化大范围交流的基础。这种交流的结果，产生了一系列的中、西民族体育"马赛克"的重新组合，打破了原有的全球民族体育文化景象，构成了一幅全新的全球民族体育文化图案。

在这个过程中，不容忽视的一个背景是世界文化格局的巨大变动。从殖民地扩张到工业化，至世界势力的不断重新划分和分割，战争风起云涌，两次世界大战，改变了世界的文化格局，使大多数的欧洲国家和美国取得了经济上的先进地位，并使他们从经济上的强势向着文化上的强势快速地转化。欧美国家与其他西方国家由于原有文化传统和政治利益相结合，成为世界上最强大的强势文化集团。从人类历史上看，人类文化的发展总是处于不断地分化和组合的动态变化之中，可能受到全球文化自然的"重量平均分布"机制所致，一个地域的文化难以长久地过重、过强，这也许是受到自然资源利用的可能性和可持续利用的限度制约的影响，否则会出现全球文化的失衡。因此，在西方文化形成强势文化的过程中，其他的相对处于弱势的文化也正在发生这种大的变化，大体上可以概括为以下两种情况：第一种情况是在强大的强势文化的压力作用下，一些族群、民族自然地消解。例如尼日利亚北部的豪萨族与富尔贝族结合在一起，他们对其他的20多个小的族群、民族如安家斯、安奎、苏拉、巴德、布拉、马萨、穆比等形成了合并，原有的小族群、民族自然地消失，他们共同使用豪萨人的语言，改信其宗教，认同其生活习俗。这其中有一定的优势，即他们可以将民族力量、民族文化力量有效地整合，形成比较有作用和作为的社会文化集团。第二种情况，在殖民主义扩张的时期，殖民者对弱小民族的文化灭绝或改造，迫使被殖民的民族使用殖民者的语言、道德价值和宗教信仰。例如欧洲的殖民者大规模地进入美洲后，使原有近 4000 万的印第安人被杀戮或奴役，最后只剩下 700 多万人，其文化习俗自然随着人口的锐减而衰落下去。[①] 但是，我们也同时必须看到，文化具有反弹性，文化反弹是一种十分强大的力量，在这种力量积累到一定阶段的时刻，它必然会发生突变。也正是在上述两种情况的作用下，世界的文化到了近现代，出现了三个文化复兴，一个是犹太文化复兴，一个是伊斯兰文化复兴，另一个就是儒学的复兴。特别是第三种儒学文化复兴，它是一种比较纯正意义上的文化复兴，很少或没有宗教因素的复兴成分。这些文化的复兴不仅说明了文化的反弹，更说明在人类克服了语言、地理等屏障后的文化大范围的、深刻的交流趋势。

第一节　近现代，民族体育在东方文化间的文化互动

近现代以来，东方的各个国家和民族进行着历史上最为广泛的文化互动，形成了一个比较强大的东方文化圈。在这个文化圈中，历史悠久、文明昌盛的中国发挥着十分重要的作用。19 世纪中期在中国任职的英国领事官员 T．T．Meadows 根据他所获得的第一手观察资料揭示了中华民族文化久远性和稳定性的原因：

中华民族作为一个同一的民族，其历史悠久无与伦

---

① 　方汉文：《比较文化学》，282 页，桂林，广西师范大学出版社，2003。

比，人口也持续稳定增长……其真正的原因可归结为三个原则和一种制度……这三个原则是：

1. 以德治国优于凭武力治国。

2. 选举最贤能的人为国家效力是实现国家的政治清明必不可少的条件。

3. 如果君主道德败坏、醉生梦死，并由此导致高压的暴政，那么人民有权利处理这样的君主。

一种机制是：

公开选拔文官的科举考试制度……

长期以来存在的一直十分严格且竞争激烈的科举制是中华民族绵延不绝的原因：正是这种科举考试保存了其他各项事业，并使其得以有效运转，这种考试引导着全国上下深谙其中奥妙的父母们直接向他们的儿子灌输经典著作的文学知识，其中就有上述三个原则，和许多其他有利于培养较高精神境界的知识。这种考试为政府招募所有贤能的人，以使政府保持清廉。这种考试十分公正，因此即使是国家中最贫穷的人也只能说，如果他命运不济也是"天意如此"，他的同胞并未设置不公平的障碍来阻挠他提升自身的地位……

在正常情况下中国政府实际上是在依靠道德力量进行统治，而不是暴政。军队和警察的数量只够镇压小规模的起义，如果要镇压令人讨厌的愤怒的人民，那么他们无论从数量上还是性质上都是绝对不够的。但是尽管政府并不实施暴政，它在形式上和机制上却都是一个纯粹的官僚机构。在一个地区内，地方长官就是绝对的权威；在一个省内，巡抚就是自己王国内的国王。中国古代的人民没有立法权，也没有自行收税、弹劾统治者以及限定和停止纳贡的权力，因此他们只有起义的权力。

起义在中国传统上是一种宪法赋予人民的合法手段，人们经常以此种方式来阻止武断而暴戾的立法和行政。①

可谓旁观者清，他们至少能够从一个比较新的视角和新的理念出发，对该问题进行分析。近现代以来，以中华民族为代表的儒学文化复兴的原因引起了全球的广泛关注，还有学者对此研究得更为详尽，这就是澳大利亚学者李瑞智的研究成果，他认为：

1. 强调个人对社会的义务而不是权利，相互作用所产生的复杂传统保证了他们都强调义务，并有劳也有得。

2. 强调人治，或德治，而不是法治，最大限度地尽可能促进社会的和谐及团结。强调礼仪或"规矩"，相互之间的竞争是在保持社会一致性原则下以礼而谦恭地进行。

3. 高度强调严厉的甚至无情的教育竞争，受教育是无上光荣的，教育竞争的胜利者可终身获得国家官僚和其他崇高的地位。

4. 强烈的古今一脉相承的意识，促使高度重视远期的历史成就对今天重大体制上的和有关事业上的需要，这同西方强调"账本底线"和"价值效果"的短期观念，形成强烈的对照。

5. 高度的人文社会和秩序的价值意识，而不是物质上的拥有和积累，最了不起的经济权威是掌握在那些高层次的无商业动机者手中，而他对商业现实敏感并一

---

① ［美］斯塔夫里阿诺斯：《全球通史》（上），265 页，北京，北京大学出版社，2005。

清二楚。

6. 高度重视有强烈的必须经受直觉和感情检验的意识加以平衡的逻辑性和合理性，这从儒教和道教许多互补的精神传统以某种方式反映出来。

7. 强烈关注现实的变化和极端事务转换的新情况，而不是持相互冲突对立的观点，这分别反映在《易经》阴阳学说中。

8. 对商业、技术和科学有一种独特的观念，认为市场竞争的开展和保护环境之间是协调的，不应出现大问题，结果是对科学的突破不是很感兴趣，而是热衷于不同技术的融合，给人们带来更大的好处，如机器人。

9. 治理社会的官有权有责，及其对待问题一贯的实用主义和革新的精神，这种强烈的本能是非儒学国家难以想像的。

10. 严重关注避免西化和个人主义的"精神污染"，由于可能削弱并造成社会和国家的危害，这种污染几乎被看成犯罪。①

正是由于中华民族文化强大的作用力，形成了一个以黄河流域为中心的巨大文化漩涡，强烈地吸引着周边的民族和国家。独特的成熟的文化体系，相宜的文化氛围，对其周边国家和民族来说具备着交流的价值，便利的地理因素使频繁的交流成为可能。因此，他们相互之间发生了许多形式的文化互动，甚至出现了军事战争。

中国在近现代与近邻交流十分频繁，首先是与那些有陆路交

---

① ［澳大利亚］李瑞智，黎华伦：《儒学的复兴》，63页，北京，商务印书馆，1999。

通的国家，如俄罗斯、朝鲜，其次是与距离稍远的需要通过海路的沟通方能交流的国家，如日本、东南亚各国。

俄罗斯早期向东方的扩张进度受制于生产技术和生产工具，随着本土人口增加，资源紧缺，更主要是由于毛皮生意，以及对东方文化向往的驱动，俄罗斯人向西伯利亚及东方扩张的热情一浪高过一浪。金帐汗国崩溃后，伏尔加河流域出现了喀山汗国（公元 1438 年）和拉斯特拉罕汗国（公元 1460 年），这些汗国与俄罗斯接壤，辽阔的草原没有明显的天然疆界，因此彼此之间冲突不断，伊凡四世执政之后，对上述两个汗国进行猛烈的进攻，终于在 1556 年，相当于中国明朝中后期进入了乌拉尔山和里海一带，打开了通往东方的大门。恰恰中国的明朝是一个较为保守的朝代，自明朝建立以来，朱元璋的政策开启了近代中国闭关锁国政策的先河，极力主张和平的外交。面对强悍的俄罗斯人的东进，当局者认为有长城这样的强大防护，加上自唐代以来出于军事目的而不断进行的对长城以北地区焚烧草原的措施，[①]使中国北方的草原植被生态受到极大的破坏，在一定程度上的确做到了减少来自北方的频繁的威胁，此时的中国政府对遥远的北方动态似乎视而不见。其中另一个原因是在此阶段对中国的文化渗透主要来自于海上，统治者的注意力被吸引到了中国的东南方。俄罗斯东进步伐很快，一个是由于他们具有先进的火器、先进的工具和巧妙的征服策略。当时俄罗斯已在教育中开始普及火器知识，如亚·米哈伊洛夫为此编写了《步兵、炮兵和其他军事科学教程》，其中涉及了数学、物理、化学等方面的知识。[②]可见火器的普及程度，以及火器的重要价值，这些内容在贵族的武备学

---

① "烧草政策"是指将长城外的 500 里之野草焚毁，以拒契丹等北方族群借南下牧马而寇的做法。

② 姚海：《俄罗斯文化》，137 页，上海，上海社会科学出版社，2005。

校应当是必修课程。另一个是由于西伯利亚的土著社会发展尚处于较低阶段，很难抵御强大的俄罗斯人的进攻。其中值得一提的是俄罗斯人的征服策略，且看：

概括地说，这个策略就是：一、巧妙地利用水系，实行水陆连用方法；二、建立堡寨，以便巩固后方和向前推进。在西伯利亚，从西向东分布着三条由南向北注入北冰洋的大河——鄂毕河、叶尼塞河、勒拿河和为数众多的小河流。这些河流及其支流形成了天然的交通网。俄国人正是充分利用这些条件，他们驾驶平底船沿河航行。因为西伯利亚地形平坦，水流稳定，所以行船安全可靠。在河流尽头，他们将船只和货物一并搬到岸上，船下垫上滚棒，拖拉行进，来到另一条河流，便下河航行。在漫长的冰封季节，冰封的河床和莽莽的雪原为冰车和雪橇提供了天然的道路。借此俄国人可以更迅速地前进。因此，一位美国学者增得出这样的结论：河流是哥萨克的主要交通线，他们征服西伯利亚的策略，在很大程度上是一种河流策略。因为西伯利亚是俄国人根本不曾涉足过的荒野之地，所以沿路修筑堡寨便成了俄国人深入此地的又一重要措施。叶尔马克的继承人接受了他孤军深入、后继无援的教训，在重要的战略地点和交通枢纽筑起堡寨。堡寨一般建造在河流汇合处、水陆联运线的终点或是河岸的制高点上。堡寨的四周环绕3米至6米高的木制或石制的栅栏，多呈长方形……堡寨内设有行政办公机构、住房、仓库和教堂。①

① 国风：《丝路春秋》，247 页，太原，山西人民出版社，2003。

这些河流和堡寨成为俄罗斯文化的物质载体，它们承载着俄罗斯人的文化不断地向东渗透。俄罗斯人十分重视对西伯利亚人的精神统治，在他们所到之处，都会尽快地向当地土著进行东正教的洗礼，因为他们知道只有在思想上征服一个民族才能真正地长久地统治这个地区。同时，他们那种热爱和平、崇尚平等、但又横蛮任性、喜欢劫掠——只要看上去有利可图，他们随时都会乐意去当土匪和强盗的特殊的双重性格，①几乎使他们所向无敌，所到之处他们的性格成为当地土著的楷模，随着西伯利亚猎人的不断消失，俄罗斯人的生活方式逐渐成为西伯利亚地区的生活方式。他们在东进中，最终还是遇到了强大的对手，他们的暴行激怒了中国皇帝，1658 年一支中国远征队将俄罗斯人从阿穆尔河流域赶走，这在一定程度上抑制了俄罗斯人的东进。至《尼布楚条约》签订双方确立了边界线和通商范围，使双方的交流成为自中国元朝后的又一次上升到政府行为。中国的茶从此成为俄罗斯人的民族饮料，俄罗斯人的黄金和大量毛皮进入中国市场，更主要的是其民族性格也开始频繁地、较为直接地影响中国，为后期中俄关系奠定了基础。对此具有推波助澜作用的是东正教向中国的渗透，借助这一载体中俄进行第一次大规模的图书互赠活动：

　　　　中俄之间的第一次互赠图书之举也是通过东正教使团实现的。1845 年，俄国政府请求中国赠送佛教经典《丹珠尔经》，清廷以北京雍和宫所藏的 800 余册赠之。几个月后，沙皇政府委托东正教使团的学员前来北京时带来 357 种俄国书作为回赠。据清代何秋涛编《朔方

---

　　① ［美］斯塔夫里阿诺斯：《全球通史》（下），446 页，北京，北京大学出版社，2005。

备乘》中的《俄罗斯进呈书籍纪》所载，这些书"言彼国史事地理武备算法之书十至五，医药种树之书十至二，字学训解之书十至二，其天主教书与夫诗文等类十之一而已"。可惜由于当时中国人中认识俄文者不多，这些书没有被利用起来后散失无存。①

在此阶段中俄两国的还有一些其他文字方面的交流，这是非常重要的文化交流，因为文字是某一民族文化的重要载体。虽然这些书籍没有能够发挥应有的作用，但是并没有阻止文化的交流，在那些存在优势的、没有语言屏障的民族体育文化交流方面，随着彼此之间的生产、生活交往，人们在频繁的接触中相互地感受和学习着对方的民族体育。这些内容我们可以从东北地区、西北地区现在依然流行的体育活动的内容和形式上略见端倪。东北地区的民众格外喜爱如满族的传统体育采珍珠、花毽、鄂温克族的猎狗熊游戏等充满娱乐色彩的民族体育项目，以及冰雪项目，以追求修身养性，愉悦身心，在这些项目中人们会发现其中蕴含着俄罗斯人常常表现出的艺术素养。俄罗斯人生性乐观，能歌善舞，生活离不开音乐，手风琴是他们的生活伴侣，人在音乐随，人在艺术在成为他们的生活特征。这种民族性格无不影响着东北民众，这些因素使流行于该地域的民族体育具有高雅、豪爽的特点，这些特征与其他地域的民族体育相比特色明显。之所以该地域流行的民族体育在一定程度上艺术境界略高一筹，是因为人们在艺术的氛围中自觉地或无意识地对脱胎于原始生产、生活、军事等的民族体育进行改造。比如"冰嬉"，这是一项历史悠久、艺术性很强的民族体育。满族人民不仅酷爱骑射，还擅长滑冰，据称努尔哈赤以此来训练士兵，可昼夜滑行数

---

① 张海林：《近代中外文化交流史》，107 页，南京，南京大学出版社，2003。

百里之外奔袭敌人，当这项军事技能失去军事价值之后，逐步在艺术环境中被演化为风驰电掣的速滑与姿态优美的花样滑冰完美结合的、具有较高艺术性的民族体育。还有，"雪地走"是由清代宫廷女子在雪地里比谁走得快而不湿鞋的活动演变而来，这项活动内容不仅表现参与者身体的协调能力和充沛的体能，还展示着参与者的艺术素养，在竞技中将人体的艺术美活灵活现地表现出来。另外，我们还可以看到流行于东北地区的朝鲜族的"秋千"、"跳板"等民族体育同样具备着较高的艺术性。这一点与受来自俄罗斯人所携带的西方传统文化影响有一定关系，西方的传统文化中对人体的审美是直接的，写实的，且他们认为人体之美乃世间万物之上乘，故而我们看到了西方的绘画、雕塑多以人体为模，在西方的体育运动中，人们更是格外追求人的健与美。人们可以发现与东北地区的民族体育相比，西北地区有部分民族是俄国境内部分民族外迁的民族，他们本身就十分顽强地保留着其本土的文化习俗，是一种"水融性"不强的"马赛克"，当然这与他们迁徙到中国的时间不长有一定关系。这些民族的民族体育多以其原本的文化属性和特征出现，活泼、豪放、强悍、健美、竞争是其民族体育突出的表现形式。

体育文化的肢体活动是文化中的表层文化，与居深层的思想意识文化相比，它易于被人们接纳，不易引发民族文化的直接冲突，且它是一种寓于娱乐之中的身体文化，是每一个民族都具备又各具特色的文化，彼此拥有较强吸引力的文化形态。在文化接触的整个过程中，身体文化都能够发挥着急先锋的作用，而且保持文化作用力的时间最长久。然而，民族体育这种身体文化本身蕴含着深厚的民族文化基因，也是最能深刻地、完整地实施文化传播的重要方式和载体，如此说来它又是一种深层位的文化。因此，人们可以从民族体育的文化现状中窥视一个民族与外界交流的历程和程度。对此，我们可以看到朝鲜这个中国的近邻，由于其自身文化发展的程度制约，它更多地接受了中国文化影响，其民族体育多是以中华民族体育为主，这里面存在较长时期的文化单向渗透、持汉文化的人数众多、本土文化缺乏主动、广泛向外传播等因素的制约，故而朝鲜的民族体育主要集中在民间歌舞、秋千、跳板、摔跤、拔河、掷木四、花图、象棋、围棋等身体活动上，儿童中还盛行放风筝、坐爬犁、打陀螺等游戏。自古以来，朝鲜就深受汉文化的影响，据《旧唐书·高句丽传》记载高句丽人好围棋、投壶之戏、人能蹴鞠。当然，其中不乏自身特色的民族体育形式，如秋千、跳板、顶瓮竞走等。

朝鲜的文化自古以来决然不是单向地、被动地接受中华民族文化的，它也具备着自成体系的文化。其中有李退溪所创立的退溪学就是朝鲜自身特色的哲学体系，该哲学体系为朝鲜的文化发展奠定了思想基础。

退溪全面吸收了朱子学的长处，深深佩服朱熹学问的博大精深，说：《朱子大全》行于东方，"绝无而仅有"。是"尤关于学问而切于受用"的一种文化、一种学说。56岁那年，他在深刻研究朱熹学问的基础上，辑成《朱子书节要》一书。退溪把朱子思想归结为"四端七情"。四端为仁、义、礼、智；七情为喜、怒、哀、惧、爱、恶、欲。退溪把人道和天理组合起来，将理气关系推导到性情关系上，实质上将哲学思想和道德伦理有机地糅合到一起，使退溪学发展成为包括哲学、政治、社会人际关系的综合性的体系。李退溪思想另一个重要特点不仅是朝鲜朱子学的集大成者，而且还是儒、佛、道各家的朝鲜文化的集大成者。[1]

李退溪的退溪学在后期的发展过程中，它的影响力已经远远超越了朝鲜半岛，对中国和日本产生积极的作用。因为恰逢明朝中期后期，中国的程朱理学已经开始走向了衰落，甚至出现僵化，退溪学无疑是一种具备活力的文化特质，在反向传播中使程朱理学得到新的启示和生命力。在某种意义上，充分地借鉴革新后的思想会对原有的思想产生振荡，激化沉浸在原有模式中难以自拔、困于超越的、失去活力的灵感，使之焕发力量。人类的文化大都经历了这样的相互作用才发展至今天的现状，缺失了这样的互动，将使一种文化特质产生僵化，势必落后于时代，难以产生对社会发展的积极作用，最终被时代所淘汰。特别是没有断裂的文化更需要各种思潮的"侵入"，然而中华民族文化是一个善于接受、融会贯通各种思潮的文化体系，也正是由于具备这样的特征，中华民族文化才能够经久不衰，保持其延续性和稳定性。所以，退溪学的传入并未受到中国学者的抗拒，反而得到了广泛的采纳。中华民族在与朝鲜的广泛交流中，不仅仅局限在形而上的思想领域，还在技术层面进行着广泛地交流。

> ……海上的战斗，则全凭朝鲜爱国将领李舜臣制造的"龟船"和我国老将邓子龙指挥的战舰。李舜臣不仅是一位勇敢的爱国将领，同时也是一位杰出的船舰制造家。1591年，他被朝鲜政府任命为全罗左道水军节度使，负责朝鲜的海军建设。他在部下罗大荣的技术协助下，设计和制造出"龟船"。

---

[1] 臧嵘，周瑞祥：《中外文明的交融之路》，190页，北京，星球地图出版社，2003。

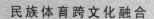

所谓"龟船"，就是形似龟状，用厚木板或"全铁"装置成的配备有火器的板屋式装甲战舰。①

由于朝鲜三面环海，海军是该国的重要兵种，他们历来重视海军的建设，因此在该方面有许多先进的经验和成熟的技术值得中国学习，"龟船"仅仅是其中的一种技术装备。从这个实例中我们可以发现只有广泛的交流才是文化发展的动力，一般而言，只要交流均会双赢，否则不会发展为进一步的交流。这种设备对中国的海军建设发挥了潜移默化的影响，使中国海军在后期的建设中注重了火器的装备，并开始重视船型的安全性和隐蔽性。诸如此类的影响还有许多，这些影响往往是社会生活中的人们的行为表现，比如朝鲜人擅长的"眼术"，这是一种使用自己的眼睛观察世界，也让其他人通过他们的眼睛了解他们的内心世界的方式，这种方式能够在一定范围内有效地进行交流。其背景为儒家思想的影响，使人们在做事过程中，时常察言观色，它的最高境界是在别人开口之前将对方需要的东西交到对方手中，这是一种解读对方心理的智慧，同时也需要对方对此的心领神会。这种交流方式必须建立在一定的社会环境之中，具备共同的文化背景知识，拥有特定的语境。②这种在朝鲜深入人心的交流方式注重的是内省，在与外界的交流中其作用不甚理想，它没有动态的肢体符号全面，而且它是在被动的情况下进行的一种交流，而肢体语言是构建在一个公平的平台上的交流方式，因此没有高低贵贱之别，易于被人们认可、认同。动态的肢体符号诸如秋千、跳板等

---

① 臧嵘，周瑞祥：《中外文明的交融之路》，178 页，北京，星球地图出版社，2003。

② ［美］拉里·A. 莎默瓦，理查德·E. 波特：《文化模式与传播方式》，97 页，北京，北京广播学院出版社，2003。

独具特色的民族体育文化就是一种典型，这些体育活动内容传入中国后，在中国大行其道，深受各族同胞的喜爱，其传播范围极广，不仅丰富了中华民族体育文化，更为民众的生活增添了活动内容。

1514 年当葡萄牙人出现在中国东南海岸附近的海面上时，中国人开始了同西方的首次直接交往。继葡萄牙人之后，荷兰人、英国人也由海路来到中国，北方是俄罗斯人到达阿穆尔河流域，对于善良的中国人来说是"宾客"不断。但是这些"宾客"们可是来者不善，他们对中国的交流更主要是以军事战争为先导，趁火打劫的是中国的邻邦——日本，这可是一个没有被中国人意识到的威胁，与之的战争也是让中国人倍感耻辱的战争，虽然在此之前中日双方经历过各种冲突，但是这次冲突使中国人心灵上受到极大的创伤，无奈在北京签订了《马关条约》。

日本崛起的因素较多，人们通常认为的有地理环境、文化传统、多元化体制等等。其中地理环境曾被描绘为日本列岛与欧亚大陆另一端的不列颠群岛极为类似，不过日本列岛比不列颠群岛更加孤独于海外，分割日本列岛和大陆的水域宽 185 公里，而英吉利海峡仅宽 34 公里。因此，日本人可以便捷地得到他们需要的文化资源，又可以借助地理屏障有效地防御文化的入侵。对于文化传统来说，他们得益于古老文明的中国文化传统，这个文化为他们建立了一整套行之有效的理国之道，并受益匪浅，避免了他们漫无边际地自我探索，并给予他们以丰厚的文化养分供他们成长，使其至今依然保留着强盛的东方伦理道德传统。在多元化体制方面，日本人起初高举"日本精神、中国知识"的大旗，极大地推崇武士道精神，同时极力弘扬中国传统文化知识，使日本的社会发展稳步前进。随后，他们又提出"东方道德、西方技艺"的口号，引导社会向西方借用他们需要的近代技术成果，以及西方比较成熟的管理体制，继续推动社会的快速前进。在这些综合因素影响下日本逐渐强大起来。在日本的近现代发展过程中，他们并没有掩饰住在武士道精神塑造下的社会黩武意识和行为，对外的扩张时有发生，对中国的骚扰不断。

在这些活动中，军事摩擦不可避免，也不乏民间武艺交流。其中对双方大有裨益的是民族体育中武术理论和实践的共同提高，在这一点上日本的刀法对中国兵器、刀法和作战方式启发较大，从而使中国的武术在明、清期间得以快速发展。

明代日本刀器因质地精良而颇负盛名。据称：日本刀"刀长三尺八寸，靶一尺二寸"，"刀背要厚，自下至尖，渐渐薄去，两旁脊线要高起，刀口要薄"，"刀鞘内要宽，刀口寸金箍入鞘口，略紧勿松，紧松亦要得宜，以便出入"。这些刀器"锻炼精坚，制度经利，靶鞘等物各各如法，非他方之刀可并，且善磨整，光耀夺目，令人心寒"。当时日本刀在中国军队中极受欢迎。

日本刀法也因其技法高超引起了中国武艺家、军事家的极大注意。《平壤录》称日本刀"舞动则手下四方尽白，不见其人"。程宗猷介绍日本刀法是"以双手用一刀也"，"其用法，左右跳跃，奇诈诡秘，人莫能测，故长伎每每常败于刀"。何良臣称："日本刀不过两三下，往往人不能御，则用刀之巧可知耳。"戚继光则说：长刀，"自倭犯中国始有之。彼以此跳舞光闪而前，我兵已夺气矣。倭善跃，一进足则丈余，刀长五尺，则丈五尺矣。我兵短器难接，长器不捷，遭之者身多两断"。戚继光已充分认识到日本刀器优良和倭寇的精于刀术而产生的巨大杀伤力。

明代中国武术家是不保守的。他们迅速将日本刀法纳入自己武艺体系中。戚继光在抗倭战争中"得其习法，又从而演之"。后来又在其著作《纪效新书》中特载"日本刀谱"……程宗猷向刘云峰学习日本刀法，称刘云峰"得倭之真传，不吝授余，颇尽壸奥"。刘云峰的刀术，"有势、有法，而无名"……明代刀术既吸收了日本刀法的精华，又遵照中国刀法的传统，以套路形式创编刀术，这就使得日本刀法有机地融入了中国武术体系之中。①

中华民族体育中的武术体系的建立恰是在明末清初之际构建完成。其中有四个主要的标志，其一是武术的流派得到极大地健全和明晰。大体上是东枪西棍，南拳北腿为其技术体系，不同的流派其技术特征、风格特点均有所差异。其二是武术兵器的浩瀚繁杂，十八般兵器是号称这一兵器系列之众的说法，各种兵器的演练方式和方法，以及实用技巧千差万别，总体上是长、短、软、双、射为主。其三是武术理论的完备，在继承前人的成果基础上，在此期间涌现出许多有价值的技法、兵法、阵法等理论著作，为武术的发展奠定了丰厚的理论基础，使之成为中华民族体育中最具理论依托的项目之一。其四，此刻出现了中国最早的武学。进入武学学习的学生多是军队年轻军官或武官弟子，他们入学前已具备相当的武艺基础，学习过程中考核也相当严格，这种专业性的学校为具备武艺专长者提供了深造的机会，改变了长期流行于中国的师徒授学之途，为国家规模化地培养了武艺人才。在这个过程中，绝对不能排斥外来文化的影响，诸如日本、朝鲜等武艺之影响。正是在这个时期，国家处于闭关锁国之态，但是民族体育却出现了较为超前的举动，并未受到这种状态的影响，

---

① 国家体委武术研究院：《中国武术史》，270 页，北京，人民体育出版社，1997。

充分说明体育文化是一种开放的、活力十足的文化。因为在漫长的中日文化关系史上，中国总是在施与，日本人总是在热心地学习，日本人来华人数之众，与国人去日形成巨大反差。在中国人的心目中，日本只是一个定期朝贡的"东夷"，各代正史也都把日本纳入《东夷传》，哪有国人向东夷之倭寇学习刀法之理。在这种情况下，我们不能不钦佩这些武术家的胆略和理性。

正是祖祖辈辈武术家的先见之明使中国的武术技术没有落后，也正是他们促进武术技术的不断发展，使武术始终保持冷兵器战争形式的最高境界，才是作为中华民族体育最出色表现形式的武术得以长久地存活下来，以至于有一个充裕的时间孕育成熟。而西方国家在掌握了中国人发明、创造的火药之后，急切地将其广泛地运用于军事领域，很快地将冷兵器弃之不用，走向火器时代。最终中国人被自己发明所创，也被自己苦心营造的冷兵器技术体系所误。在这个层面上讲，中国的武术家们是缺乏眼光的、没有进取精神的群体。

随后的时代，中国人去日本留学逐步放弃了以往的那种自高自大天朝帝国国民的姿态，中国人开始了学习异族文化的时代。在民族危机的刺激下，在清廷提倡和鼓励下，以及日本社会各界重视的情况下，去日本留学的盛况被日本学者青柳笃恒描述："学生互相约集，一声'向右转'，齐步辞别国内学堂，买舟东去，不远千里，北自天津，南自上海，如潮涌来。每遇赴日便船，必制先机抢搭，船船满座……总之分秒必争，务求早日抵达东京，此乃热中流学之实情也。"①前往日本留学的中国人在十几年间至少几万人之众，其数量之多、规模之大、学习专业之广乃世界留学史上也是极为罕见的。通过对日本文化、科学技术的学习，第一反应是引发了接踵而来的译书热和新词汇大爆炸，从

---

① ［日］实腾惠秀：《中国人留学日本史》，37 页，北京，三联书店，1983。

1896 年至 1911 年，中国翻译日文书籍至少 958 种。这个数字远远超过了此前半个世纪中国翻译西文图书的总和。①其原因是中国人当时认为日本与中国同属东方，通过日本消化吸收后的西方文化、科技对中国人来说利用率会更高，因为它比较切合中国的实际，而向更为遥远的西方学习则存在种种需要转化的成分。大规模的留学和翻译活动极大地促进了中日文化的交流，产生了很强的文化互补，随着文化交流深入地发展，彼此都会留给对方一些文化印记。这个特殊的阶段，日本此刻正处于"高浓度"的文化阶段，日本文化对中国的文化影响较大，中国现代依然实用的许多词汇是在那个时期传入的，据研究近代传入中国的日本词汇约 850 个，其中就包括"体育"。

在这段时间里，国人主要集中精力学习能够拯救民族危机的学问上，尚无闲暇顾及体育这类文化，因此从各种记载中较少有体育交流的事例。虽然体育文化属于显表实里的文化，留学人员在日本逗留期间必然接触到他们的生活方式，受到日本人的体育文化熏陶，感受过武士道、柔道、剑道等社会价值和作用，这为后续中华民族体育的改造奠定了意识基础。就日本人自己来说，他们也深刻地意识到武士道的生存危机，新渡户稻造在分析武士道处境时说：

> 欧洲的情况与日本显著不同的一点，在欧洲，封建制度结束后，它的产儿骑士便为教会所豢养，从而延长了骑士道的生命；而在日本，并没有能够养育武士道的宗教组织。在其母体封建制度结束后，武士道便成为彻彻底底的孤儿，它必须独自寻找自己所能依附的事物。也许军队可以成为他的庇护，但是，我们都知道，现代

---

① 张海林：《近代中外文化交流史》，335 页，南京，南京大学出版社，2003。

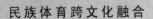

的战争对武士道的壮大不会起到多大的作用。①

在中国留学生回国之后这段时间内，他们并没有给中国的民族体育带来多大影响，中华民族体育变革主要是因西方文化渗透所致，日本武士道文化对中国的武术影响甚微，中国武术依然沿着它固有的轨迹发展，并没有借鉴柔道、剑道等日本民族体育形式来对武术进行改造。究其原因，这主要是当时中国的主要社会问题是民族存亡的大问题，武术作为冷兵器已经没有了昔日的辉煌，它不能，也难以解决民族危机，在与列强交战的经验中人们深深地体会到冷兵器与火器之间的巨大差距，发现并承认冷兵器时代的终结，由此取代冷兵器的是国家行为上的机械制造业地位不断提高，欲以此提高国家的军事能力。面对人数和文明历史都逊于中国的西方和日本，中国人发现他们拥有更有效借助畜力和机械力的能力，这些外力有效地克服了他们自身的弱势，极大地帮助着这些国家的发展，同时强烈地刺激着国人的神经，他们已经不再轻视这些外力性的"雕虫淫技"器物。因此，造就了在这个阶段中国人忽视了民族体育文化的建设，更主要的是忽视了支配外力的主体——人的发展和建设。

这时以中原为中心的文化漩涡的中心发生了暂时性的偏离，就是这样一个从经度上的中心东移两个时区，使中国走进了近百年的巨大变革时期。这是一个漫长的过程，正如赫尔德（Johan Gottfried Von Herder）所说："任何一个民族在其内部总有其福佑的中心，就像每一个球体总有引力中心一样。"这次中国可是面临着远比印度佛教文化强大得多的多种异质文化的同化过程，每一个民族都是一个独立的有机整体，它们相互之间存在着对抗性。任何一种外来文化、异族文化的融入，只有本民族文化对于

---

① ［日］新渡户稻造：《武士道》，124 页，北京，企业管理出版社，2004。

这些外来文化逐步同化，只有经过同化的异质文化才能进入本民族的文化核心，因此需要漫长的历史。同时这次对异质文化的同化还具有空间性质，也就是说，在同一时期多重文化的并驾齐驱，不期而至。其中有披着西方技术外衣的日本，有来自西方势力中转站的东南亚地区，他们在一定程度上也是披着西方的外套。还有纯正的欧洲大陆的民族，虽然他们同属西方文化，但是又具备各自的特质，他们都想得到被融入者的认可和认同，以期能够从文化上站稳脚跟，获取更大的利益，这对于中国来说是一个相当繁重的"工程"。

东南亚地区自古以来或多或少地受到了来自东方大国的直接或间接影响，这种影响在近代以来尤为明显。对这些地区的影响主要是来自大量的民间自由移民，还有大量的商人，这些商人从10世纪起就在这里活跃起来，甚至有些战争从大陆战到海上，他们带去了中华民族的习俗和文化，对当地的社会、经济发展发挥着不可抹灭的作用。多默·皮列士是葡萄牙派往中国的第一位使者，他原为葡萄牙王子的药剂师，后随东征船队来到马六甲。被派往中国后，他历经曲折，切身体验了从红海到中国的各国风情，16世纪中期死于中国，他的《东方志》直到20世纪才被发掘。在这本书中他是这样记述当时在马六甲的中国人的：

> 根据这里的东方国家所说，中国的土地和人民，被描述的伟大、富庶、美丽和壮观。但若这些话是用来谈我们的葡萄牙，那比谈中国更容易令人信以为真。人们说，中国是一个有大量漂亮马匹和骡子的大国。
>
> 中国国王是一个异教徒，拥有大片国土和很多百姓。中国人是白人，和我们一样白。他们大多穿黑棉料，并且穿有五块衣襟的袍子，和我们的一样，只是他们更宽大。在冬天他们腿上穿毛袜，足上穿样式好的、

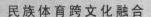

长及膝盖的靴子，并且穿用羔皮和其他毛皮镶里子的衣服。他们有的人穿大衣。他们戴圆形丝绸帽，像我们在葡萄牙用的黑筛子。他们穿式样好的方头法国式的鞋。他们更像德国人。他们有三十或四十根胡子。

中国人喝大量各种饮料。他们非常喜欢我们的酒，经常喝得大醉。他们是软弱的民族，没有什么了不起。在马六甲见到的中国人不很老实，并且行窃——这里指普通百姓。他们用两根棍子吃饭，左手把陶瓷碗放近嘴边，用两根棍子吸进去。这是中国的方式。①

可见当时在马六甲已经有许多中国人，从这些中国的衣着上看，他们多属于上层社会的成员，因为在后面的记述中，皮列士还详尽地介绍了中国妇女的打扮，她们多是珠光宝气，由此可以判断这些中国人的身份。当然，皮列士也看到了生活在下层的民众，他们不得已而行窃。马六甲的特殊地理位置决定了它的民族成分的多元性和复杂性，早些时候主要是印度、伊斯兰人对它的影响，当然不能忽视其周边的印度尼西亚、泰国等国的民族成员在此长期地生活，其影响力可想而知。其中印度尼西亚的爪哇人对他的影响较大。爪哇人尚武好强，在有关爪哇居民必须遵守的法则中记载，爪哇的每个人，不论贫富，必定在他家里有一把短刀、一支矛和一面盾，12 岁至 18 岁之间的人必有一把插在鞘内的短刀。自 15 世纪马六甲兴旺起来后，作为中西方海上交通要塞，其地位日益凸现，来自西方的势力大规模地涌入，中国也不甘落后，元朝忽必烈于 1292 年派 1000 艘战舰和两万名士兵讨伐

---

① ［葡］多默·皮列士：《东方志——从红海到中国》，96 页，南京，江苏教育出版社，2005。

东爪哇。[①]但是，之后中国对该地域的控制主要是通过贸易实施影响。从中国内地可通过陆、海路抵达马六甲，行程在当时也不算远。

频繁地与该地域进行交流的是明朝郑和七下西洋时期，在这个时期明朝不惜巨资频频出海，在东南亚乃至整个地球产生了极其强烈的震撼，但是中国人此刻的出海心态主要是炫耀天国的伟大。据称永乐年间明海军拥有 3800 艘舰只，其中包括 1350 艘巡逻舰，400 艘主力舰。李约瑟赞叹："在 1420 年前后，中国海军也许超过历史上任何时期的其他亚洲国家，甚至可能超过同时代任何欧洲国家，乃至超过欧洲国家海军的总和。"[②]其造船技术也堪称世界一流，造这样的巨船需要巨大的海港，船体的精细结构设计，技术人员专业水平都需要先进的理念和技术作为保障，这一切在当时都实现了，充分说明明代继承了宋代开始的注重实用科技研究的传统。另外，明朝政府为巩固东南亚一带诸国作为明朝之藩属地位而进行了这一系列的远航。经商是次要的欲望，他们从这些国家中带回的主要是一些中国稀有的珍贵物品，仅仅作为礼品呈现给皇帝、皇室成员及朝廷上层官员，受益的利益群体为数寥寥。这期间中国对东南亚，乃至东非的交流更多的是向外输出，很少向内的引进，可谓是"厚往薄来"，与西方后期的东方之旅形成鲜明的对照。他们的主要目的十分明确，就是要建立殖民地，从这些殖民地中掠夺资源，其中涉及的各种利益群体十分庞大，这促使着海外扩张的深入和持久。郑和下西洋之后的一个阶段，由于中国国内重修大运河、修补长城、迁都等巨大工程之故迫使其海上活动暂告一段落。其中还有一个原因就是历代中国的朝代都遵循这样一个规律，就是所有朝代头一个百年多是思

---

① ［美］罗兹·墨菲：《亚洲史》，186 页，海口，海南出版社，2004。
② 韩胜宝：《郑和之路》，42 页，上海，上海科学技术文献出版社，2005。

想开放、世界主义的、扩张主义的；第二个百年是自满的；第三个即最后一个百年，中央政府的效能和活力减退，腐败增多，民变蜂起，纷至沓来，导致王朝倾覆。所以，郑和下西洋就在这种情况下必然地结束了。

在这些活动中，虽然没有过多地引入东南亚一带的文化，但是人们从中汲取了必要的活力，其中就有被东南亚"稀释"后的西方文化，为后期的西方文化的渗透奠定了基础，不至于使中国人感到天国外的异邦之音那么的刺耳。这些异域的交流，使中国人感受到了世界的幅员辽阔，风土人情的浩瀚，初步体验到他们的潜在的能力。

除了轰轰烈烈的文化互动之外，自古以来，中国与东南亚各国的联系如涓涓细流十分广泛，一则是由于陆路相连，在多数时期与中国接壤的国家是中国的疆域属地或是藩属之地，南来和北往的人口自由迁徙不断，他们大都受到中华文明的影响，从语言到行政管理各个方面都是中国的翻版，同时他们在各自的土地上，在自己的风俗中逐步形成了一些自身特色的、独特的文化特质。他们接受中国的科举制度，向中国进奉优秀人才。据载，仅越南黎圣宗在位的三十八年（公元1460年—公元1497年），开科取士达12次之多，取进士511名。其中与民族体育有关的武举考试情况为：

> 越南的武举与中国同。唐武则天临朝后，予长安二年（公元702年）始置武举……明初，也成立武学，设武举。清代从顺治年间开始，武科同文科一样举行乡试、会试。乡试中试者为武举人，会试中试者为武进士。越南后黎朝裕宗保泰五年（公元1724年）始试武举，三年一试。考试内容：先试挽马、舞刀；次试弓、剑、马鞘；又次策问以武经七书方略。后黎显宗四十一

年（公元 1780 年），重新规定武举试法。考试内容定为四场：第一场试挽刀舞弓；第二场试步弓、炮射；第三场先考驰马射，次考步斗刀、盾、马鞘、长剑；第四场，策问一道。①

二则人类对文明的向往驱使人们通过各种手段和途径寻求先进文化。东南亚一带的各个国家经常地、主动地以自己具有特色的、优秀的文化"产品"作为交流的必要中介同文化、文明大国的中国进行交往。交流频繁，必然产生融合互动。自汉代以来就在中国流传的"都卢寻橦"杂技就是从东南亚的缅甸传来。"寻橦"是一种缘竿的艺技，"都卢"即"夫甘都卢"国，是早先缅甸境内的一个小国。南北朝至隋初，扶南（今柬埔寨）、林邑（今越南南部）的乐舞，陆续作为贡品进献中原。扶南乐在三国吴赤乌六年（公元 243 年）传入中国。清朝宫廷宴乐中还有"安南乐"和"缅甸乐"。②舞、体交织，舞蹈的传入过程中，必然随携着适当成分的民族体育的成分，由于音乐、舞蹈是人们自古至今喜爱的娱乐形式之首选内容，借助这种形式传播其他文化是人们经常使用的方式，而且有些文化本身就是密切地交织在一起难以割舍，特别是在某种文化形态的初级阶段更是如此。比如黎族流行的"跳竹竿"就是音乐、歌舞与体育融为一体的活动。在这些文化的相识过程中，人们会对同属一类的文化产生好感，很快地将这些同质文化进行吸纳。越南流行的"爬柱子"与苗族的"花杆"比赛是同一种运动项目，这类现象格外多，

---

① 王介南：《中国与东南亚文化交流志》，202 页，上海，上海人民出版社，1998。

② 王介南：《中国与东南亚文化交流志》，194 页，上海，上海人民出版社，1998。

邻近的民族其民族体育活动内容如出一辙，只是形式上的变化而已，这都是彼此互动的结果。如在越南有"人棋"比赛，人充当中国象棋中的"棋子"，在宽大的场地上进行比赛。人们可以看到在中国云南、广西一带的民族体育项目繁杂，多是由于交互影响下产生的民族体育内容。这种情况与同异质文化的相识有些区别，对异质文化的第一反应是新异，引发人们的好奇心，进而促进交流，并且它们之间的融合需要较长时间。

神秘、富饶的东南亚，在近代以来一直被西方国家虎视眈眈，西方国家通过强大的海上军事力量进入了这一地域。最初的一段时间里，由于印度和中国的舰船船体庞大，占据着海上的优势，但是船大沉重十分不灵活，且火炮是固定在舷侧上的不能灵活地瞄准，严重制约着这些船只在海上与体小灵活、火炮可以机动转向的西方船舰的作战。自 1498 年以后的海战中，印度和中国的军事力量已经不能与西方相抗衡了，这使印度和中国的海上优势逐步让位于西方。但是，西方进入东南亚之后，他们的势力范围也仅仅是海岸周边的、火炮射程之内的狭小范围，面对历史悠久的亚洲帝国的控制，他们采取了一系列的物质利诱的策略，这种方式与他们的商业目的又是紧紧联系在一起的。就是这些物质上的前期侵入，在一定程度上推动了这些地区的发展。欧洲仪器是欧洲人近代技术进步的自豪，当作物质利诱的诱饵以礼物的形式送给亚洲人，比如自鸣钟等器物，亚洲人多以此为玩具。他们在亚洲所到之处建设工厂，生产一些对于东方人所缺乏的物质产品，颇受人们的欢迎，这充分反映了人类的文化交流总是离不开人和社会的基础需要，西方人对此深信不疑，这也极大地满足了他们的扩张需求。例如，后来的英国殖民者为了能将原材料和农产品快速地运往不断扩大的城市以获取高额利润，于 1855 年在印度开始修筑从加尔各答到孟买的首条铁路，以及大力发展邮政、电报业，这对当地的经济发展发挥着重要的推动作用。下面是一个生动的例子说明人的价值意识可以随着物质利益的改变发生动摇。

> 许多人怀疑具有强烈种姓意识的印度教徒未必愿意一起挤在火车上，但一开始火车就受到欢迎，证明了种姓等级意识适应环境变化的灵活态度。①

西方人同时也清楚地知道物质上的满足仅仅能够保持比较短暂的时间，必须进一步通过其他方式为人们的精神需要提供所谓的"养分"，以满足人们较为长远的、上层位的精神需要。进而他们对东南亚分散岛屿上处于原始神灵崇拜的族群实施了统一的宗教传播和控制，逐步扩大对这一地域的控制。比如在菲律宾，几乎所有的菲律宾人都在固守他们传统的同时，又真诚地向基督教信仰和仪式进行妥协，他们大部分人每年尽量去做一次忏悔，以清洗传教士判断他们所犯下的种种"罪恶"，菲律宾人对天主教圣徒的崇敬轻易地和他们被征服以前的偶像崇拜融为一体，基督教的神迹也很容易地融入了当地的法术之中，这可是征服者喜出望外的效果。

> 传播罗马天主教教义一开始就是葡萄牙人和西班牙人涌向海外的重要动机，他们把这看成新十字军东征。②

因此，人们这样认为西方近代向东方进军时是高举"基督教和香料"大旗。

---

① ［美］罗兹·墨菲：《亚洲史》，416页，海口，海南出版社，2004。
② ［美］罗兹·墨菲：《亚洲史》，332页，海口，海南出版社，2004。

　　1508 年被任命为东印度群岛总督和葡萄牙亚洲商业帝国总设计师的阿丰索·德·阿尔布克尔克，在1511 年就他夺去马六甲的计划写道：

　　我们的第一个目标将是为我们的国王完成把摩尔人赶出这个国家和扑灭穆罕默德教派之罪恶这一伟大事业……另一个目标……将是夺取这座城市以报效我们的君王，因为它是摩尔人年年贩运的一切香料和药物的源泉……我坚信，如果把马六甲的贸易从他们那里夺过来，那么开罗和麦加将彻底破产，而威尼斯也将得不到香料，除非派他们的商人到葡萄牙购买。①

　　他们的确如愿以偿，占据了这一战略要冲。这仅仅是他们的第一步，对于后面的西方人，以及耶稣教士来说，与后来所有的传教团体一样，中国是他们的主要目标，其中有一位急先锋那就是方济各·沙勿略②，但是壮士未捷身先死，没有实现他的远大抱负。随后则是利玛窦在中国进行了一系列的传教活动，情况决然没有菲律宾的场景重演，不过他成为中西文化交流的使者。

　　西方势力向中国的东渐路程中，其影响的表现形式主要在于当地人们使用的器物和生活习俗，此阶段有较多的西方体育运动项目登陆沿线，如印度的上层阶层人群钟情网球就是一例。西方的体育形式逐渐地影响该地域体育活动的形式和格局，如源于印度的"卡巴迪"起初只是一种古老的民间游戏，后来在西方体育形式的影响下，使用了西式的体育场地和比赛局制。还有源于

---

　　①．[美] 罗兹·墨菲：《亚洲史》，333 页，海口，海南出版社，2004。
　　②　方济各·沙勿略，天主教耶稣会创始人之一，传教士。为在东方传教，沙勿略于 1542 年到达葡萄牙在东方的据点果阿（印度），1545 年到马来群岛，1549 年抵达日本鹿儿岛，1552 年到达中国沿海，正准备进入中国时染病而死。

泰国的"藤球"运动有着悠久的历史，可追溯到15世纪。在泰国等东南亚地区，藤球是开展最为普及的一项民间体育运动，人们在劳动之余，围成一圈，把藤子做成的球用头顶、用脚踢，使之不落地。后受西方体育形式启发，在隔网的场地上进行。不过，这个过程中西方的影响力是逐渐发挥作用的，因此东南亚一带的民族体育自身所受的影响表现并不突出，东方传统体育内容依然受到人们的重视和喜爱。随着西方的思维方式和生活方式在不同层面影响东南亚，东南亚作为进入中国的桥头堡，它将西方的影响初步地东方化，以便为日后进入具有悠久历史的、本土文化特色浓厚的中国内地铺垫了基础。同时，近代以降，东南亚逐步出现了西方语境，西方的生产、生活模式逐渐被人们较为广泛地接纳，由此形成了一个影响中国的文化杂交国际大环境。

文化并无疆域，但文化的疆域每时每刻活生生地存在于人们的意识之中，历经长期的东方文化熏陶，东南亚地域的人们依然保持着东方文化底蕴，在吸收西方文化的过程中，走过了被动、无奈、抗拒、兴趣、主动、理性等几个阶段，和中国一样，西方人是十叩柴门九不开，开门也仅闪一隙。在中国，起初葡萄牙、英国等通商者们只能在规定的地点、规定的时段内进行有限的商业交往，只是在无奈地被西方列强的炮火轰塌了围墙之后，才大范围地广泛地接触异质文化。在这期间中国人更多的是与东南亚地区的文化交流，即使对待他们，中国朝廷也仅仅允许少数周边国家按照朝贡方式进行一些有限的贸易，不承认任何其他外交和商业往来。对来华朝贡各国，在贡期、贡道、贡船、贡使、贡品等方面都有明确的规定。同时实施程度不同的海禁，严重制约着海上的交流，重农抑商的意识十分突出。正是中国这样的态度，以及中国惯用借助自然地理屏障的行为方式，使中国南海成为中国控制的真空地域，为西方文化的挺进留下了空间。

在这些交流中始终没有再次出现像从印度引进佛教的情形，

对于这个问题，我们认为是中华民族文化已然成熟，自成体系，对新异文化的吸收更加的审慎。

我们从文化交流相互渗透的机制中，可以看出只有高浓度的文化才能向文化浓度较低的一方渗透，在近现代的东方各个民族、国家尚无一个发展迅猛，文化底蕴、文化含量、文明程度、文化浓度较高的国家，而中国的文化层次多数时期处于向其他地区进行渗透的位置上。然而，我们必须看到，近现代以来，中国对外的交流远远没有它应该达到的程度。明朝中后期的海禁，明显地影响和制约了中国的对外开放，弱化了对东南亚的渗透和影响。无独有偶，随后的日本德川幕府也实行闭关锁国政策。两个比较强大的东方大国鸡犬声相闻，长期不相往来，严重地影响着东方民族文化的发展。在这两个国家的后期发展轨迹上，一个继续保持原有的路线，另一个另辟蹊径，结果产生明显的不同。在社会学中有一个迟发展效应，这种效应相当于体育中长跑竞赛上跟随跑的战术，它可以有效地节省体力，保证最后超越对手。正像当年日本大规模地引进中华民族文化，以及后期积极向西方学习时期快速进步一样，中国进入现代以来，也打破了以往的闭关自守的状态，社会、文化、经济等快速发展也可以证明这一点。只有文化实现了真正意义上的互动，必然会产生有利于互动双方的发展。

第二节　近现代，民族体育在中西交流时的文化互动

近现代中西文化的交流可从器物层面和意识层面两个方面着手分析，这两个层面是文化的重要组成部分，文化的交流往往是从器物层面开始，因为器物具备满足人们的物质文化基本需要的

特征，十分容易被人们认可和认同，不易引发人们的抗拒和逆反。随之而来的是意识层面的交流，意识伴随器物，蕴涵在器物之中，意识又引导器物文化的发展，两者有机相融。它们的传播需要大量的时间，特别是对于一个具有悠久的、延续性的文化。由于意识带有强烈的民族文化特性，因此容易引起人们的警觉和对抗。这两者有机地融合为一体，在传播过程中，在意识的指挥下，器物扮演先锋角色，最终是以意识灌输和占据异质文化为目标。

人类社会由于生存的自然地理环境的差异，形成了丰富多彩的民族文化，但这些文化均为人类共同的财富，它本无差异，更无疆域，只是由于各种屏障的影响而导致彼此的认识模糊，随着人类互动的方式和方法的改进，人类的共同的文明成果理应被全人类所共享。

一、器物层面的交流

进入近现代以来，全球进入了一个前所未有的民族文化大交融时期，当然，这种交融依然是以强势文化为主动的一方，弱势文化处于被动位置上。如何衡量文化的强弱，近代以来主要是以工业化的程度高低作为主要的标准，因为生产技术系统是文化的重要亚系统，它决定着文化发展的速度和程度。在人类社会的发展历程中，人们可以清楚地看到生产技术的不断改进和提高，使人类对自然的控制能力日益增强，人类社会从当初的体能社会步入智能社会。仰仗生产技术，人类在一定程度上凌驾于自然之上，人类相信有了技术这个支点，就可以将地球撬起来，这样的豪言壮语充分地反映了智能时代的到来给人们的信心。生产技术系统打破了以往人类对世界的解释阶段，带领人们进入对世界的改造时期。就连教皇也无不感慨地在牛顿的墓碑上感言：

自然和自然规律隐没在黑夜中，
上帝说："要有牛顿。"
于是一切变为光明。

在人们的技术唯上意识推动下，西方的生产技术系统得到了极大的发展。欧洲在15世纪发明了曲柄、连杆与调节器，这种技术使连续不断的旋转运动取代了往复运动，使运动效率极大提高，机械制造业蓬勃发展，与之紧密相随的是武器制造的日趋精良，除了制造出威力巨大的铁铸大炮，还有轻便灵巧的毛瑟枪。

相对而言，在漫长的封建社会，中国的生产技术曾经领先于世界，在1453年，当东罗马帝国被奥斯曼土耳其灭亡，欧洲陷入一片混乱之中，中国在各个方面都傲视群雄，无与伦比地站在世界的前列。可是，到了16世纪前后，相当于明朝中后期，中国的领先地位已经不明显了，中西方基本上是处于同一状态上，甚至西方的生产技术已经超过了中国。中国昔日的辉煌在此刻已经开始暗淡，主要是由于中国的生产技术在经历了先期的快速发展之后，至此出现了减速趋势。如在北宋时期流行的较为先进的多锭纺车，到了明朝末期，大约经历了600年的发展居然无任何改进。而欧洲14世纪才出现的手摇纺车，比中国的手摇纺车晚了1600年，然而到了16世纪他们已经开始使用多锭纺车和自动纺车，从时间上看，历时不过200多年。中国的这种生产技术革新的速度必然使其运用于战争的武器装备依然是以冷兵器为主，刀光剑影的战场没有硝烟的"污染"。产生这样结果的背后，主要受到中国的生产方式是以极其分散的家庭式小农业和小手工业为单位，两者形成了牢固的结合，干好干坏最多受到家族长者的斥责，没有更严重的威胁，因而不利于社会分工的影响。而欧洲则是在庄园中进行的各种分工明确的社会成员的聚合组织，个体的生产能力以及他们的创造性决定着他们自身地位和生存空间，这为后来的社会独立的、专门化分工奠定了基础。生产技术的发展不仅提高了生产效率，更提高了社会发展的效率，它极大地推动了西方的社会整体发展，使他们的文化有了一个重大的突破，特别是文艺复兴之后，文艺复兴又进一步促进着生产技术的快速改良和发展，两者相得益彰。最终形成了以生产技术为标志的强势文化。

生产技术的不断革新，对资源利用效率也在不断上涨。为了满足日益增长的资源需求，西方工业国家不得不大范围地向海外扩张。近现代与中国在器物层面的交流可以从葡萄牙人运用各种手段和方法占据澳门为起点，随后荷兰人和英国人也加入这支队伍，再后来他们的队伍逐渐庞大起来。通过他们的到来，中国在此之后的历史时期接受了许多有利于中国后续发展的器物文化，同时也使中华民族遭受了莫大的精神耻辱。

这些器物层面的文化内容主要包括：天文学与修历、数学、物理学与机械工程、地理学与地图测绘技术、医药学、哲学与逻辑、建筑、绘画，以及火器理论与火炮制造。其中有些内容，中国是发明和发源地，但是中国对这些方面的应用方式和方法与西方不同，社会效益也大相径庭。比如火药是中国人发明的，可是中国将此运用到庆典和风水，很少运用到军事战争。自从与西方人的直接接触以来，中国人开始了对这些内容进行重新审视。

　　明末清初，战争频仍，与之相关的火器及火器制造尤为明清宫廷所需要，这刺激了传教士及其他在华人士对火器的研究。在理论上，汤若望著有《火攻挈要》，南怀仁著有《神威图说》，专门探讨炮战战术与火炮制造。一些与传教士有关或受其影响的中国人士也纷纷著书立说，投朝廷所好。如赵士祯编译欧洲书籍而成《神器谱》和《海外火攻神器图说》两书。徐光启的学生孙元化编著《西洋神机》一书。这些书的原本都是"得自西人"。

传教士们还投身造炮实践，杨若望曾帮助明军制造大炮抵抗清军进攻。南怀仁在康熙帝平定三藩之乱的战争中帮助清军铸造大炮440门。而从康熙十四年至六十年，清政府中央所造的大小铜铁炮一共是905门，南怀仁所造几占半数。还有其他许多传教士和葡萄牙士兵参加了造炮工作。如1629年，葡萄牙人公沙的西劳（Consales Texeira）应明思宗之邀，率领炮手、炮匠进京，参加明朝抵抗李自成的战斗。后又与徐光启合作，仿造西洋大炮。[①]

火器的大量使用，强烈地震撼着中国人的心灵。尤其是习武之人面对威力巨大的火器，无法想象和衡量自己的武功，曾经被人们看成刀枪不入的神功一时间失去了原有的功能，武术在人们心目中的地位飞流直下。正是由于这种因素的强烈刺激，才使后来的学校较为坦然地接受西方的体操和其他体育项目。实质上火器大量地进入中国后，开始并未引起人们的高度重视，在鸦片战争以后民族危亡摆在每一个中国人面前的时候，才真正地震撼了国民的心灵。

物质的利诱，只是一种先导，实质性的目的是要在文化意识上对占领地进行殖民。正如汤林森（John Tomlinson）在《文化帝国主义》一书中分析物质为先导的策略时论述到：

……就是某种东西"已经为某个地区接受或已经是某个地区习以为常的言行举止"，如何？这个用法，

---

① 张海林：《近代中外文化交流史》，32 页，南京，南京大学出版社，2003。

从"自然而然"转移到了"历史"的意义，是正确的。[1]

当人们在接触某种新颖的器物时，为之新颖所动，并对这种文化的功效感兴趣的时刻，已经说明他们开始接受它了。在汤林森著作的开篇，描述了一家人观看电视的照片，他们没有坐在摇椅上，也没有坐在沙发上，而是席地坐在毛毯、油皮鼓上，或者干脆以沙为椅。这是澳洲偏远的塔纳米沙漠的边侧的一家人被电视节目深深地吸引的场景。观看电视实际上隐含着深一层的意思，就是这些土著人的文化，正受到电视活动内容的威胁。有了这第一步，殖民者的第二步就比较好走了，先进的器物文化拥有者开始将这些器物廉价地换取殖民地的各种资源，这仅仅是行动计划的一部分，第二步就是要换取殖民地的思想意识上的认同，最终完成文化帝国主义全球化的目标，这种侵略较战争温和得多，它不叫"侵略"，而称之为"影响"，但这些影响要比战争侵略厉害得多。

在近现代，西方列强对中国的影响是双管齐下，既在战争的强力作用下，又伴随器物的大量渗透。例如英国人与中国的直接贸易是在1637年，一支由4艘商船组成的英国船队，在约翰·威德尔船长的率领下，强行炮击虎门炮台，然后闯进广州，卖出货物，买进生姜和糖。[2]在随后的一系列文化、社会、商业活动中，中国从国外得到了较多的工业、农业、地理、建筑、天文方面的实惠。

实施教育则是一种以器物形式为载体的文化实惠，西方人兴办的各类学校，以传播福音出发，实质上是传播他们的思想和意

---

① ［英］汤林森：《文化帝国主义》，48页，上海，上海人民出版社，1999。
② 张海林：《近代中外文化交流史》，80页，南京，南京大学出版社，2003。

识，就像对待爪哇人、印度人一样，西方殖民者对殖民地人口进行的西式教育是为了维持殖民地秩序的手段，这些手段不仅使受教育者掌握了西方科学知识和生产技术，还学习到西方式的道德意识。更有甚者是法国人，他们将完全吸收了课程内容、同化于法国文化以后的学生变成真正的法国公民，以此作为与欧洲其他国家竞争的手段。与非洲的由国家出资办学和亚洲的其他国家教会、商人办学不同的是，在中国，西方的传教士主要兴办的是教会学校。据统计，1860 年以前，基督教新传教士在通商口岸办有教会学校 50 所，学生 1000 多人。起初的学校规模十分有限，不少学校学生人数不足 10 人，这些学生大多是中国贫困无助家庭子女或流浪儿，教会学校且多以免收学费、膳食费，并提供衣服、路费方式开办，其目的主要在于传教，其实际效果也颇有收益。随后，中国的开放意识渐增，崇尚新学的观念日长，到1876 年中国各地的教会学校多达 350 所，学生 5975 人。1877 年上海举行了第一次传教士大会，会上美国传教士狄考文提出了改革办学模式、提高教育水平的设想，使教会学校发挥传播西学的责任。至此教会学校开始招收贵族子弟，开设西学知识和世俗知识教学内容，以专职教师任教，使教会学校得到了长足的发展。据调查，1920 年中国基督教教会学校 6890 所，在校学生达 20万之众。[①]在教会学校中，学生需要掌握各种知识和要求形成各种技能，突出地表现出他们的办学理念为注重人的全面发展。教会学校为中国带来了系统的西方民族体育。

由于冷兵器在战争中的作用锐减，武举失去使用意义和存在价值，康有为在《公车上书》就明确表示："武科弓刀步石无用甚矣。"武科终于被废除。这一制度的废止对中国的武备产生了深远的影响，以往这一制度引导和激励着百姓，是人们升迁的一

---

① 张海林：《近代中外文化交流史》，175 页，南京，南京大学出版社，2003。

条通道，是激发百姓习武的动力。没有这样一条通道和动力，中国的民众对于中华民族的武术的态度出现了茫然。即使在学校，教育部明令："各学校应添授中国旧有武技，此项教员于各师范学校养成之。"然而实际情况是学校中的体育课程和活动大多一边倒，西方体育占据主导地位。更有甚者，中国的军队中聘用了西方人进行兵操的教习，促进了士兵尽快地适应在新的火器时代作战的体能要求。在教育领域出现了新式学堂，在教会学校的教育模式的影响下，新式学堂，以及武备学堂都以一种新型的教育方式、方法实施着教育。西方体育成为主要的内容，据《中国近代体育史》记载，新式学堂中的体育课内容主要是击剑、刺棍、木棍、拳击、哑铃、足球、跳栏比赛、算术比赛、三足竞走、跳远、跳高、游泳、滑冰、平台、木马、单双杠、爬山等等体系尚不完整，然西方体育色彩浓厚的项目内容。武备学堂中则以"马队步队炮队及行军布阵攻守分合诸式"西式兵操为主要内容，辅之柔软体操、器械体操等内容。

　　面对西方文化突如其来的强烈冲击，一时间中国被笼罩在西方文化之中，当人们渐渐苏醒过来之后，土洋文化之争也由此拉开帷幕。对本土文化的珍惜，必须保证本土文化应有的地位，必须将本土文化在各个层面加以维护。在学校的体育课程中，武术的存在形式至关重要。其间，马良利用他的政治地位和社会关系不断地推广其《中华新武术》，这是一种借鉴兵式体操的操练特点，以分段分解地配以口令，易于集体操练的武术基本技术的演练方式，作为一种新的尝试，为后世的武术课堂教学提供了一定的思路，在当时发挥了维护武术地位的作用。但是毕竟是一种生硬地将两种不同质的体育内容进行撮合，不能很好地体现武术的特征和风格，故而是昙花一现。而真正能够对当时中国学校体育课产生影响的是中央国术馆教学模式，以及地方国术馆教学方法对后期学校体育课的影响，这些教学模式和方法很好地继承和发扬了中国传统体育传授固有的特长，较好地保留了武术固有特色。同时，中央国术馆仿照古代武举考试及近代体育竞赛制度开设的一种选拔武术人才的考试制度，以及倡导的"全国国术考试"模式为弘扬民族体育文化发挥了重要作用。

> 考试形式仿照旧时的童试、乡试、会试，设县考、省（市）考和国考；考试内容亦仿武科的外场（试武）、内场（试文），设术科和学科两门。按照1928年颁布的《国术考试条例》规定，各级国术考试每年举行一次，但实际上在中央国术馆存在的二十来年内，一共才举行过两次全国国术考试。各省（市）、县举行次数不等，亦有从未举办国术考试的地区。①

不论国人如何抗争，从中华民族体育在学校和在社会上的生存状态来看，确实受到了西方体育的强大冲击，生存空间日益萎缩。而西方体育活动内容和形式大显深入之态，普及程度大呈蔓延之势。但见：球类、体操、田径作为主要的西方体育体系在学校和社会各个层面被广泛地接纳，甚至距离西方势力入侵较远的西北地区也出现了学校的学生练习哑铃操、习练篮球的场面。

> ……所有的国家都被整编，在结构这个层面上，被纳入"民族—国家"体系与全球资本主义市场的次序，这是所有文化体在社会经济层面现代性的"宿命"；但这个整编过程是一个结构的"既成事实"，不是一个文化上的"选择"，一了百了，永远不可能回头地变动了文化的内涵，因为它所带动的是单方向的流动，从

---

① 周伟良：《中国武术史》，111页，北京，高等教育出版社，2003。

"传统"到"现代"的旅程。①

就体育而言人们的确难以看到中国人可以进行的所谓选择，他们没有自主性，仅拥有被动接纳的权力，当然也有主动接受的因素，完全是一种单向的文化渗透和传播。而且西方殖民者大量将其器物方面的东西永久性地建立在中国大地上，如篮球场、田径场等，通过这种物化的结构强烈地影响中华民族文化，一方面充实了中国体育结构体系，激活了中国体育文化的变革，另一方面对中华民族体育产生严重的制约。

二、意识层面的交流

在意识层面，首先人们可以清楚地看到，中国的皇权具有一元独霸和无所不包的特征，中国的皇帝在法理和事实上都是全国土地和臣民的最高所有者，可谓真正的"天子"，他的话是"金口玉言"，绝对的"一言九鼎"，同时他的权力从来没有受到宗教神权的约束。而15世纪前的欧洲其政治结构是以封建领主和采邑为基础的，领主是自己领地上的统治者，其他领主无权干涉他的权利和义务。统一的中央集权形式的王权是15世纪后出现的，欧洲总体统一王权存在的时间不过300年。国王、教会和世俗贵族是以某种契约维持阶梯式采邑分封关系，国王是贵族的成员，受到贵族拥戴才能成为国王。国王还要受到教会权力的制约，一方面改变领主及农奴的信仰，另一方面监督国王领主的言行。由此可以看出，中国的国家事务可以受制于皇帝的好恶，比如郑和的七下西洋。欧洲的统治者受制因素多，他们的决定往往受到种种制约，代表的阶层也必然多一些，比如英国持续的海外

---

① ［英］汤林森：《文化帝国主义》，265页，上海，上海人民出版社，1999。

殖民。因此，中西方的意识受到政治结构的影响必然出现不同的意识倾向，一定的社会结构决定着必然的社会功能。

利玛窦（P．Matthoeus Ricci）深知这一点，因此他进入中国，并能够在中国成功地实施他的传教活动也是得益于他对中国社会结构的深入了解。同时，利玛窦在中国传教有四个诀窍：

首先他把传教建立在广泛地交友基础上，有许多他发展的教徒都是他的亲密朋友。例如瞿太素这位其父为当朝尚书，本人是饱学之士，通过与利玛窦的接触深深为其渊博知识所倾倒，结为挚友，在利玛窦最困难之时有力地帮助了利玛窦在中国立足。

其次是他和他的助手大部分都是知识渊博的学者，懂得许多人文和自然科学知识，尤其是西方的科学知识，这极大地吸引着中国知识分子的目光。利玛窦的传教过程也是一种特殊的科学知识乃至思想意识的交流过程。徐光启是一位对中国农业科技有巨大贡献的人物，他的《农政全书》为世界名著。在他的成长过程中，慕名与利玛窦交往，后成莫逆。在北京期间，徐光启与利玛窦花费一年多的时间，将逻辑推理性强、结构科学严谨、欧洲中世纪流行的数学名著《几何原本》翻译出来。梁启超称赞该书："字字精金美玉，是千古不朽之作。"他们之后还合作翻译了几本著作，为中国的科技研究发展做出了应有的贡献。更主要的是徐光启不仅翻译西学，更从西学中汲取养分，将西方的水利机械结合中国固有的技术、农业结构制造出"龙尾车"、"玉衡车"和"恒升车"等三种效率较高的水利机械，为中国农业做出了实实在在的贡献。

第三点就是他把耶稣教义中国化，成为中国各阶层易于接受的宗教，同时他又是充当着将中国的佛教西传的角色。

第四点是他本人换去欧式服装，穿上中国佛教徒的僧服，穿上中国士大夫的儒服、儒冠，俨然一幅中国士大夫的样子，被人戏称"西儒"。

在利玛窦看来，中国的一切都是陌生而又富有诱惑力的，但是他很难对中国的文化达到深入的了解和掌握，比如他在对中国哲学的认识是：

> 中国所熟悉的唯一较高深的哲理科学就是道德哲学，但是这方面他们由于引入了错误似乎非但没有把事情弄明白，反倒弄糊涂了。他们没有逻辑规则的概念，因而处理伦理学的某些教诫时毫不考虑这一课题各个分支相互的内在联系。在他们那里，伦理学这门科学只是他们在理性之光的指引下所达到的一系列混乱的格言和推论。①

在这种心态左右之下，决定了利玛窦以拯救者的姿态极力向中国知识分子毫无保留地交流、传授西方实用的、客观的科学知识和技术。他欲力求在其有生之年，将人类的文明成果为人类更好地服务。在他的继承人中，如熊三拨（P．Sabbathinus de Ursis）在这方面的意识相对保守、谨慎一些。

利玛窦仅仅是在中西文化交流中的一位典型代表，在这个阶段中西的文化互动远远不是一个人能够完成的，它汇集了众多仁人志士的贡献，当然更有百姓们的功劳，如前所述中国民众进入教会学校的学习，掌握了西方的科学知识，形成了相应的意识便是一例。同时，传教士们的传教活动的主要目的是感召广大的民众皈依基督，起初他们的策略就是失败的，传教士们惊讶地发现皈依他们的信徒与异教徒们一起参加在他们看来是一种难以接受的"迷信"活动，令他们感到十分耻辱。事实上，中国人对祖

---

① ［意］利玛窦，［比］金尼阁：《利玛窦中国札记》，23 页，桂林，广西师范大学出版社，2001。

先的崇拜心理十分强烈，祖先不仅是个体的崇拜对象，也是社会和政治制度的重要偶像，宗法制主要依托祖先的强大作用得以维持。随后传教士们逐渐明白了其中的精髓，改变了策略。

早在中国传教之初，传教士就不能忍受上述所提到的任何仪式，但后来，为排除阻碍传教活动的某些困难，他们便开始忍受这些政治压力。①

岂有此理，教皇克雷芒十一世曾三次宣布中国礼仪为迷信，文化的入侵者竟然还有气愤和发号施令的权力，其推广的教义需要被传授者的认可、认同方能普及其教义，发挥其作用，因此被传授者应该是"上帝"，他们竟然敢对上帝动怒。而对他们的观点和戒律，在中国人眼中传教士们不但缺乏孝道，还缺乏起码的同情和谦逊。百姓对利玛窦抛弃家人独自来华传教的行为也颇有微词，李灿道：

若利玛窦泛海数万里至中土，曾携父母妻子来乎？彼利氏者，吾不罪其泛海远来之不孝，而罪其离身言孝之为大不孝也。②

当他们的策略改变之后，传教的道路通畅了许多。实际上他们已经在印度失败过，可以他们没有吸取经验，总是以老大自居，没有看清楚博大的中华民族文化顽强的抗拒能力和强大的同化能力，更没有看明白中华民族文化。这一点他们根本不能与东

---

① ［法］J. 谢和耐：《中国文化与基督教的冲突》，217 页，沈阳，辽宁人民出版社，1989。
② 李灿：《劈邪说·破邪集》，卷五，26 页。

方人的智慧相提并论，需要派朝鲜人将其"眼术"教诲一番西方人。百姓才是社会、文化发展的真正动力，只有他们对吸纳和传出的文化加以采纳才能达到完全意义上的文化互动。

由于祭孔祭祖的"礼仪之争"的事端最终使中国朝廷下决心禁教，到雍正年间，在中国的传教士已屈指可数，除可数的有一技之长的传教士留在宫中外，大多数被驱逐或隐居山林。然而，在这次争论过程中，来华的传教士们返回欧洲向罗马教廷申诉自己的观点，还著书立说将自己在中国的所见所闻介绍给欧洲人，以企图争取同情和支持。这些活动竟然意想不到地使欧洲出现了持续的中国热，汉学得以兴起，使中国哲学和宗教传入西方。正如当时法国史学家圣西门（Sain Simon）在《人类科学概论》中所说：

> 有关中国的争论在尊孔和祭祖等问题上开始喧嚣起来了，因为基督会会士们允许其新归化的教徒们信仰之，而外方传教士则禁止其信徒们实施之，这场争论产生了严重的后果。[1]

我们认为其"严重后果"就是在欧洲先后出现了《耶稣会士通信集》、《中华帝国全志》和《中国杂纂》三本有关中国的期刊，专门收集发表耶稣会传教士的通信和著作。这些使欧洲人认识了中国的人文思想，是最大的受惠方，并不存在所谓的严重后果。正是通过这次争论，欧洲的诸多知名人士如莱布尼茨、孟德斯鸠较为全面地认识了中国，并对中国产生极大的兴趣和对中华民族文化产生向往和爱好。

---

[1] 楼宇烈，张西平：《中外哲学交流史》，233 页，长沙，湖南教育出版社，1998。

戈特弗里·威廉·莱布尼兹（Gottfried Willheim Leibniz）是17至18世纪欧洲百科全书式的科学家和哲学家。他首次了解中国是通过与法国传教士闵明我的交谈，之后是与耶稣会士白晋等其他传教士们的通信和通过阅读一些书籍掌握了中国的情况。莱布尼兹研究过中国的孔子、"理"、"气"和太极，提出了自己独到的见解和观点。比如他对"理"、"气"和"太极"之间的关系的理解是："当龙华民神父说太极本身包含理和气时，不要把这句话理解为它是由理和气组合成的，而只应理解为它包含理和气，就像一个结果包含它的前提一样，因为太极是理作用于气，从而以气为条件。"①通过这种逻辑关系，简明扼要地将复杂的中国传统哲学做了一个明确的解释。同时，他对伏羲黄老的阴阳学说极感兴趣，并通过对这些理论的研究，提出了二进制的理论，为西方的数学做出了贡献，以至于为计算机语言打好了基础。欧洲人善于对事物进行抽象，这种观点虽然没有很快传回中国，但在中国人们长期的实践活动中已经深入地将此关系梳理清楚，并运用于各种社会活动之中。民族体育中的太极运动是最好的诠释，中国人将这项体育活动发展成为一种"人化的自然"，中国人对自然崇拜备至，各种理念都是以自然为前提，在人类社会不断发展前进的过程中，人的作用只有在体能社会中受到应有的尊重，而进入智能社会的时代，人被忽略、被忽视，这不仅仅是武士的社会地位的下移，更是普通人地位的下降，特别是中国重文轻武的社会思潮蔓延之后，人越来越像中国绘画中的人物，日趋渺小。在这种情况下，民族体育领域意识到这种现象对人性的忽视必将产生消极的影响，因此中国开始运用特有的理论和运动形式将人回归自然，保持原有的人的生存状态，以及民族体育的原

---

① 楼宇烈，张西平：《中外哲学交流史》，342页，长沙，湖南教育出版社，1998。

生态。这种内在变量在孕育到一定程度后需要外在变量的激发，这个时机恰如其分地到来了，冷兵器的逐步退出历史舞台，随后中国人开始引进西方的哲学、科学理念，其中严复等人批判式地接受了西方的理论，其中就有莱布尼兹对太极等理论的思考，为民族体育在新时代的发展提供了思想动力。

洋务运动时期，中国新兴了大量的学堂、海关、制造、矿务、轮船、铁路、电报、纺织、练兵等行业，这些新兴的行业在中国本身培养的科举人才中，几乎没有几个人能够胜任，因为中国的科举制所选拔的人才偏重人文，在自然科学和实用技术方面可谓是人才匮乏。因而，清廷不得已考虑从国外引进，当时的心境："今中国之欲讲求制造轮船、机械诸法，苟不惜西士为先导，俾讲明机巧之源，制作之本，窃恐师心自用，徒费钱粮，仍无裨于实际。"①正是不得已而为之，然而必要的科技是社会发展的必需因素，中国的发展急需这些因素对已经落后的社会技术体系予以支持。在这种背景下，大批的外国专门人才和部分素质较高的传教士在清朝官方的正式邀请下投入到洋务运动中来。与民族体育有关是练兵人才的大量引进。

同治年间，李鸿章所部淮军开始聘请英法军官充当军事教官，以便更好地发挥淮军洋枪洋炮的作用。据统计，在25名淮军教官中，英籍教官占了15名，法籍教官2名。此后，清政府实施"练兵"计划，在天津、上海、宁波、福州、广州等地分别聘请英法官兵，用西法训练八旗兵和绿营兵，中国陆军开始了向近代军队的转变。②

① 张海林：《近代中外文化交流史》，167页，南京，南京大学出版社，2003。
② 张海林：《近代中外文化交流史》，169页，南京，南京大学出版社，2003。

随着德国在军事领域优势的突显，中国开始从德国聘请军事教官和顾问。其中有一位瑞乃尔为了推销克房伯炮来到中国，在中国因出色的表现而被聘任负责训练士兵，在教习之余，他还参与翻译德国的军事著作，曾口译《体操法》和《七密里九毛瑟快枪图书》，对中国的军事理论和教育发挥了积极的作用，进一步促进了冷兵器在中国军事领域快速"退伍"，使早已从军事中分化出来的武术进一步民间化。中华民族体育在这个历史时期，已经开始担当起了对人性关注的"人化的自然"的重任。在这个时期西方国家还热衷于技术层面的革新，沉迷于技术带来社会快速发展的快感之中，他们没有，也暂时不会想像人化的异化，技术的异化的威胁正在一步步地威胁着人类的生存。不能说中国人是先知先明，起码在这种状态下，还有比较清醒的人思考着、怀念着传统文化的优势，还有许多无可奈何的人不得已从事着传统的民族体育，还有许多人习惯性地一如既往地进行原有的蕴涵民族体育内容的生活方式，他们也许没有想到，这一切为后续的人类的健康保留了珍贵的财富，为尊重人性作出了有益的铺垫。

当人们发现民族体育不仅仅是一种肢体运动的时候，当人们认识到民族体育还能够具备其他功能的时候，他们自觉地利用这一工具进行捍卫自身利益，特别是武术这种脱胎于军事战争的工具。与西方文化交流冲突是难以避免的，民众对种种西来器物和意识直接或间接地影响威胁其生活方式的时候，他们倍感信仰自由受到干涉，田园式的经济生活受到威胁，尤其是当西方部分不法分子对国人进行蔑视和侮辱，横行霸道对国人进行殖民之刻倍感愤怒。终于在山东义和拳基础上发展起来的义和团揭竿而起，向洋人宣战了。义和团成员们多数是具有爱国热情的血气方刚的、有一定习武经历的义士，他们受中国传统文化的熏陶，明白习武就是为了强身保家、强种卫国，在民族危亡之时，就是他们挺身而出之际。他们知道火器的威力，但是他们无所畏惧，沿袭白莲教的杂拜各家鬼神偶像的传统，以及吞符以避刀枪的习俗，四处对作恶多端的传教士及其教徒进行打击，一时间应者浩荡。这时的武术已经超越了军事工具的范畴，成为凝聚民族精神，保家卫国，振奋民族文化的载体。

> 1900年春天，山东少数团民转移到直隶南部，当地人民纷纷邀请他们前往设坛授拳。开州、献县、景县等地，很快出现了"习拳者益众，焚香设坛，人心若狂，官亦不敢过问"的局面。在河间县，义和团于1900年3月初"公开传习"，数旬之间遍地皆是。在盐山县，义和团于4月间进入县城，有"很多人公开在大街上，甚至在衙门附近练拳，知县也无可奈何"。①

为了镇压义和团，实际上是以此为借口扩大其殖民统治的范围和成果，八国联军进军中国，在中国大地上实施了惊心动魄的屠杀和掠夺，其中许多传教士在其中充当翻译、情报员、向导，甚至加入部队成为指挥官共同参与侵略战争。剥下传教士伪善外衣其贪婪暴劣的本性昭然若揭，他们已经背离了基督赎罪求民的宗旨，陷入了魔鬼的罪恶深渊。义和团运动是武术在军事领域的最后一次展示，其结果可想而知，两种差异悬殊的兵器较量，纵使武功再高强，也难以抵抗火器之利。在这一战事中，武术技术虽然难以抵御火器技术，但是人们看到了中华民族对文化传统的青睐和高度的认同，看到武术广泛的群众基础，脱离军事之后的武术依然以其原本的技击价值见长。通过这次战争人们进一步认识到武术在近代战争中的技击能效依然存在，且依然有效，绝对不是人们想像的武术已经完全失去了其基本功能，这正是武术之

---

① 张海林：《近代中外文化交流史》，226页，南京，南京大学出版社，2003。

所以长期生存和发展的客观基础。

冲突是一种人们不愿意看到的互动形式，但又是一种不可避免的互动，激烈的冲突均会给互动双方产生震撼，使双方修正自己的互动方略。不过，西方人推崇社会达尔文主义，认为他们是适者可以生存，能够发展，而被殖民者是劣者，应被淘汰。这种思潮极大地支持着西方的入侵者，即使遇到顽强的抵抗，他们也依然坚信这个主义，该主义成为西方帝国主义和种族主义的哲学基础，很快地转变观念有一定困难。作为中国，人们清醒地认识到漫长的封建历史，我们的科学技术落后于西方，必须奋起直追，应放弃闭关保守的思想，以"中学为体，西学为用"等为代表的思潮，引发着中华民族文化的复苏。西方帝国主义看不起一切非西方人，这是其本性，这种角色的反转深深震动了亚洲人，他们需要比任何时候更要昂起头来，低头做人永远无法出人头地，即使在该阶段的亚洲人，包括中国人，依然确信西方虽然暂时在物质上领先，东方则仍然保持着精神和文明模式上的优越。同时，中国人也给达尔文主义一个有力的回击，用事实说明了财富不是生存的标志，精神才是生存的根本，文化才是生存的基准。

严复在此期间翻译了大量的西学论著，从中他发现了值得中国人学习和借鉴的学科理论，倡导了具有改革精神的一些思潮。在他翻译了《天演论》后引起了国人的高度关注，有关"天演"、"物竞"、"淘汰"、"天择"等成为当时的热门词汇。这些达尔文、赫胥黎观念对于中国的文化领域来说是一种异曲同工的陈述，因为在中国传统文化已经存在类似的描述。比如黄帝之学中将宇宙的道理分别推演出"天"、"地"、"人"，有了"天制寒暑，地制高下，人制取予"的思想，这种思路是世间一切都应当仿效"天"、"地"，"顺天者昌，逆天者亡"，在这种思路下，天文历算、杂占医方、军略政术就有了一个共同的"数"。

不过中国人的出发点欲告之、教化民众，自然界的规律必须遵行，在遵守自然规律的前提下，人们可以参照这些"数"达到"抱道执度"的境界，以求得合理的生存，争得合法的地位。因此中国传统哲学对人的尊重非常突出，它看到了人的力量在适度范围内可以改变自身处境，以便更好地生存。实际上中国的科举制度是中国人一种有效的竞争方式，国人已经将竞争的意识转化为实际行动，同时将残酷的竞争人性化，克服和避免了无谓竞争所带来的不必要的能量耗散。在中华民族体育中竞争是要求人达到内外相合的状态，在较少竞争的氛围中追求着人际互动的娱乐，而非仅仅是肢体技术的高下之简单区分。严复通过翻译充分理解了《天演论》的理论，就是要告诫国人在外强的残酷现实中振作精神，变法图强，避免在国际大环境中被淘汰。虽然中国人的思路和行为有其优势，但是在面临国际大环境的竞争中，就必须"知己知彼"，要克服中国人"好古而忽今"的价值观，从"民力、民智、民德"全方位地进行提高竞争能力，防止裹足不前。他的这种"尚力"思想是中国长期的封建历史中久违的意识观念，魏晋以降不尚力，少竞争，竞争被保守思想包裹，个体价值和能量得不到激发和发挥，已经在一定程度上影响着中国的发展。尚力就必须在民族体育方面率先发挥作用，使民族体质得到提高，使民族精神得到体现。

……在严复的鼓励下，一大批优秀知识分子各个激昂文字，诉诸"武"力。

梁启超在《论尚武》中说："中国以文弱闻天下，柔懦之病，深入膏肓"，"我不速拔文弱之恶根，一雪不武之积耻，20 世纪竞争之场，宁复有支那人种立足之地哉？"陈天华在《国民必读》中把尚武精神列为国民教育内容，并断言中国非到"人人有尚武精神，人

人有当兵资格"决无希望；邹容在《革命军》中则把
"养成冒险进取，赴汤蹈火，乐死不避的气概"当作革
命教育的重要内容……①

在严复的倡导下，中国人开始了现代体育活动，特别是个人
的体育锻炼从这时开始了。一个民族长期不尚武必然引发不良的
社会后果，即使自认为我们的民族体育蕴含种种竞争，但是这种
被包裹得严严实实的竞争越来越走样，难以被人们认识，直接影
响着国民的体质和精神状态，时代需要人们通过尚力、尚武振奋
起来。

与此同时，人们还从日本的崛起中，发现日本在学习了中华
民族传统文化后，始终没有放弃自身演化出来的尚武精神，这种
"武士道"是保证他们前进的重要精神动力。日本的"武士道"
表面上看起来残忍无道，实际上在塑造人的尚力过程中，他们采
取了诸多方式和方法使武士们文武兼修、文武双全，因此在尚力
的基础上，他们受到种种"文"的教诲，如诗、赋、琴、棋，
以及茶道等方式将"武"柔化成一种有序的竞争精神。这种方
式能够有效地避免过激的竞争，使竞争意识融合在社会生活的方
方面面，演变成为一种社会意识，防止单薄的武士阶层孤独地奉
行其道，无法影响社会成员的意志而最终销声匿迹。

> 茶道不仅是礼法的一部分，它同时是一门艺术。在
> 茶道中，人们的动作有诗般的韵律。茶道是内心修为的
> 外在体现，而这是这门艺术的最精华内涵。学习茶道的
> 门徒经常会留恋于茶道的各种细枝末节，然而茶道在本

---

① 李力研：《野蛮的文明——体育的哲学宣言》，303 页，北京，中国社会出版
社，1998。

质上是一种为了精神的行为。①

在上述这些因素的综合影响下，近代中国掀起的"尚武精神"使广大民众重新认识了"力"和开始了新一轮"力的崇拜"，使体育运动这个地地道道的西方个人主义和民主主义的产物，开始较为广泛地植入了中国领土，渗入到中国人的心田，潜入中华民族体育文化体系，这是任何一个时代所没有的一种变化。衡量一个文化的先进程度，人们主要以生产技术系统这一量化程度高的文化亚系统为主要标准。在以往，中华民族在生产技术系统为先导的文化上处于世界的领先地位，为当时的强势文化，因此，中国的文化与外界的交流多以向外渗透为主。到近现代，由于我们在生产技术系统方面落后于西方国家，交流的方向发生了改变，体育文化是一个表现显著的例子。

伴随着生产技术系统的器物层面的大范围的渗透，意识层面的渗透也十分广泛，在这一时期除了诸多思潮的影响外，还有一个非常重要的思想强烈地震撼着中华民族，为中华民族带来了根本的思想变革，这就是马克思主义的传入。

中国的热血青年们充满激情，为了拯救民族危亡，他们四处寻求真理，寻求解决中国问题的理论。同时，他们也很快明白仅仅仿效西方的自由民主不能解决中国的实际问题，公民自由和民主选举在军阀统治下的中国是毫无意义的。改良主义者的解决办法在一个数千万农民营养不良或死于饥馑的国家是愚蠢的。即使能够进行公平的选举，并建立西方式的议会作为有效的统治机构，中国极其严峻的危机根本就没有时间等待立法者辩论清楚了再去解决。民选政府的部长们都没有什么军事影响力，很难面对地主武装和顽固的地方反对势力，以推行本意良好的重分土地和

---

① ［日］新渡户稻造：《武士道》，39 页，北京，企业管理出版社，2004。

救济贫民的计划。中国的许多知识分子、学生和民族主义政治家意识到中国需要更加激进的解决办法，20世纪20年代，这一信念使共产主义在中国民族主义运动中兴起。当时人们看到了前苏联的成功实例，看到了西方列强在巴黎和会上瓜分中国的险恶用心，李大钊、陈独秀、毛泽东等人在不断认识马克思哲学思想的过程中，认为中国革命应将先锋队成员定位于广大农民，而不是人数较少的工人，通过这种适合中国实际情况的创新，使马克思主义在中国生根。

马克思主义哲学中国化的主要代表是毛泽东，他使马克思主义在中国大地上开花、结果。同时，马克思主义学说理论在中国得到了的进一步发展和完善。

> 20年代初中国共产党成立以后，随着大革命时期工农运动的高涨和大革命的失败后土地革命的深入，马克思主义哲学不仅成为工农运动中占统治地位的指导思想，而且进一步在文化教育界扩大了影响，成为中国哲学发展的主流。随着抗日战争时期马克思主义哲学中国化的完成和解放战争的胜利，以中华人民共和国的成立为标志，马克思主义哲学的统治地位由党内扩展到整个大陆的思想文化领域，成为国家意识形态的哲学基础。①

毛泽东不仅是思想上的巨人，还是体育活动的忠实践行和倡导者。他身体力行地长期从事着体育活动，从乒乓球到游泳，从实践中提升理论，从《体育之研究》的论述到"发展体育运动，

---

① 楼宇烈，张西平：《中外哲学交流史》，467页，长沙，湖南教育出版社，1998。

增强人民体质"伟大号召，无不闪耀着他以修身为途强种、强国的远大抱负。"体育者，养身之道也"，"善其身无过于体育"，"人者有理性的动物也，则动必有道。然何贵乎此动邪？何贵乎此有道之邪？动以营生，此浅言也；动以卫国也，此大言也。"毛泽东将体育的功能从单纯的生物功能拓展到社会功能，号召人们"野蛮其体魄"、"文明其精神"。在毛泽东的号召下，新中国出现了前所未有的广泛的体育活动，各式乒乓球台案成为城乡的风景；广播体操成为单位、学校、机关工作的重要构件；丰富多彩的民族体育活动得到广泛开展。国民的精神风貌、体质状况明显好转。

民族体育是中华民族优秀的文化特质，在新中国成立后，得到了应有的重视。1953年11月8日至12日，中华人民共和国成立不久，在天津市举行了全国首届民族形式体育表演及竞赛大会。参加本届民族形式体育表演及竞赛大会的有来自全国各地的满族、蒙古族、回族、藏族、苗族、朝鲜族、纳西族、汉族等13个民族的395名运动员。这届民族体育大会充分地展示了中国人的博大胸怀，从项目设置上可见一斑。体育项目分竞赛、表演和特邀表演三部分。竞赛项目有举重、拳击、摔跤、击剑和步射；表演项目有武术（又分拳术和器械等383项）、民间体育（分石担、石锁、弓箭术、弹丸、爬杆、跳板、木杠、皮条、沙袋、地围、跳桌、筋斗、叠罗汉、大武术、五虎棍、打术、跳术、跳绳、飞叉、中幡等22项）、骑术（各种马上技巧表演9项）三大类；特邀表演有马球、蒙古式摔跤、狮舞、杂技等。可谓中西合璧，突出了民族特色，极大地弘扬了民族精神，加强了民族团结，鼓舞了国民士气。

进入中国改革开放阶段，中西的文化交流又上层次，如今的交流已经不是以前的被动和盲目，现今的交流是本着相互学习和借鉴的原则，将人类的共同文明成果加以充分利用的全新历程。

任何思想上的交流都具有一定的连贯性，这次交流在某种程度上是在延续以前的基础上，深入的交流阶段。进入现代社会，人类共同遇到一个十分棘手的问题，人类出现了非病理性的"烦恼"，医学哲学认为这是由于"人体病理的形式是生物学的，而内容则是社会学的"。罗素（Russell）认为由于审慎（即智慧）对热情（即欲望）的冲突是一场贯穿全部历史的冲突，在这场冲突中如今人类的激情丧失了，一切让位给了理性的智慧；海德格尔（Heidegger）认为这是科技异化的恶果，他指出科学是现时代的根本现象之一，现代科技对人的生存世界产生巨大危害，这种危害破坏着人类固有的物种属性和生命机制，破坏着人类的肉体与心灵，破坏着人类的健康；弗洛伊德（Freud）说人类有了技术和文化的巨大成就后，文明并不能使每一人感到幸福，是由于历史本身不是一个逐渐完善的过程，而是一个本能控制不断加强的过程，文明的法则使大多数人感到生活的艰难，从而引起对现实的反感而出现精神病发作等等观点。①总之，人类在现代社会中遇到了人自己所创造的文明的困扰。哲学开始反思理性所带给人类的负面影响，以及应对措施，出现一种新的哲学思潮，即非理性主义思潮，这种思潮强烈地影响着西方社会，强化了西方体育以追求个人意志，实现个体价值的社会价值观体系，而忽视社会的合作及其精神共享，西方的民族体育转化为自我实现的"锻造车间"，竞技比赛成为利益的"分割器"，人性被扭曲，体育的社会问题，尤其是越轨问题日趋严重。同时，这种思潮伴随着西方的竞技体育对中国影响逐渐地深入起来。

这个时代，是全球范围内一个推崇非理性主义的时代，当然人们不能离开理性的引导，理性和非理性的有机结合在这个时代

① ［美］罗兰·斯特龙伯格：《西方现代思想史》，北京，中央编译出版社，2005。

达到一种理想程度，特别是在体育文化领域。社会需要体育激发人们的非理性的激情和热情，同时又通过体育文化潜移默化地灌输社会、文化的规范。在这样一种场合中，昭然于世的体育成为人类理性与非理性较量的舞台，人类意识活动中的两个难舍难分的对立物在这一舞台上进行着长期的角逐，此消彼长，与社会、文化、经济息息相关。在现代社会科技极大地助长了理性的气势，西方竞技体育中外在变量，也就是科技变量越来越深入、广泛地制约着体育的发展，使体育日趋成为科技产品的代言人，人在体育活动中成为科技的奴隶。不过不容置疑的是现代体育运动的水平快速提高可谓前所未有。正是如此，人们开始反思，开始寻求体育文化的原生态的内容和形式，非理性发挥着越来越大的促动作用，人们欲求从体育活动中，发现体育在现代快节奏、高压力的生活中为人们提供回归人性的力量和途径。固然，非理性也得益于科技使某些理想变成了现实，比如科技使人们能够体验到人对有机体合理控制的能力快感，人们可以从事各种利用了科技手段完善后更为安全、可靠的体育活动项目并从中体验乐趣。故而，我们认为这个时代是理性和非理性结合比较理想的阶段，这构成了一个大的全球体育文化环境。

随着近现代科技的进步，交通、通讯网络将世界编制在一个日趋缩小了的物理空间之中，生活在全球各个地域的人群已经不能拒绝无孔不入的近现代文明。在这种环境中，中国的民族体育文化在近现代强烈地受到西方体育影响，特别是西方体育大范围地登陆，使中华民族体育生存空间日益萎缩。造成这种格局的根本是中国长期以来未间断的文化从未受到如此大面积的文化入侵，突如其来的文化"影响"和"对比"，使中华民族文化这样一个曾经是至高无上的文化形态顷刻间跌落到深谷，巨大的反差，广泛的非理性驱动，科技理性的深刻渗透使中国人无所适从，许多人由此产生极度自卑，甚至有人在 20 世纪初开始将自家的"粮店"捣毁，改食西洋套餐，①结果是可想而知的，大多数人"消化不良"，更使中华民族文化受到了重大创伤，产生有史以来的首次文化断裂，中国人的理性难以产生强有力的支撑，出现了理性与非理性的失衡，社会价值体系出现了混乱。中国人不像日本人，他们早就主动地"脱亚入欧"，积极地向西方学习。也不像阿拉伯人，他们曾经与西方文化有着密切的联系，甚至是现代西方文化的拯救者。故而他们在应对西方文化帝国主义的入侵时相对地坦然一些，更加地理性一点，社会的变迁更趋平和一些。

三、体育层面的交流

随着西方工业、科技文明的催化，西方体育急速地膨胀，快速地影响着全球。在这个时期，尤其是工业化之后的欧洲生活方式发生了比较大的变化，大众性的城市休闲文化开始兴起。例如报纸上刊登的是人们普遍感兴趣的故事，报纸的订阅者达到几百万，休闲、体育运动、漫画、戏剧、假日旅游纷纷登场，逐步成为人们的休闲生活主旋律。

集体体育项目恰好表现出了19世纪后期闲暇革命的复杂性。西方的这个领域正在进行着另一种不久将会产生国际影响的变化。美式足球和垒球在业余和专业范围都成了新的兴趣中心。这些新的运动反映工业时代生

---

① 南怀瑾：《论语别裁》，6页，上海，复旦大学出版社，1990。南怀瑾先生形象地将中国的儒、释、道三者比喻成三家大店。佛学像百货店，里面百货陈列，人们可以在有钱有闲的时候去购物，也可不去，没钱闲逛无人反对；道家像是药店，不生病可以不去，生了病则非去不可。该药店有治疗各种类型疾病的药物，无论生病的是集体还是国家；儒家孔孟思想则是粮食店，是人们日常生活万万不可短缺的，天天要吃的口粮，更是中国人的精神粮店，是不可或缺的店铺。

活的特点。虽然是以传统游戏为基础的，这些运动靠规
则和仲裁组织起来。他们教导合作与纪律的美德，有为
将来的工作或者军队生涯做出准备的意义。这是很好的
商业领域，大批以橡胶材料球类为基础的体育器械、专
业运动队以及运动场馆，很快成了主要的实业项目。但
是运动也是冲动和暴力的表现方式。他们表达非理性的
群体忠诚，在 1896 年开始现代奥林匹克运动会以后，
体育运动甚至成了表达民族情感的一种方式。①

　　强大的以欧洲为主体的西方文化在这个时期的体育文化出现
两个十分特殊的趋势：

　　第一个就是传统游戏的规则化和组织化，一改以往那种相对
自由的体育活动形式。这种趋势的出现，我们认为是由于西方工
业社会的进程，使社会结构发生变化，如前文所述西方社会是以
某种契约维持阶梯式采邑分封为主的社会关系，国王是贵族的成
员，在贵族社会网络中受到拥戴才能成为国王。之后则是由相对
自由的、以地缘和业缘为主体的社会成员在社会分工逐渐细化的
社会中彼此建立了种种联系的社会体系，它已经成为一个相当庞
大的体系。对这种社会体系的管理需要法律、契约、合同等制度
进行网络式的制约。体育运动体系是一个发端于松散的游戏活动
的内容，存在着自由和散漫的原本属性，因此西方体育的绝大多
数球类项目使用的器材是以球体为主，球体可以自由地运动，象
征着自由。这样一个离散度较高的体系在分工日趋严谨的社会大
背景熏陶下，人们有意无意地将文化、社会规范施加到体育活动，
从而西方体育项目多采用长方形的场地，以意寓各类规范，使用

---

① ［美］皮特·N. 斯特恩斯等：《全球文明史》，北京，656 页，中华书局，
2006。

技术规范、竞赛规则、仲裁组织使从事这类活动的人群能够感知、体验社会法制和契约。在这种系列的规范制约之下，体育本身所固有的竞争被公平化、公正化，由此体育中产生的竞争结果成为世人公认的结论。人们没有想到，富于活力的体育文化将此升华为一种公平竞争精神，反过来强烈地影响着整个社会体系。

第二方面是西方体育在成熟发展过程中，更多地迎合着城市市民阶层的需要，使体育活动内容和形式被广大的市民接纳和推广，而且大部分的体育项目可以讲是一种城市化的文化，即使它们原本来自于田园、农场和牧区。对此我们认为，西方的城堡意识是其早期国家的主要形式之一，城市构成社会的中心，有制度确立的国家政治权力、纳贡或纳税、文字、社会的分为阶级或等级、制造、商业、服务，以及庞大的建筑群，各种专门的艺术和科学等等象征着文明的事物均集中发生在城堡或城市之中。城市成为人们主要聚居形式，城市成为国家载体，这样国家原模深刻、长久地影响着社会结构，后续的文化继承了其传统，社会也难以改变人们的习惯。在较多的书籍中竟称西方的某些国家为城市国家。另外，经过城市文化的改造，或直接从城市中诞生的体育文化本身就没有考虑其乡村适应性的问题，因此，很多项目和内容的适应范围仅限于城市。来自乡村的民族体育或城市体育经过城市生活方式锤炼，借助城市文化的强大辐射力向城市周边扩展影响，带动了乡村和牧区的体育活动的格局产生相应变化。

在中西文化的交流和碰撞中，人们原本认为起源于西方的体育难以在以农民为主体的中国生根开花，至于结果就更不可能了。可是意与实相悖，西方经历周折，西方体育大面积地登陆，并且在中国大地上实实在在地生存下来。长期在宗法制统治的中国，以人治为主的社会控制模式，血缘亲情和道德伦理维系着人际关系和社会分工，人们很少使用契约来确定人际关系和社会结构，清晰的血缘关系加上混沌的伦理道德，强硬的宗法加上温柔的习俗，使中国人生活在一个不同西方社会体系的网络之中。民族体育活动的内容多有祖先崇拜的成分，习练的方式中也有诸多的礼仪讲究，技术体系纷繁庞杂，缺乏统一的技术规范，没有严格意义上的竞赛体制，较少严谨周密的组织方式。这种与西方文化格格不入的文化形态在社会进程中随着清朝政府统治的结束，几乎是顷刻间中华民族产生了翻天覆地的变化。这种情况的发生，可以认为是一种"蜕变"，一种类似生物界的文化蜕变，蜕变是正常的，是文化发展的必然。

　　有机体进一步发展的每个步骤——特别是智力方面——常常是所有刚性结构的两种对立而又不可分割的方面的特殊妥协。每有刚性结构，有机体系统的高水平一体化是不可能的，但是在任何情况下，如果现有系统达到高水平的一体化与和谐的话，那么这种系统的结构就必须是松散的。这种不幸的窘境是一切有机体进一步发展的基本特征。当一个甲壳纲动物蜕皮时，当一个人经历青春期从儿童到成人的人格结构变化时，或当人类社会从古风变新风之时，每种情况的进步发展总有危险相伴而行。原因在于当新的结构具备完善的功能之前，旧的结构应该粉碎。没有什么有机体在过去或现在像人那样面临着同等程度的危险。因为在地球上，整个生命史没有别的有机体经历过或正在经历这样轻率的发展。在种系发生或个体发生方面，人都是"不完善的生物"；在个体发生和种系发生方面，人都卷入到一系列实质上连续的"蜕皮"过程，永远不是静止均衡地构造适应状态以便能同别的有机体一起，在巨大而持久的

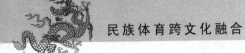

地质新纪元中持续存在。①

不过，影响中华民族文化蜕变的是漫长的西方文化渗透的过程，蜕变绝对不是一朝一夕所累。

另外，中国也是一个东方特色的城市国家，这个城市国家是由若干个城市共同组成一个大一统国家的有机组成部分，很少有一个城市就是一个国家的现象，历朝历代都是选择人杰地灵的大城市为国家的首都，其余的城市隶属于首都，各级城市是人们生活和生产的中心，人群逐步向城市聚拢，中国的城市与农村结合得十分密切，在古代城乡之间区别不大，只是居民居住在围墙内或外而已。在唐、宋时期中国出现了市民阶层，城市生活的丰富程度达到前所未有的高度，城市文化也随之产生。比如宋代的民族体育中的武术演艺人员组成了各种结社，有了专门的演出团体，以及演出的内容，使武术产生特化，套路艺术化形式得到极大的发展，这是乡村比较少见的社会结构，也是乡村难以产生的体育文化形式，但是这种文化昙花一现。中国的城乡之间联系十分密切，就民族体育文化来说，至今依然大量存在农村的社火队进城表演的现象，城市中的社会体育内容较多取材于民族体育，比如龙舟竞渡。城市人口中的健身人群首选的体育活动项目是中华民族体育，中老人表现尤为突出。随之社会进程加速，人们的意识从保守走向开放，社会结构也从血缘走向地缘、业缘，特别是城镇化、城市化的发展，为人们接受西方体育从物质层面建立了基础。中国在 2010 年，城镇人口接近 50% 的人口比例，这意味着中国的城镇化进程达到标志性阶段，城市与农村人口平分秋色。这种格局改变了中国的人口聚居现状，为西方体育的生存进

---

① ［英］莱士列·斯蒂文森：《人学的世界》，219 页，北京，中国人民大学出版社，1992。

一步创造了条件。由于中华民族体育项目和内容出身多源自农村、牧区，是农民、牧民们的生活内容，或是其生产内容，因此这些内容进入城市必然与城市人的生活方式存在差距，显得"土气"，所以较多的民族体育内容和形式不受城市人口，特别是青少年的欢迎和喜爱。民众需要闲暇生活，需要高雅的文化，需要有益于健康的生活，那么人们的体育活动用什么来弥补，自然为西方体育活动留下了极大的空间。因此，我们在现实中清楚地看到，被城市化了的西方体育在中国大行其道，中华民族体育则处于被忽略，甚至被遗忘的境遇，它们的生存空间被边缘化、边疆化、落后化。城市中的民族体育也出现了西方化的倾向，比如竞技武术就是一个典型的例子。同时人们还可以看到民族运动会上的民族体育项目和内容也不同程度地向着西方体育的模式演变着。中国的民族体育欲从农村包围城市，走向城市，应该需要一个漫长的改造过程，在某种意义上讲，只有进入城市这样的空间，才能有民族体育发展的动力，民族体育进入城市可有效地借助城市的综合文化融合能力不断提高文化品味，借助文化辐射势能，向更加广泛的地区传播，民族体育走向全球才有可能。这一点可以从西方体育的发展历程中得到很好的验证。

进入城市的民族体育，需要主动地将原本的功利实用性加以修正，使之产生新的价值取向，带动新的文化形态，作用于人们的生活方式。因为城市作为文化、政治、经济中心其地位随着社会的发展，尤其是现代化的发展，它的作用越加巩固，在此空间中的文化现象地位也自然而然地随之上升，这是不容否认的现实。文化价值、功利取向的形成是在一定的环境下生成的，即使来自乡村的文化也会经过一定城市文化熏陶自然而然地产生变化，故而符合社会需要和人群需要的变化是符合时代发展的必然，变化是城市文化中一个永恒的话题。当然我们应该看到，广大的农村、牧区是民族体育的资源源泉，城市的文化必须依托于它们，向它们汲取养分和索取资源。为此构建城乡的沟通渠道就显得尤其重要。民族体育资源的沟通拥有较为通畅的途径，比如动态肢体符号的通约性，可以有效地将城乡之间的民族体育互通有无。然而必须清醒地认识到城乡之间社会结构的差异，文化规范的不同较为严重地阻碍着彼此的交融，不同人群对文化形式和内容的认同标准也限制着城乡之间的沟通，还有地理因素的制约，例如城市中就难以广泛开展马上项目。对于这种现状，我们绝不能完全地归咎于西方体育的入侵，反思中华民族体育的近现代发展历程，人们不难发现我们的体育在形式上和内容上的革新程度和速度与时代的发展极不适宜。

文化发展需要在文化的内容和形式方面做出符合时代的改进，这样才能进步，才能有生存的空间。就武术这一典型的民族体育与中华民族文化的优秀遗产中医学相比，民族体育的发展反而显得有些落后。中成药与竞技武术风马牛不相及。这两者之间本无必然联系，两者仅存的是习武之人曾经也要掌握一些治疗跌打损伤的中医药知识和技能。仅此而已，说宽泛一些，它们同为中华民族传统文化现象。

中药是采集自然生长或人工栽培的各种动物、植物和矿物原料，依照不同的病理，经过一定的配方，制成各种药品。中药可以说是中国人智慧的代表之一，人们为之自豪，因为有很多病，西医难以治愈，中医则手到病除。早先的中药更多是煎熬后服用，十分麻烦。后来经过人们不断地改进，特别是由悠闲的乡村、山区进入忙碌的城市后，中药逐渐演化为中成药，即将中药制成各种便于服用的药品，如丸、散、膏、丹、露、酒、锭、片剂、冲剂、颗粒、糖浆以及针剂等。这些改良后的中药极大地方便了人们的服用，有些药物还加上糖衣包装，使良药不再苦口，效果更佳，使人更容易接受。

中成药的出现，没有人认为是中医的失传，也没有人认为是中药的失传，反而欣然接受这种便利于人的创新成果。只有不断创新才能具有活力，才能拥有更大的生存空间。特别是时代已经进入高速发展的年代，城市人的生活节奏、工作节奏快速异常，乡村人的生活也不再安逸，现代人没有悠闲的时间为了治病去煎熬中药，因此出现了符合时代要求的中成药，这是中医药进步的表现。当然，必须看到成品药剂的确失去了辨症施治的灵魂。

中华武术是智慧的国人对战争的一种技术性总结，代代相传，为了有效提高人在战争中搏击取胜的能力，代代改进，不断发掘和提高人的技击潜力，因此，武术是战争的副产品。但是随着时代的发展，特别是冷兵器时代逐渐远离人群，武术的战争作用也逐渐地悄然消失，面对强大的火器，武术的作战性能黯然失色。在武术漫长发展的历程中，不断产生着分化，部分武术内容和形式迎合人们和社会的需要产生了不同的变化，其中为满足人们休闲娱乐而出现了武舞、剑舞、百戏等，这些内容和形式均是一种脱离战争技术、远离搏击效能的一种武术。现代竞技武术表演艺术型更加突出，这些内容和形式令人赏心悦目，正如戚继光所言这仅仅是为了"便勤手足"，的确没有多少技击成分，即使有也是改进后，具备了可观赏性的技术动作为主的武术套路。然而这种变化奠定了武术步入了多元发展的轨道。人和社会的需要是文化存在和发展的基础，随着时代的发展，和平成为主旋律，对于与战争有关的事物逐渐失去了存在的实用价值。火器时代的到来更将战争引向科技化，原有的武术搏击技术已经远远不能适应现代战争的要求。武术要生存必须寻求新的发展道路，由于武术乃以作为主体的自我对作为客体的自身的一种身心修炼之术，能够有效地表现人的自然能力和提高人的潜在能力，尤其是以此可以有效提高人的健康，因此产生了各种内容和形式的武术套路。特别是在现代社会，武术在西方竞技体育的影响下，出现了追求高、难、新、美的套路形式，逐步形成了"竞技武术"。竞技武术中包含着武术应具备的各种技术动作，虽然技术动作不再再现战争中搏击的原本动作形象，经过改进后的技术动作追求使人赏心悦目的视觉效果，引发人的审美的联想，这是人艺术欣赏、精神享受等需要的必然。即使有人称之为"东方体操"也罢，"东方芭蕾"也好，这种意寓技击特质的人体艺术是中国人的发明、发展，本身就应值得自豪。

其道理与中成药的出现相同，不能因为它的形式发生了变化，就要否定其本质。

但是，与中医药的变革相比，竞技武术继承传统武术的内容过少，而且形式单一，缺少武术体系的全面跃进，特别是对文化本质缺乏必要的继承。但是要看到竞技武术有一个发展的过程，在今后的发展中，竞技武术应着力吸纳传统武术中的优秀技术成分，提高优秀传统文化含量，避免丧失技击、艺术本质，凸显中华武术特色，将更多的传统武术内容经过融合、整合后进行升华，力求观赏性与技击性并存，传统与现代共荣，城市与乡村共享。①

西方体育的竞争、规范、公平是体育本身的文化特质，这些特质能量发挥在城市化的作用下，逐步形成强势文化，只有强势文化才能产生向外渗透和扩散的能力。体育文化本身的交流除了具有一般文化交流的普遍特征外，还具有自身的特点，这就是借助西方强势文化，以奥林匹克文化为代表，对全球施加影响，对现代中国的民族体育文化产生冲击。

奥林匹克运动追求全球和平的本质，使人类对和平的憧憬得到短暂实现；奥林匹克运动公平竞争的精神核心，为人类社会正常运行构建了一个有意义的运行机制；奥林匹克运动的动态肢体通约符号，为全人类有效进行交流提供了便利，这是奥林匹克文

---

① 陈青：《中成药与竞技武术》，载《武术科学》，2004（3），5页。

化存在的支点，也是它雄踞文化帝国的力点。

然而，奥林匹克文化在运行过程中却出现了一些不和谐、与其本质相悖的现象，如果这种倾向进一步演化，奥林匹克文化势必逐步走向理想与现实的背离。奥林匹克文化帝国是依赖于科技的、物理属性的强势文化，广泛地影响全球体育文化，强烈制约着民族体育文化。在一定程度上奥林匹克强势文化拒绝其他文化的广泛参与，采取着一种单一文化形态。

第一，奥林匹克运动会臃肿化。奥林匹克运动会臃肿化趋势是奥林匹克文化帝国的表现形式之一。1896 年第 1 届奥运会参赛队伍 13 个代表队，共计运动员 295 人，是一次非常小规模的全球性运动会。经过不断扩张，2000 年在悉尼举行了一次真正意义的全球运动会——第 27 届奥运会，参赛队伍达到了 199 个，实际参赛运动员人数高达 10651 人，各类与竞赛相关的人员近 5 万人之众，游客和观众不计其数。①这么多的相关人员，仅仅是为那 1/5 的运动员瞬间的比赛。从项目内容看，仅夏季奥运会的竞赛项目中已发展达到 28 个大项，300 个小项，可为种类繁多内容齐全。参赛国家运动虽有全球趋势，但主要以欧美洲为主。悉尼奥运会欧美洲运动员合计 7284 人，占总人数的 68.39%。这样臃肿的运动会已经构成社会发展的负担，一种经济增长的包袱，对于承办国来说无疑是一个沉重的压力，一般的发展中国家是难以承受的。从历届奥运会的举办国名单中，可以清楚地证明这一点。

奥林匹克运动会达到如此规模和程度，组织者仅仅依靠人工方式进行管理是难以周到、全面、系统地安排比赛和安置观众的。如今奥林匹克运动会的科技体系中至少 8 个子系统，即组织

---

① 杜利军：《奥林匹克运动与现代科学技术》，载《中国体育科技》，2001 (3)，4~6 页。

管理科技系统、运动训练科技系统、器材装备科技系统、信息服务科技系统、安全保障科技系统、天气预报科技系统、药物检验科技系统和交通运输科技系统，这些子系统有序地工作保障着奥林匹克运动会的正常运转。科技化系统正常的工作运转可以有效地精简人员，减少人的工作强度，使组织和管理等方面的工作更加精确，这也是发展中国家不宜全面实施的领域。一旦这些子系统中的任何一个子系统出现问题，将会严重影响整个系统的正常运行，后果将十分严重。

罗格深切地感受到奥运会的臃肿，强烈要求对奥运会进行"消肿"、"减肥"。这种观点是正确的，也是及时的。但是他的观点背后的用意是什么？武断地分析依然是维持西方体育文化的地位。为什么不对贵族化的、大众基础较差的马术等项目"消肿"呢？自私地无充分根据地分析，他是在有意阻止非西方项目进入奥运会。

第二，奥林匹克运动科技化。科技的发展是社会进步的一个关键因素。20 世纪是科技飞速发展的时代，也是科技展现出空前魅力的时代。据统计，在 20 世纪初，科技对经济增长的推动作用为 15%～20%，目前在发达国家已上升到 60%～80%。人类可以夸耀这一百年来我们的技术进步是自人类诞生以来几百万年总和的多少倍，它使社会进步的速度达到前所未有的程度。[①]

奥林匹克运动也达到了前所未有的科技化，成为体育文化的科技帝国。无论是运动技术的发展和进步，还是运动设施器材的改良革新无不渗透着科技色彩。促进运动员提高运动成绩的"内在变量"——运动员运动技术的发展，技能的提高，潜能的发掘现已更依赖于"外在变量"——运用科技手段改进和革新

---

① 张兴成：《现代性、技术统治与生态政治》，载《书屋》，2003（10），4～12页。

运动设施和器材。即使对"内在变量"开发也必须运用科技手段，只有通过这些手段才能将接近人的运动极限的有限潜能开发出来。

怀特的文化系统理论认为，技术工具是文化中最具活力的因素，是引导文化发展的重要子系统，社会的发展的确必须依赖于技术工具，依赖于科技。但是，科技万能的神话却导致人类陷入到盲目服从技术意志的意识形态之中。

奥林匹克运动发展中，利用科技手段提高运动成绩的诸多方法和方式，对人的自然属性的剥夺已经十分严重。人的自然能力已经不可能在奥林匹克运动成绩册中找到位置，必须是具备科技能力的人才有角逐权利。国际网球联合会主席格里契契叹息："高科技会威胁运动本质"。原本为帮助运动员恢复体力的药物，已经异化为运动员依赖的必备兴奋剂。这些兴奋剂的种类繁多，其主要的目的已经成为提高人体自然运动能力的绝对保障。随着对"更快、更高、更强"的追求，依赖科技，依赖科技能力的成分也必然越来越趋向更快、更高、更强。

奥林匹克主义欲营造一种体育为人人，使 21 世纪人人享有健康的社会氛围，呈现给人类一种生活的哲学。但是由于奥林匹克运动的科技化使项目内容已经远远地离开了大众百姓，使大众只能是奥林匹克的忠实观众，而难以成为参与者。

第三，奥林匹克运动会设项强权化。顾拜旦早就预言并认定东方人与奥林匹克运动的格格不入，他在《1896 年的奥运会》一文中就流露出："希腊民族天性不同于无所事事的东方人。事实证明，只要有机会，竞技的习惯就会十分容易地再度在他们中扎下根。"①东方人是无所事事者，竞技体育与他们无缘，这种观

---

① ［法］顾拜旦：《1896 年奥运会》，见《奥林匹克研究》，9 页，北京，北京体育大学出版社，1994。

点至今依然产生着影响。只不过中国人在近年来奥运会中出色的表现使世人渐渐淡忘了这一点。然而，在关键的时候，占据主导地位的西方决策层人士就有人会想起顾拜旦的"语录"，大谈东方人优哉游哉的、哲学式的项目进入物理属性的奥运会有些格格不入。而国人还津津乐道欲使中西文化通过奥林匹克得到融合。

只要是能够维持科技的、物理属性的体育文化，就可以不考虑奥林匹克文化丰富多彩的后备文化储备，其结果是奥林匹克文化更加单一，更加"纯洁"。塞内加尔的青年和体育部长奥斯曼·佩伊在国际奥委会文化委员会的发言指出："体育所面临的危险之一是声称只属于某种特定文化的倾向，例如，在国际体育中，只倡导某种文化模式。"法国克劳德·里昂大学比埃尔·阿诺得也强调："不能只突出某一种占主导地位的竞争性体育模式而将所有体育文化搁置一边，不能是一种划一的模式并使其他的体育文化从属于它。"①加入奥林匹克运动中的民族体育项目，必须是在 4 大洲的 75 个国家或地区广泛开展的男子项目，3 大洲40 个国家或地区广泛开展的女子项目，否则不能列入夏季奥运会。目前夏季奥运会的 300 个竞赛项目中仅有柔道、跆拳道等极个别项目是非西方运动项目，比例低得可怜，如何体现全球化。

发展主义已经成为今世人们的"信念伦理"，这种只问目的不问后果和手段的社会行为的"信念伦理"，往往在"美好的理想"或"善的意志"中制造恶果，却让"历史"去承担这恶果的责任。信念伦理往往与极权主义、霸权主义、帝国主义互为表里。某些民族体育项目为进入奥运会的过程中，在其形式上很快地披上了科技、物理属性的标签，被广泛认为项目得到了"发展"，但其内在特质却属于"另类空间"，依然属于"落后"状

---

① 何振梁：《奥林匹克运动中的文化与教育》，载《体育文史》，2000（5），4~7 页。

态，由于形式的改变使其内在特质发生错位、变异，传统项目面目全非，传统文化逐渐消亡。奥林匹克运动本身，只追求"更快、更高、更强"这唯一标准，极大地忽视了民族体育的发展，忽略了人的全面发展，必将产生理想与现实的矛盾和背离。

第四，奥林匹克文化渗透单向化。发展中国家的民族体育文化对奥林匹克文化的共同感受是文化帝国对他们的渗透。其实文化帝国就是一种文化的全球化，这种形式表现出含蓄的强迫性，它不像经济全球化具有明显的侵略性质，易引起民族抵触心理。而奥林匹克文化是借助一些看似极其正当的要求和正常的标准对全球体育文化实施控制。诸如欲承办奥林匹克运动会，这个国家必须达到国际奥委会规定的标准，而这些标准的背后是强势文化的价值体系。国际奥委会对承办城市的条件有全面而明确的规定，这些规定共23条，概括起来有以下10个方面：社会政治稳定、体育设施齐全、城市开放与现代化、有经济保证、交通便利和通讯设备先进、可靠的安全保证、文化艺术发达、城市美化和环境保护、有举办大型国际比赛的经验、具有对体育赞助的潜力等等。

这些标准是奥林匹克主义的表征，奥林匹克主义具有一种社会改良倾向，企图不通过社会制度的改革，不依靠社会经济、政治制度的彻底变革，仅依靠体育运动的教育功能来完善人类、改造社会的良好愿望在现实社会中是较难实现的，因此它又是一种理想主义。但是，西方发达国家正是看到了这种文化的善良初衷，以及理想化的境界是他们推行其价值体系的绝好载体。"可口可乐可不是简单的事，在它的背后顶着整个上层建筑，充满各色的期望和行为模式"。佩查斯在《20世纪末的文化帝国主义》中论述文化帝国主义时称："西方统治阶级对人民的文化生活系统的渗透和控制，以达到重塑被压迫人民的价值观、行为方式、社会制度和身份，使之服从帝国主义的利益和目的。"① 汉斯·摩根索直言不讳："文化帝国主义的东西，是最巧妙的，并且它能单独取得成功，也是最成功的帝国主义政策。它的目的，不是征服国土，也不是控制经济生活而是征服和控制人心，以此来改变两国的强权关系。"② 通过这种载体可以潜移默化地将西方文化价值渗透到全球，影响到全球。已经成为一种全球文化的奥林匹克文化，具有强盛的实力，借助西方发达国家的推崇，使其"渗透压"的强度不断加大，渗透的速度明显加快。同时，现代科技媒体使全球的联系瞬间得到沟通，使文化渗透的范围急剧扩大。在这种势能强大、辐射范围广阔的文化影响下，全球体育文化的变迁向着单一化方向快速发展，并不断得到强化。

奥林匹克文化的单一化似乎是在传递这样一个信息：各民族传统体育要获得现代性就必须抛弃他们自己的文化传统，改用西方体育的形式。如果这样下去，奥林匹克运动越普及，对非西方的传统体育的威胁就越大。③奥林匹克文化在传播过程中，通过各种具体的活动内容将其中负载的西方文化价值密码推向全球，这种文化价值在一定程度上具有相应的现代性和先进性，在体育文化方面主要表现在物理性、科技性和竞争性。其他地区和国家在这种强大的渗透和控制下，民族体育文化只有停留在维持性学习阶段，难以有自己的话语权，难以做出自己的创造，只能处于传统、封闭、滞后状态。

全球文化的比较有共时性和历时性角度，从共时性角度分析，全球文化因地理原因出现的汤因比论述的不同文化类型，随

① ［英］汤林森：《文化帝国主义》，4 页、87 页，上海，上海人民出版社，1999。

② 李晓东：《全球化与文化整合》，34 页，长沙，湖南人民出版社，2003。

③ 任海：《奥林匹克运动的全球化与文化的多样性》，载《体育文化导刊》，2002（1），81～83 页。

着人类交流的日益频繁各文化类型间不可避免地出现了亨廷顿认定的文明冲突，欲在文明冲突中立足不败，不同文化在文化自信的激励下必然采取文化帝国主义战略，而能够成功实施文化帝国战略的只有强势文化。

从历时性角度分析，各个民族体育文化历经长期的积淀，能够长期生存和发展，均具有一定的合理性，在某种文化层面上如人本方面，民族体育文化的先进性是西方体育文化难以比拟的，而且它们是全球体育文化的雄厚资源。因此，绝不能将人类共同的体育文化单一化，奥林匹克文化绝不是体育文化发展的唯一。①

在文化融合的背景下，强势与弱势文化不是完全的单向文化渗透，其中存在双向渗透和相互影响，尤其是在强势文化绝不是一个完美无缺的体系，它同样需要不断完善自我，因而客观上需要汲取非西方的民族体育文化弥补其资源、结构、机制等方面存在的缺憾。非西方的民族体育拥有自身的优势，不能因为暂时处于文化势能的弱势状态而忽略自身的价值。相反，在开放、互动、融合的环境中民族体育在各种文化环境的影响和制约下，广泛的文化互动不仅使民族体育趋向某种共性特质，诸如奥林匹克运动所引领的体育文化全球化趋势一样，许多民族体育产生了重大的形式上的变革，有的甚至在内容上也发生了质变。同时，必须看到文化环境和文化互动还能为各个民族体育文化发展提供了极其广阔的发展空间和素材，使它们能够更加全面、深刻地向着个性化发展前进。

---

① 陈青：《奥林匹克文化帝国》，载《体育文化导刊》，2004（5），30页。

第四章 民族体育文化共性特征研究

曾有哲人举例：一位十分严谨、早已谢顶的老者，生活的方方面面可以说严谨到了无懈可击的地步，凡事总要认真、仔细地深思后才做出决定，因此老者的一生平安无事。某日，老者依然经过慎重考虑后来到海滩观景，结果光亮的头颅被乌龟砸了一个大洞，血流如注不治身亡。警方排除了自杀的可能，也未发现任何他杀的迹象，纯属偶然的死亡令人大惑不解。经过探员的深入分析，发现老鹰喜食乌龟，但是乌龟那坚硬的背壳使鹰难得美食，聪明的鹰总结经验，每次将乌龟携至高空抛向岩石碎之，而得其肉。这次老鹰同样如此，只是误将老者的秃头当岩石。在老鹰的食谱中会导致鹰见龟食肉的必然，在老鹰的经验行为中必然使用抛龟碎壳之法。由此哲人得出，偶然的事物背后存在种种必然，偶然的因素会转化为某种必然，必然的过程中屡屡发生着种种偶然。

从民族体育的产生和发展的历程中，我们可以发现种种偶然现象的背后，隐含着种种的必然趋势，经常发生的偶然现象逐渐演变成必然遵循的规律，必然出现的事物在偶然事物的影响和制约下，可减弱或增强其必然几率。例如牧童为了驱赶寂寞，扬鞭抽打石子偶然玩出来的一种游戏，后来被人们无数次地偶然发现在自然的祥和的气氛下非常适合缓解城市生活带给人们的压力，因此被贵族们据为己有，并发展成规格很高，百姓难以问津的高尔夫。牧童们必然应该拥有其"专利"，可是现实中已经没有了牧童参与的必然资格。民族体育大多是在各类游戏中产生，游戏所蕴含的愉悦是一种必然，可是当具有游戏性质的民族体育成为一种体育运动项目时，特别是在人们不断地将各种偶然性加以限制，如实施以严格的技术规范和规则要求时，轻松自由的愉悦的必然性在徒然减弱。游戏向竞技项目的必然衍化，主动地吸取各种偶然因素所带来的各类变化以及它意寓的规律必然，以求能够更加全面、深入地完善其体系。发展成熟的项目也会受到偶然因素的影响。如一场球类比赛，强队雄厚的技术实力，取得胜利应该是必然的，但可能会因为队员的竞技状态、心理素质、对环境的适应、应对弱队的战术等种种偶然因素而失败。这种偶然的失败有可能会给强队造成心理上的深刻烙印，留下巨大的阴影，如果不正视和及时调整训练手段改变这一状况，极有可能成为强队走向失败的必然因素。这种偶然和必然的关系是民族体育个性和共性的发展的重要因素，分析其实质我们可以发现，这种偶然和必然关系的建立主要是由于人和社会的需要使然。

人和社会的需要是人类文化产生的根本基点，正是由于人有了不同层级的需要，社会才有了各异的发展动机，以满足人的各种需求。人类的发展总是遵循着生存、享受和发展等需要之路不断前进，不断提高文化的品味，增强文明的程度。为了满足人类的需要，须借助各种中介手段来完成相应的活动，以创造物质和精神财富供人类的生存、享受和发展需要。而在这些中介手段中蕴含着大量的民族体育素材，随着这些手段的分化、综合、更新，民族体育的成分从中分化和剥离出来，偶然地聚合在一起形成了一定的文化亚型，发挥出一定的社会功能，受到人们的关注和重视，人们开始从中介手段中发掘和提取这些成分，它们逐渐地聚集起来独自构成民族体育体系。

人类为了满足人和社会需要的中介手段主要包括以下几项与民族体育息息相关的人类实践活动，从中可以进一步论证偶然与必然的关系。

第一是劳动。人类社会的体能阶段，劳动时体力和劳动的技巧关系到人们的生产效率，为了提高劳动效率，人们不断地对劳动的方式和方法进行总结，逐渐形成了一些效率较高的方式和方法，而这些内容中有相当一部分与民族体育息息相关，因为在当时劳动与体育之间几乎没有界限。例如为了捕获猎物人们使用投掷、射击的方法，这是后来演化的投掷和射击项目的必然，也是必然导致民族体育生产性的源泉。在农业社会中打场普遍使用的梿枷，可以较为高效地完成脱粒工作，后来该工具转化为武术中的梿枷棍；苗族的独木龙舟原本是捕鱼的工具，进而演化为民族体育项目；马匹本为游牧中的唯一可以依靠的工具，并无游戏和体育色彩，但是在种种偶然因素促进下成为民族体育活动内容；山民的劳动手段终于也演化出室内攀岩等活动内容。即使是在智能社会中，特别是知识经济社会阶段，人们依然从劳动的手段中演化出电子竞技项目。劳动可以称之为一个文化作用力的分力，且是一个力量巨大的分力，它给人类社会巨大的财富，给人类创造了深厚的文化底蕴。劳动作为人类社会的文化根本，向人类社会提供着无限的资源。

第二是军事。为了获取足够的生存、享受和发展资源，人们之间的争斗无时无刻地进行者，当争端无法使用正常手段解决时，战争出现了，弱肉强食，最终资源的划分得到阶段性的强制性处理。在体能社会中的战争是依托于士兵的体力和作战武艺技术，这些技术经过战争的洗礼，被人们直接总结出直接反映军事性的武术、搏击、拳击、击剑、摔跤、射击、马术、射箭、弓弩等等民族体育内容，同时间接地分化出球类等这样的模拟战争场面的运动形式。这些内容和形式可以被认为是一种对战争的技术、战略的总结，它不仅对后续战争发挥着经验传承的作用，更能促使人们具备作战的能力。不同地域的人们作战方式虽有不同，但是对战争的不懈总结却是相同的，正如人们普遍承认的物质在所有运动中都被一种必然的力量所推动，每种必然的结果，都被它的自身结构严格地决定。因此今天人们所看到的不少民族体育形式必然地印刻着体能社会军事战争的印记，因为战争在每一个族群或民族的发展历程中都是无法避免的。时至今日，人类的战争形式发生了本质上的变化，但是人类的内隐攻击性始终没有消退，这种必然导致人们从现代军事行为中不断演化出体育项目，比如各种枪械的射击、军事五项等项目。各种中介手段在不同的历史时期，对民族体育的贡献率不同，有些手段在体能社会发挥着巨大的贡献，至智能社会阶段则被其他手段所取代。在体育文化领域中，战争为体育提供了极其丰富的资源，促进了体育的发展，可以说战争是各种中介手段中对体育文化贡献率最高的一项内容。

第三是教育。人类为了将生产劳动以及社会生活的各种技能传授继承，采取了教育的方式和方法，无论是散在的、集中的、个体的还是集体的形式，在人类社会体能阶段，古今中外的教育内容很多是与民族体育有密切关系的，中国的"六艺"中四艺与体育相关，古希腊的军事体育教育似乎成为人们对军事战争技能的专门传播基地一般，体育成为军事战争的唯一技能培养途径。社会逐步发展到了智能化因素更多制约社会前进的阶段，人们对智育的教育内容不断增加，以顺应人类社会进程中人的活动形式从大集群向小集群运动的趋势。这种趋势看似是一种必然，但是当人们看到偶发的"文明病"日益困扰人类健康的时候，开始反思我们的生产方式和生活方式，人们在生活中的大集群活动略有增加，虽然未成全球趋势，但是人们已经意识到了问题的严重性，进而给教育提出了新的要求，德、智、体的地位如何重构、排序。教育是人类社会知识、技能传播的必然载体和手段，人们社会早期并非仅仅局限于体育的教学内容，德、体、智的全面教育理念在各个民族中均有体现，教育是对人的全面素养提高而进行的社会必要的、必然的规范要求过程。在教育中所包含的民族体育因素，不仅得到了教育手段的保护、继承和传播，更主要的是在教育体系中，民族体育得到了不断地系统化，规范化，具备了这样的特征后，民族体育的发展才更加的有效。

第四是娱乐。娱乐是人类的永恒主题，不论娱乐的层级和形式，娱乐不仅是生活的出发点，也是生活的追求目标。娱乐在人类社会的发展进程中，对于民族体育而言，它不仅是一种源头，更是一种推动力，这两种作用必然对民族体育广泛地吸纳民族、民间的肢体活动内容方面发挥着重大的作用，同时促进着民族体育从初级的娱乐形式向体育形态发展、转化。在人类的娱乐活动中，体育是一项不可多得内容，这是因为体育可以使理智和激情有机地和谐一致，用优雅的身体活动方式和内容，培养、启发、维持人的理智，用独特的韵律缓和、教化激情中的野性，在种种偶然感受、体验累加基础上人才能感受到娱乐的根本。肢体活动对人类来说是一种本能的活动方式，它能够体现人类的意识和意志，必然能够使人类从中体验娱乐，民族体育在这种娱乐的环境和背景下，避免了功利性的异化，使之长久地保持着原本的属性，使民族体育的基本素材和特征得以保持和不断发展。

第五是宗教。宗教在人类社会的整个进程中发挥着不可估量的作用，其中对民族体育的起源、保护和发展都十分重要。因为在人类要表达对神灵的敬畏、感恩、显能的种种心态中，人们偶然发现一种可以有效沟通彼此间的一项信息传递方法，这就是动态的肢体符号，如果没有这种沟通方法，人类难以与神灵进行沟通，毕竟彼此之间存在着语言方面的障碍。因此，民族体育充当了这一角色，而且很好地完成了这一任务，故而民族体育在各民族的宗教活动中都是一种不可或缺的活动内容，由此孕育了一定规模的民族体育。行动是建立在意向性原则基础上的，在一定意向、意识的决定性引导下，行动开始了它的整个过程，最终产生与意向基本相同或相近的结果，这样的活动方为行动。[①] 在宗教的发展的过程中，民族体育是一种与意向相近的一种宗教行动的副产品，它虽然不是宗教的意向行动结果，但是毕竟与宗教存在着必然的联系，这种偶然的行动结果受到必然的宗教行动的促进，这种副产品成立、成熟之后，逐渐地从宗教中分离，形成具有自身特色的内容和形式。由于宗教的神圣和威严，以及宗教教义的规定和要求，使民族体育在宗教的庇护下得到了较好的保护，可以从容地发展，免受社会环境的种种冲击。同时民族体育也受到宗教思想的影响，使其文化内涵更加的丰厚。

以上所列举的仅仅是人类为了满足人和社会各种需要的中介手段之主体部分，还有许多人类使用的中介手段在不同层面上满足着人类的需求，其中也包含着丰富的民族体育成分。人类的社会活动历经了不断的分化过程，每一个文化现象总是不断完成着自己的文化周期，每一次文化周期的结果都会分化出大量新兴的文化特质，当这些新兴的文化特质被一个巨大的、同质、同属文化漩涡所吸引时，它们之间出现极强的亲和力，主动地寻找着文化中心，或被动的被涡旋力所吸引，加入到这一文化之中，形成了日益壮大的文化体系，民族体育文化的形成就是这样一个过程。

由于文化中心的不同，中西方的文化漩涡在不同的地域中产生不同的吸引力，形成各自的文化中心，在全球范围内这样的中心较多，我们仅仅以中、西两个文化中心为例。在西方社会发展是以工业文化为主体，东方则是以农业文化为基础。民族体育特质在其生存的环境中，必然地受到了其文化背景的熏陶和影响，

---

① ［英］莱士列·斯蒂文森：《人学的世界》，255页，北京，中国人民大学出版社，1992。

由此产生了民族体育文化特质的分野，西方的工业社会造就出物理体育的发展，而东方的农业社会营造出哲学体育之格局。它们各自表现出独特的特征和属性，从大格局来看，西方的民族体育可以通过物理量的测定区分优劣，东方的民族体育则需要哲学的思辨思维去感悟其意境。

第一节 中华民族的民族体育文化特殊性

在历经古今中外纵、横向的文化互动之后，中华民族体育文化融会贯通，逐步形成了具有自身文化个性的特殊品质，其特殊性主要表现在以下方面：

一、娱乐性与竞技性相统一

民族体育作为人类社会一项特殊的文化活动形式，包含丰富的娱乐属性。在体育起源中，有游戏起源说，这种理论认为人类具有游戏的潜在欲望，不会游戏的不是人，是人都会游戏。[①] 在人类早期的游戏活动中，身体活动占据最初的，最主要的地位。因为在人猿揖别之后，人类的智力活动尚不发达，活动主要集中在感性的层面，缺乏抽象的能力将感性的活动内容升华为理性，很多身体活动的内容带有强烈的随意性，只要是能够表达人们的感性情感，就可以成为人们的娱乐手段。在人类的物质生活还十分贫乏的时代，精神的享受更多地局限于生产和日常生活中，体育活动与这些活动密切相关，同时体育活动又是高于生产和生活

---

① 周伟良：《中华民族传统体育概论高级教程》，26页，北京，高等教育出版社，2003。

活动的具有游戏性质的，可以娱乐人身心的最佳方式，因此被人们直接接纳为游戏的内容和形式。

随着生产力的发展，人类文明形态从技术文化基础上不断创造、完善社会结构文化、思想意识文化。在这一过程中民族体育也逐渐从依附的中介手段中分离，走向独立，然而游戏的品质并没有随着体育的过渡而淡化，游戏始终伴随着民族体育成为可提供特殊娱乐的形态，而且游戏的内容和形式在不断丰富。文化共性和文化个性都表现出具体的、历史的、完整的统一。[①] 其中文化的共性包含一般的全部规律性、共识符号系统及由共识符号系统载荷的社会信息，贯穿于文化的三个层面——技术文化、社会结构文化、思想意识文化，因此娱乐的成分在这三个文化层面中都有不同的表现，在技术层面娱乐表现为具体的手段和方法，在社会结构层面娱乐显现的是通过娱乐构成的社会网络，在思想意识层面娱乐体现出一种娱乐的价值取向。技术文化的发展大体经历了三个历史阶段，由低级向高级的三种形式，即幻想的技术形式、经验的技术形式和科学的技术形式。如幻想的技术形式的特点为旧石器技术，这可追溯到 250 万年前人类劳动的发生，此时技术主要以打制石器为主，缺乏准确性、科学性，后来发展到以经验制作为主和科学为指导时期，因此技术的科技含量不断提高。民族体育活动中诸如狩猎项目等活动是伴随着幻想、经验，在中华民族北方族群、民族畜牧业基础上逐步发展起来的一种体育活动内容和形式，在活动中人们的娱乐充满着对未来社会的憧憬，这是较为幼稚的高级思维形式，也是民族体育文化的发展源。发展到今天，民族体育文化也有了较为深刻的内涵。以及严格的技术、竞赛规则。北方地区广阔的草原牧场，马匹作为人们不可缺少的生活、生产工具，自然产生的马上运动呈现出了高度

---

① 蔡俊生，陈荷清，韩林德：《文化论》，北京，人民出版社，2003。

的族群或民族认可，通过生活、生产活动的马上运动来追求娱乐是民众从事这些体育活动的出发点和归宿，此乃文化共性。同时中国北方地区流行的马上运动包含着地域性的区别、族群或民族的区别，各地的马上项目内容和形式高度分化，充分代表着各自的文化渊源，此乃文化个性驱使的结果。中国的南方这种现象更为突出，原因是族群分散，民族众多，地域划分有时仅以一条河流、一架山丘为界，同一民族体育项目不仅在广大的南方流行，但娱乐的形式细节迥然不同。例如湘西土家族的"打飞棒"，黔南瑶族的"猎棍操"，云南普米族的"飞石索"，川西羌族的"打靶"，佤族的"打弩"等项目，项目类型基本相同或相似，所有的活动都是以娱乐为主体，然而具体的竞赛方法明显不同。

在人们以体育活动为娱乐手段的发展历程中，或民族体育吸收中华民族文化娱乐素材的过程中，体育活动的内容和形式发生着三个方面的变化。其一是技术规格不断提高，技精于戏，在游戏中人们不断归纳和总结体育活动技术，使技术规范程度不断提高，更加有利于人们从活动中感受和体验愉悦，提升娱乐的层级。其二是体育活动的场地逐渐规范，各种体育活动的场地随着体育活动内容的定型，场地和器材也渐趋规范，有利于体育活动的进行，有利于技术水平的不断提高。其三是体育活动比赛规则不断细化，可操作性强的各种比赛规则，不仅可以调控体育比赛，更能引导体育活动的发展方向。正是由于这三个方面的成熟，体育活动的激烈程度不断提高，在一个公认的、公平的游戏平台上，竞争成为人们体育游戏的唯一选择。例如各民族依据自身的生活方式，在闲暇之余利用自己心爱的坐骑较量技巧、速度，也就逐渐形成了具有一定规模和体系的竞赛制度，民族体育的竞技性也孕育其中。在比赛中，人们也充分享受了快乐，娱乐中有竞技，竞技中也有娱乐，二者处于相统一状态，显示了民族体育文化的自身魅力。

（一）民族体育的娱乐性

在众多的少数民族节日里，体育游戏和文艺表演是必不可少的活动内容，其主要目的是为了娱乐。民族体育的娱乐性，是一种以休闲消遣、健身娱乐为主要目的，而又有一定规模、形式的民俗文化活动，它是人在具备起码的物质生存条件的基础上，为满足精神需要而进行的创造。这些项目有的简便易行、自由灵活；有的精彩绝伦、惊险刺激，又无过分严格规则；有的则把体育活动与生产生活、节日习俗、宗教祭祀等相融合，其嬉戏娱乐的主旨不变。娱乐性民族体育项目主要分为两大类。

第一类是以娱乐嬉戏为主的民族体育活动。如回族的"打铆球"又称为"大兰子"或木球，现流行于宁夏回族自治区。相传清朝同治年间木球已流行于民间，其起源是牧民在放牧时为驱赶无聊而用木条击打石子寻找乐趣的活动，后又用球取代石子，成为一种非常朴实又有浓郁乡土气息的体育活动。还有裕固族的好尔畏，东乡族的三连石击目标，藏族的俄尔多，还有回族的掷子，藏族的朵架、举皮带等，都比较接近现代体育的力量型练习。流行于壮族等民族聚集地区的高台舞狮是一项娱乐成分十足的活动，这类活动技巧性极高，大有杂技的意味，每当演出之时，人们围观四五个小时留恋不散。侗族的斗牛活动是一项参与娱乐人数众多的活动，每个村寨都有自己专门饲养供比赛使用的"水牛王"，斗牛活动时各个村寨民众聚集在一起，共同享受着斗牛带来的乐趣。这类娱乐项目有助于人们之间感情沟通增强民族的凝聚力。既锻炼了身体，开发了智力，又使人们在活动中身心群得到全面发展，获取快乐。

第二类是与节日习俗有关的体育项目，包含生产生活、节日、信仰等内容。节日习俗是一个民族特有的传统庆典活动形式，各个民族这种特有的传统庆典活动构成了一个寓意深刻的独特的文化表达方式，它作为一种文化传递的方式，起着非常重要的作用。从节庆活动中透射出古老而丰富的民族体育文化，反映出不同民族的社会历史和文化变迁的轨迹，涵盖了一个民族文化的内涵。这些节日习俗庆典活动大体可分为：欢庆丰收、信仰崇拜、喜迎新春和情感婚恋四种类型。它集娱人与娱神，自娱与他娱，身体表征与精神寄托的多种体现。通过这些活动，把一个民族的传统文化以一种更为直接的、直观的方式，形象地表现出来。

欢庆丰收型。是人们欢庆劳动丰收或预祝来年的日子更加幸福红火的一种庆典活动，是少数民族人们表达丰收后喜悦心情的一种方式，是丰富多彩的民族节日的重要组成部分。打长鼓是瑶族民众庆丰收的一项民族体育活动内容，其中最有特色的是一种黄泥鼓，其制作工艺就极具民族特色，由母鼓引发的四只公鼓齐鸣的场景震撼人心，在鼓声中人们载歌载舞同庆丰收；著名的火把节，是彝族、白族、傈僳族、纳西族等民族的传统节日，在节日期间，有斗牛、斗羊、赛马、摔跤等活动；新疆特有民族哈萨克族的骑马礼节，主要有赛马、套马和歌舞等体育活动；"望果节"是藏族人民祈祷丰收的节日，藏语"望"为天地，"果"是转圈之意，望果节也就是一个转地头的节日。每逢节日，藏族同胞身着盛装，高擎彩旗，抬着用青稞麦穗扎成的丰收塔，敲锣打鼓，边唱边转地头，然后涌向林卡（树林或公园），饮酒、歌舞、赛马、射箭以庆祝丰收。①

信仰崇拜型。古代少数民族的文化崇拜，可根据崇拜的对象分为自然崇拜、图腾崇拜和祖先崇拜，也有宗教信仰。如伊斯兰教的圣纪节，除向寺院捐献钱和物之外，有些地方还要狮子，舞龙灯；回族、东乡族的圣纪节还要进行膜拜健身，通过健身性的体育活动表达他们的信仰崇拜；还有回族、保安族的开斋节，开

---

① 田晓岫：《中华民族》，308 页，北京，华夏出版社，1991。

斋节是阿拉伯语"尔德、菲特热"的意译。我国甘肃、青海、云南等地回族人民亦称之为"大尔德"，宁夏南部山区巴县回民则称之为"小尔德"，它与回族的其他两个节日古尔邦节和圣纪节并称为伊斯兰教三大节日，也是回族的三大节日。在节日里，除参加会礼等活动外，还组织各种体育文娱活动，如赛马、赛毛驴，西北地区一些青年还在节日里进行摔跤、掰手腕等。此外，古尔邦节同开斋节相似，同样非常受到人们重视，还有一些歌舞表演、对唱等。毛古斯在土家族的土语中为"拔步长"，是老公公的意思，它是纪念土家族祖先艰苦创业的一种古老的、古朴别致的舞蹈，跳毛古斯的形式非常自由，不受内容限制，可歌可舞，可做游戏，玩杂耍，翻跟斗，打秋千。

喜迎新春型。春节习俗起源于殷商时期年头岁尾的祭神祭祖活动，即"腊祭"。一年农事结束后，人们为酬谢神灵和大自然的恩赐，会用丰收的谷物、牲畜，用神灵能够看得懂的动态肢体语言来祭祀神灵和祖先。[1]新春佳节是少数民族与汉民族共同欢度的节日，各民族根据原始的物候历，或根据太阳、月亮的运行规律，制定传统的民族历法，确定本民族的新年，虽然在时段上有所不同，但是在中华民族文化巨大漩涡的融合中，大部分民族都与汉族的春节时令基本相同，然而在迎春之际的各项活动内容上存在着较大的差异。如打手毽在苗族称为"麻古"，居住在贵州都匀、三都、丹寨等地区的苗族青年每到春节期间都要进行打手毽的活动，甚至设有专门打手毽的"毽塘"，打法也是丰富多彩。三都县都柳江大桥一带，每年在此游戏人数之众多达600余人，成为方圆数十里最大的毽塘。[2]哈萨克族在每年一度的纳鲁

---

① 高奇：《走进中国民俗殿堂》，237页，济南，山东大学出版社，2005。

② 周伟良：《中华民族传统体育概论高级教程》，228页，北京，高等教育出版社，2003。

孜节欢度"春节";蒙古族崇尚白色,以正月为白月,称新年为正月白节,除夕之夜过后,男人们围坐在一起,下蒙古棋,并进行赛马活动,妇女们和儿童则玩羊骨拐;还有青海藏族的藏年节,搭台唱戏,跳锅庄舞,举行赛马、角力、射箭、拔河等活动。

情感婚恋型。此类节日具有强烈的青年人朝气蓬勃、意气风发、情意缠绵的特点,是青年男女表达情感,尽情欢笑的日子。如高山族的背篓会就是一种通过背篓球的民族体育活动来表达青年男女纯洁爱情的活动,小伙子利索地爬上槟榔树,采摘象征幸福美满的槟榔,投向意中人的背篓中,以此喜结良缘;藏族的歌会,通过对歌、拔河,青年男女相互暗送秋波,表达感情;柯尔克孜、哈萨克族的"追姑娘"和"姑娘追"均是通过体育活动方式追求幸福爱情,建立美满婚姻。有心寻找配偶的姑娘或小伙子们把自己打扮的漂漂亮亮,骑上骏马,驰骋草原,借"体"互动,互诉衷肠。情感与婚恋是人生中最为重要的内容,人们对意中人的评判虽然存在各种差异,但是一个基本的原则是不变的,即男女对意中人审美价值取向是一个常数,构成这个常数的基本因素是有机体的健美,女子对强壮豪爽的男子十分青睐,男子钟情美丽温柔的女子,正如柏拉图曾认为的男子和女子互为补充。①正是这种审美意识决定了人们对强壮豪迈男子汉向往和追求,塑造这种类型的男子汉只有通过体育活动的千锤百炼,因此在民族体育中人们极力推崇和运用体育手段,估计这是其中的一个重要因素。

(二)民族体育的竞技性

体育是最能直观地显示人的强健、机敏、智慧和本质力量的

---

① [保]基·瓦西列夫:《情爱论》,302页,北京,生活·读书·新知三联书店,1984。

人类活动之一，因此人们在各类体育活动中，都将能够体现这些特质的成分以竞技的形式加以呈现。体育自古以来就与战争息息相关，体能社会的冷兵器作战方式注定体育充当着重要的军事工具，军事战争是一项竞争残酷的人类活动，战争中的竞争是绝对的，地位是至高无上的，从军事战争中剥离出来的民族体育自然而必然地携带着竞争的基因。在人类暂时地远离军事战争的时刻，人们将战争的衍生物加以"文化"，隐去了其残忍和血腥，放大了恢弘和喜庆的娱乐。在中国尤为突出，中国思想界历来对军事活动是轻视的，孔子就认为社会现象中首先应该弱化的是"去兵"，但见："子贡问政。子曰：'足食，足兵，民信之矣。'子贡曰：'必不得已而去，于斯三者何先？'曰：'去兵。'子曰：'必不得已而去，于斯二者何先？'曰：'去食。自古皆有死，民无信不立'"（《论语·先进》）。"卫灵公问陈与孔子。孔子对曰：'俎豆之事，则尝闻之矣；军旅之事，未之学也。'明日遂行"（《论语·卫灵公》）。无论言出何种背景和条件，起码当谈到军事战斗时，孔子就"拂袖"而去，其态度是明朗的。儒家把军事看作最糟糕的东西，因为军事意味着破坏和谐、礼教和中庸。由此出现了中国的"精英们面前只有摊开的书本，而从未被受以刀剑"。①然而烽火连绵，刀光剑影的军事战争并没有因为思想界的轻视而失去存在的价值，军事战争伴随着中国的漫长封建社会。在中华民族文化的强烈熏陶下，中国的民族体育演变成为一种隐性的竞争，流露出浓重的哲学气息，披上了文化的外衣，与西方的竞争表现形式截然不同，但是它依然是一种竞争。竞争的内含和外延比较深邃和丰富，其中竞技是一种竞争，是一种能够充分激发人们激情，发掘人的生理、心理及社会能力

---

① ［德］卜松山：《与中国作跨文化对话》，120 页，北京，中华书局出版社，2000。

的驱力。早在原始社会就出现了体育竞技的萌芽，这些具备本能基因性质的萌芽在活动中体现其民族的竞技心理，包含技巧、技能、体能等活动。随着社会的进程，这些基因也不断壮大，发展成各个民族体育项目的基本构成因素。影响着人们的意识，发挥着对社会进步的驱动作用。中国回族十分喜爱体育活动，且内容浩瀚，与其信仰不无关系。据传穆斯林的先师穆圣本人就是一名出色的摔跤手，他曾和一个名叫鲁柯南的著名大力士摔跤，连续三次把这位大力士摔倒。大力士心服口服，甘拜下风。穆圣告诉他摔跤的目的不仅在于游戏，更是一种竞争。因此在穆斯林民族中摔跤等民族体育活动开展得十分广泛。[①]可见游戏、娱乐是一种竞争结果，只有经过竞争才会产生更高层面的结果性娱乐享受。游戏、娱乐还是一种竞争过程，只有经过竞争的考验人们才能真实地体验过程中不断超越、发掘潜能的娱乐，实质上任何竞争过程本身就是一种娱乐享受历程，也是娱乐层面的提升进程。

民族体育竞技活动从参加人数看，有个人独自表演的，有两两相当的对阵的，还有多人次团体类型的；从其竞赛空间上看，分为室内、室外、水上项目等；从其有无器械来看，可分为使用器械的和徒手的。从运动训练学角度来看，依据其评定方法进行分类，按照各项比赛成绩的评定方法，可将竞技项目分为五大类：测量类、评分类、命中类、制胜类和得分类。民族体育项目，它具有娱乐、竞技兼而有之的特点，与西方竞技体育不尽相同的是没有严格的比赛规则，以及严谨的科学衡量标准。民族体育中的体育项目，本身具备着竞技，蕴含着竞争。竞争是人类的本能，任何民族的体育项目都有其自身特点的竞争成分，东方的体育是隐形的、含蓄的竞争，这种竞争是与自然、与生命的有序的较量，绝非一朝一夕之能事。西方的体育则表现为赤裸的竞

---

① 马明良：《伊斯兰文化新论》，246页，银川，宁夏人民出版社，1997。

技，是在主客两分条件下对人体机能、潜能的挑战，大多会立竿见影，它们有各自的优点和不足。熊斗寅先生认为："试问离开了竞技，所谓体育的真义又在哪里呢？"民族体育能够流传至今，本身具备的特殊竞技性决定了它的生存价值、生存能量和生存形态。

测量类项目的运动成绩可由对高度、远度、重量或通过一定距离所需时间（速度）的测量予以确定。该类民族传统项目主要有：藏族的赛跑、跳跃；回族的滑冰车；朝鲜族的顶瓮竞走等。中国历史上各个民族都比较喜爱这类内容的竞赛，除了在军事性的作用外，人们还将这类活动运用到日常生活之中。例如：中国历史上比较著名的元朝的放走活动，参加者是"贵由赤"，蒙古语的意思是快行者。据杨瑀的《山居新语》记载：元朝贵由赤每年举行一次放走活动，每次比赛先用一根绳子，将参赛者拦在绳子一侧，等参赛者排齐，去掉绳子，参赛奔跑而去，可谓公平合理先进有效，不会轻易出现抢跑者。①

评分类项目是按照特定的规则或评分办法，给予评分。在魏晋南北朝时期，中国的投壶出现了许多技巧性的变化，比如有障碍投壶，据《太平御览》载：石崇有一妓，善于投壶，她投壶时，都是隔着屏风投壶。《颜氏家训》记载了许多投壶的玩法，有倚竿、带剑、狼壶、豹尾、龙骨、莲花骁等。②这些内容的比赛需要由裁判判定其技巧的高低。在各个民族的体育活动中，评分类的项目更是丰富多彩，回族的回回十八肘，保安族的抹旗，藏族的骑马点火枪，东巴族的东巴跳，景颇族的目脑纵歌，白族的绕三灵等，属于该类的传统体育项目，它与测量类竞技项目不同的是以巧见长、以技艺赢取比赛，充分体现了比赛者在运动中

---

① 高奇：《走进中国民俗殿堂》，271页，济南，山东大学出版社，2005。
② 高奇：《走进中国民俗殿堂》，268页，济南，山东大学出版社，2005。

运用的各种技巧动作。

命中类项目是以命中某一目标的次数或完成特定的数目而取胜的评分方法。如珞巴人、藏族、裕固族的射箭，射碧秀；维吾尔族的骑射；普米族的飞石索，佤族的打弩；东乡族的一马三箭；以及各族民众喜爱的击壤和变形的击壤活动，多以不同的箭数、弓数、发数等决定胜负，这类民族体育项目充分地反映了军事性和后军事时代的娱乐与竞技相容的特征。还有较多的民族体育已经深入民心，成为民俗活动中的重要组成部分。如裕固族的新娘在进夫婿家门之前，新郎要隔着篝火向新娘射出一支软箭，能否射中目标，象征着吉凶，试想在这种社会民俗氛围的影响下，有情人为了自己心上人大吉大利，平日里不知花费了多少工夫苦练射箭技术，射箭等民族体育活动自然成为人们生活的重要内容。

制胜类项目比赛中通过各种技术和战术的合理运用，以求取得制服或战胜对手的竞技活动。如彝族的格，回族的绊跤，藏族的北嘎，裕固族的男女跤，维吾尔族的切里西，蒙古族的搏克。摔跤是民族体育的一个十分普及的典型项目，这类项目历史悠久，《汉书·武帝本纪》就记载有当时举行摔跤比赛的盛况："元封三年（公元前108年）春，作角抵戏，三百里内皆来观。"它是一项古老的体育项目，深受各民族的喜爱。摔跤就是一种能很好展现竞争性的活动，蒙古男儿必备的"三艺"之一就是摔跤。民族体育中制胜类的项目很多，除了上述两两相交的制胜项目，更多的是集体型的制胜项目，像壮族的抢花炮，仡佬族的打篾球等形式数不胜数。同时还有人制胜牲畜的项目，如斗马、斗牛、斗羊等，发展至后来出现了人培训的各种动物进行争斗，实质上是人与人之间的训练技巧制胜性的间接争斗，故也可作为制胜类的项目内容，如斗狗、斗鱼、斗鸡等。

得分类项目是通过技术、战术以及体能的合理运用，以众人的通力协作而获得分数的运动形式。这类活动项目内容繁多，如马球、木球、打铆球、牛毛秋等。这些项目多以集体形式出现。娱乐、竞技水准、竞争激烈程度都比较高，是一类引人入胜的活动内容。十分有趣的是，中国的得分类项目并不十分普及，即使类似或属于得分类的项目，对得分数量多不是最终竞争胜负判定的唯一依据，人们会根据参与者的技术动作水平加以评价，这种倾向可以从各种史料对马球的记载中得到验证。在大量的正史等文献中，绝少记载何队获胜、何人进球的具体内容，更多的是记载马球所使用的场地和设施情况，以及一些重大的事件，如皇帝观看比赛的场面等等内容，如《宋史·礼志》、《金史·礼志》记载内容的趋势。在野史中也没有更多的对进球方面的记录，而是对马球手们的高超的技术的赞叹。文人墨客更是注重对马球场面上激动人心的、精湛技术的描述。如韩愈："侧身转臂著马腹，霹雳应手神珠驰"生动地写照着马球运动者持杖俯身击打地滚球的惊险场面。

二、内容与形式的多样性

1990 年原国家体委组织各省、市、自治区在全国范围内挖掘整理民族传统体育，出版了《中华民族传统体育志》，该书提供的资料统计，目前我国民族体育项目有 676 项，这个统计数字尚未包含民间体育活动内容和形式，如果加上这些内容，民族体育丰富程度可想而知。

民族体育内容之所以丰富，与民族众多、文化形态各异有一定关系。各个民族存在着大杂居小聚居的生存格局，正是由于这样的生存格局使各民族文化间的交流和融合得以进行，各民族文化分化、整合的速度、程度远远高于单一民族独居的生存方式。秦始皇时北击匈奴，徙民万家于河套。东汉时期，匈奴、鲜卑不断内迁中原，形成了"关中之人，戎狄居半"的局面。丝绸之路的开通，中西民族文化交流频繁。西汉时，中原的"穿井"技术、汉家衣服、礼仪传至西域。通西域后，源于尼泊尔、印度的佛教通过西域传入中原，这一切从一个侧面说明中国古代的西北地区是文化交流频度较高的地区，这样的文化交流十分有利于民族体育文化的发展。①

北方民族生产方式多以游牧为主，游牧生产决定了生活方式的不断迁徙和随遇而安式的游居。频繁的迁徙、不稳定的游居使这些民族的成员生活习性喜"动"，厌"静"，由此表现多数北方民族能歌善舞，崇武尚力。歌舞与体育同质同构，彼此相互借鉴，相得益彰。民族体育在起源和发展的过程中从歌舞艺术活动中汲取了大量的养分，借鉴了较多文化特质，为丰富民族体育奠定了基础。频繁的迁徙和游居使人们不断接触新的环境，接受新的事物，这对人的意识具有积极影响，可以帮助人们克服保守，走向开放，勇于创新。流行于北方的民族体育项目在这方面表现突出，例如马上运动，被各少数民族分解成众多的形式，据不完全统计有20项之众。② 马上运动，可以说是最具有西北民族体育特色的项目之一，在许多民族中开展得极为普遍。蒙古族、维吾尔族、裕固族、塔吉克族、乌孜别克族等民族都有不同风格的马上运动，各民族的马上项目更是风格各异，精彩纷呈。蒙古族自古有马背上的民族之称。他们进行马上运动分为儿童、成人、女子、男子短途赛、长途赛；12华里走马赛；16华里的颠马赛；跑马射靶；马术表演等。藏族马上运动同样有着悠久的历史，据

① 王岗，王铁新：《民族传统体育发展的文化审视》，36页，北京，北京体育大学出版社，2005。
② 周伟良：《中华民族传统体育概论高级教程》，303页，北京，高等教育出版社，2003。

史料记载，公元729年西藏桑耶寺落成时，曾举行过一次历时半月之久的全藏赛马大会。藏族史诗《格萨尔王传》中也有赛马场面的描述，藏语称赛马为"达久"，每当草原上举行赛马活动，藏族同胞都身穿华丽服饰前来助兴，其赛马的形式也是多种多样：一是短距离比速度。二是穿越障碍远程赛，据说格萨尔王赛马时即采用此形式，故称为"格萨尔王赛马式"。其选择的路线有上下坡、弯道，有时还人为地设置一些障碍以增强其精彩性。三是马上技巧比赛，骑手要以高超的技艺拾起地面上放置的东西，决出胜负，把观众们带进欢乐的气氛当中，欢呼"西格萨格"（好极了），体现了藏族人民对赛马运动特殊的情感。维吾尔、哈萨克等民族的马上运动在竞速和较技上有一些自己的特色，但无很大差异，主要是带有很浓的游戏娱乐的风格，具有代表性的是刁羊、姑娘追等项目。

居住在南方的民族由于生活的地域水域众多，水成为他们生活、生产的源泉，并滋生出内容、形式各异的水上民族体育项目。首先是游泳，在先秦的典籍中就有很多的记载，如《庄子》中便有："水行不避蛟龙，渔夫之勇也。"渔夫的水性高超是为了生存。《诗经》中有："就其深矣方之舟之，就其浅矣泳之游之。"这是人们为生活所迫不得已的行为。在水域连绵的地域中，没有一定的游泳能力难以适应这样的生存环境，在这种生存压力下自然产生了各种技能，随着技能的提高，人们从中发现了技能所蕴含的乐趣，多数智者乐水，出现了各种与水有关的活动方式，如泅水、跳水、戏水。有记载唐朝的一位杂技艺人，他的水嬉能力极其高超，不仅能够浮于水面，而且可以潜于水中。刘禹锡在《竞渡曲》就记录了端午节龙舟竞渡时的"罗袜凌波"水嬉表演：

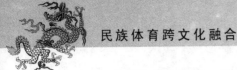
彩旗夹岸照蛟室，罗袜凌波呈水嬉。

曲终人散空愁暮，招屈亭前水东注。

　　民间大量的水嬉活动波及宫廷，宫廷中将水嬉的规格进一步提升，还演化出种种新的方式和方法，比如水秋千就是一项类似当今的花样跳水。这从一个侧面反映出当时人们对水嬉高度青睐。当然，南方的较多民族都喜爱龙舟竞渡，其方式和方法也是各具特色，随着北方城市的增多，黄河流域也出现了龙舟竞渡的活动。各地举行龙舟竞渡的日期也存在差异，就湘沅旧制是"四月八日揭篷打船，五月一日新舰下水，五月十日、十五日划船赌赛，十八日送标讫，便拖船上岸"。贵州的台江等地则是在五月五开始至二十七日期间举行竞渡。[①]还有一些与水有关的活动内容，如泼水节、闹鱼节、鱼潭会、龙船节等，可谓内容丰富，内容的丰富与这些活动开展的地域不同存在极大的关系，百里不同俗，由于习俗的差异人们自然地将某些肢体活动内容加以了改变，以适合当地的风土人情，并相沿成习。水在西北地区显得格外珍贵，虽然青藏高原上江河湖泊纵横交错，黄土高原上有滔滔黄河奔流不息，但是水对于西北各个民族来说，是相当珍贵的资源，人们爱水，珍惜水。在西北各民族中开展的具有西北特色的水上体育项目中，如皮筏竞渡、皮袋戏水、游渡黄河、夹木过河、人牛泅渡等均是以黄河为嬉戏对象，而在湖泊中的水上体育项目极为少见。一般而言，远离水域的民族几乎没有水上体育项目。生活在黄河上游的西北少数民族，在与黄河朝夕相处的千百年来，创造了独具特色的黄河水上竞技。与江南水乡那风平浪静的情形相比，奔腾急流的黄河，水急浪大，水质浑浊，黄河两

---

　　① 周伟良：《中华民族传统体育概论高级教程》，200页、220页，北京，高等教育出版社，2003。

岸的保安、东乡、回、藏等民族兄弟以其胆识过人的性格利用自己的生活工具征服了黄河，开展形式多样的水上体育活动。他们将整张羊皮加工后扎结两头，充进气体，以形成皮筏子。有记载的黄河水上竞技是明朝末年，明肃王在兰州观看黄河时，见到几只皮筏在湍急的黄河上飘忽不定，时隐时现，那熟练的水上技艺，与激流拼搏的勇敢精神，使这位王者顿起竞赛念头，昭示金城，开展这项独特的黄河竞渡活动。由于黄河水流湍急、漩涡多，蛙泳、自由泳不适合于黄河中游泳，西北民族根据生活经验创造了适于黄河中游泳的独特泳姿，即头脸始终露出水面，尽可能不让河水溅到脸部，泳姿又分为"单把泳"、"踩水"，"单把泳"近似于测泳，便于泅渡、托运物品，实用性很强。

民族体育内容和形式丰富确与地域环境有一定关系，辽阔的地域为文化变迁提供了极其丰富的资源，使文化产生地域性的改变。1984 年起宁夏回族自治区体委专门组织了武术挖掘小组，对回族传统武术进行了普查和整理，挖掘出 16 个拳种、20 个练功方法，整理了独具回族特色的"四路拳"、"查密尔传"、"八卦太极拳"、"鱼尾剑"、"回回十八肘"、"穆圣拳"等优秀武术套路。射箭也同样有很多的"变种"内容，从使用的箭支的材料，到射箭的目标都分化出种种形式，如将金属箭换成木箭或红柳枝，将射击的目标从固定到活动，从动物到物品。显示民族力量的传统体育项目"大象拔河"在甘肃、青海非常流行。大象是藏族人民心目中崇拜的吉祥物，"大象拔河"藏语称"浪青沙西合"。它是模仿大象（手、膝着地）的拔河比赛，分为单人和双人两种形式进行较量。竞力、角力的近似内容还有"池和滩"（译为"奔牛"）、"格吞"（汉意为"撬板筋"）、"朵加"（译为"抱石头"）等。

北方生存条件相对差一些，严酷的生存环境使世居此地的民族性格刚毅、坚强，他们能够将生产、生活中一切活动开发出来供人们娱乐、竞技，这些活动具备丰厚的生产和生活来源，注定了北方民族体育的丰富性。人们在节日中赌胜的竞技体育和娱乐观赏的体育活动，就是人们在生产、生活中的体育活动因素集中归纳、总结和放大的结果。例如刁羊活动，就各个民族的活动形式而言，大体可以分为三种变形。其一是柯尔克孜式的刁羊。参加者自愿分为两队，平行立于相距30米的终点，准备好的羊由另外一人驮着，驮羊者待两队到达起点后，放下羊，双方开始争夺，先抢到羊的一队沿商定好的路线向终点奔跑，另一队追赶、争夺，以一方先把羊丢在对方队前为胜利。其二是哈萨克式刁羊。人们将事先宰杀好的羊丢在场地上，参加者骑马蜂拥而至，不择道路，以刁到手的羊不被追赶上，且丢在指定的毡房前为胜利。其三是单骑式。即把准备好的羊丢在场地上，由代表两个队的两名骑手从马背上操起羊开始刁夺，刁夺的骑手在规定的场地中使用高超的技术将羊据为己有为胜。除了这三种主要的刁羊形式外，还有一些被人们改造的刁羊活动形式。再如斗牛活动，仅"掼牛"比赛就分为"单臂摔"、"双臂摔"、"肩摔"、"扛摔"等多种形式。评定成绩的标准有"失蹄"、"倒地"、"四脚朝天"三个等级。与牛嬉戏的活动还有很多，也多是地域不同，形式各异。

中华民族体育种类繁多、内容丰富与中华民族支系众多有直接关系外，还与中国传统哲学思想有必然联系，中华民族文化中的八卦理论就是训导人们应明白事物存在无穷变化的经典理论，在这种理论的引导下，中华民族求变、求新的意识始终保持活力，虽然受到农业封闭思想的制约，中华民族文化没有在近现代产生巨大的创新，但是在民族体育领域这种意识和理论发挥了重大作用。另外，中华民族受到老子"嗜水"、"尚水"民族性格影响，产生了如水一般的种种变化，因为水无常形，这一点在南方的民族中表现更为突出，其民族体育活动内容变形十分丰富。

在文化理论中，水溶性的马赛克也受到水的影响产生与邻近的文化马赛克相融的趋势，因而出现一种新的交融后的新彩色文化马赛克。比如民族体育项目中的少林拳的分野，当北方少林拳传到南方后，受到南方佛教及人文环境影响后形成了风格迥然的南少林武术。

同时，人们不能忘记的是，人性的本能中充满着争斗的倾向，这些争斗不仅明显地表现在战争之中，还强烈地反映在和平时期人们为了保存自身、族群或民族生存空间而不断通过种种手段改善人群的体力和能力，其中突出的就是体育活动的内容，在此领域民族体育活动超越了生活、生产范畴，它是人们必须完成的一项群体、民族或国家义务，体育活动要随着人们的活动水平不断改变内容和水准，以求提高人们的体质或体能，因而丰富的变化成为必然。

中国人对待闲暇生活的情态始终是积极的，人们善待闲暇，崇尚闲暇，因此在生活中不断地创造了积累闲暇的生活内容，民族体育就是其中之一。在中国古代，由于生产技术主要以维持农、牧、渔业生产为主，没有较大的发展，闲暇的生活内容资源因此相对单一，缺乏来自城市工业生产的资源。闲暇生活是构成闲暇文化的重要组成部分，与现今社会相比当时的闲暇生活内容相对贫乏，为了能够充实闲暇生活，人们只有选择本身就能供人们享受的、娱乐性突出的民族体育来支撑，别无他途。充当如此重任，民族体育必然不断发展创新，以求迎合人们对娱乐和闲暇生活不断提高的需求层级，这是造就丰富民族体育的一个不容忽视的因素。

三、历史渊源性和现实封闭性

民族体育以民族自身文化为表现形式，其动态变化同步反映着各自民族从产生到发展这一完整的历史过程。同时在某一民族体育产生后，便长期地以一种特定模式传承着，至今保持着较高的地域封闭特征。

（一）民族体育历史渊源性

民族体育是伴随民族的产生而起源的。体育作为一种人类的肢体活动出现在族群、民族产生初期，由于体育所具备的简单的、形象的、动态的肢体符号体系功能，能够将民族文化中的尚未被语言记录的内容，通过肢体符号记载下来，并以类似教育的形式传承下来，这是一般情况，这种情况可能是人们的一种无意识状态下的自然过程，不是所有的社会文化现象都受到人们的重视，只有对人类社会发展有益的内容才被重视。当人们日益发现了民族体育活动的社会价值和功能后，人们开始了主动地、有意识地归纳和提炼民族体育，在此过程中社会组织形式、伟人的促动、民众的热情等因素保证了民族体育保持历史传承。

社会组织是社会文化现象保留在民族历史的重要社会结构保证。例如我国南方流行的，现在全国各地均有传播的抢花炮，据说是起源于广东，原是商会为了招揽生意，扩大贸易范围，加强社会互动，一般在水、陆等交通要道或码头举行的一种群体性的体育活动，后被侗族民众带到黔、桂、湘等地，并在每年的三月三举行隆重的竞赛活动，延续至今，流行已经有500余年的历史了。侗族能够将异族的异质文化较快地传播于上述地域与他们的社会结构有一定关系，"款"是侗族的一种社会组织形式，这种组织有大有小，"小款"是三五个至十一二个村寨组成，"大款"由若干个"小款"组成。实际上这是一种以地缘为纽带的部落联盟形式，在当时的社会背景下，它十分有利于各个村寨间的协作，防止外敌的侵扰。在"款"的社会结构中有"款首"、"款约"。"款首"为民主选举产生，"款约"为共同商议制定的"土法"。在这样一个社会组织中，人们都十分遵从"款首"的号召，严守"款约"的条文，有了这样的社会组织任何活动的开展便具有了统一性。①

伟人的言行具有极大的感召力，例如在伊斯兰教育文化中认为体育能够培养人的强健体魄，强健的身体是完成宗教与社会使命的基础，也是对这个世界的管理者和建设者的基本要求，更是"白天的斗士，夜间的修士"的基本素质，因此伊斯兰教很重视体育，穆圣曾经郑重地指出："你对你自己的身体负有义务。"每个人都有责任爱护自己的身体，尽力地使自己保持强健的体魄，以便能更好地担负起"代治者"的使命。伊斯兰教文化要求人们通过民族体育达到尽量使自己的身体保持健康状态，免遭各种疾病的侵害；同时要具备强健的身体，"强壮的穆斯林比起虚弱的穆斯林，在真主看来更好更可爱。"因此，无疾之外，更应强壮；要能够适应和承受任何艰难困苦，还要随时准备面对各种险恶的环境和突如其来的灾难。② 可以看出体育被伊斯兰民族赋予了十分重大的历史职责，这种历史职责至今依然影响着人们的生活，也铸造了西北各个信奉伊斯兰文化的民族在民族体育方面特有的素质和成就的渊源。

民众是历史最有发言权的见证者，他们的热情是某种社会现象得以保留和传承的重要社会基础。例如，跳板是朝鲜族妇女十分钟情的民族体育，在每年的元宵节、端午节、中秋节等重大节日期间，她们举行各种比赛，平日里以跳板为戏，几乎达到人人能跳、会跳、善跳的程度，跳板的技术也由此出现艺术化的提升。之所以能够达到这种程度，其中有"跳跳板脚底不会入刺"、"姑娘谁不跳跳板，出嫁后准难产"等俗语，站得高看得远可以提高妇女的社会地位，朝鲜族妇女能歌善舞，整个民族艺

---

① 田晓岫：《中华民族》，540 页，北京，华夏出版社，1991。

② 马明良：《伊斯兰文化新论》，58 页，银川，宁夏人民出版社，1997。

术氛围浓厚等习俗极大地影响着人们的行为，朝鲜族妇女因此十分重视这项活动，对此保持着很高的热情。

外在的因素极大地保证了民族体育得以在人类历史长河中的地位，而内在的因素更是民族体育文化主动寻求生存空间和发展领域的重要因素。人们发现具有悠久历史的文化现象更能在人们的心目中站稳脚跟，得到更加普遍民众的认可。民族体育具有久远的历史和丰富深厚的文化内涵，从有关其来历的传说故事可见一斑。如"竿球"是高山族传统的竞技项目，据说很久以前，有一位勇敢的高山族人为了守卫人类的火种，当他发现猛虎扑火，机警地用长竿刺杀猛虎，保住了火种。还说上古时有恶鸟专门伤害孩童，人们为了消灭它，燃起一堆篝火，其周插上尖利的竹竿，恶鸟误以为孩童玩火，俯冲扑下，身穿尖竹而死，人们为了纪念消灭恶鸟的壮举，发明了竿球之戏。"大象拔河"，据说约在公元2世纪藏"五赞王"时，随佛教一并从印度传入中国，最初是格萨尔王征服敌人后为自己的战士分封土地时用以决定土地多少的一种方法，传承下来就成为一种深受藏族人民喜爱的传统体育项目。新疆民族体育大多源于草原上美丽的传说，如"飞马拾银"讲述的是很久以前有一个马上民族部落，其首领有一个聪明漂亮的女儿，她的骑术很高超，想选一位有着同样高超骑术的小伙子做丈夫。于是在朝廷公主抛绣球招亲的启事下，以草原上独特的方式把自己的耳环用红布包好，放进洞里，然后让众多求爱的小伙子骑马从洞中拾回红布包，能以高超的技艺最快的速度拾回者便成为她的丈夫，就这样她选到了意中人，从此便演化出"飞马拾银"的体育活动。哈萨克族民族体育项目"姑娘追"同样有一个美丽的传说：相传很久以前，有一只白鹅变成俊俏的姑娘，和一位英勇的青年猎人结为夫妻，在结婚那天他们骑着两匹白色的骏马像两只白天鹅一样飞来飞去，相互追逐，这便产生"姑娘追"的体育活动。维吾尔族的"达瓦孜"（空中走绳）民间传说：古时维吾尔族人民居住的一个地方出现了一个妖怪，为非作歹，残害百姓，它在空中来去无踪，行影自如，呼风唤雨，兴妖作怪，黎民百姓叫苦不迭。有位英武的少年叫乌布尼，决心为民除害，便在平地上竖起一根30多米高的木杆，用一根60米的绳索从木杆顶端连接地面，然后踩绳而上，与妖魔搏斗，终于将妖魔杀死，解除百姓的疾苦，从此"达瓦孜"就流传下来。斗牛在中国历史悠久，它的起源有人认为起源于李冰斗蛟的传说。宋人李昉在《太平广记》中引《成都记》记载："李冰为蜀郡守，有蛟岁暴，漂垫相望，冰乃入水戮蛟。已为牛形，江神龙跃，冰不胜。及出，选卒之勇者数百，持强弓大箭，约曰：'吾前者为牛，今江神必亦为牛矣，我以太白练自束以辨，汝当杀其无记者。'遂吼呼而入，须臾雷风大起，天地一色。稍定，有二牛斗于上。公练甚长白，武士乃齐射其神，遂毙。从此蜀人不复为水所病……故春冬设有斗牛之戏。"此乃中国人惯常喜用的托古之法，实际上是人们在生产劳动中，模拟牛与牛之间的争斗而演变出的人与牛斗的嬉戏活动，最终演化出各种斗牛的民族体育活动。关于回族的掼牛，传说很久以前，有一个回回营，居住着近千户人家，他们每年过宰牲节时，都要宰上百头牛，要把牛赶到一起，然后由四五个年轻力壮的小伙子拿着绳子和木棍，相互配合把牛捆住摔倒。有一次在捆一头大公牛时，一个小伙子被牛顶伤，不久"无常"了（回族把人去世称为"无常"），乡亲们为此很伤心，第二年过宰牲节时，有一个勇敢聪明的年轻人，他眼尖手快，不用别人帮忙，一个人用敏捷的动作把牛掼倒了，为此广泛传说，从此以后掼牛便成了回族群众的传统体育项目。

在民族发展过程中，随着时代与社会的变迁、民族之间的融合，民族产生时所具有的共同地域及血缘关系、文化等等都可能发生不同的变化。在这些变化中，人们对于这一民族存在和发展

的态度就构成了民族认同。[①]在民族认同中，首先是血缘认同。民族是一个人类共同体，对这一共同体中人们的相互关系的认同，是民族认同中的核心问题。这种认同划清了此民族与彼民族之间的界限。民族同根是民族认同之源。因为，在民族产生之初，人们是以血缘关系维系的，氏族不断地发展壮大，人们的血缘关系之树变得树冠分支庞大，但对本民族共同祖先之根的认同是永远不会改变的。在民族发展的过程中潜在的血缘关系逐渐走向了模糊，而民族认同却日益加强，日益表露。在这个时候，人们最直接的是用一种符号来标识自己的归属，如自称、图腾、禁忌等。民族体育文化在这方面表现为一种身体的符号，以区别于其他民族。如搏克是蒙古族的摔跤，且里西为维吾尔式摔跤，格是彝族同胞摔跤的形式，北嘎则是藏族摔跤的形式，从体育活动内容上看，同为摔跤，但起源的民族不同，所表现的形式各异，具有标识不同民族的符号作用。这种由自然血统而造就出来的文化认同符号更具有凝聚力，更容易使人识别不同的民族性。其次是民族文化认同，一种文化体系以民族为载体，民族又以文化为聚合体。一种文化的产生、发展必然在一个民族的发展过程中产生和发展，同时该民族在自身文化的不断发展中逐渐地壮大，这两方面是紧密相连的，也恰恰由于这种关系，民族认同的更高级表现形式就是民族文化的认同。民族文化在一个相对封闭的民族生产、生活中逐渐产生独特的风格，成为一个民族的象征，一个民族的认同标志。如一个民族特有的节日、礼仪、宗教、生活习惯、建筑形式、服饰、风俗等等均可使人识别不同的民族。人们对民族文化的认同实质上是人们对自我归属的心理活动表现，有了民族文化的认同，人们就会产生亲切感，人的高层次的需要得以满足。体育作为文化的重要组成部分，在民族文化认同方面不

---

①　郑晓云：《文化认同与文化变迁》，北京，中国社会科学出版社，1992。

仅具有符号作用，更具备民族文化形象的意义。同为斗牛，回族的斗牛是以身体的敏捷，力量的巧施将庞然大物摔倒，与西班牙的斗牛不同，更能体现人的徒手搏击的能力。

民族文化认同由人的认知水平决定，在认知水平较低的时期，民族文化认同具体而狭隘，认知水平提高后，人对民族文化的认同才会发生重大改变，产生大的民族文化观念。人对客观事物的认识是一个由浅入深的过程，在此过程中，人们的认识领域也在不断拓展。由于人的认知发展规律性造就了人的价值观念、思维方式的不同。在人类社会初期，人们的认知水平有限，人的价值观念和思维方式体系更多地依托于血缘内部的认识，随着社会的发展，人的认知水准的提高，其价值观念、思维方式逐渐向着地缘、业缘方面转移。在这一阶段，民族文化的认同已经从开始的个人认同向着群体认同的方向转移。群体的认同具有更全面、客观、合理的成分，并且逐渐形成一个群体认同体系，它对个人而言是一种有效的民族文化认同的参照系，个人的认知会跟随群体的认同发生变化，尤其是在文化大融合的情况下，个体的认同趋向基本保持与群体的一致。当民族融合、发展至国家形态时，政体的认同趋向又成为人们认同的指南，国家作为整个民族的利益代表，它的认同在大局上是整个民族意识和利益的表现，因此这时个体的、群体的认同又保持着与政体认同的一致。同时，民族文化认同一经形成，就会成为稳定的要素积淀于一个民族意识之中。民族体育文化的认同同样表现出这样的趋势。例如在唐朝审美价值与其他时期的差别较大，唐玄宗擅长射箭，为了教育宫女从事射箭活动，发明了宫中流行的"射粉团"的射箭活动，射中者可食粉团，以食粉团多者为胜，由此养育出更多的肥美者，这项活动最后走出后宫，成为民间普遍开展的活动。可见政体认同对群体认同的强大影响。新疆柯尔克孜族是一个以畜牧业为主的民族，自古以来该民族就生活在马背上，是一个

"马背上的民族"，骑马就成为该民族成员必备的技能，孩子出生之后父母就要把他放在马背上走一段路，象征他将来成为一名善骑的勇士。这种个人的认同是从以家庭为单位开始，对个人从小进行本民族生活习俗的认可。民族体育活动"刁羊"可谓是群体认同的一种表现形式，这种活动是每逢节日、乔迁、丰收、婚嫁等都要举行刁羊活动。与其说刁羊是柯尔克孜人喜爱的民族体育项目，不如说是该民族对本民族文化的认同仪式。中华人民共和国成立后，国家组织的民族运动会为各个民族提供了展现本民族体育文化的舞台，也为各个民族在中华民族共同认同的基础上将本民族文化的认同融入民族大家庭之中，形成一个合力强大的中华民族认同体系。

文化认同对人的行为具有强大的影响力。因为文化认同的形成是在对一个文化全面、深刻的认知后而产生的，因此它构成了一个认同体系，其中包含文化组成的各个层面，并且在人的思想意识中占据主导地位。在这种情况下，具有了一定的文化认同，人的行为就会发生特定的变化。如人们在闲暇生活中进行体育活动时，很自然地要采用其认同的民族体育项目。在有关民族地区全民健身社会调查中明显地显现出这一特点，比如，宁夏回族自治区长期流行于民间的健身内容很多，如今形成规模，为少数民族和其他民族同胞充分认可的回族传统体育健身内容有武术、木球、方棋、踏脚等。1982 年首先由吴忠市马莲渠发起，后经不断整理、完善，流行于宁夏百年的木球以现代体育的形式走向了体育健身的行列。1990 年国家体委和民委向全国推荐，并将该项目列为第四届全国少数民族体育运动会正式比赛项目。宁夏回族自治区体委还对备受回族居民喜爱的方棋进行整理，制定了《方棋竞赛规则》，使其更具娱乐性、规范性和竞争性。对能充分体现回族人民勇敢、顽强、憨厚、朴实民族感情，展示回族人民剽悍、矫健、爽朗、豪放民族性格的"踏脚"也随着全民健身热潮掀起新的高潮。① 可见文化认同对民族体育文化的影响程度，以及对人行为的广泛渗透与支配。只有达到文化认同层面，人们才能对民族历史渊源产生强烈的依恋，才能从历史长河中合理、正确地定位民族文化。文化需要积累，缺乏历史渊源的文化积淀，文化的内涵将是浅薄的。由于世界上唯一连绵不断的中华民族文化具有久远的历史，因此中华民族文化厚重充实、博大精深，这从民族体育文化历史渊源中可略见一斑。悠久的历史为人们文化认同提供了时间保障，使人们能够有充裕的时间去感知这种文化，体验这种文化，从而使其发自心扉地认同该种文化。在世界范围内，中华民族体育的历史渊源性是其所独具的特色。

历史渊源性由于社会行为具有遗传性，在体育活动中表现明显。人类社会的社会行为存在着一定的遗传性，即人们的社会意识和行为在相当程度上保持着与上一代人或前辈的相对一致。

> 毋庸置疑，在任何高级的有机体中发现的内源——自动动作模式，人类所展示的范围最小。除了某些动作规范，如进食（抓住食物，放入口中、咀嚼、下咽），求偶（摩擦运动）和步行跑步中可能包含的某些自动成分，一个成年人实际上没有出现根据内源自动作用的中枢神经系统协调的动作模式，尽管缺乏这种真正本能的动作模式并不是最初的性质而是缩减过程的结果。在人的大多数本能动作的模式中，只有炫耀动作模式保存下来。②

---

① 陈青：《宁夏少数民族全民健身现状》，载国家社科规划项目"西北民族地区全民健身模式比较研究"研究报告，1999。

② ［英］莱士列·斯蒂文森：《人学的世界》，215页，北京，中国人民大学出版社，1992。

具备炫耀性质的肢体活动，以及人们生活必需的动作模式被保留下来的可能最大，因此体育活动更具强烈的社会遗传性。从生理学角度看人的体育特长行为是在长期磨炼中逐渐形成的，体育特长行为被内化为人的生理机能，在人体生理机制方面产生适应性的改变，这些生理机能在人的遗传基因中或多或少地占据一定的成分，为下一代做好了遗传的生理基础准备。因此，可以说社会遗传是借助生物遗传得以实施的。一旦在体育特长人口之间相互结合，这种基因就会呈"阳性"反应，下一代便表现出体育的特长和能力。而且在人的社会心理上也印刻下深刻的痕迹，在人的社会实践中产生一定的心理定向，引导人们的社会行为向特定的方面发展。社会行为遗传实质上是在一种社会环境的熏陶下，使人们在特定的环境中将某种技能有机会加以表现和发挥。遗传学家西奥多修·朵赞斯基认为：

> 在某种意义上说，人类的基因在人类进化中，已经把他的头把交椅让给全新的、非生物学的或超有机体的动因——文化。虽然我们不应忘记这个动因是完全独立于人的遗传型的。①

一般而言，有体育特长的家庭，体育生活氛围比较浓厚，对下一代的影响潜移默化，这就使下一代在他们的生活行为方面表现出特定的方向。在民族地区，体育生活作为人们生活的主要成分，体育生活的社会氛围浓厚，自然对人们的体育生活产生积极的影响，形成所谓的社会遗传。前面论述过，中国的少数民族其民族性格是能歌善舞、崇武尚力这在一定程度上为体育生活的社

---

① ［英］莱士列·斯蒂文森：《人学的世界》，248页，北京，中国人民大学出版社，1992。

会遗传造就了相应的环境，而且民族体育又是民族地区居民生活中重要组成部分，因此体育生活的社会遗传就由可能性变成了一种必然现象。在封闭的环境中，由于外界的干扰较少，没有更多的文化特质的渗透，这种社会遗传的可能性被放大，表现得更为深刻、广泛。

（二）民族体育现实封闭性

民族体育文化的发展有一种深厚的地域封闭属性，这种属性在一些发展相对落后的国家或地区中表现得尤为突出。

封闭属性源于客观的自然地理因素。在人类社会尚未出现先进的交通、通讯工具的时候，人们与外界交流十分有限。跨越自然屏障对人而言是极其艰巨的，因此人们对探险者崇拜有加。张骞、玄奘、郑和、哥伦布、达·伽马等在人类的进步和发展进程中功勋卓著，他们不仅仅发现了人类尚未认识到的事物，揭示了许多人类急需了解的现象，而且他们所表现出来的开拓意识和精神、探索勇气和毅力是人类最为珍贵的品质。从某一个角度来说，它反映了人对自然界认识的渴望，人欲超越自然的意识，以及人类需求欲望的增强。由于没有条件和能力使人们实现这种愿望，才使人类历史走过了漫长的相对封闭时代。

古代文明古国——中国是一个处于被四周自然屏障与世界分离的国度，在这样一个与世隔绝的国度里，中国人认为这是人类得以生息的、唯一的一块土地，因而称之为天下，又以为四周环海则唤之为四海之内。华夏居中为"中国"，东西南北各地的民族为夷、戎、蛮、狄，这"五方之民"构成"四海"之内统一的"天下"。人们在这样一个地理单元中世世代代地繁衍生息，过着悠然的田园生活。一部《镜花缘》使"天下"人感到世界并非他们所想像的那样，但人们仍然认为小说每每都是夸张的，是神话的另一种表现形式而已。这种现象不仅仅发生在中国，西方人也是通过《马可·波罗游记》才对东方文明有了一定的了解。这说明了一个问题，就是在人类社会没有跨越自然地理制约之前，封闭性是普遍存在的。因此，文化的交流只能是局部的，民族体育文化同样不能达到广泛地交流，只有在区域范围内自我萌发，自我发展。

在自然地理条件制约下，人们对交流的意义在理解上存在一定的局限性，更注重的是本地区、本民族的文化，民族文化自我保护的意识强烈，可以成为"社会防御"，或"文化防御"。[①]在这方面表现比较具体形象的是中国长城文化，当时修建长城并将长城外围烧草致荒的目的是农业区的居民防止游牧居民对其自然资源的争夺，是一种军事防线，发展至后来变成了民族间文化交流的人为障碍。西方国家的城堡也具有类似作用，城堡不仅是民族间的障碍，更是人与人之间的人为隔阂。可见人们在当时的历史条件下对本民族文化的保护意识。在一个民族文化刚刚萌发或发展早期，假如没有相对的封闭，民族文化难以形成其独特的风格、独立的体系，在封闭环境中，可以不断地自我发展，充实文化的底蕴，增强文化的能量，积累文化的实力。其实，民族文化的发展必然要经过一个时期的封闭式成长过程，也只有在一个相对封闭的环境中，备受民族文化熏陶后才能孕育出浓郁的民族文化气息。同时，民族文化只有在不断地成熟中才能逐渐蓄积"文化进步"、"文化反弹"、"文化争雄"所需的足够能量。

在封闭的环境中，社会结构是以血缘为主体的，血缘维系的人际关系重点是敬祖，存在着强烈"辈分主义"色彩。人们行事严格讲究辈分，因为在他们心目中权利是严格按照辈分高低排

---

① 澳大利亚生物学家科纳尔德·劳伦斯（Lorenz Konrad）将本能的趋向解释大部分动物的行为，并通过这些研究成果进一步研究人类的行为。在社会防御方面，他认为生物皆具有一个比较相近的行为，并举例：一对离群的丽鱼科鱼，其中雄鱼最重要攻击是杀死雌性鱼，因为这不存在要被赶出家庭的同种鱼的威胁。在养鱼池中放一面镜子就可以防止这种事，以此发泄雄性鱼的进攻性。

列的，祖先的资历越深，人们对他越恭敬，他在人们的想像中就具有更大的势力，而且他离人越远就越加非人格化、官僚化。[①]虽然祖先在他们的知识和能力方面存在着无法与后人相提并论的差异，然而他们是祖先。在这种形式下，人们的意识、行为都遵守辈分规律的约束。该现象在现代一些不发达地区仍然存在，而且具有相当的市场。这种机制使文化的发展受到影响，产生相应的局限，因为祖先的在认识方面的局限，制约着人们思想的开拓，限制着人们的行为。民族体育文化在民族地区受到这种意识的制约，使民族体育文化笼罩在浓厚的血缘气氛中，表现出强烈的地域、种族、民族色彩，使体育文化的内容和范围限定在一定的领域之中，

换一个角度看，正是由于人们对祖先的敬崇，为伟人作用的出色发挥奠定了基础，以至于民族文化发展得以顺利进行。即使在原始社会，人们并非都是平等的，比起其他人来，有些人是优秀的，即使他并非是祖先，但他们有能力，有眼光，因此他们登上了相应的职位，掌有更多的权力，在更高的文化层面上拥有更高的才干，在他们那里涌现出新的工具、新的装备、新的法典、新的制度、新的生活方式。在一定地域，一定历史阶段，文化的进展确乎是少数才华横溢的个人业绩之结果。民族体育文化同样是在某些具有体育天赋的伟人手中产生、集大成和推广。伟人可能是一个人，当然更多情况下伟人是一个群体的代言词，在一个伟人的周围都会有众多的谋划者。当然，百姓绝非无能之辈，他们在生产、生活中积累的大量体育文化素材为伟人创建某项体育奠定了基础，伟人在此的作用是集大成者，常言道："三个臭皮

① ［美］艾恺：《中国文化形成的要素及其特征》，见张岱年：《文化的冲突与融合》，北京，北京大学出版社，1997。

丹纳：《艺术哲学》，76页，合肥，安徽文艺出版社，1991。

匠顶个诸葛亮"，伟人也会不断向常人学习，因为"三人行必有吾师"。诸如中国的少林武术，如果没有少林寺的诸多有识之士，不可能出现禅宗与武术的融合而升华出少林武术，如果没有中原武术的丰厚的武术资源，少林武术也不会出自嵩山。

文化发展进程同样强烈地影响着地域文化的发展，使民族文化特化出民族性。一个地区、一个民族在自然地理方面具有相当大的制约时，它们与外界的交流可能性降低到最小程度。这时，不论从文化的技术系统，还是社会结构和思想意识系统均会处于低速发展阶段，而且保持着相当的平稳性。在此阶段，文化发展进程难以与其他文化发展相提并论，因此，人们自然地产生一种抵触、防御心态，唯恐自己的生活、自己的文化在与其他文化交流时被破坏和扼杀，在这种心态左右下，人们会十分慎重地选择交流。也正是在这种心态的影响，人们会积极努力地发展自己的文化，加强自身文化的能量，对本地区、本民族的文化关怀备至，体贴有加。民族体育文化的民族性在很大程度是由于其所处的地域偏远，文化、经济、政治等发展相对落后或滞后，因此在区域性范围内得到极大的发展，成为独具特色的文化成分。

然而中国社会的封闭时间过长，严重地制约着中华民族文化与世界其他文化的沟通和交流。人类文化的发展，尤其是先进文化的发展大都是在一个开放的、交流的状态下出现。就中国自身而言，先秦时期开放的思想，百花齐放、百家争鸣，为后期的文化发展奠定了坚实的思想基础。唐宋期间，中国开放进取，社会生产技术、科学技术、文学艺术、人民生活都达到了一个前所未有的高度。封闭对一个文化现象产生初期具有一定保护作用，而对处于发展期的文化现象来讲则是一个严重的制约因素，正如育苗期不能让幼苗受到任何伤害，在成长期须使作物经风傲雪，使作物历经自然界的阳光雨露，方能结出甜美丰硕果实一样，只有历经了文化交流，文化才能达到优势互补高度融合。中华民族体育经历了长期的封闭后，虽然产生了许多有特色的文化成果，但是原本具备的优势随着时间的推移，逐渐丧失了其优势，失去了生存空间，蹴鞠是为典型一例。

四、凸显的艺术性

美丽动人的民间传说故事，曲折悲壮的民族史诗，少数民族人民对未来生活的美好向往与期望，喜庆节日的良好氛围，特有的音乐、舞蹈、服饰等文化形态为民族体育生存和发展奠定了社会基础，是民族体育稳步成长的社会资源。这些文化形态与体育存在着同质同构的文化特质，是体育直接的基础和资源。

体育在某种程度上可以称之为是一种动态的艺术品，艺术品的产生是有根基的。这种根基首先是自然的条件，中国地大物博，自然资源较为丰富。特别是广阔肥美的草原、巍峨峻峭的高山、广袤富饶的平原、纵横交错的水系、星罗棋布的湖泊，这一切对人的震撼，对人心灵的启迪和净化，对民族性格的培养都是十分深远的。世居在各异环境中的民族自然选择了一些展现、锻炼人体能，给人以坚毅强壮感觉的，具有粗犷、豪爽、细腻、委婉迥然风格的体育活动内容。自然的选择是人力所难以制约的，这种艺术品的风格明显具备自然规律。其次是人的精神条件影响。"作品的产生取决于时代精神和周围的风俗"。在中华各个民族长期的发展过程中，民族成员的智慧，民族优秀成员的引领作用，使民族文化产生特定的发展，产生了各自民族特定的民族性格，以及风俗习惯，这些因素强烈影响着民族体育的发展方向。例如汉族的音乐有着悠久的历史和独特的创造，秦以前，汉族先民已经创造了乐器和乐曲，发明了乐律。汉唐盛世，汉族音乐以歌舞音乐见长；宋元以后，则以戏曲音乐为主。汉族发明了五度相生律（即三分损益律）、纯律和平均律。汉代还成立了国家层面的音乐机构——乐府，可见音乐体系之完善。宋代的音乐舞蹈中有很多内容与民族体育密切相关，如"舞剑"、"舞蛮牌"等。汉族的舞蹈与音乐密不可分，常见有歌舞和乐舞之别，舞蹈与民族体育犹如孪生兄弟，彼此借鉴互动促进。进入近现代以来，音乐舞蹈中更是离不开民族体育的内容，各种戏曲中多有武生的演出角色和内容。汉族的音乐舞蹈氛围为民族体育的艺术化奠定了基础，民族体育为音乐舞蹈提供了丰富的艺术素材。苗族是一个富有音乐天赋的民族，他们举行的芦笙舞，规模宏大，场面壮观，观众多达万余。苗族分布在我国的西南地区，其音乐舞蹈的形式较丰富，舞曲多种多样，巨型芦笙高达丈余，黔西北、云南的芦笙则短小精致，伴随着悠扬的芦笙音乐，人们以高超的类似杂技式的舞技表达着人们的思绪和情怀，有"倒立"、"蚯蚓滚沙"、"滚水碗"等难度较高的动作。受此影响苗族的武术套路也是技巧性动作较多，韵律感十足。东乡族的花儿会，是民间传统盛会，大都于每年农历夏秋时举行。由于东乡族人口较少，又与回、藏、保安等民族交错杂居，花儿会都与其他民族一道举行。"花儿"是东乡族劳动人民喜闻乐见的艺术形式，几乎人人都能唱会编。届时东乡族男女老少穿上民族服装，前往参加，人数达数万至数余万不等。赛歌分为四个程序：拦路问歌，游山歌，夜歌，告别歌。会上人山人海，从田间到山头，从河边到树林，动听的"花儿"婉转优美，十分悦耳。有独唱、对唱和合唱三种形式，歌声，有的清脆婉转，有的激昂奔放，有的高亢悠扬，优美悦耳，甚是迷人。东乡族人民用歌声表达对生活的渴望，对家乡的一草一木的挚爱。这些艺术活动强烈地影响着东乡族的民族体育，使他们的体育活动更加具有艺术品味。例如东乡族的"耍火把"是在农历的正月十五天色将晚的时刻，村寨的青少年手持麦草扎成的火把，跑出山庄，奔向田野，一支支火把在茫茫夜色中排成一字长龙，旋舞飞腾，不时变换图案，极其壮观，这种活动以跑为主，附之火把，使体育活动与艺术进行了完美的结合。维吾尔族的肉孜节是其一年一度的盛大传统节日，译为"迎接新的一年"，"辞旧迎新"。肉孜节期间人们举办各种民族歌谣朗诵晚会来欢庆，还有许多优秀的摔跤手、骑手、刁羊手、走大绳、打秋千的艺人，进行摔跤、赛马、刁羊等比赛，同时人们还聚在一个热闹的地方，打起"纳格鼓"，吹起唢呐，老少一块跳起粗犷有力的"萨玛舞"共享节日的欢乐。生活在青海的藏族，同样是一个能歌善舞的民族，藏族的歌舞绚丽明快，节奏鲜明，舞姿优美，动作豪放。每逢佳节，藏族人民进行自己喜爱的民族体育运动，欢聚一堂，有歌有舞，欢乐异常。青海藏族中以玉树、果洛、海南的歌舞最为有名，歌舞中有优美动人的袖舞，有风趣别致的对舞，有欢快如狂的群舞。其中舞蹈动作中踢踏舞最有特色，这些内容与体育活动的联系密切，没有良好身体素质的人是难以很好完成舞蹈中的难度动作。朝鲜族等民族喜爱的秋千惊险迷人，在空中回荡中，做出各种高难度的技巧动作，使平淡的秋千运动增添了无穷的艺术性。

在北方地区流行的体育活动中，有不少项目与歌舞升平的歌舞形态相去甚远，如赛马、射箭、劲力拔河、摔跤、角力、马球等项目可以说是一种与搏杀、争斗、战争有直接关联的内容，是这些民族在与自然、与人抗争历史的真实写照。其中的艺术性表现并不十分强烈，更多给人们留下的是血腥，但是在民族体育发展过程中，这些项目逐渐消除了血腥象征，将征战的辉煌和精彩凝结出来，以文化之，以艺陶之，从而给和平时代的人们以无限的遐想，这些项目一则满足了人类原始的好强争胜的攻击本能需求；二则昭示世人战争的残酷，告诫人们珍爱和平；三则为人们本能的宣泄搭建平台。

综上所述，民族体育的艺术性表现有三个层面，第一层面是直接地表现美学因素的内容，例如"耍火把"、"秋千"、"体育舞蹈"、与歌舞同场竞技活动等。这类活动使人们能够直接感受和体验美。第二层面间接表现美学因素，如"刁羊"、"赛马"、"射箭"等活动，它能够给人们呈现一种技术娴熟的美感，给人一种成熟驾驭能力的美感。第三层面是折射出的美学因素，如"摔跤"、"角力"、"踢脚"，这类活动感官上给人的是一种野性的残酷，但是人们可以从中细细地品味出人本质力量的深远美感。

民族体育活动内容的艺术性，与带有个性文化的民族服饰所提供的艺术氛围有直接的关系。大凡是民族节日，或是民族体育赛事，各民族总要身着盛装，将能够反映本民族艺术特征的服装、服饰尽数披挂。例如蒙古族摔跤要在摔跤衣上缀以闪亮的铜钉和银钉，腰带"希方布格"，下身穿着白色缝制的肥大的摔跤裤，裤外还套有一种无裆的套裤，上绣有民族形式的各色花纹，颈套五色绸穗形成的彩条，"景嘎"，标志着该选手获得过多少名次，名次越多彩条越多。苗族服饰的多彩是各个民族服装中极为少有的，女装在用料、颜色、绣花、款式等方面千姿百态，多达130多种式样，男装也比较丰富。在节日和体育活动期间，人们可以看到的不仅是体育活动的精彩场面，更可以说是一种民族服装的演示会。裕固族人民喜爱射箭、赛马，每当节日庆典，举行大规模的射箭、赛马比赛时，裕固族男女都穿着高领长袍，男子系红、蓝腰带，戴圆筒平顶镶缎边的礼帽，穿高腰皮鞋，腰带上带有腰刀等饰物。妇女们外套坎肩，束红、紫、棕色腰带，腰带两端垂于腰后两侧，腰带左侧还系有几条各色手帕。比赛现场，身着盛装的人们载歌载舞，射箭、赛马，竞技较量，场面宏大，气氛热烈。

　　……似乎艺术家应当全神贯注地看着现实世界，才能尽量逼真地模仿，而整个艺术就在于正确与完全地模仿。①

　　上面是丹纳（H. A. Taine）的论点，我们认为中国艺术具有不可模仿性，或难以模仿，造就了艺术作品的唯一性和创意的多样性。正如对书画作品的临摹很难到达艺术家所表现的意境，歌舞的表现风格人人各异一样，民族体育的风格丰富多彩与此存在直接、必然的联系，中华民族体育中的武术分化正是这样一个原因。人类文化行为中，被人作用的对象如果是艺术类的，大多具备上述特征，而人们进行的机械制造则与此不同，这些内容被人们制造成标准件，可以一件件地复制，保持着高度的机械文化的一致。我们认为这是由于艺术是一种与人弥散性思维活动直接相连的文化活动，在这个活动中人的各种器官的唤醒状态达到共鸣协调态，潜在的，在日常生活中隐性的心理激情被充分调动，使身心能够充分地完成活动的同时更能有所发挥、创新，因此艺术家的歌舞、书画、表演水平与他的状态有直接关系，如同体育比赛中选手的竞技状态决定着选手水平的发挥。而机械制造是向心性的人类文化活动，它要求人的身心状态专一守恒，在生产过程中不宜才思泉涌，应该专心致志，做到丝毫不差地精雕细琢，否则生产出来的机械产品则缺乏通用性。实质上，我们的论点在一定程度上，可以推衍到整个艺术的本质。丹纳的研究成果中明确谈到，西方的诗歌、雕塑、绘画在特定条件下是模仿性的艺术，而建筑、音乐则不然。西方后期的艺术作品，也远远地超越了模仿，出现种种新的艺术流派，这些流派的总体特征具有超现实趋向。丹纳风趣地说用模子浇铸出来的雕塑绝不是一个优秀的雕塑

---

　　①　［法］丹纳：《艺术哲学》，57 页，合肥，安徽文艺出版社，1991。

艺术品。对此丹纳认为：

> 最初我们以为艺术的目的在于模仿事物的外表。然后把物质的模仿与理性的模仿分开之下，我们发现艺术在事物的外表中所要模仿的各个部分的关系。最后又注意到这些关系可能而且应该加以改变，才能使艺术登峰造极，我们便肯定，研究部分之间的关系是要使一个主要特征在各个部分中居于支配一切的地位。①

超越模仿的艺术具备极大的创新空间，可以充分发挥人们的想像力和创造力，人们可以，也只能根据自身的各种"气候"条件选择、采纳一个特征为自己艺术作品、活动的抒发支点，因此艺术性的文化活动绚丽多姿，本身也蕴含着极大的创意空间。从中我们可以发现，欠缺量化物理属性的东方民族体育文化更备有艺术的品质。

五、高度的组织依赖性

自从秦始皇统一中国，建立了大一统的中华民族以来，各民族之间文化得以充分地不断交融，从生产技术层面实现了车同轨，在社会结构达到了大一统的宗法制，在思想意识层面日渐书同文、信趋儒、行同伦之状态，社会文化的发展建立在一个高度组织化的基础上，且这种社会组织长久延续，成为全球范围的一个独特的文化景观。在这样一个社会环境中，社会文化现象出现了许多独特的倾向和趋势，民族体育文化由于其自身的活力属性，十分容易表现出时代和文化背景的特色。

---

① ［法］丹纳：《艺术哲学》，71 页，合肥，安徽文艺出版社，1991。

民族体育文化的组织依赖性主要表现在对统治集团方略的高度依赖，汉代官方的学校教育以"经学"或"辞赋"取代了先秦时期的"六艺"，官方学校教育中，基本上开始排除和削弱了身体机能的学习内容，这是中国开始走向重文轻武的肇始阶段。

> 官方教育思想和内容的改变，也影响了官僚成分的改变。汉初孝惠吕后时，"公卿皆武力有功之臣"的状况，开始被"公卿、大夫、士吏斌斌多文之士"的局面所取代（《史记·儒林列传》）。在此基础上逐渐建立了一个由读书出身和经推荐、考试而构成的文官制度，作为专制皇权的行政支柱。这开了重文士、轻武夫的先河。西汉时期不少人弃武习文，改弦更张，以迎合统治集团的需要和社会舆论的要求。①

这仅仅是一个主要的变化形式，社会生活的各个层面都由此产生相应的转变，以武为主体特征的民族体育群体社会地位在经历了短暂的辉煌之后，陷入了长期的从属地位，位居社会的底层，自然没有了自主性。

民族体育文化的组织依赖性还表现在对统治集团中当权者个人好恶的高度依赖。这种情况在文士占据主导地位的时期也会发生整体趋势的逆转，这与中国统治阶层的管理方式有着直接的关系，一个国家基本上是一个人的好恶程度左右着社会的前进或倒退。

> ……唐太宗"少好弓矢"，射技超人，能"箭穿七

---

① 国家体委体育文史工作委员会：《中国古代体育史》，139 页，北京，北京体育大学出版社，1990。

札，弓贯六钧"。他以隋代"不是兵士素习干戈，突厥来侵，莫能抵御，致遗中国生民涂炭于寇乎"。唐太宗除了在殿前教射外，还常在重阳节组织五品以上文武百官都参加射箭比赛。这就有力地推动了唐代骑射的发展。唐太宗还积极倡导过击鞠（马球）运动。这项运动，后来发展成为唐代最有代表性的体育项目。①

民族体育文化的组织依赖性与统治集团所制定的相关制度高度依赖。其中与民族体育文化关系十分密切的武举制建立，更使民族体育成为系统组织中难以"自由"地发展的环节，其轨迹必须顺沿组织制定的既定路线发展，否则会受到制约或取缔。

武举制是武科举的简称。所谓科举，就是设科取士，即通过考试选用官吏。科举制开始于隋文帝开皇十八年（公元598年），主要用以选拔文官。到了唐代，已日臻完善。武则天在发展和完善文科举的同时，于长安二年（公元702年）又创武举，即通过考试选拔武官，开创了我国武举选材的先例。②

武举制的实施，加上府兵制的继承和发展，不仅是一种积极的引导，更是一种轨道的设定，在唐代之后的一段历史时期中，对轻武的社会价值取向有一定的遏制作用，使学校教育、社会生活、军事训练、行侠习武等领域的尚武意识得到了唤醒，这对振

---

① 国家体委体育文史工作委员会：《中国古代体育史》，249页，北京，北京体育大学出版社，1990。

② 国家体委体育文史工作委员会：《中国古代体育史》，282页，北京，北京体育大学出版社，1990。

奋民族精神、活跃民众思想发挥着不可低估的作用。因此在这一阶段，民间的习武之风再起高潮，出现了各种的民间武术形式，涌现了大量的民间武术艺人，如人们熟知的剑舞和公孙大娘。武举制一直执行到清末，对中华民族的民族体育，尤其是武术的发展起到了极其重要的基石作用。

中华民族对统治集团的顺从，主要在于中国缺乏市民阶层，缺乏市民社会。中国的民众是以农民为主体，他们历来是受到来自城市的统治者的统治，至今如此，是缺乏组织性的个体分散的劳动者，他们需要组织，更需要组织的管理，常言群龙无首，散沙一摊，必须有一个统治集团去组织或领导，这是中国宗法制的必然。而市民是国家的主体之一，国家是为市民服务的组织机构，市民社会可以存在于不根据政治予以的架构领域的公共、公众空间之中。

> 社会被看成先于政府而存在……社会具有其自己的前政治的生命和统一性，而这恰恰是政治结构所必须服务的。社会有权力和权利去确立或取消政治权力，这要视该政权是否为社会利益服务而定。①

这在宗法制的中国是难以全面实现的，即使在中国不时出现了朦胧的市民阶层，然而他们的势力单薄，始终没有达到影响全局的地位。形成了一定规模的市民阶层在传统意识的笼罩中，其一切均要受到国家的管治，他们是国家的奴仆。历史学家李亚农在《中国的奴隶制与封建制》中指出：

---

① ［英］J．C．亚历山大：《国家与市民社会》，23页，北京，中央编译出版社，1999。

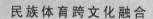

中国封建社会的城市是由封建主建筑的，它不但是工商业的集中地，也是封建主的要塞和堡垒。封建主自己就住在里面，他是要利用这些堡垒来保护自己的安全和财富的。所以在中国的封建制度下城市不仅是从经济上剥削着以农民为主体的农村，即从政治上也是城市统治着农村。在欧洲的封建制度下，城市和农村的关系则大不相同。欧洲的封建主是住在农村中的自己的堡垒中，而城市则是由工商业者发展起来的。由于城市是在封建主的土地上产生的，在初期，它是封建主的财产，封建主可以向城市征收捐税，可以把它转卖或抵当。所以，从政治上是农村统治城市。而城市只能从经济上用高利贷和商人的骗术来剥削农村。在欧洲的封建制社会里，城市和农村的关系是对立的。而中国的封建制社会里，无论从政治上从经济上都是城市统治农村，这是中国封建城市的特点。①

因此，在中国，统治集团的各种意向必然成为农民的意识和行为指南，民族体育自不必说当然受制于这种组织机构，形成了高度服从的民族性格。一般来讲，民族体育取材于乡村，加工、升华于城市，推广、普及于乡村的发展历程。如果缺乏这种的历程，民族体育的项目大多仅仅生存于较小的地区空间之中。除了对城市统治集团的服从，在民族地区民众无条件地接受族长、长者和宗教首领的组织而参加民族体育活动，同时他们还服从于习俗、乡规、村约。譬如民众们更多的是在节假日中参与民族体育活动，部分集体性的民族体育在日常的生活中较少出现，以至于在宗教组织的引领下才参加体育活动都是民族体育对组织依赖性

---

① 王学泰：《游民文化与中国社会》，123 页，北京，学苑出版社，1999。

的表现。

时至今日，现代人的全民健身活动开展依然存在强烈的组织依赖心态，其中我们在分析非体育人口的过程中发现有相当一部分民众属于"期待型的非体育人口"，他们心底里固存着一旦政府部门建立了各种体育健身设施、各级各类辅导机构后，再加入到健身行列之中的种种期待，严重地缺乏自觉性。这种现象的存在是传统的组织依赖心理的惯性使然。

六、根深蒂固的退隐性

表面上缺乏激烈、残酷竞争，实质上蕴含十足竞争意识和行为特性的中华民族体育文化，始终坚守着一个含蓄的、游刃有余的竞争原则，这种竞争原则可以给自己留有极大退路，有效地避免使自己走向绝路，中国人常讲退一步海阔天空，绝没有日本武士道那种极端性表现，这是一种大智大慧的文化，是辩证思维方式的呈现。偌大的中国，人口众多，没有或缺乏竞争是不可能的，人们为了争取生存，享受和发展必要的空间，经常性地进行着各种方式的竞争，否则中国社会的发展将是死水一潭，人和社会的进化将无法完成，然而人们所能够看到的中国其漫长的封建社会总是以和谐为主体，其发展始终保持在世界较高层面之上。反过来分析，如果中国没有竞争，传统哲学思想有什么必要反复强调中庸和礼教，正是由于竞争导致了种种社会不和谐现象，需要人们从意识上讲中庸、求和谐。

中国人的退隐性意识和行为，其渊源之一是对自然界的敬畏向度的结果。中国是一个以农业、牧业、渔业为主体的国度，在这样的背景下，社会也较少对高水平生产技术有迫切的需要，因此中国的四大发明没有很快地用于生产技术领域，生产技术的发达程度与工业社会相比有一定差距。由于生产技术的相对落后，人们对自然界的开发和利用程度较为有限，自然对于中国人来说始终保持神秘和不可抗拒的强大力量，在自然面前中国人渺小、自卑，这在中国山水花鸟画中表现得十分明显。"搜尽奇峰打草稿"的石涛之《罗浮山图》，以画山水见长的南宋马远之《踏歌图》，清代以"金刚杵"自称的王原祁之《云山图》等都是将大自然山水进一步放大，充分表达了人对大自然的崇敬，人物仅仅占画面中的一点，或者根本见不到人的身影，无不昭示着人的力量和作用的卑微。面对山水之博大，人们总以此象征自然、社会、人际关系、当权者等强大的势力，并以此抒发自己无力与之抗衡的无奈。徐渭所作花鸟《墨葡萄图》中题诗道：

> 半生落魄已成翁，独立书斋啸晚风。
> 笔底明珠无处卖，闲抛闲掷野藤中。

这是画家孤寂、躁动心灵的真实写照，更是中国人普遍的无奈灵魂实录。在这种心态影响下，人们不去直接地或针锋相对地与自然抗衡有一定道理，这样可以在人与自然之间建立起比较开阔的空间，使人们能够得以迂回，以便于人们逐步提高自身能力后再与自然交流。而事实上，世间并非所有的事物都必须竞争，必须超越，有些事物必须顺其自然。比如有机体的生命周期是一定的，难以超越，所以对待生命存在着"生命在于运动"，或"生命在于静养"等观点，这从两个对立的视角给人们提供了人们必须注意的折中思路，即不可过分运动，更不能坐以待毙，任何一种极端的方式均会产生不良的后果，因此要有一点退隐、中和的意识。中国人在此做出了自己的选择，养生体育异常发达，养生体育注重"养"，而轻"耗"，但不拒绝"动"。生命的养护十分重要，因为有机体的活力受到自然和社会诸多方面的刺激，引起许多能量的耗散，如果体育活动依然一味地以耗散的方式提高有机体的质量，会产生相应的亏损。通过养生这种养护，实际上是一种退隐行为，通过相对"静"的方式达到健与寿，有效地避免了强刺激对有机体的种种伤害。而与此相反的西方体育追求的是"耗"，以绝对"动"的形式不断提高有机体的体能，结果是易于引发机体老化。养生观得到了中国传统思想的支持，更成为中华民族体育的座右铭，人们常常会听到："君子无所争"、"揖让而升"等教诲，在民族体育内容中出现了大量的退隐式的活动，如易筋经、五禽戏、八段锦、静气功、太极拳等等。

中华民族具备强烈的进取精神，但是现实生活中不可能总是事事如意，事与愿违伴随着人生。对自由的追求同样是中国人的人生目标，有追求必有竞争，不过中国人的自由追求也基于束缚，如何在充满典章、规范束缚中取得自由，方式和方法较多，中国人采取了两种主要的方式，一是儒家方式，二是道家方略。其中儒家方式中又分两种。

面对困境，中国的理想主义采取了两种方式，一是屈原方式，持道以论政，坚持理想，进行斗争，评论政治，这种方式走向的不是自由而是毁灭。二是儒家方式，持道以待政，坚持理想，但不争斗，平心静气地等待政治的清明。为什么不争呢？在封建专制制度里，政治黑暗，主要原因是君王的昏庸。争，意味着批评君王，这是违反礼的。另外，君王昏庸，争，是危险的。所以孔子一再用典型的人和事教导人们："邦有道，则知，邦无道，则愚"（《论语·公之长》）。"危邦不入，乱邦不居，天下有道则见，无道则隐"（《论语·泰伯》）。"用之则行，舍之则藏"（《论语·述而》）。孟子也说："达则兼济天下，穷则独善其身。"但儒家是以治国平天下为理想的，藏、隐、愚并非本心，实乃不得已。①

对此的进一步极端化，或者说是一种明智的选择是在道家思想的影响下逐步形成的道家方略。

> 道家认为社会是堕落化的结果，"失道而后德，失德而后仁，失仁而后义"（《庄子》）。社会之礼是不得已的行为，"大道废，有仁义，智慧出，有大伪，六亲不和，有孝慈，国家昏乱，有忠臣"（《老子·十八章》），因此最好的追求不是社会秩序的追求，而应是对自然天道的追求。

> 从社会是对人的束缚这一基础出发，道家摆脱社会束缚的追求，同时又成为人的自由追求。这种自由追求的特色在于，它不仅要摆脱社会的外在束缚，而且还要摆脱自身肉体的欲望束缚，而气的宇宙给它以理论和实践的根据……很自然，这种感受使他们认为，由此努力的最佳结果，会成就一种与万物共春秋，"静而与阴同德，动而与阳同波"的完全无带的逍遥界。②

在社会思潮的强烈影响下，中国人在社会生活的方方面面十分慎重地选择自己的行为，隐藏自己的真实意识。民族体育虽然与政治、社会并无必然关联，体育属于不易引起政治纠纷和文化冲突的社会现象，但是在古代民族体育中的部分内容可能是作为军事、政治的直接手段被广泛地使用。如武术就是军事战争的工

---

① 张法：《中西美学与文化精神》，151 页，北京，北京大学出版社，1994。
② 张法：《中西美学与文化精神》，152 页，北京，北京大学出版社，1994。

具，百姓习武结社往往发展成暴动和农民起义的组织形式基础，这样就将民族体育与政治密切地串联在一起。对此统治集团必然要进行干预，秦始皇收缴天下兵器、武举制三起三落（唐长安二年始设，晚唐废止，宋仁宗恢复，后又被废止，到宋英宗才定为制度）、宋代国策"固本削枝"将精兵统管于朝廷、明代的"卫所兵制"使军民分离等做法极大地影响民族体育，特别是民间习武的走向。少林武术自唐代以后所以能够兴盛除了李世民的倡导之外，还有中原一带武术习练者们更多地退隐山林之因，在佛教圣地不仅可以避世，还可以得到佛教意思的熏陶，将武术中的残暴成分逐步地弱化，通过禅坐静思提升人的修养。

中华民族文化中的伦理道德始终贯穿于中国漫长的、持续的历史时空中，形成了广泛的辐射力和强大的渗透力。这种力量使中国人的意识和行为发生文明特化，使中国成为世界上的文明古国、礼仪之邦。同时，这种特化之后又产生异化，礼教成为制约人们的枷锁，使中国人的意识和行为表现出较强的退隐性。这种退隐性在民族体育中表现也比较突出，中华民族体育绝大部分内容中都深刻地渗透着中华民族的礼仪和道德，对礼与道的追求是体育文化追求的最高境界，尤以武术表现突出。中华武德原本是社会对习武人的软控制形式之一，但是异化后的结果，使武术逐步丧失了竞争，人们不敢去竞争、较技，尤其是不能与师傅较量，仙传神授的套路绝对权威性，没有人敢于革新，有志之士退隐山林，独自习练，或大逆不道地另立门户，这严重地影响和制约着武术的健康发展，同时也促进了武术流派的极大发展。

中华民族体育在近现代以来，由于受到强烈的西方体育文化的渗透，在占领城市市场中竞争力方面力不从心，而西方体育向边远地区的渗透同样显得鞭长莫及。因而出现了部分中华民族体育退隐到了比较边远的地区。如天山脚下，祁连山麓，伊犁河谷，空旷的草原便于游牧生活的发展，是维吾尔、哈萨克、藏、蒙、裕固等民族的主要居地，这些地区海拔高，一般在 2500 米以上，气候寒冷，自然条件差，在广袤无垠的大草原放牧牛羊，练就了牧民性格豪爽、粗犷、倔强的气质与个性。广阔的大西北草原牧场，星罗棋布，畜牧业是少数民族的主要生活来源，马匹自然成为不可缺少的交通工具。马上运动进一步被强化成为这些民族特别喜爱的体育项目。还有甘新地区、腾格里、库姆塔格山、塔克拉玛干等沙漠，绵长无穷，使这些地区成为沙漠的海洋。维吾尔、哈萨克、乌孜别克、柯尔克孜、回、藏等民族开创了沙漠体育项目：骑骆驼、赛骆驼、赛走骡等，充分发挥"沙漠之舟"为人全方位服务的作用。在西南的云贵地区，险峰林立、重峦叠嶂、沟壑纵横、湖坝星罗、植被茂密，在这样的生态环境中长期生活着像哈尼族、白族、傣族、傈僳族、独龙族、佤族、拉祜族、纳西族、景颇族等民族同胞。哈尼族人大都居住在海拔 800～2500 米的山区，他们素有充分利用山形山势等条件，创造了"山有多高，水有多高"的"梯田文化"。来自"东方瑞士"的白族人从事着农业和渔业生产，并创造了自己辉煌的文化。千百年来，生活在独龙河谷的独龙族人，与世隔绝的生存环境使他们依然保留着原始社会末期的特征，从事着刀耕火种的生活。在这样的环境中，各族民众能够选择的自然是本族的文化，这些文化内容不仅是他们自身创立和发展起来的，其中蕴含着深厚的民族情感和精神。更主要的是这些文化适应于当地的自然环境和风土人情，异质文化则会产生水土不服的可能。在这方面表现明显的是民族体育，各种民族的本土项目，如彝族的"雄鸡打架"，拉祜族的"拔腰"，仫佬族的"象步虎掌"，瑶族的"推竹竿"等项目都不需要很大的场地和昂贵的器材，活动的开展可以因地制宜，方便有趣。近年来，西北地区的剽悍的运动项目和西南地区特色各异情趣盎然的项目开始了对外开放，如布依族的"丢花包"、苗族的"抛荷包"、纳西族的"东巴跳"、侗族的"抢花炮"、景颇族的"目脑纵歌"、京族的"跳天灯"、白族的"绕三灵"已经逐步摆脱了退隐的桎梏，开始向外界推广和传播。由于它们本身所具备的鲜为人知的内容、形式和特性，大众喜爱这些长期退隐边远地区的民族体育文化，推崇这些能够激发民族情感的体育活动内容和形式，它不仅给人们带来丰富的民族文化素材，更给人们以自豪的民族情感，强化民族精神。

民族体育部分项目的退隐还与各种风俗习惯存在着必然的联系，尤其是其中的禁忌依然发挥着强大的作用。这些禁忌的作用在于阻止人们从事某种活动，使这些内容囿于一定的范围空间之内，难以超越其界定范畴。随着社会各种屏障的消除，在外界影响因素不断冲击、碰撞下，原本封闭的社会中，弱小的文化难以抵挡强大的外来文化冲击，只能进一步选择更加深入地退隐。这种现象主要发生在主流民族体育文化的幕后，或较为边远的地区，或被时代即将淘汰的活动中。通过对这些充满禁忌的民族体育活动内容分析，我们不难发现，在其背后交感巫术的强烈影响。弗雷泽在《金枝》中论述到：

如果我们分析巫术赖以建立的思想原则，便会发现它们可归纳为两个方面：第一是"同类相生"或果必同因；第二是"物体一经相互接触，在中断实体接触后还会继续远距离的相互作用"。前者可称之为"相似律"，后者可称作"接触律"或"触染律"。巫师根据第一原则即"相似律"引申出，他能够仅通过模仿就实现任何他想做的事；从第二个原则出发，他断定，它能通过一个物体来对一个人施加影响，只要该物体曾被那个人接触过，不论该物体是否为该人身体之一部分。基于相似律的法术叫做"顺势巫术"或"模拟巫术"。

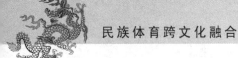

基于接触律或触染律的法术叫做"接触巫术"。①

巫师为达到其控制人们的目的，通过巫术或某种具有巫术特征的思想作用于人们，使人们必须遵守其各种戒律。例如中华民族文化中的"天人感应"限制了人们与自然抗衡意志，"知命"观削弱了人们自觉主动强体的意识。中国人总是以"知命"时时地告诫自己"道之将行也与？命也。道之将废也与？命也"（《论语·宪问》）。因为儒家只把命当作整个宇宙的一切存在的条件和力量，我们的活动，要取得外在的成功，总是需要这些条件的配合。但是这种配合，整个地看来，却在我们能控制的范围之外。道家同样认为，人类要获得幸福，必须自由地发挥我们的自然能力，即"德"。而天在这里指自然，人乃人为。"天在内，人在外"（《庄子·秋水》）。顺乎天是一切幸福和善的根源，顺乎人是一切痛苦和恶的根源。②人的生命是父母赋予，是命中注定的，其健康与否已经由先天决定，后天的修养、修炼只能力求达到"天人合一"和"顺其自然"。如果过分追求生命、生存、生活的质量，不仅会徒劳，且易"不知命，无以为君子也"（《论语·尧曰》）。因此，中国的养生活动内容绝大部分是顺应自然，不敢越雷池一步，并将有机体视为虚弱之体，锻炼方式非理性地求稳、求静同样不利于有机体的健康。而对部分民族体育活动内容而言，他们不能违背禁忌，否则被感应后后果惨重。例如：独龙族认为万物有灵，风、雨、电、雷、高山、大水、巨石、怪树皆有鬼，鬼会降祸于人，因此人们为了祈福免灾，便不惜花费大量牲畜粮食来祭鬼。祭祀活动自然少不了体育活动的介入，因此使民族体育活动也被熏染了浓厚的巫术色彩，其中最为

①　［英］J. G. 弗雷泽：《金枝》（上），15 页，北京，新世界出版社，2006。
②　冯友兰：《中国哲学简史》，40 页、92 页，北京，北京大学出版社，1996。

典型的是"剽牛宴"。再如：佤族每年多次举行大型的"祭鬼"仪式，其中木鼓是一种独特的祭祀工具，后被演化成一种"拉木鼓"的民族体育活动，这项活动是村寨人都参加的盛大活动。类似这样的活动内容和形式，在现代社会中生存的空间日趋缩小，它们只能选择退隐。民族体育仿生技术的形成同样受到巫术的影响，在模拟巫术原则的制约下，中华民族体育中存在着众多的仿生类体育活动，他们在一定程度上具备着积极的存在价值，同时也不容忽视的是，在社会高速发展的过程中，众多科学、合理的、重人格的体育活动形式和内容层出不穷，仿生活动中有些内容和形式已然不能适应人们的审美、实用等方面的需要，因此逐渐地从人们的视野中退隐或淡出。

上述种种特性，始终没有脱离融合二字。融合是多样性、统一性的前提，融合是历史渊源性、封闭性的纽带，融合是依赖、退隐心态的核心，融合是艺术性的支点。因此，我们可以认为中华民族体育文化是一种具备高度融合特质的文化。

第二节　民族体育文化的共性特征

通过对中华民族体育的研究，我们发现中华民族体育不仅具有十足的民族文化特殊性，同时蕴含着许多与其他民族体育相近、相同等共性的元素。种种特殊性的聚合必然导致同类相生、同类汇聚的共性表现，尤其是在全球文化融合的过程中，各个民族的特殊性不断地融合，日趋共同构成全球民族体育文化的共性特征。

无论哪个民族，何种文化，在进入了广泛交流和融合的时代，各个民族文化都被强大的多元文化漩涡所吸引，产生激烈碰撞，彼此之间高度融合，表现出民族体育的共性特征。

一、符号化

在人性构成的圆周中，有各种构成圆周的符号小扇区（面），这些扇区各自承担着不同的任务，共同肩负起人类交流的大任。它们彼此之间相互弥补，相互促进，使单独难以胜任的交流得以通畅地进行。符号者，表意、传意、承意是也，乃人类广泛创造、使用、弘扬的文化特质。人的符号活动能力进展多少，物理实在似乎也就相应的退却多少，人的符号能力进步多少，文化进化似乎就相应的进步多少。就一个个体而言，他进入的文化范围，从最广泛可能的意义上说，是由所有影响他的变量所组成的，这些变量是其他人安排的。①这些发挥作用的变量很大程度上可以称之为符号，符号包围着每一个个体。

民族体育文化在其中也占据一个小扇区，这个扇区本身具备动态性，不仅秉承着神秘、厚重的历史密码，更凝结着明朗、丰富的时代信息。与民族体育文化十分接近的是艺术类的符号体系扇区，不过两者存在着差异，诸如绘画、雕塑是静态的符号，音乐、诗歌是抽象的符号，舞蹈、戏剧是美化的符号。而民族体育文化是构建在竞争基础上的，健康、常态、鲜活、具体的主、客体集一身的人类动态符号，人们可以由此克服语言的障碍达到彼此之间有效地互动，可以从中看到某一民族的历史，更能发现其时代进步的痕迹。民族体育文化在人类的互动、交流圆周中发挥着重大作用，在某种程度上讲，民族体育文化的符号作用使人类实现了全球化，这种全球化早于经济、科技的全球化。如今我们可以看到通过现代科技手段，尤其是通过因特网人们可以实时地

---

① ［英］莱士列·斯蒂文森：《人学的世界》，210 页，北京，中国人民大学出版社，1992。

接受来自全球的文化信息，实现文化的全球化。而民族体育文化传播是通过人们切身地进行相应的肢体活动，这种肢体的活动不仅仅局限于感官感受，而是全身心地实践过程，该过程中的所有信息可以有效地被人们汇总、归纳、提升为理性的体验和感悟，因此，体育文化传播要比因特网的信息传播具有更多优越性。在文化交流全过程中，人类没有一次离开过体育文化的交流。因为民族体育在人类社会早、中期多是蕴含或并行于军事战争之中，尤其是冷兵器时代。频繁的军事战争贯穿于人类的历史，早期的人类战争也没有因为地理因素的影响而局限于某一地域，军事战争冲破了自然地理屏障，历史上出现过多次大规模东、西军事战争，如著名的十字军东征、成吉思汗西伐等。这些军事战争不仅使自然资源得以重新分配，更使文化交流得以实现，因此军事战争是一个不容忽视且广泛存在的文化领域，也是一种突破文化屏障的强劲力量，它尤其受西方文化的重视。实质上，民族体育通过肢体的动态符号实现着人类的最为基础的互动，完成着人类固有的攻击性本能宣泄，在一定程度上有效地避免或减少着军事战争、文化冲突、政治对抗的发生。进入近代以来，民族体育自身实现了全方位的文化交流，其中现代奥林匹克运动会就是成功的典范，还有各种类型的地区的、单项的体育竞赛活动都是民族体育文化交流广泛性的体现。有人认为现代体育竞赛可以说是一种国家之间的"军事战争"，所不同的是它没有硝烟，是在正义的、荣耀的光环下进行的残酷的竞争，竞争之激烈非常类似于军事战争。受到种种因素影响，东、西方存在着军事思想、战略、战术等方面的差异，不同制约因素影响着脱胎于军事战争的民族体育文化与社会其他现象，使之表现出东、西方巨大的差异。如东方民族体育以哲学式、植物式的方式为生存形态，西方民族体育则是物理式、动物式的形态出现。这种同质异构的体育构成各个民族生活的重要组成部分，是不同文化的不可或缺的内容。只有看到了差异，才能通过"见异"寻觅"求同"途径。从上可以看出体育与军事战争之间的联系，军事战争的普遍性就如同人的影子，时刻与人类社会伴行。认识到军事战争的普遍性，就可以认同体育在人类文化交流过程中的广泛性，可以理解西方体育中作为军事变形符号的项目内容异常丰富的根本所在。由此，我们可以说早于国际因特网之前，已经存在着第一个"因特网"，这就是"体育网"。体育网与国际因特网相比，国际因特网仅是一种工具，而体育却是一种文化载体。[①]民族体育文化之所以能够发展成为全球化的文化，也正是民族体育文化依托了自身动态肢体符号系统，充分利用其通约性使人们极其深刻地进行民族体育间的文化互动，在广泛交流，取长补短基础上，通过彼此的交融，诸如从西方民族体育向全球传播，实现了全球竞技体育化，从东方民族体育向世界推广，实现了人类健身活动的养生化等层面，人类更加全面、深入地认识自身，发掘人的本质力量，实现了人类全面的健康发展。

人类社会之所以能够进步的原因之一就在于人类发明和广泛使用了符号，它极大地提高了人类的能力集合，对改造客观世界发挥着不可估量的作用。"只有通过符号，全部人类文明才得以产生并获得永存。""全部文化或文明都依赖于符号。正是使用符号的能力使文化得以产生，也正是对符号的运用使文化延续成为可能。"[②]随着人类社会的进步，彼此的交流越来越便利，语言的障碍性日趋缓解，然而人类的交流毕竟还是受着语言等因素的限制。社会成员，特别是普通百姓难以依靠抽象化的符号进行交流，比如人们在日常生活中很难使用科学的语言进行沟通，人们

---

① 陈青：《体育突破文化屏障》，载《体育文化导刊》，2006（3），82 页。

② ［美］莱斯利·怀特：《文化的科学》，15 页，33 页，济南，山东人民出版社，1988。

需要通俗化的互动沟通符号，这一点连计算机这样的高科技产品也使用了百姓能够接受的"语言"——普通的操作平台上可以充分地体现出人类对通俗语言的需求。人类社会越是进步，其使用的符号越加广泛和频繁，越加迫切，符号已经成为人类社会的标志，成为人类文明的象征，人类离不开符号的支撑和帮助。

> 人并非直接地，而是靠着一个非常复杂和艰难的思维过程，才获得了抽象空间的观念——正是这种观念，不仅为人开辟了通向一个新知识领域的道路，而且开辟了人的文化生活的一个全新方向。①

正是在这样的背景下，具有通约性的、形象化的、具体的、动态的，又具有深厚内涵的肢体符号形式之一的民族体育充当了人类互动的媒介和平台。通过篮球，人们会对集体项目中能够自由的、以个人为中心的发挥技术的西方个人主义形成初步认识；通过对东方的个人项目——武术发现严格的师承关系，对东方的宗法文化有所了解。通过奥林匹克运动会人们看到了古希腊人尚武崇力的雄风；通过中国的少数民族运动会人们看到了古代中国人重团结、求中和的缩影。这是在动态的肢体符号作用下，人们通过民族体育的具体活动内容，了解和认识蕴含在民族体育之中的不同文化，这个过程是一种文化解释。

吉尔兹（Geertz . C）就文化解释理论做了大量的实证工作，他在列举翔实实例的基础上，认为：人类不同文化之间在达到相互认识和理解中，依托的是对符号的解释，通过对符号系统中各种编码的解读，人们了解和掌握了某种文化。

---

① ［德］恩斯特·卡西尔：《人论》，60 页，上海，上海译文出版社，2004。

为替代这种接近的思想（near‐idea），帕森斯不仅继承了韦伯而且继承可追溯到至少是维柯的一套理论，他发展出文化概念，将文化解释为一个符号系统，依据这个系统一个人可以给他自己的经验赋予意义。人创立的、共享的、常规的、有序的而且的确是习得的符号系统，为人类提供了一个意义框架，使他们能够互相适应，适应他们周围的世界及自我。符号系统既是社会互动行为的产物，也是决定因素；他们对社会生活过程就像是电脑程序对于其操作，基因螺旋体对于器官的发展，设计蓝图对于桥梁的建造，乐谱对于交响乐的演奏一样；或者用一个更通俗的类比，就像食谱对于烤蛋糕——符号系统是信息源，它在某种可测得程度上，赋予行为的连续进程以形态、方向、特性及意义。[①]

人类对各类符号意义的解读存在不同的方式，大凡是抽象的符号，需要人们深入地掌握信息集的更多信息，并经过长期的感知才能有比较清楚的认识。而对于一个相对具体的，特别是动态的、生动的符号，人们可以比较轻松地认知，并能够激发人们对这类符号的高度亲和趋向，这就是人们经常看到的，对于各异的民族体育活动内容，一经传播至某一地区很快就能够得到人们的普遍喜爱一样。其中不仅是由于民族体育具有动态的通约性，使人们可以比较容易地掌握新异的娱乐、竞技方式，理解、体验其欢愉意义，了解其各异的文化特性，更是由于民族体育中包含着丰富的异质文化，可以满足人们对新异刺激的欲望需求。

在人类文化发展到今天这种程度，人们发现民族的、地域的

---

① ［美］克利福德·吉尔兹：《文化的解释》，298 页，南京，译林出版社，1999。

文化更加受到人们的重视，如法国对本民族文化十分重视，实施了许多有效保护民族文化的举措，其目的就是要防止本土文化被侵蚀，保持本土文化的特性，帮助其立足于世界，因此人们发现在强势的英语文化影响下，法国巍然屹立在英国的旁边。法国人还智慧地举办环法自行车比赛，通过全程的跟踪转播，使人们能够通过枯燥的自行车比赛，饱览风景如画的法国风光，激发人们对法国文化的向往。世界各国都有其独具特色的民族体育文化，这些文化形式给予人们轻松和快乐，给予人们立体的、动态的文化形象，使人们在平和的氛围中感知、理解异质文化。诸如篮球使人联想起美国，马术让人们看到英国，柔道将人们带到日本，足球为人们打开了巴西的国门。反观世界对中国的看法，发现在马可波罗对中国描述之后，西方人对中国才有了朦胧的神秘感觉，直到现代，特别是上世纪70年代中国改革开放以来，世界才开始逐步地认识中国。在这个过程中，不乏体育的贡献，中华人民共和国建国初期的乒乓球外交开创了一个外交典范，接着是中国体育兵团频频出现在国际体育比赛赛场，不时冉冉升起国旗，频频响起国歌；富有东方神韵的中国武术代表团经常性地境外巡回演出，武术教练出国任教；场面恢弘的龙舟竞赛将中国的龙舟驶向海外；翩翩起舞的风筝跨越了国界飘向异域，这一切使世人逐步地了解着中国。中国承办2008年奥运会是让世人全面了解中华民族文化的绝好机会，同时也是中华民族文化进一步向全球推广的极佳时机。在这个层面，民族体育文化具备了极强的政治符号意义，发挥着政治的部分功能。这时的世界开始意识到中国的真切存在，1996年7月4日的《明星周刊》以"一个中国人正在用筷子将地球送入口中"为图对"饥饿的巨人"——中国进行评说，十年之后的中国已经更加被世人了解和认识，中国所代表的"筷子联盟"的"亚洲价值"已经被世人逐渐地认同，其和谐发展的思路是使世人共同、长期地保护和享用地球资源，成为举世公认可持续发展的思想体系，人们逐步认识到"刀叉联盟"用钢叉、钢刀、钢勺掘毁地球的工业化思潮的局限性。

符号交流是建立在一定基础上的，其基本动因之一是异质异构，具备强大的异质文化特性的符号体系，强烈地激发着异质文化间的交流兴趣和内驱力的产生，就如生物的异性相互吸引一样，人们对自身文化不具备特质的异质文化格外容易被吸引，这是交流的最基础的东西。当人们首次接触篮球时，或人们初次接触太极拳时，总是被唤起极大的兴趣，产生接近它的驱动力。随着对底蕴深厚的文化进一步了解之后，会被它的魅力强烈地吸引，触发更深刻的动力，因此中国随处可见篮球场，西方到处有习练太极拳的人群，这就是近现代以来中西典型民族体育交流中的鲜活实例。在这种交流基础上，有些会出现卢元镇先生提出的交流文化的"易帜"现象，在文化接受方，人们对传入的文化有高度的兴趣和激情，促使人们以极大的热情从事之，导致其发展速度异常迅猛，反而超越了原产地的发展规模和规格。比如来自西方的乒乓球在中国落户，中国人的乒乓球技术水平现已成为世界的领军者；日本的太极运动从规模和规格上也远远超越了中国；中国人的礼仪教育在日本、韩国的民族体育中体现形式和内容也远比中国的深刻和广泛。

民族体育文化已经成为一种自成体系的符号系统，这种符号系统今后会向着更为深入的方向发展，其中在其具体、生动、立体、动态基础上，进一步发展和完善其抽象符号形式，使这个体系能够更加的独立。目前，这种趋势已经表现得比较明显了，如奥林匹克的五环标志，没有人对此感到陌生，它已经成为一个抽象的文化符号。随着中华民族体育文化的广泛传播，武术习练者的行头，也成为一种文化符号，难怪西方人见到这种装束的人便称之为"功夫人"。更主要的是民族体育文化中的价值符号越来越受到人类的尊重，例如体育文化对自由的价值取向，西方民族体育对公平、竞争的追求，人们对"更高、更快、更强"价值意义的深入理解，东方民族体育对自然养生的钟情，对"天人合一"价值属性的深刻思索。

> 今天，西方对禅宗和道教的兴趣更为突出，没有一所社区学校（community college）不开设具有道家意味的课程——太极拳、气功、风水，再看一看书店，大量具有道家意味的劝诫读物在销售——从《生财之道》到《性之道》（The Tao of Sex）。这一切涵盖了西方人（也不仅是西方人）内心欲望的诸方面。道家和禅宗这种越来越强大的吸引力可以解释为：他们的时间、观点和智慧与今天个体化的生活方式相合拍。在一个全球性的精神超市上，一个人可以像选择商品一样选择一种宗教（包括一种相应的身份）。①

这些比较抽象的价值观念日益凸现着其意识、精神的激励作用，完善着不同民族的价值体系。民族体育已然成为代表民族文化、民族价值的符号体系，对抽象符号的传播是文化交流、交融的根本，没有哪一个民族会去接受一个没有价值的文化，因为这样的结果对本土文化没有任何有益的促进或影响。西方民族体育借助奥林匹克运动符号体系向全球推广，其目的正如歌德所言："有权就有理（might is right）"，无非是将西方的价值观念统治人类。然而，各个民族清醒地认识到单一价值取向不能满足人类的需求，人类需要健全的价值观念、健全的文化体系。人类的各

---

① ［德］卜松山：《与中国作跨文化对话》，131 页，北京，中华书局出版社，2000。

个文明成果具有共享性，以及互补性，绝非亨廷顿（Samuel Huntington）提出的所谓文化的冲突。因此，全球体育文化和其他文化形式一样呈现出民族体育百家争鸣、优势互补、共同发展的现状，确乎如此：

> 跨文化教育的核心在于获得一种移情能力——能够从他人的角度看世界，能够承认他人有可能看到我们不曾看到的东西，或者比我们看得更仔细。①

文化需要沟通，理学大师莱布尼茨（Gottfried Willheim Leibniz）在"礼仪之争"时期接受了有关中国的信息之后，就挑战性地建议，不能只派传教士到中国，还应邀请中国人来传授伦理行为方式。通过有效的符号系统，沟通的可能性和有效性大大加强。阿拉伯人对古希腊的哲学、自然科学的百年翻译活动使人类有效地保留和继承了文明的符号，西方人又使用这些符号进一步地推进了全球文明的进程。人们可以十分清楚地看到人类社会进入现代以来，文化互相之间的沟通达到了前所未有的状态，这里面有现代科技的重大贡献，也有民族体育文化的巨大贡献，其中奥林匹克运动极大地推动了人类使用体育文化符号的进程和步伐，体育文化已经成为政治、文化、经济、价值、习俗、时尚等的特定符号，而且这个文化漩涡日益聚合着其能量，产生强大的引力。与此同时，人类的民族体育文化还向着多元漩涡的方向发展，诸多的文化漩涡将民族体育文化推向了一个新的符号层面。特别是当人们逐渐认识到文化、社会都需要一个对立符号模式时，开始了主动寻找对立符号模式，以便对自己的观念提出质

---

① ［德］卜松山：《与中国作跨文化对话》，98页，北京，中华书局出版社，2000。

疑，认清自身文化的盲点。中华民族体育文化针对竞技体育的对立符号模式，对自身的民族体育提出了较多的修正，然而西方的竞技体育却较少从中华民族体育文化中汲取营养，此乃强势文化的通病。文化和社会将体育文化作为对立符号模式，从中寻求社会运行的发展机制，通过体育文化发现竞争机制不仅适用于体育领域，更适合于整个社会，因此，社会各层面都主动积极地应用着竞争。体育文化更是将社会作为自身发展的参照系，从中汲取大量有价值的符号信息，对自身体系进行完善，诸如科学技术在体育文化中的广泛应用。而这一切都是建立在一定的符号互动基础上的，没有符号的通约互动，难以产生相互借鉴的效果。

不容忽视的一点，是民族体育现今给予社会最主要的是一种精神符号，这种精神符号的内涵已由过去的竞争转向了人的自然化。因为在现代社会中，各种异化使人的自然生存，人的精神状态处于一种十分尴尬的境界，人们渴望着回归到人的自然状态，使人的身、心、群、德诸方面保持在一个健康水平，免除因为人化后的异化困扰。在这个方面东方民族体育发挥着引领作用，西方民族体育也开始了反思，然整个体育文化领域对此仅仅是初现端倪，尚未表现出影响社会的、影响全球的势能，但是我们可以想像随着人们对自身生存状态的理性思考，这种趋势必然成为一种全球化的符号。

二、现代化

社会学中对现代化的阐述是，由于将工业生产方式引进前工业社会而带来的经济和社会变迁过程，特指第二次世界大战以来的社会变迁过程。[①]我们认为现代化是一个时代中最能代表时代

①　［美］伊恩·罗伯逊：《社会学》（下），820 页，北京，商务印书馆，1991。

先进力量和成果的文化特质，是一种前进式的社会生产、生活方式的变迁过程。每个时代都会产生相对于前一个时代更为先进、合理、有序的社会变迁，它相当于时态，一般是对时代发展的一种动态表述方式。因此，现代化不应仅指当今后工业化时代，每个历史时期都有其超越前代的"现代"意味，它是社会进步的阶段性象征。

现代化是一个大的范畴，包含着意识层面、结构层面、技术层面和效能层面。这些内容共同组成现代化。在民族体育文化方面，突出、鲜活地体现着现代化，这与民族体育文化本身的结构特点和竞争机制有关。

我们可以发现民族体育文化的意识层面，竞争是其最基本的特质，无论是西方的民族体育，还是东方的民族体育，竞争是它们客观存在的根本，只不过一个为显性的竞争，另一个更多地表现为隐性竞争，其意识的终极目标就是不断超越，现代化是阶段性的目标，它们在不断地追求着具有动态意义的现代化。对现代化的追求是人类的永恒话题，无论是何历史时期，人类对现代化的追求都是引人注目的。培根（Bacon Francis）这位生活在伊丽莎白时代的人物，他大胆地抨击传统的思想流派，号召在知识领域进行变革，"抛开种种观念，从头了解事物"，他认为古希腊人没有给我们留下哪怕一个有用的实验，他极力推崇观察、实验重于一切。①因此，英国出现了科学复兴，随后出现了牛顿大师，引发了西方的现代化。设想如果没有培根现代思想的产生，西方的现代化的意识从何产生，西方在笛卡儿思想的统治之下，还将延续着传统。在谈到"现代人"时，亚历克斯·英格尔斯就现代人应具备的特征概括为"具有接受新事物的思想准备以及对

---

① ［美］罗兰·斯特龙伯格：《西方现代思想史》，45 页，北京，中央编译出版社，2005。

新发明的开明态度；思想上倾向于民主制度；坚信个人和人的尊严，以及相信科学和技术"等 12 项特征，这是一个比较全面、客观的论断。在体育文化中人们可以有效地、直观地践行和强化现代人的种种特征，通过体育锻造人的开明、民主、尊严、科学精神。没有一个有体育生活经历的人或人群是保守的，保守意味着落后；没有一个体育群体是缺乏民主的，缺乏民主的体育群体难以发挥各方面的能力，难以形成群体；体育最尊重人的尊严，也是实现人的尊严的最有效的场所；体育文化讲求科学，没有科学的支撑，体育文化将失去生存和发展的动力。现代化的体育意识使体育技术水平不断前进，使体育文化不断发展，现代化的自我实现的价值观念和方式已成为现代社会人们追随的精神和模式，体育生活成为现代人生活方式的组成部分。体育文化不仅作为受体，更作为传体将具有现代意识的动态信息和意识向社会成员潜移默化地渗透。无论社会发展到何种程度，人都是社会的重要组成部分，忽视对人和人的意识尊重，社会发展的意义将不复存在。中、西民族体育对人的尊重范畴不同，但对人性的关怀却是一致的。现代化的发展目标，以及具体要求是对人更加全面地关怀，现代化社会中最直接，也是最有成效的就是体育对健康或非健康人群的关怀。对人的关怀是现代性的除去科技因素之外的另一个容易被忽略的部分。实质上，现代性是现代化人的文明结果，没有人的现代化，社会事务中的一切现代实在都没有了现代意义。

在现代化社会中一个突出的特征就是价值观念趋向个人主义的变化。

个人的价值标准和态度发生了引人注目的变化。人们更加注重变迁。他们的目光所向是未来，而不是过去；他们不再那样听天由命，而相信人有能力主宰和改

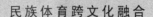

变环境。也许更重要的是，他们形成了一种强烈的个人主义观念，并相应地丧失了对社会的效忠之心。①

个人主义在叔本华、尼采等非理性大师的极力推动下突显了自己的地位，成为现代社会前进的推动力量之一。当然，这种力量同时对社会的发展产生种种分力，影响着社会的整体合力的形成。体育将个人意志的推崇达到无可复加的程度，体育场成了个人主义的表演舞台，表现出日趋直白、赤裸的竞争，即使在集体项目中也看到了个人主义广泛存在，即使具备隐性竞争的东方民族体育也强烈地受其同化和感染。同时，人们也看到了残酷的竞争，极端的个人主义对人性的泯灭，对体育文化竞争精神的亵渎。随着东方民族体育的广泛传播，和谐的意识和境界已作为人们价值参照系，以东方民族体育文化精神来不断修正意识层面的非和谐因素，用理性的控制力削弱非理性的影响，使人们保持高尚、良好的现代人品格。比如在现实生活中，人们认识到生命未必在于运动，在一定情况下还必须有静养的方式加以调整，两者的有机结合才能使现代人在高强度的工作和快节奏的生活中合理地缓解压力。因此，现代社会中中西民族体育是一个高度交融、协同发展的时代，它们是共同造福于现代人的文化。

在民族体育结构方面，体育领域是社会结构中最不稳定的文化现象，原因就在于无论是民族体育的组织者，还是践行者极大受到体育发展的制约，使其时刻处于变化之中，今天的优胜者绝不可以成为永世的赢家，默默无闻者可能在竞技场上一举成名，我们可从走马灯似的中国足球队外聘教练现象中充分地证明这一点。现代化社会的一个突出的特征就是社会结构的不稳定性，社会成员的频繁流动，这是社会高速发展对社会成员的必然要求。

---

① ［美］伊恩·罗伯逊：《社会学》（下），822页，北京，商务印书馆，1991。

因此民族体育项目结构时常更新，结构体系不断扩充。现代化的社会结构是以业缘为主的结构体系，在这种社会结构中，人与人之间的关系是以业务能力为参照，决然没有血缘结构时代的亲情决定一切。体育领域是最不讲亲情的，中国古代的家族式的体育传承方式在现代社会中已经没有了市场，中华武术也发生了翻天覆地的变化，出现教练、教师群等传授武技的方式。如今社会结构独立化倾向十分突出，就上面谈到的中华武术的传承方式而言，在以往发挥着重要的社会价值，使中华武术传承不断。进入现代社会，原来建立在血缘、地缘基础上，或融合于社会其他关系之中的体育结构成为一种独立的，以次属群体为主的体系。这是因为体育，特别是竞技体育不是一般常人能够从事的社会活动，它需要特殊人才的特殊能力，这些特殊人才构成了特殊的社会关系，独立于其他社会关系。如1750年英国成立了第一个体育组织——赛马俱乐部，之后各类俱乐部风起云涌，逐步形成了独立的体育组织体系。自《少林寺》电影播出后，中国的武术学校开始了它独特的办学历程，形成了专业化的办学模式。这一切又决定了体育结构具有较强的稳定性，具备高度专业化的特殊能力的人才进入体育领域后，一般而言，一生的社会活动领域就基本上被锁定在体育领域，较少有可能向其他社会领域转移或流动，成为其他社会活动中的专业人才，尤其难以进入现代化社会中科技含量较高的行业。不像农业社会时期，体育只是一种人们活动的内容，较少以此为主要职业，它是一种副业。

在现代传媒的影响下，体育结构出现了十分突出的变化，这就是当一项盛大的体育盛会召开之际，或盛会开始前后，一项民族体育活动风行之时，人们更多地聚集于体育领域，形成一个庞大的次属群体，从事着同样的活动内容。例如足球世界杯期间，世人们钟情于足球运动，特别是青少年，踢足球、穿足球服形成了一种社会时髦。同时，由于NBA的商业运作和姚明在NBA的出色表现，现代中国的中学生中出现了习练篮球的热潮以及穿篮球服的时髦行为。

> 现代社会强调时髦的原因之一是这些社会注重的是未来，而不是过去；新颖被认为是值得向往的，而不是一种威胁。第二个原因与前一个有密切关系，即强大的商业势力鼓励时髦的变化，因为它们可以从人们对于新样式的需求中获利。还有一个原因是一个竞争性的、地位意识很强的社会里，时髦被用来向别人表明个人的社会特征。人们也希望自己显得引人注目、与众不同，或生活优裕，而一种新的时髦则可以使他们实现这一愿望——至少在一段时间内是如此。①

除了上述原因之外，体育文化十分容易形成社会时髦趋势，这与民族体育是一种具有高度组织性的特殊社会结构形式有关，民族体育以往主要是在宗教、习俗、节庆活动中被高度地聚合在一起，表现出一种"时髦"。现代社会中，民族体育为传媒所感召，被时髦所促动，为集体行为所催化。只不过这种社会结构的变化就在于过去的首属群体被现代的次属群体所替代。

民族体育大多以传统结构为主成分，似乎与现代社会结构相去甚远，而实际上由于民族体育文化本身的活力，它的能量聚合十分快捷，一旦具备了条件，民族体育的现代化发展速度是突飞猛进的，现代性表现结构是非常突出的。人们可以从中国的龙舟竞渡走向国际，形成更为广泛的参与群体中证实这一点。可以从田径运动技术现代性的发展和迅速蔓延，人员参与的结构出现了专业、大众化趋势得到证明。如果说传统性是民族体育的源泉，

---

① ［美］伊恩·罗伯逊：《社会学》（下），759 页，北京，商务印书馆，1991。

那么现代性就是民族体育的灵魂，因为民族体育文化就是一项动态的肢体符号，是十分强调发展的文化过程，传统性向现代性转化是一个必然，更是一个阶段性的结果。

在民族体育技术层面，受到时代的影响，特别是现代化的影响，技术动作的内在变量达到相对恒定的状态下，人们更加广泛地借助科技成果，不断促进着技术动作外在变量的更新，使技术动作日趋现代化。

作为一门应用科学，近年来体育科学发展进程中的突出特点，是全面吸收和应用信息科学、材料科学、生物科学等学科的最新研究成果，现代体育的发展，已经同材料科学的进步密切相关。目前，世界上的传统材料已有几十万种，新材料的品种正以每年大约5%的速度增长；世界上现有800多万种人工化合物，而且以每年大约25万种的速度增长，其中相当一部分具有发展成为新材料的潜力。运动员比赛的器材、装备和服装已成为各种新材料的"试验田"。可以预料，随着现代高新技术的深入发展和新材料的广泛应用，体育运动自身的面貌将可能发生带有根本性的改变。[1]

这种现代化是民族体育中表现最为突出的部分，也是体育活动中物化的部分，是受到现代科技影响最直接和充分的部分。在科学技术的支撑下，民族体育的技术系统发生变革，古老的拳击虽然依然是直、摆、勾三种主要的拳法，然而现代的拳法从速度、力量上可谓今非昔比，因为传统的训练方法随现代化而发生

---

[1] 杜利军：《奥林匹克运动与现代科学技术》，载《中国体育科技》，2001(3)，4页。

改变，在对拳击运动员进行训练时，使用了能显示运动员拳击动作物理参数的数字化拳击练习袋，大大提高了训练的有效性，避免了从前凭经验训练的模糊性。流行各国的射箭项目，也在科技的引领下，采用了新材料制作的紧凑小巧的 -10 钨箭头，这使射箭的精确度进一步提高。武术训练使用了通过三维检测的装置，用录像提供最佳参照动作数据和影像，有效地帮助运动员完成难度动作以及对意境的感知。古朴的运动焕发着现代朝气，展示着现代文明。民族体育在现代化的同时并没有像社会其他现象，发生着根本的变革，产生与传统断绝关系的倾向，这一点在后现代主义为特征的绘画、建筑等方面表现较为突出。体育文化借助外在科技变量促进肢体运动能力，但无法改变肢体动作的本质，而对于企图改变肢体动作本质，乃至威胁人性的兴奋剂则是现代性的异化，为人们所唾弃。根据马克斯·韦伯（Weber Max）理论，在人类的社会行动中存在四种类型：

> 如同所有的行动一样，可以把社会的行动判定为：（1）Zweckrational［目的合理的］——对外部环境中事务和他人的行为有所预期，并以这些预期作为达成经过合理衡量和合理追求的合理性目的之"条件"或"手段"；（2）Wertrational［价值合理性的］——这种行动单纯出于对某一特定行为方式本身的绝对价值的自觉信仰（不管会被解释为道德的，审美的或宗教的等等），而全然不顾及后果如何；（3）"情感的"——特别是由于特定的激发情感的因素和特定感情的状态而引起的激情的行动；（4）传统的——由于长期的习俗而习惯化的行动。①

---

① ［美］T . 帕森斯：《社会行动的结构》，719 页，南京，译林出版社，2003。

　　体育这一社会行动可以说是一种综合性很强的行动，它具备着上述四种类型的特征，而前两类则是长期从事民族体育人群行动的主要动因。民族体育的起源，以及发展过程中从来没有离开过对某种目的的追求，特别是民族体育中期以前的行动多是以实用性为出发点，例如技巧、技能、教育、健身、娱乐、军事等目的，在发展过程中是十分合理合情的动机。对于价值的追求在民族体育发展过程中日趋凸现，尤其是在民族地区为了宗教、习俗而促动的体育行动占据重要的成分，中华民族体育对道德的执著追求举世瞩目。奥林匹克运动的自觉信仰使行动内容中充满着宗教的氛围，如开幕式中的各种仪式。这两项动因作为长效机制影响着民族体育的发展，而后两种动因则对时段性的体育行动发挥重要作用。这些动因综合地促使着民族体育向着现代化的方向发展，使技术系统产生现代性的转变，以适应现代人对体育生活的要求。现代人可以通过体育行动防治快节奏、高压力所带来的文明疾患；通过体育生活行动实现自我价值；通过体育行动激发长期被压抑的激情，保持适度的、充满活力的心态；通过体育行动保持人类传统的生活方式，维持健康的生存状态。

　　现代社会中，现代科技为民族体育提供了更为广阔的展示空间，使人类的体育技术体系更全面，过去人们在民族体育中只能选择牲畜作为驾驭的对象，展示人的掌控能力，现代可以选择摩托、汽车、汽艇、飞机等现代科技产品作为人类对客观对象驾驭能力的展现方式，时代的进步、科技的发展为人们的能力展现提供了极其广泛的空间，为体育文化的拓展提供了无穷的动力。这些项目虽然与民族体育的联系不大，但是从其本质上看，它们是相同的，只是驾驭的对象产生了时代变化而已，由此而言，这类项目是民族体育的时代翻版。体育人的现代意识决定着他们对技术系统现代性变革的巨大动力和行动能量。

　　民族体育效能层面也在现代化的促进下，使其原本的功能体系更加完善，且使其潜在功能价值进一步显现，为人类健康资本培育、人类本质力量的发掘以及人的全面发展提供了极好的平台，发挥着更为全面和深刻的作用。在民族体育的"多线进化"前提下，表现出来"多元功能"，民族体育的效能体系也逐步完善，表现出更为广泛的社会能效。无论民族体育文化的发展进程的现代化程度如何，民族体育本身的固有的本质效能，即强身健体的效能始终未变，且越发显示出其独有的社会价值。面对现代化，面对科技产品对人的异化，体育所具备的人的自然化成为现代社会人们高度关注的议题。正如美国学者罗兰·斯特龙伯格（Roland N．Stromberg）在他的著作结语中谈到：

> ……在 19 世纪末，现代性的社会危机促使韦伯、滕尼斯、涂尔干、勒邦、索雷尔以及几乎所有的严肃思想家对它做出充满焦虑的论断。按照韦伯的说法，在这个"铁笼"里囚禁着失去根底的、都市化的、幻想破灭的现代人。①

民族体育是发挥其人的自然化的时代了，也只有体育真正发挥对人的自然化效能，才能有效地为现代化做出本质的贡献。李力研认为在"自然的人化"过程中，伴随着一种"文明进步 ＝ 奴役扩大"的马尔库塞现象。②这不仅是人类社会进程的总结，更是对现代化的形象描述，人类日益成为自己创造的文明之奴隶，使自己失去了自由，丧失了自然属性，一切的一切都笼罩上

---

① ［美］罗兰·斯特龙伯格：《西方现代思想史》，628 页，北京，中央编译出版社，2005。

② 李力研：《野蛮的文明——体育的哲学宣言》，397 页、406 页，北京，中国社会出版社，1998。

了社会的、现代的特征，这种对人性的剥夺，造成了极其严重的后果，首先就是人类有机体的机能退化，随之出现"智慧的烦恼"（拉美特里）、"激情的丧失"（罗素）、"科技的异化"（海德格尔）、"精神病的发作"（弗洛伊德）等心理病症。这种无情的历史悖论，促使着民族体育效能走向真正、真实地作用于人类自身健康生存的大问题上，成为现代化过程中日趋重要的人类活动内容，这一点从逐年增加的全球性参与大众健身的体育人口数量上，可以佐证人们对自然化的渴望和追求。这种现象是人类的自觉行动，其目的十分明确，就是追求人的自然化，即回归人的健康生活方式。李力研对此认为：

> 在永恒的"自然的人化"过程中，配以永恒的"人的自然化"才是预防或补救人类物种退化的唯一方式。因此，这时的体育运动才具备了黑格尔所说的那种，只有在摆脱了种种实际需要（即从外界获取能量的过程）的游戏中，"人类，才显出了他的自由"。

现代性与民族性的确存在一定的对立。一般来讲，现代化是一个社会的发展过程，它表现出的现代性代表着社会各层面最新的发展状态，极富时代的表象，而民族性则承载着厚重的历史，是人类各个民族文化、文明成就的结晶。比如在体育文化中，F1方程赛就是现代化的产物，它凝聚着现代最新科技成果，标志着人类对客观世界的改造、驾驭能力。马术则是一项十分古老的民族体育项目，截至目前它依然保持着传统的装束和规则要求，充分展现着人们对自然的控制历程，体现着对历史的思念情怀。民族性在现代社会向现代性转化是一个逐步渐进的过程，更是一个必然的过程，现代化是一个时态，任何民族性的文化都发展、转化为现代化，这是人类进步和发展的趋势。今天的现代化明天将会成为民族性的积累元素，为民族性添加时代的文明成果，推动民族性的发展，没有现代的促动，民族性将会产生停滞不前，最终会导致民族性的消亡。现代风靡全球的西方体育原本也是发源于各民族的民族体育，他们在发展过程中十分注重现代化的改进，并整合形成西方竞技体育，这种迎合时代发展的民族体育运用现代化的形式，自然化着人的有机体，使现代人易于接受。东方民族体育应该更广泛地学习和借鉴西方民族体育的发展模式，使原本追求自然和谐的人性化民族体育焕发出时代的光芒，为人类的健康资本充值。

三、全球化

大凡民族体育的产生就其产生历史、背景以及社会发展的轨迹来看，人类社会共同走过了基本相同的历程。近现代以来，人类社会文化的发展走向更加趋向同一，民族体育也不例外，全球化的趋势势不可挡，普遍、强烈地影响全球人的生活方式。

全球化进程的加快，不断地向世界范围刺激体育文化的发展，在此过程中，被动或主动地接受外来文化的影响，更多地取决于本土文化的能量，同时也应看到文化渗透往往是在各种有利于人们物质生活的基础上逐渐诱发的。从人们的衣、食、住、行方面，西方化的物质生活方式已经强烈地影响着世界各地人们的物质生活。使人们对物质生活的满意感受阈值不断提高，产生较为强烈的依赖性。可谓正中下怀，这正是文化帝国主义百般营造优越的物质生活理想和现实的初衷，在物质引诱前提下，进而对其精神产生重大影响的文化渗透，西方的价值观、人生态度、宗教信仰等等随之蜂拥而至，使人们清醒地看到自西方开始世界范围的殖民侵略到全球文化帝国的目标所在。同时，文化帝国主义本身不可避免地带有霸权性质，霸权的威力使应有的公平交流原则受到一定冲击，例如先进技术的垄断就是其中的一种霸权形式，在这种霸权的制约下，被侵入地区的各种资源被廉价剥夺，破坏了原有的资源生态，霸权成为不利因素。实际上，文化帝国主义所煞费苦心营造殖民化、全球化的终极目的就是对资源的独家占有。用美国学者汉斯·摩根索的坦言加以总结："文化帝国主义这东西，是最巧妙的，并且它能单独地取得成功，也是最成功的帝国主义政策。它的目的，不是征服国土，也不是控制经济生活，而是征服和控制人心，以此而变改两国的强权关系。"①因此强权演变成霸权。在体育文化全球化进程中，使具有竞争、互动、娱乐属性的体育文化更快地为更广泛的人群服务，霸权却成了一种有利因素。在文化交流的过程中，自然产生势能高的一方向势能低的方面渗透，外加的霸权力量使原本的渗透更加快捷、全面，在此霸权又具有积极意义。社会其他领域同样也存在这样的情况，随着外来力量的推动，使社会快速发展，人们的生活水平得到较大提高。

进入现代以来，文化帝国主义借助日新月异的技术革新、便利的中介、世界市场的扩大和各个国家对世界文化的苛求，促使着全球化成为趋势。在其中发挥重要作用的是技术层面的发展，在技术层面中计算机技术又独领风骚，美国等西方发达国家掌握着有效促进文化传播的网络技术，使其拥有了主导权。据统计，互联网访问量最大的 100 个网站中，设在美国境内的就有 94 个。以英语为主要语言制作的网页，占到了互联网全部网页的 80%。美国前商务部高级官员戴维·罗特科普夫说："对美国来说，信息时代对外政策的一个主要目标必须是在世界的信息传播中取得

---

① [美]汉斯·摩根索：《国际纵横策论》，90 页，上海，上海译文出版社，1995。

胜利，就像英国一度在海上处于支配地位一样支配电波。"①由于技术的革新使地球成为日益"缩小"的地球村，使文化的传播克服了自然空间的阻隔，可以日益自由、快捷地流动。文化系统中技术层面的力量是最为强大的，是主要的推动力量，只有技术层面的发展，文化的其他层面才能得以发展。同样，由于技术层面的发展，民族体育文化才能借助现代传播媒介更广泛地向世界各个角落传播，使身居不同地域的人群都能接触以西方民族体育为主体的、以"增强体质、磨炼意志和精神并使之全面发展的一种生活哲学"为宗旨的奥林匹克，受其影响，并逐渐地将其价值内化或融合为自己的行为和意识。

除去传播媒介的作用，西方民族体育巨大的扩张能量来自于其自身，下面是其主要的几个方面：

第一，西方民族体育最大特点为规则明确、公平竞争、尺度客观、评价准确，因此，被誉为"物理体育"。西方民族体育运动使人感到强劲的竞争，诱发人勤奋进取。以不同技术、战术取胜对方，有效、合理地满足人原始驱力——攻击性的宣泄，同时也造就、强化了现代人的竞争意识。

第二，西方民族体育最大的属性是群体性。几乎绝大多数项目都是在集体协作的情况下完成，由此极大满足了人际交往的需要，为人们提供了一种有效交流的机会和条件，促进了人的社会性。

第三，西方民族体育最大的魅力是悬念娱乐。不同项目给人的愉悦之情各不相同，西方民族体育的运动过程总是处于一种结局未卜，需不断奋争、时刻把握机遇的过程之中，产生强烈的诱惑力，这一切给人带来无限的刺激，产生不尽的感受，愉悦也油然而生。

---

① 李晓东：《全球化与文化整合》，35页，长沙，湖南人民出版社，2003。

　　第四，西方民族体育最有效的传播在于其便利性。人们对某一民族体育运动技术的掌握不需要专业化的身体条件，也不需要长时间的磨炼，人们便利地随时随地地进行体育生活。对普通百姓而言，这种极富吸引力的，选择余地博大的，且十分"亲民"的体育生活内容会自然而然地被纳入到生活方式之中。

　　人类社会生活的需要经历着从生存到发展到享受几个阶段，每一个阶段均离不开对游戏的需求，人类喜欢游戏，游戏伴随着人类，并制定相应的游戏规则，游戏的形式很多，较高表现形式是体育。体育运动源于游戏，却又高于游戏，最终它仍将是以游戏为其主导。大师们这样看待游戏，"去于道，据于德，依于任，游于艺"（《论语·述而》）。"夫得是至美至乐也，得至美而游乎至乐，谓之至人"（《庄子·田子方》）。黑格尔（Hegel）认为："假如我们看看这些游戏内在的本质，我们首先会注意到'游戏'同正经的事物、依赖和必需是怎样处于反对的地位。这种角力、赛跑和竞争不是什么正经事情！既没有防卫的义务，也没有战争的需要。正经的事物乃是为某种需要而起的劳动。我或者'自然'必须有一个屈服，假如这一个要继续生存，那一个必须打倒。但是和这种正经相反，游戏表示有着更高的正经，因为在游戏中间，'自然'当被加工制造为'精神'，而且在这些竞技举行的时候，主体虽然没有进展到思想最高级的正经，然而从这种身体的练习里，人类显示出了他的自由，他把他的身体变为'精神'的一个器官。"[①]正是由于这一特性，人们格外喜爱游戏形式中最有诱惑力的体育，体育生活是人们社会生活中的一个重要构件，越是发展迅猛、国力发达的社会，趋同的体育生活比重就越大；越是地处边远的民族地区，民族体育越是保持各异特色、古朴风貌广泛地镶嵌在人们的生活中。其中很重要的原因就

---

①　[德]黑格尔：《历史哲学》，288页，北京，三联书店，1956。

是体育能还原人类的本性，通过体育人们能得到种种人性本质力量的感受。这是民族体育全球化的社会基础，或者可以认为是人类学基础。

体育文化所以能够成为全球性的文化内容之一，其中重要的一点就是体育文化本身的通约性。因为体育文化是一种体能符号，它能使不同人群直接理解其中的意义，达到有效交流的目的。体能符号是克服语言交流障碍的有效手段，它是一种较艺术更高形式的符号，因为体能符号是一种流动的、有机的表达方式，可得到直接的回应，产生长远的效应。文化流变均能在体能符号上留下印痕，使体能符号拥有丰厚的民族文化内蕴，因此，体能符号的交流成为一种有价值的交流。同时，它还加载了政治、经济等方面的功能，人性化的体育文化促使着人的自然化，遏制着人类的退化、异化，这使体能符号更易成为全球文化的重要组成部分。

全球化的积极作用，使各地域文化优势互补，人类文明达到共享。人类应该拥有一个和谐的社会环境，在一个和谐的社会中，各异的文化差异成为维持社会进步的动力，文化差异促进着全球文化间的交流，全球化进程说明人类在构建和谐社会的需求和行为表现。人类的确拥有一个和谐的社会环境，在这个社会环境中人类拥有众多的文化，它们之间存在着极其丰富的多样性，但是文化多样性不等于多样的文化都是具有先进性的，对人类社会有益的文化是一种先进性的文化，它需要推向更广阔的范围，使更多的人群得到恩惠，这就必须构建一个沟通的途径，使有益于人类的先进文化服务于人类，全球化是实现这一愿望的中介。从全球化的文化交流中，我们发现体育文化是一个值得全人类共享的先进文化，人性化的体育文化对于人类而言是保持人类健康生存的基础，是人类得以持续发展的动力，特别是在经历了工业化、现代化洗礼的人类社会，人类享用着前所未有的、高水平的、极大丰富的物质生活的同时，也备受异化后文明成果的困扰，身、心出现了极度的扭曲，人类对此医疗的方式和方法只有选择先进的体育文化。

全球化在强势文化的作用下，以强势文化取代本土文化，使得文化的多样性失去其真实的意义，成为空洞的形式；强势文化使全球化表现为单一的文化，使全球化失去了丰富资源的根基，成为空泛的形式。奥林匹克文化的单一向度似乎是在传递这样一个信息，各民族体育要获得现代性就必须抛弃他们自己的文化传统，改用西方民族体育的形式。如果这样下去，奥林匹克运动越普及，对非西方的传统体育的威胁就越大。①奥林匹克文化在传播过程中，通过各种具体的活动内容将其中负载的西方文化价值密码推向全球，这种文化价值在一定程度上具有相应的现代性和先进性，在体育文化方面主要表现在物理性、科技性和竞争性。其他地区和国家在这种强大的渗透和控制下，民族体育文化只有停留在维持性学习阶段，难以有自己的话语权，难以作出自己的创造，只能处于传统、封闭、滞后状态。②实质上，这加重了奥林匹克运动自身的空洞和空泛程度。这种局面有其深厚的文化背景和社会氛围，绝非单纯的体育文化表现形式。

在法兰克福学派看来，启蒙运动的发展，以及由此引发的资产阶级革命和资本主义生产方式的确立，在使人享受到了现代文明所带来的种种好处的同时，也使人的理性习惯于以一种定量定性、数字化、标准化的态度判断并榨取一切，便成了工具化、技能化的理性。工具

---

① 任海：《奥林匹克运动的全球化与文化的多样性》，载《体育文化导刊》，2002（1），81～83页。

② 陈青：《奥林匹克文化帝国》，载《体育文化导刊》，2004（5），30页。

理性在现代文明进程中占据统治地位，就必然产生自然界的异化、人的异化等等问题，导致技术统治的冷冰冰的非人化。而这种非人化就使得当代工业社会成为物控制人的"病态社会"。而这种病态社会中，发达工业社会及生活在这个社会中的人，都表现为"单向度性"（one-dimensionality），"逃避自由"成为现代社会里于人的本性不相容的新现象。①

在世界范围内，人们不断进行文化的审视，在经受了一段时间的"先进"文化洗礼之后，必然出现的是对本土文化的反思和重建，人们发现了地域的民族体育文化的先进性，即对人性化的追求始终构成民族体育文化的价值取向主体，更发现了它的普遍性，即民族体育从来就是以生活性为其根本。这可以从当今地域性的民族体育文化反弹、复兴的浪潮中管窥一斑。欲代表全球人类的文化必须是具备普遍性的文化，仅仅以先进性为衡量标准显然是局限的。目前的奥林匹克运动仅是一种强势体育文化，它还须进一步发展为拥有先进性的同时，具备多样性和普遍性，即极大地包容不同地域的民族体育文化，将各异的民族体育文化的先进性，也就是人们常说的精华纳入到强势的体育文化之中，使其本身容先进性和多样性、普遍性为一身，将传播的途径进一步扩大，成为一种真正意义上的强势文化。

四、艺术化

艺术总与一定时代社会的实用功利紧密纠缠在一起，总与各种物质的（如居住、使用）或精神的（如

---

① 李晓东：《全球化与文化整合》，59页，长沙，湖南人民出版社，2003。

宗教的、伦理的、政治的）需求，内容相关联。①

艺术的历程是与审美联系在一起的，按照李泽厚的分析，人们可以看到，艺术的审美最初是比较实用的，也就是说人的功利性决定着艺术的生命。譬如中国的古代建筑风格在先秦时期就已经定型为木制建筑，大约是由于取材方便，对工具等技术要求不高有关。因为中国是一个农业社会，生产技术工具的发达程度有限，很少有高效的工具帮助人们建造石头建筑，因此在中国的建筑中木制建筑十分实用，这决定了东方人的建筑类型审美对象相对地固定。随着时代发展，物质实用基础上衍生出非实用性，或转化为精神的实用，在这一过程中，审美态度、审美感受、审美理想与心理结构产生关系链，形成内在心理结构与外界审美对象的呼应，产生心灵共振，引发艺术美感。李泽厚道："艺术正是这种灵魂、心理的光彩夺目的镜子。审美对象的历史正是审美心理结构的历史，是人类自己构建起来的心理——情感本体而世代相承的文化历史。"人们借助日益壮大的心理——情感本体世界，可以深入地体验物态化的艺术。丹纳为我们勾画出了艺术与外在的因素对艺术存在的作用，如种族、环境、气候等等因素，而李泽厚为我们点明了艺术存在的内在机制，一切艺术的产生和发展均离不开人的心理体验。最终艺术更多的是一种精神上的享受，表面上看它似乎较少实用性，但实际上精神享受依然具备十足的实用价值。世界各地的民族体育文化同样遵循这样的发展历程，从开始阶段的实用到后来的物态化的非实用，如 NBA 篮球比赛已经没有了当初的实用价值，如今人们趋之若鹜基本上是追求一种高超技艺艺术的享受。中华武术从战争中走来，又抛弃了军事实用性，以花拳绣腿的套路形式呈现，经久不衰被人们追捧

---

① 李泽厚：《美的历程》，534 页，合肥，安徽文艺出版社，1994。

同样也是人们对其神形兼备艺术的追求。风靡全球的 F1 方程式赛车完全是将人类发明创造的实用工具加以改造移植后的非实用性运动，人们对它的痴迷也完全是将其看成一种艺术，一种人类超越极限的艺术体验。日本的相扑现今也可以被认为没有了实用价值，但它具备着民族精神内涵，成为备受日本人推崇的象征性运动，此结果的产生是由于相扑扮演着精神艺术的角色。

是什么能够引发人们对艺术的追求和推崇？是因人的审美理想。它包含着人们对真实、崇高、善良、正义、美好等价值理想。不同民族文化塑造的人群其审美理想各异，但对真、善的理想几乎可以称为人类的共识，同时随着广泛的交融，彼此间的价值互补，使人类对体育文化的审美理想日趋一致。民族体育文化的本质是一种对这种审美理想的践行，如对体育行为者们进行的真实体育生活实践过程的自然化，即在人类社会不断被人化、文化过程中，体育使人保持着原本的主体对自身客体的掌控全部过程；体育运行机制中对人类行为善与恶的甄别和校正公开、透明化促使着人们对善之理想的理解和切身体验；体育文化是对有机体内外兼修美学塑造过程，是对人类的健康之美趋向动态、立体化的符号意义化过程。这一切构成了人类在体育文化中的审美理想，逐渐构成人类审美理想的重要成分。在体育的竞争中，还原了人性的本能，几乎在没有掩饰的情况下进行激烈的竞争，在这种情况下所能够表现出来的真、善则是人类最为本真的审美理想实践活动，具备审美意义的人类活动内容才能构成艺术，充满审美理想的审美对象才能成为长久的艺术，体育文化具备了这些特征，因此体育文化促使着人们对艺术感知能力。

物态化的艺术自身结构决定着审美取向，构建了美学特质体系。在美学构成因素中，存在许多内容是含混不清的，人们无法清晰地说明何者为美，例如中国人讲"羊"大为美，美在何处？仅壮大为美学标准，显然不能准确地说明问题。但是人们在不断地对具有审美意义的对象进行分析中，发现艺术是可以量化的，量化后的美学能够给人一种相对统一的、客观的审美标准，虽然不同民族文化对美的感悟不同，但是人类对于人体的审美方式基本一致，就上述的羊大为美，就存在一种"壮大"的量化标准。对于人体之美，人们分析得出黄金分割值，根据 0.618 比例，人体应加长一点下肢的长度，即使是白种人也要如此，因此人们看到了芭蕾舞对演员的要求足尖着地，使身高增加 6～8 公分，因而显得挺拔、高挑；体操运动员的所有动作都必须绷直脚面，充分地延长下肢的长度，只有这样才能充分显现人体之美。对此几乎没有一个族群、民族心存异议，即使在中国这样的曾几何长袍加身、裹足裹腿难现下肢修长的国家，也通过足蹬木屐、身着短裤等方式来达到外观上增长下肢的目的。在中国的民族体育活动中，可以看到人们通过借助外在物体来延长和弥补自身的不足，最突出的有"高跷"、"跳板"等内容。"三庭五眼"是中国人对美学量化的表现，起初它仅仅是对人的面相上的美学分析，相对缺乏整体对人体美学量化，仅就这一种量化倾向随之扩展为一种审美量化趋势，为人们提供着更为丰富的审美量化标准。在智慧的东方民族体育中表现十分明显，中华民族体育通过运动的节奏和节律等韵律形式来体现、展示人体运动产生美感的动态量化指标，如中华武术中"十二型"就是表现动作中动静之势及变化规律的美学量化指标，如果计算一下快与慢的比值，估计人们会发现只有达到了符合 0.618 的临界值，才会产生套路演练的出神入化。民族体育活动与音乐、舞蹈相随相伴，韵律的变化成为人们追求的主要美学量化指标。对此人类具备共同的社会学基础，试看：

　　　　韵律最初就是脚步的节拍。每一个人都要走路，而由于他用两条腿走路，用两个脚轮番地踏在地上，由于他只有反复这样做，他才会继续走下去，因此，不管他是有意还是无意，都出现了有韵律的声音。①

这是韵律产生的雏形，这种模式与人类有机体的心脏跳动存在着必然的联系，并由此构成人类本能地对节奏、韵律的审美意向。人们纷纷效仿这种节奏，并产生埃利亚斯·卡内提（Elias Canetti）所称之的"韵律的群众"。具备了这样的"群众"，才会产生人们对某种事物达成共识和形成认同，审美才有了"群众"基础，更有了艺术的塑造者。

格式塔心理学派（gestalt psychology）从物理学和生理学出发，提出由于外在世界（物理）与内在世界（心理）的"力"在形式结构上有"同形同构"或者"异质异构"关系，即它们之间有一种结构上的相互对应。由于事物的形式结构与人的生理——心理结构在大脑中引起相同的电脉冲，所以外在对象和内在情感合拍一致，主客协调，物我同一，从而，人在各种对称、比例、均衡、节奏、韵律、秩序、和谐……中，产生相互映对符合的知觉感受，便产生美感愉快……人的这种生物性的同构反应乃是人类生产劳动和其他生活实践的历史成果。人的审美感知的形成，就个体来说，尤其是生活经历、教育熏陶、文化传统的缘由。就人类来说，它是通过长期的生活实践（首先是劳动生产的基本实践），在外在的自然人化的同时，内在自然也日趋人化

---

① ［德］埃利亚斯·卡内提：《群众与权力》，14 页，北京，中央编译出版社，2003。

的历史成果。①

人化的重要意义在于将原本自然的事物加工成为人类可以辨识的符号或编码，出现上述表象，归纳为艺术量化指标。请看事实：0.618的自然表现十分丰富，如花朵、螺壳上的黄金螺线；植物叶片、树杈、花瓣分布所错开的角度为0.618；人体舒适温度约为23℃，与正常体温37℃的比值恰好是0.618；人之所以产生精神愉快，其脑电波频率的下限为8赫兹，上限为12.9赫兹，两者比值0.618……

与客观的美学量化指标相对应，艺术中还存在着"玄虚"的成分。例如中国的诗境深厚宽大，词境精工细巧，曲境酣畅明达，这些均是艺术境界的表现形式。由于存在艺术境界，因此艺术具备了令人回味的美学价值，境界是一种间接的审美表现形式，需要人们审视之，探索之，境界存在于艺术深层，它蕴含着丰富的民族文化信息，通过对它的解读人们可以从中更加充分地了解民族文化。我们可以发现体育运动中，使用最频繁的器材之一——球不仅具备古希腊毕达哥拉斯学派认为"一切立体图型中最美的是球形"的特征，而且在人类生活的周围球体无处不在，实际上它意味着自由、简约，制作球形物体的用料最节省，球形的容量也最大。体育活动中使用这样的器材由于球形可以随意向各个方向自由地运动，充分地体现着人们向往自由的强烈愿望，虽然人们不直接地说明，却用这种非常智慧的方式昭示着人类的心理。西方民族体育中的球类运动很少规定参与者的技术动作统一规范，只要能够在规定的场地内将球投入篮圈、射入球门、击到对方场地即可，充分体现出高度的自由，充分地展示着社会对个体意志的尊重。而体操等项目则要求参与者严格地按照

---

① 李泽厚：《美的历程》，460页，合肥，安徽人民出版社，1994。

技术动作的规范标准一丝不苟地达到苛刻的要求，蕴含着社会契约的严谨、包容着工业社会的标准之印记。这是两个看起来相对对立的境界，实质上是一种西方哲学的二律背反，即只有遵循严格规定、规范基础上才能够真正体现人的充分自由。在中华民族体育中充分体现着含蓄抗争与敬祖伦理等矛盾现象，如武术套路将残酷的军事战争因素加以掩饰，展现给人们的是优美的肢体符号，习武人口口声声地咏诵着武德戒律，而实际上它在冷兵器时代却是地道的杀戮工具。最突出的是少林武术，其所使用的兵器一般为棍，没有一般兵器的尖锐锋芒，以此来表示它没有杀生的可能，仅为修行之器，其实少林棍的格杀能力十分强悍，而且取材方便。究其本源是由于中华民族体育中充分表现着宗法制度下所特有的敬祖意识，以及伦理道德倾向。矛盾的对立可谓无处不在，同时矛盾也存在着辩证统一。只有通过正常的途径将人过剩的能量加以宣泄，必将减少对社会的整体危害，通过合理的渠道将人的修养加以培养，必将增强社会成员的素质。在上述中、西方民族体育的实际活动中，人们追求的境界就在于通过肢体磨炼，通过场地、器材、规范、规则、武德、戒律、活动形式等方式对人的约束，不断提高人的"真"意和"善"行，这是人类社会的整体功利性所在，也是体育艺术境界的本质所在。现实中，人们更多地看到的是体育运动中高超的技能、巧妙的战术、协调的配合、不懈的追求、不断的超越、坚忍的意志等等具体表象，这些具体表象同样将人带入一个具有崇高美感的艺术境界。无论是什么项目，只要习练者能够达到出神入化的境地，人们将会从中体会到人类的本质力量。因此，在全球范围内的民族体育，能够发展到现今的项目多是具备艺术境界的内容，这些项目具备深刻的个体和社会功利性，具备物质和精神的功利性，且具备强劲的发展势头和实力，只有这样的文化才真正能够成为艺术。如果缺乏这样的境界，它必将会被社会、文化、历史所淘汰，因此体育可以称之为人体艺术。这种人体艺术之本可追本溯源到古希腊的艺术中的雕塑，雕塑是希腊的中心艺术，丹纳感叹："希腊人竭力以美丽的人体为模范，结果竟奉为偶像，在地上颂为英雄，在天上敬之如神明。"希腊城邦中各种象征体育优胜者的人体雕塑比比皆是，以至于罗马人在清理希腊遗物时发现，雕塑的数量竟与罗马城的人口数量相当，可见人体艺术的昌盛，充分说明人类对人体艺术的追求之久远。如今的体育人体艺术形式不同于以往，人们更青睐于动态的人体运动艺术，并从中体验艺术境界。

在这里我们可以得出一个规律性的论述，就是在人体艺术境界中往往存在一种将人的本能、本色充分展露后，再不断塑造、培养、升华其精神的过程，这种艺术境界是其他艺术中少有的境界形式。

五、城市化

在 1850 年以前，城市化的人口还不到全球总人口的 1/5，各个社会的城市人口都不到其成员总数的一半。在 1850 年，只有一个城市——伦敦的居民超过了100 万人。[①]

伊恩·罗伯逊（Ian Robertson）诙谐地认为："城市是相当多的，自己不生产所需粮食的人们的长期集中地。"城市化是人类社会在前进过程中的巨大进步，它将人类的智慧集中地统一呈现在城市这样一座人工的空间内，使人类社会化、现代化步伐不

---

① ［美］伊恩·罗伯逊：《社会学》（下），719 页，北京，商务印书馆，1991。

断加快。人类之所以选择城市化，主要的原因是城市可以有效地发挥集体的智慧和群体能量，尤其是在交通、通讯手段不发达的时代，城市可以为人们提供更便利的生产、生活、休闲、安全空间，在城市化的进程中为人类的社会进步提供了极其宝贵的智慧整合、聚变空间和资源，工业、科技进步主要是人类大规模进入城市后的结果，同时工业、科技的发展使城市在近现代快速发展，其结果影响着社会的文化和价值标准，它通过经济的、政治的和传播工具进入最偏僻的乡村。当然，城市也几乎是所有袭扰着现代社会的社会问题发生地。

芝加哥学派的沃思认为城市具有三个特点：城市的规模、人口密度和社会复杂性。这三个特点合在一起，形成了一种远比小社区中的生活方式更无个性特征的生活方式。因此，城市居民变得比生活在人为聚居空间分散、狭小，自然空间广阔的农村中的人更能容忍多样性和异常行为，具有更加强烈的相对性，即一般不把自己的观点看成是理所当然的，而且更有可能看到其他观点和生活方式的正确性。在这样的空间内，这样的人群结构中，必然导致从众心理强烈的"城市的群众"，即市民阶层，因而城市居民的生活方式具有较为统一的格局，其行为特征也非常相像。

马克思（Marx）认为人是一切社会关系的总和，这是人类聚合的根本，社会成员聚合的倾向是无法阻挡的，在适当的条件下，人们会自觉地聚合在一起，城市为更多人提供了产生丰富社会关系的空间和载体，使初级群体向次级群体的社会结构演变成为可能。在乡村社会结构中，初级群体的比重占据主导地位，影响和制约着人们的意识和行为，进入城市后的人群逐步摆脱了相对单一的血缘至亲圈子，走向了广阔的以地缘和业缘为主的社会关系之中，使人们的意识体系产生改变。帕克（Robert·E. Park）认为：大城市从来就是各种民族、各种文化相互混合、相互作用的大熔炉，新的种族、新的文化、新的社会形态就是从这些相互作用中产生出来的。①帕克的论点进一步证明在更为广泛的社会关系框架中，人们的智慧、能力发生前所未有的聚变。就个体而言，在各种新影响的冲击下，在各种机会和场合的作用下，人们的潜在创造力被释放出来。神圣、安全、商业决定着城市成为人类主要聚居地，城市由此成为人类最伟大的成就，城市表达和释放着人类的创造性欲望，这是乔尔·科特金（Joel Kothin）对城市的总结性表述。②

体育本身就是一个社会关系的产物，比如在生产劳动中人们相互的协助因而产生集体项目，在传授生活、生产技能中催化了体育技术的成熟，在宗教的号召下民族体育成为大众的节日组成部分等等现象，充分说明体育与社会的密切联系。虽然在乡村生活阶段，体育被人们作为一种相对松散的个体爱好，尚未形成比较庞大的独立化体系，但是它们依然强烈地依附于社会生活的其他方面。随着城市化的进程，城市生活的分工逐渐细化，使更多的人有可能专门从事体育活动，来满足社会成员观赏、娱乐、从业、经营等种种需要。专业人员高超的技艺所展示的体育魅力极大地吸引着民众，城市居民具有日益充裕的闲暇时间，强烈的从众心理，易于被公众的意向所左右，强烈的创造欲望，不断严重的文明病困扰，以及人际关系疏远导致的人的社会性衰退，体育也因而成为城市人一呼百应的文化活动，出现了城市化前所未有的体育人口群体。因此，相对松散的民族体育进入城市后向着独立化、集团化、社会化方面发展起来，并形成强大的辐射力影响着乡村，吸引着乡村的人口。例如英国的户外运动，对此帕克称之为"趋向性"，就像飞蛾趋向灯焰一样。城市中的体育文化在

---

① ［美］R. E. 帕克：《城市社会学》，41页，北京，华夏出版社，1987。

② ［美］乔尔·科特金：《全球城市史》，3页，北京，社会科学文献出版社，2006。

广泛的社会结构关系中，在城市人从众心态基础上，在各种社会力量相互作用力推动下，大量地、快速地被制造、改造出来，其内容中秉承了民族传统体育文化的丰富养分，经过城市化的改造，民族体育呈现出新的姿态和形式，具备了现代意识和风格。在这个过程中，政府的组织、城市的学校、各种刊物等方面也发挥了重大作用。

政府组织对城市体育文化发挥着极大的作用，相对于乡村人口来说，城市人口的组织性较强，西方国家的社区、俱乐部、中国的街道、单位均是人群聚合的社会组织结构。因此各个国家都对大众的体育活动设计了种种方案：

美国专门成立了健康与体育总统委员会，召开了全国健康与大众体育大会，制定了一系列政策，敦促企业主给雇员提供增进健康的设备，督促学校制定各年级每天进行体育活动的计划，鼓励各州政府机构和军事部门成立专门的机构。日本政府还制定了发展和保护社会体育的法律，如《体育振兴法》。最近又制定了《面向21世纪的大众体育白皮书》。英国体育理事会于1983年制定了一份十年发展计划，要求经常参加体育活动的人在目前男子1260万人、女子790万人的基础上分别增加170万和390万，共560万人……统一规则，集资兴建和综合利用新场地。不少国家以法律形式明确规定所有运动场地都要向群众开放。并尽量开放广场、街道、停车场甚至教堂为大众体育服务。如巴西名城圣保罗市每到周末就有数以百计的街道关闭，从早到晚供群众从事体育活动。许多国家把体育设施建设列入城市建设规划，如联邦德国于1960年制定了三个"黄金计划"作为全国朝野的共同奋斗目标。①

学校和报刊图书对城市化过程中体育文化的影响主要在于它们大面积地传播着大众体育技能和信息，形成一种社会氛围和舆论导向，引导着社会成员的价值取向。如各个国家通过各种手段大力加强学校体育的功能和作用，使学生能够在校期间掌握有效的健身技能和形成终身体育的习惯。各个国家通过各种媒体就大众体育而提出了不少有建设性、感召力的口号，德国的"有氧锻炼——130"、法国的"保护心脏"、加拿大的"人人参加"、中国的"一二一工程"等等。

世界各国的城市进程不尽一致，其中存在较多原因，最主要的原因是政府的管理模式不同。如1982年，中国人均国民生产总值为310美元，城市化水平为21%，明显低于国际许多国家的水平，这就是中国政府长期实施严格的控制农村人口向城市流动的政策所致。②不过，无论城市化进程速度如何，城市化已经成为全球文明的一种模式，城市化使世界各地的城市大有趋同态势，基本相同的城市框架、城市社会结构、城市人口分层，决定着城市的功能和作用的相似，作为城市文化的熔炉，锻造出来的各种文化现象自然会出现近似的方面，体育文化也同样如此。

第一，城市化的体育文化淡化了原来在乡村时代的生产性。因为具有生产性的民族体育活动内容与城市的生产活动相去甚远，没有了生存的空间，故而多以生活性、竞技性取而代之，使其更符合独立的体育文化属性。赛马活动中人们难见其生产性的

---

① 卢元镇：《体育社会学》，211页，北京，高等教育出版社，2001。
② 郑杭生：《体育学概论新编》，345页，北京，中国人民大学出版社，1987。

影子。

第二，城市化的体育文化更加规范。因为城市以契约为主体的社会结构的严谨性决定了城市生活各方面的严谨程度，我们可以发现大凡进入城市的民族、民间体育活动，多数内容产生了规则细化倾向，减少了乡村时代体育活动的随意性。例如看似随意的高尔夫运动中充满了细致的规则要求。

第三，城市化的体育文化更加丰富。因为在城市中人口分层的原因，人们的需求层次多样化，为了能够满足各层面人群的需要，体育文化产生了分野，出现了大量的新兴体育活动。由于敬祖机制作用的消退，人们可以相对而言无所顾忌地发展充满个性的体育活动内容，这也是城市体育文化多样化的影响因素。比如中国的木兰拳、扇舞的出现和快速发展。

第四，城市化极大地丰富了人们的物质生活。在此基础上，社会需要向着精神追求的方面快速发展，因而城市化的体育文化出现了非物质实用性的内容和形式。例如迅猛发展的体育舞蹈、艺术体操、花样游泳类的项目可以给人们带来极大的艺术享受。

第五，城市化的体育文化更加具备现代意识和风格。进入城市的民族体育经过城市文明的熏陶产生了意识、内容和表现形式等方面的现代化转变，在一定程度上削弱了传统的保守模式的束缚，使民族体育文化的创新和发展前所未有地取得了突破。比如竞技武术在一定程度上是一种不小的进步。

正如社会学家所言，城市史几乎就等于文明史，人类在文明进程中十分青睐于城市的建设，从起初的防御堡垒，到后期的文化、政治、经济中心，人们强烈地依赖于城市，"植物性"属性表现强烈，赫伯特·斯宾塞（Herbert Spencer）道："人类在很大程度上还未摆脱植物状态。"而不像动物一般，本能地、不得已地不断迁徙。但是，人类毕竟是人类，当他们拥有了稳定的家园后，人们的野心和欲望驱使着他们开始了不同规模的高于"动物式"的迁徙活动。"正是在不断变换环境、变换地点的移动过程中，人类才逐步具备了那种为人类所特有的脑的功能，亦即进行抽象思维的能力和习惯。"①其目的是建立起更多能够满足自身需要的城市，由此人类迈开了他们的全球化的步伐。据此我们认为体育文化城市化程度决定着全球化的程度。这一点我们可以从城市化后的奥林匹克运动向全球推进历程中发现这一规律，与竞技体育向其他国家传播一样，西方竞技体育进入中国一开始就选择了城市，其后的发展也主要集中在城市，并逐步向广大乡村蔓延，占据了乡村的体育发展空间，影响着本土民族体育的发展。中国的民族体育在现代城市化方面进程相对缓慢，因此，民族体育中的佼佼者——武术、摔跤、龙舟、风筝等难以进入西方式的城市体育文化之列。不过，这些早已本土城市化的民族体育文化尚有一定的城市生存空间，而中华民族体育的其他项目内容却远远没有这种幸运，在现代城市中难觅其踪影。这些项目表现出顽强的"植物"属性，宁可在"乡村"环境中自生自灭，也决不迁徙寻找新的生息之地。它们还有巨大的同化能力，会将西方民族体育同化为本土特色的形式，比如高雅的"司诺克"运动进入中国乡村后被快速地转化成村头场院中的台球活动。这与中国的本土民族体育多数内容发端、生存于乡村，不善于"动物式"迁徙的，不适应城市生活环境有非常密切的关联，故而有学者认为中华民族体育属于"植物体育"。中华民族体育需要学习和借鉴西方民族体育发展经验，不断对这些内容进行现代城市化改造，使其焕发新的活力。

---

① ［美］R. E. 帕克：《城市社会学》，154 页，北京，华夏出版社，1987。

六、竞技化

体育在成为一个自身独立体系阶段，游戏色彩弥漫，引人注目，使人目眩。随后不断成熟，竞技逐渐凸现，竞技高手层出不穷引无数英雄竞折腰。体育文化形态中最突出的表现就是竞技体育，竞技体育成为体育文化中的领头羊，且不断被强化，越发成为强势体育文化。竞技体育在强化过程中，自身的竞技含量不断增强，体系日趋完整。更重要的是竞技体育超越了自身发展的领域，向着政治、经济、文化等方面快速发展，成为在社会现象中政治因素最突出的一种文化。运动会为代表国家获胜的运动员升国旗、奏国歌，政要们为优胜运动员奖勋章，此情此刻体育越来越不像体育，而更像是全球的政治制度"竞技"汇演。

在民众心目中，体育竞技高手的地位越来越高，成为人们追捧的对象，体育崇拜成为现代社会的一种时髦或时尚，或者可以说成为一种人们价值取向。崇拜似乎是人类社会贯穿始终的人们心理活动，确乎如此，人们在起初的自然崇拜、图腾崇拜、祖先崇拜、灵物崇拜，到宗教崇拜、领袖崇拜、人物崇拜，经历了一个崇拜对象逐步集中于人类自身的过程，人格化的崇拜演化正是人类能力不断提高的表征。在对人的崇拜类型中，体育崇拜与其他的人物崇拜不同，它是一种对"活人"的崇拜，是一种对普通人的崇拜，是一种对现实人的崇拜。

产生体育崇拜的主要原因是由于：

体育运动特别是竞技运动，区别于其他任何文化现象的根本特征就是其明确的竞争活动中所表现出的符号学价值。体育运动所以能激发人们的崇拜行为，盖因为它以最直接、最不加掩饰的竞争方式（其他领域当然也有竞争，如企业、商业、政治等，但由于他们的竞争必须有许多中介条件的参与，而不能表现为赤裸裸的直接竞争）呼唤着人的本质力量。达尔文解释的生物学法则认为，竞争是决定物种存亡的根本力量之一种（另一种是"自然选择"），人类作为万物之精灵，确乎应该是也必然是所有物种竞争能力最高的一种。如果人类没有竞争能力，则其长期进化的成功就难以解释，人类的文明史也就不好说明。①

因此，竞争能力最高的物种通过人类社会中最出色的体育竞争，产生出成功的竞技优胜者必然就成为人类的偶像。

同时，现代社会中体现个体价值的领域更加广泛，但是能够成为成功的佼佼者却越来越难，人们都期待着成为世人瞩目的人物，在现实中却较少这样的机会和可能，故而人们将自己的期望移情于运动员、运动队，移情于体育运动，他们的胜利似乎就是自己的胜利，体育运动得到重视就像他们被人尊重一般。另外，个体发展中不可避免地经受种种挫折，而且不是每一个人都能战胜挫折，他们试图用体育游戏来宣泄自己的郁闷，在此过程中每一个小的竞技成功或进步都令人欣喜。逐渐人们发现在体育活动中优胜者可以引领着他们不断地超越，崇拜之情油然而生。

竞技体育原本是纯洁的，很少功利性的竞争，"为荣誉为胜利而战斗"，这种竞争形式在世人心目中至高无上，冠军头上的橄榄枝象征着竞技能力，仅此而已。虽然世俗社会使功利成分逐

---

① 李力研：《野蛮的文明——体育的哲学宣言》，10 页，北京，中国社会出版社，1998。

渐附加于体育，人们也清楚地认识到世上没有绝对的纯粹，在纷繁复杂的现代社会中，体育的竞争依然属于相对纯洁、很少功利性的社会领域，特别是公平、公正、公开的竞争环境唯体育独具，由此产生的历经千锤百炼、不断超越的成功者，也就很自然地成了社会成员崇拜的屈指可数的对象之一。

在对体育的崇拜中对个体的崇拜只是崇拜的表层，比如足球运动的女球迷们中有相当数量的成员是对英俊、强健、威猛、机智、果敢运动员的人格崇拜，以弥补现实生活中男子汉难觅的缺憾，实际上她们却不懂得什么足球技术。对体育崇拜的实质应该是绝大多数体育崇拜者所崇拜的运动员所表现的高超、娴熟的体育运动技术和技能。拥有相应的技术和技能标志着一个人的能力，在现代社会中，人的能力决定着社会生存空间。体育的竞技是其本质属性，不论现代体育如何依赖于外在变量的促进，体育运动水平最终依然是需要运动员的竞技能力来体现，因此人们对体育的崇拜是建立在对人之竞技能力的崇敬上。

体育竞技的崇拜背后是人类对自我的发现和追求，在人类的能力和力量不断增长的过程中，自我实现逐渐地成为人类共同追求的主要目标。自我的实现已经超越了个体，或群体的范畴，成为社会进步的最重要的驱动力。通过以个体、群体的肢体活动为主的体育实践，人们看到了社会环境、文化现象中最能体现自我的领域就是体育竞技。通过体育竞技，不仅可以完善自我实现的意识，还可以培养自我实现的能力，特别能够提高自我实现中的意志品质。自非理性主义思潮的强烈影响后，人们对自我高度重视，经过一段时间的实践，人们也同时发现过分地追求自我，有时很难得到自我的真正实现，原因就在于人们在非理性状态下有忽略理性的倾向，这是一个十分不利的制约因素，自我的真正实现必须是在社会的整体环境中，在符合社会、文化规范的前提下，以理性思维的方式和方法实现自我。在体育竞技中，有规范的场地、严密的规则、公认的道德、严格的技术等等制约因素规范着人们的意识和行为，以规范的约束克服非理性的盲动，内化为理性观念，并由此培养着人对自我实现深层的理解。在体育运动中人们可以尽情地张扬非理性，可以充分地品味、实践着理性，非理性与理性在体育运动中实现了高度的统一，这两个方面是构成自我的重要构件，通过体育竞技人类感知了自我，也实现了自我。由此，在全球范围内形成了一种通过体育对自我实现的现代认同形式。

> 在一个人对上帝或者宇宙不朽失去信心的时刻，他就变得更自力更生，更无畏，并且，在只可能有人类的帮助的地方，更渴望提供帮助。
>
> 费尔巴哈就鼓吹这一点。人类把它所有的财富都浪费在上帝身上，通过成为无神论者，他又把这些财富取回来了。不信为人类的自我肯定释放了这些财富……①

信仰是人类重要的精神支柱和精神力量，从人类的崇拜类型演变过程，到信仰向务实性转移看，信仰不会在时间向度上消失，只会在空间向度上发生结构性变革。没有信仰是不现实的，人们总是需要一定的信仰来支撑自己的精神，在现代社会，崇尚科学成为人们的一种信仰，随着科学给人们带来的异化，自然的人化、现代文明疾病使人类前所未有地感受到窒息，人们呼唤着基于对人自身关爱的信仰，这时可使人自然化的、以健康有机体为活动主体的文化凸现了它的现实意义，逐步促进了现代认同的形成。

---

① ［加］查尔斯·泰勒：《自我的根源：现代认同的形成》，627 页，南京，译林出版社，2001。

体育文化形态中强化的竞技体育代表着体育文化的发展趋势，是体育文化中的文化中心，它具有巨大的涡旋力吸引着以此为中心的其他体育文化形态。民族体育作为竞技体育的基础，在竞技体育的强力作用下，它不仅向竞技体育提供大量的资源，同时受到竞技体育合理运行模式的影响，从技术到竞赛等形式发生着竞技化的变化。西方民族体育中的绝大多数项目比较自然地被纳入到竞技体育之中，因为它们属于同质同构的体育文化。东方的民族体育进行着相应的改造，日趋竞技化。最成功的当属日本的柔道和韩国的跆拳道。东方的其他项目虽然没有完全竞技化，但是在其发展历程中或多或少地产生了重大变革，如中华民族体育中进入民族运动会的项目，大多已经竞技化，发展最快的应该是竞技武术。一种文化形态中必然存在发挥中心引领作用的形态，如果缺失这样的中心，处于混沌状态则会导致系统的无序。体育的竞技性又是体育运动的主体，离开了这一主体体育将不复存在。在其他形态中竞技性虽然没有竞技体育这样凸现竞技，但是在其本质属性中竞技为最重要的特质。一旦时机成熟，竞技化趋势必然成为各类体育文化形态的主要表现形式。卢元镇将竞技体育的社会文化价值概括为："竞技体育是一种庄严肃穆的礼仪庆典文化；竞技体育是记录人类潜能的人体文化；竞技体育是提高社会道德水平的规范文化；竞技体育是提高审美意识的情感文化。"①因此，竞技化成为全球体育文化的主旋律。

任何体育活动一旦被人们反复地习练，最终都会出现技术不断竞技化，因为人们通过归纳、总结、升华技术，技术被推向自动化，使技术更加符合运动规律，更能体现有机体潜在能力，更能使人们随心所欲地以肢体活动来满足自身的娱乐需求，只有到

① 卢元镇：《体育社会学》，104 页，北京，高等教育出版社，2001。

达较高的竞技化程度，人们方能比较完全地感知体育运动的乐趣，体现民族文化的价值。比如橄榄球可以称之为美国的国球，在人们娴熟的竞技化技术中充分地体现出集体项目的团结协作的精神，个体的竞技化技术固然决定着本队的战绩，但是他必须在健全的团队意识下才能充分地运用既定的战术，发挥出个体的竞技能力以及整体的竞技实力。这项运动不仅是一项个人主义的竞技化乐园，橄榄球更是一项有效培养人们团结协作精神的运动项目，充分反映了美国的文化兼收并取的价值取向。规则也不断竞技化，规则是体育运动的保障机制，规则具有导向作用，它使体育运动向着竞技化方向快速地挺进。比如拳击的规则规定运动员只能使用几种手法，因而拳击拳法被极大地竞技化，同时规定在一定时间内击中对方有效得分部位的点数或对方无力还击为胜利标准，极大地激励了运动员运用极强竞技化的拳法凌厉地出击。相对而言，武术对练项目在规则的要求下，运动员要使用各种技法，在事先编排好的套路基础上进行演练，它的优劣标准是看运动员的模仿能力和相互的配合能力，而非实战能力，这就决定了这个项目的表演性质。组织形式必然相应地去适应运动性质呈现竞技化，不同的体育运动形式在一定的组织形式指导之下发展。竞技化的竞技体育其组织形式具有高度严谨、完备的制度、机制和结构体系，作为竞技体育发展的上层统领层面可以有效地引导竞技体育发展，规范竞技体育的运行，促进竞技体育的竞技竞赛水平。比如1974年国际奥委会根据世界各国对传统奥运会非职业化原则的实际现状分析，通过了允许奥运会参赛运动员因参加训练和比赛而获得工资补偿，允许运动员在食、宿、交通、运动装备、医疗、保险等方面获得资助，也允许西方国家的大学生运动员获得体育奖学金的决议，使职业的竞技体育快速地发展起来。在体育文化系统内部的技术竞技化、规则竞技化以及组织制度竞技化的促进下，体育的竞技化趋势迅速蔓延。

体育运动的竞技化更是一种人类文化战略的要求。在社会环境中人与自然、人与人之间充满着种种竞争，人的竞争本能维持着人类的基本抗衡和生存能力。在这一过程中不可否认的是始终伴随人类的体育蕴含和培育着竞技基因，诱发了人类潜在竞争基因的萌发、壮大，被激活的小小的竞技基因在社会环境中逐渐被人们认可，发挥着重大的社会效应。在自然的人化趋势中，人类不能失去这一珍贵的人类基因，必须通过体育活动使人的竞争意识和行为得到进一步强化。体育竞争的手段是竞技，竞技是竞争的桥梁和中介，竞技化是为了人类社会健康发展的社会文化战略。特别是随着社会的进程，人类的竞争越加激烈和残酷，社会更加需要具备竞争意识和竞争能力的人，通过合理、有效、公平、公正手段实现人性化竞争的体育是培养人的合理竞争能力的园地。对基本的竞技能力锻造已经不是体育领域自身的狭隘行为，它肩负着对人类实施突破自我异化后的自然化重任，体育是防止人类技能退化的唯一的途径和阵地，它发挥着人的自然化的"扳机"作用。[①]

七、融合化

民族体育已经没有了，或很少有屏障的制约，日趋走向了融合。从现今的许多项目内容来看，人们已经难以判断其原生地文化特质，具备的仅仅是体育文化本身的独特特质。

---

① ［荷］C．A．冯·皮尔森：《文化战略》，178 页，北京，中国社会科学出版社，1992。"扳机机制"（trigger mechanism）表示一种产生不相称的巨大后果的物理过程。例如：石头开始在雪中滚动，滚到山坡，渐渐地开始发生了雪崩。这里的效果是不可比拟的巨大。在社会结构中，也有这种扳机机制在起作用。例如：马丁·路德·金"我曾有一个梦"的著名演讲，一个和尚在南部越南自焚而死，他们的行为引发了深远的政治后果就是一个典型案例。

事物的发展规律总是经历从冲突到融合的过程，文化融合，指两种或两种以上的文化经过交往接触后，经历冲突后，彼此借鉴、吸收、交融而形成的更加完善和进步的文化过程。这一进程根据交流的文化形式而异，一般来讲，同质同构的文化交流相互的整合速度较快，如中国各个民族的摔跤彼此之间有许多的相似之处，他们的交流就十分容易；同质异构的文化在交流的范围和时间上会出现一定的难度，需要人们花费一定的精力和时间不断地研究对方的文化内涵，如武术与西方搏击是同质异构，它们明显地带有地方特色，甚至存在较大的差异，很好地了解和掌握它需要付出相当的努力；异质异构的文化虽然彼此有较大的引力，但是融合起来的难度最大，需要克服一定困难。例如印度的瑜伽与美国的棒球，两者之间的融合难度可想而知。但是印度的瑜伽却融入美国这样崇尚刚与力的文化之中。

文化同化是文化融合的主要表现形式之一。文化同化是将不同文化经过相互接触交往后融合为同质文化模式的过程。一般是先进同化落后，本土同化外来，多数人的文化同化少数人的文化。但也有例外，近代西方国家在殖民国家的体育文化传播往往属于这种类型，其影响一直遗存到今天。

无论文化差异有多大，文化融合首先是器物层面的融合，这种融合比较容易，只要是先进的器物会很快地被受者所接纳。在体育领域中，西方的场地和器材是首先被国人所认同，并很快成为体育事业建设中首先考虑的因素。而且在现实中，中国的各项体育场地和器材设备已经具备世界水平。文化融合的第二个步骤是技术层面，由于技术是先进器物的内涵，只有先进的技术才能保证器物的高效实用，发挥应有的作用。这个层面融合需要一个时间过程，需要认识、认可、掌握，直至与本土相关内容结合后才能逐步达到融合为一体的程度。体育运动的技术也存在这样的情况，对于先进的运动技术，学习和掌握的过程中必须结合本种族人群的身体素质等基本条件，对技术进行必要的改革后才能充分发挥先进技术的优势。文化融合最艰难的一步是文化精神的融合，本民族文化融合中精神文化与体育文化经历了长期的"磨合"，使各种民族体育表现出深刻的民族文化底蕴，由此也形成了地域特征的民族体育文化。由于各个民族文化的孕育与发展历程差异，意识上的差距较大，特别是潜意识的差距更大，该方面的融合需要一个长期的过程。就竞技体育中的竞争精神和意识而言，进入中国体育文化领域后，花费了近一个世纪的融合期。列宁曾经说："世界历史是个整体，而各个民族是它的'器官'。"既然是器官就必然与整个机体的功能相吻合，不协调的器官终究被整体所遗弃。各个民族的文化是人类文明有机组成部分，虽然存在各种差异，但都会服从于人类共同利益。因此只要是人类先进的文化成果，特别是精神成果，必然会产生文化间的融合。

体育文化的融合化包括自身不同结构的融合，更包括与其他文化形态的融合。

第一，在体育文化自身结构方面，是各种技术体系的融合。西方的民族体育技术体系是构建在物理属性基础上的技术，东方民族体育则是以哲学为指导思想，这两种全球最富影响的民族体育技术系统在彼此融合过程中，逐渐表现出西方竞技体育接受了东方的以人为本的思想，将技术改造得更加符合人性，摒弃了对人身心伤害的技术成分，强化了艺术境界在竞技运动中的表现，有很多内容转化为大众健身的活动手段。东方民族体育融合了西方竞技体育中的客观因素，使玄虚的成分转换成为客观实在，竞赛制度向着竞技化方向发展，出现了大量的竞技化的民族体育形式，出现了具备引领作用的中华民族竞技体育，例如形成了竞技武术、赛龙舟、摔跤等与传统形式相去甚远的现代民族体育。与体育文化全球化不同的是，融合化是建立在彼此平等基础上的交流，是强势和弱势文化共建过程，在文化融合期，人们平和地接纳对方的优秀文化成分，很少有抵触情绪，人们把不同民族的体育文化看成人类的共同文明成果，将它们共同分享。西方体育发展到今天是建立在广泛融合其他民族体育文化基础上的结果，比如美国现代篮球运动，是篮球之父奈史密斯博士从一本杂志上得到了灵感而发明的。奈史密斯和他的妻子都是基督教徒，他们订了一份中美洲出版的传教杂志，其中一期介绍阿兹特克人和玛雅人3000多年来一直在玩一种名叫"奥拉玛"的球类游戏。那种游戏的规则很简单，对阵双方只需用髋部或臀部将一个橡胶球送过高悬墙上的石圈，就能得到一分。由此博士改用手传、运、投球技术，创立了篮球运动。中华民族体育同样经历这样的发展过程，比如中华武术中的长拳是广泛汲取查、华、炮、红拳基础上而创新形成的动作舒展大方、刚柔相济、快速有力、动迅静定、节奏鲜明的长拳套路。从这一点上讲，任何体育文化都是人们在客观实在基础上的融合，无论是体育文化内部的相互融合，还是借助于外界之力进行的文化融合，融合都是体育文化发展过程中不可缺少的文化过程。由于不同文化之间存在着各自的缺憾和不足，因此融合成为可能，差异的存在为融合留下了必要的空间，由此引发了彼此的融合动力。越是融合，越能拓展人们的意识，融合的范围也越大。

第二，体育与其他文化形态的融合，主要是体育文化广泛地借鉴和借助其他文化形态中的有益成分，帮助体育文化的发展，这里不仅包含技术系统、社会结构系统，更包含着思想意识系统的成果，在现代化一节中我们重点分析了科技成果对体育文化推动作用，从中可以看出如果没有现代科技成果的支撑，仅依靠内在变量的促进，体育文化发展的速度是十分有限的。通过与其他文化形态的融合，极大地推动了体育文化融合的内在动力。因为体育文化在融合过程中暴露出某些结构与功能的不和谐，例如民族体育原始结构与现代社会之间的不和谐问题，这就需要体育文化借助社会结构功能主义的理论修正自己的不足，融合社会结构功能的有益运行方式运用于体育文化，由此解决了原始民族体育文化的结构不能适应现代社会的问题，表现比较突出的是西方民族体育。如美国篮球在发展初期历经艰辛，难以立足于社会，波士顿花园体育馆的老板沃尔特·阿布郎同时提出新的职业篮球概念，即职业篮球必须有雄厚的财力支援，一名选手只能为一家俱乐部效力并要签订严格的合同，联赛还要建立选手储备制。这些理论贡献在于将巨额资金和法制制约引入篮球，为日后的 NBA 的发展奠定了高薪制和合同制两大基石。街头篮球原本是贫民窟中孩童们的游戏，当这项活动发展到一定规模时，原有的松散结构体系弊端逐渐显露，人们开始探索能够大规模发展篮球的社会结构形式，人们借鉴娱乐界惯常使用的俱乐部形式，篮球俱乐部应运而生，街头篮球也进入了职业篮球行列。当篮球职业化程度不断提高后，如何地将其社会功能进一步表现和放大，人们借助商业运作形式，因此 NBA 出现在世人的面前，并制造出一批批有血有肉的英雄。通过与系统外的文化进行融合，可以有效地消除系统内部长期积累的，不利于深入发展的制约因素影响，增强系统的活力。

文化融合的另一种表现形式是文化杂交，文化的杂交有利于文化发展，产生杂交优势。这种文化融合形式是在强制基础上进行的，开始阶段难以被人们认可，一旦它的优势表现出来，人们会普遍地接受。在体育文化中这类情况比较常见，因为体育文化即使是异质异构的内容也是在肢体活动的范畴之中，它们之间存在着天然的同质性，杂交实际上是一种新的体育技术组合，是一种产生影响互动双方文化的活动。比如棒、垒球的分野；英式、美式足球的分化是同一类属的重新组合，还有不同类属的组合，如走马与竞走；搏击操与散打等，这些组合形式的出现不仅有利于产生新的体育项目，也对原生的运动形式产生冲击，督促着它的"进化"。使用汤用彤的话说，总结在接触时产生相互选择、改变的体育融合化过程就是"融化新知"的过程。

中国自商至清，中国传统思想的核心即是对折中主义的强烈追求。这种思想对于中国人来说，是一种有利于接受新异事物，有利于文化兼容，以致融合的思想基础。另外，中国人为人处世的和谐观，首先人自身是和谐的，"无礼之礼，无声之乐"是也；人与人是和谐的，"能以天下为一家，中国为一人"是也；以人为中心的整个宇宙是和谐的，"致中和天地位焉，万物育焉"是也。正是这种和谐观作为一种强劲的动力推动着中国人对世间万物的包容性的处理方式，以至于能够融合世间的各色文化。①因此中华民族体育之博大与此关系密切，中华民族能够包容西方民族体育于此关系紧密，中华民族体育未来的发展更是注定要在此基础上拓展出更广阔的空间。

目前全球文化中占据一定地位的主流文化存在两种等效性倾向。其一是以西方为主的普遍主义，它是建立在逻辑、理性和法治的基础上，并充分借助自由经济的文化模式。另一种是以中国为主的天下主义，该主义是建立在高标准的伦理思想、精深的文化，以及不以物理法则运行的宇宙道德基础上的文化模式。这两种对人类具有普遍意义的文化模式，在不同的历史阶段发挥着不同的作用，极大地推动了人类的进步。所以称之为等效，就是因为它们所发挥的社会效应在全球范围内构建了东西两个文明模式，每种模式都有过辉煌。然而卜松山认为这两种文化模式之间却存在不可通约性。就这两种普遍主义的道德制约能力而言，卜松山认为：

① 梁漱溟：《中国文化要义》，117页，上海，上海人民出版社，2005。

在跨文化的背景范围内强调这两种等效性有其重要的意义，因为这一点还完全未被当今西方道德"论述"之主流所认同。基于理性之上的普遍主义理论尚明显地居于主导地位。只是问题在于，这一理性的普遍主义主张是否或多或少地渗透着欧洲中心主义。

……

并观上面两种思潮我们能引出什么结论呢？就对当今西方社会事态的评估而言，我们不能武断地作出我们西方的道德哲学具有比其他文化更大价值的判断——至少它们对公共道德的影响微不足道。而当今的中国局势在最近几十年里主要通过引进西方成果（如自由市场经济和消费主义）而发生了急剧变化，但在道德意义上，并非如何振奋人心的范例，更不要从其政治层面看了。无论如何，我们似可以问一问，我们在伦理领域是否确实需要新的哲学发明用以努力"维持"我们的社会和道德生态。[1]

值得深思的发问，不可通约性的确影响着文化的融合，至少制约着融合的程度。任何一种没有充分结合本土文化的融合仅仅是时段性融合，它很难解决根本问题。在全球性的文化融合过程中，作为急先锋的体育文化融合不仅在速度，还是在范围方面均占据领先地位，表现出体育文化应有的活力。现实中，我们看到了中国的体育事业受到了西方体育文化重大影响，发生了一系列积极的变化，尤其是在竞技化方面。但部分民族体育在所谓的融合过程中缺乏必要的本土化，特别是对竞技思想认识的片面，导致部分民族体育变成了不伦不类的体育项目。总体而言，我们认

---

[1] ［德］卜松山：《与中国作跨文化对话》，70页，北京，中华书局，2000。

为肢体活动的体育文化是具备较高通约性的文化形态之一，不可通约性或不易通约性主要表现在思想意识层面。体育融合化有其积极的社会效应，也存在着某种不足，人类应理性地分析不同文化的价值，充分地结合本土文化实际，将文化的优秀成分加以融合放大。在文化融合过程中，不易通约的精神文化融合是至关重要的层面，它不仅关系到融合的致密程度，还决定着融合后的文化持久性。融合的结果会产生新的文化形态，这是文化发展的必然，任何一种融合后产生的所谓成功文化决然不会缺乏文化传承性、思想交融性，割裂历史的发明，或创造是没有根基的，印度佛教与中国道家思想的融合就是一个成功的典型，日本柔道与西方竞技体育的融合也是一个辉煌的典型。因此，我们认为卜松山的发问虽有道理，但是缺乏文化历史的考据。在新的历史时期，人类应该运用智慧融合各种文化模式，避免文化自卑、文化自大等不利心态，以全新的视野、视角看待融合，以理性的方式进行广泛的文化融合，尤其是思想意识层面的融合。文化的融合是一条通向全球文化公约的大道。

民族体育共同的基础是族群和民族，归根结底是人。人类的一切活动，无论是何种存在形式，都是建立在人本基础上。关乎于人的民族体育更是如此，即使有各个民族在体育文化方面特殊的个性体现，也不会削弱共同基础上的共性特征的强势表现。人类社会的演进，活跃的民族体育如影相随，折射出极强的地域和时代特征。特别是在全球化的时代，跨文化融合使文化趋同已经成为趋势，尤其是为人类健康生活为主要目标的民族体育自然实现了文明共享，因此，民族体育共性特征必将成为各个民族体育发展的参照指标。

如果说，在体能社会阶段民族体育尚处于工具状态，那么在智能社会阶段民族体育已经成为容工具、玩具为一体的文化融合现象，民族体育的社会地位变迁始终处于动态变化之中。

虽然，民族体育文化在人类社会发展历程中，没有成为社会文化的主体，但是充当保证社会发展的人力健康资源的角色却无可替代和担当着文化动态传承的地位始终不移。除此之外，民族体育文化的社会地位还有什么表现，尚需进行理论层面的系统研究，应客观地分析民族体育的社会地位，这对于有效地发展其社会价值和功能作用意义重大，对民族体育自身发展作用更是异乎寻常。

第五章 民族体育社会地位研究

　　社会地位是基于文化地位而建立起来的，而其根本是人的地位。

　　人的地位在人类发展的整个历程中，起伏跌宕，这不仅与人所创造的文化有关，也与人所构成的社会结构和运行模式有关，更与人对自身的认识有关，但归根结底是与人之地位密切相关。人的地位得到提高、得到尊重，人所创造的文化就会被人们重视，各种文化现象就会得到应有的社会地位，使其功能得到充分地发挥。各种文化的综合作用可以发挥改造自然、社会的功能，使社会发展有序、平稳，进一步促进人类合理、健康地生存，充分地体现人的价值、文化价值以及社会价值。

　　在原始社会中，人与动物相比，由于"人少兽众"，生存空间十分有限，作为"食物的采集者"，①欲同其他生物分享食物资源，必须依靠自己的智慧和体能，特别是个体的体能以及集体的体能，此刻个体所处的集体作用非常重要，构成集体的每一个体被推崇到了较高的地位上，尤其是体能超群的个体。这一时期社会发展的衡量标志是人在自然中的地位，当然人在此刻还显得十分渺小，占据的生存空间也十分有限。

　　在农业社会中，世界范围内，文明的起源都是在以农业为主

---

　　① ［美］斯塔夫里阿诺斯：《全球通史》（上），7页，北京，北京大学出版社，2005。

的基础上产生和发展起来的，如斯塔夫里阿诺斯在《全球通史》中绘制的农业传播地图中，可以清晰看出公元前9500年—公元前7500年的中东农业独立发源地，生产小麦、大麦、牛、绵羊、山羊、猪；公元前7000年—公元前1500年的中美洲农业独立发源地，生产玉米、蚕豆、苋菜、南瓜；公元前5000年的中国北部农业可能的独立发源地，生产黍、大麦、小麦、稻、大豆、高粱、大麻、桑树、猪、鸡；公元前3500年的安第斯山脉农业可能的独立发源地，生产玉米、羊驼、蚕豆、美洲驼、马铃薯。以及起源日期不详的尼日尔、东南亚可能的农业发源地，成为人类农业起源的几个主要地点，这一时期衡量社会发展的主要指标就是食物的品种和产量。这几个地点也正是人类文明的发源地。在农业生产中，人的因素至关重要，体能成为农业生产的主要形式，人成为社会生活的中心，形成了以人为本的重要思想基础。

进入工业社会中，人类为了能够更大可能地获取自然资源，充分地利用机器、机械手段延长人类的肢体、拓展人类的体能、发挥人类的智能。在采取了大量的有机体附加手段后，使人类的能力大大提高，此阶段社会发展的衡量指标是人类对自然能源的利用率，人类在此阶段创造出大量的科学技术，实现了前所未有的对自然资源的充分利用，是财富的积累和增长的快速发展期，带动了社会的快速发展，引发了世界性的城市化浪潮，"因而世界各地的城市都在以极快的速度向前发展，到1930年时城市人口已达41500万，占人类总人口的五分之一。这是人类历史上一个巨大的社会变化，因为在城市居住意味着一种全新的生活方式。"①与此同时，在技术手段不断占据主导地位的情况下，人被技术体系、城市化所异化，人的地位受到了前所未有的忽视。

---

① ［美］斯塔夫里阿诺斯：《全球通史》（下），495页，北京，北京大学出版社，2005。

　　到了信息社会，人类更加凸现了对人类的智能的开发，使之能成为社会发展的主导力量，此刻的社会发展衡量指标则是人类文明信息的更新速度、整合速度和实践程度。人类的劳作时间并未在机器人、计算机的帮助下而减少，1900 年时美国人每周平均工作 60 小时，1935 年才减少到 40 小时，与澳大利亚土著和南非卡拉哈里沙漠的"功人"每周 15～20 小时的采集食物工作相比相去甚远。①人类的工作方式发生了翻天覆地的变化，这种方式彻底改变了人类自站立起来后的姿态，又使人重新失去了站立的能力，这使有机体遭受了极大的伤害，为此日本人"创造"了一个新疾病的词汇："过劳死"。人对社会发展的作用依然处于智能控制之下，人被信息异化的状态还是没有改变。在这一阶段，人类的生存、健康问题，人的价值问题逐步引起人类的关注，人的地位逐步上升。

　　在未来社会中，人类适宜的生存空间成为人类共同关注的重要议题，如何科学地满足人类的欲望，实现人类社会的可持续发展，有效地避免人类有机体的退化，增进人类的体质，保障社会和谐发展成为衡量未来社会的重要指标，人的社会地位成为主流文化所研究的内容，人的社会地位提升成为人类追求的终极目标。所谓"终极"也是一个阶段性的目标，世上没有终极可言，在一代或几代人看来的终极，在人类和社会前进的步伐中逐步成为一个个阶段标志后，终极目标始终遥遥无期，正如人们曾期待的按需分配时代里的目标，如今已经部分地成为人们实实在在的生活方式。然而对于人的问题，确实是人类社会发展的终极目标，无论是何种文化、何种社会状态人的发展是其根本，因此我们认定这将是人类追求的终极目标。

---

　　① ［美］斯塔夫里阿诺斯：《全球通史》（下），785 页，北京，北京大学出版社，2005。

通过上述分析，可以发现人在社会发展过程中的地位随着社会发展的进程而有所不同，总体而言，人类社会对人的尊重是永恒的，对人的尊重程度在原始、农业社会表现尤为突出，对人的忽视主要出现在工业和信息社会阶段。从历史文化学的角度看，人能够创造文化，文化又能够帮助人维持和拥有相应的社会地位。

经过几千年的发展，文化已经成为社会的基本组成部分。只有通过文化每个人才知道做什么和怎么做，任何威胁文化价值的东西都变得像威胁基本生存物质——比如食物和水一样严重，因此人们极不愿意忍受任何对传统文化的重大更改。历史上，文化总是对变化进行强烈的反抗。即使在今天，当科技的更新需要社会文化产生相应的变化时，这种抵抗也同样存在。不过科技变革基本上还是被接收和受欢迎的，因为它们一般都提高了生活水平；然而文化变更则引起了恐慌和抵抗，因为它威胁到了传统的、人们已经习惯的价值和实践。①

体育文化是关乎人的最全面、最深刻的文化，体育活动是人性的最客观实在的体现形式。在人类发展历程中体育无时无刻地辅佐着人类，研究着人类，它是人类社会文化中最直接促进和作用于人这一有机体健康的文化实践领域，表现出特有的文化价值。上述各个历史时期的发展都是围绕人类基本生存的物质或精神基础而产生的社会主要活动内容，在这些基础条件得到满足后，人们首选的就是需要健康，这也是人类社会发展和进步的目

---

① ［美］斯塔夫里阿诺斯：《全球通史》（下），784 页，北京，北京大学出版社，2005。

标。体育的本质功能和潜在功能都是围绕着促进人的身、心、群、德之健康为目标的，因此，在世界各个民族中，民族体育文化的地位理应是崇高的。

> 同样的物理世界，在特殊的文化规划和符号系统中，可以获得不同的意义。人正是通过符号来解释和改造世界的。一方面，这种方式展现某些前景，暴露了一些特定的趋势，因为人不再是同一个自然的世界打交道，而是通过决策不断地把自然的世界转变成文化。另一方面，这些趋势和前景必定对人的思维方式和行为方式产生影响。文化的世界是一个评价的世界——即使人认为必须与一个纯粹客观的、给定的"自然"发生关系——而人的存在，包括他的中枢神经系统和日常事务行为，则沿着这些评价的方向发展。文化，甚至人本身，正是在使用符号的改造活动（人所采用的政策）和展现出来的前景（周围现实中的趋势，无论是有意义的还是无意义的）的相互作用中，获得其存在的功能方式的。①

民族体育文化具备较强的塑造人与社会处于和谐态的能力，虽然这种关系处于不断地变化之中，然而，体育始终帮助人将自身处于社会和文化的核心地位，因为人是社会、文化，乃至世界发展的根本，只有健康的人类才能够拥有控制地球的资格。体育文化价值是有效确保人的地位，确保人类发展空间的有效手段，它始终是人类文化系统的内核元素。

---

① ［荷］C．A．冯·皮尔森：《文化战略》，257页，北京，中国社会科学出版社，1992。

"文化价值是优化、提升人的生命存在的价值，是促进人'更是人'的价值。"①价值是文化的内核，是文化的支柱。每一种文化都有其自身独特的价值认识和价值取向，价值不仅是文化功能的表现，更是文化发展的导向。总体来说，人类文化价值经验中对人性认识是一致的，对人生的价值指导取向也是一致的。按照张军的观点，人的文化价值体现在社会价值体系之中，人类社会价值系统的演化可以分为四个阶段，②与人类社会进程基本吻合，毕竟价值是文化、社会实践总结和归纳后的思想升华，从这四个阶段可以分析出民族体育的目的价值趋向与社会发展相一致，与文化价值相同步。

第一阶段，以自然价值为中心的价值系统。这是社会价值系统演化的最初阶段，其基本特征是以满足人的生存需要的物质价值为核心内容，过分强调价值主体对价值客体的依赖性。与此相对应，民族体育则表现出强烈的社会适应和极大的创造动力，由于人与自然直接的、广泛的接触，价值客体提供了极其丰富的素材，人类为了生存必须适应环境，充分地利用价值客体提供的素材创造出更好适应环境的手段和方法，因此该阶段的民族体育文化中反映自然价值的民族体育生活、生产、地域、军事、祭神、敬神等附属地位的属性被奠定，人从自然价值中充分地认识到人与自然的从属关系，逐步建立"天人合一"、"认识你自己"③等民族体育价值思想，并强烈地影响着后世的民族体育发展模式。

第二阶段，以宗教、道德价值为中心的价值系统。这种价值结构是建立在神权、僧侣、政教合一、契约关系、小农经济、宗

---

① 孙美堂：《文化价值论》，84页，昆明，云南人民出版社，2005。
② 张军：《价值与存在》，171页，北京，中国社会科学出版社，2004。
③ 雅典城外的阿波罗神庙墙上醒目地铭刻着古希腊哲人的一句名言："人啊！认识你自己！"也有人认为，这句话出自梭伦（Solon）之口。

法血缘关系的基础之上，表现为：重精神、轻肉欲、重人伦、崇官权、贬个体、灭人欲等，强调社会整体利益而忽视个体价值，虽然强调了人在社会价值系统中的主体作用，却将宗教、道德价值畸形放大，视为价值存在的唯一形式。民族体育在这样的环境下，只有充当工具，表现出高度的组织依赖性，受到神、政的制约，体育仅仅是统治集团的摆设或欢愉的途径。从罗马的角斗士到中国的侠士，无疑不是社会运行中的工具，其附属地位比较突出。当然在这一阶段人们也自觉地提升着民族体育的地位，西方的骑士教育、中国的武举制度都是自我自觉发展的一种结果。

第三阶段，以经济价值为中心的价值系统。这种价值系统建立在工业社会和商品经济的基础上，使人真正成为社会性的个体。这种价值系统把经济价值作为衡量一切事物价值的最终标准，人的思想和行为获得了前所未有的空前繁荣和发展。"发展"、"强盛"成为经济价值中心的霸权话语，GDP 或 GNP，综合国力竞争成为世界性的发展动力和使命，体育文化所提供的竞争机制被广泛地推崇，竞技体育也理所当然地扶摇直上，成为强势的体育文化。但是，经济价值的绝对中心地位，也规定了价值系统中的其他价值形式，出现了经济运行原则在某种程度上自觉或不自觉地取代了社会生活、精神生活的运行准则，泛化为人类社会生活各领域普遍的行为准则。导致价值困惑，缺乏同一性，行为容易失范。异化的商业体育就是在这个阶段产生和发展起来的，这在一定程度上使商业体育忽略了人性，人成为商品，体育是商业运作中的工具，商业体育的负效应直接引发体育领域的大量的层出不穷的违背体育精神的社会问题。

第四阶段，以人为价值中心的价值系统。这是人类社会价值系统演化过程的革命，体现了人类社会价值系统从以物的发展为中心到以人的发展为中心的价值实践方式的转变。人类社会在发展过程中，人类经历了工业技术、科学技术高速惊人地发展，然而人本身的文明程度并未同步提升，生存竞争、弱肉强食、强权充公理等反文化、反人道的现象困扰着人类社会，自然的人化使人类的生存面临困境，历史强烈要求建立一种重视人、尊重人、以人为本的社会价值体系，人类社会的全部活动必须把人置于价值的中心和参与的中心，为人的全面发展提供社会秩序与规则的保证，实现人的自然化。①民族体育是一种尚未完全"人化"的体育文化形态，保留着相当丰富的"自然"元素，是人类实现自身自然化的必经之途。体育文化是人性价值实践的领域，是人性回归复原的中介，是人性锤炼的载体。在未来社会以人为价值中心的文化价值氛围中，体育文化将成为最为活跃的文化现象。

民族体育文化价值是决定体育社会地位的根本，是跨文化融合的灵魂。

第一节 中华民族体育在东方文化中的地位

在中华民族尚处于相对封闭的环境中的历史时期，中华民族体育始终在中华民族文化中占据重要的社会地位，我们可以从民族体育与其他社会文化相辅相成，甚至相濡以沫的现象中得到很好的证实，如中华武术，分明是儒释道、中医、兵学、伦理、宗法等等文化高度融合的结晶。虽然中华民族体育存在着许多称谓、结构、形式等方面与西方民族体育的不同，然而，它毕竟是肢体活动的一种主要形式，属于体育文化的一种形态。中华民族体育在人们的生活方式中占据着非常重要的地位，尤其是在众多族群、民族聚集地区，体育是民众生活方式的重要组成部分。中

---

① 陈长礼，杨忠伟：《体育的目的价值分析》，载《体育学刊》，2006（5），22页。

原地区的民族体育活动虽然没有十分突出的表现，然而在其基质中民族体育活动同样十分丰富，无论是城镇还是乡村，无论是宫廷还是民间民族体育同样是民众的主要生活内容。

随着时代的变迁，进入现代社会以来，中华民族文化的地位受到了极大的冲击，这种冲击来自于国际大环境，也来自于本土的自身小系统，中华民族体育自然不会幸免，它经历了文化模仿、文化失忆、文化反弹等过程。

一、中华民族体育的文化模仿

民族传统体育是中华民族的优秀传统文化的重要组成部分，一直作为华夏民族的生活范式，牵系着民族的情感，体味着民族的风俗、伦理，构筑着农业文明社会的多彩生活。但随着鸦片战争的爆发，随着西方科学和民主的强势入侵，在打破"千年未有之变局"之后，民族传统体育和民族传统文化一样，开始走入一个极端苦痛的文化发展图景中。一个世纪以来的民族传统体育的发展，一直未能摆脱强势的西方体育的示范性和主导性的牵引，走进了一个文化模仿的时代。因此，使我们的民族传统体育发展渐渐地失去了在大体育中文化个性的存在，失去了原本处于民族文化主导地位的文化存在。[①]

进入近现代，人们看到中华民族的民族体育文化从器物、制

---

① 王岗：《民族传统体育发展中的问题：文化模仿》，载《体育科学》，2006（7），71页。

度、意识层面都在全方位地模仿西方竞技体育文化，可以说是一个全盘西化的历史时期。中国的奥运争光战略就是一个典型的体育文化西化案例，中国学校体育就是一个西方教育模式的东方翻版，中国的社会体育就是一个西方生活模式的载体。中国的体育管理机构层级虽有中国特色，然难以掩饰西方的契约化科层管理模式印迹，制度体系则围绕竞技体育而设立。中国的体育文化弥漫着强烈竞争色彩，在宗法文化背景下凸显着所谓的公平竞争精神和意识。在这样一种氛围之中，中华民族体育难以独善其身，出现了西化的种种迹象，突出的表现为民族运动会内容本土化，形式西方化。

出现文化模仿是有其历史原因的，民族体育在中国的社会地位，严格地说，总体上并不高，民族体育始终没有引起国人的真正高度认可，历史上专门从事民族体育的人群多为生活在社会底层的下九流，进入社会上层的内容较少，被推崇为优雅文化的内容更少。中国漫长的历史中，文人雅士多追求"琴棋书画"的综合技能和人生境界，却很少刻意追求达到"文武双全"的人格目标。因此，中华民族体育大多处于自由发展的状态。粗略地划分，民族体育在中国大体上可以分为中原地域的城镇民族体育和民族地区的乡村民族体育两大类，从民族体育的生存空间上看民族体育主要流传于民族地区，在民族地区中各个民族的民族性格和生活方式决定着民族体育广泛的生存可能，使其成为民族生活中不可或缺的内容。而中原地区在主流华夏文化的巨大涡旋力作用下，中原地区的城镇民族体育大多被同化为文质彬彬的形式，降格到在社会生活中可有可无的地步。幸亏每过一个阶段便有周边的民族为中原文化注入新的活力，使民族体育有一个复兴的机会，才避免了民族体育在中原的淡出。

当然，民族体育在现实生活中是大量存在的，这一点不可否认。但人们很难从正式的记载中看到丰富的民族体育文化，原因主要是由于历朝历代武将打江山，文人则统治天下。文人对类属"武"的文化现象重视程度不够，甚至存在严重的蔑视倾向，对民族体育没有很好地弘扬，因此在正史历书等文献典籍中很少提及民族体育，这在一定程度上制约着民族体育的社会地位提升。不过民族体育文化不是简单的非物质文化，它某种程度上是物质文化，因为肢体活动本身依托的有机体是物质构成的，它所承载的文化就应该归属于物质文化。同时，民族体育还包含着众多的器材、场地、服装、设备、建筑等实实在在的物质文化。正是由于具有物质文化的特征，民族体育文化不会由于文字记载的程度而受到制约和影响，它客观地存在于现实之中，更多地被人们记录在有机体的"肌肉"之中，记录在每一种肢体活动内容和形式之中。在对文化识别过程中，人们往往忽略这一点。对于文化现象的社会地位，更应从民众实际生活方式中的份额、频度来判断。

在现代社会中，由于国人对民族文化的认识处于相对浅薄、浮躁且自卑状态中，民族文化的继承和传播受到一定制约，发展速度大为降低，因此在面临高速发展的全球文化时，我们不仅对异质文化进行广泛地模仿，也要对本土传统文化进行模仿，中华民族文化是未曾断裂的文化，现今更不能发生断裂。这个阶段是学习的阶段，是文化积累的阶段，从表面看似乎此刻的中华民族体育的确处于一个地位低下的层面，不过我们认为当中华民族经过了一定的文化积累后，必定能够超越，推动民族体育社会地位的提高。

与此形成鲜明对比的是以中华民族为主体的东方文化，得到了日本、韩国，及东南亚各国的高度重视，民族体育不仅仅是一种生活方式，更是民族精神的内核，如武士道精神。在东方文化圈内，日本也曾经经历过漫长的模仿，他们全方位地模仿中国，甚至连城市的规划也模仿中国，但他们的模仿对象不仅局限于中华民族文化，还模仿西方的民族文化，当其"脱亚入欧"时，也出现过中华民族文化的地位下降，不过最终他们依然恪守着中华民族文化，包括中华民族体育文化的重要价值，仅把西方文化作为工具，用来促进经济、科技的发展。因此，至今日本广泛开展的体育活动内容依然以中华民族体育为主体，试看：太极拳、空手道、柔道、剑道、相扑哪一项不是印刻着中华民族体育的烙印？日本的模式可以代表东南亚地区中华民族文化影响力现状，从这一东方文化典型案例上来说，中华民族体育在东方文化中的地位很高，与国内形成较大的反差。

二、中华民族体育的文化失忆

现实中中国人对民族文化的忽视，引发了文化失忆，是一个非常值得注意的问题。

保罗·安德鲁设计了国家大剧院，赫尔佐格、德梅隆设计了"鸟巢"——国家体育馆，库哈斯设计了央视新大楼，世界顶级的建筑大师给中国人一次又一次强烈的视觉冲击。如今楼不厌其高，不厌其奇，不厌其异。一切都以现代化为追求目标，一切皆为全球化象征。

身着国际知名品牌的运动服装，在现代化的运动场馆跑步、打球。学校的体育课上，学生们兴高采烈地进行着各种竞技活动。各类运动会中备受观众喜爱的比赛项目，大都是以充满悬念的更高、更快、更强的项目。如果不看肤色、相貌，人们一时难以判断是否身处异国他乡。

体育运动是先于经济全球化而成为人类沟通的主要文化手段之一，因为人类对生命健康、生活价值的追求是共同的，不同地域的人们使用相同或各异的方式和方法进行身体活动，殊途同归，虽然活动方式会有不同，但是都离不开"通约性"的肢体运动，因此时至今日体育的全球化趋势更加的全面、深刻。人类的记忆总是跟随潮流，喜欢时尚。社会、文化现象的存在是以结构和功能为依据的，无论何种建筑、体育活动其功能的统一性，必然影响着结构的趋同性。然而，构成全球化的文化基础结构和源泉是各民族文化的有机融合。

民族体育文化是一种文化记忆载体。文化在发展过程中受到自然地理因素制约，人们生存环境导致文化产生相对化趋势，使文化出现自身疆域。有学者这样认为，传统文化是一个民族的共同记忆。此言甚为精辟。我们可以从中国人价值取向中体悟到传统文化对国人的深刻影响，通过人际关系可以感受到中国传统宗法制文化巨大的惯性。如果说这些东西都很缥缈，那么，我们可以从建筑上清晰地看到中国建筑的中庸、平和，从中国的民族体育项目中可以看到中华民族内外兼修的品格。

记忆是人类，乃至生物界的基本属性之一。人类的记忆是高于其他生物的一种智能，这种智能在不断积累过程中创造了文化，推进了文明。文化的发展离不开人类传统文化记忆，因为文化的发展需要传承。我们有理由认为，民族传统体育是体育文化的记忆载体。民族传统体育是传统文化在特殊环境中塑造出来的文化，传统文化给民族传统体育留下了极其深刻的记忆，这些记忆的共同作用使中华民族传统体育不同于其他民族体育，成为人类历史上独树一帜的文化景观，构成特色鲜明的东方体育文化形态。

体育文化形态是在具体历史演进中抽象出来的一般历史过程，在具体表现方法上，总是还原为一定的民族文化形态。任何时代的体育，总是以一定的民族文化形态具体地存在于不同的民族地区之中，呈现出各具特色的发展道路和存在方式。因此，周爱光认为世界上各个国家、民族所创造出的千姿百态的民族传统体育文化都带有较强的民族传统和特色。不体现民族精神的体育文化，没有民族传统特色的体育文化，是没有生命力的，是无根基的。内涵民族传统和特色记忆编码体系能使人们确认某一民族文化，正如武术是中华民族的文化记忆编码一样，篮球是美国、足球为巴西、柔道是日本的记忆载体等等，通过这些记忆编码体系可以使人们深入地掌握民族文化的本质，逐渐达到民族的、民族精神的认同。

现代化建筑充斥中国大地，使中国特色城市景观失色，使中国传统建筑艺术失忆，那么全民皆习西方竞技体育，则是中华民族传统体育的文化失忆。

对民族传统文化的记忆不仅是对一个民族历史的认识，更是一个民族、个体对自身身份确认的象征形式。可是，十分遗憾的是现今有部分人不仅失去了民族文化记忆，更主要的是失去了民族的身份。由于体育现象较少外延色彩，因此人们不易意识到民族传统体育在人们生活方式中的淡出、远离会对国家和民族产生什么样的危害。从而导致人们失去了对民族传统体育的文化记忆，使中国体育处于一种民族传统体育的文化失忆状态。如果说对失忆有些言过其实，那么至少对民族传统体育的文化记忆在逐渐被淡忘，仅存的记忆只局限在少数民族聚集区和边远地区。

目前体育界业内人士，有一些格外遵循"国际惯例"、力求体育"全球化"的人群。在这些人群的努力下，民族传统体育的部分内容已经部分或全部失去了其原本的特质，披挂着与现代体育接轨后的民族传统体育的躯壳，奋力地寻找着自己的时空定位。这种已经失去记忆和身份的文化，在全球化的文化中难觅立足之地。"武术现代化的异化"问题就是一个典型的案例，戴国斌认为武术现代化的异化是指在现代化语境中，现代武术消退了它原本民族的特质，使武术的现代发展异化，西方体育价值的"反客为主"和"价值偷换"，在西方体育的外显、客观、高效等价值取向面前变得不知所措、迷失自我。究其原因主要有以下几个方面。

第一，奥林匹克体育文化大规模传入。

随着近代中国门户的开放，西方文化不断大规模地来到中国，落户华夏大地。张海林在《近代中外文化交流史》中介绍，19世纪以前，1287年奉伊尔汗（波斯王）之命出使欧洲的畏兀尔（维吾尔）景教徒巴琐马；1707年随耶稣会士艾约瑟去罗马教廷的樊守义；1782年左右被外船救起因而遍历"海中诸国"的谢清高等三个中国人由于偶尔的机会到过欧洲，且留下可信的纪录。这一切开创了近代中西文化大规模的交流，同时我们也可以看出，这种交流更多是西方文化的传入。在这种背景下西方民族体育也随之涌入，首先是在教会学校、军队中普遍开展的普通体操和兵式体操，并逐渐拓展至社会其他层面，同时西方体育的内容也不断丰富，体育领域在这个时期的交流基本上是一种单向传播，并保持该趋势势头不减。1900年国家奥委会的数量仅有8个，1950年增加到80个，2000年猛增到199个，可见奥林匹克传播的速度之快和幅度之广。这种倾向大有蔓延之势，已经基本形成了一种"奥林匹克文化帝国"的格局。

第二，中华民族传统体育隐性竞技。

在强势文化的大背景下，竞争、竞技成为当代社会的主流语境，中华民族传统体育在国内普及和走向世界似乎步履越加维艰，原因之一就是世人普遍认为中华民族传统体育缺乏体育的特质，即缺乏竞技成分。

其实，中华民族传统体育中的体育项目，本身具备着竞技，蕴含着竞争，只不过是与现代西方的竞技和竞争形式不同而已。为什么要统一形式，文化本身就是千变万化的，这样才能异彩纷呈。竞争是人类的本能，任何民族的体育项目都有其自身特点的竞争成分，东方的体育是隐形的、含蓄的竞争，东方人的竞争是与自然、与生命的有序的较量，绝非一朝一夕之能事。西方的体育则表现为赤裸的竞技，是在主客两分条件下对人体机能的无序挑战，大多会立竿见影，它们有各自的优点和不足。熊斗寅先生认为："试问离开了竞技，所谓体育的真义又在哪里呢？"中华民族传统体育能够流传至今，本身具备的特殊竞技决定了它的生存价值、生存能量和生存形态。熊斗寅先生接着说："何况在我们广大人民的体育生活中还保留了大量的民族体育形式，参加人数绝不亚于现代西方体育形式，有谁能否认那些已经走向世界的中国功夫、太极拳等等不是体育呢？"不能充分了解事物的历史，不能深刻认识事物的本质，看不到希望，就认为没有记忆的必要，就可以轻易地淡忘、遗忘本土民族文化，是十分不利于将人类共同的财富继承和发展的思维方式。同时，对问题的研究一定要有一定的立场，绝不能将一切衡量标准定位于强势文化基础上。

第三，国人的崇洋媚外心态。

民族传统体育的文化失忆现状的另一个原因是国人普遍存在崇洋媚外的心态。当然，中华民族文化从来就不排斥外来文化，中华民族发展史，就是一部民族文化交融史，中华民族本身拥有强大的文化能量，能够对外来文化进行"涵化"。在一定程度上，文化的流动有其自主性，非人力可以控制。特别是在现代信息社会，信息的流通速度之快，范围之广，打破了文化疆域封闭。异质文化间的接触、碰撞会增加本土文化的韧度和张力。不过，国人在强大的物质等感性文化冲击和包围下，轻易地受到了这些感性文化的影响，看到的是这些内容的新异，感到这些内容的便利，体会到这些内容的舒适，从而产生极强的亲和关系。对于西方竞技体育，人们看到了它给人们带来的强烈的感官刺激，激发着人们对利益的追逐，诱导着人们个性的张扬。或许是由于人们对新异刺激的感受存在低"阈值"特性，大凡新异的东西都会很快吸引人们的眼球。或许是人们需要一种新异的内容调节习以为常的、平凡的体育生活，人们愿意接受新异的文化。

　　民族文化中渗透着强烈的民族智慧、民族情感和民族精神，文化自主性不会被一时的强势文化所永久征服。"还没有哪一种文化能够充分证明它的'普世性'，文化的'有限性'决定了文化在空间中的有序分布是理所当然的事情。任何一种文化都适应着它特殊的历史、地理等环境，'文化边疆'也就成了客观存在。与主张弱肉强食的'进化论'相悖，文化并无强弱大小之分，所有文化都有其存在的价值，它们共同构成了这个世界充满生机的文化版图。"①在媚外之余，我们决不能认为本土文化的优秀内容多，就可以满不在乎地"丢"，可以轻易地淡忘。一味地媚外，将会是邯郸学步的结局。

　　第四，民族文化的自卑。

　　导致民族传统体育的文化失忆现状的第四个原因是中国人缺乏文化自信。在物质文化强烈的冲击下，人们更多地看到物化的文化，这些物化的文化可以直接地给人们带来种种便利，使人们的生活向着发展和享受的阶段迈进，不断提高着人们的生活质量。而这些具有优势的物化的文化更多来自于西方文化。相比之下，国人的民族文化自卑心态油然而生。

　　就体育领域而言，西方的竞技体育已经渗透到人们生活的方方面面，这种体育文化形态具备入门容易、娱乐性强、层次分明、群体参与、体系完整等特点。而国产的民族传统体育项目掌握起来难度大，不到一定程度和境界难以领悟其中的愉悦，这些项目更以个体形式出现，不宜群体习练和对抗，较少直接的竞争刺激。就战争、搏击的技术性总结的项目武术、散打与拳击、跆拳道相比，国人习练人数呈现极大的反差，其中一个基本原因就是武术和散打的技术含量过高，掌握和提高的周期过长，文化底

---

　　① 祝勇：《文化主权与文化自信》，载《书屋》，2004（11），67页。

蕴深奥，不易被人认识和理解，在生活工作节奏快捷的城市人群中，已经没有了这份闲暇悠闲的心情享受之。中小学生的学习负担也不允许他们持之以恒地尚武、习武。这种高技术含量、高鉴赏能力的项目导致人们普遍望而生畏，出现民族传统体育的自卑。

产生自卑的症结主要在于国人的现代文化价值观体系不完整，缺少了支配人们行为的民族文化价值取向，人们的行为容易出现迷茫，无法分辨事物，对文化的认同产生偏颇。也许这是一个在全球化时代人们必然经历的过程。随着人们对文化交流结构的认识程度不断加深，鉴别能力的提高，这种局面可能会有所改善。但是，我们现在必须树立民族文化的自信，充分发掘和发展民族文化的优势成分，提高、充实与异质文化交流的"交换品"的品味和质量。同时，牢牢记住民族身份，将使中华民族发展几千年的本土民族文化为全人类服务。南怀瑾先生就将儒家思想形象地比喻为国人的"粮食店"，如果我们将自己已经习惯的"饮食结构"加以改变，关闭"粮食店"，将会产生制约自身发展的强大阻碍。这个"粮食店"在文化交流过程中备受西方文化青睐，大有"墙外开花墙内香"之势，比如太极拳盛行于海外，日本的太极拳运动水平已经明显高于国内就是一例。此刻国人反观武术发展现状，无不痛心疾首。这充分说明，国人对同质同构的文化依然存在着强烈的依恋情结，这是大力发展中华民族传统体育的精神动力。

上述各种制约因素归结为一点，正如乔纳森·弗里德曼在《文化认同与全球化过程》一书中认为的一个文明周期的结束，在此过程中，异化趋势强烈地影响着民族文化，产生强烈的异质文化替代或部分替代原有文化的过程，从而产生一个新的文明周期转型。新的文明周期是一个融合多元文化基础上的文明周期，应该清醒地认识到，中华民族优秀的文化成分，是文化全球化过程中治疗社会失序、人性失序强有力的人本主义核心力量之一，中华民族传统体育是新文明周期中的对人身、心协调发展和塑造的核心力量之一。①

在多重变量的影响下，中华民族体育文化的社会地位受到极大的威胁，地位不断地下降。不过我们认为，这仅仅是一个文化发展过程中的必然变化环节，绝不是变化的结果。

文化模仿、文化失忆都是文化融合过程中的必要环节，如果没有文化模仿，不会产生对异质文化的全面认识，没有对异质文化的全面认知，就不可能对异质文化的精华吸纳做出必要的选择，因此，文化模仿是一个很重要的过程。文化失忆则是对本土文化的扬弃的一种方式，或是一个过程，只有对本土文化敢于扬弃，才能做到创新，正所谓不破不立也。当然，文化失忆必须是短暂的，如果长期处于一种失忆状态，最终可能会导致彻底的失忆，那将是一种文化资源的巨大损失。我们从西方民族体育传入中国的百年历史来看，百年西方民族体育与千年的中华民族传统体育文化之间存在着巨大的积累时间差，中华民族体育绝不会如此地脆弱地让位于仅仅在华夏大地上繁衍百年历史的西方体育文化。

社会达尔文主义中值得借鉴的成分是，社会事物的存在也有其必然的条件和社会需求，只要是能够适应于社会的条件和需求，民族体育的生存空间一定会不断扩大。这告诫人们应当将民族体育进行必要的改造，比如：建设能够适合于城市开展的民族体育活动的适宜场所；社区积极组织富有民族文化色彩的民间体育活动；政府组织各种民族体育文化活动；体育领域进行必要的民族传统体育内容的现代化改造；媒体广泛地进行民族体育文化

---

① 陈青：《民族传统体育的文化失忆》，载《中国人民大学复印报刊资料——体育》，2006（10），39页。

传播；学校开展具有民族体育文化性质的体育课程；重视乡村节庆中民族体育活动；民族地区加强借助宗教、习俗等力量广泛进行民族体育的力度，使其适应现代社会的条件和需求，改革是民族体育文化发展的必由之路，文化融合是必经之路。

从人类发展的历程中，人们发现，体育文化从开始阶段的迫不得已的肢体活动，到借助外在变量的发掘潜能，再到自觉自愿地借体育手段完善自身，是一个人类社会发展的趋势，更是体育文化发展的规律。这种规律决定着起源阶段的体育的生产、军事、技能、民族属性，体育在工业化、后工业化阶段的竞技、竞争、现代属性，直至最终的娱乐、休闲、艺术属性。每一个阶段都是不可逾越的，如果缺少其中一个环节的发展过程，民族体育将会缺乏必要的特质积累，使其发展缺失了必要的结构，丧失了全面的动力。

对文化现象的社会地位分析绝不能从一个静态的现状中下定论，必须从文化现象发展历程中总结其发展规律，认识其发展趋势。如果沿着这样的思路看待中华民族体育，通过本研究第二章民族体育历时性研究资料中，可以清晰地看出漫长的文明史，博大的文化圈锻造了中华民族体育顽强的生命力，使中华民族体育在经历反复的文化冲击后依然保持着本色不改，尤其在现代及其广泛、强烈的强势体育文化的冲击中，中华民族体育并未消亡，它依然广泛地生存于中华大地，并在全球范围内更加广泛地传播着。因此，中华民族体育的社会地位不是降低了，而是在不断地提高，日渐成为人们生活中的重要组成部分。

三、中华民族体育的文化反弹

最主要的是我们应该看到，在经历了一个阶段的文化沉寂后，其后必须是一个文化的反弹。文化反弹是某种文化受到异质文化强烈影响之后，本土文化潜在元素被激活，文化放弃了自卑倾向，重新认识自己，甚至出现过高地、激昂地认识自身文化的能力倾向，通过自我评价，客观地对比交流双方的文化，产生文化自信的一个过程。文化反弹也是文化交融过程中必然经历的一个过程，这个过程对互动双方来讲，文化反弹主要体现在弱势文化一方，因为一定时段受到强势文化的制约、压制，本土文化没有了话语权，丧失了一切可以自我发展的空间，被聚合的能量终于会像火山一般在一定的时刻喷发。体育文化反弹的表现形式可以是弱势文化借助强势的西方竞技体育来展示本土民族精神，试看中国在奥林匹克运动会上的金牌总数、奖牌总数上升的曲线，以及整体的竞技运动水平。如果一个国家未曾辉煌，也就无所谓强烈的反弹意识。恰恰中华民族拥有辉煌的过去，具备强大的融合能力，以及善于涵化异质文化的文化结构和意识，文化反弹出现的几率较高。这种形式的文化反弹对民族文化来说是一种提高民族士气，文化沉寂营造谦和学习氛围的必要形式，但它仅是一种表层文化融合的形式。主要的文化反弹是本土民族文化的弘扬和发展，是构建在广泛学习、借鉴基础上的，极大发挥本土民族文化优势的民族文化发展过程。民族体育近年来被广泛地重视，民族、民间体育活动的不断繁荣，民族体育文化节日的广泛建立，都能够在一定程度上说明民族体育文化反弹的迹象越来越明显。就其中最具代表性的武术而言，国际武术组织的广布各大洲，参与人群日众。国际武术节已成功举办三届，其中两届在少林寺，第三届在武当山，规模逐渐庞大，认同的人群越来越多。频繁的国际龙舟赛事展示着中华民族文化，使龙文化走向了全球。潍坊的风筝节每年都会吸引来自世界各地的爱好者，小小的风筝使向往悠闲人生，但又不离谱的文化理念广受重视。法国成立了世界闻名的中国摔跤专门组织，使欧洲百姓可以体验和鉴赏中国人的机智和能力。可谓中华民族体育文化反弹是全方位的，是具备强劲动力的。文化反弹的程度如何，要建立在深厚的文化底蕴基础之上，而中华民族体育文化借助中华民族文化的博大和精深，具备了较为雄厚的文化底蕴，其反弹是有一定实力的。浅薄的反弹仅仅是一种情感的宣泄，绝不会产生深入涵化，不会理性地将各种文化优势有机地融合，使之转化为符合时代发展，社会需要的文化。

互动另一方的强势文化也会存在文化反弹，这样的反弹是一种不断强化自身文化的过程，因为强势文化在与其他各种互动文化接触中，汲取了大量的有益的文化特质，增强了它本身的文化能量，因此产生进一步强化的表现。这一点可以从西方竞技体育近百年的发展历史中得到证明，它是在不断强化、不断拓展的层面上快速发展着，其中职业化使竞技体育技术水平再上一层楼，影响范围更加广泛。同时，强势文化的反弹也存在负向反弹，强势文化在广泛传播过程中，受到异质文化的抵制后，通过自我反思而出现的修正倾向。比如，奥林匹克在经历了巨大辉煌之后，自身也暴露出许多不易克服的顽疾，可以认为是该系统内部的有序程度在降低，出现了较高的熵值。罗格因此提出奥林匹克保持"欧版"的"瘦身"等计划，欲调整高速运行的奥林匹克自身的结构体系，使之轻装上阵，保持快速发展的势头。再如，在以经济价值中心体系下，过度的商业价值使竞技体育蒙受了巨大的耻辱，最使世人厌恶的违禁药物促使着人们开始选择了"去竞技"体育，向往、从事着"绿色"体育。因此，这种文化反弹将会产生有利于人类文化融合、共享的有效对接点，引发互动动力，产生广泛融合。

如何发展中华民族体育，不断提高民族体育文化的地位，是一个非常重要的课题，是关乎民族文化存亡的大事，对此社会各界应充分深思、认真对待。我们认为实现中华民族体育的文化反弹，就要运用新的发展思路，螃蟹的横向行走方式可以为我们提供一点思维方式上的启发。人类在发展过程中，习惯了的思维方式决定着人们的行为，而在现实生活中，有些方式和方法屡屡受到阻碍，当人们采取另一种方式或方法时，往往意外地获得成功，可谓殊途同归。人类的绝大多数的发明、创造、创新都是建立在横向的、立体的等发散性的思维和行为相结合基础上的产物。横向的融合，这实际上是一种跨学科、跨文化的融合方式，也只有这样的融合才能实现真正意义上的文化融合。融合本身包括纵向、横向，以及立体的多种融合方向，多向的融合是较高层次的文化融合。任何事物的发展仅沿着原有的方向纵向直行，看来是秉承了传统，却易于滞后于发展了的社会现实。通过多向融合使文化产生新的活力，推出适合社会发展现实的文化，引导文化发展方向。中西方民族体育文化必须经过广泛的融合，相互地借鉴，弥补各自的缺憾，发挥各自优势，为丰富人类文化服务。韩国的跆拳道、日本的柔道就是一种横向融合的方式进入奥运会，有效地推动了东方民族向全球发展。而西方体育在接纳东方民族体育文化特质方面还存在着很大的差距，他们尚未全面、深刻地认识到东方民族体育对人性关怀的价值和功能，同时他们还在极力地推行着"奥林匹克文化帝国"的策略，有意地视而不见或回避东方民族体育的价值。在这样的环境中，东方民族体育文化的社会地位必须依赖自身的实力，采取主动、积极容纳先进文化特质的态度和方式对民族体育进行必要的加工、修正、创新，建立起更加广泛的社会影响。

决定人的社会地位存在诸多因素，一个人在社会中的地位受到家庭出身、受教育程度、从事的职业、拥有的权力、享有的经济实力、人的责任感，以及所处的社会环境等方面的制约。如果将民族体育比作一个个体，它同样受到这些因素的影响，而且它还会受到政治制度、文化传统、国家政策、宗教形态、经济状况、社会发展、生活方式、民众意识、风俗习惯等方面的左右。

中华民族体育中流传至今的项目内容都是享受了上述的诸因素保护后而传播下来的，如果其中有一个或几个因素产生制约，它的传播和继承就会受到影响。比如曾经风行一时的蹴鞠的消声灭迹就是由于缺失了社会因素支持而衰败的，最主要的是自身没有能够很好地向武术一样，充分借鉴、融合中华民族传统文化，并以传统文化理论作为自己的理论基础，因而头重脚轻，缺失根基，终于成为过眼烟云。民族体育是社会文化的一个组成部分，它与社会关系十分密切，一旦失去了社会因素的支持，民族体育就成为孤家寡人。智慧的中华民族，人们将民族体育有机地与社会、文化、宗教、经济、民风、习俗紧密相结合，彼此形成了牢固的结构网络，因此大量的民族体育被保留传承下来，成为社会生活的重要构件。

中华民族体育的文化反弹，需要一定的国际环境，这种环境已经存在，首先我们可以发现儒家思想在东南亚的广泛认同，形成了巨大的儒学文化圈，形成了较强的文化实力。其次是全球性的对中华民族文化的普遍认可，尤其是西方文化非常器重中国没有"争吵文化"，只有"一致文化"，中华民族的伦理道德广泛地得到了世人的认同。在这种大背景下，通过体育符号可以引发彼此互动双方生活方式的改变，中华民族体育全球范围内大行其道，备受关注，已经达到了墙外开花墙内香的氛围，这是十分有利于中华民族体育的国内地位提升或反弹。

在这个跨文化移植的过程中我们会发现一种有趣的模式：被一方当作糟粕丢弃的东西却被另一方当作珍珠捡了起来。反之亦然，中国宗教和文化的某些方面在西方也是如此——从禅宗、佛教、道教的突出地位到对《易经》的崇拜——而在中国，这些东西被认为与封建迷信相关，随同儒教一起被五四时期至今某些"进步"

的中国知识分子扔进了历史的垃圾堆……①

文化反弹需要内外因素的综合作用，东方民族体育文化已经受到了世人的重视，自己就不能轻视、漠视、忽视之，当然更要正视现存的问题。

四、不容忽视的客观现实

我们分析了民族体育文化在以人为价值中心的社会中，其地位必将是至高无上的种种理论必然之后，还必须清醒地看到目前国内民族体育不尽如人意的生存现实，通过对客观实在的典型案例分析和研究，方能提出有效提高民族体育社会地位切实可行的方略。

就被国人极力推崇的、建立在全面学习西方竞技体育文化基础上的竞技武术而言，现在面临着十分尴尬的局面，大有城市中的孤岛之嫌。

2006 年足球世界杯开战前夕，整个地球都在为世界杯而喧嚣。各种媒体铺天盖地的足球信息，使人们目不暇接、耳不暇闻，仿佛世界上只有一种体育运动，足球世界杯成为全球人类的共同节日。与此同时，在美丽的休闲之都——杭州举办了每年一度的全国女子武术套路锦标赛，与往年的各种级别的竞技武术比赛情况相似，观者寥寥。寥寥无几的观者中均为直接利益群体，或许有极个别的铁杆爱好者。与世界杯相比，落差巨大，在这喧闹的休闲之都中竟无人问津孤独的竞技武术，实在令武术工作者心寒。孤独的竞技武术与其他国粹一样，无人问津，被人遗忘，面对国粹的这般境遇，国人难道不心寒吗？

---

① ［德］卜松山：《与中国作跨文化对话》，131 页，北京，中华书局，2000。

其实，国人十分关心武术的发展，特别是业内人士，有一大批为中华武术的发展献计献策的研究者，他们从不同侧面对武术的发展提出过许多有益的建议，然而这些建议或许是缺乏系统性、时代性和可操作性，极少被作为武术发展的方略和方案而得到落实，似乎学术界与体育界是鸡犬声相闻，然老死不相往来。国家体育总局武术管理中心也想法设法地不断探索、改进武术的竞赛模式，投入人力、物力进行竞技武术的规则修改，使竞技武术向着体育化不断挺进，现今竞技武术评判中的量化指标已经达到七成，可比性大大提高。探索和改进成功与否可另当别论，这种意识是积极的，精神是可嘉的。

然而，竞技武术的发展却始终不尽如人意，专业运动队面对统一的难度动作、面对不断出现的运动损伤、面对不断扩大的长拳化趋势、面对日益科技化的训练手段、面对逐渐失去武术特征的技巧化倍感困惑，教练员没有了创新的动力，失去了与社会的联系，成为孤独的群体，他们只是在体工队围墙中制造标准件。标准化的专业训练使武术套路技术体系日趋狭小，运动员所能表现的武术技术屈指可数，孤独！博大精深的中华武术在围墙中失去了广泛的社会根基、文化根基，没有了必要的与传统武术的融合，逐渐显现出明显的资源匮乏、动力不足，武术能提供给社会成员的竞赛、娱乐、健身的品种越来越少，自身的文化含量越来越低，社会的认可程度越来越差，孤独！体育竞赛不仅是运动队较量竞技的场所，更是体育文化现象接受社会检阅的舞台。想当年，人们可以从全国武术比赛中看出不同省份专业运动队武术套路的演练风格，如山东行云流水般的剑术，云南走转圆活的八卦，陕西规范细腻的拳术，北京飘逸刚劲的刀术，广东强健威猛的南拳，宁夏气贯长虹的九节鞭……观众可以从运动员的技术演练中看出他们的师承关系和地域文化底蕴，通过一场比赛，观众能够领略祖国博大、各异的文化景观，享受着文化相对性的艺术魅力。今天，我们却难以分清竞赛中运动员的身份，没有了迥然不同风格的竞技武术已经步入工业社会批量生产式的、统一标准之技术风格的生产层面。如果我是一名观众，我只需看一个运动员的表演，或看一场比赛就可以知晓竞技武术，所以如今的武术比赛没有了"观者如云"的辉煌，在喧嚣的城市中，武术比赛只能默默地在一个"孤岛"上孤独地悄然进行。

如今，竞技武术裁判员管理可谓是国际上最为严谨的管理模式。所有裁判人员到达赛区后，立即上交手机，住所电话被禁用，人员不得相互串通，人员出入完全是集体行动，这种全封闭的管理是为杜绝人为评分项目易出现感情分、关系分的无奈之举，在特定时期极好地发挥了促使竞技武术公平竞赛的作用。但是，我们应该清醒地看到，这种管理模式是否能够杜绝人情分的干扰。可以这样认为，只有在量化指标不健全竞赛项目中才会出现这种管理模式。试问，田径项目的裁判员有必要使用这种管理模式吗？因为这类项目是物理属性的竞赛项目，一切的评判是在客观的物理尺度公平衡量下公正地产生，不易出现人为因素影响比赛成绩的公正和准确。竞技武术也正是看到了这一点，从而进行了大胆的改革，使套路比赛的量化指标达到七成。但是，问题出现了，中华武术原本属于另一个文化体系，是东方的哲学体育，不属于西方的物理体育。因此，使用了量化的指标之后的竞技武术失去了较多的原生文化特质，使人看不到国粹的精华所在，因此观众敬而远之。在 2008 年北京举行奥运会期间，邯郸学步的竞技武术沦落为沃尔玛超市门口卖中华烟的小烟摊境地。

在一个文化生命周期中，此起彼伏的分化启动着一个又一个新生文化形态。文化分化受到了文化积累的影响，文化积累的历史长久，会产生相对稳定的文化形态，不易于产生新的分化。而缺少文化积累的文化则表现出易于分化的倾向，因为这种文化很少文化积累中所形成的惯性和各种清规戒律，比较容易地在新异文化刺激下，产生文化分化。中国体育文化能绵延不绝，体育文化积累起了很大作用。体育文化积累是体育文化在世世代代的连续性上不断容纳和增添新因素的过程，中华武术就是历经漫长传承而积累起来的东方人体艺术。未加审慎研究、实验而提出的强制式的、行政指令式的分化，必然遭到社会成员的不容，遭受巨大的文化损失。当然，体育文化积累对于体育文化的发展有利有弊，中国、希腊、埃及等国体育文化在古代曾经盛极一时，到近代被欧美体育文化所超越，除了征服等原因外，体育文化积累的僵化是重要原因。日本体育文化的积累不如中国深厚，因此接受外来体育文化相对容易，它在古代接受中国体育文化，近代吸收欧洲体育文化，现代吸取美国体育文化，获得外来体育文化的精华的杂交，同时清除了旧的体育文化积累的桎梏，使日本体育文化始终处在向前发展的态势中。美国成为当今世界职业体育典范和竞技体育强国，也与该国历史短暂，体育文化积累不深有关。所以，体育文化积累是一把双刃剑，没有深厚的体育文化积累就会缺失体育文化传统，而体育文化积累太深则不易于接受新的体育文化。对于具有深厚体育文化积累的民族来说，主要在于建立一个既保留传统体育文化精华又对一切外来的优秀体育文化来者不拒的、善于杂交，即建立一种文化涵化的良性运行机制。所谓文化涵化，英文为 acculturation，原意为"使文化移动"、"使文化适应"。文化涵化是指两种或两种以上的不同文化在接触过程中，相互采借、接受对方有益的、优秀的文化特质，从而使文化相似性不断增加的过程与结果。人类学家林顿曾经认为，现今世界90%以上的文化特质都是在文化接触过程中因文化采借而产生的文化涵化中出现的。活力十足的体育文化通过增添、代换、混合、创新、抗拒等方式达到涵化的目的，在涵化过程中，西方的奥林匹克对中国体育文化的涵化作用是面对点的涵化，在大面积的全球体育文化的影响下，点的体育文化受到极大的改变，从中华民族传统体育项目的改革可以清楚地反映这一趋势，竞技武术表现得尤为突出。中华武术需要更多的同质同构文化的交流，即点对点的涵化，但这种涵化影响力相对较小，散打与泰拳之间的交融，涵化速度就比较慢。点对面的涵化进行的是最为艰难的文化接触，如将中华武术推向奥运，就是一种点对面的涵化过程，由于点的文化能量，以及文化体系差异等因素，最终达到对面的涵化需要长期的过程。总体讲，体育文化的涵化是以先进的体育文化替代落后的体育文化，保持着体育文化的先进程度。

西方体育大多追求社会、经济效益，或者说是一种票房价值，营造一种社会的喧嚣，有了这样一种社会氛围，发展才能够成为可能。竞技武术应该借鉴、采纳这种运作模式，提高原本就具备的丰富、深厚的艺术性，将精深的武术特色文化通过各种竞技、娱乐、健身等包装形式呈现于社会，服务于社会，赢得社会的认可，完成社会互动，主动地争取社会地位，融入社会关系之中，摆脱孤独的境地。竞技武术更需要不断完善艺术性、竞技性和文化性，因为艺术性是体育的灵魂，竞技性是体育的动力，文化性是体育的根本，三者之间需要有机地结合，结合的完善，就会出现持续地繁荣发展。当今世界上大行其道的体育运动，多为艺术、竞技、文化的完美结合的产物，如篮球、足球等项目，有谁会说篮球、足球不是艺术，又有谁会认为篮球、足球缺乏竞技，还能有谁否认篮球和足球的西方文化属性。而中国的竞技武术仅表现出一定的艺术性，却匮乏着竞技性，更为缺失的是中华民族的文化性。[①]

同时，除了典型的个案，我们更要看到中国的社会体育还存在较多问题，例如社会体育有限的体育人口中只有中老年人广泛地运用民族体育进行体育生活这一问题，可以说民族体育在城市

---

① 陈青：《喧嚣与孤独》，载《武术科学》，2006（7），1页。

中只有这一点点的生存空间了。如何将民族体育的适合、受益人群放大，这将是民族体育亟待解决的思维、技术、传播等方面的大问题。我们认为在这方面应该从思维方式上进行革新，放弃越是古朴的越有价值，传统的东西不能改变的思维方式，要明确未必只有民族的才是世界的，因为民族的文化如果已经没有时代感，与社会发展相悖离，与世界文化相左，将难以被世界所认同。必须坚持不断融合创新的思维方式。在技术层面上，有针对性地融合和改造民族体育的内容，使之适合不同年龄阶段的身心特征。民族体育还应该迎合现代人的审美观，将古朴的形式加以时代化的改造，如进行城市化改造，迎合城市人的口味，避免"土气"十足。在传播方式上，广泛借助社会力量，充分发挥现有的 5.3 万个各类体育社团，13.7 万个体育指导站，3854 个城市社区体育组织，31 个全国性的体育行业协会作用，[①]广泛借助现代化的媒介弘扬民族文化。大力发展学校体育的传播载体作用，在学校体育课程中将民族体育内容、形式多元化，教育方式强制化，考核评价等级化，促进国人对民族体育文化的掌握。通过这些手段将会有利于民族体育文化地位的巩固和不断提升。

五、以休闲为提升中华民族体育地位的突破口

中华民族体育原本具备着丰厚的休闲性，这种属性十分有利于今后的民族体育发展，因为社会将产生以人为本的社会价值倾向和趋势，为民族体育的弘扬提供了巨大的空间。中国人的整体生活总体讲仍然是以缓慢的节奏为主导。缓慢的生活节奏与动的体育生活相矛盾，静的生活方式适应缓慢的生活节奏，都市快捷的生活节奏更需要静的生活加以调整，达到"劳逸结合"。中国

① 谭华：《体育史》，423 页，北京，高等教育出版社，2005。

人自古以来就格外地追求生活的安逸与沉稳，田园理想是每个中国人的夙愿，"因过竹院逢僧话，又得浮生半日闲。"即使发生重大事件，也会像"淝水之战"晋人大捷时，谢安继续沉浸博弈不动情于色的沉稳（《世说·雅量》）。田园理想，构成了中国文明的重要特征。[①]这种特征深刻地影响世世代代的中国人，使其生活理想发生特化，不管生活节奏是否与之相一致。其实，中国社会以农业为主的生产方式只能导致生活方式的缓慢，引发人的悠闲的生活志趣。随着生产方式向工业、信息化方向的转移，社会进程的加速，都市生活的节奏在加快，在这种情况下，人们更加渴望能有恬静的生活予以调节，以缓解工作、生活带来的压力。都市中居民将体育生活中静的因素吸收、采纳，而动的成分则被扬弃。[②]如果将中华民族体育各类活动内容进行分类分析，能够归入休闲类的数目庞大，因为中华民族传统体育中大多追求一个"养"字，此"养"乃养生、修身。"中华民族的传统身体活动，实际上多是休闲的，追求均衡而平安的生活。"[③]

胡小明经过分析即使遇到诸如经济危机等不可预料的因素，从快速发展的中国社会现状，以及人们生活方式的现代转变后，他还是比较乐观地认为：

> 中国人自古以来孜孜不倦，欲求不得的悠闲生活的理想，在 21 世纪渴望变成现实。2003 年，我国人均GDP 达到了 1000 美元，总体进入了小康社会。21 世纪初期的 20 年中，中国经济的年平均增长速度如果能保

---

① 林语堂：《中国人》，12 页、127 页，上海，学林出版社，1994。
② 陈青：《非体育人口初论》，载《体育文史》，2001（1），14 页。
③ 胡小明、虞重干：《体育休闲娱乐理论与实践》，28 页，北京，高等教育出版社，2004。

持在 6.5% 至 7.5% 之间，人口总量如能控制在 14 亿以内，即使考虑东南亚国家在发展中存在的货币相对升值因素，人均 GDP 依然可以达到 4200 美元，届时，我们就完全可以实现比较富裕的小康社会的宏伟目标，坦然迎接即将到来的休闲时代。[①]

休闲时代的三个标志为：有闲、有钱、有心情，在这三个标志中，我们认为经济是基础，"有钱"是一个决定休闲时代的前提，胡小明上述的分析充分说明了我国持续增长的良好经济状况，这是中国实现休闲体育全面实现的大前提。在此基础上，对于日益富裕的、平等的闲暇时间则是一个常数。在我国每人每周平均的闲暇时间为 30 个小时，我国已有 114 天的假期，意味着人们一年中有 1/3 的时间是在休闲中度过。对于这个常数，不同人群可以赋予不同的值，即闲暇的时间如何利用则由不同个体的个人需求所决定，当然需要社会的价值引导。有心情是一个文化层面上的因素，它是具有保障性质的变量，如何对待闲暇，度过休闲的确因人而异，文化品味的高低决定着"有心情"的持久程度，决定着休闲性质，休闲文化的建立更多地依靠"有心情"人们的创造。休闲是人之生命的一种状况，是一种人的社会化、人性化的过程，是一个人完成个人和社会发展任务的主要存在空间，休闲不仅是寻求快乐，更主要是追求生命的意义。中华民族体育众多项目并非所有的内容都可以充当休闲工具，或休闲玩具，但绝大多数的内容可以用来进行休闲。这些内容存在着不同的形态，各种形态目的、任务不同，它们共同构成休闲文化。如竞技类的民族体育主要的目标是挖潜，参与的人群有一定局限，

---

① 胡小明，虞重干：《体育休闲娱乐理论与实践》，13 页，北京，高等教育出版社，2004。

它主要为休闲提供竞技层面的鉴赏内容。娱乐类的民族体育可以吸纳广大的民众参与，成为人们生活方式的组成部分，为休闲提供操作实践的平台，促进人们构建科学、合理、卫生的生活方式。艺术类的民族体育则引导休闲文化中体育活动的品味提升，诱发民族体育的深层次发展，创建持久的休闲体育内容和优雅的文化品格，以及营造休闲文化的"动"、"静"相宜的境界。

六、以生活方式实施中华民族体育全球推广

为了人类的健康，为了进一步提高中华民族体育文化社会地位，以中华武术为重点实施全球化推广。中华武术全球化推广有三条路可供选择：要么彻底改变中华武术技术体系，顺应西方竞技体育发展模式，但邯郸学步只能自我诋毁；要么保持中华武术传统风格，固守原本特征和生存形态，然故步自封只能是自我毁灭；要么进行必要的革新，以世人生活和情趣相吻的形式发展，吐故纳新才是自我实现，全球推广的最佳途径。

既然要吐故纳新，国人就要总结北京奥运会前中华武术单纯技术推广失利的经验和教训，借鉴优越物质生活化下西方竞技体育发展的成功战略，设计一套全新的北京奥运会后中华武术推广文化战略，这就是生活方式为基础，器物文化为支撑，精神文化为核心的中华武术全球化推广文化战略。

（一）悠闲的生活方式

悠闲是一种生活方式，意为"闲适自得的生活"。休闲是一种对余暇时间的利用状态，意为"休息"。悠闲与休闲是人们生活中不可分离的组成部分。

第二次现代化与第一次现代化相比，有些变化是新出现的，如网络化、智能化等；有些变化是对第一次现代化的继承和发展，如政治民主化、平权化等；有些变化是对第一次现代化的

"否定"，如工业比重下降、城市居民向郊区迁移、自然主义等。如果说，第一次现代化是对大自然掠夺和征服，追求的社会目标是加快经济增长。那么，第二次现代化则是对大自然的保护和顺应，其社会目标为提高人的生活质量。提高人的生活质量始终是人类社会的奋斗目标，第二次现代化更加注重以人为本的生活质量提高，因此一切与人有关的内容更加成为人类社会活动的主题。其中对悠闲生活方式的追求表现最为明显，这种悠闲的生活方式不仅表现在从城市走向郊区，最主要的是人的自然化，体育活动是古今中外人们追求人的自然化的重要载体和表现形式。对于人的自然化，东方文明自始至终都贯穿于悠闲的生活方式之中，以悠闲理念引导人的自然化理想，以悠闲生活塑造人的自然化行为方式，以悠闲体育活动强化人的自然化能力，悠闲构成了东方文明的一大特色，即使进入现代社会东方人对悠闲的追求并未动摇，人们的生活方式力求悠闲，悠闲的体育活动相伴而行，表现尤为突出的恰恰是发达的大都市和滞后的边远、少数民族聚居地这两极人群。这充分说明一个问题，就是这两个人群都在追求人的自然化，一个是历经人化的自然后返璞归真的人的自然化，一个是始终保持纯真质朴本质的人的自然化。

人类社会追求悠闲具有相近的意识和行为，这是中华武术推广的基础。我们将视野放大会发现古罗马人的悠闲欢娱的生活方式表现格外引人注目，他们十分追求悠闲欢娱，体育是他们生活中的重要内容，甚至体育活动渗透到洗浴过程中，洗浴是罗马人的最爱，"据公元前 33 年的统计资料记载，当时的公共浴池多达 170 个，两个世纪后，增加到 950 多个。"[①]像三人球等活动就是在浴池中进行的体育活动。古罗马人"后裔"的西方人至今

---

① [法]让—诺埃尔·罗伯特：《古罗马人的欢娱》，33 页，桂林，广西师范大学出版社，2005。

保留着向往悠闲的生活志趣，发明了许多休闲活动内容。现代社会状态下的悠闲已不同于农业社会时期的悠闲，世人享受着异常丰富的悠闲生活。现今可供人们享受悠闲的体育活动门类繁多，有一般户外活动的高尔夫、门球、木球、风筝、信鸽、飞盘、街舞；室内活动的壁球、保龄球、台球、飞镖、棋牌、体育舞蹈；极限与强力运动中的蹦极、攀岩、登山、野营、滑板、轮滑、强力运动；机械运动中的滑翔伞、热气球、摩托艇、漂流、卡丁车；冰雪运动中的滑雪、滑冰；民间体育活动中的舞龙、舞狮、龙舟、秋千、斗牛、跆拳道、剑道、瑜伽；悠闲化的竞技体育有3人篮球、室内5人足球、软式排球、软式网球等。这些内容都是历经长期筛选，具备了较强文化属性的内容，更多地表现出强烈的独立性，并不需要借助广泛的社会载体作为"宿体"，也不过分地"侵占"其他文化的"领地"，相对独立地接受着历史和世人对它的考验和梳理，逐步纳入到余暇文化之中，成为现代人悠闲生活方式中的重要支柱。

　　是否能够善度悠闲生活，需要有最基本的余暇时间保证。大约一万年前，当人类进入农耕时代，人类只有10%的时间用于休闲；当工匠和手工业者出现时，则有17%的时间用于休闲；到了蒸汽机时代，人类将休闲增加到23%；而到了20世纪90年代，人们能将生活中41%的时间用于追求娱乐休闲。[1]这是人类追求悠闲生活方式的直接结果。现代社会为人类提供的更加充裕的余暇时间，为改善人们生活方式奠定了基础。如何利用这些余暇时间，取决于人们对时间概念的认识，这种极大受制于地域环境的时间观直接影响着人们对悠闲生活方式的感知和行为。例如，在高速运行的美国，群体文化的时间观与主导文化的时间观

---

　　① 胡小明，虞重干：《体育休闲娱乐理论与实践》，9页，北京，高等教育出版社，2004。

大不相同。大多数美国土著印第安语言中甚至没有表示秒、分或小时的词。墨西哥裔美国人经常说到"拉美时间",他们的计时方式与主导文化不同。博古恩和塞恩(Burgoon and Saine)注意到:夏威夷的波利尼西亚文化采用"夏威夷时间"———种轻松的时间观,反映了土著夏威夷人不拘效益的自然生活方式。萨摩亚群岛中,有种叫"椰子时间"的时间观,这种观点认为不必去摘椰子,椰子到时候自然会掉下来。非裔美国人常常使用"BPT"(黑人时间)或"松弛时间"。①拥有这样自然时间观的人群,其生活方式多为悠闲式的。拥有悠闲的时间观,具备享受悠闲的意识,加上余暇时间保证,通过悠闲的生活行为,悠闲的生活方式自然建立。

中国人自古以来就格外追求安逸的生活,田园理想是每个中国人的夙愿,田园理想构成了中国文明的重要特征。这种特征深刻地影响着世世代代的中国人,使其生活理想发生特化,无论生活节奏是否与之一致。中国社会以农业为主的生产方式只能导致缓慢的生活方式,引发悠闲的生活志趣。随着生产方式向现代化转移,社会进程的加速,城市生活节奏的加快,人们更加渴望能有恬静的生活予以调节,以缓解工作、生活带来的压力。这一点从大都市居民追求夜生活现象中可以得到佐证。在中国悠闲生活方式中,民族体育扮演着重要角色,中华民族体育与中国人的生活方式达成了高度默契。如果将中华民族体育各类活动内容进行归类分析,能够纳入休闲类的项目数目庞大。中华民族的传统身体活动,实际上多为悠闲的,人们追求中和均衡、清静安逸的生活,以养为体的身体活动内容成为实现人生理想、生活目标的有效载体。因此,在这种情况之下中国诞生了温文尔雅的射礼、投

---

① [美]拉里·A.萨默瓦,理查德·E.波特:《跨文化传播》,226页,北京,中国人民大学出版社,2004。

壶、围棋、弹棋、太极等，出现了静态的体育，如养生、禅坐、气功、棋牌、武当武术等，这些内容与动态的体育活动对立协调，形成和谐体育的有机构成。即使在动态的、充满激烈对抗属性的内容中"和合"也总是形影不离，中国人虽佩剑，则以舞剑为趣而以击剑为羞；中国人虽用拳，则有拳术之习而无拳击之争。概括地讲，与白热化较量所熏染的西方竞技体育相比，东方民族体育中难觅激烈、残酷的竞争。"反者道之动"，当人们经历过一段时间现代化生活和竞技体育实践后，对悠闲的体育活动倍加青睐，近年来盛行的各种休闲健身俱乐部、去竞技化的体育活动不同程度地反映出人类的生活价值取向。在不同社会环境中，对人的规范教育，以及所形成的社会资本迥然不同。长期的养生修炼，可以蓄积有机体的健康资本。不断的"和合"体育习练可使人们更广泛地接触异质文化，有利于建立和谐的社会、文化规范体系，提高社会的文化资本。同时，柔和的民族体育所塑造的"温良"（林语堂）民族性格可避免文化交融中的偏激，为人类全面、健康、和谐的发展提供人文资源和社会资本。

以工业化为主要特征的现代化在带给人类便利的同时，也产生了异化，使人类的生存环境恶化、社会竞争激化、人类有机体弱化、人们道德精神淡化、人类疾病文明化……这一切严重影响着人类社会的有序发展，人类不应该在高压、紧张的，人化的自然环境中生活，物质财富的积累是为了人类悠然地享受健康的物质生活，自然地品味高雅的精神生活。

综上所述，可以看到社会发展的趋势，世界范围内多民族的悠闲时间观，东方典型的悠闲生活方式，以及工业化产生的异化，这一切都召唤着人类向东方文明学习，向东方生活方式过渡。

（二）人本的生活内容

中国曾经成功地向全球推广了茶文化，这是建立在改造人们生活方式基础上的文化推广，因此我们认为中华武术等民族体育的推广必须构建在人本生活方式上。在向全球推广过程中，可在各个国家和地区利用"唐人街"、华人社区、孔子学院、留学生社区、援外人员驻地、驻外商人圈等一切可以利用的空间，建立"中华武术民俗文化城"或"中华武术民俗文化坊"。在这个文化城、坊中，以经过适当改造的，符合当今社会物质、精神生活要求的，高度竞技艺术化的，人文伦理的中华武术为主，辅以东方式的生活内容，营造一种人的自然化的悠闲生活方式。其中武术文化包含着健身、防身、养生、保健、娱乐、休闲、艺术、竞技、修养、道德等多维并存的生活内容体系，并与生活方式高度融合。通过多层次组织结构，展现文化功能以求产生全方位的吸引力，感染和引导人们对东方生活方式的向往。我们可以设想，在文化城或坊中以太极拳为突破口，首先吸引中老年人体验养生生活，使他们成为中华武术的代言人；以中国式摔跤、散打、竞技武术等内容吸引青少年体验竞技，使他们成为中华武术的传播中介。通过传统武术引导人们品味东方竞技艺术，通过武术传习感悟中华武德和东方伦理。充分发挥动态肢体符号生动、形象的特点，有效地传播中华民族文化的哲学思想，如通过太极、形意、八卦等拳种传习生动简约的灌输相应的哲理。同时，配合中华武术的传习，辅以龙舟、风筝、秋千、茶艺、中餐、戏曲、垂钓、书画、棋琴、儒学和道家知识讲座等为生活必备内容，使人们全面体验东方悠闲生活，感知中华民族文化，逐步接受这种能够有效缓解紧迫感，陶冶情操，修身养性的生活方式。

因此，北京奥运会后中华武术全球化推广的文化战略必须构建在特色化生活方式基础上，以充实的器物生活为支柱，以深邃的东方哲理为精神核心；将中华武术有机融入其中，整体性地将东方人体文化推广到全球，以飨人类。①

第二节 民族体育在体育文化
全球化中的社会地位

民族体育在全球化过程中已经显示出强大的发展态势，形成了以西方竞技体育为主体的，以奥林匹克运动会为载体的奥林匹克文化帝国格局。

一、辉煌的西方民族体育

"橘生淮南则为橘，生于淮北则为枳。"任何一个民族文化土壤所培育的民族体育，都带着浓郁的地方特色，所有的民族体育都具备构筑现代体育主体的资格。人类文化的历史传承性不因地理位置而出现差异，即使在西方文化出现断裂，但是他们的文化基因却依然包含着丰富的民族文化特质。民族文化是民族体育生存与发展的基石，"一些民族传统体育活动直接从劳动中产生，并保持着本民族生活方式上的鲜明特色"，民族体育本身并无优劣之分，它的传播与其本质关系不大。在文化变迁过程中，何种文化能够成为全球性的、具有广泛影响力的文化，则主要取决于民族文化所依托的民族文化的生存方式，学界普遍认可的具有地理特征的大陆文化、海洋文化、江河文化、草原文化、沙漠文化、冰雪文化、雨林文化等文化生存方式本身具备着不同的文化运行方式，冯友兰就认为不同的文化生存方式具有不同的特征，诸如海洋文化具有海洋一般的澎湃、博大、包容、激昂、善

① 陈青：《武术推广策略研究》，载《体育文化导刊》，2009（8），151页。

动、好变、精商、创新等特征，因此基于海洋地理环境基础上的古希腊文化表现出强烈的互动性。西方文化经历变迁，始终秉承了这一文化传统，"欧洲学者均承认欧洲文化具有二希（古希伯来、古希腊）的文化传统"，①因此寄生于西方民族文化的西方民族体育跟随着西方的民族文化全球化扩张，逐步地影响到世界各地。文化互动性是建立在平等基础上的互动与融合，随着民族文化在世界的影响范围和强度的不同，民族文化表现出一定的强与弱分化，此刻的文化互动逐步演变成为一种单一的文化渗透，甚至是一种文化扩张、文化侵略。

> 世纪之交发达国家对落后国家的文化意义上的殖民运动，也已不再是鸦片战争式的火枪战舰。然而，制度文化和意识形态差异的对抗和冲突并没有因为冷战的结束而偃旗息鼓。在世纪之交新的历史语境下又凸显出新的发展趋势，凭借现代文化的强势，进行文化移植或文化侵略是现代殖民文化的典型表现。毫无疑问，民族文化与殖民文化的激烈碰撞和冲突，已成为世纪之交文化全球化中的新景观。②

让我们看一看现代西方体育的繁荣历程，就会发现现代西方科学技术对民族体育的强大推动作用。英国的户外运动将流传于西方各个民族的体育文化精华加以现代塑造，掀起了现代体育的浪潮，形成一定气候的西方体育通过海外殖民、对外文化交流和

---

① 付玉坤：《全球化视角下的西方体育文化发展》，载《北京体育大学学报》，2006（3），297页。

② 隋岩：《全球化语境中的跨文化交流》，载《国际关系学院学报》，2001（3），38页。

渗透，特别是通过奥林匹克运动会强大的影响力，每四年周期性地强化一次西方民族体育，在四年之中各地的民众执著地、自觉地习练着西方体育，力求在下一个赛会中取得世人瞩目的成就。截止 2004 年在第 28 届雅典奥运会，28 个大项，301 个小项，参加的运动员在万人以上，这一数据持续保持，如果奥委会主席罗格不加限制，估计这一数字会不断刷新，这充分说明奥运会这一国际赛事得到了世人的普遍重视和关注，成为全球文化实践中最引人注目的文化活动。世界各地区或国家的民族体育发展速度最快当属西方民族体育了，在短短百余年的发展历程中，它超越了任何一个民族体育文化的发展速度。这种发展速度主要应归功于西方科技的高度进步和发展，在科技作为经济发展的主动力的社会发展阶段，智能这一社会发展变量急速地凸现其价值，决定着社会的各种文化现象的发展程度和水平。因此以西方民族体育为主体的体育文化竞技化成为全球化的主体，构建了西方民族体育的当代辉煌。

通过竞技化使西方民族体育文化的特色更加突出，竞技化也是民族体育文化推广的战略之一。发端于美洲民族体育的篮球运动发展到 20 世纪 90 年代中期，已经成为全球注目的文化现象。每逢 NBA 赛季，就有 175 个国家和地区用 40 种语言同步播放比赛实况，进入 21 世纪，这种趋势越加强盛。西方民族体育中的一个比较显著的特征就是竞技，这种竞技形式被西方民族体育极力地推崇，成为其民族体育的典型特征，并伴随着全球化的传播向着高度竞技化方向发展。在竞技化战略中还有一项"战术"是不断地吸收、接纳各地区、国家的优秀竞技运动员，然后引起该地区人群的关注，就像中国的优秀篮球运动员姚明加盟 NBA 赛事后，极大地引起了中国人对 NBA 的热情。美国为了在中国推广棒球运动，在中国内地已经苦苦寻找姚明式的人物多年了。通过这种"将体育作为一种产品进行包装后在世界范围内行销，他们不是在传播体育的福音，而是通过体育这一'文本'在获取高额经济利益的同时，深深地影响着接受国国民及其文化，以至于人们眼中的篮球运动就是 NBA，使人们对体育的理解完全归结到对西方（特别是美国）体育文化的热衷之中。"[①]营销战略成全了篮球运动的全球化普及。现今中国的大、中学生们不仅喜爱篮球服装，更喜爱篮球运动，中国的成年人，特别是那些"君子"式的非体育人口，[②]将谈论 NBA 当作一种时尚，体育人口中的篮球人口数量不断增加。

我们还可以足球运动的辉煌历程为例，可以从中发现西方体育充分地借助城市优势，特别是大都市的优势来促进足球市场的拓展。足球人已经清楚地认识到，城市是现代足球的"温室"，离开了这个环境，现代足球将面临生存的危机。城市具备至少三大优势：一是文化的优势。在城市中集中着大量的具有较高文化素养的居民，他们对足球可能不是技术内行，但是他们却是足球文化的行家，这些文化人对足球的地位提高发挥着重大作用，比如足球的社会、文化功能的发掘就是依托于这些文化人的头脑，如果没有这些人的支持，可想而知，西方的足球也会出现中国的蹴鞠一样的困境。二是休闲的优势。在城市中有大量的有闲暇、有闲钱、还有闲情的人群，相对乡村来说，这些人群相对集中，很容易形成一定的群体，这就是球迷群体的社会基础。有了球迷的烘托，足球的市场才得以健全，足球的发展有了社会的效益，即西方体育产业格外看重的所谓票房价值。三是传播的优势。在城市中现代化的传播媒介十分集中和丰富，特别是当传体与受体之间的物理距离相对而言近乎零的时候，也就是当人们在现场观

---

① 邓星华：《文化多元化与现代体育发展的自主选择》，载《北京体育大学学报》，2005（3），259 页。

② 陈青：《非体育人口初论》，载《体育文史》，2001（1），14 页。

看足球比赛的感觉与通过电视、网络观看足球实况的感受是截然不同的。现场的信息传播速度、数量，以及情感的渲染远远高于远距离的传播。同时城市借助发达的现代媒介可以将即时信息及时地传播，极大地推广了体育文化的信息传播效率，新闻媒介对竞技体育本身大力报道更激起人们加倍的热情。据统计，第13、14届世界杯足球赛时的观众人次就分别达130.5亿、266.9亿，第15届世界杯仅八强赛时平均每场就达10亿观众。足球在世界的辉煌，除其本身的魅力外，传媒的作用自然功不可没。

从以上的几个实例中，我们可以归纳出支撑西方民族体育发展的三个支点：现代科技对体育的促进，体育运动的竞技化，充分借助城市的功能。这三个支点稳固地支撑着西方民族体育的强大和快速发展，可以号称三足鼎立。而发展中国家恰恰在这三个方面表现出与之难以抗衡的弱势，因此西方民族体育得以实现其全球化目标。

全球范围内对西方竞技运动的接纳程度与人们对现代生活方式的追求存在着必然联系。在现代生活方式中，人们可以享受便利的物质生活，品味高尚的精神生活，体验健康的生活。为人的各需要层级所驱动，当人们的生存问题较好地得到解决之后，精神的需求层次和品味便成为人们生活的主要追求目标。在这方面，体育文化是现代和未来休闲文化的主要内容之一，体育不仅可充实人们的物质生活，更能提供丰富的精神生活资源。特别是当以人为社会、文化价值中心时代的到来，围绕人的享受、发展就成了全社会，以及人们的关注重点，身、心、群、德的健康已经不是仅限于个体的问题，它成为社会，乃至人类发展的话题。生活方式也随着文化形态的变化而产生改变，体育的结构发生了变化，其功能、价值自然也会出现相应的改变。起初人们的生活中蕴含着生产、生活、技能性的体育活动内容，是为生活所迫，今天在人们生活中的竞技、娱乐、艺术化体育活动则是生活所

需，人们需要科学、合理、卫生的生活方式，现代体育活动进入
生活方式之中后，有效地促进了人们形成系统的健康生活观、健
康生活行为、健康生活效绩的体育生活方式。这种态势在全球性
的工业、后工业社会对人身心产生极大威胁后，不仅在发达国家
人们普遍实施，在发展中国家也得到了越来越多的认同，体育生
活方式已经成为人类的生活方式追求所在。

　　体育文化的全球化实质上是一个跨文化融合的过程，西方民
族体育在跟随西方民族文化向全球推进的过程中，它也有了绝好
的机会能够与世界各地各民族的体育文化进行有效地、直接地交
流，能够从中汲取丰富的养分，进一步积累起文化含量。所以，
西方民族体育文化的全球化辉煌趋势与全球人民的支持密不可
分，这是一个双向的文化互动，即使存在单项渗透、扩张、侵
略，各个民族文化不是完全的被动和虚弱无力的，每一种民族文
化都有自己强大的能量，一旦时机成熟，文化间的相互渗透不可
避免地产生，这也是文化互动本身机制的必然结果。就西方民族
体育文化与东方民族体育文化的融合个案来说，当西方民族体育
在向中国传播过程中，他们发现了许多其自身体育文化结构中缺
少的成分，如竞技体育讲求心理训练的过程中，他们接触到中国
的"悟性"习练原则，经过融合出现了"念动训练"方法。当
科技极大地推动着竞技体育前进的时刻，纷繁的科技数据如何地
综合运用，中国的"内外兼修"、"融会贯通"、"中庸和合"原
则为他们提供了很好的训练思路，因此出现了"综合训练法"。
在竞技体育极力地追求个体自我价值实现过程中，容易出现规则
难以制约的越轨行为，以中国伦理道德为基准的"武德"为缺
乏"体德"的竞技体育提供了软控制的成功范式，使西方体育
出现了"规则"、"体德"兼顾的软硬兼施型的控制模式。因此，
西方民族体育文化在全球化过程中极大地充实了自身的文化能
量，这是它能够辉煌的一个因素。

西方民族体育文化的辉煌为世界提供了一种生动的主、客两分哲学思想，然而主、客对立的哲学思想在体育文化中得到了极好的融合，体育文化本身是主体的自我对客体的自身的主动改造过程，主、客体在体育文化中存在着对立，但是更多的是融为一体，因为主体良好的意愿必须在客体上不断地施加影响和以求客体的适应能力、机能、潜能得以提高，使客体能够产生符合自然、社会等发展必需的具体要求标准，因此主、客体高度融合，而且这种融合的成分占据强势。但是其中的对立同样具备其合理存在的价值。

首先，对立有利于人们客观地分析体育文化，有效地避免体育文化研究、实践中的主、客体的目标和任务的混淆，如上述讲到的体育生活方式中就存在着体育生活观，这是一种无法被客体的体育生活行为替代的人们的主观认知，这种认知是一种前提、一种条件决定着客体行为的走向。在西方社会中，体育人口的数量较高，与人们对体育的价值、功能认识较为全面、深刻有着密切的关系，当主观认识到位后，具体行为体系才能在意志的引导下进行持续、稳定的活动，否则体育生活行为是一种无目的的肢体活动，不能构成生活方式的行为体系。通过体育活动这一客体实践实现了人的主体的价值，从中充分地尊重了人的人性。我们可以从西方体育的社会环境到运动实践的种种现象中印证这一论点，如古希腊的运动获胜者之个人雕塑，现今运动员在运动训练和组织体系中的自主权利，体育运动优胜者被社会尊重程度等客观指标充分反映出西方文化对体育人员主体的重视程度。人们必须看到这种重视是将主体与客体分离的情况下的尊重，如果个体离开了体育这一客体，他的社会地位将被重新认定。众多成绩斐然的优秀运动员在告别体坛后，他们将重新建立自己的生活秩序，融入社会环境之中，不可能依赖于以前在体坛上的辉煌而坐享其成。

其次，在现实生活中体育本身存在着主、客体的分离，就竞技体育运动来说，客体一般十分不情愿地进行单调、枯燥、艰辛的训练，即使他们对竞技的目的和意义认识深刻且理性化程度较高。但客体的惰性表现得还是十分突出，如果运动员没有了功利思想的驱使，很可能没有运动员有意地折磨自身。只有达到了一定的竞技水平时，有机体适应了活动状态，人们才会从竞技中体验着乐趣。通过客体行为的效绩反馈信息作用于主体后，才使主体对客体行为产生认可。在人类社会中，有许多这样的例子，对客体来说越是艰辛、苦涩、难忍、无意义，甚至有害的事物却总会引发人们上瘾，如烟瘾、酒瘾、赌瘾等。艰辛、枯燥，甚至是痛苦的竞技体育也同样如此，不论何种状态下的体育活动过程绝对没有一次是舒服、轻松的，而客体往往对这样的感受十分容易上瘾，习惯了体育活动的人群其客体产生极大的对运动的依赖，这是在有机体新陈代谢、运动系统惯性的驱动下产生的生理性要求，人们因此每天都必须进行体育活动，否则其主体则会产生不适的感觉，在此阶段主客体又一次达成融合和统一。因此，在体育活动中尊重客体的需要，绝不能一味地照顾主体感受，主、客两分现象非常普遍。推演而来的是人类社会文化中有许多现象并不以人的意志为转移，主体的理性与客体的非理性之间存在着必要的、客观的差异，在现实中它们两者是不宜调和或融合的，必要的两分意义重大。如果我们退一步假设，体育的起源是人类深思熟虑后的结果，那么体育活动一定是非常有序、成熟的人类活动，就不会出现技术的更新、组织的健全、规则的完善等人类主体的后续活动了。进一步分析，东方民族体育过分地追求主、客融合，在一定程度上必然会限制客体的非理性的强大动机发挥作用，使体育活动局限在主体的理性控制之中，例如徒弟不能超越师傅，严重地影响着东方民族体育的创新和发展。

当然，从另一个方面讲，西方民族体育伴随着西方强大的文化优势，在全球化中推动着单一文化的发展，这也是一种主、客相分的表现，即西方文化仅以自身的主体意识为基准，很少考虑受体方面的本土文化的接受能力和认同程度，在接受西方文化的客体文化当中，必然存在诸多的与西方文化不相和谐的特质，处于两分状态的文化是一种十分不利于发展的状态，它引起的主要后果可能会有两种：一是冲突的加剧，形成相互对抗的文化阵营；二是高压下的融合，形成一种暂时性的统一文化认同。例如西方民族体育文化进入发展中国家大体上经历了上述两种过程。当然还有其他许多可能，长期的渗透、深入的融合、最终的反弹等等形式。没有客体的需要，或缺乏客体的主动性，主体的意愿是难以达到理想程度的。因此，在全球范围内，人们可以看出，最终流行、固存于客体生活、文化中的主要文化形式依然是本土民族体育，来自传播主体方的体育义化仅仅局限于参与人群有限的竞技体育中，很难全面深入地成为客体的体育活动主体。

全球化的过程为人类提供了极好的交融机会，可以在比较广泛的领域中进行有效地互动，融合彼此的优势文化特质。西方竞技体育辉煌后的反思，迫使人们转换竞技体育的运作模式，影响着融合各个民族体育的精华，以主客体融合一致的人为本。

二、西方竞技体育的文化悖论

（一）体育文化的形态悖论

西方竞技体育在发展过程中，对体育文化形态发展产生偏移，将更多的精力和财力运作在竞技体育之上，使包含着竞技体育、社会体育、学校体育、社区体育、商业体育等诸多体育文化形态中只有竞技体育文化形态一花独秀，其他体育文化形态成为"绿叶"，承担着辅佐的任务。

造成这种结局的起因可以追溯到古希腊时代，然而现代西方体育文化形态的偏移之主要成因是源于英国的户外运动，英国户外运动自打开始就是以竞技和娱乐为发展方向，在欧洲各国还热衷于德国体操和瑞典体操的时期，英国开始盛行射箭、羽毛球、曲棍球、橄榄球、板球、地滚球、网球、水球、足球、高尔夫球、手球、划船、游泳、田径等运动，这些户外运动是作为社会体育的形态出现的，广大的民众在青年时期进行激烈的足球、橄榄球等项目的运动，步入中年后，可以选择网球、曲棍球等运动，待到老年阶段也有适合他们的运动，那就是高尔夫球、保龄球等内容，可以说英国的户外运动具备广泛的社会适应性，能够满足社会成员的各种需要，因此成为英国，以及英属殖民地的主要体育活动内容，这种运动还强烈地影响到英国的学校体育，使学校体育也被同化。当然，其中拉格比公学校长托马斯·阿诺德功勋卓著。随后英国的户外运动得到了欧美各国人士的青睐，随之模仿者渐增，并发展成世界范围内普遍流行的运动方式，成为近代体育手段的三大基石之一。也正由于这种格局的形成，为现代竞技体育的快速发展奠定了雄厚的基础，也为竞技体育文化成为强势文化形态奠定了基础。

而这种格局的成型，本身具有其合理性，在各种体育文化形态中，竞技体育是其他体育文化形态的源泉和动力。竞技体育是人类在追求生命价值过程中，不断验证自身极限，并不断超越极限的一种体育文化生存形式。在这种生存形式中，人类追求的是对自身的生理、心理极限的不断验证和超越，为了验证的公正和准确，竞技体育中使用了客观的评价标准，在公平、统一的竞赛中产生客观的差异，区分不同人、不同项目的极限差距。

人类从对自然界有效实施种种控制后，逐渐感受到对本身认识和控制的肤浅，为了验证自身的能力和价值，人们开始关注竞技体育，因为竞技体育是实现人类自我超越的最佳途径。因此，人们千方百计地通过竞技体育发现人类的极限所在，利用各种手段进行超越，以求证明其价值。随着自身极限的不断超越，竞争越来越激烈，为能在竞争中实现生命的价值，人们开始在竞技运动的各个能够考虑的环节上强化各种先进的科技手段，以帮助人们不断发掘潜能，实现超越。

竞技体育不仅是个体自我超越的重要渠道，也成为国家、民族、组织、集体表现其价值的重要领域，在举世瞩目的赛事上实现公认价值的认可，能够充分体现、强化这个国家、民族、组织、集体的意志和形象，激发民族的奋进激情，提供前进的动力。因为竞技体育奉献给人类社会强化、凸显了的竞争意识和竞争机制。它对人类社会进步产生积极深远的影响。这种意识和机制是社会进步最主要的内驱力之一。这种强化的意识和机制已被广泛地应用于社会的各个领域，成为全社会公认的意识形态和行为准则。特别是宗法制依然发挥作用的地区和国家，这种意识和机制开始对这些地区和国家产生强烈的震撼，激发着人们依靠能力、实力、活力推动社会的进步。竞技体育是体育文化的领头羊，强化竞技体育，扩大竞技体育的生存空间，才能产生对其他体育文化的生存提供能量和活力。

但是随着社会的发展，竞技体育文化形态本身已经步入较高的层面，它离普通民众的距离越来越远，与竞技体育文化的本质也越来越远。竞技体育文化本身原本是出于从人类生存竞争为出发点，正如斯宾塞（Herbert Spencer）所言："在训练儿童的时候，使他们不只在心智方面适合于面临斗争，也在身体方面经得起斗争中的过度损耗，就显得特别重要了。"[①]如今的社会早已进入智能社会，体能的强弱、竞争意识已经不是人类生存的根本决定因素，人类的综合素质才是人类生存和发展的根本。从某种程度上来说，竞技体育难以完成有效培养人们综合素质的任务，长

---

① 谭华：《体育史》，193 页，北京，高等教育出版社，2005。

期从事专业训练的运动员不能全面、系统地掌握最基础的文化知识，更不用说掌握日新月异的知识。在以智能为发展主体的时期，知识的缺失不仅是关系到个体认知能力，更主要的是关系到该个体的思维能力，以及其综合能力的深入发展。而畸形的、过度追求竞技技术的竞技体育与人类的生存竞争关系逐渐疏远，比如长期从事竞技体育的专业人员离开了竞技体育领域，他们连普通人能够从事的最基本工作都难以完成，他还如何生存？竞争意识是社会的发展重要动力之一，当进入智能社会阶段，竞争需要智慧，需要合理、科学地运用各种技能去竞争，需要擅长于综合各种素质能力去竞争，而绝不是凭借激情、豪情等粗犷式的竞争意识支配人们的竞争行为。当著名拳击手阿里用颤抖的双手在奥运会开幕式上点燃火炬之刻，就向世人宣布了竞技体育文化形态失衡的严重程度是人们认真反思的时刻了。现今的竞技体育运动技术决然不是普通百姓所能涉猎的，专业的身体素质、专业的运动技术、专业的活动设施，普通的百姓如何能够问津？举例为证，跑步是人类最为基础的运动形式，当跑步被特化为竞技体育之后，情况发生了巨大的变化，短、中、长距离的竞速，跑的技术日益苛刻、规范，提高跑速的外在变量越来越多，越来越复杂，跑步已经不是一般意义上的跑步了。自行车、汽车是人们生活中代步工具，可是当自行车、汽车成为竞技体育的项目之后，自行车、汽车就远非日常生活中的自行车、汽车了，变成为一种非实用性的器物。特化后的竞技体育已经成为具备形而上性质的文化形态，具有引领、指导其他体育文化形态发展的作用，如何地发挥好它的这一功能和作用，决定着体育文化形态的和谐、有序。一旦失去了均衡状态，出现失衡，必然导致竞技体育文化形态的孤立。

（二）体育文化的结构悖论

西方民族体育的结构在起初的阶段，就是以较为单一、简洁的肢体活动为主体，与东方民族体育相比，它显得相对简单。早在公元前6世纪，古希腊的阿尔菲斯山河的山崖上就刻有："如果你想健康，跑步吧！如果你想健美，跑步吧！如果你想聪明，跑步吧！"仅仅是跑步等几项单一的活动内容，在原生结构中注定了相对的单一趋向。如果我们以奥林匹克运动的项目内容为衡量标准，古代奥运会的会期只有一天，在最初的十三届奥运会中，竞技比赛只有短距离的赛跑1项，距离为一个"斯泰德"（Stade，约为192米），之后陆续增加了中长距离跑、五项竞技运动、角力、拳击、战车赛、混斗、赛马、武装赛跑，以及少年竞技项目。①现代奥运会有28个大项，301个小项。作为世界性的体育文化盛会，其项目增长幅度、内容覆盖范围难以令人满意，其发展的局限性已经表现出来。截至现代，西方民族体育的大部分内容还都是以田径类、球类为主，体操类、搏击类等类型属于附属类型，在竞技水平和能力方面西方人主要擅长于前两类项目，而其他项目的优势地位则被其他人种的人群所占领。如果西方体育文化不在全球化过程中广泛地吸收其他民族体育文化，其发展的道路可能会比较狭窄，最终将会因此而制约其发展。

结构是决定社会现象功能的基础，如果结构中出现缺陷，必然引发功能作用的偏移。有些时候某些结构看似健全，但由于它是建立在特定社会环境之中，结构的生成必然符合某种社会需要，其功能和作用处于这种社会环境下表现出和谐、健全、合理的范围之内。立场的不同，自然会出现结构的差异，如果将某种社会事物放在更为广泛的社会背景下，其结构便会表现出它的不足，西方体育文化就存在这样的问题。

---

① 全国体育学院教材委员会：《奥林匹克运动》，24页，北京，人民体育出版社，1993。

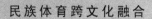

　　任何一对事物在表面上的平等可能总是隐藏着更深层次的不平等。竞技体育也不例外，竞赛双方人数的平等、身体条件的平等、遵守规则的平等替代不了规则本身的不平等，代替不了身体背后所隐藏的训练条件的不平等、营养的不平等、人种生理特点的不平等，甚至是经济环境的不平等、政治环境的不平等和文化环境的不平等……在国际奥委会的自我遴选机制下，112 名国际奥委会委员中欧洲拥有 51 位，占总数的 45.5％，在111 个国家和地区没有 1 名奥委会成员的情况下，意大利、瑞士各有 4 名，美国、西班牙、瑞典各有 3 名成员，这种结构的不合理决定了奥林匹克运动的决策机构中必然存在着严重的欧美中心主义。但在通常情况下，这种深层次的不平等总是被竞赛规则所粉饰的表面上的平等所掩盖，从而让人承认在这种"平等"条件下所产生的竞赛结果，这实际上是以表面的平等肯定了深层的不平等，反过来，这也是深层的不平等对表面平等的一种否定。所以，悖论就产生了，现代竞技体育所追求的公平竞争被实际的不公平竞争所代替，公平竞争精神被一开始就不公平的竞争所否定。①

　　在这个问题上，一是自然状态下事物生成过程的使然，二是文化的推行者的主观意愿的催化。我们认为更主要是在于文化推行者的强化作用，这种强化构成了文化形态的结构性差异，出现了文化上的强势与弱势之分，打破了文化平等的格局。

---

　　① 王宝珠，郑浩然：《现代竞技体育精神的文化悖论》，载《中国体育科技》，2005（1），13 页。

（三）体育文化的功能悖论

体育的功能原本是强身健体，娱乐身心，以及防病治病，随着体育的发展，它的功能出现了极大地拓展，特别是一些潜在的功能得到发挥。由于体育主客体之间的关系比较复杂，构成客体的一方，既有有机体这样的客体，还有与主体的人有关的一切物质、客观实在，以及社会关系的客体，因此体育功能和价值表现出高度的广泛性，体育文化功能有了被扩充的可能，使其承担着国家层面的功能，如政治、文化、教育、经济等功能，这本是无可厚非，然而当事物的附加功能超越了其结构框架范围之后，必然会出现结构与功能的脱节，出现鞭长莫及。就奥林匹克而言，由于其政治功能被无穷地放大，将举办奥运会演化成左右国际和平局面的重要手段之一，出发点善良，意愿更是美好，但是这毕竟超越了体育的结构体系，因此出现历届奥运会的不和谐音符，如各种抵制、暴力、恐怖等事件，体育却对此无能为力。在经济功能上，人们过分地看中洛杉矶奥运会的经济效益，却忽视了世间不同的国情和历史，雅典奥运会花费约80亿欧元，估计有60亿欧元需要在今后40年才能还清。因此给希腊人民带来长期的经济负担，而不是经济效益。雅典奥运会比赛期间，生活开支已经猛涨，雅典居民颇有怨言。[①]体育本身蕴涵的商机，但它毕竟不是商业机构，不具备商业结构，硬行从中榨取经济利润有些强体育所难。运用奥林匹克进行教育，似乎是一项较理想的中介，但是过分地依赖于体育载体的传播广泛性，却忽略了体育文化本身的特殊性和局限性，体育本身的教育含量是有限的，它就是一种动态的肢体符号，人们非要给它累加上过于沉重的、广泛的教育职责，使其勉为其难，表现出难以完成文化知识的传授，难以进行人的全面素质的培养，难以落实智能教育，这些任务不是体

---

① 熊斗寅：《从雅典展望北京》，载《体育与科学》，2004（5），9页。

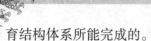

育结构体系所能完成的。

社会发展到今天，社会系统已经比较健全，各个社会子系统均具备了自身的结构，表现出特定的功能，而且这种结构逐步特化，形成专业化，其他子系统难以完成该结构的功能。诚然，社会前所未有地出现了跨系统的联动，出现了一体化倾向，这种联动是建立在以主系统为主，其他社会子系统为辅的前提下的协同过程，各子系统的功能发挥必须是在大系统范围内的综合效应，单一的子系统发挥着弥补、烘托的作用。因此，过分地强调子系统的结构外功能既不现实、不客观，还会影响到深入挖掘各子系统固有、本质功能和价值。

体育文化的灵魂是竞争，是竞技体育文化中最突出的特质，也是体育文化功能之一，它带给社会竞争意识和竞争机制，为社会带来生机和活力。但是，竞争，尤其是过度的竞争容易引发整个社会出现非和谐态的窘境。

于是，竞技体育就为人们构筑了这样一个平台。在这里，竞争是以一种"公平、规范"的模样粉墨上场的，场上的人们手中没有置人于死命的武器，有的只是让人产生快乐的器械和对各方都显得平等的规则；在这里，竞争不仅可以使人得到快乐，还可以消弭掉内心积存已久的攻击性本能，使人趋于平和，免于躁动。但是，客观现实告诉我们，这种平和是暂时的、相对的，当人的生命需要的广泛性与维护这种需要的利益的有限性之间发生强烈冲突的时候，或者说，这种冲突的强烈程度超越了一定的域限的时候，"公平、规范"的道德锅盖就难以压制人们欲望的大锅里沸腾的开水了，野蛮的、阴谋的，甚至是残忍的竞争就会活生生地出现在我们营造的虚幻的人间天堂里。兴奋剂的泛滥、假球、黑哨的出现、性别的偷梁换柱、年龄体重上的瞒天过海，这些现象都随着利益有限性的增强蜂拥而至，这让人不得不认识到竞争的残酷性，无论用精神的化妆品把它打扮的多么温柔，一旦条件具备，依然会呈现给世界一个狰狞的本来面目。[①]

竞争原本是维持自然界秩序的必要手段之一，如果将这种手段演变成为唯一，就将竞争推向了极端，使竞争的价值带有强烈的功利性、严酷的攻击性，难怪体育被戏称为没有硝烟的战场，失去了人性的中介，失去了文化的含义。在自然状态中，竞争是有序的，在人类社会中的竞争更应是被人化的竞争，这种竞争充满了人性，具备文化特征。在以人为价值中心的时代，竞争更是应该建立在人性基础上的竞争，而非自然化的竞争。

（四）体育文化的价值悖论

一定的价值相对显现出的有益于人规范和优化自身的生命存在的功能、意义或意向。[②]

其中有两个十分重要的关键词，即规范、优化。规范是普遍的对人的影响，优化是更高一个层面的对人的塑造。这两者共同作用于人本身，使人的生命存在向着人类的本质方向发展。体育文化通过物化的一些形式，如技术规范要求、规则、场地、器材、潜规矩、战术风格等作用于人。还通过形而上的内容影响人们，如体育道德、体育伦理、体育风俗、潜规则等制约人们的具

---

① 王宝珠，郑浩然：《现代竞技体育精神的文化悖论》，载《中国体育科技》，2005（1），13页。

② 孙美堂：《文化价值论》，82页，昆明，云南人民出版社，2005。

体行为。这些内容共同构成了体育的文化功能，发挥着文化规范、优化人的作用，使人们能够从具体的行为过程中，得到潜移默化的改造。实际上，体育文化是人类社会、文化规范的具体表现，是人类文化活动中最具有约束力的领域。

然而，随着体育文化的发展，体育文化中的某种形态出现了方向性的偏移，引发了体育文化的价值悖谬。这种悖谬是建立在竞技体育的极端发展上的，正如文化价值悖论的最根本的元素是由于人类所创造的种种文化特质背逆了为人类服务，供人类享受的初衷，反而制约和影响着人类自身，成为背其自然之道而逆其生存之理的东西。其诱发的因素包括文化自身的固有的价值矛盾、文化实施过程中的不合理思维方式以及文化运行中的干扰因素造成的矛盾等等。在体育文化中，这些表现十分的明显，竞技体育发端于西方民族体育，原本是人们生活方式中的一个重要组成部分，而今的竞技体育已经远离了人们的生活，高踞生活巅峰。由此其文化价值从原本朴素且高尚的"自由、尊严、正义"的境界，在功利环境的影响下，在所谓的公平舞台上不知不觉地沦落为不择手段的猎取"名誉、财富、地位"的工具。现代竞技体育运动发展的历程中种种不合理、矛盾的现象是层出不穷，有些现象已经构成了严重的社会越轨问题，如兴奋剂、球迷骚乱、运动员资格、黑哨、舞弊等。这些问题出现不是单纯的体育行为，也不是简单的体育社会现象，深层的问题是竞技体育文化价值的悖逆，在这些问题的影响下，人的自由、尊严荡然无存，运动员成为利益群体的工具。竞技体育的公平、公正、公开原则被打破，难以显示出应有的"正义"。体育文化固有的对人的正确地规范、优化作用被这些问题所干扰，产生运行轨道的偏移。

人类除了生物本性之外，还有一个文化本性，这是人的需要之后的一个重要的环节，需要是人产生动机的前提，是驱动人类社会文化活动的根本，而需要的产生又是基于本性或本能基础上的，因此，人的本性或本能是研究文化地位不可忽视的一个重要环节。对于文化本性，格伦称之为第二本性，人也正是在第二本性的主导作用下，人才能够实现人的自身本质，创造了人类独有的世界。不过在人的第二本性左右下，人类非常容易出现将文化作为人类经验中心，完全地依赖于文化的支配，忽略生物本性。而文化毕竟是人的一种智能和经验，可能会受到智慧不足、经验欠缺、智慧误导、经验偏颇等因素的影响。格伦比较了古代文化制度和现代文化制度，发现古代文化制度以其稳定的制度结构为特征，现代文明却以主观思辨和急躁动荡为标志。①这就是一个典型的问题，随着社会的发展，为人类提供的参照系不断扩大，参照物也急剧增加，首先人们的智慧和经验已经不能全面客观地应付社会，解决人类的问题；其次过分地依从于文化的力量，实质上是对人的不尊重，起码是对人的生物本性的蔑视，而生物本性是人的最基本本性，是文化本性的基础，对生物本性的蔑视带给社会的后果是人性的泯灭，欧洲中世纪的黑暗正如对人生物本性诋毁的恶果。"对人类来说，进化过程使我们有幸成为一种智能意外地超过本能的动物……人的智能有可能扼杀他的本能，从而也剥夺了他的自由。因为智能把它自己的概念框框强加于世界，因此歪曲了世界的形象。"②因此作为本性的两个方面需要融合，相互弥补，使人的发展健康、全面。竞技体育的极端发展，就是将竞技文化无限地放大，忽略了人的存在，这种价值取向严重地忽视了人首先是一个生物有机体，其次才是一个社会人、文化人最普通的规律，极端地追崇人的社会、文化属性，甚至将人作为一种工具加以使用，完全没有了人性。比较突出的例子是滥

---

① 欧阳光伟：《现代哲学人类学》，144 页，沈阳，辽宁人民出版社，1986。

② ［英］伯特兰·罗素：《西方的智慧》，392 页，北京，世界知识出版社，1992。

用兴奋剂导致运动员的猝死、性别紊乱、精神失常等已经达到了令人发指的地步，竞技体育对此问题还没有有效的方式阻止、矫正之方法，其价值悖谬的程度可想而知。古代奥运会对于获胜者给予的更多是精神上的鼓励，为他们塑像、走街串巷地歌颂他们的英雄行为。而现代奥运会的优胜者除了国家的褒奖之外，更多的是经济上的奖励，从这一点上看，古代奥运会的人文倾向绝对要高于现代奥运会。一个地区或国家为了一名成功的奥运会运动员的成长施与巨大的经济投入，使竞技体育俨然成为"经济体育"，没有经济实力的地区和国家，在竞技体育领域中难以问津其地位和荣誉，这种经济形式的投入与产出，很难具备经济学上的效益。种种价值悖谬使西方体育文化陷入了一种困境，严重地影响着它的社会地位进一步提高。但见：

> 萨维尔村里有个理发匠。他给自己立了一条店规：他只给村子里自己不刮脸的人刮脸。
>
> 请问：这位理发匠该不该给自己刮脸？
>
> 如果他不给自己刮脸，那么，他属于"自己不刮脸"的那一类村民，按规定，他必须给自己刮脸。
>
> 如果他给自己刮脸呢？那么他属于"自己刮脸"的那一类村民，按规定他决不应给自己刮脸。①

由此陷入了无限的奇异循环之中，罗素（Berttrand Russell）的"理发匠悖论"揭示了人类就是生存于矛盾之中，矛盾是人类难以摆脱的一个客观实在。不断地克服矛盾的桎梏促使着人类进步，体育文化依然如此。

---

① 杨熙龄：《奇异的循环——逻辑悖论探析》，20 页，沈阳，辽宁人民出版社，1986。

三、西方民族体育融合与完善

文化发展的过程中，人们看到了人类的文明是在一个不断循环的过程中前进的。可以称之为文化周期，这似乎是一种规律。文化周期的运行勾画出人类文化螺旋式地上升，不断前进的轨迹。

> ……希腊人以思想开放、勇于探索真理而著称。他们创造的硕果累累的思想成就使得多少世纪以来的欧洲人受益匪浅。欧洲中世纪的历史可以看作是逐渐汲取希腊遗产的过程，这一过程直到16世纪也未完结。①

这种古今的文化融合是人类文化传承的一种方式，而且是一个主要的传承。西方文化曾经出现过断裂，在一定程度上影响了它的文化连贯性，对其文化进程产生一定影响。不过应该看到，也恰恰是这种断裂，使西方人能够有机会认真地反思，冷静地思考，最终他们开创了一个新的文化周期，超越了古代文化，焕发着现代理性光芒的文化格局呈现于世。

仅仅对本土文化的传承是不够的，文化传承的另一条途径是异质文化的交融。中世纪，在西方文化出现断裂的阶段，是阿拉伯人继承了古希腊的文明，又通过他们将这些文明成果进行了有效的保护，改造后返还给西方，使西方能够找回失去的文化。莱布尼兹（Leibniz）倡导多元文化交融的著名学者之一。这与他的宇宙观有密切联系，他认为宇宙是由"单子"构成的，它们

---

① ［美］罗兰·斯特龙伯格：《西方现代思想史》，2页，北京，中央编译出版社，2005。

是微小的精神单位，每一个单子都映照出宇宙，每一个单子都是一个"视点"，它们有各自不同的位置，因而以不同的方式反映这个宇宙。每一个单子的变化会引起其他所有单子的变化，莱布尼兹的宇宙是极其多元的。①宇宙下的一切事物一定也是多元的，只有这样才能符合他的论点，文化的多元化是不容否认的。既然文化存在多元的特征，各自的优势和特点就必须通过一定的交融途径，使他们之间产生互动，以便于融合出新的文化特质，他自己也是这样努力的。在对待东方文化方面，莱布尼兹表现出极大的兴趣，我们在第三章已经进行描述。在他的带动下，为西方塑造了一个良好的文化交融的范式。之后，效仿者人数不断增加，他们确乎发现人类的文化如此的丰富，为什么近代以来西方人紧紧抱住自己的东西而不肯学习一下其他文化呢？当社会发展到一定程度就会出现自身文化难以逾越的种种无序制约因素，这个时候需要系统外的因素进入该系统，补充系统的能量，建立新的有序状态。正如西方现代科技促进了东方的社会发展一样，东方文化同样能够利于西方文化的健全。进入 20 世纪，引人注目的是法国哲学家、汉学家，国际哲学学院主席弗朗索瓦·于连（Julien Francois），他在其著作《迂回与进入》讲到如何让西方学者通过迂回东方的方式重新进入西方的古希腊思想传统，以求文化的全面传承。他这样说："困难并不在于中国思想相对于欧洲思想的不同，也不在于它们自古以来相互之间的不相干；因此一旦进行剪接，首要的工作就是要成功地将它们从这种互不相干的状态中脱离出来，使它们面对面，一个能看见另一个，另一个也这样看着它。从这时起，就是从此到彼的这种背景的变化自发地产生。"其观点叫做"文化并置"法：即通过引入与自己习惯

---

① ［美］罗兰·斯特龙伯格：《西方现代思想史》，123 页，北京，中央编译出版社，2005。

的文化视点完全相异的视点，就能够使自己原有的视点"陌生化"。由此获得反观的借镜，从中照出自己的真实模样，而不是自己习以为常想像的那种自满的和带有成见的模样。这对于西方学人如此，对于东方学人也同样重要，决不能低估自身文化的能量。例如，东方学人、泰国学者佩优托在其《佛教经济学》一书中的观点认为："消费文明下的快乐奴隶"总认为自己比祖先时代享有更多的技术优势和物质财富，却不能从终极意义上追问经济增长数字之外的发展限度问题和生存意义问题。对此，佛教经济学的倡导者们从环境伦理的背景出发，为走入困境的西方经济学敲响了警钟。他认为对全球环境的持续恶化，与西方经济学所鼓励的无节制的生产和消费存在必然的因果关系，西方经济学当然要负重要的责任。他希望把生态学和伦理学的要素整合进来，重组经济学的学科体制，使它不仅关注分析数据，而且也要关注人与自然的和谐。这样才将人类放在了真实和正确的地位，纠正了西方经济学表面上倡导的造福于人，实则是竭泽而渔、贻害于人的不正确的思维。①据调查，世界上最幸福的国民不是物质生活上富裕的"宝马一族"，而是物质生活水平低下的瑙鲁"徒步一族"。在中国这种倾向也被证实，2004年零点调查公司和指标数据网采用多阶段随机抽样方式（城镇）和整群抽样方式（农村）对北京、上海等7个大城市和浙江绍兴诸暨、辽宁锦州北宁等7个小城镇及周边农村共3859名18~60岁（农村是16~60岁）常住居民进行入户访问，调查幸福感和生活的满意度。调查结果显示：有近八成居民感到生活幸福，农村居民幸福感要强于城镇；影响居民幸福感的主要因素有职业、物价变动、个人经济状况、个人业余生活等；财富的增加会提升居民的幸福

---

① 叶舒宪：《再论20世纪西方思想的"东方转向"》，载《文艺理论与批评》，2003（3），32页。

感，但并非决定因素，财富与幸福感的变化关系符合边际效用递减规律；按年龄分析，幸福感最高的是 16～25 岁的青少年人群，最低的是 36～55 岁的中年人群。具备丰富的物质生活的城市人、较高的收入水平年龄段的人群并不是幸福感最高的群体，奇特的结果，发人深省。我们不能不从中思考人的价值和地位，以及人类所追求的阶段、终极目标是什么。

文化并置是文化交流的前提，这种做法确立了不同文化的平等地位，由此利于异质文化间的广泛交流互动、融合互通、涵化互补。文化并置需要研究者能够客观地对待每一种文化，善意地认识每一种文化，切身地体验每一种文化。只有这样才能建构一种互动平台，或互为借镜。这仅仅是一个方面，作为文化互动的双方，其本身的确需要一定的能量和实力，起码能够引起对方的注意，而且要有自身特色和借鉴价值。因此引出了文化交融互动的地位问题。一般来说，地位相当的两种文化的互动是在一个平台上的，比较容易密切往来；地位悬殊的文化间也容易产生互动，常常是强势文化对弱势文化的单向渗透，弱势文化对强势文化怀有依赖之情；地位接近或地位迅速提高的文化与强势或弱势文化的互动易出现重重困难，对于强势一方唯恐自身地位动摇，弱势一方则担心由此沦为附庸。上述的一切，我们可以从目前的国际局势得到验证，可以从世界的文明史中找到答案，也可以在体育文化领域加以证实。

西方文化在工业社会时期积累了较为强大的科学技术优势，社会发展相对公平，对自然资源的利用率、人们生活质量的满意度均较高，因而以此为评价标准，他们拥有较高的文化地位。由此引发以西方文化为主体的经济、文化全球化，体育是这次全球化过程中的急先锋。我们在第四章民族体育文化共性特征的符号化一节中分析了体育文化能够有效地突破文化屏障，实现了全球化，成为先于计算机网络技术之前的"因特网"。这说明一个问题，就是体育文化虽然具有地位的差异，甚至是文化本质的差异，但是它与其他文化现象相比，即使是地位、本质存在较大的悬殊和差异，在动态肢体符号层面它们具有同质性、平等性、通约性，因而具备基本相同的地位。在摆脱地域文化的支撑，单纯的民族体育文化这种动态的肢体符号依然能够有效地进行互动，所以民族体育是文化现象中最先摆脱地位差异而进行的文化互动内容之一。然而，任何文化现象都难以摆脱地域文化地位的影响，每当强势文化背景下的民族体育文化占据先机，占据优势，就成为全球性的文化景象。文化毕竟是一个有机整体，整体的优势必然会弥补局部的不足。文化还在整体优势中形成一个强大的文化涡旋，带动着局部的文化运行轨迹，奥林匹克文化的风行全球就是一个最好的例证。因此，文化地位是一个不容忽视的因素。

由于文化地位的存在，文化并置的难度自然提高。地位悬殊的文化间，处于弱势地位的文化欲达到文化的并置，需要作出艰苦的努力，不断提高自身的文化能量，提高"对话"能力，也就是互动能力，这需要一个长期的过程。在一定阶段中，弱势文化经常是削足适履，强势文化咄咄逼人。更有甚者是强势文化强行地将其文化制度和意识凌驾于弱势文化意识形态之上，使弱势文化无所适从，导致弱势文化的文化失忆或遗忘。这些都是一种极端现象，人类有能力有效地避免这些极端现象的出现，以一种平和、平等的心态对待世间多彩的文化。

文化地位的正确树立取决于文化自觉，无论是强势文化，还是弱势文化，对自身文化的认识是一个十分重要的历史过程。对自身文化认识存在着高估或自卑等不正确地认识，过高地估计自己的文化能量，容易出现文化霸权，文化霸权又分为对外的霸权和对内的霸权，可以分别命名为文化殖民主义和文化割据主义。只有冷静地思考、客观地认识自身文化和所接触的所有异质文化，才能形成正确的文化互动观，产生文化自觉。费孝通在《费孝通文集》中就中华文明的文化自觉而言指出：

> 文化自觉是指生活在一定文化中的人对其文化有"自知之明"，明白它的来历，形成过程，所具的特色和它发展的趋向，不带任何"文化回归"的意思，不是要"复归"，同时也不主张"全盘西化"或"全盘他化"。自知之明是为了加强对文化转型的自主能力，取得决定适应新环境、新时代文化选择的自主地位。文化自觉是一个艰巨的过程，首先要认识自己的文化，了解所接触到的多种文化才有条件在这个正在形成中的多元文化的世界里确立自己的位置，经过自主的适应，和其他文化一起，取长补短，共同建立一个有共同认可的基本秩序和一套与各种文化能和平共处、各抒所长、连手发展的共处守则。

西方学者们已经通过文化自觉，比较客观地认识本土文化，同时也逐步清醒地看到了异质文化的合理成分。早在 20 世纪初叶，德国哲学家斯宾格勒（Osward Spengler）写出《西方的没落》一书就是这种文化自觉的早期表现。当代法国思想家埃德加·莫兰（Edgar Morin）更是提出人们需要同西方帝国主义斗争才能采纳西方的价值。英国文化学者汤林森（John Tomlison）撰写了《文化帝国主义》严肃地批判了在文化活动中所形成的帝国主义。德国学者卜松山（Karl–Heinz Pohl）出版了《与中国作跨文化对话》，坦言世界的多元化客观存在，提倡文化互动。从这一系列的文化自觉中我们可以看到世界上不同文化间的互动渐成潮流，文化的相互借鉴，实现文化共享已经成为人类的共识。这里，西方学者们逐渐理解和明白了中国传统文化的最高理想："万物并育不相害，道并行而不相悖。""万物并育"和"道并行"是"不同"，"不相害""不相悖"则是"和"之道理，并从这种思想中汲取了多元文化共处、有效互动的不尽思想养分。[1]

西方文化长期以来习惯于"主客二分"的思维方式，重视以主体为一方的对客体的认识，忽略丰富的客体对主体的反作用。对世界文化这一客体的认识也存在这样的倾向，他们总是习惯地用主体的想像来描述大千世界，用西方的社会状态标准苛求异质文化，而没有能够很好地将其主体深入客体世界进行研究。实际上，西方体育文化就是一个很好的例证，在体育领域中人们惯常将主体对客体的认识强加于主体意识，主客一体的体育容易混淆主客体的关系，西方人总是认为他们能够清楚地认识自身，具备了科学化的知识，可以使用科技手段对人体进行全面深刻地分析，而且能够利用科技等外在变量影响客体，由此引发了对有机体生理、心理潜能无止境地进行挖掘，似乎坚信自己从客体抽象出来科学的"规律"，有机体的极限是可以不断刷新的，并将其视为放之四海而皆准的、具有普适性的铁律。现实中也不断地验证着他们的"规律"，人类的速度、力量、耐力极限不断刷新。可是，由于他们崇尚抽象的规律性远远超过关心事物的特殊性和具体性，人类的有机体是十分繁杂的生命体，人类对其认识远远不足，它本身具有很多人类至今尚未认识到的特殊领域。例如东方人的经络学说至今还没有得到科学的验证，但是它却始终发挥着实际的作用。所以可以说所谓的"规律"尚未达到科学层面。在这个阶段，盲目地挖掘潜能，遵循这一规律去加大对有机体的训练，必然导致对人体的伤害。

人们可以看到，西方体育文化已经开始了对异质民族体育文

---

[1]　乐黛云：《文化自觉与文明共存》，载《社会科学》，2003（7），122页。

化的学习、融合和改造。将奥运会放在中国召开绝非偶然，在东方文明的本土上举行西方体育竞赛，是欲通过切身地体验，充分地认识东方文化真谛，这是一个极好的文化并置的举措，是一个文化战略。大凡人类社会文化的进步，似乎总是体育文化处于领先地位，如前所述的体育文化突破地理、文化屏障，实现了全球化。如今在西方文化寻求迂回过程中，体育又一次地率先实施了"文化并置"。这充分说明体育文化的活力和先进性。通过奥林匹克人类可以轻松地进行文化的全方位交流，西方体育文化在异质文化环境中能够清晰地反观自身的问题，有利于互动双方文化的进步。在西方社会中，人们也开始纷纷学习和运用东方的、其他的民族体育形式来完善自己的生活方式。虽然从数量和规模上来讲并不十分理想，我们应该明白每一种文化都有文化保护的意识，而且学习和借鉴是一个长期的过程。人类经过自身漫长的发展、特别是通过工业化时代、科学技术时代的反复验证，人类的肢体能力是有一定限制的，绝不是无止境的。因此竞技体育欲发掘的人类潜能，绝不是人类追求的根本目标。而与此相反，人的和谐发展、健康生存才是人类应该追寻的目标。在这方面东方民族体育是完成这一任务的比较合理、有效的手段和途径。在西方竞技体育走过了昌盛之后，开始注重与其他民族体育交融，改变其发展的轨迹，使体育文化向着尊重人性的、休闲的、艺术的人体文化方向发展。

仅仅实施了文化并置还远远不够，文化并置的目的是实现文化的融合，谋求共同的发展，因此在充分地发现差异后，要进行有效地文化互动和融合。在这方面，如何看待西方与其他体育文化的差异，处理好文化间的差异，特别是协调好西方与其他体育文化最根本的价值冲突，其意义尤其重大。对于其价值意识形态的冲突，它不仅造成了人们体育价值观的混乱和迷茫，而且会使互动的两种文化形态直接面对面地以"对立"的形式走到一起，势必严重地影响文化的融合。酝酿互动双方、多方的"和合"就要深入地发掘西方体育文化与其他文化间的共性特征，以人性为出发点，以动态肢体符号为立足点，营造人体文化共享氛围。它不仅深刻影响着非西方民族体育文化将以何种姿态和形象走向未来，而且也在世界体育文化的发展中注入了非西方民族文化的丰富、深厚的精神内涵，如以中华民族精神和民族智慧作为底蕴的重要组成部分，构建为促进人类的全面发展而服务的精神内涵，就是一件意义重大的体育文化融合。

乐黛云用形象的比喻对全球化中的多元文化进行了阐述，她认为全球文化犹如一顿丰盛的美餐，菜肴的制作过程需要多种调料合成，缺少了一种或几种调料，菜肴就难以色、香、味俱全。然而，菜肴的烹调掌控在师傅之手，厨师的意向、手艺决定着菜肴的品味。我们知道，菜肴的品味不仅仅存在厨师这一个决定因素，还有制作菜肴过程中的火候、水质等等因素。所以我们认为在全球文化"大餐"中，非西方文化即使现在只能是"菜肴"的配料，依然可以左右"菜肴"和"美餐"的品味，绝不能因为已经有了掌勺的"厨师"而裹足不前。只有参与，才能有对"菜肴"和"人餐"发挥作用的机会和可能。全球文化"大餐"需要不同的"菜系"，满足不同口味"就餐者"的需求，总会有不同的"厨师"掌勺，也必然由多名"厨师""掌勺"。[①] 何况，

---

① 乐黛云：《文化自觉与文明共存》，载《社会科学》，2003（7），121页。记得1998年，我曾在波士顿参加了一个世界哲学家大会，我以"和实生物，同则不断"为题作了一个发言，并以《左传》所举炒菜必有多种调料合成为例。讨论时，著名汉学家本杰明·施华兹（Benjamin Schwartz）提出一个问题，他说：那么，谁来掌勺？谁来当这个厨师？他提出的是权力问题。他的话提醒了我，我一直在想。其实，全球化绝不是一个中性的、大家都可以同等参与的大餐桌，在这个既成的餐桌上，早就按某种"主权者"的意愿，从内容到形式，到游戏规则细节都已安排就绪；要参加，你就乖乖地对号入座。这个"主权者"早已超越民族国界，在全球发号施令。这就是我们面对的全球化。

在全球化的浪潮中，文化的固定空间限制越来越失去效力。"多元文化主义"（multiculturalism），"文化间主义"（interculturalism），"跨文化主义"（cross-culturalism）思想，甚至文化一体化（cultural integration）主张应运而生，文化全球化成为跨文化交流的当代表征。①

西方体育文化也在积极地汲取非西方体育文化的养分，不断加强自身的文化地位。在多元文化的漩涡中，尤其是以人为本的文化大潮中，人体文化的融合必定是大势所趋。

融合后的民族体育文化，不仅完善了自身结构体系，增强了生存能力，而且提供了更广泛的社会服务，提高了自身社会地位。处于分散状态下的各民族体育文化，仅仅能够产生有限的民族体育文化力，全球化趋势的民族体育将众多分散的力量集中起来，形成强有力的合力可以有效地促进人类社会的健康发展。

---

① 隋岩：《全球化语境中的跨文化交流》，载《国际关系学院学报》，2001（3），38页。

第六章　民族体育文化力研究

在客观的现实社会里，人们可以比较清晰地感受到各种力量的作用。为了能够使人们明白力的存在，科学家使用了科学的语言来阐述力的概念，使用了大量的例子来说明。其实我们并不需要掌握力的自然科学概念，只需知道力的存在，以及力的性质即可。在力的种类中合力对我们来说至关重要。

除了人们熟知的物理力之外，还有一种力，它能够轻松地穿越时空隧道，实现远古与现今的自由对话。这种力，能够精心地改造自然，可以完善社会，美化人类生活，直至震撼人的心灵。它就是文化力。

文化力概念是由日本学者首次提出的，经过不断完善和发展，其理论和实践已为当代国际社会所普遍认同。文化在某种程度上是一种精神上的，属于形而上的形态，在它的指导下使物质层面表现出具体的、形象的表象，因此，人们更多的是看到物质层面的文化，容易忽视精神层面的文化，然而它是客观存在的。

文化的地位和作用逐步得到了应有的重视，这主要表现于文化在综合国力竞争中的地位和作用日益突出。人类历史上，族群与族群之间、民族与民族之间、国家与国家之间的竞争往往体现在经济、军事等实体力量上的竞争。进入近现代以来，伴随现代科学技术的迅猛发展和经济全球化进程的加速，世界各国以文化、经济竞争为基础的综合国力竞争日趋激烈。奥运会就是一个非常具体的事例。以往人类很少关注体育文化，以及与此相关的文化竞争，如今在奥运会上的较量日趋白热化，充分说明以文化为主体的较量逐渐成为综合国力竞争的主要领域，开始超越战争等极端形式的竞争，故而人们比喻体育比赛为现代的战争。当然，这种比喻显然是不恰当的，体育就是体育，绝不是战争，体育和战争虽然都是文化的一种表现形式，但是从两者的文化本质和形态方面看，它们是截然不同的。体育中的文化含量远远高于战争，最明显的是体育对人的身、心、群、德健康的全面关怀，同时它包含着极其广泛的现代科技成就，而战争是惨绝人寰的活动，即使它的科技含量高于体育，两者如何能够相提并论。

当今，在综合国力中不仅包括"经济力"、"政治力"、"军事力"，更包括"文化力"。文化力在当代世界各国综合国力竞争中充当了越来越重要的角色，成为核心竞争力。人们可以看到，大凡是具有悠久历史的民族和国家才能够在激烈的国际竞争中占据主导地位，当然也有例外，比如美国。但是美国借助了来自全球的精英所带来的具有悠久历史的文化。其根本的原因是底蕴深厚的文化力作用。西方秉承了古希腊的文化传统，在后人的弘扬之下不断地发展壮大，成为统领全球文化的强势文化。西方民族体育借助这一优势，充分地汲取古希腊的传统体育文化，并以此为生存的基本内容和形式，在英国户外运动等文化内容的极大充实和推动下成为全球体育文化的主流。综合国力是一个系统，在这个系统中，人们不仅重视"经济力"、"军事力"等物质因素，把它视为基础条件，同时也更重视得以使这些物质因素发挥其作用的精神因素，即"文化力"的作用，把它看作是必要条件。在此方面体育对经济的文化作用就是将促进经济持续发展的人进行全面的改造，使人的健康成为一种资本，使人拥有健康的人力资本，使社会拥有丰富的健康人力资源，这种文化力是其他文化所难以提供的，是社会发展的根本文化力所在，自然是经济力、军事力的基础。不能认为历史已经进入到了智能社会阶段，人的体能就不重要了。其实恰恰是现今的阶段，人的体能比任何历史时期都显得更加重要。在体能支撑的背后是主体的精神，体育培育的竞争、凝聚、和谐精神，而对人性的高度重视，更是指导体能正确发挥作用的文化力。

现代社会中，文化经济空前融合，呈一体化趋势，缺乏文化支撑的经济是没有实力的经济，没有经济支撑的文化产业难以形成强大的势力。最为明显的突出现象是人们普遍认为知识经济已经到来，知识经济是文化与经济相互交融最确切的产物。体育文化产业在经济发达国家成为支撑国民经济的重要支柱，其中不仅仅表现在国民健身产业的蓬勃发展，1996 年，全球体育健身文化用品，尚不包括运动服装、运动鞋，每年批发市场规模达 600亿美元。文化经济一体化还体现在其他方面。如 1999 年 11 月在美国拉斯维加斯的霍利菲尔德与刘易斯的拳王赛，仅媒体转播费收入就足以支付两位选手高昂的出场费（每人 1500 万美元），竞技体育文化为观赏产业提供了丰富的文化内容。在发展中国家，体育文化同样成为经济崛起的支点。体育文化与旅游资源的结合形成体育旅游产业，在我国云南石林，每年农历六月二十四日的火把节吸引了中外大批游客，云南人不失时机地加大了旅游链，将摔跤、爬杆、斗牛等民族体育文化作为重要的旅游项目，加入在石林的旅游观光内容，有意延长人们在石林的逗留时间，晚上继续观赏和参与耍龙、舞狮、民族歌舞、阿细跳月、大三弦舞等文化活动，使旅游资源更加丰富，使旅游产业日趋具有文化品味。[1] 云南弥勒的可邑村曾经是比较落后的彝族村落，而我们考察时呈献给人们的是热情、质朴加繁荣，可邑村的繁荣完成得益于民族文化与旅游经济的结合。由于可邑村中的阿细人尚火，

---

① 饶远，丛湖平：《云南体育产业发展研究》，349 页，昆明，云南科技出版社，2000。

保留祭火、摔跤等民族文化活动，这使自然景观平淡无奇的村落格外显眼，从而有了与经济结合的基础。文化经济一体化已经逐渐步入文化产业的阶段。文化产业是涵盖报纸杂志、影视音像、广播新闻、旅游娱乐、咨询设计、广告会展、体育和教育培训等众多领域的以文化内涵为主的大规模商品生产和服务。据统计，美国文化产品的出口收入已经占到其外贸总收入的38%。在日本，文化娱乐业经营收入已超过其汽车工业产值。在英国，文化产业平均发展速度近两倍于整个经济的增长速度。[①]

文化与政治相互交融不是现代社会的产物，文化自始至终与政治保持着密切的关联，如今文化与政治更是难舍难分，并深刻地影响着社会政治。美国学者约瑟夫·奈将文化视为一种可间接运用的政治"软权力"，即以文化手段输出本民族国家的价值观和生活方式，去影响其他民族国家，这种文化渗透，或文化侵略的作用远远超过以往"硬权力"政治产生的效应，是武力输出所不能产生的特殊效果。因此，西方国家格外地重视文化软进攻。有资料显示，以美国为龙头的全球50家媒体娱乐公司占据了当今世界95%以上的文化市场。目前传播于世界各地的新闻，90%以上由美国和西方国家垄断。美国控制了全球75%电视节目的生产和制作。美国影片占据了全球总放映时间的50%以上。[②]体育也被利用为一种政治权力，许多国家以参加或抵制奥运会为政治筹码，将奥运会竞技舞台当作政治较量的战场，可见体育文化与政治的密切关系。西方文化还充分地借助体育文化为其文化价值观、文化意识的全球化推广进行着不懈的努力，使体育文化成为影响人们生活方式的主要手段，人们可以从不同国度的体育生活内容方面深切地感受到这种影响的广泛程度。在体育

---

① 王国柱：《关于文化力的思考》，载《学术交流》，2004（12），138页。
② 王国柱：《关于文化力的思考》，载《学术交流》，2004（12），139页。

生活方式层面，人们在接触体育生活内容的初期，仅仅是对体育活动内容的兴趣，不会考虑蕴含在活动内容之中的文化意识和价值意向，随着对体育生活内容深入和长期的体验，人们会逐步地体味到其中的文化内涵，不自觉地接纳了这些价值观念。这是一种润物细无声的文化战略，它没有激烈的对抗，没有对强权的逆反，有的只是人们自觉自愿的实际生活行为。当这种价值观念在人们的思想意识占据主导地位的时候，实施文化渗透或侵略的文化集团会轻而易举地引导、指挥着人们的行为。在这个文化的背后是政治强大的身影和坚实的臂膀。正是由于这种文化力表面上是和风细雨式的，往往被人们所忽略，但是物理学中的力在文化中被附加了许多形式，文化软权力一点也不软，大有绵里藏针之效。当西方传教士高举着兴办学校的大旗，实则推广西方文化的时刻，西方体育文化在封闭的中国大地上实现了软着陆，即使有土洋体育之争也无济于事。

　　文化的定义十分广泛，有学者统计，自 1871 年至 1952 年西方学者对文化的定义达 164 种，从 1952 年以后，新定义有增无减，竟有人称已经达万条之多。[①]在这些定义中，涉及文化力的却寥寥无几。从狭义上讲，我们比较赞同这种观点：

　　　　文化力原含义是指一个国家能够动员它的人民支持政府对国防和外交所做出的决定的程度，其实质是体现国家意志的民族精神、民众素质等精神因素的总和。[②]

　　如果从广义上对文化力进行界定，人类创造的一切都是文化的。因此，文化力是人类智慧、思想、精神，以及制度、物质层

---

　①　徐行言：《中西文化比较》，8 页，北京，北京大学出版社，2004。
　②　王国柱：《关于文化力的思考》，载《学术交流》，2004（12），138 页。

面中所表现出来的，改造自然和社会的能力总和。

历史的长河流淌着人类的辛勤、奋争、创造、积累，最终沉淀下来的绝不是帝王将相、金银珠宝，而是人类创造的思想和文化财富。就连残酷的战争，待硝烟散尽，留下来的也是其富有文化特质的部分，特洛伊木马、鸿门宴已经不是战争的惨烈图景，而是人类的智慧和能力的象征。这是文化力的作用结果。

一个文明，可以历经黑暗的宗教束缚而灵肉分离，但是，只要它有足够浑厚的文化力，依然可以重建文化的辉煌。一个民族，可以因某种外力而被迫浪迹天涯，但是，只要它有足够强大的文化力，仍然可以历时数千载而重新凝聚。一个国家，可以在历史上数度遭异族侵扰，甚至因此而改朝换代，但是，只要它有足够顽强的文化力，决然使入侵者被博大的文化所包围，潜移默化中成为养料被吸收。

文化力也具有不同的合力，合力的方向和大小受到诸多分力大小和方向的影响和制约。一般来说，分力的方向一致，合力在此方向上的力量就要大一些。如果其中存在一些相反方向的分力，这就影响了合力的方向和大小。这些分力大小和方向实质上是文化底蕴和价值取向。由于体育文化是动态的肢体符号，他们从本质上是具有同质性，因此不同民族体育文化仅仅存在着文化力的大小，而很少出现方向相对的情况。体育这样的人体文化之阶段、终极目标都是追求健康，无论是静态为主的，还是动态为主的，抑或兼而有之的体育文化其目的就是构建健全的有机体，并通过有机体的完善对人的心理、社会互动和道德情操施加影响和建设。当然，人们也会发现文化分力中也存在着方向相对的，如"生命在于运动"与"健康在于静养"就是两种截然不同方向上的分力，从这两种价值取向上看，他们都是极端地对同一问题进行表述，"反者道之动"，任何事物极端化的结果是物极必反，过度地运动产生今天的竞技体育远离普通人群，人们开始了

"去竞技"的体育运动，大量的淡化、弱化竞技技术、规则的新兴运动层出不穷。过分地静养使人的本能活动能力受到制约，导致各种威胁健康的病患，因此人们逐步开始了各种动态性的活动，最好的例子就是少林武术的部分功法在禅坐氛围中意外地发展起来，深入地分析会发现是养生将两者紧密地结合在一起。异质文化的交融过程需要一种相互赖以寄生的载体，以便拥有一个话语的资格，发挥文化力的一定作用。禅宗选择了少林武术为载体，其出发点是养生，归宿是争取更多的民众之心，因而以养生为结合点同与它水火不容的文化寻求融合。恰好，少林武术也力求摆脱血腥的社会印象，以世人能够接受的"慈悲"形态扩大自己生存的空间，努力寻求与已经有一定基础的文化形态相结合。动态的武术能够有效地解除困扰静态的禅修人员的疾患，养生再一次成为两者之间的桥梁，故而两者一拍即合。他们的融合是两种方向完全相反的文化力的结合，这似乎违背了力学原理，其实不然，当两种不同的力作用于人，作用于人的养生，通过养生这一合力的引导使两个方向不同的分力趋于同向，依然符合等效代替原则。文化合力的产生不仅取决于各分力的方向，最终将依照平行四边形的法则，使各种分力的方向逐渐趋同，产生等效代替效益。一种主流文化力，可以吸引众多分力的发展方向，就像目前的西方体育文化一样，引导着全球民族体育文化的发展。

每一种文化都要在不同分力的影响下，修正和改变合力的方向及其大小，如果仅仅是一种力量的影响，缺乏其他文化分力的制约，这个合力在前进的速度和持续时间上必将产生问题。在上述的分析中，如果人类没有突破自然的、文化的屏障，实施多元文化的交流，就不会出现呈现于世人面前的现今体育文化景观，西方人可能成为一味追求运动的"棒子"，四肢发达而头脑简单。东方人则会被文弱静养所固，人人变成手无缚鸡之力的"病夫"。

体育文化的源动力来自于对人的全面关注、认识和建设，人在不同历史时期的作用不同，使人在社会中的地位不同，但是随着社会的前进，以人为价值中心的时代成为人类的共识，这种文化源动力会日益强大。

人类在不同的地域空间内，除了受到自然作用力对人类生存的影响外，更多地受到文化的影响和作用，这种力较自然作用力的影响更为强烈，比如"人类可以夸耀这一百年来我们的技术进步是自人类诞生以来几百万年总和的多少倍，它使社会进步的速度达到前所未有的程度。"①这是文化体系中技术亚文化系统巨大作用力的表现。再比如中西文化差异的产生是由于中、西文化分别是在"河的赋予与海的磨砺"影响下而铸造成了"农耕文明和商业文明"，并逐步建立了各具特色的"国家和城邦"。在这种客观的物质及社会结构基础上，逐步树立起了中、西两种文化的选择，形成了两种文化精神，即"人文传统与科学精神"、"群体认同与个人本位"、"中庸和平与崇力尚争"和"内向与开放"状态。体育形态分化为"哲理体育和物理体育"、"植物体育与动物体育"。这再一次证明了文化力是在自然作用力制约的前提下，对人类社会更持久、深刻的作用力。

文化力是一种无形的力量表现形式，这种无形的作用力通过怀特划分的文化亚系统作用于人类社会，又呈现出有形性或物态化。文化体系中分别包括技术亚系统、社会结构亚系统和思想意识亚系统。技术亚系统作用于人类的物质层面，以求满足人们的生存和享受等基本需要；人类社会的关系塑造出各种不同的社会结构亚系统和制度，稳定的社会结构亚系统保持社会生活协调；历经积淀、升华的思想意识亚系统制约着人类的精神，为人们的

---

① 张兴成：《现代性、技术统治与生态政治》，载《书屋》，2003（10），4～12页。

发展需要提供动力，并对人类文化走向产生影响。蕴含在文化系统中的体育文化，是一种不可忽视的文化力，这种作用力起初依附于其他文化力中，作为分力形式存在，但却是一种非常重要的分力，以后逐渐独立成为一种自成体系的文化力。

所谓体育文化力是指以体育为载体的文化活动，多维度地作用于社会的各个层面，具有稳定而综合特性的文化影响。

以体育为载体的文化活动是指与体育有关的各类文化活动内容和形式，诸如除肢体活动外的体育建筑、体育雕塑、体育文学、体育商品等等。多维度是指体育文化通过历时、共时、时空、多重等不同维度交织影响共同作用于社会，如性命兼修理论对东方社会的影响。体育文化力对社会施加的影响总是以综合性的方式作用于社会，较难单一发挥作用，如体育与军事携手对社会的影响、体育文化对社会竞争机制的多重作用等；文化力更主要地作用于人类的思想意识系统，一旦形成作用效应便会产生长久稳定的影响，如东、西方体育精神的差异。

体育文化力对人类社会的影响是通过对具有自主意识的社会成员作用，产生对社会发展效益的制约。这些体育文化的作用力，在不同时段的各个地域空间内，以体育文化系统内的合力形式或结合外部文化力量综合作用于人类社会。

第一节　中华民族体育文化力

文化需要融合各种力，才能变得强大而精深，跨文化交融是文化力的能源之本，中华民族具有善于融合异质文化力的历史和传统，现在开放的中国更具备条件充实和完善自身的文化力。

党的十六大报告指出："当今世界，文化与经济和政治相互交融，在综合国力竞争中的地位和作用越来越突出。文化的力量，深深熔铸在民族的生命力、创造力和凝聚力之中。"这是我党在党的文件中第一次提出文化的力量，足见文化力的重要性得到更为深刻的认可。对于文化力，我们从以下三个方面进行分析：

一、民族生命力

民族生命力是一个民族能够拥有一定生存空间的最基本的力量，是一个民族能够长期立足世界民族之林的根本保障，是一个民族能够发展自身文化的基础。犹如有机体的生命一样，取决于有机体的解剖、生理结构的健全，以及各机能系统的通畅协调。

中华民族自秦始皇统一中国后，建立了大一统的社会结构体系，形成了三公九卿制中央机构、郡县制地方管理制度，这一体系的建立基本上构建起了影响中国漫长封建历史的组织方式。从那时起，为了疏通各子系统之间的联系，采取了迁徙豪富、销毁兵器、决通川防、修治驰道、焚书坑儒、土地私有等阶段性的措施，紧接着是统一货币、统一文字、统一度量衡、统一车轨、官办学校等一系列重大的举措，这一切为中国的封建社会构建了比较有效的组织体系。自董仲舒建立"罢黜百家，独尊儒术"之后的年代里，占据主导地位的儒家思想为中华民族提供着思想上的支撑，最终形成了儒、释、道互补的融合型的思想体系，为组织体系发挥更大的作用提供了精神力量，由此也完善了宗法制的格局。同时，相对封闭的环境为中华民族的孕育和成熟提供了有效的屏障作用，避免了外来文化在本土文化还没有成熟之前所产生的对"肌体"的侵蚀。在这样一个"有机体"中，表现出顽强的生命力，使中华民族文化绵延五千多年。在这种生命力的作用下，中华民族体育也表现出高度的融合力，各个民族的体育在大一统的环境中彼此交融，互通有无，共同成长，也造就了中华民族体育文化的高度组织依赖性。从这个角度上看，这是本土民族体育文化的必要条件，是保持特色的前提。当然，它也影响和制约着本土民族体育文化更加广泛地发展。

中华民族的生命力更重要的是中华民族的多元一体。多元为中华民族文化提供了极大的文化互补可能，有效地为相对封闭环境中的中华文化提供交融的机会。费孝通在论述中华民族多元一体格局时认为：

> （这一形成过程）的主流是由许许多多分散存在的民族单位，经过接触、混杂、连接和融合，同时也有分裂和消亡，形成一个你来我去、我来你去、我中有你、你中有我，而又各具个性的多元统一体。①

西方文化与中华民族文化相比，它们之所以出现了断裂，其中一个原因是由于缺乏多元民族文化的交融。在此环境中，西方民族体育文化仅限于田径、球类项目，而中华民族体育文化则表现出极其丰富的特征。这得益于周边民族通过与中原文化交融，大有"漠北醇朴之人，南入中地，变风易俗，化洽四海"之势，中原汉族广泛学习周边民族文化，更有"长鲸吸百川"之态，在这种文化氛围中民族体育文化受益匪浅，多元的文化素材，使中华民族的体育繁杂而有序。就马上项目而言，在中国它的游戏、竞赛方式和方法十分丰富，有竞速的、有竞走的、有竞巧的、有竞射的……就目前依然十分流行的舞狮活动而言，狮子并非中国的崇拜图腾，无疑不是中国的"特产"，也是在广泛吸纳周边民族的文化过程中而入主中原的，极大地充实了中华民族体育文化。

---

① 马戎：《民族社会学》，116 页，北京，北京大学出版社，2004。

狮子舞在唐以前即从波斯传到龟兹，唐时又由龟兹传到内地。《乐府杂录》记载："……戏有五方狮子，高余丈，各衣五色，每一狮子有两人，戴红抹额，衣画衣，执红指子，谓之狮子郎。"白居易《西凉伎》一诗中对舞狮场面亦有描述："西凉伎，西凉伎，假面胡人假狮子。刻木为头丝作尾，金镀眼睛银贴齿，奋迅毛衣摆双耳，如从流沙来万里。紫髯深目两胡儿，鼓舞跳梁前致辞……"狮子舞很快流行开来，为我国各族人民所喜爱，在民间流传至今。①

民族生命力的支撑因素较多，这里有一个因素值得一提，就是一个民族新陈代谢的能力，尤其是代谢能力。从中国漫长的文明历史上看，必然会因为长期的文化积淀而产生种种阻碍新陈代谢能力的"代谢废物"，这些文化糟粕如果不能及时地清除，会产生越来越多的"垃圾"，越来越大的"包袱"，最终必然会影响正常的文化发展。中华民族具备较强的新陈代谢能力，能够及时地甄别精华与糟粕，弘扬精华的力量，摈弃糟粕的束缚。例如：

魏晋南北朝时期，除西晋的短暂统一外，中国这个多民族国家一直处于分裂割据状态。在这一时期，大一统思想发挥了其特有的精神作用。它的"华夷之辨"思想强调"华"、"夷"有别，"夷"不乱"华"，"尊王攘夷"，被汉族政权用来作为抵御异族政权的有力的思想武器。

---

① 卢勋，杨保隆：《中华民族凝聚力的形成和发展》，188 页，北京，民族出版社，2000。

　　然而，按照"大一统"理论，"华"、"夷"是可变换的，而区别"华"、"夷"的最高标准是文化。这个作为标准的文化在当时就是以儒家思想为主体的汉文化。符合这个文化规范的是"华夏"，不符合这个文化规范的是"夷狄"；"夷狄"可进而为"华夏"，"华夏"亦可能退而为"夷狄"。因而，大一统思想很容易为陆续内迁的少数民族所接受，并用来作为自己的政治思想武器。在大一统思想的指导下，入主中原的各少数民族一边自称为华夏"先王"之后，在族源上与汉族认同，一边主动接受汉族文化，在境内努力推行汉化政策，在文化上以中华自居。[①]

　　对所谓的"五胡乱华"以致命打击，摈弃了这些制约民族广泛融合的思潮，维持了多元一体共同发展的大一统思想的地位。

　　在中华民族的历史长河中，各个民族为了团结统一，共建富强的中华民族，曾经创建过各种民族地方管理制度，这些制度为各民族的共同发展发挥了积极作用。其中唐宋时期的羁縻州制、元明清的土司制以及明代的卫所制等都是顺应历史潮流，有利于民族共同发展的制度。而这些民族地方管理制度在历史发展过程中逐步暴露出不尽合理的方面，出现针对性不强等方面的制约，因此被不断进行改造，剔出其中不合理的成分，以新型的管理方式实施对民族地区的有效控制。其中羁縻州制是比较成熟的形式之一，即使它相对合理，也还是被土司制、卫所制、民族区域自

---

　　① 卢勋，杨保隆：《中华民族凝聚力的形成和发展》，589页，北京，民族出版社，2000。

治所替代。①

体育文化是文化现象中最具动态性质的文化形态，在它的身上经常性地体现文化的变革。在民族体育中就有较多的实例，比如投壶本身是一项较好的礼仪和体育活动手段，但是发展后来成为一种杂耍，与礼仪和体育相去甚远，因此被体育文化所摈弃。蹴鞠也在中国大地上销声匿迹，虽然它不是糟粕，但是它仅存于宫廷，脱离百姓，脱离了丰富的社会资源的滋养环境，逐渐沦落成仅为观赏性的、没有参与性的活动内容，而被时代所淘汰。能够流传下来的是历经文化的洗礼，生命力极强的民族体育文化内容。比如中华武术，它自身就是能够很好地融会贯通地运用中华民族传统思想指导肢体活动实践，使这种东方特质的人体运动形式蕴含着极其丰富的东方哲理，武术又反过来以朴素的形式充实和发展其哲学理论基础。两者相得益彰，彼此增强了生命力。

二、民族创造力

民族创造力是文化力发展的重要组成部分，一个民族的创造力决定着这个民族的持续发展能力，决定着该民族的文化强与弱。

中华民族是一个善于创造的民族，国人常引以为自豪的四大发明使中国矗立于世界各个民族的文明之林，四大发明仅仅是一个象征，在四大发明的背后是智慧、勤劳的中华民族的创造性思维、精神和实践。在中国大地上诞生了许许多多的世界第一，这

---

① 羁縻州制的形成也不是一朝一夕的产物，历经了"五服制"的开端，至南朝宋、齐时期，羁縻之制已具雏形，到了唐宋才形成一个比较健全、完善的制度，在唐朝实行羁縻制的地区包含了突厥、回纥、党项、吐谷浑、契丹、高丽、龟兹、于阗等。土司制始行于元朝，是羁縻州制的时代变革，历经明清两代的实践、充实和完善，相沿 500 余年。

些第一不仅表现在自然科学方面，还表现在人文科学方面，以及社会结构方面。其他方面我们不谈，仅就与人们生活密切相关的衣食住行而言，中国就有令世人瞩目的成就。

> 到了新石器时代，我们的祖先已经掌握了葛麻布的纺织技术，这是服装发展史上的关键一步。当时，人们能够根据自己的意愿，制造出疏密兼备、厚薄相宜的制衣材料，缝制出舒适合体的服装。中国现存最早的麻布服装，出土于新疆楼兰孔雀河古墓，整件服装全部用麻布支撑，缝线也以麻缕为之，麻布的质地略有粗细，出土时尚穿在女性死者身上，距今约有4000多年的历史。在这一时期，我们的祖先还发明了养蚕治丝，并通过不断实践，逐步掌握了缫丝、索绪、络丝、加捻等丝纺技术，成功地制造出柔软轻薄、光滑细密的丝绢织物。①

丝绸由此成为中西文化最初的交流使者，西方人对东方的向往可以说最初是由于一两黄金一两丝的丝绸之诱惑。②

中华民族传统体育在这样一个特定的环境中为它的创造提供思想上的源泉和环境上的资源，因此在中华大地上产生了世界上独一无二的养生、武术等民族体育文化。由于中国人格外地敬重自然，用冯友兰的话说中国人对自然有一种理想化的倾向，对此

---

① 庄华峰：《中国社会生活史》，46页，合肥，合肥工业大学出版社，2003。

② ［法］让—诺埃尔·罗伯特：《从罗马到中国》，240页，桂林，广西师范大学出版社，2005。由于对东方丝绸的期待和向往，古罗马人可谓是机关算尽，从打通不同的交通路线到派遣特工窃取技术，最终如愿以偿。查士丁尼皇帝为了能够满足皇室对丝绸的需求，决定在自己的国家养蚕治丝，派遣两个僧人到已经从中原成功移植桑树和掌握养蚕技术的和田，窃取蚕卵藏于空心的竹杖，带回了拜占庭，自此西方第一次能够自产丝织物了。

中国所创造的养生、武术中有很多成分包含着对自然的模仿，或仿生。如养生中的"导引术"、"五禽戏"就是将自然中的动物的姿态和行为加以改造，用于人类的养生，这些内容由简及繁，内容不断充实。起初仅为"熊经鸟伸"，后来演变成"狼、猿、燕、蟾、龙、虎、鹿"等四十四术势。由于对动物的模仿可以克服人类固有习惯中的不良姿态和行为方式，有效地弥补人体运动不当或不足所造成的病患，"人体欲得劳动，但不当极耳"，"养性之道，常欲效劳，但莫大疲及强所不堪耳。且流水不腐，户枢不蠹，以其运动故也"（《备急千金要方·道林养性》）。从而预防和治疗部分疾病的发生。武术运动中有大量的仿生套路，如鹰拳、螳螂拳、蛇拳、猴拳、地犬术等，主要是模仿动物动作来提高人体技能。还有一种没有使用动物名称命名的套路就是形意拳，该拳则是包含仿生内容十分丰富的套路，它是以三体式为基本桩法，以五行拳（劈、崩、钻、炮、横拳）和十二形拳（龙、虎、猴、马、龟、鸡、鹞、燕、蛇、骀、鹰、熊十二形）为基本拳法而组成的拳术。武术技术中还借用自然界规律性的东西指导技术，如长拳类以"十二形"以形喻势：动如涛、静如岳、起如猿、落如鹊、立如鸡、站如松、转如轮、折如弓、轻如叶、重如铁、缓如鹰、快如风。这种仿生性不仅可以保持人类的自然化状态，避免人类过快地人化，因为人化的开始必然导致对人异化的结果，保持一定程度的自然化，可以将人的生物本性得到应有的重视，克服文化本性对人过分地规范和要求。从这个角度讲，体育文化之所以成为人类社会的重要组成部分，即使它被国人轻视、蔑视，但是它始终伴随着人类的生活，因为在体育活动中人类可以得到彻底的本性回归，充分地张扬自己的生物本能，使主体的自我发现客体自身的存在，在仿生类体育活动这种情况更为突显，主体与客体实现了高度的统一。这种倾向更能使人类的运动状态符合自然规律，是人类十分珍贵的文化遗产，因此逐渐得到了世人的认同。

中华民族体育在竞技形式上也创造出独特的方式和方法，"'快'是西方体育运动中的最大特征。所有比赛，都有时间限制，不可能无限制地进行。而且人类从不进行'慢'的竞赛，全是清一色的'快'的竞争。"①此言过于绝对，中国就创造出来一种比"慢"的运动，如太极运动和气功运动。在太极运动中不论是太极拳还是太极器械的较量，都是要求竞赛在缓慢的节奏中缓缓地演练。太极推手也是要求比武双方悠然地进行较量，气功更是以一种近乎静止的方式进行较量。同时，中国人创造了以一种隐性竞争来实现人类的竞争本能的体育比赛方式。例如传统武术主张"轻力"、"尚巧"，以巧取胜、顺势借力的技击原则，避免蛮打、拙取的比武方法。武林高手最后的角逐是"境界"的较量，是"君子之争"，绝非"术"的较力，这样的人品才能成为中国人认同的武林好汉或武林君子。在好汉和君子的引导下，武术也逐渐演化成一种娱乐性、表演性、礼仪性的活动内容。对此，孔子赞扬："有德者必有言"（《论语·宪问》），庄子也认为："由道进乎技"（《养生主》），佛家则道明心见性，神冥空无。

中华民族体育将伦理道德融入肢体活动之中，形成了极好的对体育习练者的软控制，又是一项创造。根据美国社会学家罗斯（E. A. Ross）的社会控制理论，社会控制就是一种有意识、有目的的社会统治。社会控制分为三类：对于意志的社会控制，对于情感的社会控制，对于判断的社会控制。从罗斯的观点中，我们可以看出，其社会控制理论更注重人的心理影响，制约人的心理互动。法制对人之行为的约束是强制的，很少令人心悦诚服，即使法制的条文再具体也不能完全制约人的行为。看来对社会控

---

①　李力研：《解读体育文化》，172 页，北京，中国社会出版社，2004。

制，中国人的老祖宗确有先见之明，以礼、以德治国实施的十分有效，要不然中国的封建社会如何能够延续两千余年。在社会控制中，主要分为硬控制和软控制。硬控制是指社会组织运用强制性控制手段，如政权、法律、纪律等对社会成员的价值观、行为方式进行控制。软控制是指社会组织运用非强制性的控制手段，如舆论、风俗、习惯、伦理道德等对社会成员的价值观和行为方式的控制。①中国的人文、社会环境决定着中国的社会控制以软控制为主。在中国封建社会中，政权的使用主要集中在重大事件上，而平时对社会成员的控制更多的是以润物细无声的方式进行，也就是说主要是以软控制为主。因为，中国人器重价值观念，价值观念对社会生活的影响力强大，作用长远。着眼伦理本位、关心现实政治、高扬主体意识、富于辩证思维、强调整体观念、偏重直觉认识、流于经学态度、重视人际关系为特征的传统哲学是中国文化思想意识层面的中心。中国传统哲学深刻地影响并建构了炎黄民族特定的思维方式。由于中国传统哲学在思维方式上讲求天人合一，重顿悟和直觉，因此出现用价值来包容、替代事实判断，而价值判断的依据是道德，用道德判断等同、取代对客观事实的认识成为普遍的思维方式。因而，在现实生活中更多是重经验、尚功用、轻分析。同时，中国传统哲学对传统文化价值系统产生着深刻的影响，中国传统哲学特别重视心性的修养，以伦理为本位。无论是儒家的尽心、知性、知天、养浩然正气、重义轻利，道家的法天、法地、法自然；"无己"、"无待"逍遥之游，均以高尚情志为根本。特别是儒教认为作为个人，他的生活与他人及国家密切相关，人生的目的，就是要做一个孝顺的儿子和善良的公民。"君子务本，本立而到生。孝悌也者，其为仁之本欤！"辜鸿铭先生归纳中国人的性格为"温良"。因为

---

① 郑杭生：《社会学概论新修》，456页，北京，中国人民大学出版社，1998。

中国人背后有一种比利益动机更起作用的、更高尚的、更为人们推崇的"责任"。这种道德责任影响着人们的意识和行为。此乃中国的国情，中国人习惯于服从道德控制，这是中国的人文环境。[①]传统哲学的内核是"礼"。"礼教构成了国家的一般精神"（孟德斯鸠）。由于"礼乐教化"的客观要求，任何形式的活动必须"志于道、通于德、依于仁、游于艺"。不然便"没有规矩不能成方圆"。所谓的规矩就是在"礼"所要求的范围内活动的规范，"礼"演化出中国传统道德等价值外延，这些外延共同支撑着核心的"礼"，充实着内涵，同时又不断拓展自身，产生文化的"礼"化，道德至上的社会现实，使道德规范成为制约人们行为的巨大网络。"不学礼，无以立"（《论语·季氏》），"人无礼则不生，事无礼则不成，国家无礼则不宁"（《荀子·修身》）。中国传统的理想人格是守礼的"君子"，这种君子人格由传统文化主体儒、道、墨、法、佛家等诸家人生哲学融合铸造而成，可谓是"合金"之物，因此具备了极其顽强的生命力。其中尤以儒家理想人格为根基，即圣贤的人格表征。对寻常百姓来说，贤是每个人应追求的目标和行为准则。如何作为"贤"，简单地说就是要知德达礼、温柔敦厚、文质彬彬、以他人为重，这种君子风格是以礼为核心，以贤为基础的逻辑产物。这是左右社会成员行为和意识的社会环境。这两种环境决定了中国封建社会的社会控制只能使用软控制，难以运行硬控制。特别是对于习武之人，如果没有或缺乏必要的道德，那么易越轨的习武者将置国法、行规、家训于不顾。对他们的控制必须是引发道德的意识共鸣，激发自觉的意识，而不易采取粗暴的法制、专制。在中国传统文化的长期影响和社会力量的作用下，习武人群利用、挪用、移植了与中国传统文化同质同构的道德规范，以特殊的行业要

---

① 李宗桂：《中国文化概论》，363 页，广州，中山大学出版社，1988。

求、具体化的形式规范武林人士，表现为武戒、武德。这些行为规范与准则在历史的流变中，文化的积淀下，不断完善、充实，使武术这一战争副产品在"礼仪之邦"的大熔炉里逐渐地"礼"化。从而形成中华民族文化特色的中华武德，中华武德仅是一个典型文化现象，中华民族体育多以礼为先，以礼为根。

中华民族体育全面深刻地将中华民族传统文化有机地融入于体育之中，尤其是人文科学和实用科学对民族体育影响力巨大，使体育真正地成为文化现象的动态表现形式。西方体育则是更多地依赖于自然科学的支撑，较少人文的渗透。就中华民族体育中的武术而言，从中国的哲学体系中汲取了大量的营养，将这些理论作为自身的拳理基础，并推而广之地使之成为武术的思想根基。表现得较为突出的是五行拳，用"五行"与"五拳"相配，用"金、木、水、火、土"分别对应"劈、崩、钻、炮、横"，用五行的相生、相克理论解释和揭示武术技击的原理。八卦掌借用八卦原理，将运动方位、运动形式、运动劲力按照阴阳交合的变化规律进行编排，使其运动纵横交错分为四正四隅八方位，与《周易》的卦象相似。此为先天八卦，后演化出一掌生八式的后天八卦，及器械类型的八卦套路。太极拳同样取意拳法变幻无穷，以"易有太极，是生两仪"之理指导该拳种的运动，使太极运动不仅从形式上凸显了太极理论形象、直观的运动模式，还从运动内涵上加以了理论提升，较好地解释了太极运动虚实的转换。这些典型的民族体育文化将中华民族传统哲学思想更进一步直观、具体化，使辩证之法生动地呈现在世人面前。同时，民族体育文化通过自身的实践，将客观的文化现象运行规律进行验证，丰富了传统哲学的理论，在这个意义上说，民族体育文化是哲学等人文理论的实践基地。比如庄子就对剑术进行了一番论述："夫为剑者，示之以虚，开之以利，后之以发，先之以至"（《庄子·说剑》）。这是人们引用频率较高的一段话，其意思是说明虚实的变化。老子、庄子等人善于使用名言隽语阐述高深的哲学含义，从中可以看出，庄子就是以民族体育活动来验证和体会哲学原理的，这是中华民族文化的一大创举和特色。

三、民族凝聚力

高度的凝聚力使中华民族多民族团结和睦，长期荣辱与共，共同发展着东方的文明。

　　汉民族是中华民族的主体民族。这是在长期的历史发展中形成的。汉民族形成以后，曾饱受忧患与艰难曲折，但她不仅没有被削弱，被分化，被瓦解，反而在痛苦与磨难中不断向周围民族辐射，吸引其他民族成分，壮大自己，使自己成为中华大地上同时也是世界上人口最多的民族。汉民族之所以能成为这样的一个民族，其根本原因是汉民族具有强大的凝聚力，并在历史发展过程中成为各民族共同的凝聚核心。这种凝聚力与凝聚核心的形成，既与汉民族所处的优越地理环境、稳定的共同地域，拥有强大的国家政权、发达的社会经济、悠久的历史文化传统有关，也与汉族人民善于同各民族人民相处，彼此间繁荣的经济、文化交流，相互依存，共同反对民族压迫和阶级压迫，共同反对帝国主义的武装侵略与掠夺，结成难以分割的血肉联系有着密切的关系。历史事实充分证明，它对于中华民族发展所起的巨大作用，并不是偶然的，而是中国数千年历史发展的必然产物。随着历史车轮的不断向前，以汉民族为凝聚核心的中华民族必将更加蓬勃发展，并以新的姿态展现于世人

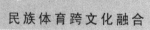

面前。①

在凝聚力构成的诸多因素中，其中构成核心凝聚力的主要因素是思想上的大一统。自汉武帝即位之后，儒家学派的代表人物董仲舒在为统治集团提供的对策中说："《春秋》大一统者，天地之常经，古今之道谊也。今师异道，人异论，百家殊方，指意不同，是以上无以持一统……诸不在六艺之科，孔子之术者，皆绝其道，勿使并进"（《汉书·董仲舒传》）。他的建议被采纳，儒家学说成为国家官方学说，并且罢黜百家，独尊儒术，中原大地极力地宣扬《春秋》"大一统"和"三纲"、"五常"等伦理观念。这不能不说是儒家学派学人的智慧，他们充分地借助统治集团的政治权利和社会地位，大力地推行自家学说，当然这种学说在当时的历史条件下，也是比较成熟的学说之一。至此之后，儒家哲学思想变成了封建制度的最高原则，并逐渐渗透于华夏民族人民的思想和生活习俗中。在这个过程中，朴实、直观的儒家学说受到了广大受教育程度较低的平民百姓的欢迎，百姓们通过关乎他们生活的学说的实践体验，逐步领会了中华哲学的理论。同时，统治集团将儒学作为国家教育的基础，凡是希望做官的人都必须学习和掌握六经和儒学，通过对儒学知识的考试方能充实于政府新官，这一举措极大地推进了儒学的普及。当儒家思想与道家、佛教思想充分结合之后，更加充实了思想的丰富程度，使之能够很好地适应各个层面的人群，人们自觉地接受这些思想，儒、释、道支配着社会生活的方方面面。

中华民族哲学是一种感染力很强的思想，是一种提供社会趋向合理化的依据，是一种人们生活的准则。在历经文化的冲突、

---

① 卢勋，杨保隆：《中华民族凝聚力的形成和发展》，460 页，北京，民族出版社，2000。

融合之后，在文化的成长过程中，中华民族传统思想也经历过衰微，但是中华民族始终坚持着特色的东方文明，以广泛吸纳多元思想的过程中不断改造自身文化，使之始终矗立于中华民族的思想核心。中华民族传统思想所以能够具有这样的力量，是由于以儒家思想为主导的传统思想中，有一种超越具体知识、思想的"道"，以及在此基础上构建起来的知识、思想和信仰秩序。在充分融合了历朝历代多元思想的基础上，经过"原旨"、"革新"后的唐宋思潮已经表现出了较高层次的统一和超越，具有真理的普遍意义。例如，在此期间韩愈在《原道》中为人们提供的是有一定层级的"道"，他认为人的本性由仁礼信义智构成，分为上中下三品，人的感情由喜怒哀惧爱恶构成，也有上中下之分。在这种人群构成中，上等本性的人"就学而愈明"，自然下等本性的人则"畏威而寡罪"，他是想说明依靠教育上等人有趋向"道"的自觉，依靠刑法，下等人因此有了遵守"道"的习惯。显然这种生硬的划分是为刑不上大夫作铺垫，也是难以实现普遍意义上的思想理论。如果说这种延续董仲舒思想的韩愈学说还处于具体层面的话，那么，欧阳詹的理论把韩愈依据天生本性将人划分出等级的思路，革新为依照性情评价人的道德水准，上升到一个形而上的高度，使其具备了普遍的、真理意义上的思想核心。欧阳詹认为："自性达物曰诚，自学达诚曰明，上圣述诚以启明，其次考明以得诚"，"性者，天之命也，圣人得之而不惑者也，情者，性之动也，百姓溺之而不能知其本者也"。这样的融会贯通的革新使"道"构建在人的自然本性基石上，因此具备了贯穿和笼罩一切，从人的心灵状态，到社会的道德秩序的支配力。①

中华民族能够实现高度的民族融合，实现多元思想的统一，

---

① 葛兆光：《中国思想史》，第二卷，129 页，上海，复旦大学出版社，2001。

都离不开"和合"的思想基础。在中国人追求"道"的历程中，主要追求的是"道"的"一"。智慧的国人还看到了现实中普遍存在的"易"。"易"者，有一个意义是转化、改编、变化也，"无平不陂，无往不复"，因此会出现"二"、"三"，以至无穷。如何地将事物的变化加以引导，使之能够向着合乎文化、社会发展规律的方向运行，就需要"中和"。"中"的真正含义是过而不及，恰到好处。"和"的意义在于融会、融合与和谐。因此，我们可以这样比喻："道"为规律，"易"是变化，"中"求适度。有学者认为世间万物遵循着一分为三的原则，例如一天之中，我们可以分为早、中、晚，而如果仅仅分成白昼和黑夜，则不能把凌晨和傍晚予以归类。数字中有正数、零和负数，人有先进、落后及大流之分，性别有男、有女，也存在着偏男性或偏女性，这都是不容忽视的客观现实。大趋势、大流是世间的主要社会存在形式，人们更多的是以"中"为基准，由此可以看出世间的"中"是何等的重要。任何事物的发展，一般很少出现极端的持续发展，大都是在两极张力作用下事物不断地摇摆前进，形成波浪式的螺旋上升的运行轨迹。在这一过程中，"和"发挥着极其重要的作用，在"和"的作用下，事物的发展有效地避免了被某一极张力的过度牵引，维持着事物运行的平稳、有序。

在民族凝聚的事例中，可以发现各种主客观的影响因素。在中国大地上除黄河、长江文明之外，还有一个非常值得重视的文明，这就是北方草原文明。三个文明的形式有所不同，具备各自的特征，拥有文化的相对性，但是它们三者之间存在着广泛的依存关系，其中有自然的人口迁徙，还有人为的文化迁徙，迁徙的结果促进着中华民族文化以"和"的最终形式出现。

　　柔然是继匈奴、鲜卑之后，于 4 世纪—6 世纪活跃于大漠南北的我国古代民族，其迁徙按性质大体可分为早、中、晚三个时期。早期使其在形成和壮大过程中，多数是拓展境地的迁徙；中期主要是与邻近民族在争夺战争中，被对方俘掠或亡逃引起的居地变动；晚期则是族体在瓦解过程中的投降或降附性质的迁徙。①

无论是何种迁徙，其结局无非三种，或融入某一族群，或演化为新的族群，或部分消亡，如党项、百越等族群。大多数情况，族群、民族是以融合为主要形式，且以汉民族为民族凝聚中心，以中原为地理中心实施融合。这些众多民族的融合使中原文化涡旋力不断增强，吸引着周边的民族向中心移动。

在这种社会氛围中，中华民族体育文化力充分地践行着"和合"思想，以"和合"的意识指导着民族体育的实践。"和合"意味着变通。这种文化力是一种辩证的、合理的、有效的力量。在中华民族传统哲学中太极图是一个封闭的圆，在某种程度上制约着人的开放思维，不利于人们的积极进取，勇于创新。但是，在另一个角度上看又是促使人们以"中和"的方式去思考问题，有效地避免了极端的处事原则和方式。这种思维决定了中华民族体育多数内容是以太极原理的凸凹方式运行，信奉事物的相互转换，人体运动也要遵行这样的原理，避免生硬地违背自然之规律，如典型的代表是太极运动。其他的民族体育大体上或多或少地存在着这种运行模式，修炼、竞争均具有适度的隐退特征。与之相对应，西方民族体育多以凸凸的方式运作，以直接的对抗来进行竞争，如球类项目，以及人们的健身也是以不断克服生理惰性、克服生理障碍等方式来提高机体体能。中华民族的体育文化形式为人类提供了极好的自然化生存模式，使人能够维持

① 卢勋，杨保隆：《中华民族凝聚力的形成和发展》，287页，北京，民族出版社，2000。

良好的身心水准，充分体现着对人性尊重的本质。骑白马者未必王子，西方体育文化虽然暂时占据全球化优势，然未必是未来的发展方向，它同样需要汲取东方文明的优秀成果。目前看来，具有水一般品质的中华民族体育文化力大有潜力，正在发挥水滴石穿的作用，影响人类的民族体育文化发展方向。

民族凝聚过程中，凝聚力形成与族群、民族关系变量存在着密切关联。美国社会学家戈登（M. Gordon）在《美国人生活中的同化》中提出七个变量，它们是文化和行为的同化、社会结构的同化、婚姻的同化、身份认同的同化、意识中的族群偏见的消除、族群间歧视行为的消除、公共事物的同化。①在这些变量中，依据不同地区的具体实际会发生各异的相互关系结构，在戈登的研究中发现在族群、民族接触过程中最易产生同化的是文化的同化，其次是歧视行为很快消除，这两者变量先后出现，是其他变量的基础，最不易同化的是婚姻的同化。在中国，从历时角度上看，周边民族入主或与中原交往首先是对汉民族文化的认同，或被同化，最为显著的是元代和清代。在体育文化领域，中西民族体育的初期交流，中国人首先认同和接受的是西方的民族体育文化，远远超过了对区分人群身份的基督教认同。国际上体育文化是最早全球化的文化现象，也是文化事务中最广泛地被各民族同化的文化。在族群、民族之间的接触过程中，起初的"成见"会随着互动的深入在较短的时间内得以消除，这是由于人们总会以自己的观点去衡量他人，只有在互动中才能改变自己的原有观念。意大利人从在中国寻找独角兽到在中国感受龙文化就是一个重大的变化。当中原人与草原游牧民族互动过程中，将"北夷"的概念逐步消除，首先开始学习他们的穿衣方式——"胡服"。中原流行的大量民族体育活动也是在与周边民族互动

---

① 马戎：《民族社会学》，211 页，北京，北京大学出版社，2004。

时学习和移植而来，如"秋千"。当人们在认同了互动民族的文化，消除了歧视之后，其他影响民族关系的变量自然出现进一步的同化，中华民族强大的凝聚力就是在这两个主导变量的作用下越发的强劲。更何况中国长期以来形成的民族凝聚力，在时间的锻造过程中又赋予了它历史的惯性力，悠久的历史决然不会因开放的、广泛的社会互动而出现文化地位的动摇，即使出现一些暂时的文化失忆，在文化自觉地作用下，在民族凝聚力的推动下中华民族文化的动力不会降低。作为文化重要组成部分的中华民族体育文化力也借助这种文化势能不断地前进。

从上述分析得出结论是：中华民族体育文化在民族生命力、民族创造力以及民族凝聚力的综合作用下，自身也被铸造为具备同样属性的文化，表现出相同的，更具特色的文化力。

第二节　体育文化力

上一节中提到，中华民族体育文化力的主要表现形式为"和合"力，"和合"意味着变通，万变不离其宗，以人为价值中心的健康源动力不因时空而变。西方民族体育文化力的主要表现形式为"竞争"力，"竞争"体现着进取，进取的力量是人类社会进步和发展的时代力量体现，人类社会正是在这种力量的作用下，才有了社会的进步，人类的生存问题才得到了解决，人类的享受和发展才能成为新时代的追求。不同文化力的融合产生的体育文化力蕴涵着"竞争"与"和合"，保证着人类体育文化的正确方向和适度的进程。

体育文化力在作用于不同的民族情况会产生一定的变化，这主要是由于其传统文化根深蒂固的影响将作用力进行了分解。厄内斯特·盖尔纳（Ernest Gellner）认为文化，就像植物一样，可以分为野蛮状态和文明状态，野蛮状态的文化作为人类生命的一部分，自发地生产着。受到教化的文化是一种花园文化，虽然她从野蛮状态脱生，却在人类文明的熏陶中逐步走向文明。虽然作者有些过于极端，将文化粗劣地划分为这两类，但是其道理是部分相对落后的文化过多地包含着野蛮的成分，也就是人的生物本性的成分过多，这势必会影响到它的文化发展的空间，自然化与人化出现不应有的非均衡态。作者认为："并非是所有的野蛮文化都可以成为高层次文化"，①因此，文化力作用到这样的受者上所产生的作用力必然会被大量分解，难以产生文化共鸣。好在人类文化不是泾渭分明的这样两种，大多是以混合型的。例如，沿着长江溯江而上，人们会在很短的时间内从现代化都市到达母系社会的原始部落，它们共同有机构成中华民族文化。体育文化是人的生物本性占据重要成分的文化，它的文化力在作用于受者的过程中会具通约性的便捷，这是体育文化力的特殊性。当然，融合了中西民族体育文化的人类体育文化力，在对人类社会发挥作用的过程中，不仅要看它的受者，更主要是看它自身的文化势能、文化传播力、文化创新力。

一、文化势能

文化势能是文化力的基础，是文化生存和发展的能源所在。文化势能由特定文化的生命力、文化的历史积淀和文化圈（文化共同体）的大小共同决定。也就是说，某种文化的生命力越强，历史积淀越深厚，文化圈越大，文化势能就越大，反之文化

---

① ［英］厄内斯特·盖尔纳：《民族与民族主义》，67 页，北京，中央编译出版社，2002。

势能越小。文化势能越大，改变其状况所需的外力就越大。①

首先，我们分析体育文化的生命力。由于体育是人类社会中少有的主客体融一的文化，其终极目标是关乎人性的文化，因此，我们认为体育文化具有强大的生命力。自人类诞生以来，体育始终是人类的忠实伙伴，一刻也没有远离人类。

> 很难确定，处于蒙昧状态低阶段上的人，何时远离这些有实利的娱乐而发明了只为娱乐的游戏。不过在最远的文化阶段上，这样的一些游戏从很古时期起就已著名了。有种小游戏，在喜欢娱乐的心坎中一下牢记住以后，可能会长久存在于世上。古代埃及人，正如他们的绘画所证明的，非常熟悉在我们中间依然保留着的儿童游戏蒙眼睛：一个参加者蒙上眼睛弯着身子，要猜出是谁拍他的背。埃及人也玩猜两个参加者伸出手指数目的游戏。这个游戏迄今仍在中国和意大利流传着。这个游戏训练眼睛的注意力和手的灵敏性。如果说我们的游戏中有些已存在了上千年，如玩铁环和转陀螺，那么有些则是较为不久的新事物。例如，放纸鸢的艺术就是英国儿童从中国人或从远东任何一个其他民族那里学来的，这不过是客船侍者出现时期前后的事。在另一种情况下，新时代的娱乐是后来对旧时娱乐的改进：将锯的腓骨固定在皮靴底上，用来在冰上溜走，这种腓骨供伦敦职工娱乐了若干世纪，直到钢铁制的冰刀代替为止。②

---

① 韩源：《中国文化力评估》，载《西南民族大学学报》，2004（2），451页。

② ［英］爱德华·B. 泰勒：《人类学》，288页，桂林，广西师范大学出版社，2004。

如果说这些游戏是人类早期的无意状态下的活动，那么这种无意识的活动逐步被人们附加一定的意义，便成为体育活动的雏形。不过无论如何，这些无意、有意的活动都是肢体活动形式，目的是满足人的娱乐、健身、授艺等需要。娱乐是什么？是人的本能，是人的生物和文化本能的复合表现，是与生俱来的物质文化需求中的情感需要的重要构件。娱乐文化实质是偏重娱乐，将本能的娱乐需求放到文化本能，以及精神文化升华之后的文化表现，其自我需要、本能物质化的走向人人可及，虽然随意、自然可能会导致缺乏深度。娱乐文化的人生可感性迷惑而直接，在不用教化就可以接受的前提下，拥有最大程度的传播可能。因此我们认为体育从萌发之时起就与人类产生了极其密切的关系。从下面例子中会发现现代体育活动的渊源，也可窥见体育的生命力。

　　球戏就是一种有趣的见证。它证明，有的游戏有时能够在许多世纪中都没有变化，后来忽然变成某种高级的形式。古代人投球和捉球就像现代我们的儿童一样。而希腊和罗马的幼童的出色游戏是这样：分成两边，每一边的人努力捉住球并抛到对方去。直到现在，某些英国农村中还以这种游戏进行娱乐。用足踢大皮球的游戏是它的变种。显然，远古人从未用过球棒或球拍来玩游戏。但到了1000年或500年前左右，伊朗人已开始骑在马上玩球，的确，这只能借助于长长的球棒、球拍或网拍来玩球。于是就开始有了精巧的游戏。从这时起，这种游戏就一直继续存在于东方，后来又在英国以马上球戏的名称确立了下来。为了在马上玩球而发明了球拍或网拍以后，很容易就用它们来徒步玩球，于是在中世纪就出现了一系列用网拍和球拍打球的游戏（槌球戏，

网球，冰球，高尔夫球，板球，等等)①

进入近现代后，人类更加珍重体育，这一点可从体育活动内容和形式上的极大丰富得以证明。随着社会的进步，人的价值中心地位不断巩固，在人们的生活方式中，体育已经不是一种简单的肢体活动，而被人类赋予了丰富生活，构建余暇文化的内涵。余暇文化的产生是人类社会进步的重要表现，虽然古代人也具备余暇，但是他们尚未将余暇的时光发展成为一种文化生存形态。"leisure"在古代的希腊、中国就已被认识，不过其概念有其局限性，后经人们的发展，到现代才具有了较为明确的定义。我国既有一些学者将"leisure"一词翻译成"余暇"或"闲暇"，又有一些学者将其译成"休闲"。罗林分析认为从词源分析上说，在《说文解字》和《词源》中"余"指多余、剩余；"暇"指空闲，也指无事之时；"闲"是指安静无事；"休"是一个意会字，意为在大树的庇护下，颐养活动得以进行并得到精神的休整，强调了人与自然的和谐。"余暇"和"闲暇"都是两个基本意思相同的字组合起来的同义复合词组，表示多余、剩余和安静无事的意思；而"休闲"一词是动词"休"与名词"闲"组合起来的动宾词组，它表示的是我们如何度过表面看起来是多余的和安静无事的空闲时光。我们认为，余暇是一种主要指时间上的概念，只有当在一定的富裕时间的保证下，才能谈得上如何善度余暇的问题，才能将人类的文化活动充实其中，使之构成一种文化，即余暇文化。在这种文化中包含着除体育之外的许多人类活动内容，它们共同构成余暇文化。其中休闲体育是一个重要的内容和形式，主要在余暇时间内进行，它隶属于余暇文化。对此我

---

① ［英］爱德华·B.泰勒：《人类学》，289页，桂林，广西师范大学出版社，2004。

们强调余暇文化是一个上位的概念，它是构成生活方式的主要时空结构。休闲体育是余暇文化的组成部分。

余暇文化中的休闲体育是一种轻体育，使人们在日常生活方式中时刻能够随意从事的"轻松"、"快乐"的社会体育。由于它从竞技体育中汲取了大量的养分，对严谨、高难体育运动技术进行淡化，对严格、规范的竞赛规则施加弱化；从学校体育中获取了基本的技能，将统一、普及的体育活动内容生活化，使人们能够因地制宜、随心所欲地进行社会化层面的活动，极大地融入生活方式中。因此具有可盈缩的休闲体育运动方式极其丰富，技术和体能要求可高可低，可自由选择活动内容，灵活参与，较好地保证了愉悦的心态，有效地完成了娱乐、健身、充实生活、善度余暇等任务。余暇文化伴随着社会的进步，从社会生活的方方面面收集具备文化属性的内容，逐步提炼出具有健康、合理、卫生的内容和形式作为其主要的结构体系，将不断地剔出非人性、不健康的内容和形式，以求保持文化的相对纯洁性。例如，人们对古罗马人的欢娱生活方式记忆犹新，他们生活中过分地追求休闲欢娱，体育是他们生活中的重要内容，甚至体育活动渗透到了洗浴过程中，像三人球的活动就是在浴池中进行的一种体育活动，而且成为举足轻重的生活部分。这种盛行的体育难以提供给人们积极的斗志，反而使人们忘记了道德、忘记了义务。在某种程度上，古罗马的辉煌是被过度的欢娱所毁。由于古罗马人的颓废、荒诞不足以成为健康的生活方式，更不能演变为高层次的文化形态，因此最终被余暇文化所摈弃，没有被后人继承。现今流行的体育活动，多为积极、向上的健康、娱乐的"阳光"体育活动内容。如一般户外活动的高尔夫、门球、木球、风筝、信鸽、飞盘、街舞；室内活动的壁球、保龄球、台球、飞镖、棋牌、体育舞蹈；极限与强力运动中的蹦极、攀岩、登山、野营、滑板、轮滑、强力运动；机械运动中的滑翔伞、热气球、摩托艇、漂流、卡丁车；冰雪运动中的滑雪、滑冰；民间体育活动中的舞龙、舞狮、龙舟、秋千、斗牛、跆拳道、剑道；休闲化的竞技体育有3人篮球、室内5人足球、软式排球、软式网球等。这些内容都是历经长期筛选，具备了较强文化属性的内容，更多地表现出强烈的独立性，并不需要借助广泛的社会其他载体作为"宿体"，也不过分地"侵占"其他文化的"领地"，相对独立地接受着历史对它的考验和梳理，逐步纳入到余暇文化之中。

无论是东方体育文化，还是西方体育文化，尤其是近现代以来体育文化的变化趋势，以人为价值中心的倾向越来越明显。以提高人生存质量的体育演变成为人类社会活动的非常重要的领域。

其次，我们分析体育文化的历史积淀。体育文化的历史积淀始终伴随着人类，自从人猿揖别以来，体育就蕴含于人类活动的各个方面，之后逐渐剥离出来形成独立体系，在这一漫长的过程中，体育就像人类的影子一样。人类对体育文化的历史受到两个主要方面的影响，一是来自百姓，二是统治集团，归根到底是百姓促进着体育文化的历史积淀。体育文化由普通百姓发明和创造，流行于民间的体育活动内容极其丰富，但是在人类社会处于严格分层的阶段，这些由百姓发明的体育活动却被少数统治集团所占有，成为他们生活中特权享受，使部分体育活动远离了百姓，如西方的高尔夫、斯诺克、中国的蹴鞠、投壶等等内容，而百姓能够从事的体育活动除去自娱自乐的内容，有很多内容是为统治集团服务的，比如古罗马的角斗，中国的马球。这些活动内容危险系数很高，但是充满着悬念，充斥着竞技。

"竞"之古体字为"競"，"競"在中国古人的理解上，正如《说文·誩部》所言："競，强语也。一曰逐也。从誩，从二人。""競强叠韵，强语谓相争。"而相争者是何许人也呢，绝非贵族、皇亲国戚，而是选择地位卑微的战俘、奴隶、罪人、仆人，由他们来从事这些危险的竞技相争，以供统治集团的享受。①

　　角斗表演可以追溯到公元前264年。为了纪念作古的父辈们，布鲁图斯·佩拉的后代被派去参加角斗，迎战三对角斗士。随着角斗逐渐成为一种娱乐活动，角斗表演的神秘面纱才被一点点揭去。每逢节日或别的什么活动，罗马广场就搭建起临时的角斗露天舞台。到共和末期，角斗表演才换了地方，由广场转入竞技场。恺撒举办过300人参加的大型角斗表演，奥古斯都举办过的角斗表演规模更大，角斗士就达600人之众。若逢重大事件，角斗表演规模更大。图拉真征服达契亚后，就曾举行过万人角斗表演。古罗马人认为，平时举办角斗表演没有什么特定的意义，更不是教育人们要争强好胜。个别角斗士为了赚钱，为了出名而自愿参加角斗外，大多数角斗士不是罪犯就是奴隶，或是战俘。②

　　虽然举办角斗表演的统治者没有意识到这种表演的社会效益，仅仅从自我对感性的刺激需求上倡导、举办了这样的活动，但是它的社会影响极其深远，至少能够将某种体育活动推向一个高潮，使它能够在一定的历史时期发展壮大，发挥着历史的积淀作用。

　　在宫城和禁苑里，多半筑有马球场。仅大明宫内就

---

① 徐山：《释"竞"》，载《体育文化导刊》，2004（5），76页。
② ［法］让—诺埃尔·罗伯特：《古罗马人的欢娱》，74页，桂林，广西师范大学出版社，2005。

有七八处之多，如麟德殿、中和殿、飞龙院、清思殿、雍和殿及梨园亭子、神策军驻地等都有设置。在唐大明宫出土的一个石碑上刻有"含光殿及球场"，"大唐太和辛亥岁乙未月建"字样。这表明，当时已把球场建筑纳入了宫廷的整个建设计划之中，可见马球在唐代宫廷生活中的重要地位。宫廷球场虽不太大，一般长一百二十米，宽五十米（《麟德殿复原的初步研究》，载《考古》1963．7），但质量考究，"平望若砥，下看如镜"（阎宽《温汤御球赋》）。有些达官显贵在自己的住宅也修有球场，如唐中宗的驸马杨慎交、武崇训等，不仅在自己的家中筑有马球场，而且为使场地平滑光亮，还在场地上洒油（《通鉴》卷二〇九）。虽然奢侈，也可见他们对马球运动的痴迷。①

对于文化的历史积淀，统治集团的重视是一个十分重要的因素，在某种程度上统治集团是决定历史进程的重要因素。因为统治集团掌握着文化的权力，文化又是使世界产生变化的根本。在泰国，被统治集团推崇的佛教深入人心，所有的年轻男子都要用几年的时间出家当和尚，以此修身养性。这种由统治集团推崇的文化决定了泰国人的生活节奏相当的缓慢。如果用现代的价值取向加以衡量，它们的工业化进程是不合格的，但是这是他们的历史，是他们的文化，通过这种方式的生活，可能会对世界经济产生一个非常重大的变化，改变人们对目前普遍认同的经济效益的评价。

经过了不同的历史积淀，使体育活动产生了分野，体育活动

---

① 黄伟，卢鹰：《中国古代体育习俗》，119 页，西安，陕西人民出版社，2004。

出现了更加丰富的分化，完善了体育文化结构。虽然统治集团在历史积淀中发挥着重要作用，然而起决定作用的依然是民众的力量，他们才是文化财富的继承者，是历史积淀的践行者，是体育文化的主体。最终，体育活动还是从宫廷走向了民间，成为人们普遍可以享用的文化活动。当社会发展到现代，人人成为体育文化的享有者，已经很少了社会分层的制约。

> 据1992年英国体育理事会的统计，英国有45%的公民每周参加3次以上体育活动（每次30分钟以上），其中男性49%、女性41%。1990年，加拿大有48%的公民参加了这一类型的体育活动，其中男性50%、女性47%。1994年，芬兰这一指标为男性31%、女性33%，总体为33%。西方国家每周参加3次以上体育活动的人口比例明显高于中国。①

自由地从事体育的权利已经回到了百姓生活之中，成为人们生活中的不可或缺的内容。在发达国家是这样，发展中国家也具有这样的趋势，因此可以说体育的生活化具有全球性。

> 2000年我国16岁以上的体育人口达到了18.3%（约1.58亿），比1996年的15.5%增长了2.8%，约增加1800万。②

中国的体育人口数量有限，一则说明传统的重文轻武的思想依然制约着人们的体育活动，二则是由于占中国人口80%的农

---

① 卢元镇：《体育社会学》，97页，北京，高等教育出版社，2006。
② 卢元镇：《体育社会学》，93页，北京，高等教育出版社，2006。

村人口的体育活动具有相当大的随意性、季节性，并非他们的生活中没有体育。且民族地区的人群将体育活动有机地融入了生产、生活之中，单纯的体育活动很少或没有凸显出来，只有在节日中集中地加以了表现。但是谁能否认他们的身体素质不是由体育活动锻造出来的，他们的体育技能不是由反复的习练铸造出来的。比如，裕固族的男子为了在婚礼上能够精彩、准确地完成射向新娘的三支红柳箭，他们平日里不失时机地进行习练，并没有专门的时间去"集训"。因此我们认为就体育人口来说，中国的体育人口数量绝不是上述的18.3%，对于中国人的体育生活，以及体育人口的统计需要符合实际的方式有所区别地加以计量。事实上，就目前的以工业化、信息化为标准的社会中，体育生活是必须在特定时空内进行的，而处于工业化、信息化边缘的民族和国家，体育生活则弥漫于整个生活之中，而且体育生活更为丰富，体育生活习惯更为持久。总之，体育文化是百姓的生活，百姓是体育文化的主体。体育文化在这个阶段才有了更大的发展，有了广泛的生存空间，有了文化的势能。

再次，分析体育文化的文化共同体。对于人类而言，只有体育是全人类的最主要的文化共同体。人类所创造的文化形形色色，比如语言、宗教、风俗等等，这些文化具有一定的归属，分属不同的人群。语言的不通约性使人类的自由交流受到阻碍，虽然人人都会使用语言。宗教同样如此，皈依了不同宗教的人群，他们彼此之间不易沟通，宗教也难以兼容，就一个宗教中的不同流派也同样如此。风俗更有如此，百里不同风，一个地方一个风俗，差异非常大，如果对某地的风俗不了解就会引发不必要的冲突。这些文化虽然在人类社会中广泛地存在，但是由于它们的差异性，制约着人们彼此之间的融合。而体育文化是动态的肢体符号，即使其中蕴含着族群、民族的特色，可是由于它的直观性、生动性，以及体育文化的阶段、终极目的的一致性，使这一符号具备了良好的通约性，使体育文化构成了人类文化中的最为主要的文化共同体。

人们不可能改变自己的种族，但可以改变自己的文化。体育文化是人类文化最容易进行改变的一种，当人类开始了彼此间的交流互动之日起，体育文化就展开了极其广泛的相互的改变过程。通过这种改变，人们如今发现，东方体育、西方体育，以及其他地方体育互相借鉴，共同地完善着自身的体育内容和形式。比如，西方体育中的一项运动叫"壁球"，它是从网球项目中演化而来的，目前已经拥有了广泛的爱好者，其握拍的方法就有东方式、大陆式和西方式三种。这种变化是在传播过程中习练者们不断吸纳各种握法基础上总结出来的。更不用说世界上的三大运动之一的足球，在足球运动的全球化传播浪潮中，其技术、战术风格演变出欧式、美式及东方式若干种。体育文化的改变并不能影响到某一民族、国家的本土文化的实质，因此人们对于这种文化的改变并没有高度的戒备，在一定程度上甚至是放任自流的。从另一个角度讲，肢体活动是人类的生物本能，本来就没有民族、国家、文化的疆域，不存在体育内容和形式改变而影响民族文化的后果。对此文化本能自然不会对其产生种种限制，在体育文化中出现的易帜、易位问题，因此也就没有引发国体之间的冲突。比如发端于英国的乒乓球现在成为中国的国球，英国人并没有因为乒乓球的主权问题向中国提出抗议。曾为草原居民游戏内容的高尔夫被贵族垄断后，他们也没有提出"专利"索赔。同时，文化又是不能改变的，自己的文化在长期的历史积淀中形成巨大的惯性，对它的改造可谓是人间最为巨大的工程，因此，我们可以看到不同的民族在广泛地接纳西方的体育文化的同时，并没有忘记自己的本土民族体育文化，两者并行不悖。就犹太人来说，他们可以在长达近 2000 年的时间内没有自己独立的国家，但是它的民族文化却始终没有因流浪、杂居而消亡。

体育文化中奥林匹克文化所形成的文化共同体可以说是世界上最为壮观的文化圈，几乎没有与之能够相提并论的文化。顾拜旦曾经多次说过，奥林匹克运动是"一个伟大的象征"，它标示着人类社会团结、进步、友谊。在奥林匹克运动中有一系列独特而鲜明的象征性标志，如奥林匹克标志、格言、奥运会会旗、会歌、会标、奖牌、吉祥物等等，它们包含着丰富的文化含义，形象化地体现着奥林匹克思想的价值取向和文化内涵。在世人的日常生活中人们从事着以奥林匹克运动为主导的西方体育，在电视里人们观看着各类的体育运动，在媒体中人们广泛地传诵着体育运动的佼佼者。在全球文化中引发全球性反响的当属奥运会。请看：

洛杉矶奥运会由110名号手、20名鼓手演奏的"洛杉矶奥运会会歌"拉开序幕，背景是近10万名观众反动的背景牌，组成了参加国的国旗。在奥林匹克会歌的伴奏中，五环旗冉冉升上20米高的旗杆，霎时间4000只鸽子飞出，运动员宣誓，裁判员宣誓，国际儿童合唱团的孩子们高唱贝多芬第九交响曲的"欢乐颂"，继而2000多名民族舞蹈演员与场内的运动员一起鼓掌起舞。歌声"伸出你们的双手，相互拉在一起，把世界改造成更美丽的天地"，反复出现，越来越有力，从女声独唱，到千名青年歌手的齐唱，最后终于变成有观众和运动员参加的万人大合唱。五彩缤纷的焰火在暮色浓重的天空中绽放，场地上一片欢腾，人们的激情达到顶点。所有不同国籍的人都在相互握手、

拥抱。①

"伸出你们的双手，相互拉在一起，把世界改造成更美丽的天地"不仅是奥运会开幕式上的一首荡气回肠的歌曲，它更是向世人昭示人们借助体育文化改造世界的宣言。此情、此景，这种影响，这种作用是体育文化共同体独有的。

与此同时，我们还看到，世界范围内的地方性民族体育文化风起云涌，它不仅是奥林匹克丰厚的文化资源，更是各自文化的推广者，比如印度的瑜伽、中国的武术、日本的柔道、新西兰的蹦极、瑞典的滑冰、泰国的藤球等等，众多的民族体育项目在全球范围快速地普及，在不同民族体育相互的交融中，又不断地诞生着新兴的体育项目内容，它们与奥林匹克一同组成了一个更为宽泛的体育文化圈，不断地增强着体育文化的文化势能。

二、文化传播力

大约 15 万年前，人类的远祖开始了一项对人类生存产生深远影响的行为。经过之后 14 万年的改进，祖先们终于进化出适合人类的发言系统。这项 6000 多年前的非凡成就同时成为人类文明的开端。时至今日，交流和文化一直不可分割。②

---

① 全国体育学院教材委员会：《奥林匹克运动》，244 页，北京，人民体育出版社，1993。

② ［美］拉里·A. 萨默瓦，理查德·E. 波特：《跨文化传播》，24 页，北京，中国人民大学出版社，2004。

从传播学角度看，传播具有人、信息、渠道、噪音、语境、反馈和影响等要素，通过这些要素的共同作用，传播成为可能。由于传播的模式主要有盖博的环形传播，以及当思（Frank Dance）的传播螺旋，我们可以看出，只要是信息产生之后，就会产生种种效应。这是一种无形的力，对受者而言，这种力时刻存在，当双方实施交流互动时，这种力得以充分表现。

文化交流与传播是人类社会交往活动所产生的文化互动现象。国家之间、民族之间、社区之间、社群之间以及个体之间，凡是进行社会交往活动、互动，都离不开文化，离不开文化交流与传播。因此凡是有社会关系、社会交往的活动的地方都离不开文化交流与传播的现象存在。文化是人区别于动物的根本的、显著的标志，人是文化的动物，认识、创造符号的动物，人类之间的互相交往，必然造成文化交流。交流与文化是同时产生的。体育文化交流也是交流的产物，没有交流就没有体育文化。而文化的传播可以改变人们的理解和认知系统，可以改变人们价值意识建构的方式与内容，它越来越打破彼此孤立隔绝的社会文化状态和封闭体系，而处于开放的多元的社会文化体系之中，会使人们享受对彼此都有价值的文化。

体育在不需要或很少需要语言的解释与诠译的情况下就可以被人们所接受，所以体育文化在交流过程中更容易形成较为统一的文化价值，正是由于体育文化的这种优势，使得体育文化成为全球最有影响和最有价值的文化力，正是由于这种优势对于体育文化的交流与广泛传播具有一定的促进作用，可以使体育文化在一个良好的氛围中保持较为旺盛的生命力。东、西方体育文化的广泛交流，使世界体育文化的价值观日趋一致，同时，各个民族的体育文化相互融合后更能促进生成韵味丰富的体育文化。正是由于有这些特殊的作用，体育文化的交流与传播业已成为一种必然。但由于人们所处的国度以及人们的信仰之间存在着一定的差别，人们自身的价值观的不同，使得体育文化的交流与传播方式有所不同。

体育文化交流、传播的内容、形式随着体育文化的发展而发展，随着人类社会的不断发展以及科学技术的不断创新，体育文化交流、传播的范围而不断扩大，体育文化交流和传播的速度也不断加快。一般说来，从人类社会的发展开始，文化交流、传播的方式随着人类社会的发展而不断进步。文化交流和传播的形式主要有：迁徙、大众传媒、文化殖民、传教、留学、图书往来、外来活动、商业活动等，这些形式往往互相交替。体育文化交流也往往在这些文化交流的形式中进行，同时又有自己的独特的交流和传播方式，这就是国际间的各类体育竞赛、表演，以及民俗中的体育活动。

传播是依靠信息进行的，信息是客观世界的一种普遍属性。信息是以物质能量在时空中某一不均匀分布的整体形式所表达的物质运动状态和关于运动状态反映的属性。换言之，信息是对不均匀状态的反映；信息是物质能量带来的运动形式；信息所包含的内容能反映事物的属性。由此表明，信息的存在与共享是不以人的意志为转移的运动形式。表征事物存在和运动状态的信息，只有被人们用符号序列表达出来的时候，才成为真正意义上的信息，同时也就开始了传播。符号就是可以拿来有意义地代表另一种事物的事物，比如动态的肢体符号是一种代表体育文化的事物。上述所列举的方式就是蕴含着各种信息的中介，它们被人类进行了不同意义的命名，代表着一定的意义。体育文化的肢体符号是一种被传播学专家所忽略的方式之一，这种符号所具备的特殊性就在于它存在着"能指"和"所指"两种属性，即体育运动技术自然形成的能够准确阐明体育文化特质，其所指意义清晰，具有双重性的动态符号。①

　　文化的交流离不开传播，缺乏有效的传播中介，交流便成为无本之木。体育文化的传播是以社会系统模式进行的传播。该模式是 J. 赖利和 M. 赖利夫妇于 1959 年提出，1963 年经 G. 马莱茨克完善的一种旨在说明传播是一种包含传者、信息、媒介、受者在内的社会基础群体、次属群体、隶属群体，以及参照群体之间整体互动模式。

　　体育文化的传播包含着这一切的内容，体育文化的传播一般是在公开的场所，以公平的竞争方式，向所有的受者进行公平的信息传播，例如各级各类的体育比赛。它所生产的效果可能会是显著的，也可能是潜在的。有些赛事对一个地域的人群来说，可能关系到他们族群的整体名誉和利益，因此备受比赛双方的高度重视。而对其他的受者影响则是潜在的，该赛事的影响隐匿在受者的头脑中，经过不断地积累后方能逐步显现。体育文化的传播大多具有即时性的效果，就体育的技术教学而言，学生对技术的掌握程度，教师和同学能够即刻从学生的动作上获得反馈信息。当然更有延时性效果，随着人们对信息的思考、选择、判断、习练，逐步对信息做出深刻、精确的反映。体育运动技术必须是经过一段时间的练习后，才能达到传播所要求达到的目标。

　　文化中存在高语境和低语境两种环境，以及表现出来的两种传播特征。一般来说，高语境的人群在经历、信息网络资源等方面具有较高的同质性。在高语境文化中，可以通过手势、体式、眼神、空间的使用甚至沉默来提供信息，"高语境更加依赖和熟悉非语言交流"（安德森）。低语境文化的人口具有较低的同质性，缺乏共同的经历意味着"每次他们和别人交流的时候都需

---

①　周庆山：《传播学概论》，34 页，北京，北京大学出版社，2004。

要详细的背景信息"，低语境中语言传达了大多数的信息。[1] 西方文化大都典型地表现出低语境的传播特征，因此他们需要彼此之间的语言沟通，在有限接触阶段，如果你不去客观或超客观地介绍自己，你很可能会被人们忽视。加之，近代西方人较多地接受叔本华、尼采等思想影响，表现出高度的个人权利意志，善于表达或夸张自己的成就，这一点恰恰符合体育文化张扬的需要，两者可谓是一拍即合。西方民族体育文化得到了低语境的支持而极大地传播，人们可以从目前流行的竞技体育、休闲体育的项目近现代起源上，明显地看出它们大多源于西方，特别是源于美国这种低语境文化之中。东方各国多属于高语境的地区，因此人们在言谈中有较多的隐晦、间接、含蓄，富于人情味，他们还倾向于崇尚安静、缄口，普遍认为一个寡言的人必是一个有思想、可信任、令人尊敬的人。[2]中国的俗语常常说："沉默是金"、"祸从口出"。有思想的人往往注重实干。故而，生活于高语境地区的人群对同属高语境的体育沟通起来没有困难，因此东方人接受西方体育文化较西方人接受东方体育文化的多，这是一个不容忽视的因素。体育生活是人们通向高语境的途径之一，也是体育文化广泛传播的重要特征之一，这点比较好理解，因为体育活动是肢体符号。通过体育活动进行必要互动，以精彩的体育活动内容引导人们的神往，激发共同的志趣和营造相似的生活环境，进而增加彼此之间的共同的、含蓄的语言沟通。

体育文化传播一旦产生，便会产生持久性的效果，而暂时性的功利、实用效果即被持久性效果所替代。例如民族传统体育间

---

① ［美］拉里·A. 萨默瓦，理查德·E. 波特：《跨文化传播》，81 页，北京，中国人民大学出版社，2004。

② ［美］特里·K. 甘布尔，迈克尔·甘布尔：《有效传播》，33 页，北京，清华大学出版社，2005。

的传播，总是在受者文化里长久地消化和吸收过程之中。中华武术传播至国外，至今影响强烈且长久不衰。西方体育文化在中国大地上的广泛普及，都是传播的结果。一般来讲体育文化的传播均产生积极效果，很少消极影响。例如各国各具特色的健身活动传播对全球的影响十分积极，对受者产生的促动作用也比较深远。在传播过程中，体育文化传播的主要效果表现为文化的融合、增殖，也导致了体育文化分层。

首先是文化融合。融合是后续增殖、分层的基础，融合是传播的结果和效应。上一章已论述过，这里就不赘言了。

其次是文化增殖。文化的价值只有在社会关系和社会互动中才能被认识、理解，才能建构人的价值意识，文化的传播正好起到了这种作用。但文化的传播并不是无目的的行为，无论是传者还是受者，都是社会背景下的活动者，都是有一定需要、目的和动机的。在这个过程中，文化的本来价值和意义往往被扩充与夸大，新的价值不断被繁衍出来，这就是文化增殖。文化增殖是一种文化的放大现象。当一种文化原有的价值或意义在传播过程中产生出新的价值或意义，或者一种文化的传播面增加从而使受者文化相对于传体文化有了某种增殖放大时，这就是文化的增殖现象。文化增殖一方面表现为量的增大，体育文化的本质功能，逐步的发展演化、放大出诸多派生功能，如体育的强身健体、娱乐身心、防病治病等本质功能逐步被演化放大出竞争意识培养、审美意识塑造、人际关系互动、文化规范约束、情感情绪宣泄等等派生功能，这些功能实际上是一种体育功能量的拓展。另一方面则表现为质的放大。质的放大是指信息在传播中价值或意义的增加或升华。例如体育文化中的竞争精神被社会其他领域认同和广泛采纳，成为人类共同认可的精神之一，就是文化增殖的表现形式。日语中的汉字、武士道和韩国国旗上的太极八卦图案、跆拳道是中华民族文化的增殖。

传播学中的"沉默的螺旋"假说认为，社会舆论对人们认识事物的影响力十分巨大。当社会成员对某一文化初识时，由于认识上的片面，极易受到来自社会舆论的影响，即使是当一种文化已经被部分成员所接受，社会舆论同样可以对其产生强烈的干扰，使之"屈服"。当然，"屈服"的一方可能会保持"沉默"，"沉默"会造成另一方意见的增势，使优势意见显得更加强大，这种强大反过来又迫使更多的持不同意见者支持"沉默"的一方，如此循环，形成一个不断上升的认识态势。文化在传播至某一领域后，受到这种传播趋势的影响，使传入的文化不断增殖。① 如中国在上世纪初的"土洋体育"之争，反而使人们更加对西方体育文化认识广泛和全面，促使西方体育文化的增殖。中国的民族体育在海外的经历同样能够充分地证实这种现象，这实际上也是一种高语境所发挥的功效。

一种文化在传播中能否增殖，不仅取决于传体（传者）文化的价值意义、传播方式、频次、途径、范围，而且取决于文化受者的承受力、宽容度、政治环境、文明程度、宗教信仰等状况。中国武术传入日本以后就得到了增殖，不仅形成了统摄民族精神的武士道精神，而且衍化出了柔道项目。而韩国的跆拳道项目传入中国以后同样得到了增殖，也形成了"以礼始、以礼终"的跆拳道精神，对于传播优秀的韩国体育文化起到了一定的推动作用。

当然任何文化传播都受人们意识、心理和价值观念的影响，因此文化传播的增殖有积极和消极意义。积极意义往往体现在文化更深广的传播，使文化能够保持长久的生命力。消极情况体现在增殖的虚假或破坏原文化精髓的现象，会使人们的价值观念发生改变。如当前中国武术就面临着这样一个悖论：如果想让武术

---

① 周庆山：《传播学概论》，230 页，北京，北京大学出版社，2004。

成为奥运会的竞赛项目，使武术在全球范围内得到更广泛的传播，我们必须部分地牺牲中国武术的一些精髓。因为整个文化传播尤其是大众文化传播都是受更为广泛的社会文化经验、兴趣、需要而定的，所以文化增殖存在于文化传播的全部过程。体育文化的增殖同样也存在于体育文化传播的整个过程，存在于社会互动和群体参与的整个社会文化活动过程。因此，中国将纳入生活方式的中华武术实施全球化推广是十分重要的文化战略。

再次是文化分层。体育文化的分层有其自身的特点，其中技术系统起决定性的作用，由于技术的不断革新导致了体育文化分层，这里的技术系统主要是指体育运动技术。在体育运动中技术系统是最先进的系统，它总是引领着体育文化的发展，作为传者总是要使用最优秀的技术吸引受者的注意力，因此，传播的技术日新月异，导致了竞技体育发展迅速，使竞技体育在受者的体育文化中占据极高的社会地位。同时由于从事体育传播的职业、工作方式和社会关系的不同，他们所掌握的体育文化信息也会有所不同，因而出现层次性导致分层的发生。如体育记者往往为了发布快捷的体育赛事消息而传播比较紧凑且只重视赛事结果的体育赛事消息；体育科研人员为了获得学术的动态消息，往往对体育赛事的整个过程以及比赛中双方队员技术的运用的各项数据比较重视；而作为体育管理者往往只重视机构改革以及俱乐部内外部管理等方面的消息，以其来为体育管理部门提供一定的管理与发展意见。这种由于工作性质的不同导致了体育文化分层。当然，思想意识方面的差异更会导致体育文化出现分层，思想意识直接影响着人们对信息的选择性，即使中国人具有包容的精神，也会产生程度不同的文化倾向。毕竟本土文化的强大惯性力无法阻挡，本土文化的不自觉的文化保护意识发挥着重要作用，人们长期以来习惯了的思想意识和精神寄托支撑着本土文化，所以在受者的体育文化中依然保留着大量的本土民族体育文化的成分，一

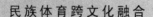
般不会因传播的力度而受到致命的影响，以至于当人们对异质体育文化的新鲜劲过去之后，人们会自然地恢复到自己熟悉的本土民族体育文化的怀抱之中。

　　我们总是希望能更好地理解自己或他人。自我觉醒的概念是所有传播功能和形式的基础。我们可以通过一个心理学的名为"乔哈里之窗"（Johari Window）的实验系统对之加以研究。约瑟夫·鲁夫特（Joseph Luft）和哈灵顿·英厄姆（Harrington Ingham）研究出一个用杂色小方片拼成的窗口，它能帮助我们研究我们是如何看待自己，以及他人是如何看待我们的。①

这个窗口分为四个，分别是开放区、盲区、隐藏区和未知区。开放区是你和大家都知道的关于你的情况；盲区是别人知道你却不清楚关于你的信息；隐藏区则代表着你隐藏起来的自我；未知区是你和大家都不知道的关于你的信息。在这样的四个区中，人们的自我觉醒程度不同，四个区的大小不同。四个区分别表现为重症离群者，这个状态是未知区占据主导，极端不合群为其主要特征；期待交流者，隐藏区为主导的，他们需要交流，但极端害怕暴露自己的秘密；盲目自信者，被盲区所主导的人，则表现出对自己的观点过分自信；只有开放区成为主导的人，他与他人的关系才是坦率、开放的。对于个体来说是这种情况，一个族群、民族和国家何尝不是这样，他们也同样地表现基本相同的趋势。比如西方的中世纪是一个封闭的、黑暗的世纪，是一种未知区占据主导地位的阶段，它不仅没有交流，甚至害怕交流，以

---

　　① ［美］特里·K.甘布尔，迈克尔·甘布尔：《有效传播》，56页，北京，清华大学出版社，2005。

至于将本土的文化都遗失殆尽，表现出严厉的、冷淡的、不可交流的整体社会形象。那个时期的体育成为禁欲的内容之一，根本不可能谈到生存和发展。相比之下，欧洲工业革命以来，西方社会处于相对开放的社会阶段，他们对于异质文化的需求和意见都是非常敏感的，因此莱布尼兹敏锐地发现了中国的伏羲八卦，他们对来自于非西方的文化比较重视，因此有了大量的传教士的东来，并向西方传递着种种信息，其中包括体育文化的信息。随着西方文化势力增加，他们逐渐进入以盲区为主导的阶段，他们对自己观点过于自信，基本上不考虑异质文化对他们的看法，因此表现出现今对东方民族体育申请加入奥运会置之不理。相对于西方来说，非西方国家在现代处于文化的受者地位，主要经历了隐藏区占据主导的阶段，即他们非常需要交流，但又担心过多地暴露自己的弱点，在强势文化面前唯唯诺诺，一味地追随西方的体育文化模式来改造自己的体育，相应地出现了与西方基本相同的体育文化分层。随之本土文化势能、传播力的提高，他们逐渐地进入开放区，表现在他们不仅注重接受新鲜事物，引进大量的体育文化，同时还开始关注本土文化的发展，重视本民族体育文化的塑造，使体育文化分层更加细腻，至少包含了以往所忽略的一个层面，即民族传统体育的存在，这为今后的全球文化创新进行铺垫。

在上述技术、社会结构和思想意识等方面的影响下，体育文化产生了强化的竞技体育、泛化的社会体育、业化的学校体育、人化的社区体育，以及土化的民族体育等生存分层，这些形态本身具有各自的文化特质，与其他文化存在结构和功能上的不同，文化的使命也各异，因此完成体育文化总任务需要不同体育文化形态在各自领域中分目标、分任务地完成，这些分目标和分任务的完成构成了总任务"木桶"之木板。曾几何时，民族体育文化浑然一体，只是在文化传播过程中，这些分层才逐渐清晰起来。

综上所述，可以清晰地看出，文化传播力引发的文化融合、文化增殖以及文化的分层，使文化传播力表现出强大作用，随着社会科技力量的与日俱增，这种文化力将会发挥更为强大的作用。

三、文化创新力

文化创新力是文化力构建的中心环节，文化创新力的状况最终将决定文化力的状况。文化创新力是指一种文化在其文化势能和传播力的综合作用下，经过文化改造、创造、引导等流程，最终促使其文化成为人类科学、文明、健康、积极生活方式的共享文化过程。因此文化创新力是一个动态的过程，它具有一定的地域性和阶段性。

世界各民族文化的创新过程有其共性的方面。与体育文化密切相关的哲学传播、教育方式方面是，体育从开始就与它们形成了高度的相关，比如体育的文化思想，民族体育的精神无疑是哲学思想通过教育传播在体育文化中的表现。但是也存在大量的个性特征，个性的表现主要体现在地域性方面。就哲学传播、教育方式而言，西方的广场式的传播方式，造就了苏格拉底、柏拉图式的人物，广场上的听众逐渐地将广场当作了课堂，从事着包括体育活动在内的各种文化活动，因此，目前的西方体育活动大多是在公共场合举行。东方的庭院式的传播途径，制约了孔子等人为数有限的学生数量，这些听众所从事的活动内容和形式基本上是严格按照其师傅的意愿进行，一般不可越雷池一步，久而久之，东方的体育活动形成了口传身授的模式，体育活动也多数选择在僻静、安逸的环境之中。这些方式的不同是由于文化创新力的作用不同所致。

　　西方人发明了自己的宗教，东方人也发明了自己的宗教，这两种宗教在许多方面的出发点和归宿不尽一致，教义差距较大，因为文化创新力不同，所以宗教的发展不一。因此，极易被人们误解，其中典型的是弗雷泽的误解：

　　　伟大的母亲的宗教将原始人的粗犷与精神向往奇怪地结合在一起，其实不过是自然宗教后期流传于罗马帝国的许许多多相似的东方信仰的一种。它将异国人民对于人生的理想渗透到欧洲人民的心中，从而逐渐破坏了古代文明的整个组织结构。希腊和罗马原是在个人服从集体、公民服从国家这种概念之上建立起来的，全体国民的安全高于任何个人的安全，不论今生还是来世都是如此，并视之为一切行为的最高目的。全体公民从襁褓之时便受到这种无私的理想的教育，毕生为公众事业服务，为了人民共同的福利，准备随时献出自己的生命。如果在这种崇高的牺牲面前而退缩，便是只顾个人生存不顾国家利益的卑鄙行径。东方各种宗教的传播改变了这一切。它们反复灌输：心灵与真神相通。视灵魂的超度为人生的唯一目的，国家的繁荣与兴亡则不足挂怀。这种自私邪恶的教义必然使其信徒越来越不顾公益，只追求一己的精神情绪，蔑视现实生活，认为后者不过是虔修美好永生的凭借而已。芸芸众生把哲人隐士超然尘俗寄情于天国的冥想，看作人类最高理想，取代了无私、忘我、为国家利益而生、为国家利益而死的爱国的英雄的古老理想，在他们看来，人世的城市贫乏可鄙，从而只注重九霄云外的天堂。于是人生的中心从现实转向了来生。这种转变使得今生丧失了意义，这是毋庸置疑的。①

在这一段论述中，弗雷泽没有看到，东方人为了来生，极力地对今生进行方方面面的修炼，作为社会有机组成最小单位的个体身心的兼修有益于社会，有利于国家。另外，诸如瑜伽、养生、武术等在这种宗教的氛围中形成的对人生发挥积极作用的内容，因此决然不是毫无意义的，或者是自私邪恶的。宗教是一种文化力，它之所以能够长期生存于某一空间，说明它具备价值和功能的某种合理性，不能以唯一的标准衡量之。况且，西方的宗教使西方的民族体育中夹杂着大量的宗教色彩，这些因素是超越于政府和民族之上的，甚至对人有蔑视之嫌，至今在奥运会的种种方面依然能够看到这些影子。在某种程度上讲，肢体符号在人类之初，发挥着人与神灵沟通的重大作用，因为只有动态的肢体符号才能克服语言上的障碍。从这个角度讲由宗教中剥离出来的体育成分没有良莠之分，宗教在此仅仅发挥着文化力的作用，通过体育实现了宗教文化的创新，体育文化也借助宗教文化达到了对自身的文化突破。中国人没有严格意义上的宗教，不是说中国人对自然的认识很早就达到了科学认识的阶段，而是在其文化创新过程中，儒家思想的力量替代了宗教的部分职能，使宗教生存的空间受到影响，儒、释、道思想表现出一种泛宗教的性质，发挥着宗教的部分效能。在这种背景中，中国的民族体育运行轨迹明显与西方的不同，以中国为首的东方的民族体育文化创新力在经过一段时间的沉寂之后，世人们又一次发现它的价值和功效所在，只要是东方体育文化能够进一步创新，它将发挥更大的社会效绩。

在科学技术方面，受到文化创新力的影响，东方虽然发明了

---

① ［英］J. G. 弗雷泽：《金枝》（上），348 页，北京，新世界出版社，2006。

举世瞩目的四大发明，可是中国人并没有很好地将其运用于社会生产的实践中，恰恰相反中国人将其用于驱鬼、风水、画符等方面，在这方面中国人的非实用性发挥得十分到位。而这类科技传到了西方之后，很快引起了人们的重视，并将其运用于关乎社会生产、生活的实用方面，产生了极大的社会效益。可见科学技术也是一种文化力，而且是一种全人类共享的文化力，其作用十分明显。这种文化力在不同的国度中运行的方式不同，发挥的作用各异。英国的科学史家Ｗ．Ｃ．丹皮尔的《科学史——及其与哲学和宗教的关系》中主要讲述的是西方的科学技术的发展历程，其中很少东方文明中的科学技术成分，这与中国人对科学技术的态度存在着密切的关系，当然也与西方学者唯我独尊有关。即使西方人极力推崇自己是科学技术的主要拥有者，依然不能排除他们国土上大量存在着非理性的信奉者。据多次调查表明，当代美国人当中，80％的人仍相信上帝会创造奇迹，50％的人相信天使，1/3以上的人相信有鬼（盖洛普和卡斯特利1989年；格里利1989年；威尔斯1990年）。①体育在科学技术的影响下呈现理性与非理性的高度融合，这不能不说是一种创新。同时产生了东、西方差异，西方体育文化借助了大量的科学技术，使其成为科技含量极高的文化现象之一。而东方的体育受到传统科学观的影响，很少表现出丰富的科技含量，不过其中依然具备大量的科学技术的观念和理论，比如东方民族体育中对习练时辰的讲究，内外兼修练习方法中的经络学说，对运动技术的悟性理论等等，虽然这些内容至今还没有得到自然科学的完美解释，但是它是一种游离于现行的自然科学之外的科学的理解方式，而且真真切切地发挥着作用。这两种科学体系造就了两种不同的体育文化表

---

① ［美］塞缪尔·亨廷顿，劳伦斯·哈里森：《文化的重要作用》，201页，北京，新华出版社，2002。

现，使体育文化力也出现分野。在当代自然科学成熟的过程中，这两种体育文化始终都是科学技术的试验场，经过在这个极好的人体试验领域，诞生了不少新的科学技术，创造了许多新型的体育运动项目。

体育文化的创新力与其他文化现象上有所不同，它更多地表现出较高的一致性，即体育文化的共性成分较高，共享性很强，尤其是在跨文化高度融合后的体育文化，其文化力的作用更加明显，更加符合体育文化的本质。在人类历史上，体育文化的创新力大体经历了以下几个方面的过程。

（一）体育文化力早期影响

体育文化在多元生成过程中，最初与军事战争的关系最为密切。军事战争是体育的一个重要源头，体育又是军事战争依赖的重要手段之一，在冷兵器时期可以说是唯一的手段，是制约民族、国家发展的不可忽视的文化力，也可以算是体育的一种文化创新。由此而来的古代奥林匹克运动会是不折不扣的战争产儿，它来自于战争，又服务于战争。古代奥运会最初的每一个比赛项目都是冷兵器时代必须掌握的战争技能，这些项目又是希腊人的教育主体，古代奥运会与其说是祭祀神灵的仪式，是检阅教育质量的方法，不如说是检阅军事实力的阅兵式。中国的武术就是对古代军事战争直接的技术性总结，只要是作战的方式和方法都是武术归纳的内容，皆为百姓农闲必须习练的内容，"国之大事，在祀在戎"，教育内容同样注重体育，"序者，射也"，与体育有关的教育内容占"六艺"中的四项。可以说，体育文化对人类社会早期的影响主要集中于族群、民族、国家的工具性层面。

在一定程度上，我们可以发现，大凡是古代发动大规模外侵战争的民族或国家，其民族文化中均包含着浓厚的民族体育文化特质。比如古希腊人、古罗马人、蒙古人、中东人。这些民族受益于民族体育强悍的支持，在民族文化的异地传播方面异常频繁和广泛。

不同民族的体育文化被人们所掌握的肢体活动技能表面上不会引发民族文化冲突，也不易引发政体的改变，因而人们不会因此而产生心理防范和文化防卫。而且，不同民族的体育文化本身所具备的差异强烈地吸引着彼此的目光，喜新的好奇心理驱使人们接受异质体育文化。同时，体育动态肢体符号具备的文化通约性，能够轻易地突破语言的障碍，实现较为流畅的沟通。体育是一种文化载体，体育运动中蕴含着丰富的民族文化内涵，包容着民族文化价值，物化着民族文化精神。对体育文化的实践和解读，使人们能够充分、全面、生动地了解一个民族的文化，特别是精神文化。精神文化是文化中质态稳定性最强、作用力量最大的部分，但是它一旦物化在体育活动之中后，这种最难与异质文化沟通和融合的部分，被体育激活，通过体育活动作用于受者，进行着广泛而深刻的文化交融，发挥出强大的辐射、渗透力量。如中、西体育文化早期交流中，西方体育的竞争精神和意识已经深深地引发了求稳、趋静、尚中庸民族的文化和社会变革；东方体育文化的"天人合一"精神极大地影响着西方主客分离的意识，使他们认识到人与自然的和谐关系。

（二）体育文化力现代影响

20 世纪以来的世界历史实际上是一部以区域国家作为社会生活基本"容器"的历史，而空间的重组则是战后社会发展以及全球化进程中的一个核心问题。列斐伏尔（Lefebvre）的空间分析理论认为：第一，空间是社会行为的发源地，空间既是一种先决条件，又是媒介和社会关系的生成物。诸如东、西方体育文化的发源空间分散于地球的不同地域，自然屏障作用日渐削弱，社会交往日趋频繁，体育运动生存空间随之扩大。第二，全球化实际上是一种与资本主义相关的各种形式的社会空间组织在世界范围内的扩张与相互交织。例如借助强势文化单向渗透的西方现代体育项目，在全球范围内形成网络，将以往集中于西方的民族体育文化分力集中为合力，加强了现代体育运动的广泛传播。第三，在社会空间的不同层面上，资本主义持续不断地进行着空间的区域化、非区域化以及重新区域化的过程。西方体育文化从局部的地域文化向全球整体区域的扩张，是一种重要的重新区域化的过程，这种过程在资本主义帝国意识的驱动下，势头强劲，已经构建了奥林匹克文化帝国。总之，无休止的资本积累的空间实践，目前已经成为整个世界的发展框架。在该趋势的作用力影响下，英格尔哈特归纳为"一代人的变化，从强调经济安全和物质安全转向日益强调自我表现、主观康乐和生活质量"①。加之对空间的征服和整合，也成为消费主义赖以维持的主要手段。因为空间带有消费主义的特征，所以消费主义的逻辑也就成为现代社会运用空间的逻辑，成为日常生活的逻辑（列斐伏尔《空间的生产》），体育文化被深深地打上了这样的烙印，表现出另一种时代性的文化创新。

建立在消费主义基础上的余暇文化成为现代社会生活的主流。余暇文化是人们在可由自己支配的业余生活中的各种具有文化意义生活内容的总称。人们的余暇生活逐渐由单一向丰富、低层次向高品味、少费用向重消费方向发展，具有文化意义的生活内容也日趋浓厚。余暇文化的程度是一个现代社会发展的重要标志，也是进步发展着的社会为人们提供物质、精神、社会关系生活的重要形式。

西方社会的余暇文化异常地丰富，人们可以将实用性的、非实用性的体育活动内容充实于他们的余暇生活之中，特别是现代社会的余暇生活中涌现了大量的非实用性的体育活动内容和形

---

① ［美］塞缪尔·亨廷顿，劳伦斯·哈里森：《文化的重要作用》，130 页，北京，新华出版社，2002。

式。比如攀岩这项活动在现实生活中，它没有或很少实际意义，从功利角度来讲它的存在的可能性较小，可是在余暇文化中，这类活动的成分很多，这与人们渴望得到精神上的实用有关。攀岩是一种人类利用原始的攀爬本能，借以各种装备做安全保护，攀登岩石所构成的峭壁、裂隙、大圆石以及人工岩壁的运动。萌发于19世纪的欧洲，广为兴盛于20世纪50、60年代，80年代后出现竞技攀岩，这项新兴的体育活动不仅在余暇文化中充当休闲体育运动内容，还作为教学内容被某些国家列入中、小学课程。短短的发展史，较高的传播率，对此我们不能不承认消费时代的余暇文化力的强大。就余暇而言，其空间巨大，拥有容纳各色文化的能力。余暇的创造、创新潜力巨大，特别是在消费理念的鼓动之下，它会将实用性的、功利性的内容改头换面地演变成轻松愉快的非实用型的、非功利性的文化内容，它会将下位的、低俗的内容精雕细刻地转化为健康积极的、上位的、高雅的文化形式。攀岩的发展历史可以很好地说明这一点。西方社会在工业化的基础上，使社会文化的各个方面的改革快捷起来，相比于其他社会阶段，余暇文化并不是近现代的产物，但是它的发展确是在工业化之后，这充分说明工业化对社会向着快节奏的方向发挥了极大的推动作用。与此同时，信息社会又是快马加鞭，推波助澜地将社会的运转速度进一步提高，社会文化随之高速运行，文化创新日新月异。我们可以看一看"因特网短暂但热闹的历史"：

　　1971年第一封电子邮件面世、1983年第一所大学使用电子邮件通知学生、1985年第一个顾客登陆美国在线服务公司、1991年万维网（www）启用、1994年亚马逊网上书店售出第一本图书、1995年雅虎网络搜索引擎启动、1995年eBay举办了第一起网上拍卖、1996年第一家全天候网络摄像机（Jennicam）开张、

1998 年波士顿学院学生创造 Napster、1999 年第一家在线大学开办、2000 年第一次进行网络投票。①

得益于信息技术的发展，余暇文化受到前所未有的推动，发达国家是这样，发展中国家也孕育着余暇文化，当全球化浪潮席卷而来时，这些国家和地区的余暇文化无一幸免地被裹挟进去，进入快速发展的轨道。在祈望田园生活的中国人眼中，是否能够善度余暇是衡量生活水平的"天平"，这种观念不断传播，得到了世人的认同。同时，中国人的生活受到中、西方文化交融的影响，逐渐营造着地域空间特色的余暇文化氛围，人们努力靠拢文化韵味浓厚的余暇生活。然而，由于受到固有"琴棋书画"文静的娱乐观，以及无疾少病为康健的健康观影响，人们生活中总是缺少本应存在的体育生活成分。尚未完全进入人们生活方式之中的体育生活存在着缺乏引人入胜的"娱乐魅力"、"文化引力"，拳、操、舞、球内容和形式适应范围有限，功能、价值有待开发。中国的体育人口数量有限，与发达国家比较相差二十个百分点，大量的非体育人口中虽有"昙花式"的人群，能够在体育盛会、世界大赛期间表现出短暂的体育兴趣和行为，但是大部分的人群属于"君子式"、"期待式"和"顽固式"等类型。从需要层级看，也许体育生活是满足人们较高层次需求的一项内容，在初入余暇文化的人们尚未"走近"该层次，随着中国人生活空间的不断扩大，全球化的余暇文化力进一步深入地影响中国人的生活方式。从目前中国大地上流行的休闲体育活动情况来看，在全球体育文化力推动下，中国人在近三十年以来余暇文化大量吸纳异域空间的成分，逐步形成了一般户外活动、室内运

---

① ［美］特里·K. 甘布尔，迈克尔·甘布尔：《有效传播》，367 页，北京，清华大学出版社，2005。

动、极限和强力运动、"海陆空"运动与冰雪运动、民间体育休闲娱乐运动和休闲化竞技体育运动等并存的格局。①

上述现象是在体育文化力影响下所产生的单向渗透结果，余暇文化是建立在全球空间下的，全人类共享的余暇文化体系，在借鉴西方"动"的体育文化时，应高度注重东方文化中的"静"的有益成分，做到动静结合，方能充分体现余暇文化的社会效应。对此东方体育文化应注重自身的文化力，在继承基础上不断创新，充分借助信息技术、多种媒介推动东方的悠闲观和养生方式实现全球化，发挥民族体育文化的玩具作用，使余暇文化的外延不断扩大。

（三）体育文化力未来影响

20世纪90年代，世界卫生组织将健康定义为："一个只有在身体健康、心理健康、社会适应性良好和道德等四个方面都健全，才算是完全健康的人。"②身体健康是人类生存的根本，心理健康、社会适应性良好和道德修养则是人性不断得到重视的必然。随着人类社会的进步，科技的发展，社会分工的细化，人们在更加广阔的社会生活中越来越多地依赖于合作，因此人们希望有一个稳定、和谐的社会，维持社会系统的稳定与和谐取决于所有独立社会角色的完成，因为每一个特定角色又取决于与所有其他角色的合作，尤其是在未来社会，每一个社会角色之间高度依赖，人们期望每个人都能充分扮演好自己的社会角色，完成有关任务。③美好的期望可以凝聚为一点，就是每一个人能否扮演好其"健康角色"，所谓"健康角色"是人们在生理、心理、社会

---

① 胡小明，虞重干：《体育休闲娱乐理论与实践》，北京，高等教育出版社，2004。

② 胡小明：《体育与健康新论》，载《体育与科学》，2005（1），1页。

③ ［美］F. D. 沃林斯基：《健康社会学》，北京，社会科学文献出版社，1999。

适应和道德修养各个方面均能达到健康标准，树立健康价值观，拥有整体的健康资本，在工作、生活的方方面面以健康姿态出现的行为规范。能够扮演好健康角色的个体才能拥有其期望和憧憬的其他社会角色的资格，才能得到社会成员的信赖和认可。

而在现实生活中人们的角色扮演并不以个人意志为转移，立足于理想的工作岗位，承担对口的社会角色。特别是人至中年之后，各种难以预料的亚健康、疾病接踵而至，健康随之悄然离去，疾病严重地影响人们的工作和生活，即使是拥有良好生活水平的人群。

对于整个社会而言，疾病的困扰实质上是一种个体偏离社会期望的表现。导致个体偏离社会期望的原因有两个：第一，个体有能力完成他的社会角色和任务，但他不这么做，这种类型的偏离应被看作是犯罪或干坏事，应受到有关司法当局的惩罚。第二，个体没有能力完成他的社会角色和任务，而不是其自身的错误，这类偏离应被看作是患病而不是犯罪。[①] 第二种情况的人们不得不被送到医疗机构恢复健康状态，这种被动的、不情愿的偏离行为在发展中国家没有受到足够的重视，没有被医学这一社会控制机构大范围地收治。疾病每时每刻地窥视着每一个个体，一旦有机体防范不当，疾病便乘虚而入，使个体成为病人，他不得已扮演起病人的角色。医疗机构的确能为病人角色提供各种科学、合理、卫生的帮助，使人们尽快地恢复健康。然而这是以病人角色为主要控制对象的，是将病人角色向健康角色转变的过程，因此医疗机构对人的关注具有特殊阶段性。除此之外，还有体育作为医学的外围预防圈，可以有效地帮助人们避免成为病人，在发达国家人们的健身意识十分强烈，他们为了健康，为了

---

① ［美］F. D. 沃林斯基：《健康社会学》，156 页，北京，社会科学文献出版社，1999。

避免医疗保健的高消费而在体育健身方面进行健康投资，实际效果是积极有效的，以极少的投资赢得了健康的巨大资本。我国的体育人口不及西方发达国家的一半，在人们的生活方式中体育生活还微乎其微，原因是多方面的。随着城市空间的不断扩容，工作性质的深入变化，人口数量的增加，以及人口结构的变化，未来社会因人口密度、老龄问题的凸显，以及新的死亡谱系将会产生各种影响人类健康的因素，威胁着人类的健康。

体育最本质、最基础、最强大的文化力就是强身健体、防病治病、娱乐身心，不断增强人的体质。非常重要的一点是体育对人的关注是全面、终身的，诸如体育文化不断创新出来的新功能，能够有效培养人的审美意识、竞争意识、协作意识，能够有效促进人的社会交往、合理合法地进行情感宣泄，在一定程度上促智益慧。同时能够将社会规范、文化交流有机地融入体育活动之中，使人们自然地内化这些规范和文化。可以说体育对人的身、心、社、德诸方面的作用力是医学和社会其他文化难以提供和比拟的。通过体育生活使人们更长时间扮演健康角色，拥有健康资本。尤其是为有效工作成员提供健康资本，保持非有效工作成员的健康资格，促进高效工作成员的健康积累，提高低效工作成员的健康实力，在全球空间范围遏制因社会进化而导致的人类机能退化。[①]

在未来，民族体育文化力对人类的影响是完善人性的重要器具之一。法国社会学家列斐伏尔（Lefebvre）认为：

> 一个革命，如果无法创建出一个新的空间，使它蕴含的潜在能力可以发挥出来，那么这个革命将宣告失败。因为它没有改变"日常生活"，而只是改变了上层

----

① 陈青：《体育文化作用力》，载《广州体育学院学报》，2006（5），5页。

建筑的意识形态、公众机关或政治体制。一个社会的转型要获得真正革命的性质，必须能够影响"日常生活"，并对其有所改变。①

列斐伏尔的论断很有道理，文化的融合与渗透必须具体到生活层面。任何体育项目都经过了从"工具"、"玩具"到"器具"三个过渡性阶段，这是体育文化发展的轨迹，更是民族体育文化发展遵循的轨迹。例如以搏杀见长的武术当初是一种军事、争斗的工具，也兼任着娱乐的工具。工具的使用造就了人们强烈的功利性，有用、好用它就有价值。没用、不好用，它就失去了存在的基础。当战争形式改变后使武术这种工具没有了市场，武术开始向为人们娱乐服务方面转化，武术开始充当"玩具"。这个玩具很有意思，它不仅能够自娱，也可以他娱。不过武术这个玩具不太好玩，想练到技艺高超满足自娱和他娱的程度，需要花费大量的时间和精力，故谓之"功夫"。由于武术的玩具阶段完全依赖的是人们的自觉自愿，可玩可不玩，不像在工具阶段，为了保家卫院人人迫切需要掌握搏杀的工具。如今人们已经认识到武术的功能和作用，在人们拥有闲暇、闲钱、闲情的时候，开始陶醉于这种越玩越有味的武术运动中，将它纳入生活方式之中，成为生活的"玩具"。如果将来有一天人们如居家过日子那样，使具备高度融合能力的中华武术，以及民族体育与日常生活离不开的炊具、卧具、电视、手机、书刊等器具一样，成为一种融入人们日常生活，促进体育生活化的"器具"，通过民族体育给人们的生活、身体带来轻松、愉悦、健康，以及享受着传统文化的沐浴和滋养，这时民族体育必然能够发挥更强劲、广泛的人性塑造和培育作用。

---

① 黄凤祝：《城市与社会》，190页，上海，同济大学出版社，2009。

印度谚语说得好："一个人不能离开家，就像一根手指离不开手一样。"民族文化的创新不能离开孕育它的土壤，全球的文化创新离不开人类的各民族绚丽多姿的文化。不断创新、融合后的水溶性的文化马赛克注定构成全球文化的绮丽景观。

在体育文化力的构成因素中，我们认为最具发展前途和强大影响力的是体育文化中的艺术、休闲和人性。

第三节 竞技艺术、休闲体育、人性体育

体育文化的融合出路，重在以人为价值中心，因此未来的民族体育文化走向应该向着艺术、休闲、人性方向发展。这是一种在对人类的健康追求基础上的，使体育文化增殖的更高层面的体育文化源动力。

一、竞技艺术

提到艺术，人们会立即联想到绘画、音乐、歌舞、文学，却很少有人想到体育，也很难将艺术与体育联系在一起。

西方对艺术的界定中，有技巧的艺术，技巧和美的艺术，技巧、美和意义的艺术。如何看待艺术，这是几项比较基础的因素。只要当人们面对着那些为了取悦人们的感官而添加到某种人工产品上的非功利或非实用性特征的创造或展示之时，我们正在与艺术打交道。同时，当艺术家们把物质、声音或运动转变为某种令一个社会的人从美学角度感到愉悦的形式时，艺术产生了。有人指出艺术既指艺术家们把某些特别的技巧运用到这些创造活动中去的过程，也指这些创造活动的产物，这时艺术自然而然地产生了，无论是否被人们所感知或认识。但是，不能被人认可、

认同的艺术会出现失落，因此，艺术的东西需要人的感知，这就造就了艺术必须有意义，同时艺术还具备功利性和实用性，只不过这种功利和实用的作用对象、环境不同。自然，意义的存在是艺术的先决条件。格布兰兹（Gerbrands）认为艺术定义就是一例："当一个创造性的个体在物质、运动或声音方面给予文化价值一种个人的诠释，以至于从这个创造性的过程中产生的形式遵从其所属社会关于美的有效标准，我们则把具有如此性质的创造过程及从中产生的形式称作艺术。"在非西方的语境中，关于艺术的界定更加宽泛，例如，有研究表明艺术还包含着诸如非洲加纳东北部古伦西人的语言中存在一单词"gano"，这个词的含义并不局限于指那些在制造或装饰物质形式方面有技巧的活动，它还包括诸如占卜未来、跳舞、演奏乐器、打猎等其他活动。[①]这是一个比较有代表性的界定，不同地域的族群、民族对艺术的感受不同，对艺术的追求和实践各异，因此对艺术的界定自然不一样，其内涵与外延大相径庭，特别是现代社会艺术的边界更加的模糊。我们认为对艺术的界定应包含人类活动的一切方面，在这些活动中无不包含着人类的技巧、对美的审视、对艺术的塑造、对艺术的意义诠释，还有人与文化的构建能力和对话本性。人是艺术的中心，是艺术的源头和归宿。人所创造的艺术直接与美联系在一起，凡是艺术的东西都会使人产生美的感悟，正如尼采所言："没有什么是美的，只有人是美的。在这一简单的真理上建立了全部美学，它是美学的第一真理。"人类所创造和从事的体育是一项人与美联系最密切的实践活动，它是一种与生命有关的艺术实践。

---

① 王玲：《跨文化研究中一些表示"艺术"概念的词汇分析》，载《民族艺术研究》，2003（4）。

（一）竞技艺术，一种被忽略的语言场

鲍列夫说："艺术价值是一种在语言交际中产生并有语言符号传达的价值。"这说得尽管笼统，但还是最清楚不过地道出了艺术文化的语言与符号的本质。显然，正是语言赋予艺术以文化的意义和价值，正是语言把艺术带入流动和开放状态，正是语言给艺术作品以丰厚蕴藉、幻化无穷的诗性与品质和富于生命自身的神韵与美感。在艺术书写与创造活动中并无超越语言的更为理想的方式。①

人类的语言有多种形式，其中肢体语言就是一种主要的方式，这种语言从另一个角度对艺术进行义化价值的诠释，同时肢体语言创造了一种伴随人类始终的艺术形式。肢体语言引导着人类将思想从科学的、逻辑的层面走向了生活层面，引导着人们对人的生命存在的现实直接意识，升华着人类生命活动中积极、健康的本质力量的文化价值凝练。通过肢体语言表现出人类最为本性的属性，表现出人类的意志。

以往人们忽略了体育文化中竞技艺术的语言场的描述，而这一语言场始终存在，它的价值和功能并未因为人们的忽视而消亡。在语言的表现特征上，体育文化使用的是形象的肢体语言；在语言功能上，体育文化中的竞技艺术是一种动态的、流动的、开放的人类的语言；在艺术的表现上，体育文化是一种人体艺术语境；在艺术的功能上，竞技艺术不仅能够展示美学价值，更能培养人的审美意识，而且将艺术与人的生命存在价值紧密联系在一起，表现出口头、书面语言难以奏效的艺术效绩。古罗马哲人

---

① 丁亚平：《艺术文化学》，83 页，北京，文化艺术出版社，2005。

普罗提诺就认为："活人的美是可爱的，其所以可爱，是因为它具有生命，具有活的灵魂。"体育文化所以能够长久地伴随人类，这是一个非常重要的特征，自人类诞生以来，就将自身发明创造出来的人体艺术奉为至高无上的文化形式，拿它来与神明和上苍进行沟通。进入现代社会，人类依然以竞技艺术来完善人的体格、体质，以及人的全面发展，以体育文化作为人们教育、余暇等文化的主体，尤其是以体育文化为完善人格、尊重人性的主要领域。

　　一个语言场的建立需要全人类的共同努力，如果仅仅是一个族群或民族的语言支撑，那仅是一个语言点。在人类的不同语言点的汇集下逐步地形成了庞大的语言场，这种语言场也同样遵循着文化马赛克的原理，表现出靓丽的文化景象。一个语言点所发出的声音是单纯的，或者说是单音，只有在语言场中共鸣的声音才是具备高度艺术性的声音。比如当人们深入到原始状态的地区，看到原生态的体育活动，给人们的感觉是纯真和质朴外，更主要的是混沌，有时候你可能很难分清这些活动内容是什么，因为他们与生活、生产、巫术等活动融合的十分密切。

　　　　正如有些人想像他们能够点燃太阳或加速太阳运行一样，另一些人幻象他们能使太阳停止或倒退……当太阳在秋天向南移去并在北极的天空愈来愈往下沉之时，伊格卢利克的爱斯基摩人就玩那种"翻花篮"（一种双人玩的儿童游戏）的游戏，以便用绳子做成陷阱将太阳捉住，防止它消失。与此相反，当太阳在春天向北移动时，他们玩那种"木棍接球"游戏（用绳将球系在木棍上，玩时将球抛起，然后用棍的顶端将球接住）

去加快它的运转。①

在这个单独的语言点中体育活动被其他活动成分掩盖，其本质的功能和作用被忽略，所能发出的"声音"仅仅是游戏的成分。当这种体育活动被集中在竞技场的时候，体育活动本身的属性全部地释放，汇集成激昂的"语言声音"，产生巨大的音效，最好的例子就是各种体育表演、体育竞赛、奥林匹克运动会所产生的巨大场效应。现在已经没有人会认为人类这种活动是巫术仪式，人们看到的就是人的本质力量，是人所创造的一种人体艺术。

（二）竞技艺术符号

能够产生巨大的场效应，主要是取决于体育文化中的竞技艺术符号，这种符号是一种动态的肢体语言，能够克服语言的交流屏障，实施真正意义上的人类相互沟通和互动。特别是经过人类反复地雕琢，使人体运动日趋完善，将人类的肢体能力、思维能力有机地融合在一起，同时将民族的文化、民族的精神充分地渗透其中，而且将人类的能够体验、总结出的美学意义完美地寓于肢体活动之中，使这种符号构成世间最具活力的艺术。比如全球最引人入胜的足球运动就是一项艺术性极高的竞技，在这个运动中，人们可以饱览各种艺术风格。英国的足球融绅士风度和骑士精神于一体的艺术风格，运动员个个技术规范、积极拼抢，并擅长于长传冲吊。拉美足球将拉美人能歌善舞的浪漫艺术纳入足球，使之带、传、射极富韵律感，人称"桑巴足球"。德国人将足球演绎成了具有哲学气质的日耳曼战车，表现出一丝不苟、攻守有序的足球竞技艺术。虽然中国足球令人难以启齿，但自现代足球传入中国，中国人将宏观、实用、中庸思维艺术不自觉地带

---

① ［英］J. G. 弗雷泽:《金枝》（上），82 页，北京，新世界出版社，2006。

进足球技术、战术之中，虽有外教的频频援助，也不能很快地帮助中国人将充分突现个人主义的集体项目中的个体与集体的界限分清，中国人始终坚持着集体项目必须以大局为重，避免个人英雄倾向的发生，导致了中国足球中庸有序的竞技艺术倾向。也许今后的中国足球风格能够以柔水胜烈火的方式战胜世界足球劲旅们。不过足球的确是一个强者的艺术，通过使用柔弱的方式取胜的可能性较小。同属东方的日本、韩国，他们对于东方的哲学理解一点也不比中国人少，他们深深地知晓"水"的文化力量，但是他们还是不断将"武士道"、"小龙"精神给这种柔弱的"水"施压，使之产生巨大力量的"高压水"，在国际足球舞台上频频地演出着"水"覆"火"的精彩艺术篇章。

当人类的体育文化不断融合时，竞技持续地吸纳各个民族的民族体育文化，使竞技中包含更为丰厚的文化底蕴，使人类丰富的肢体活动上升到人体艺术层面。因此体育文化发展到今天，没有一项运动不具备艺术属性，即使是惨烈的、血腥的项目内容，其技术必须娴熟，必须符合人体运动生物力学的规律，展示出完美的内外协调，运动员瞬间对战机的正确把握，战术的合理准确使用，以及始终表现出来的坚忍意志，更不用说那些具有直观艺术性的项目。只有这样的竞技才能称得上是艺术。这是人类活动中最能够体现人类自我的内容，也是通过竞争方式诠释艺术的领域，更是参与人群最广的艺术活动。体育文化中的竞技升华为艺术，绝非短期的演变，在长期的体育与艺术的交融中，彼此之间产生双向互动，其中艺术本身也具有两种走向：一种趋向于纯粹艺术，向着纯审美的方向发展。另一个方向是脱离纯粹审美中心，走向与现实生活结合，为现实生活中的事物塑造审美的意识、培育审美的品质，与体育的结合使竞技艺术化，使竞技成为艺术符号。体育文化起源中就有一个源头是艺术，因此体育本身具备着艺术的素养、艺术的本性，具有艺术符号的功能。比如典型的各个民族的体育舞蹈，其本身原本的艺术成分和品味较高，在艺术的指导、加工后艺术符号的表现能力更加突出。再如从其他源头起源的体育活动，虽然在开始阶段没有或很少艺术的成分，但是当体育独立成为体系后，随着技术体系的成熟，竞技艺术性的弥散影响着这些因素向着艺术方向发展，使其艺术性逐步地得到提高，这不仅是人们对审美的需要，也是人类对人体认识逐渐完善的结果。我们可以看到起源于狩猎等生产活动的奔跑，现今已经达到了完美的流畅；起源于古代军事战争的武术，其套路具备了演练的高度技巧化；发端于现代工业的汽车运动，实现了实用价值的意义目标。这一切使体育活动具备了艺术的基本属性，技巧、审美和意义，使竞技水平在不断提高基础上繁衍出丰富的动态肢体艺术符号。

体育文化中的竞技艺术符号具有极其独特的特征。一是动态肢体符号，前面曾经反复谈过是全人类都能看得懂的符号体系。二是竞技符号，这种符号与艺术活动中的其他内容截然不同，这就使体育竞技符号中充满着强烈的竞争，不论是个人项目，还是集体项目，清一色的拥有竞争因素，而且这些竞争是建立在公平公正公开基础上的、直接的、显现的竞争。三是瞬息即逝的艺术符号，任何体育活动所产生的艺术性，以及艺术效果都是在竞技活动的过程之中得到表现，一旦竞技动作停止，艺术的载体就不复存在。四是作用于人有机体的艺术符号，在一点与上面的第三点看似矛盾，实际不矛盾，即体育活动作用于有机体，使有机体产生生理、心理的良性改变，以致使人受用终身，因此也是人类活动中永恒的艺术形式之一，它并不随着体育活动的终止而影响其艺术的存在，其载体是人类的有机体，这种"活化石"动态地记录着悠久历史的人类艺术文化。

（三）竞技艺术灵感

竞技艺术灵感包括两个主要的方面，一个是现实生活给予民族体育的灵感，另一个是体育文化给予人类的生活、生命灵感。

第一，在现实生活中，人类生产、生活中的各种中介给予了人们总结和提炼肢体活动的不尽源泉，任何民族体育的起源都离不开生产和生活中的各种中介，因此民族体育源头与人类的现实生活息息相关，现实生活是竞技艺术灵感的源泉。在民族体育的发展过程中，这些中介依然忠实地为民族体育提供着素材，特别是随着社会进程的加速，人类生活能够为人类提供素材的范围和品质越来越高，民族体育拥有丰富的资源可供融合。比如西方的民族体育发展过程中，在工业化的影响下，民族体育活动的形式渐趋统一化、标准化，人们对能够统一的标准化的技术给予了高度的认可。这是工业化给民族体育带来的艺术灵感，促进了西方民族体育向着规范化的方向发展，有益于大规范地普及和提高，因此西方民族体育竞技艺术具备较强的可模仿性。而大量的非西方的民族体育，它们所经历的社会背景是风格各异的现实，这些社会生活背景提供着极其丰富的素材，激发着人们的竞技艺术灵感，使民族体育活动的内容和形式异常的丰富多彩。比如东方的民族体育在阴阳思潮的影响下，其艺术形式表现为变化无穷，人们渴求着事物的变化，虽然万变不离其宗，但是东方人对竞技艺术有一种强烈的求变的意识，这是他们的周易思想的使然。周易赋予人们强烈的变异灵感，人们从事着各异的技术风格，表现出异常繁杂的艺术特点，因此东方的竞技艺术是一种难以模仿的艺术形式。

从艺术本质上讲，现实生活蕴含着丰富的艺术性，需要人们通过长期的梳理和观察才能从中提炼出艺术成分，就一个具体的体育技术而言，只有不断改进，才能使之成为符合人体运动规律，符合人的审美需要的艺术。竞技艺术是在长期的体育活动过程中，不断地发掘出来的，它与现实生活存在着必然的联系，这是其必然性的表现。竞技艺术得以凸现需要人们的艺术灵感，这种灵感的产生必然需要现实生活经验的不断积累。必然性产生于事物的内在根据和本质的原因，偶然性则产生于事物的外在的非本质的原因。两者对立而统一，必然性通过偶然性为自己开辟道路，没有脱离必然性的偶然性，偶然性本身始终依附于内部的潜隐着的必然性。竞技艺术的灵感是在人们长期的习练过程中被激发，竞技艺术灵感一旦出现势必为民族体育提供新的发展途径，带来新的生存空间。特别是体育文化是一种动态的肢体活动，又是一种与社会生活联系最直接和最广泛的文化现象，其中存在着大量的偶然因素，这些偶然因素是激发人们产生竞技艺术灵感的诱发剂，故而体育文化的发展和变化是人类文化现象中最突出的。

第二，体育文化为人类的现实生活提供着灵感。体育文化不是一个单纯的肢体活动，它在长期的发展过程中，被赋予了文化的内涵，成为人类文化的重要组成部分。在比较成熟的体育文化中，能够给予社会，以及人类的现实生活以不尽的灵感。表现最为突出的是竞技艺术，其中有两个成分，一个是竞技，另一个是艺术。竞技能够给社会带来的灵感主要是隐含在其后的竞争意识和精神，特别是社会发展进入高速运行阶段，竞争已经成为人类的主要动力，而这一动力的源头来自体育。不论是外显的竞争，还是内隐的竞争，竞争是体育文化的灵魂，也是体育文化奉献给社会的灵感。一个公平竞争的社会，是一个良性运行的社会；一个公开竞争的社会，是一个民主的社会；一个公正竞争的社会，是一个开明的社会。至于艺术，是体育文化奉献给社会的另一个灵感，这种艺术是人体的艺术，是动态的艺术，它不仅蕴含着人类的发展记忆片断，更负载着社会进步的印记。这种艺术能够给予社会的灵感在于它能够将刻板的社会运作富于人性化，将人推向文化的价值中心。在人世间，体育文化始终是人类活动的主体，即使是被某些文化异化的情况下，它依然保持着强烈的人的意识，恪尽职守地捍卫着人体的艺术性。一个社会拥有了艺术的灵感，拥有了艺术，这个社会就会充满活力，就会动力无穷。人们可以从欧洲中世纪的现实中发现，当灵与肉被生硬地分离后，整个欧洲处于停滞，因为那时没有了体育文化，体育文化不能为社会带来艺术灵感，社会失去了活力。当代中国体育文化迅猛发展，整个社会也充满着活力。这一点可以从各个民族的历史上得到充分地验证，大凡是太平盛世，体育文化快速发展，社会生活艺术品味不断提升，人的社会地位和价值被极大地尊重，社会文化进一步繁荣，两者相得益彰。

竞技艺术灵感可以被认定为一种文化力，它带动着社会文化的进步和发展。竞技艺术灵感带动着体育运动技术的创新和发展，大凡是新技术的出现都是在灵感的引导下完成的，这种灵感极大地丰富和完善了体育运动技术的物质层面，由此引发了与体育有关的一切物质层面的艺术倾向，比如体育场地、器材、建筑、服装等方面的美学表现，使体育文化富含艺术成分。当这些物化的艺术灵感作用于社会人的时候，对人的精神产生震撼，从精神层面有激发着人们对艺术的追求和发展，使整个社会呈现追求艺术的氛围，使社会人在完善社会系统、优化社会运行的过程中以艺术的理念促进事物的和谐发展。人类社会的进步离不开艺术，体育文化的发展更是离不开艺术。可以试想如果没有艺术，民族体育活动的很多内容依然摆脱不了生产、生活、劳动、军事、教育、宗教等等器物层面的功利性，它们很可能依然处在寄生于这些中介宿体的阶段。只有艺术，特别是艺术灵感的激发使体育活动从这些中介中剥离，独立出来自成体系，促进民族体育文化的深入发展。最为明显的例子就是脱胎于军事战争的体育活动内容，如球类项目起初是模拟战争的场面，随后这种在所谓没有硝烟的战场上的竞争被艺术所熏陶，逐步演化成了艺术化的作品，使人们可以从中得以充分地感悟人体艺术之美。人类的搏击类项目更是军事战争的副产品，当艺术环境包裹了这些残酷、血腥的项目之后，它们披上了文明的外衣，人们乐此不疲地鉴赏着这类肉搏竞技之美。在这些竞技艺术成品独立于社会之后，他们又反作用于它们昔日的"宿主"，使这些曾经的"中介"从中寻求艺术灵感。在现实社会中，各社会结构之间，彼此都存在着相互的补位和借鉴，体育文化中的艺术灵感具有鲜活、动态、丰富的特征，它能够极大地诱发社会成员从中汲取灵感。

从宏观上着眼，在奥运会中，社会从奥运会使用的各种艺术手段所营造的审美意境、艺术气息，以及奥林匹克运动所创造和展示美的世界方面，从奥运会所构成和展示着世界第一流的人体形态的美、力量的美、韵律的美、运动的美和集中了其他多种文化艺术形式的美的环境中，社会成员在共同创造这些美好事物的同时，加深了自身的美感修养。人类对美的鉴赏是没有国界，没有文化疆域的，尤其是人体艺术更是人类的共同语言，人们对这些美好事物的欣赏，就是接受美感的过程。在现代社会中提倡美感教育，目的在于通过美感来提高人的情感修养，增进人的社会道德，实现人格的提高。竞技艺术是人类的主要社会资本之一，它可以有效地融合、整合社会意识和行为规范，使人类向着美好的社会发展，在此过程中，竞技艺术的作用半径是人类社会文化中最大的一种，从现代社会体育文化传播的效率看，没有一种人类共同的艺术能够与体育文化的竞技艺术相媲美，在全球范围内竞技艺术是最广泛地得到世人认同的文化，它强烈地影响着人类的生活。特别是西方社会广泛地借助西方民族体育文化的竞技艺术半径，充分地发挥其"正艺术半径"的作用，将其文化意识作用于全球。相对而言，是非西方民族体育文化的竞技艺术半径还处于"潜艺术半径"，因为他们还没有充分发挥其艺术作用，或其竞技艺术作用的范围还比较有限。随着全球文化的高度融合，这种潜在的艺术半径将加长竞技艺术半径，共同构成强有力的社会资本。

从中观角度看，社会从体育运动的最受世人欢迎的集体项目中充分地体验、领悟到和谐配合的艺术境界，通过学习这种有机的配合使社会成员明确个体与集体的关系，以及个体的权利和义务，建立"位置"感，避免"越位"。完美配合的集体项目对社会成员行为规范的艺术培养是具体的、生动的，十分容易被社会成员所接受，以至于能够有效地影响着整个社会的协调发展。通过集体项目可以有效地培育社会成员的集体主义精神，避免个人主义倾向。在当今社会发展，集体的力量越来越显得重要，没有集体的力量，个体是难以驾驭社会发展的，由于各个国家和地区的族群、民族对集体和个人主义的认同程度不同，需要有一个处于中立地位的，具有和谐艺术境界的事物来教育人类，社会从竞技艺术中寻找到了灵感，并使用体育文化中的集体项目来促进人类和谐的人际关系和社会分层。

以微观层面考虑，每一个体的健康、形体的优美都能够使社会整体产生精神的振奋。体育活动能够有效地塑造健康的有机体，特别是在现代和未来高速、高压发展的社会，有机体将承受前所未有的重负，唯有体育活动是人类保持健康的途径，唯有竞技艺术能够使人类维护自主、健全、积极的精神状态。在人类社会发展中经常出现文化失调，每每是物质文化快速发展，精神文化被甩在后面，表现出文化堕距（culture lag），体育文化可以帮助人类将物质与精神有机地结合起来，构建物质与精神相通的桥梁，通过竞技艺术传递信息资源，建立良好的物质与精神的和谐统一。因为在体育活动中作为物质形态的有机体必须在聪颖智慧的精神状态中才能发挥出最有效的体能和潜能，机智聪敏的大脑必须借助强健的机体展示精神所思，两者缺一不可。社会正是受到这一灵感的启示，大力推行社会体育，以其竞技艺术启发、推动深陷物质生活中的人们身体力行地竞技活动，将物化的客观实在艺术化为精神的财富。这一点人们可以从优秀运动员成为世人追求的精神偶像得以证实，如名垂体坛的贝利、阿里、乔丹……他们不同于歌星、影星，他们带给世人的不仅是高超的体能、技能和潜能，更主要是向世人诠释了人的意志、精神等本质力量，他们是健全的人。

（四）竞技艺术的文化理解

人们对艺术的文化理解主要从以下几个方面进行，即对艺术的再现、表现、形式、约定俗成等方面，对竞技艺术的文化理解也主要是这些内容。对这些方面进行综合考虑，现实中的艺术高雅与庸俗并存，上位与下位互通，因此对竞技艺术的文化理解需要人们以跨文化的视角去解读不同的竞技艺术，并将这种具有一定差异的竞技艺术注解为人类公共的符号。

在人类可以量化的、共同的、约定俗成的审美意识作用下，人类对艺术的感悟基本相同，美学认识、审美情趣、艺术意识、鉴美倾向、鉴美实践达到一种相对地趋同，这就是人类对流行于全球的主流艺术形式的高度认同的根本。试看西方古典音乐的长盛不衰，中国国画的历时不败无不一再证实人类对艺术认识的共性特征。在竞技艺术方面，西方的民族体育得以全球化也与此存在着必然的联系，世人普遍地认同具有显性竞技的体育活动。非西方的民族体育在某种程度上难以实现全球化，其中竞技艺术的表现、再现和形式上存在与目前人们共同审美意识存在差异。非西方的民族传统体育中的部分项目，由于其自身的竞技艺术相对不足，或其竞技艺术仅仅是一种囿于地域性的个性特征，而不能为更广泛的人群所认同，表现出"土气"有余，"洋气"不足。至少它难以给人们带来高雅的艺术享受。比如原生态的部分民族、民间体育活动，虽然它们曾经是原始竞技艺术的艺术元素，但是人的审美意识和审美观念在不断地更新和发展，艺术的层次、品味在不断地提升，而这些原始竞技却停留在原生基础上，没有变革或很少变革，技术动作依然与生产、生活等中介保持高度一致，没有分化为单纯的竞技技术，难以呈现竞技艺术，因此它们已经不能适应时代的要求，不过它们大量客观地存在于世，与高雅的竞技艺术并存。在人类走过了工业化、现代化、信息化之后，返璞归真的意向日渐强烈，在这种回归自然的热潮中，人们对原始的艺术元素所产生的艺术感悟仅仅是一种兴趣，一种短暂的欣赏，但是欲达到恒常的艺术体验却存在较大的困难。因为人对艺术追求是不可逆的，艺术品质的提升是不可逆的，文化的发展也是不可逆的。当高雅艺术包围着人的情况下，人可能会偶发媚俗行为，但终究他表现出固有的高雅气度，以及对高雅艺术的执著。就像人们现在喜欢去农家乐品尝农家菜肴，那仅仅是一种猎奇，而且农家的菜肴也更新为现代的烹饪方式，只是原材料的原生状态，相对绿色而已。如果让人们永久地生活在农家，生活在乡村，恐怕很少有人能够适应这种生活方式。西方社会中的城市居民生活郊区化也是将城市生活的方式移植于郊区，而非完全的乡村生活。比较能够明辨差异，人们的艺术享受只有在不断地比较、冲突和融合过程中才能得到发掘。其实，西方人更多地从人这一主体出发去界定美和艺术，当主、客体分离的时候，主体的审美意识部分替代了客体的美学实在。东方人则侧重于将主、客体融为一体，将它们共同置于审美的意境中感悟美。这很好地说明了当某人心境不佳时，自然风光不因主体的感知而依然秀美。在竞技艺术中，由于存在以主体为出发点的审美，当这种文化成为强势文化时，其亚文化自然"鸡犬升天"成为所谓雅致的竞技艺术，非西方的竞技艺术自然沦落为俗艺术，所谓的"土气"主要是客体中的存在较多非主体化的成分。雅与俗也是相对的，在融合的基础上这两种并存的艺术形式往往共生于一体，经常性发生着转化，但总体而言总是低俗向高雅转化，艺术毕竟需要经过主体的人化，才能达到人所能够感悟的美学层次。

艺术是建立在一定的物质基础上的，纯粹精神类型的艺术感悟也包含着必要的物质基础，因此人们看到没有一项艺术是绝对的非物质的，体育文化更是如此，特别是需要城市化这样的物质文化保障。中华民族的传统体育不能进入城市，不被城市人所接受，更难以走出国门，走向世界，其中竞技艺术的水准有限，物化程度不高是其重要的制约因素之一。只有到达一定的物质化，艺术才能得到保留，体育文化所以被称为竞技艺术的活化石是由于具备某种体育运动技能的有机体是其物质基础，这种物质基础在城市化的物质文化熏陶下被渗透到与之接触的其他物质形态中，表现出高度的艺术物质属性，一旦这些物质基础条件得到部分满足，竞技艺术便会产生巨大的能量。

在现代科技的强力作用下，全球化趋势势不可挡，如何借鉴人类对艺术的共性认识，学习和掌握灵活地运用现代艺术形式对民族传统体育进行改造是一个值得思考的问题。也是非西方民族体育文化发展的必须思考的途径之一。对民族体育进行雅文化的改造不仅仅是中华民族体育的任务，更是非西方民族体育文化的共同任务。如果说由于奥林匹克的影响所致，西方民族体育为上位文化，那么非西方的民族体育则可被认为是下位文化，这没有关系，也不用惧怕。上位和下位文化之间是互通的，决然没有泾渭分明的界线，没有不可逾越的鸿沟。人们可以经常看到上位、下位文化的易位，上位和下位文化在体育领域中非常容易相互地融合，通过不同层面的融合，大多是彼此的相互借鉴，共同的繁荣。不过其中的总趋势是下位文化向上位文化的转移，这是文化发展的必然规律。试看中国的艺术领域近年来出现的媚俗现象，受到广大国民强烈谴责，它的生存是短暂的，人们呼吁高雅艺术，开始自觉地抵制低俗，高雅艺术渐显勃勃生机。民族体育也同样如此，近年来的各种民族、民间体育内容和形式大有喷薄欲出之态，但是良莠相杂，许多低俗的内容和形式也借机沉渣泛起，在艺术氛围中这些内容和形式只能是过眼烟云，不会影响着优秀民族体育文化的健康成长。

当然，欲对某种非主流、潜在的、下位的竞技艺术的文化理解，必须给予这些艺术应有的正视、重视，必须给予这种艺术以足够的文化意义，以及足够的文化语境和文化权利。例如柔道竞技技术难以提供给人们充分的艺术享受，但是它却被赋予了极其丰富的文化意义，借助奥林匹克的文化语境，它具备了必要的文化权利。这是跨文化的融合的结果，只有广泛地融合，不断地创新，民族的体育文化才有生机和出路。因此，对于非西方的民族体育文化需要世人的理解，更需要本民族对其进行深入地文化积累、文化创新。他们需要号准全球文化的发展脉搏，以艺术为其生命，以竞技艺术为主导，辅之以丰厚的艺术境界，推广自身的民族体育文化。

目前，比理性更具普遍性的动态艺术语言——全球化的竞技艺术占据主导地位，被世人所认同，这是在以西方民族体育文化为主导的基础上，部分融合了非西方民族体育文化的结果。当融合范围和深度不断递进后，交融的文化必然涉及深层的文化结构，也只有当深层文化结构间达成了融合，才能表现出高度一致的艺术。然而，文化相对性的客观存在，文化、文明间的冲突是难以避免的。因此，对竞技艺术的文化理解需要深入到各民族文化的深层结构之中，了解和掌握这些深层的文化结构，诸如世界观、宗教、家庭观、历史等等，我们就会比较容易地理解不同的民族体育文化的竞技艺术表现的差异，就会对看似"土气"、"俗气"的非西方民族体育文化抱以期待和钟爱之情。每一种民族体育文化的深层都蕴含着极其丰厚的民族文化底蕴，这些底蕴是决定艺术表现的根基，如果说西方民族体育的竞技艺术主要是再现人的形体之美，属于临摹式的艺术；那么东方民族体育的竞技艺术则侧重再现人的内在秀美，归属于抽象式。前者为人们提供着丰富的感官享受，而后者却能够引导人们深入艺术意境。现代的竞技艺术已经开始了临摹与抽象的融合，如同西方绘画开始了摆脱单纯的摹写，融合了写意的艺术理念，因而进入凡·高的《向日葵》之类的艺术境界，竞技艺术越来越多地追求竞技意境，尤其是在人的体能内在变量接近极限时，人们开始追逐艺术的抽象潜能，竞技技术动作中的文化深层底蕴，力求达到求真（技术的准确）与求意（审美的境界）统一融合，在人类经历了竞力、竞技之后，必然趋向竞艺。在当今社会高度融合文化力的驱使下，人类文化成果深入地交融会产生更高层次的被世人认同的竞技艺术标准。①

> 以本质而论，万物无非是一堆粗糙的力，大小不等，永远在发生冲突，但总量和全部的作用始终不变。以方向而论，万物是一组形体，其中蕴蓄的力不断更新，甚至能不断生长。有时，特征是一种原始的机械的力，这种力便是事物的本质；有时，特征是一种后起的，能扩大的力，这种力就表明世界的动向。这样，我们就明白为什么以万物为对象的艺术，不论表现的是万物的内在要素的一个深刻的部分，还是万物的发展的一个高级的阶段，都是高级的艺术。②

---

① 陈青：《东方民族体育竞技艺术化未来》，载《国际人类学民族学联合会第十六届大会体育人类学专题会议论文集》，昆明，2009。

② ［法］丹纳：《艺术哲学》，493页，合肥，安徽文艺出版社，1991。

二、休闲体育

大约一万年前，当人类进入农耕时代，人类只有 10% 的时间用于休闲；当工匠和手工业者出现时，则有 17% 的时间用于休闲；到了蒸汽机时代，人类将休闲增加到 23%；而到了 20 世纪 90 年代，人们能将生活中 41% 的时间用于追求娱乐休闲。[①]人类的余暇时间不断增加，余暇文化也应运而生。在余暇文化众多组成部分中，有一种亚文化形式是休闲体育，这种文化形式是以民族体育为素材，广为普通民众生活所认同，构成了人们生活方式的有机组成。休闲体育是人类社会富予时代特征的体育文化形式，所以这样认为是因为现今的和今后将要影响人们生活方式的休闲体育与前期的军事、娱乐、竞技等体育不同，休闲为人们从事体育活动最主要的特征和目标，减少了功利性。人类社会进入到这样的一种状态，可以说是社会进步的重大突破，因为在这个阶段人的价值得到充分的尊重，艺术有了更为广阔的生存空间，人性得到重视。

（一）休闲体育是完善人类生活的自然手段

在经历了工业化、信息化之后的人类社会，饱经工业、信息对人的异化，人类的体质和健康承受前所未有的伤害，面对这样的困境，人类需要自我进行拯救，拯救的方法绝不能因噎废食，将工业、信息等人类创造的文明成果废弃，只有在不断完善这些技术的同时，不断地通过有效的手段和方式提高人类的体质和加强人类健康的水平，唯一的途径是借助休闲体育对人类自身进行完善。

---

① 胡小明，虞重干：《体育休闲娱乐理论与实践》，493 页，北京，高等教育出版社，2004。

休闲体育是通过广为民众喜爱的区域性的民族体育为主要载体，以健身、强体、娱乐、促动、增智、鉴美等价值为主导，充分利用百姓的余暇时间，充实其生活内容，完善其生活方式，提高其生活质量的一种体育文化形式。正是由于这种体育文化是一种实实在在的与百姓息息相关的，没有高超的专业技术要求、严格的竞赛规则制约，人们可以相对自在、轻松愉快地进行旨在提高体能，塑造健康的体育活动，因此可以比较有效地纳入人们的生活方式之中，潜移默化地提高人们的健康水准。经理论推断，通过轻松的休闲体育，人们的健康水平必然会得到良性地提高。实践证明，以休闲体育为健身内容的体育人口，其健康状态明显好于非体育人口。

在人类社会的发展进程中，体能和智能社会分别对人体提出了不同的要求，智能社会更多地要求人们具备聪颖的智慧，机敏的思维，而忽略了承载这些能力的物质载体。因此在思想界哲人们提出了非理性主义，要求人们重视人的理性以外的客观存在，这种思潮得到了世人的积极响应。一味地强调人的智慧而轻视体能，最终将会使人类丧失生存的物质基础，当人类被物欲一点点地吞噬的时候，人们已经清醒地意识到强健体能的重要性，西方人开始了他们的休闲体育活动，而且休闲体育铺天盖地地向全球蔓延。在此阶段，受文化融合的意识影响，东方人的智慧受到了应有的重视，对休闲体育的壮大发挥着良好的作用，"钓而不网，弋不射宿"等提供给世人一种思维方式是要求人们能够不断地保持人类应该具备的与自然相协调的体能，通过优哉游哉的、"去竞技"的、非功利的肢体活动保持必要的身体活动能力，这是人类长久生存的物质基础。人类有机体必须通过必要的、自觉的身体活动才能保持其机能的正常水平，过度的运动会造成对机体的伤害，因此竞技体育不适合百姓休闲健身，不利于完善人的自身生理机能。

对于普通百姓来说，他们的生活是日常性的，激动人心的社会生活仅仅占据其生活极小的成分。在这样的普通生活方式中，休闲体育是人们极其普遍的生活行为，没有必要要求百姓将其提升到特殊地位。根据哈罗德·加芬克尔（Harold Garfinkel）常人方法论认为，分析普通人在日常生活中如何运用常识性知识、程序和技巧来组织他们的实践活动是社会学研究中不容忽视的一种方法。因此对休闲体育的理论认识必须考虑这一论点，避免将一般的日常生活行为过高地提升为特殊的社会行为加以研究，给人们一种误导，影响着休闲体育的正常发展。在人们的日常生活中，休闲体育是一种无意识的，且自觉的健身、娱乐的体育行为，这种行为表现出相当的模糊性，感性的体验是它的动力。当人们在亚健康状态的困扰下，人们自觉、自然地运用体育活动来完成健身活动是一种事物发展的必然。

> 人是理性的，日常生活也有秩序和逻辑，但常人使用日常推理而不是科学推理来完成日常生活实践。"在受日常生活之成见支配的行动中，科学理性只能被看作为一种无效的理想。科学的理性性质既不是日常例行事务中的稳定特征，也不是其中值得认可的理想。如果试图将这些性质固定化，或是强迫人们在日常行为中同它们保持一致，就会夸大一个人的行为环境的无意义特征，并使互动系统的混乱状态大大加强。"①

在人的"第一生活环境"——日常生活中所表现出来的言行，是常人在日常生活中的常识推理实践（common sense reasoning practices），是得到日常生活反复验证的，是关乎人们生活质

---

① 侯钧生：《西方社会学理论教程》，297页，天津，南开大学出版社，2006。

量的实践，因而是最为有力的社会力量，这种社会力量逐步地演化成文化力，推动或促进某一日常事物的生存和发展。休闲体育从它的发端开始就没有受到人们的刻意组织，但是它却实实在在地发展起来，成为影响人们生活的重要体育文化形式。因为人们从休闲体育中深刻地体验到了它对人的自身完善的效绩，而且这种效绩的表露是人们在自然而然的过程中运用日常的秩序和逻辑来完成和健全的，因此它自然地符合日常的生活规律，符合人之生物本性。

（二）休闲体育是重要的社会结构链接点

社会是一个有机整体，它包括宏观、中观和微观的社会结构，社会结构虽有不同，但是总体上都是微观在时空维度上的放大，健全的社会结构维持着社会的常态发展，表现为完整的社会结构和功能体系，决定着社会的良性运行。社会在不同的进程中都存在着这样那样的不和谐的因素，这些因素可能导致社会结构链接上的结构性损伤，当这些不和谐的因素被放大，便可能成为障碍社会前进的障碍，社会成员也会表现出社会越轨。出现这样的情况，归根结底是微观社会结构出现了链接的失调。对此，需要一定的方式和方法消弭它的负面作用，这种方式可以选择休闲体育，事实上，休闲体育始终自觉、不自觉地充当和扮演着这种角色。

兰德尔·柯林斯（Randall Collins）提出"互动仪式链"理论指出：

> 这一互动链在时间上经由具体情境中的个人之间的不断接触而延伸，从而形成了互动的结构；当人们越来越多地参与社会际遇过程，并使这些际遇发生的自然空间扩展之后，社会结构就变得更为宏观了（沿时间和空间两个维度发展）。

柯林斯说，正是这种微观的互动链形成了社会组织的主要特征。故认为把所有社会结构微观化为互动仪式链，将使微观社会学在解释宏观社会结构的性质和动力机制两方面都有重要作用。①

把休闲体育这一微观的社会活动作为一种有效链接社会成员的方式，为社会成员构建有效互动的链接，始终是体育文化的重要职责，也是由于体育活动本身所固有的人人平等参与的本质所决定的。在现代体育活动中，人们在没有功利性的场合中平等地进行充分地互动，完成了在其他场合中难以实施的人际交往，有效地消除了功利性的人际关系所产生的负面影响，构建了良好的社会互动渠道，完善了社会结构中最重要的人际链条的完整，蓄积社会互动最有力的"情感能量"。

……人们发展积极情感是最有价值的，人们可能通过参与这些互动仪式来增进这种积极情感，从而由这种互动仪式再生出一种共同的关注焦点，一种共同情绪。②

难怪西方社会极力地推崇休闲体育，通过各种措施鼓励百姓参与休闲体育，原因是他们发现了休闲体育这一微观效益的巨大社会影响力，休闲体育的广泛开展在一定程度上克服了西方社会普遍存在的人际关系淡漠，社会结构松散的社会弊端影响，人们的心理距离逐渐被拉近。同时，通过休闲体育可以将百姓的视线转移到日常的生活之中，避免他们过多地关心政治，关心政府，

---

① 侯钧生：《西方社会学理论教程》，437页，天津，南开大学出版社，2006。
② 侯钧生：《西方社会学理论教程》，450页，天津，南开大学出版社，2006。

甚至过分地参与政治，影响社会的稳定。只有微观的社会结构趋于完整，它的运行处于常态，在宏观上整体的社会就会长久地良性运行。中华民族体育中格外讲究师徒传承的微观互动链，折射着中华民族文化宗法制、悠闲生活观的优越性，这种优越性有效地促进着社会成员的良好人际关系，积累积极的社会感情能量，保证了社会结构的稳定，这些成功经验可在全球文化融合的历史阶段为人类和谐相处提供帮助和文化共享提供借鉴。

（三）休闲体育是提高社会成员人文素质的重要领域

休闲体育是一种游戏的回归，然而是一种更高层次的游戏。它不仅是肢体活动的游戏，更是人生的游戏。人类通过不断地征服自然，战胜自我，其目的就是为了人生的享受和发展，享受和发展的最基本目的在于游戏，这可以被认为是人的一种生物本性，并不断地被演化为文化的本性。在到达一定阶段后，休闲是人们生活的一个阶段性的目标，是人们努力工作和劳作的应得之结果。从生理、心理、社会和道德等方面都需要人们能够得到休闲，只有在休闲的时候，人们才能思索，才能对自身，对社会进行有益的反思，以求校正自己的运行轨迹。

对于整个社会而言，个体的休闲状态决定着社会的整体状态，微观是通往宏观的具体出发点，那么作为个体的行为系统必然包含着两个元素，一个是行动者，另一个是某种事件。在休闲体育活动中，人人均可成为休闲体育的行动者，他们作用于体育活动这一事件中，使休闲体育活动产生变化。反之，社会事件又能够深刻地作用于这些游戏的行动者，使行动者得到相应的个体资源积累，具体一些就是休闲体育活动能够给予行动者在身、心、群、德诸方面得到收益。为什么这么说，难道竞技体育文化就没有这样的效益？确乎如此，竞技体育过分浓烈的功利性，易于使行动者的身心产生异化，特别是在社会规范方面，竞技体育存在着围绕功利性而设置的严谨的规范制度，在某种程度上束缚了人性的健康发展。而具有游戏性质的休闲体育中的社会规范是行动者在进行休闲体育活动时形成的特定的、功利因素相对较少的规范，但是在这些规范中极大地蕴含着一个地区、一个民族的意识，能够悠然地培养行动者的全面素质，特别是人文素质。比如在民族地区的民族体育活动中存在着大量的风俗和习惯，一旦人们不经意地触犯了这些规范，并不是即刻受到严厉地处罚，而是被反复地引导，在游戏中使人们能够心悦诚服地接受这些风俗和习惯，这些社会规范以一种亲和方式影响着行动者的言行，长期地从事这类休闲体育，必然会对行动者产生相应社会规范的内化，演变成一种无形的社会价值资本。比如影响人们休闲的首要因素是时间，而对时间的概念不同的人群认同的差异性较大。因此不同民族的人群对待休闲的态度受到时间观的影响非常大。

生活在边缘地域的人群，远离快节奏的社会，这些族群的休闲生活必定是十分悠闲的，余暇文化也同样是散漫的。但是在经历了体育文化的洗礼后，因体育给予人们规定的、统一时间观，因此人们对待余暇文化的认识发生着改变，通过休闲体育，世人的时空观、人文素质悄然发生着变革。

除了时间概念外，语境的高低也是一个非常重要的方面。比如在中国，人们会使用含蓄的而非直白的语言进行交流，在美国则喜欢直言不讳，经常使用"NO"这个词。在东方体育中，中国人对体育文化的理解是要追求一种和谐的体育精神。在这种理解的影响下，中国只可能产生温文尔雅的射礼、投壶、围棋、弹棋、太极等，更有甚者，中国出现了静态的体育，如养生、禅坐、气功、棋牌等，这些内容与动态的体育活动对立协调，形成和谐体育的有机构成。即使在动态的、充满激烈对抗属性的内容中"和合"二字的精神也时有表露。虽中国人佩剑，但以舞剑为趣而以击剑为羞；中国人用拳，则有拳术之习而无拳击之争。在西方体育中，我们仿佛只能看见那肌肉隆起的躯体还在那环形跑道上竞逐，缠着缀满铁钉的软皮条的拳头，正在打击对手毫无遮掩的头部；拥满观众的竞技场，回荡着"杀呀！劈呀！"的吼叫，彬彬有礼的骑士正挥剑进行殊死决斗；虔诚的信徒围着一个皮球在原野上争夺。西方体育文化核心内容则表现了以自我为中心的个人主义原则。勇敢、竞争、自立、平等、节制、谨慎的对象都是自己，没有他人的位置，是一种典型的以自我发展为中心的做人做事原则。[1]因此，概括地讲，在东方的民族体育中人们难见激烈的竞争，在西方的民族体育中却会为白热化的较量所熏染。在这种社会事件中，对人的规范，以及所形成的社会资本是不同的，通过休闲体育可以使人们广泛地接触这些异质文化，有利于人们建立全面的规范体系，提高甄别能力。同时，广泛地融合可避免两种文化中的偏激规范，为人们全面、健康的发展提供人文资源，构建和谐的社会资本。

（四）休闲体育是提升民族体育品味的熔炉

民族体育是休闲体育的根基，民族体育融合着众多民族文化的元素，使这些文化元素通过活生生的体育活动传承下来，有效保留了极其丰富的民族文化特质，它们为休闲体育提供广泛的素材。而休闲体育则在于提升民族体育品味，使民族体育中的原生态的文化特质转化为被时代所接受，被人们所追崇的时尚。

休闲体育的一个最大特点在于它与时代的紧密结合，大凡符合时代特色的文化内容都会成为休闲体育之构成部分。时代感不仅是个体需要的表现，同时也是社会发展的必然，就犹如民族体育起源和发展过程一样，它经历了自然状态下适应环境生物本能原动力作用，以及人为状态中满足人类身心发展需要文化本能的动力作用等阶段，在每一个阶段，个体和社会需要不时地作用于

---

① 郑国华，郎勇春，熊晓正：《理解的艺术》，载《武汉体育学院学报》，2005（10），7页。

民族体育使之产生相应的特化。在自然状态时，民族体育作为休闲手段是一种原生态的，存在着大量的与生产和生活息息相关的内容和形式；而在人为状态阶段，民族体育被时代所要求，为文化本能所驱使，出现了丰富的源于生产、生活，而又高于生产、生活的内容和形式。不过无论是何种状态，时代对民族体育的休闲化改造是必然的，人们会发现没有一种民族体育作为休闲手段时是一种原始、粗糙、低俗的形态，它都是经过人们的改造，是以符合时代价值取向的形式出现。

> 在特定民族文化的范围内，民族性是对该民族文化特征的最高层次的抽象，是普遍性；而时代性则只是文化在特定时代的具体特征，是特殊性。在世界文化范围内，民族性是特定民族全体成员所共有的精神形态的特征，是特定民族的心灵赖以与其他民族相区别的特殊性；时代性则是世界各民族在相同时代的精神的共性，是特定时代各民族的文化精神赖以相通的普遍性。[1]

确乎如此，在全球化的今天被休闲体育吸纳的民族体育已经表现出民族性和时代性的融合。比如民族式摔跤，起初的活动形式是以将对手制服为目的，这种制敌型的摔跤不能作为休闲活动，后来在休闲活动中逐渐被改造成为以将对手摔倒取胜为目的，以游戏为出发点的项目。技击术，原生态的方法是直接攻击人体的薄弱部位，一招制敌，这种活动内容更不能作为休闲之用，后经人们改造将人体的薄弱部位设定为禁击部位，加强了对生命的保护，并将技击术演变成表演形式以供人们娱乐，才能够成为休闲体育的内容。再比如露营，原本是少数拓荒者、游牧者

---

① 许苏民：《人文精神论》，49 页，武汉，湖北人民出版社，2000。

们的生存方式，经过人们的改造已经成为现代人比较时尚的一种追求返璞归真的休闲体育。同时，人们还进行着将竞技体育进行休闲化改造，这种例子非常丰富，就连枯燥的马拉松也被人们改造为不追求高速耐力，反以游乐、休闲为动力的活动形式。休闲本身就是一种在生产之余的，游离于生存劳作活动之外的人类活动，因此必定与生产、生活的技能相异，表现为摒弃野性、复原人性、追求时尚、追逐乐趣的特性。

现今的休闲体育还有一个比较显著的特点，这就是"快餐式"。可能是由于社会的运行速度所决定，人们已经习惯于快节奏。而且，社会也难以容纳节奏缓慢的事物，迫使着整个社会向着快节奏方向不断前进。休闲体育也受到这种趋势的影响，出现了大量的简便易学、灵活机动的体育项目，而且带动着更多的民族体育向着这个方向演进。比较明显的一个例子就是中国的武术与韩国的跆拳道被人们作为休闲体育时，其接纳的程度出现巨大差异，从中可以看出入门简单、掌握快捷的跆拳道符合"快餐式"的社会运行节奏而备受人们的青睐，很快成为休闲体育的重要组成部分。这个因素促使着欲成为休闲体育的民族体育必须顺应时代的要求，对民族体育进行相应的改造。除了简单、易行之外，时尚化的社会要求为民族体育提出了改变已经陈旧、过时的审美表达，必须是符合现代人审美情趣的形式。比如将残酷的角斗演化为技巧化的斗物，将过于陈旧繁琐的服装进行变革，将实用的技术进行技巧化的推衍等等，这一切都为民族体育的品味提升发挥着作用。由于休闲体育是社会发展的需要，被休闲体育提升品味的民族体育是促使民族体育更全面传承的重要途径。

当然，时尚的事物未必都是有品味的。不过，不断地追求新异，追求发展，不断扬弃糟粕是维护品味的有效途径和方法。品味的高低决定着文化生存的空间，大凡是高品味的文化均具备长久生存、广泛认同的社会空间。下面举一个与体育文化关系不大的例子，但是可以从相得益彰的道理中得到启示。如中国人在人文领域没有问鼎过诺贝尔奖，是何原因？许苏民认为：

> 我们中国人了解负责评审诺贝尔文学奖的瑞典学院的文学趣味和品味吗？从某些作者把文学创作看作是"码字"，如同使用文字做搭积木式的游戏，而不少人却十分赞同这种风格来看，很多人并不了解瑞典学院的文学品味的。成立于1786年的瑞典学院，其宗旨是通过一份皇家宣言来确定的。学院的主要目标是追求语言的纯正、气势和高贵；学院的座右铭是"才能和品味"；学院的社会功能是提高人们的人文教养以"调节和促进风雅"。也许有人会说，这是西方传统，是欧洲贵族上流社会的品味，我们不能接受这种西方的标准。然而，岂不想一想，我们中华民族的老祖宗不也是十分注重语言的纯正、气势和高贵的吗？不也是十分重视人的才华和文学艺术的品味的吗？不也是十分注重言谈举止的风雅和审美鉴赏力之高卓的吗？可见追求高贵和风雅并不只是西方的标准，而是文明人类的共同追求。①

由于种种误解，使人们不能正确地认识品味，过分地受民族主义的狭隘意识所制约，不能充分地接受人类认可的意识和价值，最终受制约的将是自身的文化发展。无论是西方的还是东方的，只要是人类共同的文明成果就应该共享。对此，我们再比较一下悠缓式的中华武术与快餐式的跆拳道。我们看到，人类创造的能够长久流传的优秀文化，比如19世纪的艺术作品，多以悠缓式为主，学习和掌握难度很高，少有快餐式。这是因为对文化

---

① 许苏民：《人文精神论》，636页，武汉，湖北人民出版社，2000。

的品味，都需要时间，时间能够验证文化的品味。与之对应的当代通俗艺术，大多时过境迁而不复存在。悠缓的中华武术之魅力需要人们慢慢地品味，学而时习之才能体悟到东方民族体育文化的真谛，这也恰恰是中华武术的意蕴所在。因此，在休闲体育中，不断地融合、提升各个民族的民族体育文化品味，才能使全人类接受和享受这种文明。至于品味，总是以高雅为主流，以民族精神为主导，以人类文明为坐标。历经各个民族的梳理和筛选总是将符合这样标准的民族体育传承下来，并通过各种途径不断地发扬和光大，进入现代以来以休闲体育的方式提升民族体育品味就是一个比较普遍、理想的方式之一。在人类日趋广泛交融的未来，文化的认同基准是高雅，因为余暇文化是人类文明最重要的成果之一，它属于上位文化，是在人类不断的实践过程中逐渐针对人类自身的认识过程和结果，休闲活动内容是余暇文化的有机构成，能够成为休闲内容均为历经"自然"和"人为"过滤后的高雅元素的有机组合，只有这类元素才能够成为人类共同认同的内容。尤其在未来社会中，人类会更加清醒地认识阻碍人类健康发展的非文化成分，消除人类本性中的流弊，以高雅塑造人类的完美人格，构建崇高的余暇文化。休闲体育更是以人的健康为主题，只有健康、积极的休闲体育才能真正地使人身、心、群、德全面发展。只有高雅的休闲体育才能使休闲体育具备文化品味，才能使人认识健康的人性，认识先进的文化。

三、人性体育

人的自然化是一个历史性的目标，人的社会化进而人性化才是人类社会文化的根本追求。然而，人类社会对人的了解还远远不够，比如人类各种疾病每每导致人类付出惨重的代价，至今还有许多疾病的机理不为人知。再如人类破坏欲望总是强于建设欲望，其原因是什么也不为人知。还如人类企盼融合，但却屡屡被冲突与隔阂所累，原因何在不为人所知。这类现象太多，数不胜数。回到体育方面，就体育文化中的自然科学、人文科学而言，这些知识仅仅解释的是一些表面现象，对于深层次的问题还不能较好地解决。如选材问题，如何人们按照自然科学研究得出的数据去选拔一名运动员，使用繁杂的数据去衡量一个活生生的有机体，实在是太难了，即使是符合了数据的基本要求，人心叵测，谁真正能够"三岁看老"？社会不是一个真空的空间，纷繁的社会环境，种种刺激信息包裹着人们，人是在不断变化和发展的。所以，研究人必须通过动态的体育文化去研究活生生的人。

在地球这颗星球上，人类可以说是至高无上的生物，虽然对人的了解有一定难度，特别是关于人的心理、意识、精神等层面问题，实在是难以仅仅通过客观的、量化的自然科学知识清晰地、系统地解释，对此的研究不能忽略人文科学，跨学科的研究方能全面揭示人类的自我。自古至今，无论是东方，还是西方为了解开这个困惑人类的难题，学者们将对人的研究重点集中在人性方面。他们对人性的认识虽有差异，但是总体上具有基本相同的特点，即人们普遍存在的关于人之初性善，或性恶两论，这两个对立的观点长期地影响着人们对人性的认识。①这个问题的确是全面、深刻研究人的切入点，只有对人的人性有了认识，有关

---

① 性善论：在中国，主张这一学说的代表人物有先秦的孟子，汉代的陆贾、班固，唐朝的李翱，宋代的周敦颐、陆九渊等先哲。在西方，主张这一学说的最著名的代表人物是法国的卢梭、英国的李约瑟等大师。性恶论：在中国有战国的荀子、韩非，清代的袁枚、俞樾。西方有基督教的"原罪说"，以及文艺复兴时期的意大利学者马基雅维里，17世纪的英国学者霍布斯。性善恶混说：中国人中有周代的世硕，汉代的杨雄。西方的罗马天主教认为人的自然肉体欲望乃罪恶之源，而超自然的精神追求则是善。性无善无恶说：在中国主张此说的有先秦的告子，宋代的胡宏、王安石，清代的龚自珍。在西方，有不少学者没有对人性做出明确的论断，大多属于此类。

人的一切问题便会有一个相应的答案。在一定程度上，人降生于这个世界上本无善恶之分，是随着人在由生物性向社会化方向进化过程中被社会繁杂因素的影响而出现了所谓的善、恶。当然，也可能存在遗传基因决定了某些人的生物本能更加的突出，特别是生物的攻击性本能，因而被人们认为是性恶，在社会化过程中，这种恶被不断放大，抑或泯灭，趋向于善。一个社会人是极其复杂的有机体，决然不能简单地划分为善与恶之本性，尤其是当人类的社会化，以及人性化的作用，极大地推动着人类的文化本性的健康发展，使人类表现出普遍意义上的善性和善行。从这种情况来看，人是一个十分容易变异的个体，他不仅受到生物本性的影响，同时更受到社会、文化本性的驱使，因此我们认为人是可以通过有效的方式和方法进行改造的有机体。在人类众多的改造手段中，体育文化对人的塑造是十分有益的领域。

（一）动态的文化是最稳定的文化

在日常生活中，人们可以看到旋转的陀螺，只有不断地被抽打保持旋转就能够维持平衡；人们骑自行车，为了保持车子的平衡需要一定的速度，这就要人不停地蹬踏；人类有机体要健康长寿，必须保持持续的、良性的新陈代谢。上述例子中的内容如果停止了运动，它们就不能体现其价值。从中可以看出，稳定的事物总是处于动态之中。如果我们承认这一论点，那么，我们就可以这样认为：动态的体育文化能永恒地发挥着对人性的培养功能。反之，在动态的文化中，某种特质能够表现得最为稳定。如果我们看一看绘画、建筑，它们是一个民族文化的时代缩影，被凝固为一种静态文化，如果没有人不断地考辨和鉴赏，它们的价值将会大打折扣，即使是它们将历史凝固于某一时刻，形象地展示历史文化，但是难以全面地揭示文化的完整信息。而一个民族的舞蹈、体育文化则不同，在它们动态演进过程中，将历史文化的信息比较完整地传承下来，使人们可以清晰地认识一种文化，在前面的众多例子中可以明证之。尤其是对于人性的理解在体育文化中也得到了最为鲜活的认识，东方人以德为先的人性观点，是东方民族体育文化成为塑造完美人性的重要领域，西方人以则（规则）为重的人性论点，是西方民族体育文化成为灵与肉实现完美结合的唯一场所。对此，人性在动态的体育文化中表现得最充分、最稳定。

体育文化的最大的特征在于它的动态特质，在其动态运行过程中它不仅满足着人类生命活动生物本能要求，也满足着人类文化本性的需要，因此它也成为人类文化中最稳定的文化形态之一。在体育文化中如果忽略德与则等规范，体育活动依然能够在自然化的状态中进行，在这种情况下，人所从事的肢体活动完全是一种自然态，可以充分地显示人性中生物本能的各种特征，如强烈的攻击性。这也是我们验证人性与体育的一个重要领域。

我们可以假设人之初性本恶，因为如果没有恶，社会和文化何必建立法律、道德、习俗等对人的约束机制。因此，在一定程度上说，人之初性为恶。当然，这种恶绝对不完全是十恶不赦的罪恶，更多的是指人的本能。其中包括攻击性本能。对于这种本能，动态的体育文化是一个非常有效的转化、消解的手段。下面我们专题谈谈人的攻击性和动态的体育文化对其的升华。

关于人的攻击性（aggressivity）的各种理论中，本能说认为人类的攻击性源于个体天生好斗的本能；内驱力说认为挫折引发人的攻击性；社会学习说则认为人们对社会情境中某一榜样的学习促使人的攻击性产生；多因素说强调综合因素刺激人的生理唤醒状态而诱发攻击性；生物—社会—认知说阐述了人的攻击性是在认知作用下所发生的连锁关系；生化说认为有机体内分泌水平决定人的攻击性。在上述种种学说中，康拉德·劳伦兹（Lorenz）所提出的"本能论"认为无论是动物还是人类都具有一种对抗同类分子的战斗本能，这就是人的攻击性本能，是生物进化的原始动力，是人的非理性表现。攻击性是人类攻击行为的内在驱动力，当外界条件具备时，在此驱力作用下攻击行为得以发生。由此，攻击性是人发起攻击的心理特征，即人格中所具有的产生攻击的内在可能性。①这种理论可以较好地解释关于人类的私斗、争斗和战争的频繁不断的原因所在。据瑞典、印度学者统计，从公元前3200年到公元1964年的5164年中，世界上共发生战争14513次。在此期间，仅有329年为和平年代。这些战争给人类带来了严重的灾难，共有36.4亿人死于战争，损失极其惨重。在中国，战国时期254年中共爆发过230次大的战役；秦专制集权统治的短短14年中北逐匈奴、南征百越、清剿陈胜、抵抗刘邦几乎没有平静过；两晋南北朝统治315年发生534次战事，也是战事纷繁；即使在中国以太平盛世著称的隋唐五代378年也同样爆发过353次冲突；宋元统治408年间则发生750次战斗，和平似乎没有生存空间；明清时期，统治542年却战火熊熊燃起1000余次。粗略统计在中国历史上，平均每3年一场小战役，每20年一场大战争，可谓狼烟四起，刀光剑影。人的攻击性之猛烈，任何动物都只能望其项背。②个休间的私斗更是无法计数，在人的成长过程中，几乎每一个体都有过不同程度的相互间攻击行为的经历和体验。武术作为对私斗、争斗和战争的技术性总结，它的技击性实质上就是一种攻击性的完全表露，在冷兵器时代发挥着极其重要的作用，并得到社会的普遍认同，成就了尚武社会价值观。先秦的尚武时尚引导着"齐人隆技击"（《荀子·仪兵》），"齐愍以技击强"（《汉书·刑法志》）等社会价值

---

① 高桦：《内隐社会认知：攻击性理论和实验研究》，载《华东师范大学1998届博士学位论文》1-2，3。

② 范文杰：《从内隐攻击性视角看竞技体育的作用》，载《体育文化导刊》，2007（11），51页。

取向的高度认同。秦国也正是利用民众普遍具备的技击能力，相对轻松地招募到各地出色的武勇之士，"秦地半天下，兵敌四国，被险带河，四塞以为固。虎贲之士百余万，车千乘，骑万匹，积粟如丘山"（《史记·七十》），以强大武力统一了中国。虽然在封建历史中尚武之风日衰，但具备技击价值的武术作为战争工具一直持续到清末。总体而言，中国封建社会后期的战争除了借助武术技击性，更加依托于变幻莫测的兵法和先进的兵器来赢得战争的胜利。在冷兵器时代，这种技术的确非常有效地发挥了保家护院、卫国强族的作用。当然它也可成为侵略手段，对异族实施讨伐、入侵、掠夺。长此以往，逐步积淀而成的武术技击性成为武术生存根本之一，也是本质之一。民众对武术技击性的认同至今产生强烈影响，认为武术的本质就是技击性，表演艺术仅为其外延，或者压根就否认这样的属性。本质绝不仅仅是唯一的，本质具有多重属性，正如硬币的两面共同构成硬币一样，不同的表现均是本质的表现形式。这是后话，不在本讨论议题之中。

攻击性对人类文明破坏程度不亚于人类对文化和文明的建设程度，为了保护人类文明成果，人们想方设法理性地疏导人类的攻击性，遏制攻击性的滋生，诸如采取了风俗、禁忌、道德、法律、政权等社会控制手段软硬兼施。但是，社会的进步并没有消除、降低诱发攻击性的社会因素，反而如赫伯特·马尔库塞（Herbert Marcuse）看来现代工业社会给人构成一种"补充压抑"，这种"补充压抑"表现为个人必须与社会强加于他的生活方式相妥协。在一定程度上这种压抑恰恰是诱发内在攻击性外显的重大诱因。人类社会为了使这一妥协得到实现，社会运行着系列的缓冲方式，其中间接的缓冲方式是商品、服务、候选人、娱乐——作为个人地位象征的充分自由。但这些缓冲方式又进一步体现为另一种压抑性，而且种种压抑性渗透于社会结构之中，构成对人的全方位的压抑。①人们对待压抑性挫折必然的反应就是动用本能的攻击性。当这一切努力均告无奈后，人们开始认真地思考始终伴随人类的一项内容，这就是体育。体育本身也存在明显的压抑性，这些压抑性主要来自于运动技术的掌握程度，以及有机体适应能力，特别是体育竞赛中对手的压抑，以及运动中的各种冲突。因此在体育运动中人的本能攻击性表现得尤为突出。体育作为缓冲方式之一，恰恰是人们普遍接受和践行的一种生活方式。这种方式如何能够有效地缓解人们的压抑，大体是通过参与者面对攻击、真实模拟、规范攻击、切身体验、化解攻击、转化攻击。通过不断提高技术，提高机体适应能力，不断战胜对手、合理解决冲突，逐步实现自我，这种通畅的宣泄途径有利于减缓人的攻击性。即使是观众也能够在观赏竞技活动或比赛时，将平时难以平衡的心理状态进行必要的调整，压抑的心境被激荡，忧郁的情感被释放，豪迈的激情被点燃，愤怒的情绪被宣泄。当人们在体育活动中全身心地将内在的攻击性释放之后，会比较自然地归复常态，攻击行为被遏制。这种融入人们日常生活的，合情、合理、合法的形式和内容，社会学将其比喻成"安全阀"，它有效地缓解着人类的攻击性。因此，体育活动也就成为人类社会转化攻击性的典范，合理地释放了人性中的恶，就等于维护了人性的善。

在奥雷利奥·佩西"新人道主义"理论中，就人的需要理论提出了一个值得深思的观念，他认为："人的需要必须附属于使它合理地得到满足的可能性。"由此提出了把以人需要为中心的发展观转到以人为中心的发展观上来，这是一个从个体生物化向社会化转化的趋势，是社会进步的必然。对此提高人的素质成

---

① 张和平：《必须正确认识发达国家——马尔库塞"当代工业社会的攻击性"》，载《甘肃社会科学》，2007（6），183 页。

为今后社会发展的重点，构成人类新的需要。①这一闪耀人类理性智慧的观点趋向于对作为个体本能需要的攻击性，虽然曾经被认为是人类进步的驱力之一，现在就必须改变这种观念，使其转化为人性化的合理竞争方式，使之符合社会和谐发展的规范。人类的文明进化是在人类的理性作用下完成的，理性的力量促使人类尽可能避免滋生、蔓延无谓攻击行为的场所和环境。即使诱发攻击性的因素很多，人们还是可以通过种种方式加以抑制和移情，并创造出种种宣泄人类攻击性的方式和途径，诸如技击、较量、竞争、竞艺等等。这些方式和途径都是人类理性作用下的对本能生物攻击性的变异和升华。体育竞赛是人类最富成效的对攻击性实施宣泄的方式，这种建立在公平基础上的公开的竞争，模拟着争斗和战争，使人合情合理地抒发着生物本能的攻击性，同时掌握合理释放攻击性的方式和手段，成为有效的社会安全阀。因此，我们就不难理解以奥林匹克为主体的体育文化日趋成为人类社会生活的重要构件，并得到各个国家和政府高度重视的深层含义。

被体育文化合理转化和升华的人的攻击性表现非常有趣。一是合理的攻击性，另一种是消极的攻击性。

第一种合理的攻击性在体育运动中是一种特殊驱力，是人们赢得体育比赛胜利的先决条件，在攻击性的作用下，在规程、规则、伦理允许范围内的攻击性引导一种合理的攻击行为，这些行为主要表现为娴熟的技术、巧妙的战术、和谐的配合、完备的设备等等，只要是能够赢得胜利就是一种合理的攻击。因为，竞赛赛场是一个特殊的环境，在"没有硝烟的战场"中营造了一种诱发人们攻击性的场景，激发人类的攻击行为。当然，在特定情境与攻击行为相结合的运动攻击行为，与一般攻击行为是既有联

---

① 段忠桥：《当代国外社会思潮》，26页，北京，中国人民大学出版社，2004。

系又有区别，它具有一般攻击行为共性特征，更具有区别于一般攻击行为的自身特点。有些运动项目的攻击意识和攻击行为是规则允许并提倡的，如拳击、散打、跆拳道等；有些身体对抗较激烈的运动项目，如足球、篮球、橄榄球等，队员为取得比赛的成功而实施的行为可能无意中造成了对他人的伤害，或者有意造成对他人的伤害，这些行为的性质不能用一般攻击行为的概念加以界定。[①]因为这种攻击性绝非是对同类愤怒的外在表现，而常被人们用于宣泄激情、郁闷和挫折，成为人类移情的一种途径。

第二种消极的攻击性，在体育领域中的表现与人类的攻击性相同。即由攻击性引发的攻击可以归纳为三个主要部分：行为表现，情绪表现和认知表现。具体而言，行为表现包括：躯体攻击（physical aggression）、言语攻击（verbal aggression）、毁坏行为（destroy behaviors）、自伤行为（self - injurious behaviors）等；情绪表现以愤怒（anger）、沮丧（dejection）等，而诸如敌意（hostility）、自杀倾向（suicide attempts）等认知表现在体育运动中较少出现。这些内容都会受到项目规则、技术规范，以及专业道义和社会舆论的制约，因此在异常激烈的竞赛中攻击行为被控制在一定范围之内，且被不断地转化，向合理的攻击行为转变。

体育领域中攻击行为表现类型中合理攻击性为主导成分，非合理的消极攻击性难以构成对体育整体威胁。可见人类社会使用体育移情、升华本能攻击性可谓是智慧之举。

同时，人们在体育活动时被社会的、文化的、民族的各种规范所约束，逐渐表现出人的一般文化本性：求真、向善、臻美。文化与本能这两种极端的人性表现即使到了今天，我们依然可以清晰看到，本能并没有因为文化的高度发达而被遮掩，反而在文

---

① 梁勇：《关于运动攻击行为的理论及研究》，载《吉林体育学院学报》，2007（2），48页。

化的保护下，在动态的文化中得到了完整保存。因此进一步说明，稳定的人性只有在动态的文化中才能够得以生存，得以还原。

（二）认识自我

体育活动是全面、深刻认识自我的重要形式。相对于社会生活的其他形式，唯有体育活动能够动态地通过肢体活动，认识自己的生物能力、了解自我的文化含量，最终认识自身的本质力量。就有如斯芬克斯之谜所说明的那样，人对自身的认识是艰难的，人往往很难正确地认识自己。因为在人的一生中，他所经历的仅仅是一个具体的、狭隘的领域，没有或很少有机会参与到对身、心、群、德全面考验的领域之中，如何有机会全面地认识自己，的确有难度。体育活动是一个开放的领域，可以在同一时空中使人承受身体方面的磨炼，经受心理的考验，感受复杂的人际互动，体验鲜活的伦理规范。

在世界各民族的民族体育中，人们可以尽情地、自然而然地进行肢体活动，在自然状态下人们对体育活动中的人性感知才能是真实的，正如《庄子·外篇·秋水》所寓：

　　察乎盈虚，故得而不喜，失而不忧：知分之无常也。明乎坦涂，故生而不说，死而不祸：知终始之不可故也。

对人性的认识，虽然需要依托于他人的感知，以及已有的知识和经验，但是要不断地深入地认识人性，必须在自然状态中，以自然的心态去静悟之。民族体育活动是一种比较自然状态下的文化活动，且存在着极大的丰富性，可以为人类提供极其丰富的感悟人性的场所。人类的社会活动忙碌辛苦，为何如此？据传，对此回答绝妙者是法磐，乾隆皇帝在江南重镇镇江金山寺看着满江的过往船只时，问法磐："长江中船只来来往往，这么繁华，一天到底要过多少条船啊？"法磐回答："只有两条船。"乾隆问："怎么会只有两条船呢？"法磐道："一条为名，一条为利，整个长江中来往的无非就是这两条船。"却如"天下熙熙皆为利来，天下攘攘皆为利往"。功利性是人类社会的重要支点，人类不能离开这个支点，但是这个支点又是产生异化人性的"拐点"，在人类社会活动中难以摆脱这种力量的制约。在体育活动中则是一种能够摆脱了功利性之后的肢体活动，其中民族体育、休闲体育在更大程度上脱离了功利，使人能够在自然状态中，充分地表露人类的天性（马克思语），因而，这对于认识自己是世间最直接和深刻领域。如果我们深入边远的少数民族聚居区，大家会发现在大自然的怀抱中，人类的生存是多么的不易，又是多么的幸福。民族体育活动在他们的生活中完全是一种自然状态下的感情的自白，人们向自然倾诉着自我的喜怒哀乐，完全摆脱了世间的功名利禄的束缚，在忘情中尽情运动，在激情中体验人性。在云南，丰富的植被、富饶的环境养育了众多的民族，成为全球少数民族聚居数量最多的地区之一。这里民族体育成为人们生活中非常重要的内容，每个少数民族的节日、喜庆、生活等活动中都拥有丰富的民族体育活动，在这种环境的熏陶下，人们质朴、善良、和睦、友爱，完全体现出人类的天性。

另一方面，在现今全球化的时代，以及今后更加互通有无的时代中，通过交融后的民族体育能够有效地融会贯通，拓展人类对人自身和社会的深刻认识，克服狭隘的、片面的民族主义，达到一种对人性的全面认识和体验。其中对人性有着积极思考和认识的中华民族文化，其"仁"是一种通往人性自由的境界，是一种涵盖西方"自由"，又超越西方"自由"的价值观。另外，儒家学说中的天下观念、大同理想、君子人格、和谐理念都是超越时空、民族、文化界限的普适性价值观。这些对人性考量的价值观无不渗透、融合在中华民族体育文化之中。不同民族体育文化在文化内容和形式上存在着种种差异，每个民族都有其凸现的文化特质，如果以休谟人性论中的知性、情感、道德三个角度去考察民族体育，我们会发现，不同民族体育侧重点不同，唯有融合后的民族体育文化才能全面地体现人性的方方面面。

（三）由技至道规定了人性的发展方向

"庖丁解牛"的故事说明了娴熟的技术，不仅可以达到游刃有余的技能水平，更能达到掌握事物规律的境界，达到"道"之层面。体育文化为人类提供了一个极好的途径和机会，使人们能够通过肢体活动体悟人性之旅，感悟人性之道。大凡通过体育活动的人群，都能通过对某种技术的掌握、精通后到达认识肢体活动的本质，了解完美人性的真谛。所有的体育运动项目都是以真实的肢体活动为载体，这些载体使人们通过不断地感悟运动带给人们的生命价值，从而认识生命运动中的"真"，这种"真"是生命的存在价值。如果一个人不了解生命的"真"，他将不会珍惜生命，不会善度余暇，不会提高生活质量，不会享受生活，不会发展文化。并非所有参与体育活动的人都会认识生命的价值，只有在体育运动技术达到了精确、完善、出神入化的艺术化境界才能使人们从技、术中逐渐提升出这种"道"，而这种"道"无不凝结着对人性的理解。篮球运动的佼佼者乔丹在其自传中认为：

> 从 1989 年到 1993 年的这几年间，我成为一个顶天立地的男子汉。我娶了妻子，有了三个漂亮可爱的孩子，摘取了三次 NBA 总冠军，获得了自己运动生涯的巨大成功；还失去了我的父亲。这四年的光阴里，我的生活发生了翻天覆地的变化，这种变化是连我自己也想像不到的。这四年，教会我如何明辨黑白是非，教会我

把生命放在放大镜下面透视生活中深层次的秘密，也教会我不骄不躁的生活态度，防止自己从人们为我竖起的荣誉塔上坠落的危险。在篮球场上，我提高球技和斗志以满足球队和我对自己的要求和期望；在球场外，随着父亲的去世，原有的家庭为我缔造的那种生活支柱与那份和谐荡然无存。以前我打球更像是在玩孩子玩的游戏、过孩子式的生活，而从这时起直至1993年9月暂别篮坛，我已是一个能为自己、为家庭扬起生活风帆的男子汉……我就是这样坚持不懈地学习、探索，度过在NBA的每一天，而且，其中大部分精力是用于思想意识方面的成长成熟，特别是在我篮球生涯的后阶段，我面临的挑战几乎全是精神上的。但我对此早已有准备：任何一名NBA球员的成长成熟都必须经历这么一个流程。

没有充分技术体验的运动员是不会达到这种境界的。在某种程度上，乔丹已经将"篮球之术"升华为"篮球之道"，以此来体悟人生和人性。人们一般通过这种自己熟悉的文化来体验人性。中国的武术名将李连杰也是在长期的技术习练后，剖析了武技，悟出了武道，只不过他使用的是一种特殊方式，他自己通过自己的武打电影生涯为人们提供一种透过武术技术，参悟人类本性的道理。李连杰认为："通过武打电影，告诉人们什么是暴力，使人们明白暴力不能解决任何人类问题。"这种结论是对武术这一军事战争，或个体私斗产物的有力批判，也是对武术技击性的认真反思，为什么到现在还过分地强调武术的技击性，虽然这是武术的基本本质特征之一，时代在发展，人性在进化，武术也应该进化。人所以成为人，成为世界的主宰，即使他们已经暂时地征服了人类自身，征服了自然，但是最终人仍然是地球大家庭中的一员，仍然是自然界的有机组成部分，依赖于武力，甚至是暴力只能解决局部的、暂时性的问题，长久看，武力和暴力从未根本地解决人类面临的一切问题。所以李连杰总结出"爱"才是人类的文化本性。通过武术技术体验到人类的爱，体验到人类的人性，这才是今后武术发展的方向。

由技至道的体育文化帮助人类客观、真实地认识人的生物性，认识人的生物性的局限；真实地认识人的社会性，认识人的社会性的无限；客观、真实地认识人的人性，认识人性的永恒。由技至道的体育文化帮助人类充分、全面地认识人际互动产生的真、善、美；充分、全面地认识文化融合产生的巨大文化力和无穷文明资本。

对体育的人性论认识是对体育文化的深层理解。赫尔德（Herder）主张不仅要对人类外在的历史进行考察，而且要对作为人类完美的精髓的人性的历史进行考察，以寻求人类的精神皈依。体育文化的发展历程充分说明这一点，它在人类不断地对人性的考察过程中不断演化的、流传于世的体育文化在今天的表现大多属于脱离了原始的功利，更多地向着塑造完美人性的方向发展着。依曼纽尔·康德（Kant Immanuel）进而对"文化"和"文明"作了明确的区分，他认为人类发展过程中创造的技术性、物质性的事物和精神的各种外化形态都属于"文明"，而构成人类本质力量的精神的内在性因素才属于"文化"，文明是外在的形式，文化才是内在的深层本质。体育文化所以能够被称得上是一种文化，主要原因是由于体育主要作用于人类的内在精神，无论是西方公平的竞争精神，还是东方的和合精神，体育不仅塑造着强健的身体，更改造着人类的灵魂，塑造着人的善行。也只有不断地提高内在的文化含量，体育才能真正地永远陪伴人类。

（四）激活人性之途

人性中求真、求善、臻美可谓三足鼎立，构成了人性的主体框架，体育文化在此方面功效独特。

体育文化在求真方面，越来越向着正确地认识自身，凸现知识地位的方向发展，并逐步地克服着以往体育文化不注重理性知识的流弊。这是时代发展的必然，当人的内在变量逐渐难显其实力的过程中，人们需要不断地发掘人的潜力，这就必须借助知识的力量，正确地认识人这一有机体。同时，人们更加重视外在变量的研究，以此为人们提供良好的环境和条件，以求不断发挥和发掘人的本质力量。实际上，体育文化从来都非常重视求真，因为在肢体活动中，特别是在竞技类型的体育中，难以容忍半点虚假，唯有真实的技术才能做到长盛不衰。所以在体育文化中，非理性的成分仅仅发挥着启动和维持的作用，更为重要的是理性的强大作用，以及永恒的动力性。只有闪耀着人性的理性才是体育文化的核心文化力。

体育文化在求善方面，凡是参与体育活动的人群都有被尊重人格的权利，它们构成体育活动中的价值主体，而且体育活动者拥有着合理的私人利益，在参与活动过程中享受着自由和平等。虽然体育文化曾经经历过种种不平等的歧视，那毕竟已经成为历史，在当今和未来的世界中，体育是人类最能够体现平等的舞台，一切与此相悖的观念和行为都会被体育抛进历史的垃圾箱，展示给世人的是民族的平等、文化的平等。体育文化本身固有品质中始终包含着求善的成分，在体育活动中不仅是激情的迸发，燃烧着善的烈火，同时宣泄着身心之恶，当这些恶被宣泄之后，自然是人类的心灵得到净化，趋向于善。东西方的体育文化在这些方面各有自身的优势，比如东方人巧妙地将恶的东西消融于肢体活动之中，感召着人们追求德行；西方人将人的竞争欲望合理地释放于规范的较量过程，鼓励人们遵从规矩，积极向善。在未来社会中，这两种有益的方式融会贯通作用于人类，必将使相得益彰，发挥出极大的促进人类积极向善的功效。

体育文化在臻美方面，毫不客气地说，体育文化是人类最出色的臻美领域。因为体育文化不仅塑造着人体的形体美，而且锻造着人类的意识美。在这种有效塑造动态美的文化中，一切有关文化都显现出高度的统一，无论是东方的民族体育，还是西方的民族体育，都追求与物质的、精神的艺术融合，突破了纯粹的艺术美的桎梏，使人们能够体验到实在、鲜活的美学感受。由于体育文化是极具活力的文化形态，在动态之中，最能体现出人类的臻美过程，正如李泽厚所言：

> 各种艺术倾向和潮流的出现和更替，是人们审美心理中各种不同要素的不同凸出和不同比例，更重要的是它们的不断沿承，展示了人类的心理——情感本体的不断充实、更新、扩展和成长的历史。正是它们不断构成着和构成了这个日益强大的情感本体世界。
>
> ……艺术勾销时间，这种勾销却使心理增长。时空本是人类把握世界的基本感性方式，艺术里的时空却成为人类心理增长的途径。[①]

高度融合的竞技艺术化的民族体育文化强烈地作用于人的情感世界，产生动力十足的审美心理，深刻影响着人类的臻美意识。因此，体育文化带给了人类完美的有机体，更带给了人类臻美的心灵，赋予人类完美的人性。

　　未来的跨文化交流将会呈现出不同文化人群之间的

---

① 李泽厚：《美的历程》，541 页、577 页，合肥，安徽文艺出版社，1994。

交流不断增进的局面，如果我们不学着去以一种和平的方式共享这个星球的话，这种交流潜藏着制造严重问题的可能。①

民族体育文化是一种人类永恒的交融途径和载体，民族体育跨文化融合是人类文明共享的理想和目标。

---

① ［美］拉里·A. 萨默瓦，理查德·E. 波特：《跨文化传播》，362 页，北京，中国人民大学出版社，2004。

后　记

　　推开中华民族文化之窗，在窥视和探索中越发感到知识结构的残缺，每每在写作时倍感初生之犊的鲁莽。既然如此，索性以此充实自我，耳畔时常回荡着只要有一点点精神，就可以使一个人获得生存意义的格言。笨鸟先飞、勤能补拙嘛，一路走下去，去完成一个人的生活目标，去履行一个体育工作者的义务。

　　这种劲头的凝结，得益于对我产生重要影响的几位人物。儿时开始习练武术，在李德成先生极其严格的要求下，铸造了不畏困难的品格，成为自己成长的不竭资本；作为"俗家弟子"在北京体育大学跟随卢元镇先生学习，使自己逐渐懂得了什么是体育，这是我的新生；步入高校武术教材编写组后，邱丕相、蔡仲林等先生们将我推向了一个新的制高点，从此眼界大开。

　　这种劲头的产生，应该是取决于我的家庭，父母都是知识分子，良好的家庭环境奠定了自己的志趣。在我写作过程中，曾留学原苏联的母亲是第一位逐字逐句阅读初稿的人，可惜她老人家未能看到我的论著出版。

　　这种劲头的激发，是我们课题组集体智慧得到国家社科办认可的结果。在完成课题过程中，成员们各司其职，通力协作，融会贯通。在此感谢王岗、孟峰年、钟全宏、张建华、田文波、王铁新诸位同仁。

　　我们始终坚信，只要有一点点精神，一个民族就会拥有辉煌的前程，只要有一点点精神，中华民族体育就会拥有灿烂的未来。

2010 年春节于武怡山斋

图书在版编目（CIP）数据

民族体育跨文化融合/陈青著．北京：民族出版社，2010.6
ISBN 978－7－105－11006－3

Ⅰ.①民… Ⅱ.①陈… Ⅲ.①民族形式体育—研究—中国
Ⅳ.①G852.9

中国版本图书馆 CIP 数据核字（2010）第 125099 号

民族体育跨文化融合
MinZu TiYu KuaWenHua RongHe

出版发行：民族出版社
社　　址：北京市和平里北街 14 号　　邮编：100013
电　　话：010－64228001（编辑室）
　　　　　010－64224782（发行部）
网　　址：http://www.mzcbs.com
印　　刷：北京迪鑫印刷厂
经　　销：各地新华书店
版　　次：2010 年 7 月第 1 版　　2010 年 7 月北京第 1 次印刷
开　　本：880 毫米×1230 毫米　1/32
字　　数：450 千字
印　　张：17.5
定　　价：45.00 元
ISBN 978－7－105－11006－3／G·1772（汉 828）